KB101007

환락과 풍요로 가득 찬 람세스2세 시절의 이집트 궁정 풍경을 상상해 그린 그림. 문화적 수준과 물질적 부에 있어서
당시 이집트는 세계 최고 수준을 구가하고 있었으며 여성들의 사회적 지위와 대우도 무척 높았다.

람세스가 오시리스의 모습으로 서 있는 아부 심벨의 대신전 내부. 한가운데에 신상들을 모셔둔 성상 안치소가 있다.

사카라에 있는 우나스 피라미드의 부활의 방. 기둥 벽에 신성문자로 「피라미드의 書」가 새겨져 있다.

네페르타리의 딸 메리타몬

RAMSÈS 람세스

RAMSÈS
La Dame d'Abou Simbel(volume 4)
by Christian Jacq

Copyright © Editions Robert Laffont, Paris, 1997
Korean translation copyright © Munhakdongne Publishing Corp., 1997

This Korean translation is published by arrangement with
les Editions Robert Laffont
through Sibylle Books Literary Agency, Seoul.
All Rights Reserved.

이 도서의 국립중앙도서관 출판예정도서목록(CIP)은
서지정보유통지원시스템 홈페이지(http://seoji.nl.go.kr)와
국가자료종합목록 구축시스템(http://kolis-net.nl.go.kr)에서 이용하실 수 있습니다.
(CIP제어번호: CIP2004000307)

RAMSÈS

람세스

아부 심벨의 여인

크리스티앙 자크 장편소설
김정란 옮김

문학동네

고대 서아시아

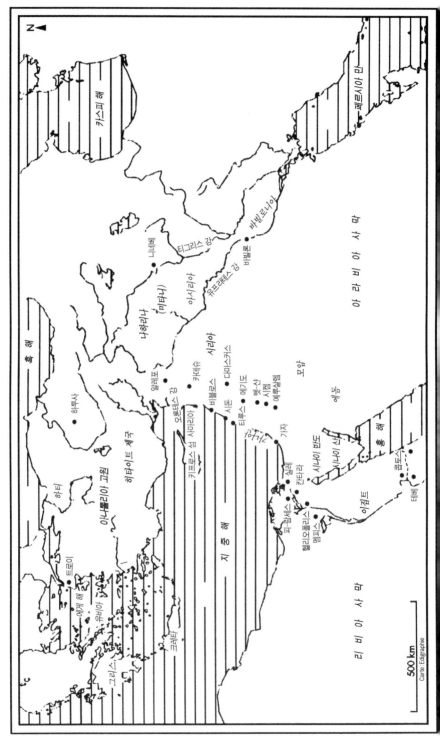

고대 서아시아

N

카스피 해

페르시아 만

하투사

하티

아나톨리아 고원

히타이트 제국

니네베

티그리스 강

아시리아

나하리나
(미타니)

우르케쉬

유프라테스 강

바빌로니아

바빌론

트로이

에게 해

이오니아

흑 해

알레포

오론테스 강

카데쉬

시리아

바블로스

시돈

티루스

다마스쿠스

메기도

벳-산

시켐

예루살렘

모압

크레타

키프로스 섬 사이리아

지 중 해

가자

가나안

기자

실레

에돔

그리스

멤피스
헬리오폴리스

파-람세스

긴타라

시나이 반도

시나이 산

홍 해

이집트

테베

콤오수

500 km

리 비 아 사 막

아 라 비 아 사 막

Carte: Edigraphie

이집트

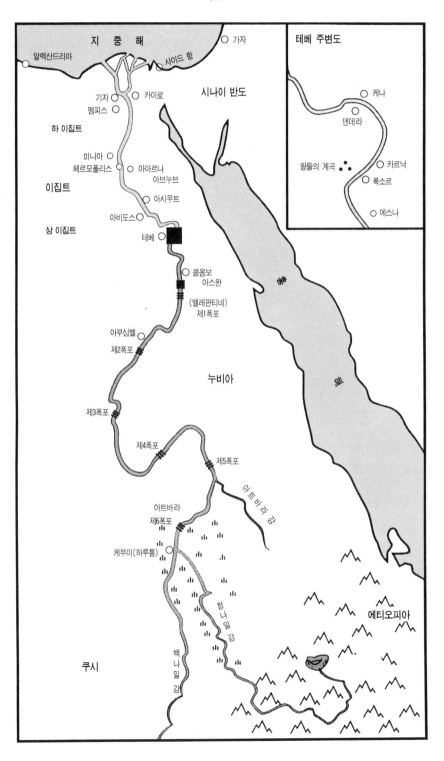

1

사자의 포효가 크게 울렸다.

그 포효는 반란자들뿐 아니라 이집트인들까지 얼어붙게 만들었다. 그 분노의 포효가 카데슈 전투의 승전 이후 '위대한 대왕'으로 불리는 람세스의 분노이기도 하다는 것을 모르는 사람은 아무도 없었다. 그러나 람세스는 그 위력과 용맹스러움에도 불구하고 아직 아나톨리아 고원의 야만인들에게 자기의 법을 받아들이게 하지 못했다. 그의 승리는 아직 진정한 승리라고 할 수 없었다.

람세스는, 히타이트가 카데슈 전투의 충격 때문에 당분간은 공격을 꾀하지 않을 것이며, 이집트는 비교적 평화스러운 시대에 접어들게 될 거라고 생각했다.

그러나 힘센 황소이며 신의 규범의 사랑을 받는 자, 빛의 아들 람세스의 예상은 크게 빗나가갔다. 이집트의 보호령인 시리아 남부와 가나안 지역에서 다시 반란이 일어났다. 히타이트인들은 전투를 포기하지 않았다. 아니, 그들은 델타의 기름진 땅을 호시탐탐 노리고 있는 베두인 족과 약탈자들, 그리고 살인자들과 손잡고 이집트 보호령 내의 전 지역을 다시 장악한 것이다.

라 사단의 사단장이 왕 앞으로 나아왔다.

─폐하…… 상황이 예상보다 긴박합니다. 이건 예사 반란이 아닙니다. 척후병들의 보고에 의하면, 가나안 지방 전체가 반기를 들었다고 합니다. 첫번째 장애물을 넘고 나면 두번째 장애물이 나타나고, 그 다음엔 세번째 장애물이, 또 그 다음엔…….

─그래서 장군은 우리가 목표에 이를 수 없다고 생각하는가?

─우리 군이 막대한 손실을 입을 수도 있습니다, 폐하. 사람들은 이유 없이 죽고 싶어하지 않습니다.

─이유가 없다? 이집트의 존속이 충분한 이유가 될 수 없단 말인가?

─제 말씀은 그게 아니오라…….

─장군의 생각은 그런 것 아닌가! 카데슈의 교훈도 소용이 없군. 나는 언제까지나 겁쟁이들에 둘러싸여 있을 수밖에 없는 운명인가? 목숨을 부지하고자 하면 오히려 잃는다는 걸 왜 모르는가?

─폐하를 향한 소장과 다른 장군들의 충성심은 변함이 없습니다. 다만 폐하께 신중하셔야 한다는 말씀을 드리려는 것뿐입니다.

─아샤에 대한 정보는 입수했는가?

─불행히도 아직 아무 정보도 없습니다.

아샤는 고문을 당했을까? 아직 살아 있기는 한 걸까? 교환가치를 생각해서 그를 죽이지 않고 감금시켜두지 않았을까?

아샤가 함정에 빠졌다는 소식을 듣고, 람세스는 카데슈의 충격에서 겨우 벗어난 그의 군대에 즉각 동원령을 내렸다. 아샤를 구하기 위해서는 적성지구들을 통과하지 않으면 안 된다. 그 지역 군주들은 약간의 보석과 기만적인 약속에 넘어가 히타이트의 깃발 아래 들어가버렸다. 또다시 이집트에 대한 충성서약을 저버렸던 것이다. 그들은 모두 파라오의 땅을 침략해서 무궁무진하다고 알려진 그의 재산을 빼앗을 궁리를 했다.

람세스는 추진해야 할 사업이 너무나 많았다. 테베에 짓고 있는 영원의 신전 라메세움, 카르낙과 룩소르와 아비도스의 신전, 왕들의 계곡에 자리잡은 그의 무덤, 사랑하는 아내 네페르타리에게 바쳐질 꿈의 신전 아부 심벨…… 그런데 지금 그는 이곳, 가나안 변방의 언덕에서 적의 요새를 내려다보고 있는 것이다.

—폐하, 감히 한 말씀 올린다면…….

—주저하지 말고 말하라, 장군!

—폐하께서 군사력을 과시하신 것이 매우 효과적이었던 것 같습니다. 무와탈리스 대왕이 폐하의 의중을 읽고 아샤를 풀어줄 것이라고 확신합니다.

히타이트 대왕 무와탈리스, 그는 카데슈 전투의 피가 마르기도 전에 베두인 족과 반란자들을 중간에 내세워 반격에 나섰다. 아샤마저도 예상치 못한 급습이었다. 무와탈리스나 람세스 중 한 사람이 죽어야 여러 나라 백성들이 평화롭게 살아갈 수 있을 것 같았다. 이집트가 패배한다면, 히타이트인들은 군사력을 동원해서 잔인한 폭정을 펼칠 것이다. 초대 파라오 메네스의 통치 이래 이집트인들이 아름답게 가꾸어온 오랜 문명이 파괴되어버릴지도 모른다.

람세스는 잠시 모세를 생각했다. 그는 어디에 숨어 있는 걸까? 람세스는 모세를 찾아보았지만 허사였다. 어떤 사람들은 피-람세스의 창건을 그토록 훌륭하게 이끌었던 그 히브리인이 사막의 모래 속에 파묻혀버렸다고 말하기도 했다.

모세도 반란자들의 진영에 가담했을까? 람세스는 고개를 저었다. 그럴 리가 없다. 모세는 절대로 이집트의 적이 되지는 않을 것이다.

—폐하…… 폐하, 제 말씀을 듣고 계십니까?

일신의 평안만을 생각하는, 겁에 질려 있는 장군의 살진 얼굴이 초조한 표정으로 람세스를 바라보고 있었다.

—장군, 병사들에게 전투 준비를 시켜라.

람세스의 말에 장군은 낭패한 얼굴로 물러갔다.

람세스는 가족 곁에서 정원의 부드러운 아름다움을 느끼고 싶은 마음이 간절했다. 무기들이 부딪치는 살벌한 소리에서 멀리 떨어져 나날의 아름다움을 맛볼 수 있다면! 그러나 감히 신전을 파괴하고 법을 유린하는, 피에 굶주린 유목민들의 침략으로부터 나라를 구하지 않으면 안 된다. 그것은 그 자신의 개인적인 문제를 벗어나는 일이었다. 그에게는 자기 한 몸의 평안과 가족을 생각할 권리가 없었다. 목숨을 잃는 한이 있더라도 악을 내쫓지 않으면 안 되었다.

람세스는 가나안의 보호령으로 들어가는 입구를 막고 있는 요새를 굽어보았다. 높이 6미터의 이중벽 안에는 상당한 규모의 군대가 숨어 있다. 감시구에는 궁수들이 포진해 있다. 해자(垓字)의 물 속에는 사금파리들이 가득 들어 있다. 보병들이 요새로 기어오르기 위해 사다리를 놓을 때 그들의 발을 찌르기 위한 것이었다.

바닷바람이 불어와 이집트 병사들의 땀을 식혀주었다. 그들은 뜨거운 햇빛을 받고 있는 두 언덕 사이에 모여 있었다. 피-람세스를 떠난 이래 그들은 잠깐씩 쉬고 이따금 야영하면서 강행군을 해야 했다. 좋은 보수를 받는 용병들만이 어쩔 수 없이 싸워야 한다고 생각하고 있을 뿐이었다. 젊은 징집병들은 언제 집에 돌아가게 될지 모른다는 생각에 풀죽어 있었다. 그들은 끔찍하게 죽을지도 모르는 전투를 두려워했다. 모두들 파라오가 북동 국경을 강화하는 것으로 만족하고, 위험한 모험은 자제했으면 좋겠다는 분위기였다.

가나안의 수도 가자의 총독은 지난 1차 원정 때 이집트 군 사령부를 위하여 성대한 연회를 연 바 있다. 그 자리에서 총독은 잔인하기로 소문난 아시아의 야만인 히타이트 족과는 절대로 동맹을 맺지 않겠다고 맹세했었다. 속이 뻔히 들여다보이는 그의 위선적인 태도에 람세스는 구역질이 치미는 기분이었다. 그가 다시 반란을 일으켰다는 소식을 대하고도 람세스는 별로 놀라지 않았다. 젊은 왕은 이제 사람들의 속내도 웬만큼 꿰뚫어볼 만큼 성숙해진 것이다.

사자가 안절부절못하며 길게 포효했다.

람세스가 사자의 갈기 속에 손을 집어넣고 쓰다듬어주었다. 그래도 짐승은 여전히 불안해했다.

약병들이 가득한 주머니가 여러 개 달려 있는 영양가죽 옷을 입은 세타우가 언덕을 기어올라갔다. 군대의 의료반을 맡게 된 세타우와 로투스는 왕의 원정에 동행하며 새로운 종류의 뱀들을 채집하고 부상자들을 치료하였다. 세타우는 불행한 일이 닥쳤을 때 자기만큼 친구 람세스를 돕는 데 적절한 사람은 없다고 생각했다.

세타우가 람세스에게 말했다.

—군대의 사기가 그렇게 높은 편이 아니네.

람세스가 그의 말을 인정했다.

—장군들은 후퇴하기를 바라더군.

—카데슈에서 병사들이 어떻게 행동하는지 보고도 아직 기대가 남으셨나? 삼십육계 줄행랑을 놓으라면 일등이겠지. 늘 그랬듯이 이번에도 왕 혼자 결정을 내리셔야 할 걸세.

—아닐세, 세타우. 나 혼자 내리는 게 아니야. 저 태양과 바람, 내 사자의 혼, 이 땅의 정신이 내게 해주는 충고를 듣고 결정을 내려야 하네. 그들은 거짓말을 하지 않지. 나는 그들의 말을 들을 수 있어야 하네.

—그보다 더 훌륭한 충고는 없겠지.

—자네 뱀들에게 말을 해보았나?

—내 뱀들도 보이지 않는 분의 전령들이지. 그래, 뱀들에게 물어

보았네. 그런데 그놈들이 확실하게 대답하더군. 물러서지 말라고 말이지. 그런데 왕의 사자는 왜 그렇게 불안해하고 있나?

―우리가 있는 곳과 요새 사이에 있는 저 떡갈나무 숲 때문이네. 요새 왼쪽에 있는 저 숲 말일세.

세타우는 갈대 줄기를 질겅질겅 씹으며 람세스가 손가락으로 가리키는 방향을 바라보았다.

―그래, 그 말씀이 옳으시네. 어쩐지 기분이 좋질 않아. 카데슈에서처럼 함정일까?

―카데슈에서 적들은 매복작전으로 재미를 보았으니, 이번에도 함정을 생각했겠지. 지난번처럼 결과가 좋기를 바라면서 말일세. 우리가 정직하게 공격해가면, 그 자리에서 전열이 무너질 거야. 그때 요새에 있는 궁수들이 마음껏 활을 쏘아 우릴 죽일 테고.

람세스의 종복 메나가 왕 앞으로 다가와 허리를 굽히며 말했다.

―폐하, 전차를 대령하였습니다.

왕은 '테베의 승리'와 '무트 여신은 만족하네'에게 오랫동안 다정한 말을 속삭여주었다. 그 두 마리 말과 사자는 카데슈 전투에서 고립무원의 람세스를 배반하지 않은 유일한 전사들이었다.

람세스는 그의 종복과 장군들 그리고 전차 정예부대원들이 어리둥절한 눈으로 지켜보는 가운데 말고삐를 잡았다. 메나가 불안한 목소리로 말했다.

―폐하, 가시면 안 됩니다…….

왕이 명령을 내렸다.

―요새 앞 광장을 지나서 떡갈나무 숲으로 들어간다!

―폐하…… 사슬 갑옷을 잊으셨습니다! 폐하!

금속판으로 덮인 흉갑을 흔들며 메나가 람세스의 전차를 따라 달려갔지만, 람세스는 이미 적진을 향해 혼자 돌진해가고 있었다.

2

전속력으로 달리는 전차 위에 선 람세스 대왕의 모습은 신의 형상이었다. 큰 키, 넓고 높은 이마, 머리에 딱 맞는 푸른 관, 짙은 눈썹, 매처럼 날카로운 눈길, 강인한 턱, 두툼한 입술. 그는 힘의 화신이었다.

그가 가까이 다가가자, 떡갈나무 숲에 숨어 있던 베두인 족들이 은신처에서 기어나왔다. 화살을 당기는 자들도 있었고, 투창을 흔들어대는 자들도 있었다.

카데슈에서처럼 왕은 질풍보다 빠르고, 단숨에 달려드는 자칼보다도 더 날렵하게 싸웠다. 날카로운 뿔을 가진 황소가 적을 넘어뜨리듯이, 그는 제일 먼저 달려드는 놈들을 전차로 으깨버리고, 연달아 화살을 쏘아 반란자들의 가슴을 꿰뚫었다.

베두인 특공대의 대장은 분노에 찬 왕의 공격을 피하며 몸을 굴렸다. 그가 날렵하게 일어서서 긴 칼을 왕의 등에 던져 꽂으려고 땅바닥에 막 한쪽 무릎을 댔을 때였다.

사자가 그를 덮쳤다. 반란자들은 공포로 얼어붙었다. 그 큰 덩치에도 불구하고 사자는 하늘을 나는 매처럼 가볍게 움직였다. 사자는 발톱을 모두 내밀고 베두인 족의 우두머리를 덮쳐 송곳니를 그의 머리에 박아넣고는 그 큰 입을 다물어버렸다.

그 장면을 본 상당수 베두인 전사들은 혼비백산해서 무기를 버리고 도망쳤다. 사자는 그들의 대장을 구하려고 달려온 두 명의 베두인 전사를 찢어발겼다.

그 사이 이집트 군의 전차들과 그 뒤를 따르는 수백 명의 보병들이 람세스에게 합류하여 베두인 족의 마지막 저항을 쉽사리 분쇄해버렸다.

사자는 태평스럽게 발에 묻은 피를 핥았다. 놈은 부드러운 눈길로 주인을 바라보았다. 사자는 람세스의 눈길에서 고맙다는 표시를 발견하고는 기분좋다는 듯이 나지막하게 그르렁거리는 소리를 냈다. 사자는 다시 경계하는 눈초리로 전차의 오른쪽 바퀴 옆에 엎드렸다.

라 사단장이 큰 소리로 외쳤다.

―폐하! 대승입니다!

―큰일날 뻔하지 않았는가. 적들이 숲속에 매복해 있다는 걸 척후병들이 발견하지 못한 이유가 무엇인가?

―중요하게 생각지 않고 그냥 지나쳤던 모양입니다.

―장군들은 사자에게 싸우는 법을 배워야겠군.

―요새를 공격하기 위한 작전회의를 소집할까요, 폐하?

―즉각 공격한다.

파라오의 목소리를 듣고, 사자는 휴식시간이 끝났다는 것을 알았다. 람세스는 그의 말들의 엉덩이를 두들겨주었다. 말들은 마치 격려하는 것처럼 서로 마주보았다.

─폐하, 폐하…… 제발 부탁입니다!

헐떡거리며 달려온 메나가 작은 금속판으로 뒤덮인 흉갑을 왕에게 내밀었다. 왕은 순순히 사슬 갑옷을 입었다. 그 갑옷은 넓은 소매가 달린 람세스의 긴 옷과 썩 잘 어울렸다. 왕은 금과 청금석으로 만들어진 팔찌 두 개를 차고 있었는데, 팔찌엔 두 마리의 야생 오리 대가리가 새겨져 있었다. 야생 오리는 하늘의 신비스러운 영역으로 날아오르는 두 마리 철새를 닮은 왕과 왕비를 상징하는 것이었다. 그러나 삶의 다른 쪽을 향해 가는 긴 여행을 떠나기 전에 람세스는 네페르타리를 다시 볼 수 있을까?

'테베의 승리'와 '무트 여신은 만족하네'는 초조한 듯 앞발로 땅을 걷어찼다. 말들의 머리는 끝부분이 푸른 깃털과 붉은 깃털로 장식되어 있고, 등은 붉은색과 푸른색 마갑으로 감싸여 있다. 놈들은 당장이라도 요새를 향해 돌격하고 싶은 모양이었다.

보병들의 가슴에서는 카데슈 승전 이후에 자연스럽게 만들어진 노래가 솟아올랐다. 그 노래의 노랫말을 들으면 겁쟁이들도 마음이 놓였다.

"람세스의 팔은 강하시며, 그의 가슴은 용맹스럽도다. 그는 따를 자 없는 궁수이시고, 병사들을 지켜주는 방벽이시며, 적들을 태워 죽이는 화염이로다."

메나는 불안한 표정으로 왕의 두 개의 화살통에 화살을 채워넣었다.

─화살들을 살펴보았느냐?

─예, 폐하. 화살들은 가볍고 단단합니다. 폐하만이 적의 궁수들을 쏘아 맞히실 수 있습니다.

─아첨하는 버릇은 아주 큰 단점이라는 걸 모르느냐?

—압니다, 폐하. 하지만 소인은 너무나 두렵습니다. 폐하께서 계시지 않으면, 저 야만인들이 우릴 다 죽여버릴지도 모르지 않습니까?

—말들의 먹이를 잘 챙겨두어라. 전장에서 돌아올 땐 배가 고플 것이다.

이집트 전차부대가 요새 가까이 다가가자, 가나안의 궁수들과 그들의 동맹자인 베두인 족 궁수들이 화살을 날렸다. 화살은 빗발처럼 날아와 말들 바로 앞에 꽂혔다. 말들이 히힝거렸다. 앞발을 들고 일어서는 놈들도 있었다. 그러나 왕의 침착한 태도는 이집트 병사들의 동요를 이내 가라앉혔다. 람세스가 명령을 내렸다.

—큰 활의 시위를 당기고, 내 신호를 기다리도록 하라.

피-람세스의 무기공장에서는 몇 가지 종류의 아카시아 활을 제작했다. 활 시위는 황소의 힘줄로 만들어졌다. 신중한 연구를 거쳐 활의 만곡부를 제작했기 때문에, 포물선 방향으로 쏘면 화살은 2백 미터 이상 정확하게 날아갔다. 적은 감시구 뒤에 숨어서 안전하다고 생각하겠지만, 이집트군이 이 기술을 사용해서 활을 쏘면, 그 생각이 환상에 불과하다는 것을 알게 될 것이었다.

—일제히 발사하라!

람세스가 천둥 같은 목소리로 명령했다. 너무나 우렁차서 힘이 용솟음치는 목소리였다.

궁수들이 쏜 화살들은 거의 과녁을 맞혔다. 적의 궁수들이 머리나 눈에 화살을 맞고, 목이 화살에 꿰뚫려 쓰러졌다. 그들의 뒤를 이어 나온 자들도 똑같은 운명을 당했다.

적의 화살이 뜸해지자 람세스는 도끼로 무장한 보병부대에 성문을 부수라는 명령을 내렸다. 이집트 전차부대가 요새로 접근하는 동안, 궁수들은 점점 더 정확하게 활을 쏘았다. 적이 해자에 가득 채워넣은 사금파리들은 소용이 없게 되었다. 지난번과 달리 람세스

16

는 성벽에 사다리를 세우게 하지 않고 성문을 통해 요새로 진격해 들어가는 전략을 세웠기 때문이다.

성문 뒤엔 가나안 병사들이 포진해 있었다. 성문을 부수고 함성을 지르며 밀려드는 이집트 병사들과 가나안-베두인 연합군들 사이에 격렬한 접전이 벌어졌다. 파라오의 보병들은 시체더미를 밟고 격류처럼 요새 안으로 밀려들어갔다.

시간이 지날수록 적군은 조금씩 밀려나기 시작했다. 그들의 커다란 목도리와 술 달린 옷들은 피로 얼룩졌다. 함성과 비명과 무기 부딪치는 소리로 전장은 지옥도를 연상시켰다. 그들의 몸뚱이는 앞서 쓰러진 병사들의 시체 위에 쓰러졌다.

이집트 군의 칼이 적의 투구를 가르고, 뼈를 부수고, 옆구리와 어깨를 베고, 힘줄을 끊고, 내장을 후벼냈다.

돌연, 갑작스러운 침묵이 요새를 엄습했다. 여자들이 중앙 광장의 한쪽 구석에 모여 꿇어앉은 채 살아남은 자들의 목숨을 살려달라고 정복자들에게 애원했다.

람세스의 전차가 수복된 요새로 들어갔다. 왕이 적군에게 물었다.

─이곳의 지휘관이 누구냐?

왼쪽 팔이 잘린 50대 남자 하나가 패배자들의 비참한 무리에서 앞으로 한 걸음 나왔다.

─제가 가장 나이 많은 병사입니다. 대장님들은 모두 전사하셨습니다. '두 개의 땅'의 주인께 간청하오니 관용을 베풀어주십시오.

─약속을 지키지 않은 자에게 어떤 용서를 베풀어달라는 거냐?

─빨리 죽을 수 있게만 해주십시오.

─너희 가나안인들을 위한 나의 결정은 이렇다. 이 지방의 나무들을 베어내어 이집트로 가져가겠다. 남자와 여자들과 아이들은 포로가 되어 델타까지 호송된 뒤, 공공사업에 배치될 것이다. 가나안

의 가축들과 말들은 이집트의 재산이 된다. 살아남은 병사들은 이집트 군에 배속되어 이후로 나의 명령을 받아 전투에 참가한다.

패배자들은 목숨을 살려준 데 대해 감사하며 왕 앞에 꿇어 엎드렸다.

세타우는 마음이 놓였다. 격전에 비해 부상자들의 상태가 그렇게 심각하지는 않았다. 세타우는 지혈을 위한 충분한 양의 신선한 고기와, 꿀 먹인 붕대를 준비해두었다. 로투스는 날렵하고 정확한 솜씨로 십자 모양의 접착붕대를 사용해서 벌어진 상처를 아물게 했다. 아름다운 누비아 여자의 미소에 병사들은 고통도 가라앉는 것 같았다. 들것을 운반하는 병사들이 야전병원 막사로 환자들을 실어오면 세타우와 로투스는 연고와 포마드 그리고 물약으로 환자들을 치료한 뒤, 이집트로 후송했다.

람세스는 나라를 지키기 위해 싸우다 다친 부상병들을 위로한 뒤, 장군들을 막사로 불렀다. 그는 장군들과 북쪽으로 계속 진격해서, 히타이트인들이 베두인 족을 조종하여 장악한 가나안의 요새들을 모두 탈환할 작전계획을 숙의했다.

파라오의 열정이 장군들의 마음에 스며들었다. 그들의 마음속에서 두려움이 걷혔다. 그들은 왕이 허락한 하룻밤과 한나절의 휴식을 즐겼다. 람세스는 세타우 부부와 함께 저녁식사를 했다. 세타우가 왕에게 물었다.

─어디까지 가실 생각인가?

─적어도 북시리아까지는 진격할 생각일세.

─카데슈까지 말인가?

─그건 두고 보세.

로투스가 문제점을 지적했다.

─원정기간이 길어지면 약이 모자랄 거예요.

—히타이트인들은 빨리 대응합니다. 우리는 그들보다 더 빨리 진군해야 하오.

—이 전쟁이 언젠가 끝나기는 할까요?

—물론이오, 로투스. 적이 완전히 패망하는 날, 전쟁이 끝날 것이오.

세타우가 투덜댔다.

—난 정치 애긴 질색이야. 자, 로투스, 뱀을 잡으러 나가기 전에 우리 사랑을 나누자구. 오늘 밤은 뱀 사냥에 제격일 것 같아.

람세스는 야영지 한가운데에 있는 막사 옆에 세워진 작은 사당에서 새벽제사를 올렸다. 피-람세스의 신전들에 비하면 초라하기 그지없는 사당이었다. 그러나 빛의 아들의 신심은 조금도 다름이 없었다. 그의 아버지 아몬은 인간들에게 자신의 진정한 본성을 드러내지 않는다. 하지만 누구나 그 보이지 않는 분의 현존을 느낄 수 있었다.

사당에서 나오는 길에 왕은 한 병사가 큰영양 한 마리를 줄로 매어 힘겹게 붙잡고 있는 것을 보았다.

긴 머리카락에 색깔이 있는 겉옷을 입고 턱수염을 기른 이상한 병사였다. 겁먹은 듯한 눈빛이었다. 그런데 어떻게 이런 야생동물이 야영지에 들어와, 왕의 막사 근처에까지 올 수 있었을까?

그러나 왕이 질문을 던져볼 틈도 없었다. 긴 머리 병사가 큰영양을 잡고 있던 줄을 놓았다. 그러자 짐승은 람세스의 배를 향하여 뿔을 겨누고 달려들었다. 람세스는 아무런 무장도 경계도 하지 않은 상태였다.

순간 어느샌가 나타난 사자가 큰 영양의 허리를 치고 목덜미에 발톱을 박아넣었다. 큰영양은 사자의 몸뚱이 아래에서 경련을 한 번 일으키곤 그 자리에서 즉사했다.

공포에 질린 긴 머리 병사가 겉옷에서 단검을 꺼냈다. 하지만 미처 그것을 휘둘러볼 겨를도 없이, 그는 등에 격렬한 통증을 느꼈다. 갑자기 눈앞에 차가운 안개가 끼더니 눈이 보이지 않았다. 단검이 땅으로 떨어졌다. 그는 죽어가면서 고개를 앞으로 떨구었다. 두 개의 견갑골 사이에 창이 박혀 있었다.

로투스가 침착한 태도로 미소짓고 있었다. 놀라울 정도로 능란하게 위기를 처리한 아름다운 누비아 여자는 눈 하나 깜짝하지 않았다.

—고맙소, 로투스.

세타우가 자기 막사에서 나와 쓰러진 병사를 살펴보았다.

—베두인 전사로군. 근데 이 친구가 어떻게 이집트 군복을 입고 여기까지 들어왔지?

많은 병사들이 막사에서 쏟아져나왔다. 사자가 큰영양을 뜯어먹고 있었고, 그 옆에는 베두인 병사의 시체가 나뒹굴고 있었다. 종복인 메나가 왕 앞에 꿇어 엎드렸다.

—황공합니다, 폐하! 야영지 안에 이 자를 들여놓은 보초들을 찾아내서 엄벌에 처하겠습니다.

—나팔수들을 불러라. 출발 신호를 하게 하라.

3

아샤는 아무르 공국의 궁전 2층에 볼모로 잡혀 있었다. 그는 분노하고 있었다. 특히 자기 자신에 대해 화가 났다. 아샤는 자기가 갇혀 있는 방의 창문을 통해 바다를 바라보며 생각에 잠겼다. 위대한 이집트의 정보부장이며 외무대신인 자가 어떻게 아무르 지방의 레바논인들이 쳐놓은 함정에 이렇게 쉽게 빠질 수 있었단 말인가?

카데슈의 승리는 히타이트의 영토확장 야심에 결정적으로 쐐기를 박는 계기가 될 듯했다. 아샤는 헤르몬 산과 상업도시 다마스커스의 동쪽 지방에 지중해를 따라 펼쳐져 있는 아무르 지방을 가능한 한 빨리 방문하는 것이 좋겠다는 판단을 내렸다. 이 지역에 강력한 군사기지를 세워서, 팔레스타인이나 델타의 변방으로 밀고 들어오려는 히타이트인들의 침략기도를 분쇄하고자 한 것이다.

그런데 히타이트 대왕의 동생 하투실이 그를 맞으리라고는 추호도 생각지 못했다. 카데슈 패배의 충격에서 채 깨어나지도 못했을 히타이트가 이렇게 빨리 아무르 지역을 장악했을 줄은 꿈에도 몰랐던 것이다.

아샤는 갇혀 있는 동안 자기의 적수에 관해 곰곰 생각해보았다. 하투실, 그는 왜소하고 허약해 보이는 외양의 소유자였지만, 영리하고 비범한 구석이 있어 보였다. 두려운 적수라는 생각이 들었다. 람세스는 하투실이 아샤를 시켜 작성한 편지에 속지 않을 것이다. 아샤 자신이 처한 상황을 암시하는 단서도 제공하지 않았는가.

람세스는 어떻게 행동할까? 나라의 안위를 위해서라면, 친구의 목숨을 적의 손에 내어주더라도 북쪽으로 계속 진격해야 한다. 파라오의 성품을 알고 있는 아샤는 그가 어떤 위험을 겪더라도 마지막 힘을 다해서 히타이트인들을 칠 것이라고 확신했다.

아샤에게는 살아남을 희망이 별로 없었다. 이렇게 속수무책인 상황에 무기력하게 던져져 있는 자신이 무엇보다 짜증스러웠다. 어린 시절부터 그는 언제나 상황에 대한 주도권을 잡아 자기의 의지대로 이끌어왔다. 이처럼 수동적으로 이끌려갈 수밖에 없는 상황을 그는 견딜 수가 없었다. 어떻게 해서든 행동하지 않으면 안 된다. 람세스는 아샤가 죽었다고 생각하고 있는지도 모른다. 어쩌면 최신 무기로 군대를 무장시켜 대규모 공격을 감행할지도 모른다.

생각하면 할수록, 아샤는 탈출하는 방법밖에는 묘안이 없다는 확신이 들었다.

늘 그랬듯이 하인이 풍성한 점심식사를 가져왔다. 아샤는 그를 여전히 귀빈으로 대우하는 궁전의 극진한 대접에 대해서는 마음이 흡족했다. 아샤가 구운 쇠고기 한 조각을 먹고 있을 때, 다가오는 발자국소리가 들렸다.

아무르의 군주 벤테쉬나였다.

―우리의 위대한 이집트 친구께서는 어떻게 지내시는가?

―덕분에 잘 지내고 있지요. 이렇게 방문해주시니 영광이외다.

―람세스의 외무대신과 포도주나 한잔 같이할까 하고 왔소이다.

―왜 하투실은 함께 오지 않았소?

―우리의 위대한 히타이트 친구는 다른 곳에 있다오.

―그렇게 위대한 친구들만 두고 계시니, 아주 좋으시겠소. 언제 하투실을 다시 만날 수 있겠습니까?

―글쎄요.

―그러니까 아무르는 이제 히타이트의 기지가 된 겁니까?

―친애하는 아샤, 시대가 바뀌었다오.

―람세스의 분노가 두렵지 않은가보군요.

―파라오와 나의 공국 사이에는 이제 난공불락의 요새들이 버티고 있다오.

―그럼 가나안 전체가 하타이트인들의 통제 하에 들어갔다는 얘기요?

―내게 너무 많은 걸 물어보지 마시오. 내가 공의 귀중한 목숨을 약간의 재물과 교환할 생각이라는 것만 알아주면 좋겠소. 교환 협상이 진행되는 동안 공에게 아무 일도 일어나지 않기를 바라오. 하지만……

벤테쉬나가 음흉한 미소를 지었다. 그 미소는 아샤가 아무르에서 듣고 본 것을 얘기했다간 쥐도 새도 모르게 제거될 수도 있다는 것을 암시하고 있었다.

―히타이트 편에 서기를 잘했다고 생각하시오?

―물론이오, 친구! 사실 히타이트인들은 내게 가장 강한 자의 법을 강요한 것이오. 람세스는 평화롭게 다스리지 못할 거외다. 문제가 많아요. 음모에 말려들 수도 있고, 전쟁에 질 수도 있고, 두 가지 경우를 한꺼번에 당할 수도 있소. 아마도 죽거나 타협적인 자에

게 왕위를 내주게 되겠지.

―벤테쉬나, 당신은 이집트를 잘 모르고 있소. 람세스에 대해서는 더더욱 모르고 있어요.

―나는 사람들을 판단할 줄 아오. 카데슈에서는 패배했지만, 히타이트 대왕 무와탈리스가 결국엔 승리할 거요.

―위험한 도박이오.

―난 술과 여자들과 금을 좋아하오. 하지만 도박은 좋아하지 않지. 히타이트인들은 전사의 기질을 타고났지만, 이집트인들은 그렇지 못하오.

벤테쉬나는 천천히 두 손을 비볐다.

―친애하는 아샤, 교환 협상중에 유감스러운 사건이 발생하지 않기를 바란다면, 진영을 바꿀 생각을 진지하게 해보아야 할 거요. 람세스에게 가짜 정보를 준다고 한번 가정을 해보시오…… 우리가 승리를 거두고 나면 톡톡히 보상하리다.

―이집트의 외교 책임자인 나에게 지금 조국을 배반하라고 요구하는 거요?

―모든 건 상황의 문제 아니오? 나만 해도 파라오에게 충성을 맹세했었잖소.

―글쎄, 혼자만 있었더니 머리가 잘 안 돌아가는데.

―여자를 원하시나?

―세련되고 교양 있고 이해심이 많은 여자라야 하오.

벤테쉬나는 포도주 잔을 비우더니 손등으로 젖은 입술을 닦으며 미소지었다.

―공의 생각을 바꾸기 위해서라면, 어떤 희생인들 마다하겠소?

밤이 내렸다. 두 개의 기름 램프가 아샤의 방을 비추었다. 아샤는 짧은 로인클로스를 입고 침대에 누워 있었다.

그의 머릿속은 하투실이 아무르를 떠났다는 한 가지 생각으로 가득 차 있었다. 그가 아무르를 떠났다는 사실은, 히타이트가 가나안의 보호령까지 장악했다는 가설과 일치하지 않는 것이다. 만일 아나톨리아 전사들의 공격이 성공적이었다면, 하투실이 아무르 기지를 떠날 이유가 없지 않은가? 아무르에서도 충분히 상황을 통제할 수 있을 텐데 말이다. 하투실이 더 남쪽으로 내려가는 모험을 감행했을 리는 만무하다. 아마도 히타이트로 돌아갔을 것이다. 하지만 왜?

―나리…….

떨리는 나직한 목소리에 아샤는 생각에서 빠져나왔다. 그는 침대에서 일어났다. 어렴풋한 빛 속에 짧은 겉옷을 입고 머리는 풀어내린 채 맨발로 서 있는 젊은 여자가 보였다.

―벤테쉬나 전하께서 보내셨어요…… 제게 명령을 내리셨어요…… 절 나리께…….

―이리 와 앉아라.

그녀는 쭈뼛쭈뼛하더니 시키는 대로 했다.

스무 살쯤 먹은, 금발에 아주 육감적인 몸매의 여자였다. 아샤는 다정하게 그녀의 어깨를 쓰다듬었다.

―결혼은 했나?

―예, 나리. 하지만 전하께서는 남편이 아무것도 알지 못하게 하겠다고 약속하셨어요.

―남편의 직업은?

―세관원이에요.

―너도 일을 하고?

―전 중앙우체국에서 급한 우편물들을 분류하는 일을 해요.

아샤는 여자의 어깨끈을 내리고 하얀 목을 안아서 침대에 눕혔다.

—가나안의 수도에서 오는 소식도 듣나?

—가끔이요…… 하지만 이야기해선 안 돼요.

—이곳에 히타이트 군사들이 많이 주둔하고 있어?

—그것도 이야기할 수 없어요.

—남편을 사랑해?

—예, 나리, 예…….

—나와 사랑을 나누기 싫어?

여자가 얼굴을 외면했다.

—대답해, 싫다면 건드리지 않을 테니까.

눈에 희망을 가득 담고 여자는 아샤를 바라보았다.

—약속하시는 거지요?

—아무르 지방의 모든 신들을 걸고 약속하지.

—히타이트 군사들은 숫자가 그리 많지 않아요. 몇십 명 정도의 교관들이 우리 병사들을 훈련시키고 있는 정도죠.

—하투실은 떠났나?

—예, 나리.

—어디로 갔지?

—모르겠어요.

—가나안의 상황은 어떤가?

—확실치 않아요.

—히타이트가 가나안 지방을 장악한 것 아냐?

—상반되는 소문들이 떠돌고 있어요. 어떤 사람들 말로는 파라오가 가나안의 수도 가자를 정복했대요. 가자의 총독이 전사한 것 같다는 말도 있구요.

아샤는 마치 새로 태어난 것처럼 신선한 공기가 그의 가슴을 가득 채우는 듯한 느낌이 들었다. 람세스는 아샤의 메시지를 해독했을 뿐만 아니라, 히타이트인들이 더이상 세력을 확장하지 못하도록 반격을 개시한 것이다. 그래서 하투실은 무와탈리스에게 그 소식을 전하고 상의하기 위해 떠난 것이다.

—미안해.

—나리께선…… 약속을 지키지 않으실 생각이군요!

—물론 지키지. 하지만 몇 가지 주의를 해야 하니까 말야.

아샤는 여자를 묶고 재갈을 물렸다. 여자가 아샤의 탈출사실을 알릴 때까지 몇 시간 정도는 벌어두어야 한다. 여자가 침실 문간에 놓아둔 외투가 보였다. 그 순간 궁전을 빠져나갈 방법이 떠올랐다. 그는 여자의 외투를 입고 모자를 푹 눌러쓴 뒤, 계단으로 달려갔다.

1층에서는 연회가 벌어지고 있었다.

어떤 사람들은 취해서 졸고 있었고, 어떤 사람들은 흥분해서 날뛰고 있었다. 아샤는 벌거벗고 누워 있는 사람 둘을 건너뛰었다.

—어디 가는 거야?

더이상 도망칠 수가 없었다. 무장한 병사 몇 명이 궁전 입구를 지키고 있었다.

—이집트놈하곤 벌써 끝냈어? 이리 와, 아가씨…….

문은 바로 몇 발짝 앞에 있었다.

누군가가 끈적끈적한 손으로 아샤가 쓰고 있는 모자를 벗겼다. 벤테쉬나였다.

—친애하는 아샤, 공은 운이 없소이다그려.

4

아메니, 석고 미장이의 아들인 그는 어린 시절부터 람세스와 보이지 않는 끈으로 연결되어 있었다. 그는 옛날 표현으로 하자면, '왕의 눈과 귀'였다. 그는 요즘 심기가 불편했다. 람세스가 위험에 빠진 건 아닌가 싶어 초조한 하루하루를 보내고 있었다.

그의 보좌관 하나가 와서 알렸다.

―군대 파발꾼이 도착했습니다.

―들어오게 하라.

온통 먼지에 뒤덮인 병사는 기진맥진해 보였다.

―파라오의 편지를 가지고 왔습니다.

―보여주게.

아메니는 람세스의 봉인을 확인했다. 달리기를 잘 못 하는 그는 뛰기만 하면 숨이 찼지만, 그래도 궁전까지 열심히 달려갔다.

　네페르타리 왕비는 총리대신, 대전 집사장, 회계담당 서기관, 제관들의 총책임자, 기밀문서국장, 생명의 집의 주지, 시종, 보물창고와 곡식창고 책임자 등 수많은 고급관리들을 접견했다. 그들은 람세스가 없는 동안 나라를 다스리는 책임을 지고 있는 왕비의 승인을 얻지 않고는 아무것도 하지 않으려 했다. 왕비가 세세한 부분까지 지침을 내려주기를 기대했다. 다행히 아메니가 그녀를 열심히 도왔고, 대비 투야도 귀중한 충고로써 왕비를 보좌했다.

　가장 아름다운 여인보다도 더 아름다운 여인, 반짝이는 검은 머리, 청록색 눈동자, 여신의 얼굴처럼 빛나는 얼굴. 네페르타리는 권력과 고독의 시련에 맞서 싸웠다. 신전의 연주자를 꿈꾸며 현자들의 말씀에 매혹되어 명상의 삶을 살아가고 싶어했던 그녀였다. 그러나 람세스의 사랑은 수줍은 처녀를 강인한 이집트의 왕비로 바꾸어놓았다.

　내전을 다스리는 일 하나만으로도 엄청나게 일이 많았다. 내전에는 오랜 전통을 가진 제도와 기구들이 있었는데, 내전 직할의 기숙사도 하나 있었다. 그곳에서는 이집트 여성들과 외국 여성들이 길쌈학교라든지, 보석, 거울, 화병, 부채, 샌들과 제물(祭物)들을 만드는 공방에서처럼 교육을 받았다. 네페르타리는 여사제들과 서기관들, 부동산 관리인들, 노동자들과 농부 등 다양한 계층의 사람들로 이루어진 조직을 다스렸다. 그녀는 각각의 활동부서를 맡은 중요한 책임자들을 개인적으로 파악하기 위해 애썼다. 불의와 실수를 피하는 것, 그것이 그녀의 최대 관심사였다.

　람세스가 히타이트인들의 침략에 대항하여 목숨을 걸고 싸우고 있는 이 고통스러운 기간 동안, 왕비는 아무리 피곤하다고 해도 나라를 다스리기 위해 배전의 노력을 기울이지 않으면 안 되었다.

―아메니, 드디어 왔군요! 소식을 받았나요?

―예, 폐하. 군대 파발꾼이 파피루스를 가지고 왔습니다.

왕비는 람세스의 집무실에서 일하지 않았다. 그가 돌아올 때까지 왕의 집무실은 그대로 남아 있을 것이다. 그녀는 하늘색 도자기들로 장식되어 있는, 정원에 면한 넓은 방에서 집무했다. 창 밖의 정원에서는 왕의 노란 개가 아카시아 나무 발치에 누워 잠자고 있었다.

네페르타리는 파피루스의 봉인을 뜯고 편지를 읽었다. 초서체로 쓴 편지에는 람세스의 서명이 있었다.

왕비의 얼굴에 어떤 미소도 떠오르지 않았다. 그녀가 말했다.

―폐하께서는 나를 안심시키려고 하시는 거예요.

―진전이 있으셨답니까?

―가나안이 복속되었고 반역자인 총독은 죽었대요.

아메니의 얼굴이 환해졌다.

―굉장한 승리로군요!

―폐하께서는 계속 북쪽으로 진군하신답니다.

―그런데 왜 그렇게 슬퍼하십니까?

―폐하께서는 어떤 위험이 있더라도 카데슈까지 가실 테니까요. 그 전에 아샤를 구하려고 목숨까지 거실 겁니다. 하지만 만일 운명이 그분을 저버린다면 어떡하지요?

―초자연적인 신비한 힘이 파라오를 도와주실 겁니다.

―그분 없이 이집트가 살아갈 수 있을까요?

―물론입니다. 폐하께서 왕비로서 훌륭하게 다스리고 계시기 때문입니다. 그리고 파라오께서 돌아오실 테니까요. 틀림없습니다.

그때 복도에서 급하게 뛰어오는 발자국소리가 들려왔다. 누군가 문을 두들겼다. 아메니가 문을 열었다. 너무나 흥분해서 정신을 차리지 못하는 산파의 모습이 나타났다.

—폐하…… 이제트님께서 해산하려 하십니다. 폐하를 뵙고 싶어
하세요!

이제트는 분만의 고통을 겪고 있는 그 순간에도 도전적인 매력을
발산하고 있었다. 그녀가 가장 아름다운 영광으로 여기는 것은 총
명한 아들 카를 낳았다는 사실이었다. 이제 또다시 이제트는 람세
스에게 새 아기를 낳아주는 것이다. 전통적인 검사방법* 덕택에 그
녀는 자기가 아들을 낳게 되리라는 것을 미리 알고 있었다.

그녀는 산파 네 사람의 도움을 받아서 선 자세로 아기를 낳게 된
다. 사람들은 산파를 '부드러운 여자들' 그리고 '단단한 엄지손가
락을 가진 여자들'이라고 불렀다. 산파들은 아기가 태어나는 것을
방해하는 잡귀들을 물리치기 위한 주문을 외우고, 훈증요법과 물약
을 사용해서 산모의 고통을 덜어주었다.

이제트는 아기가 아홉 달 동안 자라온 따뜻한 연못을 떠나려 하
고 있다는 것을 느꼈다. 부드러운 손이 이제트의 몸에 와서 놓였다.
그리고 어디선가 백합과 자스민 향기가 풍겨왔다. 이제트는 이제
더이상 고통 따위는 존재하지 않는 천국의 정원으로 들어온 듯한
느낌이 들었다. 고개를 옆으로 돌리자, 산파 역할을 하기 위해 온
네페르타리의 모습이 보였다. 왕비는 물에 적신 헝겊으로 산모의
이마를 닦아주었다.

—폐하…… 이렇게 와주실 줄은 몰랐어요.
—그대가 날 불렀잖소. 그래서 왔지요.
—왕의 소식은 들으셨습니까?

---

* 보리와 밀을 넣은 자루에 산모가 소변을 보게 해서 태아를 감별했다. 보리싹이 트
면 아들을 낳게 되고, 밀싹이 트면 딸을 낳게 된다. 보리도 밀도 싹이 트지 않으면, 아
이를 낳을 수 없다.

31

—아주 좋은 소식이 왔어요, 이제트. 폐하께서는 가나안을 탈환하셨고 곧 다른 반란자들도 진압하게 될 거라고 하셨어요. 빠른 속도로 히타이트인들을 쫓고 계시답니다.

—언제 돌아오시지요?

—당신 아이를 보고 싶으셔서라도 빨리 돌아오시겠지요.

—이 아이를…… 이 아이를 사랑해주시겠어요?

—내 딸 메리타몬처럼, 그리고 그대의 아들 카처럼 사랑하지요.

—전 두려웠어요…….

네페르타리는 이제트의 손을 꼭 쥐었다.

—우린 적이 아니에요, 이제트. 지금 그대가 하고 있는 싸움에서 반드시 이겨야 해요.

갑자기 참을 수 없는 큰 고통이 찾아왔다. 산모가 비명을 질렀다. 산파들의 움직임이 빨라졌다.

이제트는 내장을 찢는 듯한 불 같은 고통을 잊어버리고 깊은 잠에 빠지고 싶었다. 람세스를 꿈꾸면서 싸움을 끝내고 싶었다…… 그러나 네페르타리의 말이 옳다. 그녀의 가슴속에서 시작된 이 신비한 사랑의 업을 완수하지 않으면 안 되었다.

네페르타리는 이제트의 아이를 손수 받았다. 그 동안 산파 한 명이 탯줄을 끊었다. 산모는 눈을 감았다.

—사내아인가요?

—그래요, 이제트. 잘생기고 튼튼한 사내아이야.

5

카는 늙은 현자 프타 호텝의 잠언을 새 파피루스에 옮겨쓰고 있었다. 현자 프타 호텝은 백십 세가 되었을 때, 후세에 도움이 될 말들을 글로 남기는 것이 좋겠다고 생각하고 잠언록의 집필을 시작했다.

메리타몬은 카에게서 멀리 떨어지지 않은 곳에 앉아 하프를 연주하고 있다. 여섯 살밖에 먹지 않았지만, 이 소녀에게 남다른 음악적 재능이 있다는 것은 누가 보아도 분명했다. 게다가 사랑스러운 애교도 부릴 줄 알았다. 카는 자기가 신성문자를 쓰고 있는 동안, 누이동생이 하프를 뜯으며 부르는 부드러운 노랫소리를 좋아했다. 왕의 개는 공주의 발 위에 머리를 얹고 편하게 숨을 쉬었다. 메리타몬은 놀라울 정도로 네페르타리를 빼어닮았다.

왕비가 정원으로 들어오자, 카는 쓰는 것을 멈추었고 메리타몬도 하프 연주를 중단했다. 두 아이는 불안하고 초조한 표정으로 왕비에게 달려갔다.

네페르타리가 아이들을 껴안았다.

―다 잘 되었다. 너희에게 남동생이 생겼단다.

카가 물었다.

―아버지와 어머니는 아기 이름을 벌써 알고 계시지요?

왕비가 미소를 지었다.

―넌 우리가 뭐든지 다 미리 알 거라고 생각하느냐?

―그럼요. 왕과 왕비신 걸요.

―네 남동생은 메렌프타라는 이름으로 불릴 것이다. '프타 신의 사랑을 받는 자'라는 뜻이란다. 프타 신은 장인들의 수호신이시며, 말씀으로 세상을 창조하신 분이시다.

돌렌테는 왕비가 운하 책임자들과의 회견을 마치고 회의실에서 나오기를 기다렸다. 그녀는 이집트에서 숨어 지내던 마법사 오피르의 지시에 따라 궁전으로 돌아왔다.

람세스는 돌렌테의 거짓말을 믿었을까? 그녀는 그렇다고 생각했다. 람세스의 명령에 따라 돌렌테는 피-람세스 궁에 머물러 있어야 했지만, 그것은 오히려 돌렌테가 바라던 바였다. 기회가 닿는 대로 오피르에게 제공할 정보의 입수를 위해선 궁전에서 사는 것이 더 나았다.

돌렌테는 네페르타리가 왕에게 영향력을 행사하고 있다는 것을 알고 있었다. 우선은 네페르타리에게 잘 보이는 게 중요했다.

돌렌테는 왕비에게 다가가 공손하게 절하며 말을 걸었다.

―폐하, 이제트를 돌볼 수 있게 해주십시오.

―돌렌테, 무엇을 원하십니까?

─이제트의 살림살이를 돌봐주고 싶습니다. 매일 방 청소를 하고, 발라니트* 껍질과 과육으로 만든 비누로 산모와 아기를 씻어주고, 잿물과 소다를 섞은 용액으로 세간들을 전부 깨끗이 닦기도 하고요…… 이제트를 위해 분갑이며 향유병, 눈썹 그리는 먹통, 화장하는 데 쓰이는 작은 칼들이 들어 있는 화장품 상자도 하나 마련해 두었답니다. 이제트의 아름다움을 지켜주어야 하지 않겠어요?

─이제트가 형님의 애정에 고마워하겠군요.

─이제트만 괜찮다면, 제가 직접 화장을 해주고 싶어요.

네페르타리와 돌렌테는 백합과 수레국화, 만드라고라 그림으로 장식되어 있는 복도를 몇 발자국 걸었다.

─아기가 아주 예뻐요.

─메렌프타는 아주 씩씩한 남자가 될 거예요.

─어제 저는 카와 메리타몬과 함께 놀고 싶었어요. 그런데 그렇게 하지 못하게 하더군요. 마음이 너무나 아팠답니다, 폐하.

─람세스와 제가 그렇게 명령했습니다.

─언제까지 저를 의심하실 건가요?

─그래서 놀라셨습니까? 형님은 그 마법사와 도망치셨고, 셰나르를 지지했고…….

─그 때문에 저는 불행을 겪지 않았습니까? 남편은 모세에게 살해당했고, 그 저주받을 마법사는 제 혼을 빼앗아가려 했구요. 또 셰나르 오빠는 언제나 저를 미워하고 모욕했어요. 그런데도 아직 제가 비난을 받아야 합니까! 저는 그저 쉬고 싶은 생각밖에는 없습니다. 그리고 가족들의 사랑과 신뢰를 되찾고 싶어요. 저는 큰 잘못을 저질렀어요. 부인하지 않겠어요. 하지만 언제까지 이렇게 죄인 취급을 받아야 하나요, 폐하?

---

* 사포닌 성분이 풍부하게 들어 있는 나무.

─형님은 파라오를 해치려는 음모도 꾸미셨어요.

돌렌테는 왕비 앞에 꿇어 엎드렸다.

─저는 사악한 사람들의 노예였어요, 폐하. 저는 그들의 사주를 받았던 거예요. 이젠 그렇지 않아요. 저는 왕께서 요구하신 것처럼 궁전에서 혼자 살고 싶어요. 그리고 과거를 잊어버리고 싶어요……제발 저를 용서해주세요.

네페르타리의 마음이 흔들렸다.

─돌렌테, 이제트를 돌봐주세요. 이제트가 아름다움을 지킬 수 있도록 도와주세요.

외무대신의 보좌관 메바는 아메니의 사무실로 향했다.

화려한 경력을 자랑하는 외교관이자, 대사들을 많이 배출한 부유한 집안의 상속자, 권력과 부를 지닌 상류계급 인사인 그가 외무대신 자리에서 쫓겨난 것은 견디기 힘든 시련이었다. 그에게 이집트에서 암약중인 히타이트 간첩조직이 접근해오기 전까지, 그는 모욕의 세월을 견디고 있었다. 다시는 정치 전면에 나설 수 없을 것이라는 실의의 세월이기도 했다.

반역…… 메바는 그런 생각은 해보지도 않았다. 그는 그저 뭔가 일을 꾸민다는 재미에 빠져들었다. 복잡한 일을 처리하는 타고난 감각으로, 그는 외무대신에 올랐었다. 아샤의 옛 상관이었던 그는 이제 외형적으로는 아샤의 충성스러운 부하가 되었다. 아샤는 매우 똑똑한 사람이었지만, 그런 아샤마저도 메바의 꾸며낸 겸손에 감쪽같이 속아넘어갔다. 경험이 풍부한 사람을 협력자로 두었다는 사실, 더구나 그 사람이 셰나르 때문에 고통을 겪었던 사람이라는 사실이 아샤로 하여금 경계심을 늦추게 했던 것이다.

히타이트 간첩조직의 책임자인 오피르가 사라지고 난 뒤, 메바는 조직의 지령을 기다렸다. 그러나 지령은 없었다. 그는 이 기간을 이용해서 외무성 내부와 상류사회의 인맥을 한층 단단하게 다졌다. 독설을 퍼뜨리는 일도 잊지 않았다. "나는 억울한 일을 당했다. 아샤는 머리가 좋긴 하지만 위험인물인 데다가 경험 미숙으로 아직 일도 제대로 처리할 줄 모른다." 메바는 그렇게 떠들고 돌아다니면서 히타이트인도, 또 자신의 반역행위도 다 잊어버렸다.

말린 무화과를 질겅질겅 씹어먹으면서 아메니는 곡물창고 책임자들에게 보내는 지침서를 쓰고, 난방용 목재가 부족하다고 불만을 토로하는 지방 수령의 편지를 읽고 있었다.

―무슨 일입니까, 메바?

메바는 이 왜소한 체구의 거칠고 오만한 서기관을 싫어했다.

―너무 바쁘셔서…… 제 얘기를 들어주실 틈이 있으시겠습니까?

―간단하게 말씀하신다면, 잠깐 들어드릴 수는 있습니다.

―폐하께서 부재중이신 동안에 귀관께서 섭정을 담당하고 계시지 않습니까?

―불만이 있거든 왕비 폐하께 접견을 요청하시지요. 내가 결정을 내리더라도 왕비 폐하께서 승인해주셔야 하니까요.

―우리 예민한 문제 가지고 장난하지 맙시다. 왕비께선 날 귀관에게 돌려보내실 거요.

―불만스러운 사항이 뭡니까?

―정확한 지침이 없어요. 외무대신은 외국에 있고, 왕은 전쟁중이니 외무성은 일을 어떻게 처리해야 할지 몰라 갈팡질팡하고 있습니다.

―폐하와 아샤가 돌아오기를 기다리시오.

―그러다 만일…….

―그들이 돌아오지 않으면 어떡하냐는 말입니까?

―끔찍한 가정이긴 하지만, 생각해두어야 하지 않을까요?

―난 그렇게 생각지 않습니다.

―매우 단정적으로 말씀하시는군요.

―난 그런 사람입니다.

―그럼 폐하와 외무대신이 돌아오시기를 기다리겠습니다.

―그게 제일 좋은 방법입니다.

세라마나는 히타이트인들과 싸우고 싶었다. 그는 적의 머리를 박살내고 가슴을 찔러 죽이고 싶었다. 람세스가 아샤를 구출하기 위한 특공대 파견을 결정하고 그에게 지휘를 맡겼을 때, 그는 뛸 듯이 기뻐했다. 그러나 가나안 지역까지 적의 수중에 떨어졌다는 정보를 입수한 람세스는 특공대 파견을 취소하고 대규모 군사를 일으켜 직접 출정했다. 이번에도 파라오는 그에게 자신의 가족을 잘 보호하라는 명령을 내렸다. 세라마나는 대단히 실망했지만, 옛날 호화 상선에 살그머니 접근할 때와 똑같은 열정으로 자신에게 맡겨진 일에 매달렸다.

세라마나가 보기에 람세스는 그가 일찍이 만나보지 못한 가장 놀라운 전쟁의 수장(首長)이었다. 그리고 네페르타리는 가장 아름다우면서도 감히 범접할 수 없는 여인이었다. 왕과 왕비는 그에게 나날이 일어나는 기적처럼 여겨졌다. 왕년의 해적은 그들을 존경하지 않을 수 없었다. 급료도 좋았고, 비싼 음식을 실컷 먹을 수 있었으며, 기막힌 여자들과도 어울릴 수 있게 해준 이 왕국의 영속을 위해서라면 그는 목숨이라도 내놓을 준비가 되어 있었다.

그러나 그의 청사진에 그늘이 드리워졌다. 세라마나의 체질적인 사냥꾼의 본능이 그를 괴롭혔다. 돌렌테가 궁전으로 돌아온 것은 아무래도 람세스와 네페르타리를 해치려는 작전 같았다. 그는 돌렌테를 이성을 잃은 거짓말쟁이라고 생각했다. 확실한 증거는 없지만, 그는 그녀를 조종해왔던 마법사가 계속해서 그녀를 이용하고 있다는 생각이 들었다.

세라마나는 돌렌테를 상대로, 셰나르 소유의 저택에서 시체로 발견된 금발머리 여자에 대해 조사했었다. 그런데 돌렌테의 진술은 어딘가 모호했다. 돌렌테의 말에 따르면 죽은 여자는 영매였다는 것이다. 세라마나는 그것을 부인하지 않았다. 그러나 그 여자에 대해 더이상 아무것도 모른다는 돌렌테의 주장은 그가 보기엔 말도 안 되는 얘기였다. 돌렌테의 침묵은 무엇을 의미하는 것일까? 진실을 감추려는 것이 아니면 무엇이란 말인가. 돌렌테는 중요한 사실을 숨기기 위해 자기가 그들에게 이용당한 것처럼 연기하고 있다. 하지만 단순한 추측을 가지고 그녀를 고발할 수도 없는 노릇이었다.

그러나 해적들은 끈질기다. 그들은 며칠씩이나 배 한 척 보지 못하고도 바다 위에서 기다린다. 그러다가 배가 한 척 나타났다 해서 쉽사리 움직이지도 않는다. 우선 방향을 잘 정하고, 사냥터를 후보지까지 포함해 신중하게 선정해야 하는 것이다.

그는 살해당한 젊은 금발머리 여자의 초상화를 그려서 정보원들에게 나누어주고 멤피스와 피 - 람세스 전역에 풀어놓았다.

누군가 그녀의 정체에 대해 말하는 사람이 곧 나타날 것이다.

6

　이교(異敎)의 파라오 아케나톤의 명령에 따라 건설되었던 태양
의 도시*는 이젠 버림받은 도시에 불과했다. 궁전, 귀족들의 저택
들, 공방들, 장인들의 집들은 텅 비어 있었다. 신전들은 영원히 침
묵하고 있고, 아케나톤과 네페르티티의 수레가 지나다녔던 큰길,
상가와 서민지역의 골목길도 폐허가 되어버렸다.

　도시는 나일 강가의 넓은 평원에 있는 외진 곳에 자리잡고 있다.
아케나톤은 활 모양으로 산들이 둘러싸고 있는 분지에 태양 원반으
로 현현하시는 유일신 아톤에게 이 도시를 바쳤다.

　아무도 이 잊혀진 도시를 찾아오지 않았다. 아케나톤이 죽고 난

---

　* 아케타톤. 이집트 중왕조시대에 건설된 도시로서 '아톤의 빛의 지역'이라는 뜻. 북
쪽의 멤피스와 남쪽의 테베 중간쯤에 있다.

뒤, 사람들은 테베로 돌아갔다. 그들은 도시를 떠나면서 귀중품과 가구, 부엌 세간들과 고문서들을 가지고 갔다. 조각가의 작업장에는 여기저기 항아리들이 굴러다니고 있다. 완성되지 않은 채 버려진 네페르티티의 두상도 있었다.

시간이 흘러감에 따라 건물들이 퇴락해갔다. 흰색 칠이 벗겨지고 회반죽도 부서져내렸다. 졸속으로 건설된 태양의 도시는 폭풍우와 모랫바람에 저항하지 못했다. 아톤의 신성한 영역의 경계를 선포하기 위하여 아케나톤의 명을 받아 새겨진 비석의 글씨도 지워졌다. 시간의 풍화작용은 신성문자를 읽을 수 없게 만들었고, 신비주의자의 미친 모험을 무로 돌려보냈다.

절벽에는 지위가 높은 사람들의 무덤이 준비되어 있었지만 미라는 하나도 없었다. 버림받은 도시의 무덤들도 버림받았던 것이다. 보호받지 못하는 그 무덤들에는 영혼도 깃들이지 않았다. 아무도 이 버림받은 도시에 오지 않았다. 떠도는 소문에 의하면, 유령들이 이 도시를 점령하고, 호기심 때문에 기웃거리는 사람들의 목을 분질러놓는다고 했다.

셰나르와 마법사 오피르는 이곳에 숨어 있었다. 그들은 아톤 대사제의 무덤 안에서 기거했다. 그 무덤에는 기둥이 늘어선 방이 있었는데, 제법 쾌적했다. 벽에 새겨진 신전과 궁전의 모습이 지금은 사라져버린 태양의 도시의 영광의 흔적을 보여주었다. 조각가는 태양을 경배하고 있는 아케나톤과 네페르티티의 모습을 영원히 새겨놓았다. 태양의 원반으로부터 긴 빛이 흘러나오고 있었는데, 그 빛의 끝에 왕과 왕비에게 생명을 주는 손들이 조각되어 있었다.

셰나르는 조그만 갈색 눈을 들어 승리하는 태양의 화신 아케나톤을 새겨놓은 부조를 이따금 노려보았다. 이제 서른다섯 살이 된 셰나르, 그는 태양을 증오했다. 그것은 동생 람세스를 지켜주는 천체였다.

히타이트인들의 도움을 받아 그가 무너뜨리려고 했던 폭군 람세스, 그를 오아시스의 도형장으로 귀양 보냈던 람세스.

모래폭풍을 이용해 도망친 셰나르는 동생에 대한 증오, 동생에게 복수하고자 하는 욕망의 힘으로 시련을 이기고 살아남을 수 있었다. 셰나르는 그가 안전하게 지낼 수 있는 단 한 곳을 향해 발걸음을 옮겼다. 이교의 왕 아케나톤의 버림받은 도시가 바로 그곳이었다.

그는 오피르를 그곳에서 만나리라고 딱히 믿진 않았지만, 이교도인 오피르가 도망칠 곳도 그리 많아 보이진 않았다. 오피르는 별 놀라움 없이 그를 맞아주었다. 그곳에서 그는 많은 일들을 알게 되었다. 오피르가 단순한 미치광이 이교도가 아니라, 히타이트 제국의 고위 첩자라는 사실도 듣게 되었다. 셰나르는 이제 놀랄 기력도 없었다. 그가 한낱 장기판의 말[馬]로 생각한 것들이 나름의 촘촘한 조직망으로 그를 에워싸고 있었다는 게 기분 나쁘긴 했지만, 이미 모든 것이 물 건너간 얘기로만 들렸다.

셰나르는 분노에 가득 차서 돌멩이를 집어들고 아케나톤의 초상을 향해 던졌다. 왕관이 부서졌다.

—저주받아라. 모든 파라오들과 그들의 왕국도 지상에서 영원히 사라져버려라!

셰나르의 꿈은 무너졌다. 아나톨리아에서 누비아에까지 이르는 거대한 왕국을 다스려야 할 그가 자기 나라에서마저 천민의 지위로 전락해버린 것이다. 람세스가 카데슈에서 패배하고, 히타이트인들이 이집트로 쳐들어왔어야 했다. 그랬더라면, 셰나르는 '두 개의 땅'의 옥좌에 오를 수 있었을 것이다. 난파자 람세스와 구원자 셰나르. 그것이 그가 백성들에게 받아들이게 했어야 마땅한 진실이었다.

셰나르는 무덤 한구석에 눈감고 조용히 앉아 있는 오피르에게로 몸을 돌렸다.

—우리가 왜 실패한 거요?

—때가 좋질 않았습니다. 운이 바뀔 겁니다.

—한심한 대답이로군.

—마법은 정확한 과학입니다만, 예상할 수 없는 일까지 배제할 수는 없음이지요.

—그런데 그 예상할 수 없는 일이라는 게 바로 람세스 당사자였잖소!

—람세스는 놀라운 자질과 보기 드문 매혹적인 저항력을 가지고 있습니다.

—매혹적이라…… 그 폭군의 매력에 반한 모양이로군.

—그를 파괴할 수 있는 더 나은 방법을 찾아내기 위해 그를 연구한 것뿐이지요. 카데슈 전투에서도 아몬 신이 그를 찾아 도와주지 않았습니까?

—그런 황당한 얘기를 믿는 거요?

—세계는 보이는 것만으로 이루어져 있는 것이 아닙니다. 이 세계에는 비밀스러운 힘들이 흐르고 있습니다. 바로 그 힘들이 현실의 올을 형성하고 있는 것이죠.

셰나르가 아톤 신의 모습이 그려져 있는 벽을 주먹으로 쳤다.

—당신의 그 헛소리가 우릴 어디로 끌고 왔는지 좀 보시오. 권력에서 멀리 떨어져 있는 이 버려진 무덤 속으로 끌고 왔단 말요! 우리는 둘뿐이고, 그리고 거렁뱅이들처럼 죽어갈 수밖에 없어.

—그건 틀린 말이군요. 아톤 신을 섬기는 자들이 우리에게 먹을 것을 가져다주고 또 안전을 지켜주고 있지 않습니까.

—아톤 신을 섬기는 자들이라고…… 환상에 사로잡혀 있는 한 떼거리의 미치광이들과 신비주의자들 말인가.

—공의 말이 틀린 건 아닙니다. 그러나 그들은 우리에게 필요한

사람들입니다.

―그 사람들을 람세스의 군대와 싸워 이길 수 있는 군대로 만들 작정인가?

오피르는 말없이 고개를 숙이더니 먼지 속에 이상한 기하학적 형태들을 그려나갔다. 셰나르가 말을 이었다.

―람세스가 히타이트인들을 쳐부쉈고, 당신의 조직은 풍비박산이 났소. 그리고 이제 나를 지지하는 사람은 아무도 없소. 여기 웅크리고 있는 것 외에 어떤 다른 운명이 우리를 기다리고 있겠소?

―마법의 힘으로 운명을 바꿀 수 있을 겁니다.

셰나르가 어깨를 으쓱했다.

―당신은 네페르타리도 제거하지 못했고, 람세스의 힘을 약화시키지도 못했어.

―그건 부당한 말씀이십니다. 왕비는 내 마법 덕분에 거의 죽을 뻔하지 않았습니까.

―이제트가 람세스에게 아들을 또하나 낳아줄 걸세. 그리고 왕은 자기가 원하는 만큼 얼마든지 계승자들을 입양할 수도 있소! 내 동생이 나라를 다스리지 못하도록 방해하는 집안 문제는 아무것도 없단 말요.

―여러 번 치면 그도 약해집니다.

―이집트의 파라오가 30년간 통치하고 나면, 그의 주술적 힘인 카가 재생된다는 것을 모르는 거요?

―우린 아직 거기까지 와 있지 않습니다, 셰나르 공. 히타이트인들도 전쟁을 포기한 것이 아니구요.

―그들이 조직한 동맹군이 카데슈에서 박살나지 않았소?

―무와탈리스 대왕은 꾀가 많고 신중한 사람입니다. 그는 적당한 때에 후퇴할 줄 알았던 것이지요. 그는 반격을 준비해서 람세스를 칠 것입니다.

-오피르, 난 이제 더이상 꿈꾸고 싶지 않소.

말발굽소리가 멀리에서 들려왔다.

셰나르가 칼을 움켜쥐었다.

-아톤교도들이 음식을 가져올 시간이 아닌데.

셰나르는 무덤 입구로 달려갔다. 그곳에서는 죽은 도시와 벌판이 내려다보였다.

-두 남자요.

-우리 쪽으로 오고 있습니까?

-도시를 벗어나 절벽 쪽으로 오고 있소. 우리 쪽으로 오고 있는 거요! 이 무덤에서 빠져나가 다른 데 숨는 게 좋겠소.

-서두르실 필요 없습니다. 두 사람뿐이잖습니까.

오피르가 자리에서 일어났다.

-어쩌면 내가 기다려왔던 신호를 가져온 건지도 모릅니다. 그들의 얼굴을 잘 보세요.

남자들이 가까이 다가오자, 얼굴을 알아볼 수 있었다. 한 사람은 아톤교도였다. 그와 함께 오는 사람의 얼굴을 알아보고 셰나르는 깜짝 놀랐다.

-메바가…… 아니, 메바가 어떻게 여기엘?

-그는 내 부하입니다. 아시잖습니까, 셰나르 공. 우리의 동지이지요.

셰나르가 칼을 내려놓았다.

-람세스의 궁전에서는 아무도 메바를 의심하지 않습니다. 지금은 서로간의 입장차이를 잊어야 할 땝니다.

셰나르는 아무 대답도 하지 않았다. 그는 메바에게 경멸의 감정밖에 없었다. 그가 알기로, 메바는 자기 재산과 안위를 지키는 것 외에는 아무 관심도 없는 기회주의자에 불과했다. 그래서 메바가 자신이 히타이트의 새로운 공작원이라고 말했을 때도, 셰나르는 그가 진지한 의도로 조직에 가담했다고는 생각지 않았다. 더욱이 세나르 자신이 몰락하고, 오피르마저 도피중인 이때 그가 여전히 조직의 일원으로 남아 있으리라고는 믿지 않았다.

말을 타고 오던 두 남자가 땅에 내려섰다. 그들은 아톤 대사제의 무덤으로 오는 길에 접어들었다. 아톤교도는 두 마리 말을 붙잡고 서 있고, 메바는 공범들이 숨어 있는 소굴을 향해 다가오고 있었다.

세나르는 불안 때문에 목이 조여드는 느낌이었다. 이 고위관리가 그들을 배반하지 않았을까? 조금 있다가 파라오의 군대가 들이닥치는 건 아닐까? 그러나 지평선에는 두 사람을 제외하고는 아무도 보이지 않았다.

메바는 너무나 긴장해서 의례적인 인사말조차 잊어버렸다.

─여기에 오느라고 큰 위험을 무릅썼습니다…… 왜 공들을 만나러 오라는 메시지를 보내셨습니까?

오피르가 채찍을 후려치듯 메바의 말에 대답했다.

─메바, 당신은 내 명령을 받는 사람이오. 내가 가라 하면 어디든 가야 하는 거요. 그래, 소식이 있소?

세나르는 깜짝 놀랐다. 오피르는 이렇게 은신처 구석에 쭈그리고 앉아서도 계속해서 자기 조직을 이끌어왔던 것이다.

─신통치 않은 소식들입니다. 히타이트의 반격은 별로 성공적이지 못했습니다. 람세스는 힘차게 대응했고, 벌써 가나안을 탈환했습니다.

─카데슈 쪽으로 가고 있소?

─그건 모르겠습니다.

─메바, 일을 좀더 잘해야 하오. 훨씬 더 잘해야 돼요. 나에게 더 많은 정보를 가져와야 한단 말이오. 베두인 족은 약속을 지켰소?

─여기저기에서 대규모 반란이 일어난 것 같습니다…… 하지만

저는 아메니에게 의심받지 않기 위해서 아주 조심해야만 합니다.

　－당신은 외무성에서 일하고 있잖소?

　－하지만 신중해야 하기 때문에…….

　－카 왕자에게 접근할 수는 있소?

　－람세스의 맏아들 말입니까? 예, 할 수 있지요. 하지만 왜…….

　－카 왕자가 특별히 아끼는 물건이 필요하오. 아주 급하게 필요
해요.

7

에돔 남쪽과 아카바 만 동쪽에 위치하고 있는 마디안 지방, 황막한 사막이 펼쳐져 있는 곳, 그리고 성스런 산이 있는 곳, 모세는 이곳에 오랫동안 숨어 지냈다.

그 동안 아내를 얻고 아들을 낳았다. 하지만 가슴속의 불길은 나날이 거세게 몰아치며, 그를 사막으로 성스런 산으로 떠돌게 했다. 간구와 구도의 긴 여정이었다. 그는 마디안에 있었으되, 그곳에 있지 않았다. 그는 가족들과 함께 있었으되, 늘 스스로를 유폐시킨 채 신과의 대화를 나누고자 했다. 그는 혼자 황막한 사막을 떠돌았으며, 성스런 산에 올랐다.

부름, 그는 마침내 누군가 자신을 부른다는 걸 알았다. 그가 간구하듯이, 그분 역시 오래도록 자신을 부르고 있다는 걸 알았다.

나를 부르는 당신이 누구냐고 물었다. 그 오랜 간구에 대답이 있었다. 산 한가운데에서 그분은 말씀하셨다. 그분은 아브라함과 이삭과 야곱의 하느님, 그리고 모세의 하느님이라 했다. 그분은 모세에게 이집트로 돌아가라 했다. 그의 히브리 형제들을 이집트에서 데리고 나오라 했다. 그리고 그들 소유의 땅에서 진정한 신앙을 가지고 살아가게 하라는 것이었다. 불가능한 일이었다. 그러나 모세는 걱정하지 않았다. 하느님이 그에게 임무를 맡기셨듯이, 임무를 완수할 힘도 맡기실 거라고 생각했다.

그를 붙잡고 장인은 한사코 만류했다. 살인죄로 기소되어 있는 그가 제 발로 이집트에 돌아간다는 것은 자살행위였기 때문이다.

그러나 어떤 말도 모세의 마음을 움직일 수 없었다. 모세의 아내 시포라도 그를 만류해보려 했지만, 아무 소용도 없음을 알았다.

모세의 작은 가족은 델타로 가는 길로 접어들었다. 시포라는 남편의 뒤를 따랐다. 모세는 옹이가 많은 커다란 지팡이를 짚고 고요한 발걸음으로 걸어갔다. 많은 갈림길에서, 그는 어느 길을 따라가야 할까 망설이지 않았다.

저 멀리에서 모래구름이 일어났다. 한 무리의 말을 탄 사람들이 가까이 다가오고 있었다. 시포라는 아들을 품에 껴안고, 모세의 등 뒤에 숨었다. 모세는 키가 크고 털보에다 떡 벌어진 어깨를 가지고 있었다. 시포라가 남편에게 애원했다.

―숨어야 해요.

―소용 없는 짓이오.

―베두인 족이라면, 우릴 죽일 거예요. 이집트인들이라면 당신을 잡아갈 거구요!

―두려워하지 말아요.

모세는 가만히 서서 멤피스 대학 캄에서 공부하던 시절을 떠올렸다. 그 동안 그는 이집트인들의 모든 지혜를 배우고 파라오가 된 람세스와 깊은 우정을 나누었다. 졸업 뒤엔 메르-우르 하렘에서, 카르낙에서, 그리고 '두 개의 땅'의 새로운 수도 피-람세스 건설 현장에서 일했다. 람세스는 모세에게 새로운 수도의 건설을 맡김으로써, 그를 이집트 왕국에서 첫 손가락에 꼽히는 인물로 만들었다.

그러나 모세는 고통스러웠다. 청년시절부터 그의 영혼을 사르던 불이 더욱 거세게 타오르며 그의 존재를 부르고 있었기 때문이었다. 성스런 산에서 그는 그 불을 만났다. 가시덤불을 태우지 않으며 스스로 타는 불.

이제 그에게 고통이 사라졌다. 히브리인 모세는 드디어 자기의 소명을 만난 것이다. 그의 마음속에 두려움은 살지 않았다.

말을 탄 사람들은 베두인 족이었다.

대머리에다 털보인 아모스와 키가 크고 마른 바두크가 일행의 선두에 서 있었다. 두 부족의 족장들, 카데슈에서 위계(僞計)로 람세스를 함정에 끌어들였던 그 사람들이었다. 일행이 모세의 가족을 둥글게 에워쌌다.

─넌 누구냐?

─내 이름은 모세다. 그리고 이들은 내 아내와 아들이다.

─모세라…… 죄를 저지르고 사막으로 도망친 람세스의 친구 모세 말이냐?

─그렇다.

아모스가 땅에 내려서서 모세에게 반갑게 인사했다.

─그렇다면 우린 동지다! 우리도 람세스와 싸우고 있으니까. 옛날에 네 친구였던 람세스는 지금은 네 머리를 원하고 있지!

모세가 단호한 목소리로 말했다

─이집트의 왕은 아직도 나의 형제다.

─헛소리하지 마라! 그의 증오가 끊임없이 널 따라다니고 있는

걸 모른단 말이냐. 베두인 족과 히브리인과 유목민들은 폭군 람세스를 무너뜨리기 위해 히타이트인들과 동맹을 맺어야 한다. 그의 힘은 전설적이야. 모세, 우리랑 함께 가자. 시리아를 치려는 이집트 군사들을 괴롭혀주자구.

―난 북쪽으로 가는 게 아니다. 남쪽으로 가는 길이다.

믿을 수 없다는 표정으로 바두크가 물었다.

―남쪽으로 간다구? 어디로 가는데?

―이집트로 간다. 피-람세스에.

아모스와 바두크는 어리둥절한 표정으로 마주 보았다. 아모스가 모세에게 물었다.

―우릴 놀리는 거냐?

―난 사실 그대로 말하고 있다.

―하지만…… 거기 가면 붙잡혀서 처형당할 텐데!

―야훼께서 날 지켜주실 것이다. 나는 내 백성을 이집트에서 데리고 나와야 한다.

―히브리인들을 이집트 밖으로 데리고 나온다구…… 자네 미쳤나?

―그것이 야훼께서 내게 맡기신 소명이다. 나는 그 소명을 완수해야 한다.

바두크가 말에서 내렸다.

―모세, 꼼짝 말고 여기 있어.

두 명의 족장은 모세에게서 멀리 떨어져 뭔가를 수군댔다. 바두크가 자기 생각을 말했다.

―미친 놈이야. 사막에서 너무 오래 살다보니까 머리가 좀 어떻게 된 모양이야.

―그렇지 않네.

―그렇지 않다구? 저 모세라는 작자는 미친 놈이라구. 확실해!

―아닐세, 과감하고 꾀가 많은 사람이야.

―마누라하고 애새끼를 데리고 사막을 헤매고 있는 저 불쌍한 인간이…… 별 희한한 꾀도 다 있군!

―그래, 바두크, 희한하지! 저런 가난뱅이를 누가 경계하겠나? 하지만 모세는 아직도 이집트에서 인기가 좋다구. 이집트에 들어가서 히브리인들의 반란을 꾀하려는 거야.

―성공할 가능성이 전혀 없어! 그렇게 하도록 이집트 경찰이 가만히 내버려둘 것 같은가?

―우리가 도와주면, 저 자를 이용할 수 있을지도 몰라.

―도와주다니…… 어떻게?

―저 자가 국경을 넘어가게 도와주자구. 그리고 히브리인들에게 무기를 제공하는 거야. 결국은 다 죽고 말겠지만, 어쨌든 피-람세스에 혼란의 씨앗을 뿌려놓기는 할 것 아닌가.

모세는 가슴 가득 델타의 공기를 들이마셨다. 이제는 적의 땅이지만, 이 땅은 여전히 그를 매혹했다. 그는 이 땅을 증오해야 마땅했다. 그러나 부드러운 밭들과 향기로운 야자나무 숲은 그에게 경탄의 감정을 불러일으켰다. 불현듯 파라오 람세스와 절친한 친구였던 시절이 떠올랐다. 마음속에 품고 있었던 젊은 날의 꿈.

그는 한때, 평생 람세스 곁에서 그에게 봉사하고, 여러 왕조를 거치며 면면히 이어내려온 진리와 정의라는 이상을 후세에 전할 수 있도록 돕겠다고 생각했다. 그러나 이제 그 이상은 과거에 속한 것이 되었다. 그 꿈을 버리자 야훼께서 그의 발걸음을 이끌어주셨다.

바두크와 아모스의 도움을 받아, 모세와 그의 가족은 두 개의 작은 보루 사이를 순찰하는 경찰의 눈을 피해 이집트 영토 안으로 들어갔다. 칠흑의 밤이었다. 시포라는 무서웠지만 한마디 불평도 하지 않았다. 모세는 그녀의 남편이었다. 그녀는 그에게 순종하고 그가 어딜 가든 따라가겠다고 결심했다.

태양이 떠올라 만물이 다시 소생하자, 모세는 마음에 품은 희망이 더욱더 커지는 것을 느꼈다. 어떤 힘이 그에게 대적하더라도 이곳에서 싸우리라. 람세스는 이해해야 할 것이다. 히브리인들이 자유를 요구하며, 신의 뜻에 따라 하나의 독립국가를 이루고 싶어한다는 것을.

모세의 가족은 긴 여로에 이집트의 여러 마을을 지났다. 여행자들을 극진하게 대접하는 관습을 가진 마을들이었다. 행색은 남루했지만, 모세의 행동과 말, 자기 의사를 표현하는 방법을 보고 사람들은 그가 근본이 훌륭한 이집트인이라고 생각했다. 그래서 그들과의 접촉은 아주 쉬웠다. 모세의 가족은 수도의 변두리에 있는 마을들을 향해 점점 더 가까이 다가가고 있었다.

─이 도시의 많은 부분을 내가 지었소.

모세가 아내에게 말했다.

─어쩌면 이렇게 크고 아름다울까요! 우리 여기서 살 거예요?

─당분간은.

─어디에 머물지요?

─야훼께서 마련해주실 거요.

모세와 그의 가족은 공방들이 있는 지역으로 들어갔다. 활기가 넘치는 곳이었다. 시포라는 복잡한 골목길들을 보고 얼이 빠져버렸다. 그녀는 벌써 오아시스에 있는 고요한 그들의 집이 그리웠다. 사람들은 서로 이름을 불러대는가 하면, 사방에서 빽빽 소리를 질렀다. 가구를 만드는 목수들, 석수들, 제화공들이 열심히 일을 하고 있었다. 고기나 말린 생선, 치즈 따위가 들어 있는 항아리를 실은 당나귀들이 느릿느릿 앞으로 나아갔다.

모세는 그곳을 지나 히브리 벽돌공들의 집이 모여 있는 지역을 향했다. 아무것도 달라진 것이 없었다. 모세는 모든 집들을 알아보았다. 귀에 익은 노랫소리가 들려왔다. 그 노랫소리는 반항과 열정으로 뒤범벅되어 있던 젊은 시절의 추억을 일깨웠다. 모세는 한가운데에 우물이 있는 작은 광장에 잠시 서 있었다.

늙은 벽돌공 하나가 다가오더니 그의 코 밑에 얼굴을 갖다대고 물었다.

―어디서 본 듯한 얼굴인데…… 하지만…… 그럴 리가 없지. 설마 그 유명한 모세는 아니겠지?

―내가 모세요.

―모세라구? 모세…… 우린 당신이 죽은 줄 알았소!

모세가 빙긋이 웃으며 대답했다.

―잘못 생각한 거지요.

―당신이 있을 땐 우리네 벽돌공들도 대접이 괜찮았는데…… 이젠 일이 서툰 일꾼들은 자기가 알아서 짚을 조달해야 한다오. 당신이 있었다면 항의했을 텐데 말이오! 생각해보시오. 짚을 자기가 조달해야 한단 말이오! 그러니 급료 인상은 말도 꺼내볼 수 없는 형편이지!

―하지만 어쨌든 집은 한 채 가지고 계시지요?

―좀더 큰 집이 있었으면 좋겠소. 하지만 관청에서 늑장을 부린다오. 옛날 같았으면 당신이 날 도와줬을 텐데.

―제가 도와드리지요.

벽돌공이 믿기지 않는다는 표정을 지었다.

―당신은 어떤 범죄를 저질렀다고 고발당하지 않았소?

―그렇습니다.

―사람들이 하는 말을 듣자니, 당신이 왕의 매형을 죽였다면서?

―강탈을 일삼는 잔인한 사람이었지요. 죽일 생각은 없었습니다. 말다툼을 하다가 일이 잘못되었던 겁니다.

―어쨌든, 사람을 죽인 건 분명하군. 하지만 난 당신을 이해하오.

―오늘 밤 저와 제 가족을 좀 재워주시겠습니까?

―기꺼이 그러지요.

모세와 그의 가족이 잠들자, 늙은 벽돌공은 잠자리를 빠져나와 어둠 속에서 거리로 나 있는 문을 향해 다가갔다.

문을 열자, 삐걱거리는 소리가 났다. 불안해진 벽돌공은 한참 동안 가만히 서 있었다. 모세가 잠에서 깨어나지 않았다는 확신이 들자, 그는 살그머니 밖으로 빠져나갔다.

죄인을 경찰에 밀고하면 사례금을 톡톡히 챙길 수 있는 것이다. 어쨌든 모세가 자기를 돕겠다고 하지 않았는가. 방법은 좀 다르겠지만, 큰 집을 마련하는 데는 도움이 될 것이다.

그가 골목길에서 몇 발자국 걸었을 때, 힘센 손 하나가 나타나 그의 멱살을 잡더니 담벼락에 밀어붙였다.

―어딜 가는 거야? 이 못된 늙은이!

―답답해서…… 그냥 바람 좀 쐬려고.

―모세를 팔아넘기려는 수작이지? 그렇지?

―아닐세, 그럴 리가 있나!

―당신 같은 늙은이는 목을 졸라서 죽여야 해.

벽돌공의 집 문턱에 모습을 나타난 모세가 말했다.

―그를 놓아주시오. 그 사람도 나처럼 히브리인입니다. 그런데 날 도와주러 오신 분의 성함은 어떻게 되십니까?

―내 이름은 아론이오.

나이가 지긋한 사람이었지만, 장중하게 울리는 목소리엔 활력이 흘러넘쳤다.

―내가 여기 있다는 것을 어떻게 아셨습니까?

―이 거리에서 당신을 몰라보는 사람이 누가 있겠소? 장로회의가 당신을 만나서 이야기를 듣고 싶어하오.

8

아무르의 군주 벤테쉬나는 달콤한 꿈을 꾸고 있었다. 피-람세스 출신의 젊은 귀족 여인이 몰약을 바른 알몸으로 사랑스러운 칡넝쿨처럼 그의 넓적다리를 따라 기어오르는 꿈이었다.

그녀가 갑자기 머뭇거리더니 전복되기 직전의 배처럼 이리 비틀저리 비틀하기 시작했다. 벤테쉬나가 그녀의 목을 움켜쥐었다.

─전하, 전하! 어서 일어나세요!

벤테쉬나가 눈을 떴다. 그는 자기가 잠결에 하인장의 목을 조르려는 참이었다는 것을 알게 되었다. 새벽 여명이 방을 비추었다.

─왜 이렇게 이른 시간에 사람을 귀찮게 구는 거냐?

─제발 일어나십시오. 그리고 창 밖을 좀 내다보세요.

벤테쉬나는 머뭇거리면서 하인이 하라는 대로 했다. 물컹물컹한 살의 무게 때문에 걷기가 힘들었다.

바다는 안개 한 점 없이 맑았다. 멋진 하루가 될 것 같았다.

—뭐 볼 게 있다고 그래?

—항구의 입구를 보시라니까요.

벤테쉬나가 눈을 비볐다.

베이루트 항 입구에 세 척의 이집트 군함이 정박해 있었다. 갑자기 숨이 턱 막혀왔다. 그가 꽉 잠긴 목소리로 물었다.

—육로는 어때?

—육로도 다 막혔습니다. 이집트 병사들이 개미처럼 쫙 깔렸어요. 도시가 포위됐습니다.

벤테쉬나가 물었다.

—아샤는 잘 있지?

하인장이 고개를 숙이고 대답했다.

—시키신 대로 감옥에 집어넣었습니다.

—가서 그놈을 데려와!

람세스는 자신의 두 마리 애마에게 몸소 먹이를 주었다. 이 두 마리의 멋진 짐승들은 절대로 그와 떨어지는 법이 없었다. 전투를 할 때에도 평화시에도 언제나 붙어다녔다. 놈들은 왕이 쓰다듬어주는 걸 좋아했으며, 용기를 칭찬해주면 자랑스러운 듯 히히힝 하고 울었다. 누비아의 사자가 옆에 있어도 놈들은 조금도 무서워하지 않았다. 사자와 함께 놈들은 수천 명의 히타이트 군사들과 맞서 싸웠던 것이다.

라 사단장이 왕 앞에 나아와 예를 표한 뒤에 말했다.

—폐하, 군의 배치가 끝났습니다. 베이루트 주민 한 사람도 빠져 나갈 수 없습니다. 공격 준비를 완료했습니다.

—도시 안으로 들어오는 모든 대상(隊商)들을 차단시켜라.

―포위되었다는 것을 저들에게 알려야 할까요?

―그것도 좋겠지. 아샤가 아직 살아 있다면 그를 구해내야 한다.

―그렇게 할 수 있으면 좋겠습니다. 그러나 한 사람의 목숨 때문에…….

―한 사람의 목숨이 가장 귀중할 때도 있다.

람세스는 아침나절 내내 그의 두 마리 말과 사자와 함께 있었다. 짐승들이 평온하다는 것이 그에게는 좋은 징조처럼 여겨졌다. 아닌 게아니라, 태양이 머리 꼭대기에 오기도 전에 왕의 부관이 좋은 소식을 가져왔다.

―아무르 군주 벤테쉬나가 접견을 요청해왔습니다.

뚱뚱한 몸을 가리기 위해 얼룩덜룩한 색깔의 풍성한 옷 한 벌만 입고 장미 향수를 뿌린 벤테쉬나는 빙글빙글 웃으며 여유작작한 모습으로 나타났다.

―빛의 아드님이신 폐하께 인사드립니다. 또…….

―배반자의 아부 따위는 듣고 싶지 않다.

그래도 아무르 군주는 여전히 꾸민 듯한 기분좋은 표정을 거두지 않았다.

―우리의 대화는 반드시 건설적인 결실을 맺어야 합니다, 폐하.

―그대가 히타이트인들에 매수당한 것은 잘못된 선택이다.

―제게는 결정적인 협상카드가 남아 있습니다. 폐하의 친구 아샤지요.

―그를 감옥에 처박아둔다고 해서 내가 이 도시를 휩쓸어버리지 못할 것이라 생각하는가?

―그러지 못하실 거라고 확신합니다. 만국 백성이 위대한 람세스께서 우정을 귀하게 여기신다고 칭송하고 있지 않습니까? 파라오께서 친구들을 배반하시면 하늘이 진노하십니다.

―아샤는 아직 살아 있나?

─살아 있습니다.

─증거가 필요하다.

─폐하께서는 제 궁전의 주탑(主塔)에 모습을 나타내는 폐하의 친구이자 이집트 외무대신인 아샤를 보시게 될 것입니다. 탈출을 기도하는 바람에 아샤를 투옥시켰다는 사실을 부정하지는 않겠습니다. 몸이 조금 고달프기는 했겠지만, 별일은 아닙니다. 무사히 잘 있습니다.

─그를 석방하는 대가로 그대는 무엇을 요구하는가?

─폐하의 관용을 바랍니다. 친구를 넘겨드리면 제가 폐하를 잠시 잊었다는 사실을 잊어주십시오. 그리고 폐하께서 여전히 저를 신뢰하고 있다는 것을 표명하는 칙령을 발표해주십시오. 지나친 요구지요. 알고 있습니다. 그러나 저로서는 제 지위와 또 얼마 안 되는 재산을 지켜야 하니까요. 아, 참…… 저를 포로로 잡으시겠다는 유감스러운 생각을 하신다면, 폐하의 친구는 두말할 것도 없이 즉시 처형될 것입니다.

람세스는 아무 말도 하지 않고 침묵을 지켰다. 이윽고 그가 조용히 말문을 열었다.

─생각해보겠다.

벤테쉬나의 걱정은 단 한 가지였다. 람세스가 국익을 우정보다 앞세우면 큰일이다. 람세스가 망설이고 있었기 때문에 벤테쉬나는 두려움에 떨었다.

왕이 말했다.

─장군들을 설득할 시간이 필요하다. 승리를 포기하고 죄인을 사면하는 것이 쉬운 일이라고 생각하는가?

벤테쉬나는 마음이 놓였다.

─'죄인'이라는 말씀은 좀 지나치신 것이 아니온지요, 폐하? 동맹관계를 유지한다는 건 어려운 기술입니다. 제가 공식적으로 사죄

를 드리는데, 왜 과거를 잊지 못하십니까? 이집트는 제 미래입니다. 제 충성의 증거를 보여드리지요. 안심하십시오. 감히 한 말씀 올린다면, 폐하…….

—또 뭔가?

—백성들과 저는 도시 봉쇄를 좋지 않은 눈으로 바라보게 될 것입니다. 저희는 편안한 생활에 길들어 있는 사람들입니다. 물품 반입을 허락해주시는 것도 저희가 맺을 협정의 일부입니다. 폐하의 새로운 칙령과 자신의 석방을 기다리면서 아샤도 잘 먹는 것이 좋지 않겠습니까?

람세스가 자리에서 일어났다. 회담이 끝난 것이다.

—잠깐만요, 폐하…… 생각하시는 시간이 얼마나 걸릴지 제가 알 수 없을까요?

—며칠 걸릴 것이다.

—우리가 이집트를 위해서나 아무르 지방을 위해서 이익이 되는 합의에 도달하게 될 것이라고 확신합니다.

람세스는 바다를 앞에 두고 생각에 잠겨 있다. 사자가 그의 발치에 엎드려 있다. 파도는 왕 가까이까지 와서 부서지고, 먼 바다에서는 돌고래들이 뛰놀았다. 남풍이 세차게 불어왔다.

세타우가 왕의 오른쪽에 와서 앉으며 말했다.

—난 바다가 싫네. 뱀이 없거든. 게다가 건너편 해안도 보이지 않고.

—벤테쉬나가 날 협박하더군.

—그리고 왕은 이집트와 아샤 사이에서 망설이고 계시고.

—그런다고 나를 비난할 텐가?

—오히려 망설이시지 않는다면 비난할 걸세. 하지만 나는 왕이 어떤 해결책을 선택할지 알고 있네. 그런데 그 해결책이 내 마음에

들질 않아.

　―무슨 계획이라도 있는 건가?

　―그렇지 않다면 무엇 때문에 '두 개의 땅'의 주인의 명상을 방해하겠나?

　―아샤에게 아무런 위험도 닥치지 않게 해야 하네.

　―우리의 왕께서는 너무 많은 걸 요구하시는군.

　―정말 성공 가능성이 있는 건가?

　―백에 하나 정도의 가능성은 있지.

　벤테쉬나의 하인장은 주인의 끝없는 욕망을 만족시키기 위해 애썼다. 아무르 군주는 술을 많이 마셨는데, 최고급 포도주가 아니면 참질 못했다. 궁전의 지하창고에 끊임없이 새 술을 가져다 쌓았지만, 연회가 자주 열렸기 때문에 포도주는 금방 없어졌다. 그래서 하인장은 포도주 반입을 늘 초조하게 기다렸다.

　이집트 군이 베이루트를 포위했을 때, 그는 델타 산 적포도주 백 항아리를 궁전에 납품하기로 한 대상의 도착을 기다리는 중이었다. 벤테쉬나는 람세스에게 바로 그 포도주 항아리들의 반입을 허락해 달라고 요청했던 것이다.

　포도주 암포르들을 가득 실은 마차들이 줄줄이 궁전으로 들어서는 것을 보며 하인장은 아주 기분이 좋았다. 그는 봉쇄조치가 해제된 모양이라고 생각했다. 벤테쉬나의 협박에 람세스가 백기를 든 것이다.

　하인장은 맨 앞에 서 있는 마차 앞으로 달려가서 지시를 내렸다. 항아리 일부는 지하실에, 일부는 부엌 가까이에 있는 지하 저장고에, 나머지는 연회장 바로 옆에 딸려 있는 창고에 갖다놓으라고 일렀다.

　항아리를 내리는 일이 시작되었다. 일꾼들은 노래를 부르며 일했다. 이따금 농담도 주고받았다.

하인장이 우두머리로 보이는 사내에게 제안했다.

—조금 맛볼 수 있겠나?

—그럼요.

두 사람은 지하실 안으로 들어갔다. 하인장은 고급 포도주의 향긋한 냄새를 상상하며 항아리 위로 몸을 숙였다. 그가 항아리의 불룩한 배를 쓰다듬고 있을 때 무언가가 그의 목덜미를 내리쳤다. 하인장이 쓰러졌다.

포도주 항아리를 실어온 대상의 우두머리는 람세스 군대의 장교였다. 그가 세타우와 다른 특공대원들에게 항아리에서 나오라고 일렀다. 윗부분이 파여 있는 세 개의 칼날을 자루에 단단하게 동여맨 가벼운 도끼로 무장한 특공대원들은, 안에서의 공격을 전혀 예상하지 못했던 아무르 위병들을 쓸어버렸다.

특공대원 몇 명이 도시의 중문을 열어 라 사단 보병들에게 진입로를 열어주고 있는 동안, 세타우는 벤테쉬나의 거처로 달려갔다. 두 명의 아무르인이 길을 막자, 그는 자루 속에 오랫동안 갇혀 있던 독사들을 풀어놓았다.

뱀을 휘두르면서 달려오는 세타우를 바라보며, 벤테쉬나는 얼이 빠져버렸다. 세타우가 고함을 질렀다.

—아샤를 내놔라. 아니면 넌 죽은 목숨이야.

사실은 말할 필요조차 없었다. 벤테쉬나는 덜덜 떨면서, 숨찬 황소처럼 헉헉거리며 아샤가 갇혀 있는 방문을 직접 열었다.

친구가 건강하게 살아 있는 것을 보고 너무나 감격한 세타우는 그만 자신도 모르게 경솔한 행동을 하고 말았다. 무심결에 주먹을 폈던 것이다. 그에게서 풀려난 독사가 벤테쉬나에게 달려들었다.

9

이제 나이 오십을 바라보는 투야는 여전히 전통의 수호신이며 이집트의 양심이었다. 공식적인 문서들은 그녀를 '힘센 황소 람세스를 생산하신 신의 어머니'라고 부른다. 그녀는 고인이 된 남편 세티에 대한 추억 속에서 살아가고 있다. 그들은 함께 강하고 평온한 이집트를 건설했다.

그들의 아들 람세스는 아버지 세티와 같은 강력한 힘의 소유자였으며, 자신의 소명에 대한 믿음을 가지고 있었다.

이집트를 외적의 침입으로부터 구하기 위해 그는 히타이트인들과의 전쟁을 결정했다. 투야는 아들의 결정을 승인했다. 악과의 타협은 재난에 이르는 길이었다. 싸우는 것 외에는 어떤 결정도 받아들일 수 없었다.

전쟁은 계속되었다. 그녀의 아들 람세스는 위험을 겪는 수밖에 없었다. 투야는 별이 된 세티의 영혼에게 파라오를 지켜달라고 기도했다. 그녀는 오른손으로 파피루스 줄기 모양의 거울 손잡이를 잡았다. 신성문자로 파피루스는 '푸르른, 활짝 피어난, 젊은' 등의 의미를 가지고 있다. 이 귀중한 물건을 무덤 안에 넣어놓으면 그것이 무덤의 주인에게 영원한 젊음을 보장해준다. 투야는 거울의 청동 원반을 하늘을 향해 돌리고, 거울에게 미래의 비밀을 물었다.

누군가 조용한 목소리로 말을 걸어왔다.

―제가 방해를 해도 괜찮을까요?

대비가 천천히 몸을 돌렸다.

―네페르타리…….

하얀색 긴 드레스를 입고 붉은 허리띠를 맨 왕비는 왕들의 계곡과 왕비들의 계곡에 있는 영원의 집 벽에 그려진 여신들만큼 아름다웠다.

―왕비, 좋은 소식을 가져오셨습니까?

―람세스는 아샤를 구하고 아무르 지방을 탈환했어요, 어머님. 베이루트는 다시 이집트의 통제 하에 들어왔어요.

두 여인은 서로 꼭 끌어안았다.

―파라오는 언제 돌아오신답디까?

―저도 모릅니다, 어머님.

투야는 화장대 앞에 앉았다. 그녀는 손가락 끝에 크림을 찍어 얼굴을 마사지했다. 꿀, 붉은 천연 탄산소다, 설화석고 가루, 암당나귀 젖과 호로파 씨앗이 그 크림의 주성분이었다. 그 크림을 바르면 주름이 사라지고 피부가 단단해지고 다시 젊어진다.

―걱정되시는 게로군요, 왕비.

―저는 람세스 폐하께서 계속 앞으로 나아가겠다고 결심할까봐 걱정이 돼요.

64

－북쪽 지방에 있는 카데슈를 향해서 말이지요…….

　－히타이트 대왕이 파놓은 새로운 함정을 향해 가는 것인지도 모르지요. 우리 보호령들을 쉽게 수복하도록 내버려두는 것은, 우리 군대를 함정으로 끌어들이기 위한 저들의 계략이 아닐까요?

　거친 벽돌로 지어진 아론의 넓은 집에 각 지파들의 우두머리들이 모였다. 그들은 모든 히브리인들에게, 모세의 귀환에 대해 입을 다물라고 강력한 지시를 내렸다. 모세의 안전을 위한 조치였다.

　모세의 인기는 여전했다. 많은 사람들은 기대했다. 대부분 벽돌공으로 이루어진 이 소수민족에 모세가 옛날처럼 다시 자부심을 불어넣어주기를 원했다. 그러나 리브니의 의견은 달랐다. 리브니, 그는 지파들 사이의 응집력을 유지하기 위해 동료들에 의해서 책임자로 선발된 사람이었다.

　노인 한 사람이 걸걸한 목소리로 물었다.

　－모세, 왜 돌아왔소?

　－산에서 가시덤불을 태우지 않으면서 불타는 불을 보았습니다.

　－환상이오.

　－아닙니다. 하느님께서 존재하신다는 증거입니다.

　－모세, 제정신으로 하는 말이오?

　－가시덤불 한가운데에서 하느님이 나를 부르셨습니다. 그리고 제게 말씀하셨습니다.

　장로들이 수군댔다.

　－그분이 당신에게 뭐라고 하셨소?

　－그분은 노예로 전락한 이스라엘의 아들과 딸들의 한탄과 신음 소리를 들었다고 하셨습니다.

　－이보게 모세, 우리는 자유 노동자들이지, 전쟁포로들이 아니오.

─히브리인들은 자유롭게 행동하지 못하고 있습니다.

─천만에! 그래서 뭘 어쩌자는 이야기요?

─하느님께서 제게 말씀하셨습니다. "이스라엘 백성을 이집트에서 데리고 나와 이 산 위에서 네 아버지 하느님에게 경배를 올리라."

지파의 우두머리들이 아연실색한 표정으로 서로 마주 보았다. 그들 중의 한 사람이 소리를 질렀다.

─이집트에서 나가자니! 그게 무슨 말이오?

─하느님께서는 그분의 백성이 이집트에서 겪고 있는 비참을 보셨습니다. 그분은 당신의 백성을 이집트에서 해방시켜 기름지고 넓은 땅으로 인도하고 싶어하십니다.

리브니가 흥분한 목소리로 말했다.

─오랜 도피생활에 당신은 이성을 잃었소, 모세. 우리는 오래 전에 이곳에 자리를 잡았소. 당신도 이집트에서 태어나지 않았소. 이 나라는 우리에게 조국이나 마찬가지요.

─리브니, 나는 마디안에서 몇 년 동안 살았네. 목동 일을 했고, 결혼도 하고 아들도 하나 두었지. 난 내 인생이 결정적인 전환기를 맞았다고 생각했네. 그런데 하느님께서는 내게 다른 인생을 준비해 두셨던 걸세.

─당신은 죄를 짓고 숨어 지냈소.

─나는 이집트인 하나를 죽였네. 사실이야. 그가 히브리 사람 하나를 죽이겠다고 협박했기 때문일세.

한 지파의 우두머리가 두 사람의 대화에 끼어들었다.

─우리는 모세에게 아무 비난도 할 수 없네. 지금은 우리가 모세를 지켜주어야 해.

장로회의의 다른 사람들도 그 말에 동의했다.

리브니가 단호한 목소리로 말했다.

―이곳에서 살고 싶다면, 우리가 당신을 숨겨주겠소. 그러나 당신의 그 정신나간 계획은 포기해야 합니다.

모세는 리브니의 말에 좌중을 둘러보며 말했다.

―만일 꼭 그래야만 한다면, 저는 여러분 한 사람 한 사람을 설득할 수 있습니다. 왜냐하면 그것이 신의 뜻이기 때문입니다.

지파의 우두머리들 중에서 가장 젊은 사람이 단정적으로 말했다.

―우리는 이집트를 떠날 생각이 없소. 우리는 이곳에 집과 뜰을 가지고 있어요. 기술이 좋은 벽돌공들은 얼마 전에 급료도 인상되었소. 누구나 먹고 싶은 만큼 먹을 수 있소. 무엇 때문에 이런 편한 생활을 포기하겠소?

―왜냐하면 제가 여러분을 약속의 땅으로 이끌고 가야 하기 때문입니다.

리브니가 반박했다.

―모세, 당신은 우리의 지도자가 아니오. 당신이 우리에게 이래라 저래라 할 수 없소.

―자넨 순종하게 될 걸세, 리브니. 신께서 그걸 요구하시네.

―당신이 지금 누구에게 말하고 있는지 알고 있는 거요?

―리브니, 자네를 모욕할 생각은 없네. 그러나 나에겐 내 계획과 속마음을 숨길 권리가 없네. 누가 감히 자기 의지가 신의 의지보다 더 강하다고 생각하겠나?

―만일 당신이 정말로 신의 사자라면, 그걸 증명해야 하오.

―앞으로 수많은 증거를 보게 될 걸세. 의심하지 말게.

폭신한 침대에 누워 아샤는 로투스의 마사지를 받고 있다. 로투스의 부드러운 손이 아프고 당기는 근육을 풀어주었다. 겉보기에 연약해 보이는 이 아름다운 누비아 여자는 놀라울 정도로 힘이 넘치는 여자였다.

−기분이 좀 어떠세요?

−나아졌습니다…… 하지만 허리 아래쪽으론 아직도 견딜 수 없을 정도로 아파요.

그때 아샤의 막사 안으로 들어온 세타우가 으르렁대며 말했다.

−아파도 참아야 할 걸.

−자네 부인은 완전무결하군.

−그럴지도 모르지. 하지만 내 마누라야.

−세타우! 설마 엉뚱한 생각 하는 건 아니겠지…….

−외교관들은 교활한 거짓말쟁이들이야. 그런데 자네는 일등 외교관 아닌가. 일어나게, 람세스가 우릴 기다리고 있네.

아샤가 로투스 쪽으로 몸을 돌렸다.

−좀 도와주시겠습니까?

세타우는 아샤의 팔을 거칠게 잡아당겨 침대에서 끌어내렸다.

−자넨 이제 다 나았어. 더이상 마사지 받을 필요 없다구!

세타우는 아샤에게 로인클로스와 셔츠를 내주었다.

−서두르게. 왕은 기다리는 걸 아주 싫어하시니까.

람세스는 이집트에서 교육받은 아무르 귀족을 아무르의 새로운 군주에 봉했다. 벤테쉬나처럼 간에 붙었다 쓸개에 붙었다 할 것 같지는 않았다. 그런 다음 그는 가나안 지역을 다스리는 많은 인사들의 임명을 단행했다. 그는 인선에 신중을 기했다. 서약을 통해 이집트와 맺은 동맹관계를 준수할 만한 원주민들을 군주와 시장과 마을 수령 자리에 앉혔다. 그들이 서약을 어기면, 이집트 군대가 즉각 개입할 것이다. 이러한 효과를 노리고 아샤는 관찰과 정보 기능을 수행하는 체제를 정비했다. 아샤는 이 체제에 많은 기대를 걸고 있었다. 즉 소규모 군대를 주둔시키고, 보수를 많이 받는 통신원들의 조직을 짜는 것이다. 아샤는 첩보활동의 효력을 믿고 있었다.

람세스는 낮은 탁자 위에 중동지방의 지도를 펼쳐놓았다. 그의 군대의 노력은 결실을 맺었다. 가나안 지방과 아무로, 남시리아는 다시 이집트와 히타이트 사이에 넓은 완충지대를 형성하게 되었다. 이제는 '두 개의 땅'의 미래를 위해서 매우 중요한 한 가지 결정을 내리는 일만 남아 있었다.

세타우와 아샤가 회의용 막사 안으로 들어섰다. 아샤의 차림새는 평소처럼 우아하지는 않았다. 장군들과 고위장교들이 이미 모여 있었다.

—적군의 모든 요새들을 분쇄했는가?

라 사단장이 대답했다.

—예, 폐하. 마지막 요새인 샬롬 요새가 어제 무너졌습니다.

아샤가 토를 달았다.

—'샬롬'은 평화라는 뜻이지요. 이제 평화가 이 지역에 돌아왔습니다.

왕이 물었다.

—북쪽으로 계속 진격해서 카데슈를 점령한 뒤, 히타이트인들에게 결정타를 가해야 할까?

전차부대장이 결연한 어조로 말했다.

—고위장교들의 의견도 그와 같습니다. 야만인들을 전멸시키고 우리의 승리를 마무리해야 합니다.

아샤가 자기 의견을 개진했다.

—성공할 가능성이 거의 없습니다. 우리가 앞으로 나아갈수록 히타이트인들은 몸을 사릴 것입니다. 그들의 군대는 아무런 손상도 입지 않은 상태에서 곳곳에 함정을 파놓을 겁니다. 그들의 함정에 일단 빠지면, 빠져나온다 해도 우리 군은 전력이 많이 약화될 것입니다.

전차부대장이 열정적인 어조로 말했다.

—람세스 폐하께서 우리의 선두에 서 계시니 승리할 수 있습니다!

—귀하는 현지의 지형이나 형세를 전혀 모릅니다. 히타이트인들은 아나톨리아 고원과 협곡과 숲에서 우리를 박살낼 겁니다. 카데슈에서도 수천 명의 보병이 죽게 됩니다. 또 성채를 점령할 수 있다는 보장도 없습니다.

—그건 외교관의 쓸데없는 걱정이요…… 이번에야말로 우리 군은 만반의 준비가 되어 있단 말요!

람세스가 명령을 내렸다.

—모두 물러가라. 새벽에 나의 결정을 알려주겠다.

10

아론의 후의로 모세는 벽돌공들의 지역에서 조용히 몇 주를 보낼
수 있었다. 그의 아내와 아들은 자유롭게 돌아다녔다. 그들은 호기
심에 가득 차서 이집트 수도의 활기찬 생활을 구경했다. 그들은 빠
른 속도로 히브리인 사회에 동화되었다. 그리고 곧 이집트인, 아시
아인, 팔레스타인인, 누비아인 등 피-람세스의 골목길에서 끊임없
이 마주치는 다른 사람들과도 사귀었다.

모세는 숨어서 지냈다. 그는 몇 차례 장로회의에 불려나가 자기
생각을 말했다. 그의 말을 믿지 않는 비판적인 지파의 우두머리들
앞에서 그는 열정을 가지고 말했다.

아론이 물었다.

─당신의 영혼은 여전히 고통스러운가?

—불타는 가시덤불을 만나고 난 후에는 더이상 고통스럽지 않습니다.

—여기 있는 사람들은 아무도 당신이 신을 만났다고 생각지 않소.

—한 사람이 이 땅에서 완수해야 할 소명을 알고 있을 때, 그는 의심 때문에 고통스러워하지 않습니다. 제 길은 이미 정해졌습니다, 아론.

—하지만 당신은 혼자가 아닌가!

—그렇게 보일 뿐입니다. 저의 확신이 결국 사람들의 마음을 흔들어놓을 것입니다.

—피-람세스에서 히브리인들은 부족한 것 없이 잘 살아가고 있소. 사막으로 나가면 어디에서 먹을 것을 구할 생각이오?

—하느님께서 마련해주실 것입니다.

—당신은 지도자의 자질을 가진 사람이오. 그러나 길을 잘못 택했소. 이름과 모습을 바꾸시오. 당신의 정신나간 계획일랑 잊어버리고 당신의 동족들 사이에 다시 자리를 잡으시오. 번성하는 가족의 가장으로서 존경받으며 조용히 늙어갈 수 있을 게요.

—아론, 그것은 저의 운명이 아닙니다.

—당신이 생각했던 운명을 바꾸시오.

—저는 제 운명의 주인이 아닙니다.

—행복이 가까운 곳에 있는데, 왜 당신 인생을 그렇게 망치려 드는 거요?

누군가가 아론의 집 문을 쾅쾅 두들겼다.

—경찰이다, 문 열어!

모세가 빙긋이 웃었다.

—보십시오, 아론. 제게는 선택의 여지가 없지 않습니까.

—도망쳐야 하오!

—이 문이 유일한 출구입니다.

—내가 지켜주겠소.

—아니오, 그러실 필요 없습니다.

모세 자신이 직접 문을 열었다.

거인 세라마나가 눈을 둥그렇게 뜨고 모세를 바라보았다.

—어, 이거 거짓말이 아닐세…… 정말 돌아왔군!

—오랜만일세, 세라마나. 들어와서 식사라도 같이하겠나?

—어떤 히브리인이 자넬 고발했어. 벽돌공인데, 이 구역에 자네가 있으면 일자리를 잃어버릴까봐 겁이 났던 모양이야. 날 따라오게. 자넬 감옥에 집어넣어야 하니까.

아론이 사이에 끼어들었다.

—모세는 재판을 받을 권리가 있어.

—재판을 받게 될 거야.

—재판이 열리기 전에 네놈이 죽이지 않는다면 말이지.

세라마나가 아론의 옷깃을 움켜쥐었다.

—날 살인자 취급 하는 거야?

—네놈에겐 나를 이렇게 막 다룰 권리가 없어!

세라마나가 아론을 놓아주었다.

—자네 말이 맞아. 하지만 자네에겐 날 모욕할 권리가 있는 거야?

—체포되면 모세는 처형당하고 말 거야.

—법은 누구에게나 적용되는 거야. 히브리인이라고 예외는 아니지.

아론이 모세에게 간청했다.

—도망가시게, 모세. 사막으로 돌아가!

—아론, 우리가 사막을 향해 함께 떠나게 되리라는 걸 당신은 알고 계십니다.

―감옥에 들어가면 나올 수 없소.

―신께서 도와주실 겁니다.

세라마나가 모세를 다그쳤다.

―자, 가자구! 자네 손을 묶어서 억지로 끌고 가게 만들지 말구.

감방 한구석에 앉아서 모세는 창살 사이로 들어오는 햇살을 바라보았다. 햇빛은 공중에 떠 있는 수많은 먼지알갱이들을 반짝이게 하고 죄수들의 발 밑에서 다져진 바닥에 떨어졌다.

모세의 마음속에서는 가시덤불의 타오르는 불이 영원히 타고 있었다. 그 불은 야훼의 산의 힘이었다. 그는 자신의 과거도 아내도 아들도 다 잊었다. 그에게는 히브리 백성을 약속의 땅으로 데려가는 일만이, 이집트로부터의 탈출만이 중요했다.

피-람세스의 대감옥에 갇혀 있는 사내, 고의적 살인 혐의로 이집트 법정에서 사형선고를 받게 될 사내, 가장 관대한 판결이 내려진다 하더라도 오아시스 도형장에서의 강제노동을 선고받게 될 사내에게 그것은 미친 꿈이었다. 그는 야훼를 믿었다. 하지만, 이따금 의심이 엄습했다. 신께서 어떻게 그를 풀어주시고, 그의 소명을 완수할 수 있게 해주실까?

모세는 깜박 잠이 들었다. 멀리서 희미한 외침소리 같은 것이 들려와서 그는 잠에서 깨어났다. 그 소리는 점점 더 커져서 나중에는 귀가 멍멍할 정도가 되었다. 도시 전체가 동요하고 있는 것 같았다.

람세스 대왕이 돌아왔다.

사람들은 그가 돌아오려면 아직 몇 달 더 기다려야 할 것이라고 생각했다. 그러나 분명히 람세스였다. 끝이 푸른색과 붉은색 깃털로 단장한 두 마리 말 '테베의 승리'와 '무트 여신은 만족하네'가 끄는 전차를 타고 있는 람세스의 모습은 위풍당당했다. 전차 오른쪽에는 거대한 사자가 호기심 많은 짐승들처럼 길가에 모여 서 있는 사람들을 바라보며 걸어가고 있었다. 푸른색 관을 쓰고, 이마에는 황금 우라에우스를 달고, 암컷 매 이시스의 보호를 상징하는 청록색 날개가 그려진 윗옷을 입고 있는 람세스의 모습은 찬란했다.

보병들은 한마음으로 이제는 유명해진 노래를 불렀다.

"람세스의 팔은 강하시며, 그의 가슴은 용맹스럽도다. 그는 따를 자 없는 궁수이시고, 병사들을 지켜주시는 방벽이시며, 적들을 불태워 죽이시는 화염이로다."

람세스는 신의 빛이 택하신 자, 위대한 승리를 거두는 매처럼 보였다.

정장한 장군들, 전차부대와 보병부대 장교들, 군 서기관들과 부대원들이 기수 뒤를 따라 행진했다. 군중들의 환호를 받으며 병사들은 이제 휴가도 받고 특별수당도 받고 힘든 전쟁도 잊어버리게 될 것이라고 생각했다. 군대생활에서 휴가보다 더 기쁜 순간은 없다. 전쟁에서 이기고 돌아올 때는 더욱더 그러하다.

군대가 예정에 없이 빠르게 개선했기 때문에 정원사들은, 말씀으로 세계를 창조한 프타 신과 파괴하고 치유하는 힘을 가진 무서운 여신 세크메트의 신전으로 이르는 피-람세스의 대로를 꽃으로 장식할 시간이 없었다. 그러나 요리사들은 거위와 쇠고기·돼지고기를 굽고, 바구니에 말린 생선과 야채와 과일을 담아놓는 등 바쁘게 움직였다. 사람들은 서둘러서 과자를 만들었다. 멋쟁이들은 축제 의상을 꺼내 입었고, 하녀들은 여주인들의 가발에 향수를 뿌렸다.

행렬의 끝에는 수백 명의 포로들이 따라오고 있었다. 아시아인들, 가나안인들, 팔레스타인인들과 시리아인들이었다. 그 중 어떤 사람들의 손은 등뒤로 묶여 있었고, 어떤 사람들은 자유롭게 걸었다. 여자와 아이들이 그들 곁에 서서 걸었다. 당나귀 위에는 그들의 남루한 짐보따리들이 실려 있었다. 포로들은 수도의 인력관리청으로 가게 된다. 그곳에서 그들을 곳곳의 경작지들이나 신전 공사장으로 배치하는 것이다. 그들은 노동자들이나 농부로서 일정 기간 포로의 형을 살고, 형기가 끝나면 이집트 사회에 동화되든지 아니면 그들의 나라로 되돌아간다.

이건 평화일까, 아니면 일시적 휴전일까? 파라오는 마침내 히타이트인들을 섬멸한 걸까, 아니면 힘을 길러 다시 치기 위해서 돌아온 걸까? 아무것도 모르는 사람들이 오히려 가장 말이 많았다. 무와탈리스 대왕이 죽었다고 말하는 사람도 있었고, 카데슈 성이 함락되고 히타이트의 수도가 파괴되었다고 말하는 사람도 있었다. 사람들은 모두 포상의 예식이 열리기를 기다렸다. 그 예식이 열리면 람세스와 네페르타리가 궁전의 창에 나타나 가장 용맹스러운 병사들에게 황금 목걸이를 하사하게 된다.

람세스가 궁전을 지나쳐 세크메트 신전으로 가는 것을 보고 모두들 놀랐다. 하늘 한 귀퉁이에서 아주 빠른 속도로 시커먼 구름이 생겨나 뭉치는 것을 람세스는 알아보았다. 말들이 불안해했고, 사자는 으르렁댔다.

폭풍우가 다가오고 있었다.

기쁨이 두려움으로 바뀌었다. 무서운 여신이 분노의 구름을 풀어놓으시는 것은 전쟁이 이집트 왕국을 위협하고 있으며, 람세스가 지체 없이 다시 전장으로 떠나야 한다는 것을 의미하는 징조는 아닐까?

병사들이 노래를 멈추었다.

세크메트 여신이 나라 안에 불행과 고통의 떼거리를 풀어놓지 못하도록, 여신을 달래야 하는 새로운 전쟁이 파라오에게 시작된 것이다.

람세스가 땅에 내려섰다. 그는 두 마리 말과 사자의 머리를 쓰다

듣어주고 신전 안마당에 서서 생각에 잠겼다. 구름이 갈가리 흩어져 열 개가 되고 백 개가 되었다. 하늘이 어두워져서 햇빛을 가리기 시작했다.

여행의 피곤을 물리치고, 피-람세스가 준비하고 있는 축제도 잊은 채, 오직 왕은 무서운 여신을 만날 준비를 했다. 왕 한 사람만이 여신의 분노를 사라지게 할 수 있기 때문이다.

람세스는 금칠한 서양 삼나무 대문을 밀고 정화된 방으로 들어가 푸른 관을 벗어놓았다. 그리고 첫번째 방의 기둥들 사이를 지나 천천히 앞으로 나아갔다. 그는 신비의 방의 문턱을 넘어 성상 안치소를 향해 걸어갔다.

그곳에서 그는 어슴푸레한 빛 가운데 빛나는 여인을 보았다.

그녀의 흰 드레스는 태양처럼 빛나고, 제의용 가발에서 풍겨나오는 향기는 영혼을 매혹했다. 그녀의 숭고한 자태는 신전의 석상들에 버금가는 것이었다.

꿀처럼 감미로운 그녀의 목소리가 솟아올랐다. 그녀가 여신을 공경하고 달래는 주문을 외었다. 이집트 문명이 생겨난 이래 무서운 여신의 분노를 부드러운 사랑으로 바꾸어온 주문이었다. 람세스는 사자 머리의 여신상을 향해 두 손을 활짝 펴서 들어올렸다. 그리고 벽에 새겨진 주문을 외었다.

왕비는 마술적인 존재로서 그 몸 안에서 변형의 마술이 이루어진다. 그녀는 연도를 끝마치고 나서 왕에게 하 이집트의 붉은 왕관과 상 이집트의 흰 왕관, 그리고 '힘'이라 불리는 왕홀을 건네주었다.

이중관을 쓰고 오른손에 왕홀을 든 람세스는 여신상 안에 거하고 계시는 길(吉)한 기운 앞에서 머리를 숙여 절했다.

왕과 왕비가 신전에서 나오자, 찬란한 태양빛이 터키석의 도시의 하늘에 흘러넘쳤다. 폭풍우가 물러간 것이다.

11

람세스는 이번 원정에서 용기를 떨쳤던 병사들에게 황금 목걸이를 하사하고 난 뒤, 곧 호메로스를 방문했다.

시인은 옹이가 많은 나무 지팡이에 기대어 자리에서 일어났다.

―그냥 앉아 계십시오, 호메로스 선생.

―파라오께 예를 표하는 것이 마땅한 일이거늘, 그렇게 하지 않는다면 그것은 문명의 종말이지요.

두 사람은 정원의 의자에 자리를 잡고 앉았다.

―폐하, 제가 이런 구절을 썼는데 제대로 쓴 건지 말씀해주시겠습니까? "열심히 싸우거나 몸을 사리고 숨어 있거나 결과는 비슷하구나. 겁쟁이에게나 용감한 사람에게나 똑같은 영광이 마련되어 있으니. 내 마음이 그토록 많은 위험을 겪고, 내가 그토록 많은 전쟁

에서 목숨을 걸었던 일이 정녕 아무것도 아니었단 말이냐?"

―그렇지 않습니다, 선생.

―그렇다면 승리자가 되어 돌아오셨군요.

―히타이트인들은 그들의 원래 위치로 물러갔습니다. 이제 이집트는 침략당하지 않을 겁니다.

―우리 이 일을 축하합시다. 좋은 포도주를 내오라고 이르겠습니다.

호메로스의 요리사가 목이 가느다란 크레타식 암포르를 하나 가져왔다. 그것으로 술을 따르면 술이 가늘게 졸졸 흘러나온다. 요리사가 가져온 포도주는 북풍이 부는 하짓날 밤에 떠온 바닷물을 섞어서 3년간 묵혀둔 것이었다.

호메로스가 말했다.

―카데슈 전투에 대한 글이 완성되었습니다. 폐하의 개인비서 아메니가 받아서 조각가들에게 전해주었지요.

―혼돈에 대한 질서의 승리를 선포하기 위해 그 글을 신전 벽에 새겨둘 생각입니다.

―참으로 슬픈 일이 아닙니까? 전쟁은 언제나 또 시작되니 말입니다. 질서를 집어삼키려는 의지, 그것이 혼돈의 본성인가 봅니다.

―그 때문에 파라오 제도가 생겨난 것입니다. 그 제도만이 마아트의 통치를 확고하게 만들 수 있습니다.

―그 제도를 지켜주십시오. 저는 이 땅에서 오랫동안 행복하게 살고 싶으니까요.

흰 털과 검은 털이 섞인 호메로스의 고양이 헥토르가 시인의 무릎 위에 뛰어올라 시인의 겉옷을 발톱으로 긁었다.

―폐하의 수도와 히타이트인들의 수도는 8백 킬로미터가량 떨어져 있습니다. 어둠의 세력을 떼어놓기에 충분한 거리라고 할 수 있을까요?

―제 목숨이 붙어 있는 한, 전력을 다할 생각입니다.

―전쟁은 절대로 끝난 것이 아닙니다. 폐하는 몇 번이나 더 원정을 떠나셔야 할까요?

람세스가 호메로스의 집에서 나와 궁전으로 돌아가자, 아메니가 기다리고 있었다. 안색이 평소보다도 더 창백했다. 몸도 더 마른 것 같고 머리카락도 더 빠진 것 같았다. 너무나 허약해서 금방이라도 부서져버릴 것처럼 보였다. 귀 뒤에는 붓 한 자루를 그냥 꽂아둔 채였다.

―아주 긴급하게 폐하의 의견을 들을 일이 있습니다.

―뭐 잘못된 서류라도 있나?

―서류…… 아닙니다.

―잠깐이라도 가족을 만나볼 시간을 줄 수 없나?

―전 같으면, 의전절차에 따라 여러 의식도 치러야 하고 접견도 해야겠지요…… 나도 그렇게 했으면 좋겠어요. 하지만 훨씬 더 중요한 일이 있어요. 그가 돌아왔습니다.

―그라니? 자네 말은 그럼…….

―그래요, 모세가 돌아왔어요.

―모세가 피-람세스에 있단 말인가?

―세라마나가 그를 체포했습니다. 세라마나가 그렇게 한 것은 진혀 잘못이 아니라는 걸 폐하께서도 인정하셔야 합니다. 그를 그냥 자유롭게 내버려둔다면, 정의가 조롱당했을 겁니다.

―모세를 투옥시켰나?

―어쩔 수 없었지요.

―그를 당장 나에게 데려오게.

―안 돼요. 파라오는 사법에 관여해서는 안 됩니다. 비록 친구가 고발당한 경우라 해도 말이지요.

—우리는 그가 결백하다는 증거를 가지고 있잖은가.

—그럴수록 정상적인 절차를 거쳐야 합니다. 만일 파라오가 마아트와 정의를 섬기는 데 솔선수범하지 않으면 이 나라는 무질서와 혼란에 빠지고 말 겁니다.

—아메니, 자네는 진정한 친구일세.

어린 카는 선대의 서기관들이 대대로 옮겨 쓰고 또 옮겨 썼던 글을 옮겨 썼다.

깨달음에 이른 서기관들의 후손은 지혜의 책이다. 그들이 사랑하는 아들은 글을 쓰는 서판이다. 그들의 책이 그들의 피라미드이며, 붓은 그들의 자식이며, 신성문자로 뒤덮인 돌은 그들의 아내이다. 건물들은 사라지고, 비석은 모래에 파묻히고, 무덤들은 잊혀지되 지혜를 깨달은 서기관들은 그들이 쓴 작품의 광채로 인하여 영원히 살아남는다. 서기관이 되어라. 그리고 이 생각을 가슴에 새겨두어라. 한 권의 책은 가장 견고한 벽보다도 더 쓸모 있다. 책은 네가 죽고 난 다음에도 신전의 역할을 할 것이다. 네 이름은 사람들의 입을 통해 살아남으리니, 책은 잘 지어진 건물보다도 더 견고하게 버틸 것이다.

소년은 이 잠언을 쓴 서기관의 생각에 완전히 동의하진 않았다. 물론 글은 시대를 거쳐 살아남는다. 하지만 달인들이 세운 돌로 지어진 영원의 집이나 신전들도 마찬가지가 아닌가? 이 글을 쓴 서기관은 자기 직업의 우수성을 지나치게 과장하고 있다. 카는 자기의 정신을 어떤 한계 속에 가두지 않기 위해서 서기관과 달인, 그 둘다를 이루겠다고 결심했다.

아버지가 코브라와의 대면으로, 카에게 죽음을 만나게 한 이후에 소년은 훌쩍 성숙했다. 이제는 아이들의 놀이는 아예 거들떠보지도 않았다. 네페르타리가 그에게 선물한 멋진 파피루스에 서기관 아흐메스가 내준 수학문제를 푸는 것에 비하면 바퀴 달린 목마가 주는 즐거움은 아무것도 아니었다. 아흐메스는 원을 변의 길이가 지름의 8/9이 되는 정사각형과 동일시했다. 그렇게 하면 수치 3.16*에 토대를 둔 조화관계를 얻어내게 된다. 카는 기회가 닿는 대로, 건축가들의 비밀을 이해하기 위해서 건축기하학을 공부하겠다고 생각했다.

외교관 메바가 카에게 다가와서 물었다.

─왕자님의 사색을 방해해도 괜찮을까요?

소년은 머리를 들지 않고 대답했다.

─그렇게 하는 게 좋겠다고 생각하신다면, 그렇게 하세요.

얼마 전부터 외무대신의 보좌관 메바는 카를 자주 찾아와 얘기를 나누었다. 카는 그의 잘난 체하는 귀족적인 태도와 세속적인 분위기가 싫었지만, 그의 교양과 문학적 지식만큼은 높이 샀다.

─왕자님은 언제나 공부하고 계시는군요.

─마음을 자라게 하는 데 이보다 더 좋은 방법이 있나요?

─어린 입술에서 그렇게 진지한 질문이 나오다니, 참으로 놀랍습니다! 사실 왕자님 말씀이 맞습니다. 서기관이자 왕자로서, 왕자님께서는 수십 명의 서기관에게 명령을 내리시게 되겠지요. 왕자님께서는 쟁기도 삽도 들지 않으실 테니 계속 부드러운 손을 가지시게 될 겁니다. 힘든 일도 면하시고, 무거운 짐도 들지 않으시고, 멋진 저택에서 사시게 되겠지요. 마구간에는 멋진 말들이 가득하고, 매일 좋은 옷을 갈아입고, 가마 의자는 편안하고, 또 파라오의 신임을 얻게 되실 겁니다.

─그렇게 살고 있는 게으른 부자 서기관들이 많지요. 하지만 나

---

* 린드의 파피루스에 의한 유명한 파이(π) 적용 방법.

는 어려운 글들을 읽을 수 있고, 제문을 작성하는 일에 참여하고, 행렬할 때 제물을 운반하는 제관이 될 수 있으면 좋겠어요.

─왕자님, 그건 겸손한 야심이군요.

─그렇지 않아요, 메바! 아주 오랫동안 노력해야 할 수 있는 일이에요.

─람세스 폐하의 맏아드님께 더 큰 운명이 약속되어 있지 않을까요?

─신성문자들이 나의 안내자들이에요. 그들이 언제 거짓말을 하던가요?

메바는 이 열두 살짜리 소년이 하는 말을 듣고 혼란스러웠다. 그는 자신을 완벽하게 통제하고, 아첨 따위에는 관심이 없는 경험 많은 서기관과 얘기를 나누고 있는 듯한 느낌이 들었다.

─산다는 것이 일과 엄격한 태도만을 의미하는 건 아니랍니다.

─나는 내가 그렇게 살면 안 된다고 생각하지 않아요. 이게 잘못된 생각인가요?

─어이구, 그럴 리가 있습니까.

─당신은 중요한 자리에 계신 분이신데, 그렇게 많은 시간을 빈둥거리는 데 쓰시나요?

메바는 카의 시선을 피했다.

─저는 무척 바쁘답니다. 왜냐하면 이집트의 국제정치가 대단한 능력을 요구하기 때문이지요.

─결정은 아버님께서 내리시잖아요?

─물론 그렇지요. 하지만 제 동료들과 저는 폐하가 결정을 쉽게 내리실 수 있도록 열심히 일한답니다.

─당신이 하시는 일을 자세히 알고 싶어요.

─아주 복잡한 일이지요. 왕자님께서 이해하실 수 있을지…….

─이해하려고 노력해볼게요.

그때 카의 누이동생 메리타몬이 다가왔다. 그녀가 나타나자 분위기가 갑자기 신선하게 바뀌었다. 메바의 마음도 가벼워졌다. 소녀가 메바에게 물었다.

－오빠랑 놀고 계신 거예요?

－아닙니다. 선물을 드리러 왔지요.

그 말에 흥미를 느낀 카가 고개를 들었다.

－뭔데요?

－이 붓통입니다, 왕자님.

메바가, 금칠한 나무로 만든 조그맣고 예쁜 기둥 모양의 물건을 하나 꺼냈다. 속이 파여 있는 기둥 안에는 크기가 다른 붓 열두 자루가 꽂혀 있었다.

자기가 쓰고 있던 붓을 받침대 위에 올려놓으며 왕자가 말했다.

－아주 좋군요!

메리타몬이 물었다.

－좀 봐도 돼?

카가 심각하게 말했다.

－조심해야 돼. 이런 물건들은 약하거든.

－나도 써보게 해줄 거야?

－네가 아주 조심한다면. 그리고 글씨를 틀리게 쓰지 않으려고 애쓴다면.

카는 쓰던 파피루스 한 조각과 새 붓 한 자루를 누이동생에게 건네주었다. 메리타몬이 붓끝을 잉크에 담갔다. 왕자는 소녀가 정성스럽게 신성문자를 쓰는 것을 주의 깊게 바라보았다.

메바는 오누이의 다정스런 모습을 보며 흐뭇한 미소를 지었다. 그는 슬그머니 방을 나섰다. 그의 옷소매에는 카가 쓰던 붓 하나가 숨겨져 있었다.

12

이제트는 람세스와 사랑을 나누던 갈대 오두막을 밤새 꿈꾸곤 했다. 그들은 그곳에 그들의 정열을 숨겨두었다. 그때 그들의 머릿속엔 미래에 대한 생각은 들어 있지 않았다. 그들은 다만 허기진 욕망으로 순간의 기쁨을 맛보았을 뿐이다.

그녀는 왕비가 되고자 하지 않았다. 네페르타리를 질투하지도 않았다. 그를 사랑하고 그의 사랑을 받을 수만 있다면, 평생 그늘에서 지낸다 해도 좋았다. 하지만 람세스는 오랜 세월 그녀를 찾지 않았다. 그녀는 아들 카를 기르며 자신의 욕망을 다스려야 했다. 하지만 어떻게 람세스를 잊을 수 있단 말인가? 어떻게 그녀의 가슴에서 여전히 뜨겁게 불타고 있는 사랑을 잊는단 말인가?

그런데 그가 찾아왔다. 지난 열정의 날들을 일깨우며 갈대 오두막을 찾으라 했다. 아이를 낳아달라고, 네페르타리의 권유를 받고 왔노라고, 그가 말했다. 이제트는 귀를 막고 싶었다. 그저 그가 말 없이 안아줬더라면 슬프지 않았으리라. 하지만 그녀의 사랑, 그녀의 뜨거운 욕망은 그녀의 흘러내리는 눈물에도 젖지 않았다.

오래 숨죽여온 욕망이, 갈대 오두막의 하룻밤에 바람을 타고 번지는 들녘의 불처럼 그녀의 온몸, 온 마음을 들쑤셨다. 밤마다 그녀는 갈대 오두막을 꿈꾸었다. 밤마다 그를 꿈꾸었다.

그가 전쟁터에 나가 있는 동안 그녀는 죽고 싶을 정도로 고통스러웠다. 그녀는 넋이 나가서 화장도 하지 않고, 아무 옷이나 꿰어입고 신발도 신지 않고 지냈다.

그가 돌아오자 그녀의 혼란은 사라졌다. 아름다움을 되찾은 이제트는 불안으로 떨며, 람세스의 집무실에서 처소에 이르는 복도에 서 있었다. 그런 그녀를 보았다면, 아무리 무심한 남자라 할지라도 마음이 흔들렸으리라. 혹시 람세스가 그 복도에 나타나면, 용기를 내어 다가가볼 생각이었다······ 아니, 그녀는 도망쳐버리고 싶었다.

만일 그녀가 람세스를 귀찮게 굴면, 그는 그녀를 다시 지방으로 내려보낼지도 모른다. 그리고 다시는 그를 볼 수 없게 될지도 모른다. 이제트에게 그보다 더 견디기 힘든 형벌은 없다.

왕이 모습을 나타내자, 이제트의 다리가 덜덜 떨렸다. 그녀는 도망칠 힘도 없었고, 람세스에게서 눈을 뗄 수도 없었다. 람세스는 신처럼 힘차고 위풍당당했다.

─여기서 뭘 하는 거요, 이제트?

이제트는 젖은 눈으로 그를 바라보며, 떨리는 목소리로 말했다.

─폐하께 이야기하고 싶어서······ 폐하의 아들을 낳았어요.

─유모가 아이를 보여주었소. 메렌프타는 잘생긴 아이더군. 어려운 일 치르느라 수고했소.

─카처럼 그 아이도 사랑할게요.

―그럴 거라고 믿소.

―당신을 위해서 저는 당신이 경작하는 밭으로, 당신이 미역을 감는 연못으로 남아 있을게요…… 아들을 더 원하세요, 람세스?

―'왕의 아이들' 제도가 내게 아들들을 데려다줄 거요.

―당신이 원하는 걸 저에게 요구하세요. 제 영혼과 육체는 당신 거예요.

―이제트, 당신은 잘못 생각하고 있소. 어떤 사람도 다른 사람의 소유물이 될 수 없소.

―하지만 전 당신 거예요. 당신은 저를 둥지에서 떨어진 새처럼 당신 손으로 감싸주실 수 있어요. 당신만 그럴 수 있어요. 당신의 체온을 빼앗기면, 전 시들어버릴 거예요.

―이제트, 난 네페르타리를 사랑하오.

―네페르타리는 왕비예요. 전 평범한 아낙일 뿐이구요. 절 네페르타리와는 다른 사랑으로 사랑해주실 순 없나요?

―네페르타리와 함께 난 하나의 세계를 건설하고 있소. 왕비만이 그 비밀을 나와 나눌 수 있소.

눈물이 쏟아질 것 같았다. 이제트는 고개를 숙이고 가만히 한숨을 쉬며 말했다.

―이 궁전에…… 제가 머물러도 될까요?

이제트의 목소리는 개미소리만큼 작았다. 람세스의 대답에 그녀의 미래, 그녀의 꿈이 달려 있었다.

람세스는 잠시 생각하더니 담담한 목소리로 말했다.

―궁전에서 카와 메렌프타 그리고 내 딸 메리타몬을 길러주시오.

세라마나가 이끌고 있는 용병대에 소속된 크레타인은 중부 이집트에 있는 마을들을 돌아다니며 수사하고 있었다. 아케나톤의 버림받은 도시에서 가까운 곳이었다. 자기 상사처럼 해적 출신인 그는 이집트의 생활과 그것이 베풀어주는 물질적 혜택에 길들어 있었다. 바다가 그립기는 했지만, 그럴 땐 속도가 빠른 작은 배를 타고 나일 강을 돌아다니는 것으로 마음을 달랬다. 그는 예상할 수 없는 엉뚱한 반응을 보이는 강의 함정을 피하는 것이 재미있었다. 노련한 수부(水夫)도 수류라든지 낮은 물 밑에 숨겨져 있는 모래톱, 성미 급한 하마떼들 앞에서는 겸손한 마음을 가지지 않으면 안 된다.

크레타인은 살해당한 젊은 금발머리 여자의 초상화를 마을 사람들 수백 명에게 보였지만, 아무것도 알아내지 못했다. 사실 그는 희생자가 피-람세스나 멤피스 출신일 것이라고 생각하고 있었으므로, 일을 하면서도 신이 나질 않았다. 세라마나는 전국 방방곡곡에 밀사들을 파견하면서, 그들 중의 한 사람이라도 중요한 단서를 찾아내기를 기대했다. 그러나 크레타인은 운이 없었다. 계절의 리듬에 따라 살아가는 조용한 시골 마을이 그에게 할당되었던 것이다. 세라마나가 약속한 특별수당을 받기는 어렵겠지만, 그래도 그는 활기찬 주막에서 오랜 시간을 보내는 것이 즐거워서 나름대로 주의를 기울이면서 일했다. 그는 이틀이나 사흘 정도 더 조사해본 뒤, 성과는 없었지만 그래도 즐거운 여행이었다고 스스로를 위안하면서 피-람세스로 돌아갈 예정이었다.

크레타인은 좋은 자리에 앉아서 맥주를 나르고 있는 젊은 아가씨를 바라보았다. 뻔뻔스럽게 웃음을 흘리며 그녀는 노골적으로 손님들에게 교태를 부렸다. 왕년의 해적이었던 크레타인은 한번 시도해보기로 작정했다.

그가 여자의 소매를 잡으며 말했다.

―아가씨, 마음에 드는데.

―당신은 누구야?

―사나이지.

아가씨가 깔깔 웃음을 터뜨렸다.

—잘난 체하기는!

—난 내가 사나이라는 걸 증명해 보일 수 있어.

—아, 그러셔…… 어떻게?

—내 방식대로.

—남자들은 모두 똑같은 얘길 해.

—난 얘기하지 않아. 행동하지.

아가씨가 손가락을 그의 입술에 가져다댔다.

—조심해. 난 허풍쟁이들은 싫어. 그리고 난 탐욕스럽다구.

—거 잘됐군. 나도 그래. 탐욕이 내 큰 결점이지.

—거의 꿈꾸는 기분인데, 사나이씨.

—그럼 우리 행동으로 옮겨볼까?

—날 뭘로 생각하는 거야?

—있는 그대로 생각하지. 용감한 사나이와 사랑을 나누고 싶어하는 예쁜 아가씨라고.

—당신 고향이 어디야?

—크레타 섬.

—정말이야?

—사랑할 때 난 내가 얻은 만큼 주지.

그들은 한밤중에 헛간에서 다시 만났다. 그도 그녀도 예비절차 따위는 좋아하지 않았다. 그들은 격정적으로 서로에게 덤벼들었다. 그 격정은 몇 차례 전쟁을 치른 뒤에야 가라앉았다. 드디어 만족한 그들은 나란히 누웠다. 그가 여자에게 말했다.

—아가씰 보니까 누군가 생각이 나. 아가씨 얼굴이 내가 찾고 싶어하는 사람 얼굴을 닮았어.

—그게 누군데?

크레타인은 젊은 금발머리 여자의 초상화를 아가씨에게 보여주었다.

아가씨가 말했다.

─나 이 여자 알아.

─이 여자가 이곳에 살았단 말야?

─조그만 마을에 살았어. 사막 가까운 곳에 있는 버려진 도시의 변두리 마을이야. 오래 전에 시장에서 봤었는데.

─이 여자 이름이 뭐야?

─몰라. 그 여자랑 얘기해본 적 없어.

─혼자 살았어?

─아니, 어떤 늙은이랑. 저주받은 파라오의 거짓말을 아직도 믿고 있는 마법사 같은 사람이었어. 아무도 그 사람들이랑 가까이 지내지 않았어.

그 지역의 다른 마을들과는 달리 그곳은 지저분했다. 먼지가 뽀얗게 앉은 집들, 쩍쩍 금이 간 현관들, 너덜너덜 떨어져나온 칠, 버려진 뜨락…… 아무도 이런 곳에서 살고 싶어하지 않을 것 같았다. 크레타인은 쓰레기가 지저분하게 널려 있는 큰길로 조심스럽게 들어섰다. 염소들이 쓰레기들을 주워먹고 있었다.

나무 덧창 하나가 삐걱거리는 소리를 냈다.

크레타인을 보고, 계집아이 하나가 헝겊 인형을 꼭 껴안고 도망쳤다. 아이가 비틀거리자, 크레타인은 아이의 손목을 잡았다.

─애, 마법사가 어디에 사니?

아이가 바둥거렸다.

─대답하지 않으면 인형을 뺏어버릴 거야.

아이는 나무 창살이 달린 게딱지 같은 집을 손가락으로 가리켰다. 문이 닫혀 있었다. 아이를 놓아주고 크레타인은 그 초라한 집으로 다가가 어깨로 문을 밀었다.

어슴푸레한 빛 속에 잠겨 있는 정방형의 방이 눈앞에 나타났다.

야자수로 만든 침대 위에는 한 늙은이가 누워 단말마의 신음을 토하며 죽어가고 있었다.

크레타인이 노인에게 말했다.

—경찰이오. 무서워할 것 없소.

—뭘…… 뭘 원하시오?

—이 여자가 누군지 말해주시오.

크레타인이 노인에게 초상화를 보여주었다.

—리타…… 내 귀여운 리타…… 그애는 자기가 이교도 가족의 일원이라고 생각했어요…… 그런데 그놈이 그앨 데려갔어.

—누구 얘길 하는 거요?

—외국놈 얘기요…… 리타의 영혼을 훔쳐간 그 외국놈 마법사 말이오…….

—그 사람 이름이 뭡니까?

—그놈이 돌아왔어…… 무덤에 숨어 있어요…… 무덤 속에 있어. 틀림없어요.

노인의 머리가 옆으로 돌아갔다. 아직 숨은 붙어 있었지만 더이상 말을 하지 못했다.

크레타인은 무서웠다.

버려진 무덤들의 어두운 입구는 지옥의 아가리처럼 보였다. 이런 곳을 피난처로 삼은 자는 틀림없이 악마 같은 놈일 것이다. 어쩌면 늙은이가 거짓말을 했는지도 모른다. 그래도 이 방향으로 수사해보는 수밖에 없었다. 운만 조금 따라준다면, 리타의 살인범을 잡을 수 있을지도 모른다. 그러면 피-람세스로 데려가서 상금을 받을 수도 있다.

그런 즐거운 예상에도 불구하고, 크레타인은 기분이 나빴다. 그는 바깥에서 싸우는 편이 더 좋겠다는 생각이 들었다. 아니면 차라리 바다에서 해적 몇 놈을 상대로 시원하게 하늘을 가르며 싸우는 것이 낫지…… 무덤 속으로 들어가려니까 기분이 나빴다. 그래도 그는 뒷걸음질치지 않았다.

그는 가파른 비탈길을 기어올라가서 첫번째 무덤을 살펴보았다. 천장이 꽤 높았고, 벽에는 아케나톤과 네페르티티를 경배하고 있는 사람들의 그림이 그려져 있었다. 크레타인은 한 발짝 한 발짝 조심조심 앞으로 나아가 무덤 끝까지 가보았지만, 미라도 살아 있는 사람의 흔적도 없었다. 덤버드는 악마도 없었다.

크레타인은 안심하고 두번째 무덤도 살펴보았다. 첫번째 무덤만큼 실망스러웠다. 암반의 질이 나빠서 푸석푸석했다. 이곳에 조각된 그림들은 세기를 지나 살아남지 못할 것이 확실했다. 침입자 때문에 짜증이 난 박쥐들이 사방으로 흩어져 날아다녔다.

크레타인은 그에게 정보를 주었던 늙은이가 헛소리를 지껄인 모양이라고 생각했다. 그래도 그는 이 버림받은 장소를 떠나기 전에 두세 개 정도의 큰 무덤을 더 살펴보기로 작정했다.

이곳에 있는 모든 것은 죽어 있었다. 철저하게 죽어 있었다.

크레타인은 태양의 도시가 세워져 있었던 벌판이 내려다보이는 절벽을 따라갔다. 그가 들어선 곳은 아톤 대사제 메리레의 무덤이었다. 그 무덤의 부조들은 잘 보존되어 있었다. 크레타인은 햇빛을 받고 있는 왕과 왕비의 모습을 감탄하며 바라보았다.

그가 부조를 바라보고 있을 때, 등뒤에서 가벼운 발걸음소리가 들려왔다.

크레타인이 미처 등을 돌리기도 전에, 마법사 오피르가 그의 목을 잘라버렸다.

13

메바는 눈을 감았다. 눈을 떠보니, 크레타인의 시체가 바닥에 뒹굴고 있었다.

—오피르, 당신에겐 이럴 권리가 없어요. 이럴 권리가 없단 말입니다.

—메바, 이제 그만 징징대시오.

—당신은 방금 사람을 하나 죽였어요!

—그리고 당신은 살인 현장을 목격했고.

오피르의 위협적인 시선이 칼날처럼 꽂혀왔다. 메바는 겁에 질려서 뒷걸음질쳤다. 그는 무덤 구석에 가서 웅크리고 섰다. 그는 어둠 속까지 그를 따라오는 이 믿을 수 없을 만큼 잔인한 눈길로부터 도망가고 싶었다.

세나르가 시체를 내려다보며 말했다.

―난 이 자를 알지. 세라마나가 람세스를 경호하기 위해 고용한 용병들 중 한 놈이오.

―우리 냄새를 쫓아온 경찰이라…… 세라마나가 리타의 정체를 밝히려고 수소문하고 있는 게 틀림없군요. 정보를 알아내려는 거지요. 이놈이 여기까지 기어왔다는 건 대규모 추격전이 이루어지고 있다는 걸 의미하는 건데…….

오피르의 말에 세나르가 결론을 내렸다.

―그럼 우린 이 저주받은 도시에서마저 안전하지 않다는 얘기잖소.

―너무 비관적으로 생각하지 마십시오. 이 호기심 많은 친구는 이제 떠들어댈 수 없으니까 말입니다.

―하지만 우리한테까지 거슬러오는 데 성공했잖은가. 세라마나도 그럴 수 있을 걸세.

―우리가 숨어 있는 곳을 떠들어댈 수 있는 놈은 한 놈뿐입니다. 마을 사람들이 마법사라고 생각하고 있는 리타의 양부, 그놈밖에 없어요. 그 늙은 머저리는 목숨이 오늘 내일 하는 형편이지만, 아직 우릴 배반할 힘은 남아 있을 겁니다. 오늘 저녁에 당장 그놈을 손봐주어야겠군요.

메바는 자기가 끼어들지 않으면 안 되겠다고 생각했다.

―설마 또 살인을 저지르려는 건 아니겠지요!

오피르가 메바에게 명령했다.

―그 시커먼 구석에서 기어나오시오.

메바가 쭈뼛쭈뼛했다.

―얼른 나오라니까!

메바가 앞으로 나왔다. 입술이 씰룩씰룩 경련을 일으켰다.

―내 몸에 손대지 말아요. 오피르!

—당신은 내 동지이자 부하요. 그걸 잊지 마시오.

—물론입니다. 하지만 이런 살인 행위는…….

—우리가 지금 당신의 편안한 외무성 사무실에 앉아 있는 줄 아시오? 당신은 간첩조직에 속해 있는 사람이오. 람세스의 세력에 대항하고, 더 나아가서는 그 세력을 파괴해서 히타이트인들로 하여금 이집트를 정복하게 하는 것이 우리 조직의 임무요. 잘난 체하는 외교관 몇 명으로 그 일을 해낼 수 있을 거라고 생각하시오? 당신도 언젠가 당신의 안전을 위협하는 적을 제거해야 할 날이 있을 거요.

—나는 고위관리이고 또…….

—당신이 원하든 원하지 않든 상관없이, 당신은 이번 살인의 공범이오.

메바는 크레타인의 시체를 다시 내려다보았다.

—난 이런 짓까지 해야 할 거라곤 생각지 않았소.

—이젠 알게 되었겠지요.

세나르가 두 사람의 말싸움을 제지했다.

—우리 일이 이놈 때문에 중단될 순 없소. 당신 일은 성공했소, 메바?

—그 일 때문에 내가 이 저주받은 도시에 온 것 아닙니까. 그럼요, 성공했지요.

그러자 마법사의 목소리가 사람을 호리듯이 부드러워졌다.

—잘했소, 친구. 우린 당신이 자랑스럽소.

—난 내 약속을 지켰습니다. 당신의 약속이나 잊지 마십시오.

—미래의 권력은 당신을 잊지 않을 거요. 자, 당신이 훔쳐온 보물을 보여주시오.

메바는 카의 붓을 꺼냈다.

—왕자는 이걸로 글씨를 씁니다.

오피르가 붓을 보며 말했다.

―잘했소. 정말 잘했소.

―그런데 이걸 가지고 뭘 하려는 겁니까?

―이 물건을 이용해서 카의 기를 뽑아내어 그걸 그에게 나쁜 방향으로 돌리는 거요.

―설마 엉뚱한 생각을 하는 건 아니겠지요?

―람세스의 맏아들은 우리의 직접적인 원수들 중 하나요. 왕과 왕비를 약하게 만들 수 있는 시련은 우리에겐 모두 유익한 거요.

―카는 어린아이입니다!

―그애는 파라오의 맏아들이오.

―안 돼요, 오피르, 아이는 건드리지 말아요…….

―메바, 당신은 이미 당신의 진영을 선택했소. 물러서기엔 너무 늦었소.

마법사가 손을 내밀었다.

―나에게 그 물건을 주시오.

메바가 머뭇거리는 모습을 보고 셰나르는 한심하다는 표정을 지었다. 그는 자신의 손으로 목졸라 죽이고 싶을 정도로 이 비겁한 친구가 싫었다.

메바가 천천히 오피르에게 붓을 내주었다.

―그 어린 소년을 공격하는 것이 정말 꼭 필요합니까?

마법사가 메바에게 명령을 내렸다.

―피-람세스로 돌아가시오. 그리고 다신 여기 오지 마시오.

―이 무덤에서 오랫동안 머무실 겁니까?

―흑마술을 부리는 데 필요한 기간 동안만 여기 있게 될 거요.

―그 다음에는요?

―메바, 호기심이 지나치군요. 내가 당신에게 연락하겠소.

―수도에서 제 입장을 유지할 수 없을지도 모릅니다.

―냉정하게 행동하시오. 그러면 모든 게 잘될 겁니다.

—제가 어떻게 행동해야 할까요?

—평소 하던 대로 계속하시오. 필요할 때 지시를 내릴 테니까.

메바는 무덤에서 나가려다가 다시 돌아왔다.

—오피르, 잘 생각해보시오. 아들을 건드리면 람세스는 진노할 것입니다. 그리고…….

—가시오, 메바…….

오피르와 셰나르는 무덤 입구에 서서 그들의 공범이 비탈을 내려가, 폐허가 된 저택 뒤에 숨겨두었던 말에 올라타는 것을 내려다보았다. 셰나르가 말했다.

—저 겁쟁이 친구는 믿을 수가 없어. 감옥에서 있지도 않은 출구를 찾는답시고 겁에 질려 법석을 떠는 쥐새끼 같은 놈이야. 왜 당장 없애버리지 않는 거요?

—메바가 공식적인 직함을 가지고 있는 한 이용가치가 있습니다.

—우리가 숨어 있는 곳을 밀고할 생각이라도 하면 어쩔 테요?

—제가 그런 가능성을 짚어보지 않았다고 생각하십니까?

람세스가 돌아온 후에도 네페르타리는 남편과 내밀한 시간을 별로 가지지 못했다. 아메니, 총리대신, 대신들과 대사제들이 왕의 집무실에 진을 치고 들어앉아 있었다. 왕비 자신도 서기관들, 공방 책임자들, 세리들과 내전 소속 관리들의 청원에 쉴새없이 응해야 했다.

때로 그녀는 신전의 연주자가 되지 않은 것을 후회했다. 신전에서 지낼 수 있었다면 일상적인 세사의 번거로움에서 벗어나 조용히 살아갈 수 있었으리라.

투야의 도움으로 네페르타리는 나라를 통치하는 기술을 배울 수 있었다. 7년간의 통치기간 동안, 람세스는 여러 달 원정 나가 있거나, 전쟁터에서 지냈다. 파라오의 부재중에 그를 대신해야 하는 젊은 왕비는 왕위가 주는 중압감을 견디고, 신들 사이의 우애와 인간

공동체 사이에 반드시 필요한 관계를 유지시켜주는 제의들을 집전하기 위해서, 자신도 미처 깨닫지 못했던 자질들을 자신의 내면에서 끌어내어야 했다.

카와 메리타몬은 종종 그녀에게서 멀리 떨어져 있었다. 그녀는 그 무엇과도 바꿀 수 없는 귀한 순간들, 어린아이들의 의식이 활짝 피어나는 것을 바라보는 행복을 누릴 수가 없었다. 카와 메렌프타는 이제트가 낳은 아이들이지만, 그녀는 자기 딸 메리타몬과 똑같이 사랑했다. 람세스가 세 아이의 교육을 이제트에게 맡긴 것은 옳은 결정이었다. 두 여인은 서로 경쟁심도 반감도 느끼지 않았다.

왕비가 람세스에게 느끼는 사랑은 육체의 결합과 쾌락을 훨씬 넘어서는 어떤 것이었다. 그녀를 매혹했던 것은 한 사내로서의 람세스가 아니었다. 그녀는 무엇보다도 그의 광휘에 끌렸다. 그들은 하나의 존재를 이루고 있었다. 그녀는 멀리 떨어져 있을 때조차 매순간 그와 교감하고 있다는 확신을 가졌다.

왕비는 지친 몸을 손발 화장사의 노련한 손에 맡겼다. 기나긴 하루 해가 끝난 뒤에 그녀는 미용 관리를 받아야 했다. 어떤 근심걱정이 있더라도 왕비는 언제나 평온하고 밝은 모습을 하고 있어야 하기 때문이었다.

샤워를 하는 감미로운 순간이 왔다. 시녀 두 명이 왕비의 벗은 몸 위에 향유를 넣은 더운 물을 부었다. 왕비는 따뜻한 타일 바닥에 드러누웠다. 시녀들은 향, 테레빈유, 기름과 레몬을 섞어 만든 크림으로 왕비의 몸을 오랫동안 마사지한다. 그렇게 근육의 긴장과 수축을 풀어주는 것이다.

네페르타리는 자기에게 책임이 있는 결함들, 자기가 저지른 실수들, 쓸데없는 행동 등을 생각해보았다. 행동하는 사람에게 올바른 길은, 행동하는 것이다. 올바른 행동은 마아트의 규범을 풍요롭게 만들어주고, 나라를 혼돈으로부터 지켜주기 때문이다.

왕비의 몸을 마사지하던 손길의 리듬이 갑자기 바뀌고 더욱 부드
러워졌다. 왕비는 의아한 표정으로 고개를 돌렸다.

—람세스…….

—내가 당신 시녀를 대신해도 되겠소?

—생각해봐야겠는데요.

그녀는 아주 천천히 돌아누웠다. 그녀의 시선이 사랑에 가득 찬
남편의 눈길과 마주쳤다.

—당신, 아메니와 곡물창고 관리들과 함께 그 끝날 줄 모르는 회
의를 해야 하는 것 아니에요?

—오늘 저녁과 오늘 밤은 우리 둘만의 시간이오.

네페르타리가 람세스의 로인클로스의 매듭을 풀었다.

—네페르타리, 당신의 비밀은 뭐요? 때로 나는 당신의 아름다움
이 이 세상에 속한 것이 아니라는 생각이 드오.

—그럼 우리 사랑은 이 세상에 속한 것인가요?

그들은 따뜻한 타일 위에서 서로 끌어안았다. 그들의 향기가 뒤
섞이고, 그들의 입술이 한데 합쳐지고 욕망의 파도가 그들을 실어
갔다.

람세스가 네페르타리를 커다란 숄로 감싸주었다. 네페르타리는
놀라 숄을 펼쳐보았다. 숄은 생명의 숨결을 주기 위해서 끊임없이
펄럭이는 이시스 여신의 날개처럼 보였다.

—너무 아름다워요!

—사이스의 길쌈 공방에서 만든 새 걸작품이라오. 당신, 앞으로
는 절대 춥지 않을 거요.

그녀가 왕의 품을 파고들었다.

—신들께서 우리가 이제 헤어져 있지 않게 해주셨으면 좋겠어요.

14

세 개의 아클라우스트라 창문을 통해 빛이 들어오는 람세스의 집
무실은 선왕 세티 때와 다름없이 소박했다. 장식 없는 흰 벽, 커다
란 탁자 하나, 등받이가 곧은 왕의 의자, 방문객들을 위한 짚을 넣
은 의자들, 왕을 보호하기 위한 마법이 기록된 파피루스 정리장, 중
동지방 지도 한 장과 파라오 세티의 입상. 선왕의 영원한 눈길이
아들이 하는 일을 지켜보고 있었다.

왕의 필기도구 옆에는 끝이 아마실로 단단하게 매여 있는 아카시
아 가지 두 개가 놓여 있었다. 그것은 람세스도 사용한 바 있는 세
티의 물 찾는 나뭇가지였다.

왕이 아메니에게 물었다.

─재판은 언제 열리지?

―두 주 뒤입니다.

얼굴빛이 창백한 서기관은 언제나처럼 엄청난 양의 파피루스와 글이 쓰여진 서판들 앞에 앉아 있었다. 아메니는 등이 약했다. 그래도 기밀문서들은 언제나 직접 운반했다.

―모세에겐 알렸나?

―물론이지요.

―반응이 어떻든가?

―평온해 보였어요.

―그의 결백을 증명할 수 있는 증거를 우리가 확보하고 있다는 이야기를 했겠지?

―재판이 절망적이지 않다는 이야기는 했습니다.

―왜 그렇게 조심스럽게 말했어?

―왜냐하면 폐하도 나도 판결이 어떻게 날지 모르니까요.

―정당방위의 경우엔 유죄선고를 내리지 않네!

―모세는 사람을 죽였어요. 게다가 피해자는 왕의 매형입니다.

―내가 나서서 그자가 비열한 인간이었다는 걸 말하겠네.

―안 됩니다. 왕은 어떤 방식으로도 개입할 수 없어요. 왕은 지상에서 마아트의 존재와 정의의 공평함을 보장하는 자이기 때문에 사법절차에 개입해서는 안 됩니다.

―내가 그걸 모를 거라고 생각하나?

아메니는 입술을 깨물며 한참을 생각하더니 침통하게 말했다.

―람세스, 친구로서 말하는 걸 용서하게. 자네가 자네 자신과 싸우는 걸 돕지 않는다면, 내가 자네 친구라고 할 수 있겠나?

―아메니, 이 일은 너무 힘들어!

―나는 고집쟁이에다 끈질기다네.

―모세는 자기 발로 걸어서 이집트로 돌아오지 않았나?

―그런다고 그의 잘못이 지워지는 것도 아니고, 그가 저지른 죄

가 사라지는 것도 아냐.

―그를 변호해주겠나?

―모세는 우리 친구일세. 그에게 유리한 증거를 내가 직접 제출하겠네. 그렇지만 그 증거가 총리대신과 법관들을 설득할 수 있을지는 모르겠네.

―궁전에서 모세의 평판은 아주 좋아. 상황이 얽혀서 사리를 살해하게 되었다는 걸 모두들 이해할 걸세.

―기대해보십시다, 폐하.

아주 나긋나긋한 두 명의 시리아 여자와 함께 유쾌한 밤을 보냈는데도 세라마나는 기분이 풀리지 않았다. 이집트인들이 '입가심'이라고 부르는 아침식사를 하기 전에 그는 아가씨들을 쫓아냈다.

그렇게 애를 썼는데도 젊은 금발머리 여자의 정체는 여전히 아리송했다.

그는 희생자의 초상화 덕택에 그의 수사관들이 곧 단서를 찾아낼 것이라고 기대했다. 그러나 피-람세스에서도, 멤피스에서도, 테베에서도 그녀를 아는 사람은 아무도 없었다. 그녀가 철저하게 은폐된 생활을 했다는 한 가지 결론밖에는 내릴 수가 없었다.

그 여자에 대해서 틀림없이 더 많은 것을 알고 있는 증인이 한 명 있기는 했다. 람세스의 누이 돌렌테였다. 그러나 유감스럽게도 세라마나는 자기가 원하는 방식으로 그녀를 심문할 수 없었다. 위선적인 돌렌테는 공개사과를 하고 왕과 왕비에게 충성을 맹세함으로써 적어도 부분적으로는 신뢰를 회복했다.

세라마나는 울화가 치미는 기분으로, 그가 각지에 파견한 밀사들이 제출한 보고서를 읽어보았다. 엘레판티네, 엘-캅, 에드푸, 델타의 도시들…… 아무것도 없었다. 이 자들이 일을 제대로 하긴 한 건가. 그는 짜증스럽게 보고서를 던져두고, 임무 명령서가 쓰여 있는 목록을 집어들었다.

그는 한 가지 사실을 발견하고 더욱 화가 치밀었다. 크레타인이 수사 보고서를 제출하지 않았던 것이다. 이 왕년의 해적은 돈벌이에 악착스러운 데다가 규율을 위반하면 불이익을 당한다는 것을 잘 알고 있는 놈인데, 이상하다는 생각이 들었다.

세라마나는 면도도 하지 않고 옷을 급하게 꿰어입고 아메니의 사무실로 찾아갔다. 아메니가 지휘하는 행정부서를 구성하고 있는 스무 명의 엘리트 관리들은 아직 출근하지 않았다. 그러나 람세스의 개인비서는 보리죽과 무화과 그리고 말린 생선으로 아침식사를 끝내고, 벌써 파피루스들을 정리하고 있는 중이었다. 아메니는 대식가였지만 살이 찌지 않았다.

―무슨 문제가 있나, 세라마나?

―보고서 하나가 모자라네.

―그게 그렇게 심각한 일인가?

―크레타인이 보고서를 제출하지 않았다는 점에선 그래. 정확한 걸 제법 따지는 놈이거든.

―그 친구를 어디로 보냈었나?

―중부 이집트에 있는 엘-베르셰라는 지방이야. 더 자세히 말하면 버려진 도시 아케타톤에서 멀지 않은 곳이지.

―그런 외딴 곳까지 사람을 보냈군.

―자네한테 배워서 나도 일을 꼼꼼하게 하게 됐거든.

아메니가 미소를 지었다. 두 사람은 아직 친하다고 할 수 있는 사이는 아니었지만, 화해하고 난 다음에는 상대방에게 진정한 존경심을 느끼게 되었다.

―좀 늦어지는 모양이지 뭘.

―벌써 일 주일 전에 돌아왔어야 한단 말일세.

―솔직하게 말하면, 이 사건은 내겐 그리 중요하게 여겨지지 않

네.

―그런데 내 본능은 반대야. 이게 심각한 일이라는 확신이 드네.

―그럼 나에게 무엇 하러 그 애길 하나? 자넨 그 수수께끼를 풀 수 있는 권한을 가지고 있잖은가.

―아무것도 밝혀진 게 없기 때문이야. 전혀 없어.

―자세히 설명해보게.

―마법사는 사라졌고, 세나르의 시체도 발견되지 않았고, 그 금발머리 아가씨의 정체도 밝혀지지 않았어…… 난 불안하다네.

―람세스가 나라를 다스리면서 상황을 통제하고 있잖나.

―내가 알고 있는 한, 지금은 평화로운 시절이 아냐. 히타이트인들은 이집트를 집어삼키려는 야욕을 버리지 않았어!

―자네는, 그러니까 히타이트 간첩조직이 완전히 붕괴된 것이 아니라고 생각하고 있군.

―폭풍 전야의 고요지…… 그게 내 느낌이야. 그런데 내 본능은 좀체로 틀리는 법이 없단 말씀이야.

―그래, 어떻게 하겠다는 건가?

―그 버려진 도시에 가보겠네. 거기 가서 크레타인에게 무슨 일이 일어났는지 알아봐야겠어. 내가 돌아올 때까지 폐하를 잘 보살펴드리게.

돌렌테는 회의에 빠졌다. 이 키 큰 갈색머리 여인은 부유하고 한가한 귀족생활을 다시 시작했다. 그녀는 이 연회 저 연회, 이 모임 저 모임, 사교계의 행사란 행사는 다 쫓아다녔다. 그녀는 머릿속이 텅 빈 멋쟁이 여자들과 경박한 대화를 나누었다. 그런가 하면 머릿속만큼이나 텅 빈 얘기를 지껄여대는 참을 수 없는 늙은 미남들과 젊은 바람둥이들이 그녀에게 추파를 던졌다.

유일신 아톤에 대한 믿음을 가지게 된 이후로, 돌렌테의 머릿속에는 한 가지 생각밖에는 없었다. 진리가 개화할 수 있도록 돕는 것, 가짜 신들과 그들에게 예배를 바치는 자들을 내쫓고 이집트 땅에 그 진리가 빛나게 하는 것. 그러나 돌렌테가 만나는 사람들은 모두 자신의 조건에 만족하고 살아가는 눈먼 사람들이었다.

오피르를 만나 충고를 들을 수 없는 돌렌테는 자신이 폭풍우를 만난 조난자 같다고 느꼈다. 날이 갈수록 그녀의 용기는 점점 더 사그라들었다. 신앙을 키워주는 대상도 사람도 없는 상태에서 신앙을 간직한다는 것은 쉬운 일이 아니었다. 돌렌테는 미래에 대해 절망했다. 그녀의 미래는 죽은 것처럼 보였다.

자극적인 눈과 갈색머리를 가진 그녀의 몸종이 침대 시트를 바꾸고 방을 쓸다가 말했다.

—마음이 힘드신가 봐요, 마님.

—누가 내 팔자를 부러워하겠니?

—예쁜 옷도 많고, 꿈처럼 아름다운 정원에서 산책하고, 멋진 남자들과 만나고…… 전 마님이 부러운데요.

—넌 불행한 게로구나.

—아뇨, 그렇진 않아요! 다정한 남편과 건강한 두 아이가 있고, 또 우린 돈도 많이 버는걸요. 남편은 지금 우리가 살 새 집을 짓고 있는데, 거의 끝나간답니다.

돌렌테는 용기를 내어 자기 마음을 사로잡고 있는 질문을 던져보았다.

—그럼 신에 대해선…… 이따금 신에 대해 생각하니?

—마님, 신은 어디에나 계세요. 신들을 공경하고 자연을 바라보는 걸로 충분해요.

돌렌테는 더이상 이야기하지 않았다. 오피르의 말이 맞다. 어리석은 백성이 개종할 것을 기다리지 말고 힘으로 진정한 종교를 강요해야 한다. 교리에 복종하고 나면, 지난날의 잘못된 생각들을 버릴 것이다.

―마님, 사람들이 뭐라고 그러는지 아세요?

몸종의 자극적인 눈동자는 수다를 떨고 싶어 죽겠다는 듯이 반짝였다. 돌렌테는 어쩌면 흥미로운 정보를 들을 수 있을지도 모른다고 생각했다.

―마님이 재혼하고 싶어하신대요. 그래서 많은 구혼자들이 그 명예를 차지하려고 서로 싸운다나요.

―별 시답잖은 소리들을 다 하는구나.

―안되셨어요…… 그만하면 충분히 상을 지내셨어요. 제 생각엔 마님 같은 지위에 계신 분이 그렇게 고독하게 지내시는 건 좋지 않은 것 같아요.

―난 이 생활이 좋은걸.

―어떨 땐 너무 슬퍼 보이세요…… 당연하지요. 돌아가신 남편 생각을 하고 계신 게 틀림없으니까요. 살해당하다니, 불쌍한 양반! 오시리스 신과 그의 법정이 그분의 영혼을 어떻게 심판할까요? 외람된 말씀이지만, 사람들이 쑥덕대는 소리를 들으니까 그분은 그렇게 정직한 분은 아니셨던 모양…… 에그머니나, 마님 용서하세요.

청소하면서 수다떠느라 몸종은 그만 해서는 안 될 말을 쏟아버렸다. 몸종은 고개를 숙이고 불호령을 기다렸다. 그런데 뜻밖의 반응이었다.

―슬프게도 그게 사실이란다.

―그럼 왜 나쁜 기억 속에 그렇게 자신을 가두어놓으시는 거예요?

―난 다시 결혼하고 싶은 생각이 없다.

―마님, 다시 행복해지실 수 있어요! 마님 남편의 살인범이 유죄 판결을 받게 되었으니까, 더더욱 행복해지실 수 있다구요.

돌렌테는 깜짝 놀랐다.

—뭘 알고 있는 게냐?

　—모세가 재판을 받는대요.

　—모세가…… 하지만 그 사람은 도망쳤잖느냐!

　—이건 아직 비밀인데요. 남편 친구 중에 감옥 간수장을 하는 사람이 있어서 알게 됐어요. 모세가 그 감옥에 갇혀 있대요. 틀림없이 사형선고를 받을 거예요.

　—그를 면회할 수 있다더냐?

　—아뇨. 중죄인이기 때문에 독방에 갇혀 있대요. 마님께선 재판정에 틀림없이 소환되실 테니까, 그때 복수하세요.

　모세가 돌아왔다! 모세는 유일신을 믿는 사람이다! 드디어 징조가 나타난 것이다.

15

모세의 재판은 마아트의 시종인 총리대신의 주재 하에 대법정에
서 열렸다. 빳빳하고 무거운 옷을 입은 그는 인간의 양심을 상징하
는 심장 모양의 장신구 하나만을 달고 있었다. 인간의 양심은 죽음
의 시련을 겪을 때 저승의 저울 위에 놓여져 심판을 받게 된다.

재판이 열리기 전에, 총리대신은 프타 신전에서 파라오를 만나
그가 총리대신에 임명될 때 했던 서약을 되풀이했다. 즉 정의의 여
신을 공경하겠으며, 아무에게도 특혜를 베풀지 않겠다는 서약이었
다. 왕은 그에게 어떤 충고도 하지 않았다. 다만 그의 서약을 법적
으로 인정했을 뿐이다.

대법정은 만원이었다. 왕실 인사들은 누구나 이 사건을 놓치고
싶어하지 않았다. 히브리 지파 지도자들 몇 사람의 얼굴도 보였다.

사람들의 견해는 서로 달랐다. 어떤 사람들은 모세가 유죄가 틀림없다고 생각했고, 어떤 사람들은 죄인이 돌아온 이유를 설명해줄 사실들이 밝혀질 것이라고 기대했다. 모두들 모세의 뛰어난 인품을 알고 있었다. 그가 어리석음 때문에 죄를 저질렀다고 생각하는 사람들은 아무도 없었다.

총리대신은 인간보다 더 오래 살아남으실 규범에게 찬양을 바치는 말로 재판을 시작했다. 그는 바닥에 스물네 개의 얇은 가죽조각을 가져다놓으라고 지시했다. 그것은 재판이 이집트의 스물네 지방에 적용된다는 것을 의미하는 것이다.

두 명의 병사가 모세를 데리고 들어왔다. 사람들의 시선이 히브리인에게 쏟아졌다. 구릿빛으로 그을은 얼굴에 수염이 텁수룩한 그의 모습은 인상적이었다. 한때 람세스의 총애를 받는 고위관리였던 그는 놀라울 만큼 침착한 태도를 보였다. 병사들이 총리대신 맞은편에 있는 의자를 그에게 가리켰다.

법무대신 양쪽에 측량사, 세크메트 여신의 여사제, 의사, 목수, 가정주부, 농부, 국고담당 서기관, 귀부인, 달인, 길쌈 직공, 라 사단장, 석수, 곡창 서기관과 선원으로 이루어진 열네 명의 배심원이 앉아 있었다.

─피고의 이름이 모세입니까?

─그렇습니다.

─배심원들 중 피고가 기피하는 사람이 있습니까? 그들을 보고 찬찬히 생각해보시오.

─나는 이 나라의 법정을 믿습니다.

─피고는 이 나라 사람이 아닙니까?

─나는 이곳에서 태어났습니다만, 히브리인입니다.

─피고는 이집트인이며 이집트인으로 재판받을 것입니다.

─내가 외국인이라면 재판 절차와 평결이 달라집니까?

—물론 그렇지 않습니다.

—그렇다면 그것이 뭐가 중요합니까?

—그것은 이 법정이 판단할 문제입니다. 피고는 이집트인이라는 것이 부끄럽습니까?

—방금 말씀하신 것처럼, 이 법정이 판단할 문제입니다.

—피고는 벽돌공 분임조장 사리를 살해한 혐의로 기소되었습니다. 그리고 도주했습니다. 이러한 사실들을 인정합니까?

—인정합니다. 그러나 설명이 필요합니다.

—그 설명을 듣는 것이 바로 이 재판의 목적입니다. 고발에 사용된 용어가 부적합하다고 생각합니까?

—그렇지 않습니다.

—그렇다면, 피고는 본인이 법에 따라 피고에게 사형을 구형할 수밖에 없다는 것을 이해하겠군요.

방청객들 사이에서 웅성거리는 소리가 솟아올랐다. 모세는 그 무서운 말이 자기와 아무 상관도 없다는 듯이 태연했다.

총리대신이 말했다.

—사안이 중요한 만큼, 본인은 이 재판의 시간을 한정하지 않겠습니다. 피고는 자신을 변호하고, 범죄 이유를 설명하기 위해서 충분한 시간을 사용할 수 있습니다. 나는 방청객 여러분에게 절대적인 침묵을 요구하는 바입니다. 법정이 조금이라도 소란스러우면 재판을 중단시키겠습니다. 잘못을 저지른 사람에게는 무거운 벌금형을 내리겠습니다.

법관이 모세에게 질문했다.

—사건이 일어난 당시에 피고는 어떤 지위에 있었습니까?

—피-람세스 공사장 총감독이었습니다. 나는 특히 히브리인 벽돌공들을 지휘했습니다.

—제출된 서류에는 모든 사람들이 피고에 대해 만족하고 있었다

고 쓰여 있군요. 피고는 파라오의 친구였지요. 맞습니까?

—맞습니다.

—멤피스 대학 캅을 나온 뒤에 메르-우르 하렘에서 공직생활을 시작했군요. 카르낙 감독을 거쳐서 피-람세스의 총감독이 되었고 …… 빛나는 미래가 보장되어 있었군요. 피해자 사리는 피고와 반대되는 길을 걸었습니다. 람세스 왕자의 개인교사였으니 캅의 총장을 꿈꾸었을 법한데, 하위직으로 밀려났습니다. 피고는 이 영락의 원인에 대해 아는 바가 있습니까?

—개인적인 견해는 가지고 있습니다.

—그 견해를 말해줄 수 있습니까?

—사리는 비열하고, 야심이 많고, 탐욕스러운 사람이었습니다. 운명이 내 손을 빌려서 그를 친 것입니다.

아메니가 총리대신에게 발언권을 요청했다. 총리대신이 승낙하자, 그가 말했다.

—좀더 자세한 내용을 말씀드릴 수 있습니다. 사리는 람세스 폐하를 해치려는 음모를 꾸민 바 있습니다. 그가 돌렌테의 남편이었기 때문에 폐하께서 관용을 베푸셨던 것입니다.

많은 궁정 인사들이 놀란 표정을 지었다. 총리대신이 명령을 내렸다.

—돌렌테를 부르시오.

키 큰 갈색머리 여인이 머뭇거리며 앞으로 나왔다.

—모세와 아메니의 진술을 인정하십니까?

돌렌테가 고개를 숙인 채 말했다.

—그 진술은 오히려 온건한 편입니다. 아주 온건합니다. 제 남편은 괴물이 되었습니다. 출세길이 막혀버렸다는 것을 알게 되자, 부하들에게 점점 더 맹렬한 증오심을 품게 되었지요. 그들에게 견딜 수 없을 정도로 잔인하게 굴었습니다. 죽기 직전의 몇 달 동안 남

편은 자기 휘하의 히브리인 벽돌공들을 박해했습니다. 모세가 그를 죽이지 않았더라도, 누군가 다른 사람이 그를 죽였을 겁니다.

뜻밖의 진술에 방청석이 다시 웅성거렸다. 총리대신은 호기심이 동한다는 표정으로 물었다.

─증인의 진술은 지나친 것 아닙니까?

─맹세코 그렇지 않습니다! 남편 때문에 제 삶은 형극이었습니다.

─남편이 사라져서 기쁘셨을 수도 있었겠군요.

돌렌테는 고개를 더욱더 떨어뜨렸다.

─저는…… 마음이 가벼워진 것 같기도 했습니다. 그래서 부끄러웠습니다…… 하지만 그런 잔인한 사람을 어떻게 그리워할 수 있겠습니까?

─덧붙일 말이 또 있습니까?

─없습니다…… 정말 없습니다.

돌렌테는 궁정 인사들 사이에 돌아와 앉았다. 사람들이 고개를 빼고 그녀를 바라보았다.

─생전의 사리에 대해 변호하거나 그의 아내의 진술을 부인하실 분 계십니까?

아무도 나서는 사람이 없었다. 법정 서기관이 가느다란 필체로 증언을 빠르게 받아 적었다. 총리대신이 모세에게 물었다.

─피고는 이 사건을 어떻게 설명하겠습니까?

─일종의 사고였습니다. 사리와의 관계가 편안하지는 않았지만, 그를 죽일 생각은 없었습니다.

─왜 그 사람을 그렇게 미워했습니까?

─그가 상습적으로 인부들의 돈을 강탈하고 히브리인 벽돌공들을 박해했기 때문입니다. 히브리인 벽돌공 한 사람을 보호하려다가 그를 죽이게 된 것입니다. 제 목숨을 지키려고 했을 뿐, 그를 죽이려는 생각은 없었습니다.

—그러니까 피고는 정당방위였다고 주장하는 거로군요.

—그것이 진실입니다.

—그럼 왜 도망쳤습니까?

—두려웠습니다.

—결백하다면, 이상한 일이군요.

—사람을 죽이면 깊은 충격을 받게 됩니다. 마치 술에 취한 것처럼 그 자리에서 정신을 잃어버립니다. 시간이 지나고 난 다음에야 자기가 끔찍한 행동을 저질렀다는 것을 깨닫게 되지요. 자기 자신으로부터 도망쳐서 모든 걸 잊어버리고 싶다는 생각, 그리고 사람들도 자기를 잊어주었으면 좋겠다는 생각밖에는 없습니다. 그래서 사막으로 도망가 숨었던 겁니다.

—마음이 가라앉고 난 다음에는 이집트로 돌아와 자수할 수도 있었잖습니까?

—그 동안 결혼을 했고 아들을 하나 얻었습니다. 이집트는 나에게서 멀리, 아주 멀리 떨어져 있는 것처럼 느껴졌습니다.

—그런데 왜 돌아왔습니까?

—완수해야 할 임무가 있었기 때문입니다.

—어떤 임무입니까?

—지금은 밝힐 수 없습니다. 이 재판과는 아무 상관도 없는 일이기 때문입니다. 나중엔 모두들 알게 될 것입니다.

총리대신은 모세의 답변을 듣고 화를 냈다.

—피고의 사실 설명은 납득하기 어렵습니다. 피고의 행동은 피고를 변호하지 못합니다. 피고의 설명도 모호하구요. 본인은 피고가 히브리인들에게 부당한 행동을 하는 사리를 계획적으로 살해했다고 생각합니다. 동기는 이해가 갑니다만, 그러나 어쨌든 그것은 범죄행위입니다. 피-람세스에 돌아온 뒤에도 피고는 계속해서 숨어 있었습니다! 그것은 자신이 유죄라는 걸 인정하는 행동이 아닙니까?

양심이 있는 사람은 그렇게 행동하지 않습니다.

아메니는 이제 결정적인 일격을 가할 시점이 되었다고 판단했다.

—모세의 결백을 증명할 수 있는 증거가 있습니다.

법관이 엄격한 목소리로 말했다.

—근거 있는 자료가 아니라면, 법정모독죄로 고발하겠습니다.

—모세가 구해주었던 히브리인 벽돌공의 이름은 아브네입니다. 사리가 그의 돈을 빼앗았습니다. 아브네가 모세에게 도움을 청하자, 사리는 아브네를 혼내주기 위해서 그에게 폭행을 가했습니다. 그때 모세가 현장에 도착해서 사리를 막았습니다. 난투가 벌어졌고, 그러다가 일이 잘못되어 모세는 사리를 죽이게 된 것입니다. 계획된 범행이 아니라, 정당방위였습니다. 아브네가 사건의 증인입니다. 여기 정식으로 그의 증언을 기록한 서류가 있습니다.

아메니가 서류를 총리대신에게 내어주었다. 총리대신은 파피루스가 법관의 인장으로 봉인되어 있는 것을 확인했다. 그는 봉인을 뜯고 날짜를 확인한 뒤, 서류의 내용을 읽었다.

모세는 드러내놓고 기쁨을 표시하지는 않았지만, 아메니와 다정한 시선을 주고받았다.

총리대신이 서류를 읽고 나서 결론을 내렸다.

—이 서류는 진실된 것으로서 증거로 채택할 만합니다.

재판은 끝났다. 모세는 살인혐의를 벗게 되었다. 배심원들은 무죄를 선고할 것이다.

그러나 총리대신이 말을 이었다.

—배심원 평결에 들어가기 전에, 마지막으로 한 가지만 확인하고 싶습니다.

아메니가 눈썹을 찡그렸다. 총리대신이 강경한 어조로 말했다.

—그 아브네라는 사람을 법정에 출두시키시오. 구두로 증언 내용을 입증해야 합니다.

16

아메니 앞에서 람세스는 분노를 터뜨렸다.

―의심의 여지 없는 증거에 정당성이 증명된 서류를 제출했는데도, 모세가 여전히 감옥에 있단 말인가!

왕의 개인비서가 조심스럽게 자기 생각을 말했다.

―총리대신이 철저한 사람이라 그렇습니다.

―뭐가 더 필요하다는 건가?

―다시 말씀드리지요. 그 아브네라는 자를 만나봐야겠다는 겁니다.

왕은 어쩔 수 없다고 생각했다. 총리대신의 요구에 따르는 수밖에 없었다.

―그를 소환했나?

─소환했지요. 그런데 문제가 생겼습니다.

─무슨?

─아브네가 행방불명입니다. 히브리 지파 지도자들 말로는 몇 달 전부터 보이지 않는다는 겁니다. 그에게 무슨 일이 일어났는지 아는 사람이 아무도 없어요.

─거짓말이야. 모세를 해치려는 수작일세.

─그럴지도 모르지요. 어떻게 할까요?

─세라마나에게 직접 조사해보라고 이르겠네.

─조금 기다려야 할 겁니다…… 세라마나는 중부지방으로 현장 조사를 나갔어요. 버림받은 이교도의 도시에서 가까운 곳이지요. 살해된 금발머리 여자의 신원을 어떻게든 밝혀보겠다는 겁니다. 솔직하게 말하면, 세라마나는 히타이트 간첩조직이 붕괴되지 않았다고 생각하고 있어요.

왕의 분노가 가라앉았다.

─자네 생각은 어떤가?

─셰나르는 죽었고, 그의 공범들은 도주했거나 아니면 못된 짓을 저지를 수 없는 상황이지요. 그렇지만 세라마나는 자기 본능을 믿고 있어요.

─어쩌면 그의 생각이 맞는지도 모르지. 본능은 직접적인 지성이야. 논리는 우릴 헤매게 하기도 하고 안심시켜주기도 하지만, 직관은 논리를 넘어서는 것일세. 선왕께서는 본능을 직관으로 바꾸셨어. 그분은 직관을 천재적으로 사용하셨네.

─선왕 세티께서는 해적은 아니셨잖습니까?

─세라마나는 어둠에서 온 사람이야. 그래서 어둠의 계략을 잘 알고 있네. 그의 이야기를 듣지 않는 건 잘못일 거야. 가능하면 빨리 그를 찾아내서 피-람세스로 돌아오라고 이르게.

─파발꾼을 보내겠습니다.

—총리대신에게 내 청탁을 전해주게. 모세를 만나보고 싶네.

—하지만…… 모세는 감옥에 있어요!

—재판이 열렸으니까 이제 사실들은 다 드러난 것 아닌가. 그를 만나본다고 해서 재판의 흐름이 영향받진 않을 거야.

태양의 도시가 세워져 있던 벌판, 거센 바람이 휩쓸고 지나갔다. 폐허가 을씨년스러운 모습으로 누워 있었다.

세라마나가 거리를 지나가고 있을 때, 담벼락 하나가 무너져내렸다. 여러 차례 공포에 직면해본 경험이 있는 그였지만, 아무래도 기분이 좋지 않았다. 음산한 유령들이 부서진 궁전과 버려진 집들 사이를 배회하고 있었다.

세라마나는 마을 사람들에게 질문을 던져보기 전에 이 땅이 어떤 곳인지 알고 싶었다. 이곳의 귀신들과 부딪쳐보고, 아톤의 태양 아래 벌어졌던 비극의 규모를 헤아려보고 싶었다.

밤이 다가오자, 세라마나는 이웃 마을을 향했다. 수사를 다시 시작하기 전에 숙소를 정하고 몇 시간 정도 자둘 생각이었다. 마을은 텅 빈 것처럼 보였다. 당나귀 한 마리, 거위 한 마리, 개 한 마리 보이지 않았다. 문과 덧창들이 활짝 열려 있었다. 세라마나는 단검을 꺼내들었다. 위험이 도사리고 있는 장소에 단신으로는 들어가지 않는 것이 상책이겠지만, 세라마나는 자기의 경험과 힘을 믿었다.

어떤 초라한 집의 흙바닥 위에 노파 하나가 무릎 위에 머리를 올려놓고 앉아 있었다. 상을 당했다는 것을 나타내는 자세였다. 여자가 갈라진 목소리로 세라마나에게 말했다.

—원한다면, 내 목숨을 가져가시우. 여긴 이제 훔쳐갈 게 아무것도 없다우.

—안심하시오. 난 파라오의 경찰이오.

—가시우, 외지 양반. 이 마을은 죽은 마을이라우. 우리 영감이

117

죽었수. 나도 죽고 싶은 마음뿐이우.

─남편은 어떤 분이었소?

─착한 양반이었지. 일생 동안 남들을 도와주었는데, 사람들은 그 양반을 마법사라고 손가락질했다우. 그런데 그 망할 놈의 마법사가 그 양반을 죽였수! 그게 그 양반이 세상으로부터 받은 보답이라우!

세라마나는 과부 옆에 앉았다. 노파의 옷은 더러웠고, 머리카락은 먼지투성이였다.

─그 마법사가 어떻게 생겼는지 설명해보시오.

─뭐 하게?

─그 악당을 쫓고 있소.

과부가 세라마나를 놀란 눈으로 쳐다보았다.

─날 놀리는 거유?

─내가 농담하는 것처럼 보여요?

─너무 늦었수. 우리 영감은 죽었으니까.

─내가 영감님을 다시 살려낼 수는 없소. 그건 신들께서 하실 일이구. 하지만 그자를 잡아 혼내줄 수는 있소.

─크고 비쩍 마른 사람이우. 맹금처럼 생긴 얼굴에다 얼음처럼 차가운 눈깔을 가지고 있지.

─이름은 모르시오?

─오피르.

─이집트인이오?

─리비아인이라우.

─어떻게 그렇게 자세히 아는 거요?

─왜, 몇 달 동안이나 우리 집에 드나들면서 우리 양딸하고 얘기를 나누곤 했는데. 리타, 가엾은 것…… 그애는 환상을 보곤 했어. 그러다가 나중엔 자기가 이교도 왕의 가족과 관련이 있다고 생각하

게 되었수. 영감과 나는 그애를 정상으로 되돌려놓으려고 애썼다우. 하지만 그애는 마법사를 더 믿었지. 어느 날 밤인가 그애는 사라졌어. 그 뒤로 우린 그애를 다시 보지 못했다우.

세라마나는 젊은 금발머리 여자의 초상화를 과부에게 보여주었다.

—이 여자요?

—아아, 내 딸이우. 리타…… 혹시 이애가…….

세라마나는 진실을 숨기기를 좋아하는 성미가 아니었다. 그는 고개를 끄덕였다. 노파는 한참을 꺼이꺼이 메마른 울음을 토했다.

—오피르를 마지막으로 본 게 언제요?

—며칠 되었지. 병든 내 남편을 찾아왔었어. 그놈이우! 그 오피르라는 놈이 우리 영감에게 독약을 먹였단 말이우!

—그자가 이 근방에 숨어 있소?

—절벽에 있는 무덤에 숨어 있어. 악마들이 사는 곳이지. 경찰 나리, 그놈의 모가지를 잘라주시우. 시체를 짓밟고 태워버리란 말이우!

—할머니, 이곳을 떠나시오. 귀신들과 같이 살 수는 없는 거요.

세라마나는 오막살이를 나와서 말 잔등에 올라탔다. 그는 무덤이 있는 방향으로 빠른 속도로 말을 몰아갔다. 날이 저물고 있었다.

세라마나는 비탈길 아래쪽에 말을 놓아두고, 비탈길을 달려 올라갔다. 그는 입구가 가장 넓은 무덤을 택해서 안으로 달려 들어갔다.

무덤은 텅 비어 있었다. 벽에 새겨진 인물들이 그 버려진 무덤에 살고 있는 유일한 인물들이었다. 그들이 지나간 시대의 마지막 생존자들인 셈이었다.

메리타몬이 왕과 왕비를 위해서 하프를 연주했다. 연주 솜씨가 너무 뻬어나서 왕은 깜짝 놀랐다. 왕과 왕비는 손을 마주 잡고, 푸른 수련이 가득 피어 있는 연못가 의자에 앉아 행복한 한때를 맛보고 있었다. 여덟 살 소녀는 연주 솜씨가 벌써 대단한 수준이었을 뿐만 아니라 놀라운 감수성을 지니고 있었다. 거대한 사자와 노란 개도 메리타몬이 연주하는 멜로디의 매혹에 빠져든 것처럼 보였다.

마지막 음들이 부드러운 파문을 남기며 부드럽게 잦아들었다.

왕이 딸에게 입을 맞추었다.

―제가 잘했나요, 아버지?

―음악에 대단한 소질이 있구나. 그래도 열심히 공부해야 한다.

―어머니께서 하토르 신전에 들어가게 해주신다고 약속하셨어요. 거기서 놀라운 것들을 배우게 된대요.

―그게 네 소원이라면 이루어질 거다.

메리타몬은 네페르타리만큼 아름다웠다. 소녀의 눈 속에도 네페르타리와 똑같은 광채가 숨어 있었다.

―제가 신전의 연주자가 되면, 절 보러 와주실 거죠?

―우리 메리타몬이 연주하는 음악을 듣지 않고, 이 아버지가 살아갈 수 있을 거라고 생각하니?

카가 불만스러운 표정으로 다가왔다. 왕비가 카를 보며 말했다.

―화가 난 것 같구나.

―누가 제 물건을 훔쳐갔어요.

―확실하니?

―저는 제 물건을 매일 저녁 정리하는걸요. 누군가 제가 쓰던 붓 하나를 훔쳐갔어요. 제가 좋아하던 건데요.

―어디다 잃어버린 건 아니구?

―아녜요. 다 찾아봤어요.

람세스가 아들의 어깨를 감싸안았다.

―그건 심각한 고발이로구나.

―전 경박하게 말해선 안 된다는 걸 알아요. 그래서 이 얘길 하

기 전에 오랫동안 생각했어요.

─의심 가는 사람이라도 있느냐?

─지금은 모르겠어요. 하지만 찾아낼 거예요. 제가 무척 아끼던 붓이었거든요.

─다른 것들도 있잖느냐?

─그래요. 하지만 그 붓은 그 붓이에요.

사자가 머리를 쳐들었다. 개는 귀를 쫑긋 세웠다. 누군가 다가오고 있는 것이다.

축 늘어진 돌렌테가 모습을 나타냈다. 그녀는 길게 땋아내린 풍성한 가발을 쓰고 윤기 없는 피부에 어울리는 초록색 드레스를 입고 있었다.

─저를 만나고 싶어하신다기에 이렇게 왔습니다.

람세스가 돌렌테를 보고 말했다.

─모세의 재판에서 보여준 누님의 태도는 훌륭했소.

─진실을 말했을 뿐인데요.

─자기 남편을 그렇게 객관적으로 표현하려면 용기가 필요하지요.

─마아트와 총리대신 앞에서 거짓말을 할 수는 없지요.

─누님의 증언이 모세에게 많은 도움이 되었소.

─제가 해야 할 일을 했을 뿐이지요.

궁전의 술 따르는 하인이 새 포도주를 내왔다. 세 사람은 두 어린이들에게 지혜를 가르치기 위해서 어떤 공부를 시켜야 할까 하는 문제로 대화를 나누었다.

정원을 나오면서 돌렌테는 왕의 신임을 회복했다는 확신이 들었다. 그 동안 람세스는 겉으로는 친절했지만 의심의 눈초리를 거두지 않았는데, 이제는 완전히 호의적인 태도를 보이고 있다.

돌렌테는 가마 의자를 돌려보냈다. 집까지 슬슬 걸어서 돌아갈 생각이었다.

허름한 물장수 차림을 한 남자 하나가 돌렌테에게 다가왔다. 세나르였다. 야위고 수염이 텁수룩한 그의 모습은 알아볼 수 없게 변해 있었다.

―만족하느냐, 돌렌테?

―오라버니의 작전은 완벽했어요.

―우정 때문에 람세스의 눈이 멀었다. 모세를 도와줌으로써 너는 람세스의 신임을 회복한 거야.

―나를 신임하게 되었으니까, 람세스에게도 허점이 생긴 거예요. 이젠 뭘 해야 되지요?

―귀를 열어두어라. 아무리 작은 정보라도 소중하게 쓰일 수 있으니까…… 다음에도 이런 방법으로 너와 접촉하겠다.

17

람세스와 아메니는 세라마나의 긴 이야기를 주의 깊게 들었다. 방안을 떠돌고 있는 긴장과는 대조적으로, 부드러운 빛이 람세스의 집무실을 비추었다. 여름이 끝나갈 무렵의 이집트는 부드러운 금빛 햇살로 물든다.

아메니가 세라마나를 보며 못을 박듯이 말했다.

─리비아인 마법사 오피르, 그의 꼭두각시 노릇을 한 가엾은 미친 여자 리타…… 우리가 정말 그런 사람들 때문에 불안해해야 할 이유가 있을까? 도주해버린 그 불길한 남자는 이집트 안에 기댈 데라곤 없는 사람이야. 어쩌면 이미 국경을 넘어갔는지도 모르지.

람세스가 아메니의 생각을 비판했다.

─자넨 상황의 심각성을 도외시하고 있네. 그가 어디에 숨어 있

었는지 생각해보게. 아케나톤의 수도였던 태양의 도시 아닌가?

—아주 오래 전에 버려진 도시인데요, 뭘······.

—그러나 그 도시를 건설한 아케나톤 왕의 사악한 생각에 혹하는 사람들이 아직도 있네! 그 오피르라는 자는 동조자들의 조직을 만들기 위해서 그런 사람들을 이용하려 했던 거야.

—조직이라······ 오피르가 히타이트 첩자일까요?

—틀림없이 그렇다는 생각이 드네.

—그렇지만 히타이트인들은 아톤과 유일신을 비웃는 자들이 아닙니까!

세라마나가 끼어들었다.

—히브리인들은 그렇지 않지요.

아메니는 세라마나의 단정적인 말을 듣고 자기 귀를 의심했다. 이 사르디니아인은 외교에 대해 아무것도 아는 것이 없으면서 계속 자기 생각을 불쑥불쑥 표현하고 있다.

세라마나가 두 사람에게 상기시켰다.

—우리는 모세가 건축가 행세를 하는 자와 접촉했었다는 사실을 알고 있습니다. 그런데 그 사기꾼의 인상착의가 마법사의 인상착의와 완전히 일치한단 말씀입니다. 그게 결정적인 단서가 아닐까요?

아메니가 세라마나의 말을 제지했다.

—제발 가만히 좀 있게.

람세스가 지시했다.

—아닐세. 계속해보게.

세라마나가 말을 이었다.

—전 종교에 대해선 아무것도 아는 것이 없지만, 히브리인들이 유일신에 대해서 하는 얘기는 들은 바가 있습니다. 폐하, 기억 나십니까? 모세가 역모를 꾸미고 있는 것 같다는 말씀을 드린 적이 있지요?

아메니가 항의했다.

-모세는 우리 친굴세, 세라마나! 그가 오피르를 만났던 것이 사실이라고 해도, 그가 무엇 때문에 폐하를 해칠 음모를 꾸민단 말인가? 그 마법사는 틀림없이 많은 유력인사들을 만났을 거야.

세라마나가 물었다.

-아메니, 왜 눈을 가리나?

파라오는 자리에서 일어나 집무실의 커다란 창을 통해서 먼 곳을 바라보았다. 그가 왜 아메니의 마음을 모르겠는가. 아메니는 친구의 배신을 운위하는 것만으로도 무너져내리는 가슴을 가진 사람 아닌가. 그러나…… 파라오의 눈에 비치는 델타의 푸르른 풍경은, 산다는 것이 얼마나 감미로운 것인지 얘기해주고 있었다. 그 위에 부는 바람은, 산다는 것이 얼마나 많은 의문들에 부딪치는 일인지 말해주고 있었다.

람세스가 말했다.

-세라마나 말이 맞네. 히타이트인들은 우리를 밖에서도 치고 동시에 안에서도 쳐서 이중으로 공격한 거야. 우리는 카데슈 전투에서 승리했지. 우리는 그들을 우리 보호령 바깥으로 밀어냈고, 그들의 간첩조직을 와해시켰어. 그러나 이 승리는 별게 아닐지도 몰라. 히타이트 군은 분쇄되지 않았고, 그 오피르라는 자는 활개를 치고 돌아다니고 있네. 그런 종류의 인간은 아무렇지도 않게 범죄를 저지르지. 그런 인간이 우릴 해치려는 계획을 포기할 리가 없어. 그러나 모세는 그런 자와 공범이 될 수 있는 인물이 아니야…… 모세는 정직한 사람이어서, 어둠 속에서 움직이는 것을 좋아하지 않지. 모세에 관해서만은 세라마나의 말이 틀렸네.

-저도 그랬으면 좋겠습니다, 폐하.

-세라마나, 자네에게 맡길 일이 한 가지 있네.

-오피르를 잡아오겠습니다.

―그 전에, 아브네라는 히브리인 벽돌공을 찾아주게.

네페르타리는 수도에서 가까운 곳에 있는 델타의 방대한 농업단지 내에서 생일 축하연을 열고 싶어했다. 농무대신 네드젬이 그 단지의 경영을 맡고 있었다. 네드젬은 언제나 자연을 사랑하는 유쾌한 성격의 소유자였다. 그는 왕과 왕비에게 델타의 비옥하고 기름진 흙에 더 잘 맞는 새로운 쟁기를 선보였다. 농무대신이 직접 연장을 다루어 보였다. 쟁기는 땅을 상하게 하지 않고 깊이 땅을 파냈다.

단지 내에서 일하는 사람들은 아주 기뻐했다. 왕과 왕비를 그렇게 가까이에서 볼 수 있다는 것은 하늘이 내린 선물이었다. 앞으로 일 년 동안 좋은 일이 많이 생길 것 같았다. 풍성한 추수를 하고, 과수원에서는 아름다운 과일이 열리고, 가축은 새끼를 많이 낳을 것이다. 네페르타리는 람세스가 그 아름다운 날의 기쁨을 즐기지 못하는 것을 알아차렸다. 푸짐한 식사가 끝났을 때, 그녀는 잠시 틈을 내어 그에게 말을 건넸다.

―걱정이 많아 보이세요…… 모세 때문인가요?

―그렇소. 그가 앞으로 어떻게 될지 걱정이오.

―아브네를 찾아내셨나요?

―아직 못 찾았소. 그가 법정에 출두하지 않으면, 총리대신은 무죄판결을 내리지 않을 것 같소.

―세라마나가 틀림없이 그 사람을 찾아낼 거예요. 제가 보기엔 폐하께 다른 걱정거리가 있는 것 같아요.

―파라오들의 규범은 이집트를 밖의 적들로부터만 아니라 안의 적들로부터도 지키라고 요구하고 있소. 그런데 내가 그렇게 하지 못한 것 같아 걱정이오.

―히타이트 족들은 먼 곳에 붙잡아두셨으니, 폐하께서 두려워하

시는 적은 이 나라 안에 있겠군요.

　―가짜 빛 속에서 가면을 쓴 채, 우리를 향해 다가오고 있는 어둠의 아들들과 싸움을 벌여야 할 것 같소.

　―너무 무서운 말씀이세요. 하지만 제겐 놀랍지 않아요. 어제 저녁 세크메트 신전에서 제사를 드리는 중에, 화강암 입상의 두 눈이 불안한 광채로 번쩍였어요. 그 눈빛이 무얼 의미하는지 알아요. 불행을 예고하는 거지요. 저는 액막이 주문을 외었어요. 신전 안엔 평화가 돌아왔지만, 그 평화가 바깥 세상으로 퍼져나갈 수 있을까요?

　―아마르나의 귀신들이 사람들 마음속에 되돌아왔소, 네페르타리.

　―아케나톤도 자신의 실험을 공간과 시간 안에 한정시키지 않았던가요?

　―그랬지. 그러나 그는 그가 통제할 수 없는 힘들을 풀어놓았던 거요. 그런데 히타이트인들을 위해 일하는 리비아인 마법사 오피르라는 자가 버려진 도시에 잠들어 있던 악마들의 잠을 깨웠소.

　네페르타리는 가만히 눈을 감고 오랫동안 침묵을 지켰다. 그녀의 정신은 그녀가 속세와 맺고 있는 관계를 넘어서, 미래의 미궁 속에 숨어 있는 진실을 찾아 눈에 보이지 않는 세계를 향해 날아올랐다. 제사를 드리면서 왕비는 투시의 능력과, 매순간 생명을 창조하는 힘들과 직접 교통하는 능력을 가지게 되었다. 때로 그녀는 직관의 힘으로 신비의 베일을 벗겨내기도 했다.

　람세스는 불안한 표정으로 왕비의 판단을 기다렸다. 왕비는 눈을 뜨고 말했다.

　―무서운 싸움이 될 거예요, 람세스. 오피르가 예비해둔 군대는 히타이트 군대 못지않게 난폭할 거예요.

　―나의 두려움이 이유가 있다…… 당신의 생각이 그렇다면, 가능한 한 빨리 행동해야겠소. 왕국의 중요한 신전들의 힘을 펼쳐놓

도록 합시다. 그리고 남신들과 여신들께서 그물코를 이루고 있는 보호망으로 왕국을 덮도록 합시다. 네페르타리, 당신의 조력이 필요하오.

네페르타리는 한없이 부드러운 몸짓으로 람세스를 껴안았다.

―제게 굳이 부탁할 필요가 있나요?

―우린 긴 여행을 떠나게 될 거요. 그리고 수많은 위험을 겪게 될 거요.

―우리의 사랑을 이집트에 바치지 않는다면, 그 사랑에 의미가 있을까요? 이집트는 우리에게 생명을 주시지요. 우린 우리의 생명을 이집트에 드리고요.

젖가슴을 드러내고, 머리에는 갈대를 꽂고, 허리에는 풀치마를 두른 젊은 농부의 아내들이 대지의 풍요를 찬미하며 춤을 추었다. 여자들은 나쁜 눈의 저주를 물리치기 위하여 헝겊으로 만든 여러 개의 작은 공을 던졌다. 여자들의 능란한 춤사위 덕분에, 둔하고 서투르고 못생긴 악령들은 밭으로 들어오지 못할 것이다.

여자들을 바라보며 네페르타리가 말했다.

―저도 이 여인들처럼 능숙하게 악령들을 물리칠 수 있으면 좋겠어요.

―당신도 마음속에 숨겨놓은 걱정거리가 있구려.

―카 때문에 걱정이 돼요.

―그애가 무슨 잘못이라도 저질렀소?

―아녜요. 누군가 훔쳐간 그애의 붓 때문에 그래요. 제가 제일 아끼던 숄이 없어졌던 것 기억 나시지요? 그 오피르라는 마법사가 흑마술에 그 숄을 사용했던 게 틀림없어요. 세타우의 도움으로 저는 메리타몬을 낳고, 폐하께서 찾아오신 신비의 돌이 제 죽음을 막아주었지요. 하지만 저는 그 마법사가 다시 공격해올까봐 무서워요. 이번엔 카가 그의 공격목표가 아닐까요?

128

―애가 어디 아프기라도 한 거요?

―파리아마쿠 선생이 얼마 전에 카를 진찰했어요. 아무 이상 없다더군요.

―의사의 진찰만 가지고는 안심할 수 없소. 세타우에게 도움을 청하도록 하오. 카 주위에 마법의 방벽을 쳐달라 하시오. 당장 오늘부터 아무리 작은 일이라도 모두 우리에게 알려달라고 말하고. 이제트에게는 알렸소?

―물론이지요.

―붓을 훔쳐간 사람을 찾아내야 하오. 우린 궁전 안에서조차 우리를 배반하는 사람이 있다는 것을 알아야 하오. 세라마나에게 궁인들을 심문하라고 이르겠소.

―람세스, 전 두려워요. 카 때문에 두려워요.

―그 두려움을 극복합시다. 우리가 두려워하면 아이에게 해가 돌아갈 수 있소. 어둠의 지배자들은 아무리 작은 균열이라도 이용할 거요.

서기관의 팔레트와 붓을 들고 카는 세타우와 로투스의 실험실로 들어갔다. 아름다운 누비아 여자는 까만 코브라의 독을 채취하고 있었고, 세타우는 소화불량에 복용하는 물약을 만드는 중이었다.

―아저씨가 내 마법 선생이신가요?

―왕자님의 선생은 마법 그 자체뿐이지. 아직도 뱀들이 무서우신가?

―그럼요!

―뱀을 무서워하지 않는 건 바보들뿐이야. 뱀들은 우리보다 먼저 태어났고, 우리가 알아야 할 비밀들을 알고 있다네. 뱀들이 이 세상과 저 세상을 헤집고 다닌다는 걸 아시나?

―아버님께서 큰 코브라를 만나게 해주신 다음부터, 난 내가 운 나쁜 죽음을 피할 수 있다는 걸 알게 되었어요.

-그래도 보호조치를 해야 할 것 같은데.

-누군가 내 붓을 훔쳐갔어요. 그런데 어떤 마법사가 나를 해치는 데 그 붓을 사용할 거래요. 왕비님께서 말씀해주셨어요.

소년의 진지하고 성숙한 태도에 세타우는 내심 놀랐다. 세타우가 소년에게 설명했다.

-뱀들은 마법을 부리기 때문에, 우리에게 마법과 싸우는 방법을 가르쳐주시지. 그래서 왕자님께 매일 이 물약을 드시게 하려는 것일세. 양파즙하고 뱀의 피, 또 가시과 식물이 주성분이야. 보름 뒤에는 이 약에 구리줄밥, 붉은 황토, 병반과 납녹을 첨가할 걸세. 그 다음엔 로투스가 자기가 발명한 약을 드릴 거야.

카가 불만스러운 표정을 지었다.

-맛있을 것 같지 않은데.

-포도주를 조금 마시면 고약한 맛이 없어진다네.

-난 한번도 포도주 마셔본 적 없어요.

-그럼 안 해본 걸 해보는 셈 치시지.

-포도주는 서기관들의 정신을 뒤흔들어서 글씨를 제대로 쓸 수 없게 만들어요.

-저런, 아메니가 들으면 좋아할 말씀인데. 하지만 물만 많이 마시면 마음이 호탕해지질 못한다네. 그건 잘못이야. 좋은 포도주를 잘 식별하려면 어릴 때부터 마셔봐야지.

-이런 것들이 날 흑마술로부터 지켜줄까요?

세타우는 초록색 액체가 담겨 있는 단지를 흔들었다.

-소극적인 사람은 흑마술과 싸워 이길 수 없네. 적극적으로 대처해야만 눈에 보이지 않는 공격을 피할 수 있어.

카가 또랑또랑한 목소리로 말했다.

-좋아요. 준비됐어요.

18

히타이트 제국의 수도 하투사에는 열흘 전부터 찬비가 내리고 있었다.

지친 얼굴, 굽은 등, 짧은 다리, 끊임없이 경계하고 있는 갈색 눈동자의 무와탈리스 대왕은 양털모자와 검은색과 붉은색이 섞여 있는 긴 외투를 벗지 않은 채 벽난로 옆에 서 있었다.

카데슈에서는 패배했고, 반격의 시도마저도 성공하지 못했지만, 무와탈리스는 산 위에 있는 자기 성채에 있으면 안전하다는 느낌이 들었다. '낮은 도시'와 '높은 도시'로 이루어져 있는 이 성채는, 거대한 보루들에 둘러싸여 난공불락의 요새로 우뚝 서 있었다.

그러나 이 자랑스러운 무적의 도시에서 대왕에 대한 비판의 목소리가 높아지고 있었다. 날카로운 전술 감각을 지닌 대왕이 지휘하는 군대가 처음으로 승리를 쟁취하지 못했기 때문이다.

탑들이 우뚝우뚝 서 있고, 감시구들이 뚫려 있는 9킬로미터에 달하는 성벽 위에서는 병사들이 엄중한 경비를 서고 있었다. 그러나 모두들 무와탈리스가 언제까지 대왕의 자리를 지킬 수 있을지 모르겠다고 생각했다. 사람들이 친근하게 '큰 두목'이라 부르는 무와탈리스 대왕은, 지금까지는 야심만만한 적수들을 제거하면서 왕위찬탈 시도들을 차단시켜왔다. 그러나 최근의 사태로 그의 위치는 불안해졌다.

왕좌를 노릴 만한 사람은 두 사람이었다. 군 장교들의 지지를 받고 있는 우리테슈프와 명민한 전략가 하투실이 그들이었다. 하투실은 뛰어난 외교관으로서 강력한 반(反)이집트 동맹을 결성한 장본인이었다. 무와탈리스는 그의 동맹국들에 많은 선물을 제공함으로써, 그 동맹관계를 유지하려고 했다.

무와탈리스는 방금 교양 있고 재미있는 매력적인 젊은 여자와 함께 편안한 한나절을 보낸 참이었다. 그녀 덕분에 잠시나마 근심걱정을 잊어버릴 수 있었다. 이 여자와 함께 사랑의 시나 읊으면서 군대 따위는 잊어버렸으면 좋겠다고 생각했다. 그러나 그건 꿈일 뿐이었다. 히타이트 대왕에게는 꿈꿀 권리도, 시간도 없었다.

무와탈리스는 불에 손을 쬐었다. 그는 아직도 마음을 정하지 못하고 있었다. 동생과 아들을 어떻게 해야 할까? 둘 중 하나를 제거해야 할까? 아니면 둘 다 제거해야 할까? 몇 년 전이었다면, 당장 해치웠을 것이다. 히타이트의 궁전에서는 값비싼 독약으로 독살당한 음모자들이 많았다. 그렇게 죽어간 왕들도 많았다. 하지만 지금은 두 명의 야심가 사이의 적대감이 그에게 유리하게 작용할 수 있었다. 두 사람은 결코 연합할 수 없는 세력들이다. 서로 팽팽하게 맞서는 두 사람을, 그가 어쩔 수 없이 중재하고 힘의 균형추를 유지하는 상황이 그에게 가장 유리할 수 있었다.

그런데 그에게 행동할 것을 강요하는 또 한 가지 고통스러운 현실이 있었다. 제국은 지금 붕괴 직전이었다. 계속되는 군사적 실패, 소득 없는 전쟁으로 야기된 재정부담, 국제교역의 어려움 등이 이 거대한 제국을 휘청거리게 했다.

무와탈리스는 뇌우의 신의 신전에 들어가 명상에 잠겼다. '낮은 도시'에 있는 신전들 가운데 가장 아름다운 곳이었다. 그 신전 안에는 신들에게 바쳐진 스물한 개의 건물이 있었다.

사제들처럼 대왕도 빵 세 조각을 반으로 자른 뒤에 "영원히 이어지이다"라고 주문을 외며 바위 덩어리 위에 포도주를 부었다. 그는 여느 때와는 다르게 신심을 기울여 주문을 외었다. 악몽을 꿀 때면, 동맹국들에게 배반당하고 람세스에 정복당한 자신의 모습이 꿈에 보였다. 앞으로 얼마나 더 오랫동안, 자기 성채 꼭대기에 서서, 돌을 쌓아 만든 테라스들과 권세가들의 아름다운 집들, 수도의 입구에 세워져 있는 웅장한 성문을 바라볼 수 있을는지?

시종이 들어와서 손님이 찾아왔다고 말했다. 대왕의 처소까지 들어오려면 많은 위병 초소들을 지나야 한다. 대왕의 처소는 저수지와 여러 개의 마구간, 무기고와 병영으로 둘러싸여 있었다.

무와탈리스는 기둥들이 늘어서 있는 좁고 간소한 방에서 손님을 맞이하기를 좋아했다. 그 방은 히타이트 군의 승리를 기념하는 무기들로 장식되어 있었다.

우리테슈프의 씩씩한 발걸음소리가 들려왔다. 그의 발걸음소리는 금방 알아들을 수 있었다. 큰 키에 머리를 길게 기른 근육질의 우리테슈프는 온몸이 적갈색 털로 덮여 있는 혈기왕성한 사나이였다. 누가 보아도 언제라도 전쟁터로 떠날 만반의 준비를 갖추고 있는 무서운 전사라는 것을 알 수 있었다.

―어떻게 지내느냐? 아들아.

―잘 못 지냅니다, 아버지.

―건강은 아주 좋아 보이는구나.

―날 놀리시려고 부르셨습니까?

―감히 누구에게 그 따위 말버릇이냐?

우리테슈프의 건방진 태도가 다소 수그러들었다.

―용서하십시오. 신경이 날카로워져서 그렇습니다.

―뭐가 그렇게 불만이냐?

―저는 승리의 군대 무적 히타이트 제국의 총사령관인데, 카데슈 전투의 패장 하투실의 명령을 받는 졸때기 신세로 전락해버렸기 때문입니다! 이거야말로 나라를 위해 봉사할 수 있는 제 힘을 낭비하는 일이 아니고 뭐겠습니까?

―하투실이 아니었다면 동맹국들을 규합할 수 없었다.

―그래서 우리에게 돌아온 게 뭡니까? 아버님께서 저를 신임해주셨더라면, 저는 람세스를 쳐부쉈을 겁니다!

―또 그 얘기냐? 지난 일을 자꾸 들추어내서 어쩌겠다는 거냐?

―하투실을 쫓아내고, 저에게 군의 실제적인 지휘권을 주십시오.

―하투실은 내 동생이다. 그는 우리 동맹국들 사이에 평판이 좋고, 상인들의 신임을 얻고 있다. 상인들이 아니면, 우리의 전쟁 노력은 수포로 돌아가고 말 것이다.

―그러면 절더러 뭘 어쩌라는 겁니까?

―이제 하투실과 그만 싸우고, 제국을 구하기 위해 힘을 한데 합쳐라.

―제국을 구하자구요…… 누가 히타이트를 위협하기라도 한단 말씀입니까?

―주변 정세가 바뀌고 있다. 우리는 이집트를 제압하지 못했고, 몇몇 동맹국들은 생각했던 것보다 더 빨리 입장을 바꿀지도 모르겠다.

—무슨 말씀인지 통 못 알아듣겠습니다. 저는 전투를 하기 위해 태어났지, 우물쭈물 음모나 꾸미기 위해 태어나지 않았습니다. 그런 음모를 꾸민다고 제국이 강성해지는 것도 아닙니다.

—아들아, 그것은 성급하게 내린 부정확한 결론이다. 중동 전역에 걸쳐 우리의 우위를 확립하기 위해서는 우리나라 내부의 분열상부터 극복해야 한다. 그러기 위해 꼭 필요한 것이 네가 하투실과 화해하는 일이다.

우리테슈프는 벽난로의 기둥 하나를 주먹으로 내리쳤다.

—절대 못 합니다. 그런 시시한 작자 앞에서 모욕당할 순 없어요.

—우리 내부의 반목에 종지부를 찍자. 그러면 우리는 더욱 강해질 수 있다.

—하투실과 푸투헤파를 신전에 가두십시오. 그리고 제게 이집트 공격 명령을 내려주십시오. 그것이 유일한 방법입니다.

—너는 어떤 형태의 화해도 거절한다는 거냐?

—거절합니다.

—그것이 마지막 말이냐?

—하투실을 물리치신다면, 저와 군대는 아버님을 충성스럽게 보좌하겠습니다.

—아들이 아버지에 대한 사랑을 가지고 흥정하는 법이 어디 있다더냐?

—아버님은 여느 아버지와 다르십니다. 아버님께선 히타이트 제국의 대왕이시죠. 우리는 제국의 이익을 위해서만 우리의 행동을 결정해야 합니다. 저의 주장이 옳아요. 결국 그것을 인정하시게 될 겁니다.

대왕는 피곤하다는 표정을 지었다.

—어쩌면 네 생각이 옳은지도 모르겠구나…… 생각해보겠다.

접견실을 나오면서 우리테슈프는 자기가 아버지를 설득했다고 확신했다. 늙어가는 왕은 이제 그에게 전권을 넘겨주고, 왕위를 양도할 수밖에 없는 상황을 맞게 될 것이다.

붉은 드레스에 황금 목걸이를 걸고 은팔찌를 차고 가죽 샌들을 신은 푸투헤파가 태양의 여신 이슈타르 신전의 지하실 안에 향을 피워놓았다. 이슥한 밤중이었으므로, 성채 안은 괴괴했다.

두 남자가 계단을 내려왔다. 키가 작은 하투실이 앞장서고, 대왕이 그 뒤를 따랐다.

무와탈리스가 양털 외투자락을 여미면서 투덜거렸다.

―여긴 무척 춥구나.

하투실이 덩달아 말했다.

―이 방은 별로 쾌적하질 않아요. 하지만 아주 조용하다는 이점은 있죠.

푸투헤파가 조심스럽게 대왕에게 권했다.

―폐하, 좀 앉으시겠습니까?

―이 돌 의자가 좋겠소. 그렇게 오랫동안 여행했는데도 아우는 나처럼 피곤해 보이지 않는군. 하투실, 중요한 사실을 알아낸 게 있느냐?

―동맹국들의 동향이 불안합니다. 몇몇 동맹국들은 우리와의 약속을 저버리려 하는 것 같습니다. 점점 더 많은 욕심을 부리고 있습니다만, 어쨌든 그들을 만족시킬 수는 있었습니다. 하지만 이런식으로 동맹관계를 유지하는 것이 우리에게 좋은 일인지는 생각해보아야 합니다. 엄청난 재정부담을 안겨주고 있다는 것을 염두에 두십시오. 아무려나, 그보다 더 긴급한 사안이 하나 있습니다.

―말하라. 듣겠다.

―아시리아인들이 위협을 가해오고 있습니다.

—그 소수민족이?

—그들은 우리 제국을 본보기로 삼아온 민족이죠. 그런데 최근 제국이 여러 차례 실패한 데다가, 또 나라 안이 시끄러운 것을 보고 우리가 완전히 피폐해졌다고 판단한 겁니다.

—그들 정도야 며칠이면 박살낼 수 있지!

—저는 그렇게 생각지 않습니다. 더욱이 람세스가 카데슈 공격을 준비하고 있는 시점에 국력을 분산시키는 것이 현명한 일일까요?

—확실한 정보라도 가지고 있는 게나?

—우리 첩자들의 정보에 따르면 람세스는 반격을 준비하고 있는 것 같습니다. 가나안 족과 베두인 족은 이제 이집트 왕에 맞서려하지 않을 것입니다. 히타이트에 이르는 길들이 이제 곧 텅 비어버릴 겁니다. 아시리아인들과 싸우기 위해 전선을 또하나 만든다는 건 위험한 짓입니다.

—어떻게 하면 좋겠느냐, 하투실?

—우리 내부의 힘을 결속하는 것이 우선 중요합니다. 조카와 저는 너무 오랫동안 대치해왔습니다. 국력이 많이 약화되었어요. 그가 현 시점의 심각성을 인식할 수 있도록 그를 만나 설득해볼 용의도 있습니다. 계속 이렇게 우리끼리 싸우기만 하면, 우리는 망할 수밖에 없습니다.

—우리테슈프는 일체의 화해를 거절하면서, 우리 군 전체의 지휘권을 넘겨달라고 요구하고 있다.

—이거저거 생각할 것 없이 무턱대고 이집트인들에게 덤벼들자는 말입니까? 그래서 망하자구요?

—그는 정면대결밖에는 해결책이 없다고 생각한다.

—형님께서는 대왕이시니까 그와 저 중에서 하나를 선택하십시오. 우리테슈프의 정책을 택하신다면, 저는 물러나겠습니다.

무와탈리스는 몸을 덥히기 위해 일어나서 몇 걸음 걸었다.

아름다운 푸투혜파가 조용한 목소리로 단호하게 말했다.

─합리적인 해결책은 단 한 가지밖에 없습니다. 폐하께서는 제국의 위대함을 무엇보다 먼저 생각하셔야 합니다. 누가 폐하의 동생이라든가 아들이라든가 하는 것은 백성을 보호하는 일에 비하면 아무것도 아닙니다. 폐하께서는 우리테슈프의 호전적인 격정이 우리를 재난에 몰아넣으리라는 것을 너무나 잘 알고 계십니다.

─그럼 그대의 합리적인 해결책이란…… 어떤 것이오?

─미친 사람을 설득할 수 있는 사람은 아무도 없습니다. 그를 제거해야 합니다. 하투실도 폐하도, 그를 없애는 일에 연루되지 말아야 합니다. 제가 직접 처리하겠습니다.

19

모세가 자리에서 벌떡 일어났다.

－왕께서 어떻게 여기엘?

－법정이 자넬 만나도 좋다고 허가해주었네.

－파라오가 자기 감옥을 방문하는데도 허가를 받아야 하나?

－자네 경우엔 그래. 자넨 살인혐의로 구속되었으니까. 그러나 무엇보다도 자넨 내 친구 아닌가.

－날 저버리지 않았군.

－친구를 비탄 속에 내버려두어서야 되겠는가?

람세스와 모세는 오랫동안 서로 얼싸안았다.

－람세스, 난 그대를 믿지 않았네. 그대가 올 거라고 생각지 않았어.

ㅡ믿음이 적은 친구 같으니라구! 왜 도망쳤었나?

ㅡ처음엔 공포 때문에 그랬다고 생각했네. 그러나 마디안 땅에 숨어 살면서 깊이 생각해볼 시간을 갖게 되었지. 그건 도망이 아니었네. 부름이었어.

모세가 갇혀 있는 감방은 깨끗하고 환기가 잘 되는 방이었다. 바닥은 흙을 다져 만들었다. 왕은 그의 히브리인 친구 앞에 놓여 있는 삼각 의자에 앉았다.

ㅡ그 부름은 누구에게서 온 것이었나?

ㅡ아브라함과 이삭과 야곱의 하느님으로부터 온 것이었네. 야훼로부터 온 것이지.

ㅡ'야훼'는 시나이 사막에 있는 어떤 산의 이름 아닌가. 그 산의 이름을, 한 신의 상징으로 삼는다는 건 조금도 놀라운 일이 아니지. 테베에 있는 서쪽 산에는 침묵의 신이 살고 계시지 않은가?

ㅡ야훼는 유일신이시네. 그분은 자연 풍경 따위로 축소되는 분이 아닐세.

ㅡ망명생활 동안 자네에게 대체 무슨 일이 일어난 건가?

ㅡ산에서 신을 만났네. 불타는 가시덤불의 모습을 하고 계셨네. 그분이 나에게 당신 이름을 말씀해주셨지. "나는 있는 자로다"라고 하셨네.

ㅡ왜 그분은 현실의 한 단면에만 당신을 국한시키시는 걸까? 창조주 아툼은 '있는 자'이며 동시에 '있지 않은 자'이시네.

ㅡ람세스, 야훼께서 나에게 한 가지 소명을 주셨다네. 신성한 소명이지만, 그대를 언짢게 할지도 모르겠네. 나는 히브리 백성을 이집트에서 데리고 나가 거룩한 땅으로 이끌어가야 하네.

ㅡ자네가 들었다는 게 분명히 신의 음성인가?

ㅡ그 음성은 그대의 음성만큼이나 분명하고 깊었네.

ㅡ사막에 허깨비들이 살고 있는 건 아닌가?

—그대는 나를 의심 속으로 끌고 들어갈 수 없네. 나는 내가 보고 들었던 것이 무엇인지 알고 있네. 하느님께서 나의 소명을 정해주셨으니 난 그 소명을 완수할 걸세.

—자네 말은 그러면…… 히브리인을 모두 데리고 나가겠다는 건가?

—히브리 백성 전부가 자유롭게 이집트를 떠날 걸세.

—히브리인들이 자유롭게 돌아다니는 걸 막는 사람이라도 있나?

—나는 히브리인들의 신앙을 공식적으로 인정해줄 것과 집단이주를 허가해줄 것을 요구하네.

—우선 당장은 감옥에서 빠져나와야지. 아브네를 찾아오라고 지시했네. 그의 증언이 자네의 무죄석방에 결정적인 역할을 할 거야.

—아브네는 이집트를 떠났을지도 몰라.

—자네에게 약속하겠네. 그가 법정에 설 수 있도록 모든 노력을 다 기울이겠네.

—람세스, 그대에 대한 나의 우정은 조금도 변함이 없네. 난 그대가 히타이트인들과의 전투에서 승리하기를 바랐다네. 하지만 그대는 파라오고, 난 히브리 백성의 장래 지도자일세. 파라오가 나의 의지를 받아들여주지 않는다면, 난 파라오의 가장 냉혹한 적이 될 수밖에 없네.

—친구들은 언제나 합의점에 도달할 수 있지 않은가?

—우리의 우정은 나의 소명만큼 중요하지 않아. 내 가슴이 찢어지는 한이 있더라도, 나는 야훼의 말씀을 따라야만 하네.

—이 문제에 대해서는 나중에 다시 얘기해볼 시간이 있을 걸세. 무엇보다 먼저 자유를 얻어야지.

—감옥에 갇혀 있는 건 크게 고통스럽지 않네. 고독 속에서, 내가 장차 겪어야 할 시련에 대비하겠네.

—첫번째 시련이 중형 선고가 될 수도 있네.

—야훼께서 날 보호해주시네.

—그러길 바라네, 모세. 기억을 한번 더듬어보게. 자네의 변론에 도움이 될 만한 요소는 없나?

—난 진실을 말했어. 내가 한 말이 진실이라는 것이 분명히 드러날 걸세.

—자넨 날 별로 도와주질 않는군.

—파라오의 친구가 왜 불의를 걱정하겠나? 불의가 왕국과 법관들의 영혼에 침투하지 못하도록 파라오가 막아줄 텐데.

—오피르라는 사람 만난 적 있나?

—오피르…… 내가 잊은 이름이야…….

—기억을 더듬어보게. 오피르는 자네가 수도를 건설할 때, 건축가 행세를 하며 자네에게 접근했던 자야. 아마도 그자가 아케나톤이 신봉했던 유일신 사상에 대해 자네에게 떠들어댔을 것 같은데.

—그랬었지.

—그가 자네에게 어떤 구체적인 제안을 하던가?

—아니, 하지만 히브리 백성의 비탄을 깊이 느끼고 있는 것처럼 보였네.

—비탄이라…… 그건 지나친 표현 아닌가?

—그대는 이집트인이야. 아니, 파라오지. 파라오는 이해하지 못하네.

—그 오피르라는 자는 이집트를 해치려는 음모를 꾸미고 있는 히타이트의 첩자일세. 그는 살인범이기도 해. 자네가 그와 아주 사소한 협약이라도 맺었다면 역모의 혐의를 받게 될 거야.

—나의 백성을 도와주는 사람이라면 어떤 사람이든 나는 고마움을 표시하겠네.

—자네의 탄생을 지켜본 나라를 증오하는 건 아니겠지?

—유년 시절, 청소년 시절, 멤피스에서의 학업, 파라오를 위해 봉

사했던 나의 공직생활…… 그 모든 것은 이제 죽고 잊혀졌네. 난 이제 하나의 땅만을 사랑하네. 신께서 내 백성에게 약속하신 땅 말일세.

농무대신 네드젬은 평소와 다르게 안절부절못했다. 평소 상냥하고 쾌활한 성격인데, 오늘은 무슨 일인지 이유 없이 비서를 구박하는 등 이상하게 굴었다. 서류를 들여다보았지만, 정신을 집중할 수가 없었다. 그는 사무실을 나와 한참을 서성이다가 세타우와 로투스의 실험실로 향했다.

아름다운 누비아 여자는 무릎을 꿇고 앉아서, 꼬리를 정신 없이 휘둘러대는, 대가리가 붉은 살모사 한 마리를 진정시키고 있는 중이었다. 그녀가 네드젬에게 말했다.

—그 구리그릇 좀 집어주시겠어요.

—만일 잘못되면…….

—어서요.

네드젬은 머뭇거리면서 끈적이는 갈색 액체가 들어 있는 그릇을 집어들었다.

—한 방울이라도 쏟으면 안 돼요. 부식성이 강하거든요.

네드젬이 손을 덜덜 떨었다.

—어디다 놓으면 됩니까?

—선반 위에 놓으세요.

로투스는 뱀을 바구니 안에 집어넣고 뚜껑을 닫았다.

—무얼 도와드릴까요, 네드젬?

—당신과 세타우가…….

그때 세타우의 걸걸한 목소리가 들려왔다.

—누가 이 세타우에게 볼일이 있으신가?

크기가 가지각색인 여과기에서 김이 무럭무럭 올라왔다. 선반 위에는 단지들 옆에 바구니들이, 호리병 박들 옆에는 튜브들이, 탕약들 옆에는 물약들이 놓여 있었다.

―꼭 드릴 말씀이 있습니다…….

갑작스러운 기침 발작이 일어나 대신은 말을 잇지 못했다. 세타우가 재촉했다.

―자, 말씀해보십시오!

세타우의 모습은 잘 보이지 않았다. 그가 일하고 있는 실험실 한 켠에 연기가 뽀얗게 차 있었기 때문이다. 세타우는 희석시킨 독을 다른 병에 옮겨 담고 있었다.

―카 왕자님에 대한 일입니다.

―왕자님께 무슨 일이 생겼습니까?

―당신이…… 그러니까, 제 말은, 지금까지는 제가 왕자님의 교육을 담당해왔다는 말씀입니다. 왕자님께선 읽고 쓰는 것을 좋아하시고, 나이에 비해서 놀랍도록 성숙하십니다. 벌써 많은 서기관들이 부러워할 만한 교양을 지니고 계시고, 하늘과 땅의 비밀을 연구하기를 마다 않으시고, 또…….

―네드젬, 나도 그건 다 알고 있소. 그리고 난 할 일이 있어요. 본론으로 들어갑시다.

―당신은…… 당신은 쉬운 사람이 아니군요!

―산다는 게 쉬운 일이 아니죠. 매일 뱀들과 살다보면, 사교생활에 허비할 시간이 없어요.

네드젬은 그 말을 듣고 충격을 받았다.

―하지만…… 제 방문은 사교생활이 아니지 않습니까!

―그러면 이제 그만 뜸들이고 하실 말씀을 해보십시오.

―좋습니다. 단도직입적으로 말하죠. 왜 당신은 카를 나쁜 길로 끌어들이십니까?

세타우는 들고 있던 병을 선반 위에 올려놓고 헝겊으로 이마의 땀을 닦았다.

　―네드젬, 당신은 멋대로 내 집에 들어와서 내 일을 훼방놓고는, 그것도 모자라서 나를 모욕하시는군요! 당신이 제아무리 대신이라고는 하지만, 당신 얼굴에 주먹을 한 방 날렸으면 좋겠소.

　네드젬은 뒤로 물러서다가 로투스와 부딪쳤다.

　―용서하십시오…… 제가 생각이 짧아서…… 하지만 왕자님께선…….

　로투스가 매력적인 미소를 입가에 띠고 네드젬에게 물었다.

　―왕자님을 마법에 입문시키는 것이 너무 이르다고 생각하시는 거죠?

　네드젬이 대답했다.

　―예, 예, 그렇습니다.

　―그렇게 마음 쓰시는 걸 보니 존경스럽습니다만, 공연한 걱정이세요.

　―아직 어린데 그렇게 복잡하고 위험한 학문을 대한다는 건…….

　―파라오께서 왕자님을 지켜드리라는 명을 내리셨어요. 왕자님을 지켜드리려면 왕자님 자신의 협력이 필요해요.

　대신의 얼굴이 창백해졌다.

　―지켜드리다니…… 어떤 위험으로부터 지켜드린단 말입니까?

　로투스가 딴전을 피우며 물었다.

　―양념 쇠고기 좋아하세요?

　―예…… 물론이지요.

　―제가 잘하는 요리 중의 하나랍니다. 같이 식사하시지 않겠어요?

　―중요한 시기에 이렇게 염치없이…….

　세타우가 네드젬 대신에 판단을 내렸다.

　―같이 식사하시기로 한 겁니다. 카 왕자님은 깨어지기 쉬운 물

건이 아닙니다. 왕자님은 람세스의 맏아들입니다. 누군가 왕자님을 공격함으로써 왕과 왕비, 그리고 나라 전체를 약하게 만들려 하는 겁니다. 우리는 왕자님을 노리고 덤벼드는 사악한 힘들을 물리치기 위해서 왕자님을 마법의 방벽으로 둘러싸려고 합니다. 이 일은 정확성을 요하는 일이지요. 힘들면서도 불확실한 일입니다. 그러니까 선의에서 나오는 관심은 무조건 대환영입니다.

20

　히브리인 구역의 골목길에는 나무기둥들이 빼곡히 차 있었다. 길 가는 사람들이 뜨거운 햇빛에 데지 말라고 갈대발을 쳐놓기 위한 기둥들이었다. 아낙네들은 문간에 나와 앉아 이야기를 나누었다. 물장수가 지나가면, 목을 축이느라고 잠깐 얘기를 중단했다가 또 끝날 줄 모르는 얘기 속으로 빠져들어갔다. 잠시 쉬고 있는 직공들 이나 공사장에서 돌아오는 벽돌공들이 아낙네들의 얘기에 끼어들기 도 했다.

　사람들의 마음을 사로잡고 있는 주제는 단 한 가지, 모세의 재판 이었다. 어떤 사람들은 모세가 사형선고를 받을 거라고 말했고, 또 어떤 사람들은 가벼운 금고형이 선고될 거라고 말하기도 했다.

　반란을 일으켜야 한다고 흥분하는 몇몇 과격분자들도 있었지만,

대개는 어쩔 수 없는 일이라는 입장이었다. 누가 감히 파라오의 군대와 경찰에 맞설 수 있겠는가? 그리고 어쨌든 모세는 마땅히 겪어야 할 일을 겪는 거니까. 그는 사람을 죽이지 않았는가? 비록 모세가 여전히 인기 있는 인물이라고는 해도, 법이 엄격하게 적용된다는 사실을 문제삼는 사람은 아무도 없었다.

모세가 벽돌공들에게 보여준 헌신과, 그가 가져다준 물질적 이익을 기억하지 못하는 사람은 아무도 없었다. 그가 다시 건축가가 되어 그들의 생활을 돌보아주었으면 좋겠다고 생각하는 노동자들이 많았다.

아론도 주위 사람들처럼 비관적인 생각을 가지고 있었다. 물론, 모세의 운명은 야훼의 손 안에 들어 있었다. 그러나 이집트 법정은 범죄자들에게 관대하지 않았다.

아브네가 법정 출두를 받아들인다면, 무죄판결이 내려질 수도 있다. 그러나 아브네는 모세가 거짓말을 한 것이라고 단호하게 주장했다. 그는 재판이 끝나기 전에는 은신처에서 나오지 않겠다고 선언했다.

아론은 개인적으로 아브네를 비난할 이유가 없었으므로, 지파 지도자에게 아브네가 증언하도록 강요해달라는 부탁을 할 수 없었다.

실의에 빠져 골목길을 지나가던 아론은 걸인 한 명을 보았다. 머리에 두건을 쓰고 벽에 기대어 쪼그리고 앉아 행인들이 던져주는 빵조각을 뜯어먹고 있었다. 처음 보는 걸인이었다.

아론은 걸인을 모른 체하며 지나쳤다. 다음날 아론은 그 자리에서 또다시 그를 발견하고 먹을 것을 주었다. 셋째날, 그는 걸인 옆에 가서 앉았다. 걸인은 몹쓸 병에 걸렸는지 두건으로 얼굴을 깊이 가리며 고개를 숙였다.

－가족이 없나?

－지금은 없습니다.

─결혼은 했었고?

─마누라는 죽고, 애들은 떠났지요.

─무슨 모진 운명을 겪은 건가?

─전 곡물상이었습니다. 아름다운 집을 가지고 있었죠. 평화롭게 살았었죠. 그런데 마누라를 속이는 큰 죄를 범했습니다.

─신께서 벌을 내리셨군.

─맞습니다. 하지만 제가 이렇게 영락하게 된 것은 신 때문은 아니었습니다. 어떤 사람이 제가 바람 피운 걸 알고는 저를 협박해서 돈을 뜯어냈습니다. 저는 파산했고, 결혼생활도 파경에 이르렀습니다. 마누라는 슬픔 때문에 죽었구요.

─괴물이로군!

─그 괴물은 여전히 불행을 퍼뜨리며 돌아다니고 있습니다. 저말고 또다른 사람들이 그놈의 잔인함에 고통을 겪을 수밖에 없을 겁니다.

─그놈 이름이 뭔가?

─그 이름을 소리내어 말하기가 부끄럽습니다.

─무슨 이유 때문인가?

─왜냐하면 그놈이 선생이나 저처럼 히브리인이기 때문이지요.

─나는 아론이라고 하네. 우리 공동체 안에서 약간의 영향력을 가지고 있지. 자네는 입을 다물고 있을 권리가 없어. 옴 오른 암양한 마리가 양떼 전체에 옴을 옮겨놓을 수도 있으니까 말일세.

─이제 와서 그게 뭐가 중요하겠습니까…… 저는 혼자고, 절망하고 있습니다.

─슬프더라도 다른 사람을 생각해야지. 그런 놈은 벌을 받아야 해.

─그자의 이름은 아브네라고 합니다.

거지가 기어들어가는 목소리로 말했다.

이제 아론에게는 아브네의 행동에 대해 이의를 제기할 만한 타당한 이유가 있었다. 당장 그날 저녁, 그는 장로들과 지파 지도자들의 회의를 소집했다. 그는 곡물상을 하던 사내에게 닥친 불행을 들려주었다. 이야기를 듣고 장로 한 사람이 말했다.

─전에 아브네가 벽돌공들에게서 돈을 뜯어내는 것 같다는 소문이 있었지요. 그렇지만 그들은 침묵을 지켰어요. 소문만 무성했습니다. 왜 아브네가 법정에 출두하지 않으려는지 이제 알겠습니다. 그의 입장에선 이 소란이 가라앉는 편이 더 좋겠군요.

─모세는 감옥에 갇혀 있는데, 아브네의 증언만이 그를 구할 수 있단 말입니다.

힘 있는 사람들은 입장이 곤란해서인지 별로 끼어들고 싶어하지 않는 눈치였다. 지파 지도자 한 사람이 그들 전체의 의견을 요약했다.

─분명히 말합시다. 모세는 살인죄를 저질렀습니다. 그 때문에 히브리인들 전체가 의심받게 되었어요. 그가 벌을 받는 것은 불공평한 일이 아닙니다. 더군다나, 그는 다시 돌아와서 황당한 생각으로 우리들 사이에 혼란의 씨앗을 뿌려놓았습니다. 일이 흘러가는 대로 내버려두는 것이 현명한 태도입니다.

아론이 불같이 화를 냈다.

─겁쟁이 중의 겁쟁이로고! 그래 당신은 아브네 같은 사기꾼을 돕기 위해서 우리를 위해 싸운 모세가 죽게 내버려두겠단 말요! 야훼께서 당신을 불행과 슬픔 속에 던져넣으시길 바라오.

장로회의 의장인 은퇴한 벽돌공이 소신 있게 자기 의견을 제시했다.

─아론의 말이 맞아요. 우리의 행동은 경멸받아 마땅하오.

지파 지도자 하나가 사람들의 기억을 환기시켰다.

―우리는 아브네를 보호해왔습니다. 이제 와서 모호한 비난에 근거하여 벌을 받게 될지도 모르는 위험을 감수하라고 그에게 강요할 순 없습니다.

아론이 막대기를 가지고 바닥을 탕탕 두들겼다.

―당신이 동족의 등을 쳐서 재산을 불리는 데 아브네의 도움이라도 받은 거요?

―어떻게 감히 그런 말을!

―아브네와 걸인을 대질시킵시다.

장로회의 의장이 선언했다.

―그 제안을 받아들이겠소.

아브네는 벽돌공들의 구역 한가운데에 있는 이층집에 숨어 있었다. 모세가 사형선고를 받고 난 다음에야 그 집에서 나올 생각이었다. 부자인 데다가 존경받는 인물이 된 그는 과자를 배불리 먹고 하루 중 대부분의 시간을 잠자는 데 보냈다.

장로들과 지파 지도자들의 회의가 그에게 대질심문에 응할 것을 요구하자, 그는 코웃음을 쳤다. 그까짓 거지 한 놈쯤이야 하는 생각이 들었다. 또 이렇게 한 사람을 가난 속에 버려두어서야 되겠느냐고, 그것은 이집트 법에 어긋나는 행동이 아니냐고 자기 쪽에서 오히려 히브리인 전체를 싸잡아 비난하고 나설 요량이었던 것이다. 만일 예상치 못한 일이 벌어져서, 일이 언짢은 방향으로 흘러가면 그의 부하들이 그 가련한 고발자를 죽여버리면 그만이었다.

걸인과의 대면은 아래층에 있는 응접실에서 이루어졌다. 긴 의자들 위에 쿠션들이 잔뜩 놓여 있었다. 장로회의 의장, 동료들을 대표하는 지파 지도자 한 사람과 아론이 참가했다. 아론이 거의 걸음을 걸을 수 없을 정도로 허리가 굽은 걸인을 부축하고 들어왔다.

아브네가 빈정거리는 말투로 말했다.

―나에 대해 어쩌구 저쩌구 헛소리를 늘어놓는 놈이 이 불쌍한 녀석이군…… 말이나 할 수 있는 거요? 먹을 걸 주어가지고 델타의 농장에 보내서 여생을 마치게 하는 것이 가장 현명한 선택일 것 같군요.

아론이 걸인이 자리에 앉는 것을 도와주었다. 장로회의 의장이 단호하게 말했다.

―아브네, 자네가 법정에 출두해서 모세를 위해 증언하고, 자네가 서명한 문서에 나타나 있는 사실을 인정하겠다면, 우리는 서로 얼굴 붉힐 필요가 없네.

―모세는 불안하고 위험한 인물입니다. 그러나 나는 많은 우리 형제들에게 돈을 벌게 해주었소! 내가 왜 불필요한 위험을 무릅써야 합니까?

아론이 끼어들었다.

―진실에 대한 근심 때문이오.

―진실이란 매우 유동적인 거요…… 그리고 그 진실이 모세를 무죄석방하는 데 충분할 거라고 생각하시오? 어쨌든 그는 살인범이란 말요! 우리로서는 이 일에 끼어들어서 득될 게 아무것도 없소.

―모세는 자네의 생명을 구해주었어. 이젠 자네가 그의 생명을 구해야 하네.

―그 일은 오래 전에 있었던 일입니다. 기억도 희미하구요…… 미래에 대한 생각을 하는 것이 더 바람직하지 않겠습니까? 그리고 제가 문서로 공술한 내용이 모세에게 유리하게 작용할 것입니다. 미심쩍은 부분이 있다고 해도 크게 문제되는 건 아니니까, 사형이 선고되지는 않을 겁니다.

―장기 구금형이 사형선고보다야 낫다는 말인가?

―모세는 자신을 통제하고 사리를 죽이지 말았어야 했습니다.

아론은 도저히 참을 수가 없어서 지팡이로 바닥을 탕탕 내리쳤다. 의장이 아론에게 요구했다.

—난폭한 행동은 삼가시오.

—이 작자는 악당이오! 이 작자는 동족을 배반했고, 앞으로도 또 배반할 것이오!

아브네가 이물거리며 아론에게 말했다.

—진정하십시오, 어르신. 저는 마음이 넓은 사람입니다. 앞으로 어르신께 필요한 물건을 공급해드리겠다고 약속드리지요. 저는 나이 드신 분들을 존경하는 것을 제 인생의 절대적인 가치로 여기고 있습니다.

장로회의 의장과 지파 지도자만 아니었더라면, 아론은 아브네의 골통을 부숴버렸을 것이다.

—자, 여러분, 이쯤 해둡시다. 그리고 제가 여러분께 기꺼이 맛있는 식사를 대접할 테니, 식사하시면서 우리의 화해를 축하하기로 합시다.

—저 걸인은 잊어버렸나, 아브네?

—아, 걸인이요…… 무슨 할 말이 있답니까?

아론이 불쌍한 사나이에게 말을 걸었다.

—겁내지 말고 자유롭게 말하게.

걸인은 여전히 우물쭈물했다. 아브네가 웃음을 터뜨렸다.

—그러니까 이 자가 여러분의 그 대단한 고발자로군요! 관둡시다…… 제 하인들에게 넘겨주십시오. 부엌에서 이 자에게 먹을 걸 줄 겁니다.

아론이 분개한 표정으로 걸인에게 다시 말했다.

—부탁일세. 제발 말 좀 하게.

거지 행세를 하던 사람은 천천히 웅크리고 있던 몸뚱이를 폈다. 그 가련해 보이던 걸인이 거대한 모습을 드러내자 모두들 놀라 눈을 크게 떴다. 그가 두건을 내리자, 험상궂은 얼굴이 드러났다.

아브네는 대경실색했다. 기대치 않았던 무서운 손님의 이름을 아브네는 떠듬떠듬 발음했다.

—세,라,마,나……

사르디니아인이 해적다운 잔인한 미소를 띠고 큰 소리로 말했다.

—너를 체포한다, 이 쥐새끼.

아브네의 증언이 진행되고 있는 동안, 세라마나는 상반되는 감정을 한꺼번에 느끼고 있었다. 한편으로는 음모자 모세가 무죄판결을 받지 않도록 차라리 아브네를 찾아내지 못했으면 좋았을 걸 그랬다는 생각도 들었고, 다른 한편으로는 임무를 잘 수행했다는 느낌도 들었다. 세라마나는 여전히 모세가 위험한 인물이라는 확신을 가지고 있었다. 그렇게 생각하고 있는데도 람세스의 명을 어기지 못했던 걸 보면, 람세스가 정말 비범한 인물이라는 생각이 들었다. 왕이 모세를 신임하는 것은 잘못이다. 그러나 우정을 신성한 가치들 중의 하나로 여기는 왕을 어떻게 나무라겠는가?

배심원 평결이 끝났다. 이제 피-람세스 전체가 총리대신의 판결을 기다리고 있다. 재판은 모세의 입장을 매우 유리하게 만들어주었다. 평민들과 대부분의 벽돌공들이 모세를 두둔했다. 그는 삶이 불공평하다고 생각하고 있는 불행한 사람들의 옹호자처럼 여겨지게 되었다.

세라마나는 모세가 추방령을 받게 되기를 원했다. 왕과 왕비가 나날이 견고하게 만들어가고 있는 왕국의 조화가 흔들리는 것을 바라지 않았기 때문이다.

아메니가 법정에서 나오자, 세라마나는 그에게 다가갔다. 파라오의 개인비서가 즐거워하며 말했다.

—모세가 무죄판결을 받았네.

21

피 - 람세스의 대접견실에 궁정 인사들이 모였다. 접견실 입구에 정복당한 적들의 모습이 장식되어 있는 웅장한 계단이 보인다. 왕이 왜 이처럼 많은 정부 인사들과 각료들을 소환했는지 아는 사람은 아무도 없었다. 그저 모두들 왕이 나타나서 나라의 미래를 위해 중요한 결정을 알려주기만 기다리고 있을 뿐이었다.

흰 바탕에 푸른 글씨로 쓰여진 람세스의 즉위를 나타내는 여러 명칭들이 접견실의 웅장한 문을 빙 둘러싸고 있다. 그 문을 넘어서면서 아메니는 불만스러운 표정을 숨기지 못했다. 왜 왕은 자기에게 아무 귀띔도 해주지 않았을까? 아메니는 아샤의 볼멘 표정을 보고, 아샤 역시 오늘의 접견에 대해 자기보다 더 알고 있는 것이 없다는 판단을 내렸다.

홀이 너무 복작댔기 때문에, 사람들은 꽃 핀 정원이며 물고기들이 뛰노는 연못들이 그려진, 유약을 발라 구운 진흙 타일로 이루어진 장식을 즐길 수가 없었다. 사람들은 옅은 초록색, 짙은 빨간색, 밝은 파란색, 빛나는 노란색과 흰색 등으로 그려진 아름다운 광경을 펼쳐 보이고 있는 기둥들 사이사이에, 또는 벽에 기대어 빽빽하게 서 있었다. 어쨌든 이렇게 걱정스러운 순간에, 파피루스가 무성한 늪에서 희롱하고 있는 아름다운 새들을 감상할 여유를 가진 사람은 없었다.

그러나 세타우의 시선은 가득 피어 있는 접시꽃들 앞에서 명상에 잠겨 있는 여인의 그림에 잠시 머물렀다. 그 여인상의 모습은 네페르타리를 닮았다. 벽면의 띠 장식들은 수련, 양귀비, 개양귀비, 데이지와 수레국화 모양으로 되어 있었다. 그것은 미소짓는 평화로운 자연을 표현하기 위한 것이다.

대신들, 고위관리들, 왕실 서기관들, 제관들, 비밀의 집의 관리인들, 남녀 사제들, 귀부인들과 또다른 중요 인사들이 침묵을 지키고 있는 가운데, 람세스와 네페르타리가 자리에 앉았다. 왕의 힘은 찬란하게 빛났으며, 그의 위용은 따를 자가 없었다. 람세스는 상 이집트와 하 이집트의 지배권을 나타내는 이중관을 쓰고, 흰 드레스와 금빛 로인클로스를 입고, 오른손에는 '마술'이라고 불리는 왕홀을 들고 있었다. 그것은 끝부분이 둥글게 말린 목동의 지팡이로서, 왕이 보이지 않는 세계 안에서 백성을 한데 모으고, 보이는 세계 안에서 백성의 단결을 유지시키는 데 사용하는 것이었다.

네페르타리는 우아함이었으며, 람세스는 힘이었다. 방안에 있는 사람들은 누구나 왕과 왕비를 이어주고, 두 사람 모두에게 영원의 향기를 부여하는 깊은 사랑을 느낄 수 있었다. 수석 제관이 삶의 모든 형태 속에 숨어 계신, 보이지 않는 신을 칭송하는 아몬 찬가를 읽었다. 이윽고, 람세스가 말문을 열었다.

—나는 유언비어를 불식시키고 내가 곧 실시하려고 하는 정책을 명확히 밝히기 위해서 몇 가지 결정을 여러분에게 알리고자 하오. 나는 왕비와 함께 오랫동안 숙고한 끝에 이러한 결정을 내렸소.

서기관 몇 명이 왕의 담화를 받아 쓸 준비를 했다. 그 담화는 당장 칙령이 되어 효력을 발생하게 된다.

—나는 이집트의 북동쪽 경계를 강화하고, 새로운 성채를 쌓고, 낡은 방벽들을 보수하고, 주둔부대를 두 배로 늘리고, 부대원의 처우를 개선하기로 결정했다. '왕의 성벽'은 난공불락의 벽이 되어 모든 침략기도로부터 델타 지방을 지켜줄 수 있어야 한다. 석수들과 벽돌공들이 필요한 일을 시작하기 위해 내일 당장 떠날 것이다.

나이 든 신하 하나가 발언권을 요청했다.

—폐하, '왕의 성벽'은 히타이트 족의 도발을 저지하기에 충분합니까?

—그것만 가지고는 충분치 않소. 그것은 우리 방어 체제의 마지막 요소에 불과하오. 최근에 우리 군이 개입해서 히타이트의 반격을 분쇄한 덕분에, 우리의 보호령을 탈환했소. 우리와 침략자 사이에는 가나안과 아무르, 그리고 남시리아가 있소.

—그 지방을 다스리는 군주들은 우리를 여러 차례 배반하지 않았습니까?

—사실이오. 그들은 우리를 여러 번 배반했소. 그 때문에 나는 이 완충지대의 행정적·군사적 경영을 외무대신 아샤에게 위임하려 하오. 나는 아샤에게 이 지역에 대한 예외적 권한을 부여하는 바이오. 그곳에서 우리의 우위를 유지하고, 그 지역 지도자들을 통제하고, 효과적인 정보업무를 수행하며, 히타이트의 도발에 제동을 걸 수 있는 정예부대를 결성하는 책임을 아샤에게 맡기오.

모든 사람들의 시선이 자기에게 집중되고 있는데도, 아샤는 여전히 침착했다. 어떤 사람들은 감탄의 시선을, 어떤 사람들은 시샘의 시선을 던졌다. 이제 외무대신은 국가의 중요인물이 된 것이다.

람세스가 계속 말을 이었다.

—나는 또한 왕비와 함께 오랜 여행을 떠나기로 결정했소. 내가 자리를 비우는 동안, 아메니가 매일 나의 어머니 투야 대비의 자문을 받아 일상적인 사안들을 처리할 것이오. 우리는 계속 연락을 취할 것이며, 내 승인을 받지 않고는 어떤 칙령도 채택될 수 없소.

좌중은 크게 놀랐다. 아메니가 막후 실력자 역할을 수행하는 것은 새삼스러운 일이 아니었지만, 왕과 왕비는 이렇게 중차대한 시기에 왜 피-람세스를 떠나려고 하는 것일까?

의전실장이 용기를 내어 모든 사람들이 궁금해하는 질문을 던졌다.

—폐하…… 여행 목적을 말씀해주실 수 있습니까?

—이집트의 신성한 토대를 강화하기 위해서요. 왕비와 나는, 나의 영원의 신전 건축이 얼마만큼 진전되었는가 알아보기 위해서 우선 테베를 방문한 다음, 대(大)남부지방으로 떠날 예정이오.

—누비아 지방까지 말씀입니까?

—그렇소.

—폐하, 용서하십시오…… 그 긴 여행은 반드시 필요한 것입니까?

—필수불가결하오.

사람들은 파라오가 그 여행에 대하여 더이상 아무 얘기도 하지 않으리라는 것을 알았다. 그 놀라운 결정의 비밀스러운 이유에 대해 각자 나름대로 상상해보는 수밖에 없었다.

왕의 노란 개가 대비의 손을 핥았다. 사자는 대비의 발치에 가서 앉았다. 람세스가 놈들의 행동을 설명했다.

—제 충성스러운 동료들이 어머님께 경의를 표하고 싶답니다.

투야는 세크메트 여신의 제단에 놓을 커다란 꽃다발을 만들고 있는 중이었다. 금박으로 가장자리를 두른 긴 아마 드레스에, 어깨에는 짧은 망토를 걸치고 거의 땅에까지 내려오는 줄무늬 허리띠를 맨 대비의 모습은 오연해 보였다. 예리한 눈매, 섬세하고 엄격한 얼굴, 까다롭고 다루기 힘든, 권력을 가진 여인다운 거동. 그녀는 참으로 고결했다.

―어머니, 제 결정을 어떻게 생각하십니까?

―네페르타리가 진작에 이야기해주었습니다. 내가 어느 정도 의견을 제공한 건 아닌가 해서 걱정되기까지 하는걸요. 우리나라 북동쪽 국경을 지키는 유일한 방법은, 히타이트의 공격을 막기 위해서 단호하게 우리의 보호령을 통제하는 것이지요. 내 아들 람세스, 내 아들이 나라를 다스린 지 벌써 9년이 되었군요…… 그 무게를 어찌 감당하셨습니까?

―생각해볼 여유조차 없었습니다.

―차라리 그게 낫지요. 계속 앞으로 나아가면서 그대의 뱃길을 만들어가세요. 선원들이 파라오의 명령을 잘 듣는 것 같습디까?

―제 측근은 매우 한정되어 있습니다. 더 늘릴 생각도 없습니다.

투야가 자신의 판단을 이야기했다.

―아메니는 훌륭한 사람이지요. 시야가 충분히 넓지는 않지만, 그는 성실하고 충직하다는, 아주 드문 두 가지 장점을 가지고 있어요.

―아샤도 그렇게 높이 평가하십니까?

―그도 특별한 능력을 가지고 있지요. 그에겐 용기가 있어요. 그것도 상황의 철저한 분석 위에 토대를 둔 특별한 용기지요. 북쪽지방에 있는 우리 보호령의 감시를 위해서 그를 선택한 건 아주 잘하신 일입니다.

―세타우도 마음에 드십니까?

—그는 관습을 싫어하지요. 진지한 성품이구요. 파라오의 그렇게 귀한 동지를 어떻게 높이 평가하지 않을 수 있겠습니까?

—모세가 남았군요…….

—난 파라오가 그에 대한 우정을 가지고 있다는 걸 압니다.

—그러나 인정하실 수는 없다는 말씀이시군요.

—그래요, 람세스. 그 히브리인은 파라오가 반대할 수밖에 없는 목적을 추구하고 있어요. 어떤 상황에 처하더라도, 파라오 개인의 감정보다는 이 나라를 더 소중하게 생각해야 합니다.

—모세는 아직 혼란을 일으키지는 않았습니다.

—그가 혼란을 일으키게 되면, 마아트의 규범에 따라서 행동해야 합니다. 람세스, 그대에게도 두려운 시련이 닥칠지 모르오.

투야가 백합꽃 줄기 하나를 바로 세웠다. 꽃다발이 백 송이 꽃의 광채로 찬란하게 빛났다.

—제가 자리에 없는 동안 '두 개의 땅'을 다스려주시겠습니까?

—그 일을 면하게 해줄 수 없겠소? 이젠 나이의 짐이 무겁게 느껴지기 시작한다오.

람세스가 빙긋이 웃었다.

—그렇게 생각되지 않습니다, 어머니.

—파라오는 힘이 넘쳐서 노년의 무게가 어떤 건지 상상하지 못하오. 자, 이젠 그 긴 여행의 진짜 이유가 무엇인지 이 어미에게 이야기해줄 수 있겠지요?

—이집트와 네페르타리에 대한 사랑 때문입니다. 저는 신전들의 비밀스러운 빛을 소생시키고 싶습니다. 그래서 신전들이 더 많은 힘을 만들어내게 하고 싶습니다.

—히타이트 족말고 또 다른 적수가 있는 게로군요.

—리비아인 마법사 오피르라는 자가 우리를 해칠 목적으로 어둠의 힘을 이용하고 있습니다. 그자의 활동을 지나치게 중요하게 생

각하는 건 잘못인지도 모르지요. 그러나 저는 어떤 위험도 미리 막아둘 생각입니다. 그자의 저주 때문에 이미 네페르타리는 너무나 많은 고통을 겪었습니다.

―람세스, 신들께서는 파라오에게 은혜를 베풀어주셨다오. 그렇게 뛰어난 아내를 얻는 것보다 더 큰 행복이 어디에 있겠소?

―마땅한 방법으로 그녀에 대한 존경을 표현하지 않는 것은 큰 잘못일 겁니다. 그래서 저는 네페르타리의 이름이 영원히 빛을 발하도록, 그리고 왕과 왕비가 이집트의 신성불가침한 토대로 여겨질 수 있도록 하기 위해 원대한 계획을 한 가지 세웠습니다.

―그러한 일이 반드시 필요하다는 것을 파라오가 깨달았으니, 그대의 시대는 위대한 시대가 될 것이오. 네페르타리는 마술입니다. 마술 없이는 어떤 행위도 지속성을 가질 수 없지요. 폭력과 어둠은 세세토록 사라지지 않겠지만, 왕과 왕비가 이 땅에서 다스리는 한 조화가 유지될 겁니다. 람세스, 국왕 내외의 힘을 강화시켜 영원한 건물의 주춧돌이 되게 하세요. 사랑이 한 나라의 백성들 위에 빛나면, 그 어떤 부(富)보다도 더 많은 행복을 백성들에게 안겨줄 수 있어요.

꽃다발이 완성되었다. 기뻐하는 여신의 모습이 눈에 보이는 것 같았다.

―가끔 셰나르 생각을 하십니까, 어머니?

투야의 눈길이 슬픔으로 흐려졌다.

―어찌 어미가 아들을 잊을 수 있겠습니까?

―셰나르는 이제 어머님 아들이 아닙니다.

―왕의 말씀이 옳으니, 그 말씀을 들어야겠지요…… 약한 모습을 보인 걸 용서해주겠지요?

람세스는 부드럽게 투야를 끌어안았다. 투야가 또렷한 목소리로 말했다.

―그애에게서 무덤을 빼앗으심으로써, 신들께서는 그애에게 끔찍한 벌을 내리신 겁니다.

―저는 카데슈에서 죽을 뻔했고, 셰나르는 사막에서 죽음을 만났습니다. 어쩌면 죽음으로 인해 그의 영혼이 정화되었는지도 모르지요.

―그애가 아직 살아 있는 건 아닐까요?

―저 역시 그런 생각을 해보았습니다…… 만일 그가 옛날과 똑같은 의도를 가지고 어둠 속에 몸을 숨기고 있다면, 그래도 어머니께선 관용을 베푸시겠습니까?

―람세스, 파라오는 이집트입니다. 파라오를 공격하는 사람은, 누구든 내가 용서하지 않아요.

22

람세스는 외무성 입구에 있는 토트의 입상 앞에서 묵상을 하고, 제단 위에 백합꽃 다발을 올려놓았다. 거대한 원숭이 석상으로 표현된, '신들의 말'인 신성문자의 주인은 하늘을 바라보고 있다.

파라오의 방문은 명예로운 일이었으므로, 외무성 관리들은 기뻐했다. 아샤가 왕을 맞이하며 머리를 숙여 예를 표했다. 람세스가 아샤를 껴안는 걸 보며, 관리들은 왕이 그토록 신임하는 유력자 밑에서 일하고 있다는 사실이 자랑스럽게 느껴졌다.

두 사람은 화려하고 세련된 아샤의 사무실에 틀어박혔다. 시리아에서 수입해온 장미, 수선화와 금잔화를 섞어 꽂아놓은 꽃꽂이, 아카시아 나무로 만든 궤짝들, 수련 문양으로 장식된 나무의자들, 화려한 쿠션들, 청동제 다리가 달린 원탁들. 벽에는 늪에서 새 사냥을 하는 장면이 그려져 있다.

람세스가 주변을 둘러보며 말했다.

―소박한 편은 아니군. 셰나르의 이국적인 화병들만 빠져 있군.

―끔찍한 추억이지요! 외무성을 위해 팔아버리게 했습니다.

향수를 뿌린 가벼운 가발을 쓰고, 작은 콧수염을 공들여 다듬은 우아한 아샤의 모습은 당장이라도 사교계의 연회에 참가해도 될 것 같았다.

아샤가 자기의 솔직한 심정을 왕에게 털어놓았다.

―이집트에서 몇 주 동안 조용히 머물 때는, 이집트가 제게 제공하는 수많은 쾌락에 취하지요…… 아, 안심하십시오. 그렇다고 폐하께서 제게 맡긴 임무를 잊지는 않으니까요.

아샤는 그런 사람이었다. 냉소적이고, 유행에 관심이 많고, 여자들 꽁무니를 쫓아다니는 바람둥이였지만, 국제정치의 요구를 능숙하게 처리하는 정치가였다. 그는 현장을 완벽하게 파악하고 있었으며, 엉뚱한 위험을 무릅쓰는 모험가이기도 했다.

―내 결정에 대해 자넨 어떻게 생각하나?

―부담스럽기도 하고 기쁘기도 합니다.

―그 결정으로 충분하다고 생각하나?

―중요한 게 빠졌습니다. 그리고 그것이 바로 의전절차를 완전히 무시한 이 방문의 이유이기도 하겠죠. 제가 맞혀보겠습니다. 카데슈 문제 아닙니까?

―내가 외무대신 겸 정보부장을 역시 잘 선택했군.

―아직도 그 요새를 점령할 생각을 하고 계십니까?

―카데슈에서 우리는 승리를 거두었지만, 히타이트의 요새는 조금도 손상되지 않고 계속해서 우리를 비웃고 있네.

아샤는 언짢은 표정으로, 영양 모양의 손잡이가 달린 잔 두 개에 고급 포도주를 따랐다. 포도주 색깔은 깊고 그윽했다.

—전 폐하께서 카데슈에 돌아가실 거라고 생각했지요…… 람세스는 실패의 그림자를 견딜 수 있는 사람이 아니지요. 폐하의 말씀이 맞습니다. 그 성채는 우리에게 도전해오고 있어요. 그것이 예전과 다름없이 강력하다는 것도 사실입니다.

—나는 카데슈가 우리의 보호령 남시리아를 끊임없이 위협하고 있다고 생각하네. 카데슈에서 공격이 시작될 거야.

—언뜻 보기에는, 그 추론은 완벽한 것처럼 보입니다.

—하지만 자네 의견은 그렇지 않다는 얘기군.

—기득권과 지위에 안주하고 있는 점잖은 배불뚝이 장관이라면, 폐하 앞에 엎드려서 뭐 이런 얘길 했겠지요. "혜안과, 승리하시는 팔을 가지신 위대한 람세스 폐하시여, 카데슈를 정복하러 떠나십시오." 그러나 그렇게 말하는 신하는 한심한 머저리지요.

—왜 이 정복을 포기해야 하는가?

—폐하 때문에 히타이트인들은 자기들이 무적의 존재가 아니라는 걸 깨닫게 되었습니다. 물론, 그들의 군대는 여전히 강력하지요. 그러나 그들의 정신은 흔들리고 있어요. 무와탈리스는 수월한 침략전과 압도적인 승리를 자기 백성에게 약속한 바 있습니다. 그는 그들의 군대가 평소의 위치로 후퇴하게 된 것을 정당화하지 않으면 안 됩니다. 그런데 그게 아주 어려운 일이지요. 또 한 가지, 갈등이 시작되었습니다. 무와탈리스의 아들 우리테슈프와 동생 하투실 사이의 왕위계승 분쟁이 그것입니다.

—누가 이길 확률이 더 많은가?

—예상할 수 없어요. 두 사람 모두 막강한 세력을 가지고 있습니다.

—무와탈리스의 몰락이 임박한 건가?

—제 생각엔 그렇습니다. 히타이트 궁정에선 사람을 죽이는 일이 큰일이 아닙니다. 전사들의 사회에선, 승리할 수 없는 우두머리는

제거되는 것이 마땅하니까요.

―그렇다면 카데슈를 공격해서 점령하기에 이상적인 시기가 아닌가?

―물론입니다, 우리의 관심이 히타이트 제국의 토대를 무너뜨리는 데 있다면 그렇습니다.

람세스는 친구 아샤의 섬세하고 신랄한 성격을 좋아했지만, 그러나 이런 이야기엔 놀라지 않을 수 없었다.

―그것이 바로 우리 국제정치의 중요한 목적이 아닌가.

―저는 꼭 그렇다곤 생각지 않습니다.

―농담하나, 아샤?

―수천 명의 생사가 걸려 있는 문제라면, 전 농담하고 싶은 생각 없습니다.

―그렇다면 자네는 나의 판단을 근본적으로 바꾸어놓을 정보를 가지고 있는 거야.

―우리 정보원들이 수집한 몇 가지 정보에 토대를 둔 단순한 직관이지요. 아시리아에 대해 들어본 적 있으시죠?

―히타이트인들처럼 호전적인 민족이지.

―아시리아는 지금까지는 히타이트의 영향력 아래 놓인 국가였습니다. 그런데 동맹관계를 체결하면서, 하투실이 아시리아인들에게 귀금속을 많이 주었습니다. 호의적인 중립을 지켜달라는 거였지요. 그런데 이 기대하지 않았던 부가 군비로 바뀐 겁니다. 아시리아에서는 현재 군인들이 외교관들보다 더 우위를 점하고 있습니다. 아시리아가 장차 아시아의 강국이 될 확률이 큽니다. 히타이트보다 더 정복욕이 강하고 파괴적인 나라가 될지도 모릅니다.

람세스가 생각에 잠겼다.

―아시리아라…… 아시리아가 히타이트를 공격할 준비가 되어 있을까?

─아직은 아니지요. 하지만 장기적으로 보면, 갈등은 피할 수 없을 겁니다.

─왜 무와탈리스는 자기를 향한 칼날의 싹을 자르지 않나?

─그의 왕좌를 위협하는 내부의 불화 때문이지요. 그리고 우리 군대가 카데슈로 진격해올까봐 겁을 내고 있기 때문입니다. 그에게는 이집트가 여전히 가장 큰 적이지요.

─권력을 노리고 있는 자들에겐 어떤가?

─무와탈리스의 아들 우리테슈프는 눈먼 자입니다. 그는 가능한 한 많은 이집트인들을 죽이고 '두 개의 땅'을 차지할 생각만 하고 있지요. 하투실은 좀더 시야가 넓은 사람이니까, 바로 히타이트 왕국 코앞에서 위험이 점점 커지고 있다는 사실을 자기 조카보다는 잘 인식하고 있을 겁니다.

─그러니까 자네는 카데슈에 대규모 공격을 강행하는 걸 만류하는 입장이로군.

─우리도 히타이트인들도 많은 인명을 잃게 됩니다. 아시리아가 어부지리를 차지할 수도 있지요.

─자네가 생각하는 것만으로 그쳤을 리는 만무하고…… 자네 계획은 어떤 건가?

─폐하께서 제 계획을 별로 좋아하실 것 같지 않아 걱정입니다. 폐하께서 옳다고 생각하시는 정치와 모순되는 계획이라서요.

─그럴지도 모르지. 말해보게.

─우리가 카데슈 공격을 준비하고 있다고 히타이트인들이 믿게 만드는 겁니다. 소문을 퍼뜨리고, 거짓 정보를 제공하고, 가짜 기밀 서류들을 작성하고, 남시리아에서 군사훈련을 실시하고…… 제가 알아서 하겠습니다.

─거기까지는 놀라울 것도 없군.

─그 다음 행보는 더욱 미묘할지도 모릅니다. 이상의 조치가 효

과적이었다는 것이 드러나면, 저는 히타이트로 떠나겠습니다.

―어떤 자격으로?

―밀사 자격으로! 협상을 위한 전권을 가지고 말입니다.

―하지만…… 무슨 협상을 하려는데?

―평화협상이지요.

―평화라…… 히타이트인들과 말인가!

―그것이 아시리아가 히타이트보다 더 위험한 괴물이 되지 못하게 하는 최선의 해결책입니다.

―히타이트인들이 받아들이지 않을걸.

―폐하께서 지지해주신다면, 그들을 설득할 자신이 있습니다.

―만일 자네가 아닌 다른 사람이 그런 제안을 했다면, 나는 그를 반역죄로 고발했을 걸세.

아샤가 빙그레 웃었다.

―저도 약간은 예상했었지요…… 그러나 람세스가 아닌 그 누가 멀리 내다볼 줄 알겠습니까? 현재의 상황을 넘어서 아주 멀리까지 말이지요.

―친구에게 아부하는 것은 용서받을 수 없는 잘못이라고 현인들이 가르치지 않으셨던가?

―저는 친구가 아니라 파라오께 말씀드리는 겁니다. 현재 상황에만 고착된 단견으로 살펴보면, 우리의 현재 군사력으로 히타이트인들과 싸우는 것이 마땅할지도 모릅니다. 실제로 그들을 정복할 수 있는 가능성도 있지요. 그러나 아시리아가 국제무대에 출현한 지금, 그러한 전략은 수정되지 않으면 안 됩니다.

―아샤, 자네가 시인했듯이 단순한 직관이라고 하지 않았나.

―제 위치에서는, 미래를 예견하고 남들보다 먼저 미래를 느끼는 것이 중요합니다. 올바른 결정을 내리도록 이끌어주는 것은 직관이 아닙니까?

―나에게는 자네가 그런 위험을 겪도록 내버려둘 권리가 없네.

―히타이트인들의 나라에 머무는 것 말입니까? 처음도 아닌데, 뭘 그러십니까.

―그들의 감옥이 그리운 모양이지?

―더 쾌적한 휴양지들도 있겠지요. 어쨌든 운명을 돌파해야 합니다.

―자네보다 더 나은 외무대신을 찾을 수는 없을 거야.

―람세스, 전 외국에 나가 얼마간 지내면, 다시 돌아오고 싶어집니다. 그런데 결국엔 안이한 사교계 생활이 정신을 약하게 만들어요. 몇 명의 애인들을 만나 옷을 사주고, 함께 외출하고, 그러다가 여자들에게 싫증을 내지요. 계속 싱싱한 정신을 유지하려면, 새로운 모험이 필요해요. 전 그런 경험이 두렵지 않습니다. 히타이트인들의 약점을 이용하고, 그들이 더이상 적대적인 행동을 하지 못하도록 설득하는 방법을 찾아내는 것은 제가 해야 할 일이지요.

―이 계획이 엉뚱하다는 것을 자네 알고 있나?

―신선한 새로움과 미지의 매혹을 가지고 있지요. 온갖 매력으로 치장되어 있지 않습니까?

―설마 내가 승인할 거라고 생각하는 건 아니겠지?

―폐하의 승인을 얻어낼 겁니다. 왜냐하면 폐하는 세상을 바꿀 능력이 없는 늙은 겁쟁이 왕이 아니니까 말입니다. 제게 우리를 파괴하려는 야만인들과 협상해서 이집트의 봉신으로 바꾸어놓으라는 명령을 내려주십시오.

―난 남쪽 지방으로 오랜 여행을 떠나네. 자넨 혼자 북쪽으로 떠나게 될 거야.

―폐하께서는 저 세상 일에 관여하고 계시니, 히타이트인들은 저에게 남겨주십시오.

23

열다섯 살에서 스물다섯 살의 나이에 이르는 '왕의 아들들'은, 나란히 늘어진 땋은 머리 몇 가닥을 제외하고는 모두 밀어버린 머리 모양을 하고 있었다. 땋은 머리를 귀 근처에서 넓은 머리띠로 고정시킨 뒤, 얼굴 오른쪽으로 늘어뜨렸다. 귀걸이를 달고, 넓은 목걸이를 하고, 팔찌를 차고, 주름치마를 입은 차림으로, 그들은 끝에 타조털이 달린 깃대를 자랑스럽게 들고 있었다.

람세스는 몸도 튼튼하고 머리도 좋아서 선택된 이 소년들을 여러 부대에 파견해서 파라오를 상징하는 임무를 맡겼다. 왕은 카데슈 전투에서 이집트 병사들이 보였던 비겁한 태도를 잊지 않고 있었다. '왕의 아들들'은 전장에 참가해서, 병사들의 사기가 떨어졌을 때 그들의 사기를 북돋우는 역할을 하게 될 것이다.

'왕의 아들들'은 이제 북쪽으로 떠나 이집트 보호령의 행정을 맡아보게 되었다. 그들은 앞으로 아샤의 엄격한 명령을 받아 임무를 수행하게 된다.

벌써 람세스 대왕의 정력이 절륜해서 아이들을 끊임없이 생산해 이미 백 명 정도의 아이들을 세상에 내놓았다는 소문이 자자했다. 조각가들이 돌에 새겨놓은 엄청난 혈통은 그렇게 해서 생겨났다. 후대의 서기관들이 그것을 또 그대로 베껴 썼다.

늙은 호메로스는 레몬나무 그늘에 앉아 그의 흰 수염에 향수를 뿌리고 있었다. 고양이 헥토르는 뚱뚱해졌다. 람세스가 쓰다듬어주자, 놈은 가르랑거리는 소리를 냈다.

―이렇게 함부로 말하는 걸 용서하십시오, 폐하. 하지만 어쩐지 기분이 좋아 보이시질 않는군요.

―글쎄…… 걱정이 좀 돼서요.

―나쁜 소식이라도 있습니까?

―아닙니다. 몇 가지 위험이 예상되는 긴 여행의 출발이 가까워져서 그렇습니다.

시인은 커다란 달팽이 껍질로 만든 담배통에다 샐비어 잎사귀를 재워넣었다.

―위대한 람세스…… 지금 사람들은 폐하를 이렇게 부르고 있습니다. 제가 얼마 전에 쓴 구절을 읽어드리지요. "신들의 선물은 하찮은 것이 아니다. 신들만이 우리에게 선물을 주시느니, 누구도 그 선물을 저 혼자 얻을 수 없기 때문이다."

―그 정도로 운명론자이신 줄은 몰랐습니다.

―나이가 가르쳐준 지혜지요. 『일리아드』와 『오디세이』가 완성되었습니다. 폐하의 카데슈 승전을 노래한 시를 마지막으로 손질했습니다. 이제 제겐 샐비어를 피우고, 아니스 향이 나는 포도주를 마

시고, 올리브유 마사지를 받으며 살아가는 일만 남았습니다.

—작품을 다시 한번 읽어보시고 싶은 생각은 없습니까?

—신통치 않은 작가들이 자기가 써놓은 문장이 무슨 거울이라고 자꾸만 들여다보지요. 그런데, 이번 여행의 목적은 무엇입니까?

—선왕께서 아비도스에 자주 가서 신전을 살피라고 생전에 말씀하셨습니다. 그 지시를 이행하지 못했습니다. 신전을 돌아보려구요.

—뭔가 다른 것이 더 있겠지요.

—언젠가 아버님께 "파라오란 누구입니까?"라고 여쭈었던 적이 있습니다. 아버님께선 "백성을 행복하게 하는 자니라" 하고 대답하셨지요. 어떻게 해야 백성을 행복하게 할 수 있느냐고 여쭈었지요. 원칙과 신들에게 충실하면, 그 덕이 백성에게 미친다 하셨습니다.

—왕비님께서 폐하께 그 여행을 권하신 건 아닙니까?

—네페르타리와 함께, 그리고 네페르타리를 위하여, 나는 빛의 힘을 생산해낼 건물을 하나 지으려고 합니다. 우리에겐 지금 그 힘이 너무 필요합니다. 그 힘이 이집트와 누비아를 불행으로부터 지켜줄 것입니다.

—장소는 정하셨습니까?

—누비아 한복판에 있는 아부 심벨이라는 곳에 하토르 여신께서 당신 존재의 흔적을 뚜렷이 남겨놓으셨습니다. 별들의 여신께서는 바위 속에 당신의 모습을 드러내심으로써 당신 사랑의 비밀을 계시하신 것입니다. 나는 그곳을 네페르타리에게 선물하려고 합니다. 네페르타리가 영원히 아부 심벨의 여인이 될 수 있도록 말입니다.

머리가 텁수룩한 요리사가 무릎을 꿇고 앉아, 화로의 불씨를 살려내기 위해 야자수 잎사귀로 부채질을 했다. 화로 위에서는 꼬챙이에 꿰어진 거위고기가 구워지고 있다. 요리사는 오리의 부리와 목에 꼬챙이를 꽂은 뒤, 화로 위에다 똑바로 세워놓았다. 고기가 다구워지고 나면, 또 한 마리의 털을 뽑고, 내장을 꺼내고, 대가리와 날개 끝부분과 발을 잘라 꼬챙이에 꿰어 약한 불에 구울 예정이었다.

한 귀부인이 요리사에게 말을 걸었다.

─여기 있는 고기들은 전부 예약된 건가요?

─거의 대부분 예약된 것들입니다.

─오리구이 하나를 주문하면, 곧 준비해주실 수 있나요?

─글쎄…… 제가 원체 바빠서…….

귀부인은 돌렌테였다. 그녀는 자꾸만 흘러내리는 왼쪽 어깨끈을 추켜올렸다. 그녀는 요리사의 발치에 꿀단지 하나를 내려놓으며 작은 소리로 속삭였다.

─오라버니, 변장을 감쪽같이 하셨네요. 이렇게 확실한 곳에 약속장소를 정하지 않았더라면, 오라버니를 못 알아볼 뻔했어요.

─중요한 사실을 알아낸 게 있니?

─그런 것 같아요. 왕과 왕비의 대접견에 참가했었거든요.

─두 시간 뒤에 다시 오너라. 오리구이를 준비해둘게. 그 다음엔 가게 문을 닫을 테니, 나를 따라오너라. 오피르에게 데려다주마.

요리사들과 백정들은 창고들 주변에 모여 살았다. 하루 종일 복작대는 이 지역은 밤이나 되어야 좀 조용해졌다. 견습생들이 무거운 짐을 지고 부자들의 저택을 향해 갔다. 연회 때 사용되는 고급 육을 운반하는 것이다.

셰나르는 인적이 없는 골목길로 접어들었다. 파란색으로 칠해진 낮은 대문 앞에 멈추더니, 시간 간격을 두고 네 번 똑똑 두들겼다. 문이 열리자, 그는 돌렌테에게 어서 들어오라는 손짓을 했다. 돌렌테는 흥분을 애써 감추며 안으로 재빨리 들어갔다. 바구니들이 어지럽게 잔뜩 쌓여 있는, 천장이 낮은 집이었다. 셰나르가 바닥에 있는 뚜껑문을 들어올렸다. 그리고 세나르와 돌렌테는 지하실로 통하는 나무계단을 내려갔다.

오피르가 모습을 나타내자, 돌렌테는 바닥에 꿇어 엎드려 마법사의 옷자락에 입을 맞추었다.

─다시 뵐 수 없을까봐 너무나 두려웠습니다!

─다시 돌아오겠다고 약속하지 않았습니까? 태양의 도시에서 명상의 날들을 보내면서, 장차 이 나라를 다스리실 유일신 아톤에 대한 나의 신앙심이 더욱 확고해졌습니다.

돌렌테는 황홀경에 빠진 눈빛으로 맹금처럼 생긴 마법사의 얼굴을 우러러보았다. 그녀는 진정한 신앙을 가진 예언자에게 매혹되었다. 장차 그의 힘이 백성을 인도하리라. 이제 그가 람세스를 거꾸러뜨리리라.

오피르가 부드럽고 깊은 목소리로 말했다.

─부인은 우리에게 아주 귀한 도움을 주고 계십니다. 부인이 없었다면, 우리가 어떻게 저 증오받아 마땅한 불경스러운 폭군과 싸울 수 있겠습니까?

─람세스는 이제 저를 경계하지 않아요. 다시 저를 신임하게 되었다는 확신마저 든답니다. 제가 그의 친구 모세에게 유리한 증언을 했기 때문이지요.

─왕이 어떤 생각을 하고 있습니까?

─그는 북쪽 보호령의 경영을 아샤의 명령을 받는 '왕의 아들들'에게 맡겼습니다.

세나르가 분노에 가득 찬 목소리로 울부짖었다.

─그 망할놈의 외교관! 그놈이 날 속이고, 날 놀렸어. 복수하고 말 거야. 그놈을 짓밟아줄 거다, 난……

오피르가 차갑게 그의 말을 잘랐다.

─그보다 더 긴급한 일이 있습니다. 부인의 말씀을 들어보시지요.

람세스의 누이는 자기가 중요한 역할을 하고 있다는 것이 자랑스럽게 느껴졌다.

―왕과 왕비는 오랜 여행을 떠날 거예요.

―목적지가 어딥니까?

―상 이집트와 누비아 지방이에요.

―여행 목적을 아십니까?

―람세스는 왕비에게 특별한 선물을 하려고 해요. 아마 신전을 하나 지으려는 것 같아요.

―그것이 그 여행의 유일한 이유입니까?

―파라오는 신들의 힘을 되살려서 한데 모으고, 그들의 힘을 고양시켜 이집트 전역을 덮을 신성한 그물을 짜려고 하는 거래요.

세나르가 코웃음을 치며 말했다.

―내 사랑하는 동생이 정신이 나간 모양이로구나.

돌렌테가 반박했다.

―그게 아니에요, 오라버니. 그는 자기가 보이지 않는 적들에게 위협당하고 있다는 걸 알게 된 거예요. 신들에게 도움을 청하고, 자기가 두려워하는 적들을 상대로 싸우기 위해 눈에 보이지 않는 군대를 만드는 것 외에는 다른 해결책이 없다고 생각하는 거지요.

―미쳤어. 자기의 미친 생각 속에 빠져 있는 거야. 신들의 군대라니…… 얼마나 웃기는 생각이냐!

세나르가 그렇게 자기 판단을 이야기하자, 오피르가 얼음처럼 차가운 눈으로 세나르를 노려보았다. 세나르는 그 시선에 자신이 내다꽂히는 듯한 느낌이 들었다. 오피르가 말했다.

―람세스는 위험을 인식한 겁니다.

―당신 생각은 설마…….

세나르는 입을 다물었다. 마법사에게서 섬뜩한 힘이 흘러나왔다. 그 순간, 세나르는 리비아인의 숨겨진 힘을 더이상 의심할 수 없었다. 오피르가 돌렌테에게 물었다.

－누가 카 왕자를 보호하고 있습니까?

－땅꾼 세타우예요. 그는 왕자에게 자기 지식을 전수하는 한편, 어디에서 공격이 오든 그 공격을 막아낼 수 있는 힘들로 왕자를 둘러싸고 있어요.

－뱀들은 대지의 마술을 소유하고 있는 존재들이지요. 그들과 함께 지내는 사람은 그 마술을 알고 있습니다. 그러나 아이의 붓을 이용해서, 나는 마술 방벽을 파괴할 수 있을 겁니다. 하지만 예상했던 것보다 시간이 더 많이 걸릴 것 같군요.

돌렌테는 어린 카가 정령들의 전쟁 때문에 고통을 겪게 될지도 모른다는 생각에 심란했다. 그러나 그녀의 이성은 마법사의 전략에 복종했다. 이러한 공격이 람세스를 약하게 만들고, 그의 ‘카’를 위축시켜서 그로 하여금 왕위를 내놓게 할 수도 있다. 마법사의 공격이 아무리 잔인한 것이라 해도, 그녀는 그 공격에 반대하지 않을 생각이었다.

오피르가 말했다.

－이제 헤어져야 할 시간입니다.

돌렌테가 마법사의 옷자락을 움켜잡으며 안타깝게 물었다.

－언제 다시 뵐 수 있을까요?

－셰나르 공과 나는 잠시 수도를 떠나 있을 생각입니다. 우리는 한 장소에 오래 머무를 수가 없습니다. 돌아오면 부인께 제일 먼저 알리겠습니다. 그 동안 계속해서 정보를 수집해주시기 바랍니다.

돌렌테가 단호한 음성으로 말했다.

－저는 계속해서 진정한 신앙을 전파하겠어요.

－그것이 무엇보다 중요한 일이 아니겠습니까?

마법사가 그녀의 생각에 동의하는 듯 미소를 띠고 속삭였다.

24

모세의 무죄방면을 축하하는 성대한 연회가 히브리인 벽돌공들이 살고 있는 서민 구역에서 열렸다. 삼각형 모양의 빵, 비둘기고기 스튜, 메추라기 파르시(야채 속에 다진 고기를 넣은 요리―역주), 무화과 설탕 졸임, 독한 포도주와 시원한 맥주 등이 차려졌다. 손님들은 밤새 노래를 부르고, 히브리인들 중에서 가장 인기 있는 인물인 모세의 이름을 몇 차례씩이나 박자를 맞추어 외쳐대곤 했다.

모세는 사람들의 야단법석에 지쳐 그 자리를 슬그머니 빠져나왔다. 그를 지지하는 사람들은 너무 취해서 그가 없어진 것을 알아차리지 못했다. 모세는 자신이 람세스에게 예고한 싸움에 대해 혼자 조용히 생각해보고 싶었다. 히브리 백성 전체를 이집트에서 데리고 나가게 해달라고 람세스를 설득하는 것은 쉬운 일이 아니다. 그러나 어떤 희생을 치르더라도, 모세는 야훼께서 그에게 맡기신 소명을 완수해야만 했다. 그 소명을 완수하기 위해서라면, 산이라도 들어 옮길 생각이었다.

모세는 공동으로 사용하는 연자방아 가장자리에 앉았다. 그때 두 사람이 그에게 다가왔다. 베두인 족이었다. 한 사람은 대머리에다 털보인 아모스, 또 한 사람은 말라깽이 바두크였다.

-자네들 여기서 뭐하는 건가?

아모스가 대답했다.

-이 기쁨의 순간을 축하하고 있는 거지. 특별한 순간 아닌가.

-자네들은 히브리인이 아니잖은가.

-히브리인의 동지가 될 수도 있지.

-자네들의 도움은 필요없네.

-자네 패거리는 스스로의 힘을 너무 과대평가하는 것 아닌가? 무기가 없으면, 자네는 꿈을 실현할 수 없어.

-나도 무기들을 사용할 걸세. 하지만 자네들의 무기는 아냐.

바두크가 단정적으로 말했다.

-히브리 족이 베두인 족과 동맹을 맺으면, 어엿한 군대를 이룰 수 있네.

-그래서 뭘 하게?

-이집트인들과 싸워 그들을 정복하는 거지.

-위험한 꿈이군.

-모세, 자네가 어떻게 감히 그 꿈을 비판할 수 있나? 람세스에게 도전해서 자기 민족을 이집트에서 데리고 나갈 꿈을 꾸는 친구가? 자네가 하려는 일은 이 나라의 법을 무시하는 거야…… 자네의 꿈도 저주받을 위험한 꿈일세.

-누가 자네에게 내 계획을 얘기해주었나?

-그걸 모르는 벽돌공은 아무도 없네! 자네가 호전적인 야훼 신

의 깃발을 휘두르며 '두 개의 땅'을 차지할 계획을 세우고 있다고 생각하는 친구들마저 있네.

─가난한 사람들은 이제까지의 생활이 뒤흔들리면 쉽게 열광하는 법이지.

바두크의 교활한 눈이 음흉한 빛으로 번쩍였다.

─어쨌든 자네가 이집트 정부에 대항하는 히브리인들의 봉기를 계획하고 있는 건 사실이잖은가.

─두 사람 모두 내가 가는 길에서 비켜서게.

아모스가 물고 늘어졌다.

─모세, 자네 생각은 틀렸어. 자네 민족은 어쩔 수 없이 싸우게 될 거야. 그런데 히브리인은 한번도 싸워본 경험이 없네. 우리가 히브리인들에게 싸우는 법을 가르쳐줄 수 있지 않겠나.

─가게. 나 혼자 생각하게 해주게.

─좋으실 대로…… 어쨌든 우린 다시 만나게 될 테니까.

두 명의 베두인인들은 메바가 발급해준 통행허가증을 소지하고 평범한 농부 행세를 하며 당나귀를 끌고 돌아다녔다. 그들은 피-람세스 남쪽에 있는 벌판에 멈추어 섰다. 그들이 단 양파와 갓 구워 낸 빵과 말린 생선을 먹으려는 참이었는데, 두 명의 남자가 곁에 와서 앉았다.

오피르가 두 사람에게 물었다.

─모세를 만나본 일은 어떻게 되었소?

아모스가 숨김없이 말했다.

─그 모세라는 작자는 고집이 세더군요.

셰나르가 요구했다.

─그를 협박하게.

─그래 봐야 아무 소용도 없을걸요. 그저 자기의 황당한 계획에

깊이 빠져들도록 내버려두어야 합니다. 언제든 우리를 필요로 할 테니까요.

—히브리인들이 모세를 받아들인 거야?

—모세는 무죄판결을 받고 난 후에 영웅처럼 떠받들어지고 있어요. 벽돌공들은 모세가 옛날처럼 그들의 권익을 옹호해줄 거라고 믿어 의심치 않습니다.

—그들은 모세의 계획을 어떻게 생각하는가?

—아주 말들이 많지요. 그러나 독립을 꿈꾸는 몇몇 젊은이들의 피를 끓게 만들었습니다.

셰나르가 말했다.

—그들을 부추기자구. 그들이 혼란을 야기시키면, 람세스의 힘이 약해질 걸세. 그가 그들을 폭력으로 진압하면, 람세스의 인기가 떨어질 거구.

아모스와 바두크는 몇 년에 걸쳐 이집트에서 일망타진된 간첩조직의 잔존 세력이었다. 상인조직 외곽에서 활동하고 있었기 때문에, 그들은 세라마나의 수사망에 걸려들지 않았다. 그들은 델타 지방에 만만치 않은 지지기반을 확보하고 족장 노릇을 하고 있었다.

오피르와 셰나르, 아모스와 바두크가 모이자, 람세스를 다시 공격하기 위한 어엿한 군사회의의 모양새가 갖추어졌다. 오피르가 질문을 던졌다.

—히타이트 군대들은 어디 있소?

바두크가 대답했다.

—베두인 요원들에 따르면, 그들은 지금 카데슈에서 제 위치를 지키고 있다고 합니다. 이집트의 공격에 대비해서 주둔부대를 강화시켰답니다.

셰나르가 쓴웃음을 지으며 말했다.

—난 내 동생을 아네. 그는 앞으로 돌격하고 싶은 욕망에 저항하

지 못할 거야.

아모스와 바두크는 카데슈 전투 당시, 겁에 질린 포로 행세를 하면서 거짓말로 람세스를 함정으로 끌어들였던 장본인들이었다. 그들로서는 쓰라린 추억인 카데슈 전투를 잊고 싶어했다.

마법사가 바두크에게 물었다.

―히타이트가 당신들에게 어떤 지령을 내렸소?

―수단방법을 가리지 말고 이집트를 교란하라는 지령이었습니다.

오피르는 이 막연한 지령이 무엇을 의미하는지 너무나 잘 알고 있었다. 한편으로 그것은 이집트가 탈환한 보호령을 히타이트인들은 되찾을 능력이 없다는 뜻이었다. 다른 한편으로는, 대왕의 아들과 동생이 격렬한 권력투쟁을 시작한 것이 틀림없다는 뜻이었다. 아직은 무와탈리스 대왕이 권력을 장악하고 있지만, 과연 얼마나 버틸 수 있을까?

카데슈에서 패배했고, 가나안과 아무르에서의 반격도 실패했고, 이집트가 이 지역을 탈환할 때 아무런 반응도 없었다는 점으로 미루어보면, 히타이트 제국은 내부분열 때문에 약화된 것이 틀림없다. 그러나 이러한 서글픈 현실이 오피르로 하여금 자기 임무를 계속 수행하는 것을 막지는 못할 것이다. 람세스가 치명적인 타격을 입으면, 새로운 불이 제국을 다시 뜨겁게 달굴 것이다.

오피르가 바두크와 아모스에게 지시했다.

―당신들 두 사람은 계속해서 히브리인들을 선동시키시오. 당신들의 조직원들을 시켜서 야훼의 신도라고 선언하게 하고, 모세를 따라나서도록 벽돌공들을 부추기라고 이르시오. 왕과 왕비가 자리를 비운 동안 궁정에서 일어나는 변화에 대해서는 우리에게 정보가 입수될 것이오. 나는 카 왕자를 둘러싸고 있는 보호막이 어떤 것이든 상관없이 그를 공격하는 일을 맡겠소.

세나르가 중얼중얼 말했다.

―아샤는 내가 맡겠네.

그러자 오피르가 퇴박을 주었다.

―공은 그보다 더 중요한 일을 해야 합니다.

―난 내 동생을 제거하기 전에 그놈을 내 손으로 죽이고 싶단 말일세!

―공의 동생부터 죽이는 게 어떻겠소?

마법사의 제안은 셰나르에게 새로운 증오의 불길이 솟아오르게 만들었다. 자기에게서 왕좌를 훔쳐간 폭군에 대한 증오가 그의 마음속에 활활 타올랐다.

―나는 다시 피-람세스로 떠나겠소. 그곳에서 우리 각자의 노력을 적절하게 조화시키기 위해서요. 셰나르 공, 공은 남쪽 방향으로 떠나시오.

셰나르가 턱수염을 쓰다듬으며 물었다.

―람세스의 출발을 지연시킨다…… 그것이 당신의 계획이오?

―난 공이 그 이상의 역할을 해주기를 기대하고 있습니다.

―어떤 방법으로 말이오?

오피르는 어쩔 수 없이 무와탈리스의 전략을 털어놓았다.

―히타이트인들은 델타로 쳐들어오고, 누비아인들은 국경을 넘어 엘레판티네를 칠 것입니다. 람세스는 우리가 동시다발적으로 여러 군데에 지르는 불을 다 끄지 못할 겁니다.

―나는 어떤 지원을 받게 되는 거요?

―태양의 도시 부근에서 잘 훈련된 전사 일개 분대와, 몇 달 전부터 선물공세로 매수해놓은 누비아 족장들이 공을 기다리고 있어요. 람세스는 자기가 함정으로 뛰어들고 있다는 것을 까맣게 모르는 채 누비아 한복판으로 들어가는 거지요. 그가 누비아에서 살아 돌아오지 못하도록 조처하십시오.

그 말을 듣고 셰나르는 입을 함지박만큼 벌리고 웃었다. 얼굴이 환해졌다.

—나는 유일신도 믿지 않고 신들도 믿지 않지만, 다시 내 운을 믿기 시작했소. 왜 이 소중한 동지들에 대해 내게 좀더 일찍 말해 주지 않은 거요?

오피르가 그 이유를 밝혔다.

—명령을 받았기 때문입니다.

—그럼 오늘 그 명령을 어기는 거요?

—셰나르 공, 난 공을 믿고 있습니다. 이제 공은 조직이 나에게 정해준 목표를 모두 알게 되었습니다.

셰나르는 성난 표정으로 풀들을 뽑아내더니 허공에 던졌다. 그리고는 자리에서 일어나 몇 발짝 걸었다. 드디어 그는 마법사의 존재에서 벗어나 마음대로 행동할 수 있는 힘을 얻었다. 오피르는 마법과 술수 같은 지하의 힘들을 과도하게 사용했다. 셰나르는 오피르가 사용한 것보다 더 단순하고 더 거친 방법을 사용할 생각이었다.

벌써 수많은 생각들이 그의 머릿속에 정신없이 밀어닥쳤다. 람세스의 여행을 결정적인 방법으로 차단할 것…… 그에게 다른 목표는 아무것도 없었다.

람세스…… 위대한 람세스.

셰나르는 람세스의 놀라운 성공에 가슴이 쓰라렸다. 셰나르는 자신의 능력에 대해 환상을 품지 않았다. 그것이 그의 가장 큰 장점이었다. 그러나 어떠한 절망으로도 체념하지 않는 자질, 그것은 그에게 집요함이라는 힘을 주었다. 상대방이 커갈수록 그의 원한도 점점 더 자라나서, '두 개의 땅'의 주인과 맞설 수 있는 힘을 주었다.

그는 멀리 시선을 던지며 벌판의 바람을 크게 들이켰다.

한순간, 시골 벌판의 평화가 그의 마음속으로 스며들었다. 셰나르의 몸이 휘청 하고 흔들렸다.

25

군인과 상인 계급 대표들이 모인 회의석상에서 무와탈리스 대왕
은 그의 선조가 했던 말을 상기시켰다.

─오늘날, 왕가에서 살인이 거의 일상적인 일이 되다시피했다.
왕비가 암살당하고, 왕의 아들도 역시 암살당했다. 이제 이러한 비
극을 피하기 위해 법을 제정할 필요가 있다. 아무도 왕가의 일원을
죽여서는 안 되며, 그들을 향해 검이나 단도를 뽑아들어도 안 된다.
왕위 계승자를 서로 합의하여 정하지 않으면 안 된다.

왕위계승 문제는 아직 논의 단계가 아니라는 점을 힘주어 확인시
키면서, 대왕은 살상의 시대가 지나갔음을 자축하고, 그의 동생 하
투실과 아들 우리테슈프에 대한 그의 신임을 재천명했다. 그는 아
들에게는 군 총사령관의 직위를 추인했고, 동생에게는 경제를 활성

화하고 히타이트의 동맹국들과의 견고한 관계를 유지하는 책임을 부여했다. 달리 말하면, 그는 하투실에게서 모든 군사적 권한을 몰수해서, 우리테슈프를 건드릴 수 없는 존재로 만들었던 것이다.

우리테슈프의 의기양양한 미소와 하투실의 낭패한 표정을 보면, 무와탈리스가 소리 내어 이름을 말하지는 않았지만, 누구를 자기의 계승자로 택했는지 쉽게 알 수 있었다.

검은색과 붉은색이 뒤섞인 외투에 목을 파묻고, 지친 모습에 등이 굽은 대왕은 친위대에 둘러싸여 방을 나갔다. 그는 자신이 내린 결정에 대해 한마디 언급도 하지 않았다.

아름다운 여사제 푸투헤파는 미칠 듯이 화가 나서 간밤에 남편 하투실이 그녀에게 선물한 은 귀걸이를 마구 발로 짓밟았다.

―믿을 수가 없어요! 대왕은 당신을 땅보다도 더 낮은 곳에 집어던졌어요. 사전에 한마디 언질도 없었어요!

―무와탈리스는 과묵한 사람이오…… 그리고 난 여전히 중요한 직분들을 수행하게 되었잖소.

―군대가 없으면, 당신은 우리테슈프가 마음대로 가지고 노는 꼭두각시에 불과해요.

―나는 장군들과, 국경을 지키는 요새의 장교들과 견고한 우정을 유지하고 있소.

―하지만 대왕의 아들은 벌써 수도에서 주인 행세를 하고 있어요!

―합리적인 사람들은 우리테슈프를 싫어해요.

―그쪽 진영으로 넘어가지 말라고 설득하려면 그 사람들에게 얼마나 많은 재산을 집어주어야 되겠어요?

―상인들이 우릴 도와줄 거요.

―대왕은 왜 생각을 바꾼 걸까요? 아들에게 적대적인 것처럼 보였잖아요. 그리고 그를 제거하려는 내 계획에 동의했잖아요.

하투실이 아내에게 상기시켰다.

―무와탈리스는 절대로 생각 없이 행동하는 사람이 아니오. 어쩌면 군인계급의 위협을 고려해야 했는지도 모르지. 그는 우리테슈프에게 이전의 권리들을 되돌려줌으로써 그들을 진정시킨 거요.

―말도 안 돼요! 그 전쟁광은 그 권리를 이용해서 왕위를 차지할 거예요.

하투실은 오랫동안 생각에 잠겼다.

―대왕이 미묘한 방법으로 우리에게 메시지를 전하려고 했던 건 아닐까 하는 생각이 드오. 우리테슈프가 히타이트의 실력자가 되었으니, 그는 우리를 수많은 하찮은 사람들과 똑같이 생각할 것이오. 그러니까 오히려 그를 치기에 가장 적당한 시기가 아닐까? 대왕은 이런 방법으로 당신에게 서두를 것을 권하고 있는 거라는 확신이 드오. 그를 쳐야 해요. 아주 빨리 쳐야 해.

―난 우리테슈프가 예언가들의 의견을 듣기 위해 언젠가 태양의 여신 이슈타르의 신전에 오기를 바랐어요. 총사령관으로 임명되었으니, 이제 독수리 점을 치는 일이 급해졌겠지요! 히타이트의 총사령관은 서둘러서 자기 미래를 알아보아야 하니까요. 내가 제의를 집전하겠어요. 그를 죽이고 난 다음에는, 하늘의 노여움을 사서 죽었다고 설명하겠어요. 그의 미래는 지상에는 없는 거죠.

주석, 피륙, 음식물 따위를 잔뜩 실은 당나귀들이 느리고 규칙적인 발걸음으로 히타이트의 수도로 들어왔다. 대상의 우두머리들이 당나귀들을 계산대 있는 곳으로 끌고 왔다. 상인은 계산대 앞에 앉아서 목록과 상품의 양을 확인하기도 하고, 차용증서를 써주는가 하면, 계약서를 작성하기도 하고, 물건값을 잘 내지 않는 사람들에게 법적 조치를 취하겠다고 으름장을 놓기도 했다.

상인계급의 대표자인 뚱뚱한 60대 남자가 상인들의 구역을 돌아다니고 있다. 그는 주의 깊은 눈으로 상거래를 지켜보다가 분쟁이 생기면 어김없이 끼어들곤 했다. 길에서 하투실과 마주쳤을 때, 그의 얼굴에는 상인 특유의 미소가 사라지고 없었다. 머리카락을 머리띠로 잡아매고, 얼룩덜룩한 옷을 입은 대왕의 동생은 평소보다 더 신경이 날카로워 보였다. 상인이 하투실에게 털어놓았다.

―나쁜 소식이 있습니다.

―상품 배달인들과 문제가 생겼습니까?

―아닙니다. 그보다 훨씬 더 나쁩니다. 우리테슈프와의 사이에 문제가 생겼습니다.

―그가 무슨 독직행위를 저질렀습니까?

―대왕의 아들은 상거래를 할 때마다 세금을 떼는 새로운 제도를 신설했습니다. 군인들의 봉급을 올려주기 위해서랍니다.

―내가 강력하게 항의하겠소.

―소용 없습니다. 너무 늦었습니다.

하투실은 자신이 폭풍우 속에서 난파당한 사람 같다고 생각했다. 대왕은 친동생인 자신에게 아무런 이야기도 해주지 않았다. 하투실은 처음으로, 중요한 소식을 무와탈리스의 입이 아니라 외부에서 들었던 것이다.

―그 세금제도를 취소하시라고 대왕께 말씀드리겠소.

―소용 없을 겁니다. 우리테슈프는 상인계급을 쥐어짜서 히타이트의 군사력을 회복하겠다는 생각이니까요.

―내가 반대하겠소.

―신들께서 도와주시기를 바랍니다. 하투실 나리.

하투실은 왕궁에 있는 춥고 작은 방에서 세 시간 이상 기다렸다. 평소 그는 아무 절차 없이 대왕의 처소에 들어갈 수 있었지만, 이번엔 무와탈리스의 친위대원 두 명이 그를 막았다. 어떤 시종이 그의 청원을 들어주었지만, 아무 약속도 하지 않았다.

곧 밤이 되었다. 하투실이 위병 하나에게 다가가 말했다.

—내가 더이상 기다릴 수 없다고 하더라고 시종에게 전하라.

병사는 망설이더니, 눈으로 동료의 의견을 물었다. 그러더니 잠깐 동안 사라졌다. 다른 위병은 하투실이 억지로 밀고 들어가기라도 하면, 창으로 그를 찌를 기세였다.

시종은 위압적인 여섯 명의 위병에 둘러싸여 다시 모습을 나타냈다. 하투실은 그들이 자기를 체포해서 감옥에 집어넣을지도 모른다고, 그러면 다시는 거기서 나올 수 없을지도 모른다고 생각했다.

시종이 물었다.

—원하시는 게 뭡니까?

—대왕을 만나고 싶다.

—대왕께서 오늘은 아무도 만나지 않으실 것이라고 제가 말씀드리지 않았습니까? 더 오래 기다려봐야 소용 없습니다.

하투실이 방을 나왔다. 위병들은 움직이지 않았다.

궁전을 나오다가 하투실은 혈기왕성한 우리테슈프와 마주쳤다. 히타이트 군 총사령관은 입가에 비웃음을 흘렸다. 그는 하투실을 아는 체도 하지 않았다.

무와탈리스 대왕은 궁전 테라스에서 그의 수도 하투사를 굽어보았다. 황폐한 초원 한가운데에 세워진 거대하고 견고한 바위 같은 하투사는 무적의 힘을 증명하기 위하여 건설되었다. 무와탈리스가 생각하기에 하투사로 쳐들어올 수 있는 침략자는 아무도 없었다. 아무도 하투사의 탑을 점령할 수도 없고, 신들의 신전을 굽어보고 있는 대왕 성채가 있는 곳까지 올라올 수도 없을 것이다.

아무도. 그러나 람세스는 예외였다.

이 파라오가 이집트의 왕좌에 오른 이후, 그는 거대한 성채를 흔들리게 했고, 제국에 심각한 타격을 입혔다. 패배할지도 모른다는 끔찍한 생각이 이따금 무와탈리스의 머릿속을 스치고 지나갔다. 카데슈 전투에서 그는 재난을 피했다. 그러나 운이 계속해서 그를 도와줄는지? 람세스는 젊고, 패기만만하고, 하늘의 사랑을 받는 자였다. 히타이트의 위협을 제거하기 전에는 포기하지 않을 것이다.

호전적인 민족의 우두머리인 무와탈리스가 다른 전략을 생각해보지 않을 수 없게 된 것이다.

시종이 우리테슈프의 방문을 알렸다.

—들라 하라.

전사의 씩씩한 발걸음이 테라스의 타일 바닥을 쿵쿵 울렸다.

—아버님, 뇌우의 신께서 우리를 지켜주시기를 바랍니다. 군대는 잃어버린 영토를 찾기 위한 준비를 곧 마치게 될 것입니다.

—네가 얼마 전에 새로운 징수제도를 만들어서 상인들의 불만을 사고 있다더구나.

—상인들은 겁쟁이에다 모리배들입니다! 그들의 재산을 우리 군을 강성하게 만드는 데 쓰겠습니다.

—너는 내가 하투실에게 위임한 영역을 침범하고 있다.

—제게 하투실 따위는 중요하지 않습니다. 그를 만나주지도 않으셨다면서요?

—나의 결정을 해명해야 할 필요를 느끼지 않았기 때문이다.

—아버님께선 저를 계승자로 선택하셨습니다. 옳은 결정을 하신 겁니다. 군대는 열광하고 있고, 백성들은 안심하고 있습니다. 저를 믿어주십시오. 우리의 힘을 재확인하고 이집트인들을 몰살시키겠습니다.

—우리테슈프, 나는 네가 용맹스럽다는 것을 알고 있다. 그러나 넌 아직도 배워야 할 것이 많다. 히타이트의 대외정책은 이집트와의 끊임없는 분쟁으로 귀결되지 않는다.

―세상에는 두 가지 종류의 인간들밖에 없습니다. 승리자들과 패배자들이죠. 히타이트인들은 첫번째 범주에 들어갈 수밖에 없습니다. 제가 있으니까, 우리는 승리할 것입니다.

―내 명령에 복종하는 것으로 만족하도록 하여라.

―언제 공격합니까?

―나에겐 다른 계획이 있다, 아들아.

―왕국이 요구하는 전쟁을 왜 뒤로 미루십니까?

―왜냐하면, 람세스와 협상해야 하기 때문이다.

―우리네 히타이트인들이 적과 협상한다구요…… 정신나가셨습니까, 아버님?

무와탈리스가 아들의 말을 듣고 흥분한 목소리로 외쳤다.

―그 따위 말투로 나에게 말하지 말라! 대왕 앞에서 무릎을 꿇고 사죄하여라.

우리테슈프는 팔짱을 낀 채 꼼짝도 하지 않았다.

―시키는 대로 해. 그러지 않으면…….

무와탈리스가 숨을 헉헉 내쉬었다. 갑자기 입술에 경련이 일어나더니, 눈동자가 허공을 향했다. 무와탈리스가 가슴을 손으로 움켜쥐고 바닥에 쓰러졌다.

우리테슈프는 그러는 대왕을 바라보고만 있었다.

―심장이…… 심장이 돌처럼 딱딱해…… 전의를 불러다오.

―저는 전권을 요구합니다. 앞으로는 제가 군대에 명령을 내리겠습니다.

―의사를, 빨리…….

―왕위를 포기하십시오.

―나는 네 아비다…… 내가 죽도록…… 내버려둘 거냐?

―왕위를 포기하시라니까요!

―그래…… 포기하마. 약속하겠다.

26

히브리 지파 지도자 회의는 모세가 하는 이야기를 주의 깊게 경청했다. 무죄판결 이후 모세의 인기는 너무 높아져서, 사람들은 그를 '선지자'라고 부르게 되었다. 지파 지도자들은 그의 말을 듣지 않을 수 없었다.

리브니가 걸걸한 음성으로 말했다.

─신께서 그대를 보호해주셨소. 그를 찬양하고, 그대의 여생을 기도하며 보내도록 하시오.

─자네는 내 진정한 의도가 무엇인지 알고 있네.

─모세, 당신의 운을 탕진하지 마시오.

─신께서는 히브리 백성을 이집트에서 데리고 나오라고 내게 명령하셨네. 나는 그분의 말에 순종하겠네.

아론이 지팡이로 바닥을 쳤다.

─모세의 말이 옳아. 우리는 독립을 쟁취해야 하네. 우리의 땅에서 살아갈 때라야 비로소 우리 민족은 행복과 번영을 누리게 될 거야. 우리 모두 함께 이집트를 떠나세. 야훼의 의지를 완수하세!

리브니가 대들었다.

─왜 백성을 불행의 길로 인도하려는 거요? 군대는 반란자들을 학살하고, 경찰은 복종하지 않는 자들을 잡아 가둘 거요!

모세가 권유했다.

─공포를 쫓아내세. 우리는 믿음 안에서 파라오를 이기고 그의 분노를 피할 수 있는 힘을 찾아낼 수 있을 거야.

─우리가 태어난 이 땅에서 야훼를 섬기는 것으로 충분하지 않은 거요?

모세가 상기시켰다.

─신께서 내 앞에 모습을 나타내시고 몸소 말씀하셨네. 그분께서 우리의 길을 마련해놓으신 걸세. 그의 말을 거역하면, 우린 멸망에 이르게 될 거야.

카는 매혹되었다. 우주를 선회하며, 모래알로부터 별들에 이르기까지 우주만물에 생명을 주는, 신상(神像) 안에 응축된 형태로 들어 있는 힘에 대해, 세타우가 그에게 이야기해주었다. 세타우는 카를 신전으로 데리고 들어갔다. 신전 안에서, 카는 돌의 몸을 가지고 있는 그 힘에 대한 생각에서 빠져나올 수 없었다.

소년은 경탄했다. 신전에 들어가기 전에, 사제 한 명이 그의 손과 발을 씻겨주고, 하얀 로인클로스를 입혀주었다. 그리고 천연 탄산소다로 입을 헹구라고 일렀다. 향기롭고 고요한 신전으로 첫발을 내어딛는 순간, 카는 어떤 기이한 힘, 삶의 여러 요소들을 이어주는 그 '마법'의 현존을 알아차릴 수 있었다. 파라오는 그 힘으로부터 자양을 취하고, 그 힘으로 그의 백성을 양육하는 것이다.

세타우는 아몬 신전의 실험실을 카에게 보여주었다. 신전의 벽에는 제사에 쓰이는 연고와 세계에서 빛이 사라지지 않도록 호루스의 눈을 치료할 때 신들이 사용하는 약의 제조 비밀을 나타내는 글들이 쓰여 있었다.

카는 글을 열심히 읽고, 가능한 한 많은 신성문자를 기억에 담아두었다. 그는 그 신성문자들을 자세히 공부하기 위해 신전 안에서 지내고 싶다고 생각했다. 생명을 지니고 있는 이 기호들 덕분에 옛 사람들의 지혜가 전수되는 것이다.

세타우가 카에게 알려주었다.

─이곳은 진정한 마법이 계시되는 곳이라네. 그것은 인간이 불행을 따돌리고 불운을 겪지 않게 하기 위해서 신께서 인간에게 주신 선물이지.

─사람은 자기 운명을 피할 수 있나요?

─피할 수 없지. 그러나 의식하면서 살아갈 수는 있네. 그것이 바로 운명의 공격을 피하는 방법이 아닐까? 매일매일 일어나는 일을 마술적인 일로 바꿀 수 있다면, 왕자님께선 하늘과 땅, 낮과 밤, 산과 강물의 비밀을 알게 해주는 힘을 소유하시게 될 걸세. 왕자님께선 새들과 물고기들의 말을 알아들으시고, 새벽에 태양과 함께 다시 태어나시게 될 거야. 그리고 물 위를 떠도는 신의 힘을 보실 수 있다네.

─나에게 지식의 형식들을 가르쳐주실래요?

─왕자님께서 꾸준히 노력하시고, 허영심과 게으름과 싸워 이기실 수 있다면 가르쳐드릴 수 있지.

─힘껏 싸워볼게요.

─람세스 폐하와 나는 대남부지방으로 떠나기 때문에 몇 달 동안 이곳에 없을 걸세.

카가 뾰로통해졌다.

―난 아저씨가 이곳에 있으면서 나에게 진짜 마법을 가르쳐주셨으면 좋겠어요.

―그 시련을 정복으로 바꾸시게. 이곳에 매일 오셔서 돌 속에 살고 계신 신성한 기호들을 왕자님 마음속에 스며들게 해보시게. 그러면 밖에서 오는 어떤 공격으로부터도 왕자님 자신을 지키실 수 있네. 좀더 안전을 기하기 위해 왕자님께 부적과 액막이용 손목띠를 만들어드리지.

세타우는 금칠한 나무상자 뚜껑을 열고, 생기와 개화(開花)를 상징하는 파피루스 줄기처럼 생긴 부적을 하나 꺼냈다. 그는 그것을 끈에다 꿰어 카의 목에 둘러주었다. 그런 다음 붕대를 펴서, 새 잉크로 건강하고 완전한 눈을 하나 그렸다. 잉크가 마르자, 세타우는 왕자의 왼쪽 손목에 헝겊을 둘러주었다.

―이 부적과 손목띠를 잃어버리지 않도록 조심하시게. 이 물건들은 나쁜 기운이 왕자님 핏속으로 들어가지 못하도록 막아주는 역할을 할 거야. 자기치료를 하는 사제들의 영기(靈氣)를 불어넣었기 때문에 예방능력이 있어.

―지식의 형식들을 알고 있는 건 뱀들인가요?

―뱀들은 현실의 두 측면인 삶과 죽음에 대해 우리보다 더 많이 알고 있네. 뱀들의 메시지를 이해하는 건 모든 학문의 시작이지.

―아저씨의 도제가 되어 약을 만들어보고 싶어요.

―왕자님의 운명은 치료사가 되는 게 아닐세. 왕이 되시는 거지.

―난 왕이 되고 싶지 않아요! 나를 기쁘게 해주는 것은 신성문자들과 지식의 형식들이에요. 파라오는 너무 많은 사람들을 만나야 하고, 너무 많은 문제들을 해결해야 해요. 난 침묵이 더 좋은걸요.

―산다는 건 우리 마음대로 되는 게 아니라네.

―그렇지 않아요. 우린 마법을 가지고 있잖아요!

모세는 아론과 이집트 탈출계획에 매료된 두 명의 지파 지도자들과 함께 점심을 들고 있었다.

누군가 문을 두들겼다. 아론이 문을 열어주자, 세라마나가 문턱을 넘어왔다.

- 모세가 여기 있나?

두 명의 지파 지도자들이 선지자 앞을 막아섰다.

- 모세, 날 따라오게.

아론이 따졌다.

- 모세를 어디로 데려가려고 하나?

- 당신하곤 상관없는 일이야. 내가 완력을 쓰게 만들지 말라구.

모세가 앞으로 나섰다.

- 가겠네, 세라마나.

세라마나가 모세를 자기 수레에 태웠다. 친위대 소속의 두 대의 전차의 호위를 받으며, 세라마나의 전차는 전속력으로 피 - 람세스를 떠나 벌판을 가로질러, 사막 쪽으로 방향을 돌렸다.

세라마나는 모래와 바위로 이루어진 지역이 내려다보이는 둔덕 발치에 수레를 세웠다.

- 모세, 꼭대기까지 올라가보게.

둔덕을 올라가는 일은 조금도 힘들지 않았다.

람세스가 풍화된 바위에 앉아 모세를 기다리고 있었다.

- 모세, 나도 자네만큼이나 사막을 좋아한다네. 전에 우리 시나이에서 잊을 수 없는 시간들을 함께 가졌었지.

선지자는 파라오 옆에 앉았다. 그들은 나란히 앉아 같은 방향을 바라보았다.

- 모세, 어떤 신이 자네 마음을 사로잡고 있는 건가?

- 한 분뿐이신 신, 진정한 신일세.

―이집트의 지혜를 배웠으니, 자네는 신의 여러 면모를 이해하고 있지 않은가.

―나를 다시 과거로 데려갈 생각일랑 하지 마시게. 나의 백성은 미래를 가지고 있네. 그런데 그 미래는 이집트 바깥에서 완성될 거야. 히브리 백성이 사막을 향해 떠날 수 있도록 허락해주시게. 사흘 동안 걸어가, 사막에서 야훼께 번제를 드릴 수 있도록 말일세.

―자넨 그것이 불가능하다는 것을 잘 알고 있네. 사막에서 그렇게 체류하기 위해서는 상당한 병력의 보호가 필요할 거야. 현재 상황에선 베두인 족의 습격도 배제할 수 없네. 자네들에겐 무기가 없으니, 많은 희생자가 날 수도 있어.

―야훼께서 우릴 보호해주실 걸세.

―히브리인들은 나의 신민들이야. 나는 그들의 안전에 대해 책임이 있네.

―우리는 파라오의 포로들이지.

―히브리인들은 법을 지키기만 한다면 원하는 대로 자유로이 오갈 수 있네. 이집트 안으로 들어올 수도 있고, 이집트 밖으로 나갈 수도 있어. 자네가 나에게 요구하는 건 전시상황에선 불합리한 것일세. 더군다나 많은 사람들이 자넬 따라나서지 않을 걸세.

―나는 나의 백성을 그들에게 약속된 땅으로 이끌어가겠네.

―그 약속된 땅이 대체 어디에 있나?

―야훼께서 우리에게 보이실 걸세.

―히브리인들은 이집트에서 그토록이나 불행한가?

―그건 중요하지 않아. 야훼의 의지만이 중요하지.

―왜 그토록 경직되어 있나? 피-람세스에는 이방의 신들을 받아들여주는 사원들이 있네. 히브리인들은 자신이 원하는 신앙을 가질 수 있네.

―우린 그걸로 충분치 않아. 야훼께서는 거짓된 신들의 존재를

용납하지 않으시네.

―모세, 자네 지금 혼란에 빠져 있는 것 아닌가? 우리나라의 현자들은 언제나 원칙에 있어서 신의 단일성과, 그 현현에 있어서 신의 복수성(複數性)을 공경해왔네. 아케나톤은 다른 창조의 힘들을 희생시키고 아톤 신만을 강요하려고 시도했는데, 그건 잘못이었잖은가.

―그 교리는 오늘날 부스러기들을 정화시킨 형태로 다시 되살아나고 있네.

―유일하고 배타적인 신을 숭앙하는 건 나라들 사이의 신성(神性)의 교환을 막고, 민족들 사이의 우애에 대한 희망을 고갈시키는 행위일세.

―야훼는 의인들의 보호자이시며 원군이시네.

―아몬을 잊어버렸나? 그는 악을 쫓아내시며, 사랑하는 마음으로 그에게 탄원하는 자의 기도를 들어주시고, 자기를 부르는 자에게 당장 달려가신다네. 아몬은 약을 쓰지도 않고 눈먼 자를 보게 하시고, 그 어떤 사람도 그의 눈을 피할 수 없네. 그는 한 분이시며 동시에 여러 분이시네.

―히브리인들은 아몬을 섬기지 않네. 그들은 야훼를 섬기네. 야훼께서 그들을 그들의 운명으로 이끌어가실 것일세.

―경직된 교리는 우리를 죽음으로 이끄네, 모세.

―내 결정은 내려졌고, 그 결정을 고수할 걸세. 그것이 신의 뜻일세.

―자네 한 사람만이 신의 뜻을 알고 있다고 믿는 건 자만이 아닐까?

―그대 의견은 나와는 무관하네.

―그럼 이제 우리의 우정은 사라진 게로군.

―히브리인들은 나를 지도자로 선택할 걸세. 그대는 우리를 포로

로 붙잡고 있는 나라의 주인일세. 내가 그대에게 느끼는 우정과 존경이 어떠한 것이든, 그 우정과 존경은 나의 소명 뒤에서 사라질 수밖에 없네.

─그렇게 고집을 부리면, 자네는 마아트의 규범을 조롱하는 것이 되네.

─아무래도 좋네!

─자네는 자네가, 인류보다 먼저 존재했고 인류가 사라진 뒤에도 영원히 살아남을 우주의 영원한 기준보다도 더 우월하다고 생각하나?

─히브리인들이 존중하는 유일한 법은 야훼의 법일세. 사막으로 가서 야훼에게 번제를 바칠 수 있도록 허가해주시겠나?

─그렇게 할 수 없네, 모세. 히타이트와 전쟁중에 그런 위험을 무릅쓸 수는 없네. 그 어떤 혼란도 우리의 방어체제를 뒤흔들어선 안 되네.

─계속 거절하면, 야훼께서 내 팔에 힘을 주시어, 그대의 나라를 절망에 빠지게 할 기적을 일으키게 하실 걸세.

람세스가 자리에서 일어났다.

─친구여, 내가 절대로 협박에 굴하지 않는다는 사실을, 자네의 그 확신에 덧붙여주게.

27

일군의 행렬이 황폐한 지역을 나아가고 있었다. 행렬은 말을 타고 있는 서른 명가량의 서기관들과 병사들, 그리고 선물을 실은 백여 마리의 나귀들로 이루어져 있었다. 행렬은 암벽들 사이로 나아가고 있었는데, 암벽 위에는 남쪽 방향, 즉 이집트를 향해 진군하고 있는 히타이트 전사들의 거대한 모습이 새겨져 있었다. 아샤가 암벽에 새겨져 있는 기록을 소리 내어 읽었다.

—뇌우의 신께서 전사들의 길을 보이시고, 그들에게 승리를 주셨도다.

아샤는 불안한 풍경과, 숲과 고개 그리고 산맥을 배회하는 음산한 힘들 때문에 잔뜩 겁을 집어먹고 있는 대원들에게 몇 차례나 훈계를 늘어놓아야 했다. 자신의 마음도 편하지는 않았지만, 아샤는 걸음을 재촉했다. 그 지역에 우글거리는 강도떼를 만나지 않은 것만 해도 다행이라고 생각했다.

사절단은 협로를 빠져나와 강을 따라가다가, 역시 공격자세를 취하고 있는 아나톨리아인들이 조각되어 있는 암벽을 지나, 바람에 시달리는 평원으로 들어섰다. 멀리에 곳 하나가 눈에 들어왔다. 그 위에 요새가 서 있었다. 거대하고 위협적인 제국의 경계선인 셈이다.

나귀들도 앞으로 나아가기를 꺼렸다. 마부들이 놈들을 달래서 그 음산한 건물로 들어가게 하기 위해 온갖 재주를 부렸다.

감시구에는 활 쏠 준비를 하고 있는 궁수들이 서 있었다.

아샤는 말에서 내려 바닥에 무기를 내려놓으라고 대원들에게 지시했다.

알록달록한 깃발을 휘두르며 군사(軍使)가 요새의 입구를 향해 몇 발짝 걸어갔다.

화살 하나가 날아와 깃대를 부러뜨렸다. 두번째 화살은 군사의 발에 박혔고, 세번째 화살은 어깨를 스쳤다. 고통으로 얼굴이 일그러진 채, 그는 동료들이 있는 곳으로 되돌아왔다.

그러자 이집트 병사들이 당장 무기를 다시 집어들었다. 아샤가 큰 소리로 외쳤다.

―안 돼! 무기에 손대지 마라!

장교 하나가 항의했다.

―이대로 몰살당할 수는 없습니다.

―저들의 행동은 상궤를 벗어난다. 히타이트인들이 이렇게 신경질적이고 방어적인 태도를 보이는 것으로 보아, 틀림없이 저들 내부에 심각한 사건이 발생한 것 같다. 하지만 어떤 사건일까? 요새 사령관을 만나봐야 알 수 있겠지.

―이런 대접을 받고도, 설마…….

―열 사람을 골라서 우리 초소로 말을 달려 가도록 하라. 보호령에 주둔하고 있는 우리 군대에 히타이트의 공격이 임박했다고 가정하고 경계태세를 갖추라고 일러라. 전령을 시켜서, 우리의 북동쪽 방어선이 임전태세를 갖출 수 있도록 하고, 파라오에게 상황을 보고하라고 하라. 가능한 대로 좀더 많은 정보를 전달하겠다.

기분 나쁜 지역을 떠나 다시 돌아가게 된 것이 너무 기뻐서, 장교는 명령을 복창하는 것조차 잊어버렸다. 그는 열 사람을 지명하고, 부상당한 병사를 데리고 전속력으로 말을 달려 떠났다.

아샤와 함께 남은 사람들은 벌벌 떨고 있지는 않았다. 아샤는 파피루스에 히타이트 글자로 전할 내용을 쓰고, 자기 이름과 직함을 적어넣은 뒤, 화살 끝에 매달았다. 궁수가 화살을 성채 문 앞까지 쏘아보냈다.

아샤가 대원들에게 권유했다.

―참고 기다리자. 우리를 맞아들여 대화를 나누든지, 아니면 우릴 몽땅 죽여버리겠지.

서기관 하나가 상기시켰다.

―하지만…… 우리는 사절단입니다!

―히타이트인들이 대화를 요청하는 사신들을 죽인다면, 그것은 전쟁의 새로운 양상이 시작된다는 뜻이다. 그거야말로 중요한 정보가 아니겠나?

서기관이 침을 삼켰다.

―후퇴할 수는 없을까요?

―우스운 꼴이 된다. 우리는 폐하의 외교를 대표하는 자들이 아닌가.

서기관과 그의 동료들은 아샤의 숭고한 논리에 별 확신이 없었다. 그들의 몸에 소름이 돋았다.

요새 문이 열리고 히타이트 기병 세 사람이 나타났다.

두꺼운 갑옷을 입고 투구를 쓴 장교 한 사람이 아샤의 메시지를 집어들고 읽었다. 그는 자기 부하들에게 이집트인들을 둘러싸라고 명령을 내렸다. 그가 사절단에게 지시했다.

—우리를 따라오시오.

요새 안도 바깥만큼이나 을씨년스러웠다. 차가운 벽들, 얼음장처럼 냉랭한 방들, 무기고, 내무반들, 훈련중인 보병들…… 숨막힐 듯한 분위기가 아샤의 목을 조였다. 그러나 그는 자신들을 벌써 포로라고 생각하고 있는 사절단들을 격려했다.

잠시 기다리자, 투구를 쓴 장교가 다시 나타났다.

—어떤 분이 아샤 대사십니까?

아샤가 앞으로 나섰다.

—성주님께서 대사님을 뵙고 싶어하십니다.

아샤는 정방형의 방으로 인도되었다. 벽난로가 방을 덥혀주고 있었다. 화덕 옆에 두꺼운 양털 외투를 입은 키 작은 남자가 하나 서 있었다.

—아샤, 히타이트에 오신 걸 환영하오. 다시 뵙게 되어 반갑습니다.

—하투실! 여기서 만나게 되다니, 놀라지 않을 수 없군요.

—파라오의 외무대신께서는 어떤 임무를 띠고 오셨소?

—대왕께 많은 선물을 드리려고 왔습니다.

—우리 두 나라는 지금 전쟁중이오…… 이건 좀 엉뚱한 행차로군요.

—두 나라 사이의 갈등이 영원히 계속되어야만 하겠습니까?

하투실이 놀라움을 감추지 못했다.

—당신의 말을 내가 어떻게 이해해야 하는 겁니까?

—제가 대왕을 만나뵙고 람세스 폐하의 생각을 전달하기를 원한

다고 이해해주십시오.

하투실이 불에 손을 쬐며 말했다.

―그건 어렵습니다…… 매우 어렵습니다.

―불가능하다는 말씀이십니까?

―아샤, 이집트로 돌아가시오…… 아니오, 당신이 떠나게 내버려둘 순 없지요.

하투실이 혼란스러워하는 것을 보고, 아샤가 솔직하게 말했다.

―저는 무와탈리스 대왕에게 평화를 제안하려고 왔습니다.

하투실이 몸을 돌렸다.

―이건 함정입니까, 아니면 농담입니까?

―파라오께서는 평화가 이집트를 위해서나 히타이트를 위해서 최선의 방법이라고 확신하고 계십니다.

―람세스가 평화를 원한다구요…… 믿어지질 않습니다!

―제가 당신들을 설득하고 협상을 진행하는 책임을 맡았습니다.

―포기하십시오, 아샤.

―무슨 까닭입니까?

하투실은 아샤가 진심인지 속으로 헤아려보았다. 하지만 여기서 그가 진실을 말한다고 해서 무슨 위험이 있겠는가?

―대왕께서는 심장발작을 일으키셨소. 마비되어 말씀도 하시지 못하오. 나라를 다스릴 수가 없는 형편입니다.

―그럼 누가 권력을 행사하고 있습니까?

―대왕의 아들이자 총사령관인 우리테슈프입니다.

―무와탈리스 대왕은 당신을 신임하시지 않았습니까?

―나에게 경제와 외교를 맡겼지요.

―그러면 당신이 가장 적절한 대화 상대자이군요.

―아샤, 난 이제 아무것도 아니오. 나의 친형이 내 앞에서 문을 닫아 걸었소. 대왕의 상태에 대한 소식을 듣는 즉시, 나는 이곳으로

몸을 피했소. 이 요새의 주둔부대는 나를 따르고 있습니다.

우아하고 당당한 푸투헤파는 사흘 전부터 이슈타르 신전에서 깊은 생각에 잠겨 있다. 예언가가 화살에 맞아 죽은 독수리의 시체를 제단 위에 가져다놓았을 때, 그녀는 이제 행동해야 할 시간이 다가왔다는 것을 알았다.

머리에는 은으로 만든 관을 쓰고, 치렁치렁한 석류빛 드레스를 입은 푸투헤파는 단도의 손잡이를 꽉 움켜쥐었다. 점술가의 안내를 받아 우리테슈프가 독수리 내장을 들여다보느라 몸을 숙일 때, 그녀는 그 단도를 그의 등에 찔러넣을 계획이었다.

아름다운 여사제 푸투헤파는 불가능한 평화를, 히타이트의 모든 실세들의 화해를, 그리고 이집트와의 휴전을 꿈꾸었다. 그러나 우리테슈프의 존재 때문에 이 모든 계획이 물거품이 되어버렸다.

그녀만이 이 악마가 파괴전략을 수행하는 것을 막을 수 있다. 왕국을 다시 합리적인 길로 되돌려놓을 남편 하투실에게 권력을 쥐어줄 수 있는 것은 그녀 한 사람뿐이다.

우리테슈프가 신전 안으로 들어왔다.

푸투헤파는 제단 가까운 곳에 있는 육중한 기둥 뒤에 몸을 숨겼다.

대왕의 아들은 혼자가 아니었다. 네 명의 병사가 그를 호위하고 있었다. 원통한 일이지만, 계획을 포기하고 살그머니 신전을 빠져나가는 수밖에 없을 것 같았다. 그러나 이보다 더 나은 기회가 또 올까? 이제부터 우리테슈프는 최소한의 위험도 겪지 않으려 할 것이다. 충분히 빨리 행동한다면, 미래의 폭군을 제거할 수 있는 가능성은 있다. 그러나 네 명의 호위병들이 푸투헤파를 죽일 것이다.

그런 희생을 피하려 든다면, 그건 비겁한 짓이다. 자기 한 사람의 목숨이 아니라, 나라의 앞날을 생각해야 한다.

점술가가 독수리의 배를 열자, 고약한 냄새가 풍겨나왔다. 점술가는 내장 속에 손을 집어넣어 그것을 끄집어내어 제단 위에 펼쳐 놓았다.

우리테슈프가 제단을 향해 다가갔다. 호위병들은 몇 미터 뒤에 서 있었다. 푸투헤파는 단도의 손잡이를 꽉 쥐고 덤벼들 준비를 했다. 들고양이처럼 날쌔야 한다. 그리고 있는 힘을 다해 찔러야 한다.

점술가의 비명소리가 푸투헤파를 그 자리에 못박아버렸다. 우리테슈프가 뒤로 물러섰다.

─나리, 끔찍합니다!

─그 내장 속에서 무얼 본 거야?

─계획을 연기하셔야겠습니다…… 흉조입니다.

우리테슈프는 점술가의 목을 잘라버리고 싶었다. 그러나 그랬다간, 그의 친위대원들이 흉조에 대해 사방으로 떠들고 다닐 것이다. 히타이트에서는 점술가들의 의견을 무시할 수 없다.

─얼마나 더 기다려야 하겠나?

─길조가 나타날 때까지 기다리셔야 합니다, 나리.

우리테슈프는 화가 나서 신전을 나가버렸다.

28

궁전에서는 남쪽으로 떠나는 왕과 왕비의 여행에 대해 여러 상반 되는 소문들이 시끄럽게 떠돌았다. 어떤 사람들은 출발 날짜가 임 박했다고 주장하는가 하면, 어떤 사람들은 보호령의 불안한 상황 때문에 출발이 무기한 연기되었다고 말하기도 했다. 왕이 비록 '왕 의 아들들'을 각 부대의 선두에 세워놓기는 했지만, 어쩔 수 없이 몸소 전쟁에 나가야 할지도 모른다고 생각하는 사람들도 있었다.

람세스의 집무실 안으로 햇빛이 환하게 쏟아져 들어왔다. 람세스 는 선왕의 입상 앞에서 생각에 잠겼다. 커다란 탁자 위에는 가나안 과 남시리아에서 온 긴급서신들이 놓여 있다. 노란 개는 주인의 안 락의자 위에서 잠자고 있다.

아메니가 집무실 안으로 불쑥 들어왔다.

―아샤의 메시지입니다!

―그가 보낸 것이 분명한가?

―분명히 그의 글씨체예요. 내 이름도 암호로 써놓았어요.

―어떤 방법으로 전달되었나?

―그의 조직원이 히타이트에서 왔어요. 직접 가져왔기 때문에 중간에 누구의 손도 거치지 않았습니다.

람세스는 아샤가 작성한 서신을 읽어보고 히타이트 제국이 엄청난 혼란으로 분열될 조짐을 보이고 있다는 것을 알았다. 그는 아샤가 앞서 보낸 긴급서신에서 왜 북동쪽 국경지방의 보루들에 경계령을 내리라고 요청했었는지 그 이유를 알게 되었다.

―아메니, 히타이트인들은 우리를 공격할 능력이 없어. 나와 왕비는 이제 떠날 수 있네.

부적과 마술 문장으로 무장하고 카는 수학문제를 풀고 있었다. 작은 흙언덕으로 둘러싸인 곳에서 건축중인 건물 꼭대기에 바위들을 올려놓기 위한 경사면의 이상적인 각도를 계산하는 문제였다. 카의 누이동생 메리타몬의 하프 연주는 나날이 발전했다. 이제트와 사자가 지켜보는 가운데 걸음마를 배우기 시작한 메렌프타도 누나를 아주 좋아했다. 거대한 누비아 사자는 눈을 게슴츠레 뜨고 이 조그만 사람이 뒤뚱거리며 아장아장 걷는 것을 즐겁다는 듯이 바라보았다.

세라마나가 정원 입구에 모습을 나타내자, 사자가 머리를 쳐들었다. 세라마나가 평화적인 의도로 방문했다는 것을 알고, 사자는 낮은 소리로 한 번 으르렁거리더니 다시 스핑크스 같은 평소의 자세로 돌아갔다.

세라마나가 이제트에게 말했다.

―카 왕자님과 얘기를 나누고 싶습니다.

―왕자에게 무슨 문제가 있나요?

―아닙니다. 그럴 리가 있습니까. 제 수사를 도와주실 수 있을까 해서요.

―아이가 수학문제의 답을 찾아내는 대로 보내드리지요.

그 동안 세라마나의 수사에는 진전이 있었다.

그는 오피르라는 이름을 가진 리비아인 마법사가 불행한 리타를 죽였다는 사실을 알아냈다. 리타는 환상을 믿었기 때문에 죽었다. 아케나톤이 섬겼던 이교의 대변인이 된 오피르는 사람들을 좀더 효과적으로 속이고, 자기가 히타이트 첩자라는 사실을 숨기기 위해, 이 이교 교리 뒤에 몸을 숨기고 있다.

그것은 이제는 가정이 아니라, 세라마나가 풀어놓은 요원들의 그물에 걸려든 장돌뱅이를 심문해서 알아낸 확실한 사실이었다. 그 장돌뱅이는 오피르가 오랫동안 숨어 지냈던 세나르의 옛날 집을 찾아왔다가 붙잡혔다. 그 인물은 히타이트 조직의 말단에 불과했다. 히타이트로 돌아간 시리아 상인 라이아가 그의 직속 상관이었는데, 그는 라이아를 위해서 그때 그때 임시로 일했기 때문에 비밀조직이 붕괴되고 조직원들이 흩어졌다는 사실을 몰랐던 것이다. 그는 고문을 당할까봐 무서워 자기가 알고 있는 사실을 모두 털어놓았다. 그 덕분에 세라마나는 몇 가지 수수께끼를 해결할 수 있었다.

그러나 오피르의 행방은 여전히 오리무중이었고, 세라마나는 세나르가 사막에서 죽었다고 확신할 수가 없었다. 마법사는 세나르와 함께 히타이트로 갔을까? 세라마나는 고개를 저었다. 악한들은 절대로 남을 해치는 일을 중단하는 법이 없으며 끝없는 상상력을 가지고 있다는 것을, 그는 경험을 통해 알고 있었다.

카가 세라마나에게 다가와 그를 올려다보았다.

―그대는 굉장히 크고 굉장히 강하군.

세라마나는 의젓하게 자기를 바라보는 이 작은 왕자를 흐뭇한 표정으로 바라보며 물었다.

─왕자님, 제 질문에 대답해주시겠습니까?

─그대는 수학을 알고 있나?

─전 제 부하들과 제가 그들에게 나누어주는 무기들은 셀 줄 압니다.

─신전이나 피라미드는 지을 줄 아나?

─파라오께선 제게 다른 임무를 맡기셨죠. 죄인들을 체포하는 일입니다.

─난 신성문자를 읽고 쓰는 걸 좋아해.

─바로 그것과 관계된 일인데요. 전 누군가 왕자님에게서 훔쳐간 붓에 대해서 왕자님과 얘기를 나누려는 겁니다.

─내가 제일 좋아하던 붓이지. 그 붓이 많이 아쉽네.

─왕자님께선 그 사고를 당한 다음에 많이 생각해보셨겠죠. 틀림없이 의심 가는 사람이 있으실 겁니다. 왕자님께서 범인을 밝혀내는 데 도움을 주실 수 있습니다.

─그래, 생각해보았지. 하지만 아무것도 확신할 수 없어. 도둑질을 했다고 누군가를 고발하는 건 가볍게 얘기하기엔 너무 중대한 일이야.

세라마나는 왕자의 성숙한 태도에 저으기 놀랐다. 만일 정말 단서라고 할 만한 것이 있었다면, 이렇게 영민한 카 왕자가 놓쳤을 리가 만무했다.

세라마나는 희망을 가지고 계속해서 물었다.

─주변에서 이상하게 행동하는 사람은 없었습니까?

─몇 주 동안 새 친구가 생겼어.

─그게 누굽니까?

─외교관 메바야. 내 공부에 갑자기 흥미를 보이더군. 그런데 또 갑자기 사라져버렸네.

세라마나의 구릿빛 얼굴에 환한 미소가 번졌다. 영리한 왕자였다. 왕자는 아무도 의심한다는 기색 없이 구체적 단서를 제공한 것이다.

─고맙습니다, 카 왕자님.

이집트의 다른 도시들에서처럼 피-람세스에서도 꽃들의 축제는 모든 사람들이 즐기는 기쁜 날이었다. 이집트의 최고 여사제로서 네페르타리는 제1왕조 때부터 나라의 통치가, 하늘과 땅의 결혼을 축하하는 축제들의 달력 위에 기반을 두어왔다는 사실을 잊지 않았다. 왕과 왕비가 집전하는 제의를 통해서 백성 전체가 신들의 삶에 참여하게 된다.

집마다 꽃으로 장식되어 있고, 신전의 제단 위에는 꽃장식이 한껏 화사함을 과시하고 있었다. 이곳에는 정성들여 만든 커다란 꽃다발, 야자수 가지들, 갈대 다발이 있는가 하면, 저곳에는 가지째 꺾어온 수련, 수레국화, 만드라고라 들이 꽂혀 있다.

수레국화와 양귀비 꽃다발을 목에 건, 하토르 여신을 섬기는 여자들이 아카시아 가지를 흔들면서 둥글거나 네모난 탬버린에 맞추어 춤추며 수도의 대로를 지나갔다. 여자들의 발 밑에는 수많은 꽃잎들이 뿌려져 있다.

돌렌테는 왕비 곁에 붙어 있으려고 애썼다. 운좋게도 왕비를 보게 된 남자들이나 여자들은 그녀의 아름다움에 눈이 부셨다. 네페르타리는 세속에서 멀리 떨어져 여신을 섬기며 살아가는 은둔자가 되려 했던 소녀 시절의 꿈을 생각했다. 그 어린 소녀는 자기가 앞으로 왕비의 의무를 수행하게 되리라고는 상상조차 하지 못했었다. 왕비의 의무가 주는 무게는 나날이 무거워졌다.

행렬은 아몬 신전을 향해 갔다. 즐거운 노랫소리가 행렬을 맞이했다.

210

돌렌테가 네페르타리에게 물었다.

—출발 날짜는 정해지셨습니까, 폐하?

네페르타리가 대답했다.

—우리 배는 내일부터 출발 준비를 할 거예요.

—궁정이 걱정하고 있답니다. 왕과 왕비께서 몇 달간이나 자리를 비우실 거라고 하던데요.

—그럴지도 모르지요.

—정말…… 누비아까지 가시는 건가요?

—파라오께서 그렇게 결정하셨지요.

—이집트는 왕과 왕비를 너무나 필요로 하고 있어요!

—돌렌테 형님, 누비아도 우리나라의 일부랍니다.

—때로 위험한 지방인데…….

—유람여행을 하는 게 아닌걸요.

—왕과 왕비를 수도에서 멀리 떨어진 곳으로 부를 만큼 긴급한 일이 대체 어떤 걸까요?

네페르타리가 꿈꾸는 듯한 모습으로 미소지었다.

—사랑이랍니다. 단지 사랑일 뿐이에요.

—무슨 말씀인지 이해할 수가 없군요, 폐하.

—전 멀리서 들려오는 커다란 목소리에 대해 깊이 생각해보았답니다.

—뭔가 도와드리고 싶은 마음이 간절해요…… 자리를 비우신 동안 제가 어떤 일을 할 수 있을까요?

—이제트가 원한다면, 이제트를 도와주세요. 유일하게 아쉬운 점이 있다면, 그건 제게 카와 메리타몬의 교육을 돌보아줄 충분한 시간이 없다는 거예요.

—신들께서 아이들을 보호해주시듯이 왕과 왕비를 보호해주시기를 바랍니다.

축제가 끝나는 즉시, 돌렌테는 그녀가 주워모은 정보들을 오피르에게 전할 생각이었다. 람세스와 네페르타리가 오랫동안 수도를 떠나는 것은, 실책이었다. 오피르가 그 실책을 이용할지도 모른다.

메바는 신발 담당 하인을 대동하고 피-람세스의 인공 호수에서 긴 유람을 하고 싶었다. 메바는 고요한 물을 바라보면서 깊이 생각해볼 필요가 있다고 느꼈다.

소용돌이에 휘말려들어간 메바는 지금 제정신이 아니었다. 사치스럽고 조용한 생활, 높은 벼슬자리가 아닌 그 무엇을 그가 바랐단 말인가? 높은 벼슬에 오르면 자기의 지위를 확고하게 만들기 위해 몇 가지 교묘한 음모를 꾸밀 생각도 하기는 했다. 그러나 이집트를 파괴할 목적으로 일하는 히타이트 간첩조직의 일원이라니…… 아니다, 그가 원했던 건 이게 아니었다.

그렇지만 메바는 무서웠다. 오피르도, 얼음처럼 차가운 그의 시선도, 겨우 억제되어 있는 그의 난폭함도 모두 무서웠다. 그는 함정에서 빠져나올 수 없었다. 람세스가 무너져야 그의 미래가 열리게 되어 있었던 것이다.

신발 담당 하인이 둑 위에서 잠자고 있는 배 관리인을 소리쳐 불렀다. 그때 세라마나가 끼어들었다.

—메바 나리, 제가 도와드릴 수 있을까요?

메바가 깜짝 놀랐다.

—아니오, 내 생각엔…….

—전 도와드리고 싶은데요! 이 멋진 호수에서 유람하는 걸 아주 좋아한답니다. 노를 젓도록 허락해주시겠습니까?

메바는 세라마나의 힘이 무서웠다.

—원하는 대로 하십시오.

세라마나가 힘껏 노를 젓자, 배는 빠른 속도로 둑에서 멀어졌다.

212

─얼마나 멋진 장소입니까! 유감스럽게도 나리나 저는 일에 치여서 이곳을 감상할 시간을 좀체로 낼 수가 없지요.

─이 대화의 목적은 뭡니까?

─안심하십시오. 심문하려는 의도는 전혀 아니니까요.

─아니, 날 심문한다구요!

─전 다만 미묘한 어떤 문제에 관해 나리의 견해가 필요할 뿐입니다.

─도와드릴 수 있을지 모르겠군요.

─이상한 절도사건이 있었다는 것을 알고 계십니까? 어떤 사람이 카 왕자의 붓 하나를 훔쳐갔답니다.

메바가 세라마나의 시선을 피했다.

─도둑맞았다구요······ 도둑맞은 게 확실합니까?

─왕자님의 증언은 분명합니다.

─왕자는 아직 어린아이일 뿐입니다.

─저는 나리께서 도둑의 정체에 대해 뭔가 막연하게라도 알고 계실 거란 생각이 듭니다.

─그 질문은 모욕적이군요. 나를 당장 둑으로 다시 데려다주시오.

세라마나는 육식동물처럼 잔인하게 웃었다.

─메바 나리, 유익한 유람이었습니다.

29

 뱃머리에 서서, 람세스는 네페르타리를 부드럽게 껴안고 있다. 왕과 왕비는, 우주의 가장자리에서 태어나 창조하는 물결을 전해주기 위해 지상으로 내려온 강물의 정령과 한 몸이 되어, 강렬한 행복의 순간을 맛보고 있었다.
 강의 수위가 높아져 있었다. 마침 북쪽에서 불어오는 바람에 배는 빠른 속도로 앞으로 나아갔다. 강물이 위험한 소용돌이를 일으키고 있었기 때문에, 선장은 계속 경계를 늦추지 않았다. 자칫 배를 잘못 몰았다간 난파당할 수도 있다.
 날이 갈수록 람세스는 네페르타리의 아름다움에 경탄을 금치 못했다. 그녀 안에는 우아함과 왕비다운 권위가 결합되어 있었다. 빛나는 정신과 완벽한 육체의 결합이 그녀에 의해 완성되었다. 남쪽으로 가는 긴 여행은 왕이 숭고한 한 여인에게 느끼는 사랑의 여행인 셈이었다. 자신의 존재 하나만으로 왕뿐만 아니라 그의 백성을 위한 고요의 화신이 된 여인을 위한 여행. 네페르타리와 살게 된 이후로, 람세스는 왜 현자들이 이집트가 단 하나의 시선을 가진 왕과 왕비에 의해서 다스려져야 한다고 요구했는지 이해하게 되었다.

9년의 통치기간 동안, 람세스와 네페르타리는 시련을 겪으면서 더욱 풍요로운 정신을 소유하게 되었다. 그들은 그들이 삶과 죽음의 길을 함께 걸어가게 되리라는 것을 알게 된 그 순간과 똑같이 서로 상대방에게 매료되어 있었다.

소박한 흰 드레스를 입은 네페르타리는 머리카락을 바람에 날리며 중부 이집트의 풍경에 감탄하고 있었다. 야자수 숲, 물가의 밭들, 구릉 위에 하얀 집들이 있는 마을들. 그 풍경은 의로운 사람들이 죽음 건너편에서 발견하는, 그리고 왕과 왕비가 지상에 건설하려고 애써야 하는 천국의 온화함을 나타내고 있었다.

─당신, 걱정되지 않으세요? 혹시 우리가 없는 동안…….

─나는 내 통치기간의 대부분을 북쪽 지방을 다스리는 데 바쳤소. 남쪽 지방을 돌보아야 할 시간이 된 거요. '두 개의 땅'이 결합되지 않으면, 이집트는 살아남을 수 없소. 그리고 히타이트와의 전쟁 때문에 난 너무 오랫동안 당신 곁을 떠나 있었소.

─그 전쟁은 아직 끝나지 않았어요.

─아시아는 앞으로 큰 혼란을 겪게 될 거요. 평화의 기회가 있다면, 그 기회를 붙잡아야 하지 않겠소?

─그것이 아샤의 비밀임무지요. 그렇지요?

─그는 엄청난 위험을 무릅써야 하오. 하지만 아샤가 아닌 그 누가 이렇게 미묘한 임무를 잘 수행할 수 있겠소?

─우리는 기쁨만이 아니라 고통 속에서도, 희망과 두려움 속에서도 함께 있어요. 이 여행의 마법이 아샤를 보호해주었으면 좋겠어요.

세타우의 발걸음소리가 갑판을 쿵쿵 울렸다.

─방해해도 괜찮으시겠나?

─이리 가까이 오게, 세타우.

─난 카 왕자 곁에 남아 있고 싶었네. 카는 대단한 마법사가 될 거야. 카의 보호에 대해선 걱정하지 마시게나. 내가 만들어놓은 방어벽을 넘어올 수 있는 사람은 아무도 없으니까.

네페르타리가 물었다.

─부인과 함께 누비아를 빨리 보고 싶지 않으세요? 두 분은 누비아를 사랑하시잖아요.

─누비아에는 세상에서 가장 아름다운 뱀들이 숨어 살고 있지요 …… 그런데 람세스, 선장이 강의 움직임을 걱정하고 있다는 걸 알고 계시나? 선장의 생각에 따르면, 우리는 지금 위험한 지역에 다가가고 있네. 선장은 강 한가운데에 있는 풀이 무성한 섬을 지나고 난 다음에는 둑 쪽으로 배를 몰아갈 생각을 하고 있어.

나일 강은 굽이굽이 사행(蛇行)을 하다가, 독수리들이 둥지를 틀고 있는 깎아지른 절벽 앞을 지나갔다. 그러자, 약 20킬로미터에 걸쳐 펼쳐진 반원 모양의 산악지대가 곧 눈앞에 나타났다.

네페르타리가 갑자기 괴로운 표정으로 손을 목덜미에 가져다댔다. 람세스가 불안한 표정으로 물었다.

─무슨 일이오?

─숨쉬기가 힘들어요. 괜찮아질 거예요.

갑자기 배가 크게 기우뚱하더니 마구 흔들렸다. 소용돌이에 휘말린 것이다.

강가에 아케나톤의 버림받은 도시의 부서진 집들이 보였다. 람세스가 세타우에게 지시를 내렸다.

─선실까지 왕비를 데려가서 돌보아주게.

어떤 선원들은 겁에 질려 정신을 차리지 못했다. 선원 하나가 돛의 위치를 바로잡으려다가 돛대에서 선장의 머리 위로 떨어졌다. 선장은 반쯤 정신이 나가 눈이 허공을 헤매고 있었다. 그는 분명한 지시를 내릴 수 없었다. 그의 입에서는 상반되는 여러 명령들이 정신없이 떨어졌다.

람세스가 선장에게 요청했다.

─조용히 하라! 각자 자기의 위치로 돌아가라. 내가 조종을 지시하겠다.

위험은 단 몇 분 사이에 발생한 일이었다. 반대쪽으로 흐르는 하류에 실려 있던 왕의 호위선들은 왕의 배가 왜 요동치는지 이유를 알지 못했다. 그 배들은 빠른 속도로 왕의 배에서 멀어졌기 때문에 도움을 줄 수가 없었다.

왕의 배가 다시 항로를 되찾았을 때, 왕의 눈앞에 두 가지 장애물이 모습을 드러냈다.

뛰어넘을 수 없는 장애물이었다.

강 한가운데에는 거대한 소용돌이가 있었다. 옛날에는 배를 댈 수 있었을 '태양의 도시' 부두 쪽에는 여러 개의 불타는 화로가 놓여 있는 뗏목 바리케이드가 떠 있었다. 왕은 난파와 화재 중에서 한 가지를 선택해야 할 판이었다. 전속력으로 뗏목에 부딪치지 않으면, 배에 불이 붙어 배는 온통 화염에 휩싸이고 말 것이다.

버림받은 도시가 있는 이 지역에 어떤 자가 이 따위 함정을 파놓은 것일까? 람세스는 네페르타리가 왜 몸이 아픈지 알게 되었다. 네페르타리는 예언의 능력으로 위험이 도사리고 있다는 것을 알아차렸던 것이다.

왕은 단 몇 초 안에 결단을 내려야 했다. 이번에는 그의 사자도 그를 위해 아무것도 해줄 수 없었다.

─저기 온다!

망을 보던 사람이 소리를 질렀다.

셰나르는 뜯어먹던 구운 거위다리를 멀리 던지고, 활과 칼에 덤벼들었다. 편안한 생활을 즐기는 왕족이었던 그가 전사의 정신을 단련해왔던 것이다.

ー파라오의 배가 고립되었나?

ー나리가 예상했던 대로입니다…… 호위선들은 멀리 떨어져 있습니다.

용병이 군침을 삼켰다. 셰나르는 오피르가 모아놓은 소수 전투부대원들에게 많은 전리품을 주겠다고 약속했다. 그 용병도 동료들처럼 그런 약속을 받았다. 셰나르는 드물게 말을 잘하는 사람이었다. 그가 연설할 때 느껴지는 증오의 불길이 용병의 가슴으로 옮겨와 그의 가슴을 갉아먹었다.

람세스를 공격하겠다고 감히 나서는 용병은 아무도 없었다. 왕의 몸속에서 살고 있는 신의 힘에 맞아 죽을까 두려웠던 것이다. 람세스가 카데슈에서 승리한 이래로, 사람들은 모두 '두 개의 땅'의 주인이 가지고 있는 초자연적인 힘을 두려워했다. 셰나르는 용병들의 반응에 어깨를 한 번 으쓱하고는 자기가 직접 폭군을 죽이겠다고 장담했었다.

ー자네들 절반은 뗏목 쪽으로 가고, 나머지는 날 따라오라.

람세스는 '태양의 도시' 가까운 곳에서 곧 죽을 운명에 처하게 되었다. 아케나톤의 이교가 아몬 신과 이집트의 왕이 섬기던 다른 신들을 말살시켜버렸듯이. 셰나르는 네페르타리를 볼모로 잡으면, 왕의 수행원들을 설득해서 자기를 왕으로 인정하게 만들 자신이 있었다. 람세스가 죽으면 커다란 틈이 생길 것이다. 셰나르는 일 초도 허비하지 않고 그 틈바구니를 비집고 들어갈 생각이었다.

용병 몇 명이 부두에서 뗏목으로 뛰어내려 왕의 배를 향해 불화살을 쏠 채비를 했다. 셰나르가 지휘하는 그들의 동료들은 왕의 배를 뒤에서 공격했다.

승리는 그들의 손아귀를 빠져나갈 수 없었다.

—노 젓는 선원들은 모두 우현으로 가라!

람세스가 명령했다.

첫번째 불화살이 중앙선실의 나무벽에 와서 꽂혔다. 아름다운 로투스가 거칠게 짠 천조각으로 유연하고 민첩하게 불을 껐다.

람세스는 선실 지붕 위로 뛰어올라가 활 시위를 당겼다. 적 한 사람을 겨냥하고 숨을 멈춘 뒤 활을 쏘았다. 화살은 용병의 목을 꿰뚫었다. 그의 동료들은 왕의 화살이 무서워 화로 뒤로 몸을 웅크렸다. 그들이 쏘는 화살은 정확하지 못했다. 배가 아슬아슬하게 스치고 지나가는 소용돌이의 물살 위로 화살들이 떨어졌다.

람세스가 지시한 대로 노 젓는 선원들이 갑자기 모두 우현에 달라붙어 노를 저었기 때문에 배의 방향이 바뀌었다. 배의 앞머리는 흥분한 말처럼 곤추서고, 선체는 좌현에 사나운 물결의 공격을 받고 비스듬히 옆으로 기울었다. 둑 쪽으로 떠내려갈 가능성이 여전히 남아 있었지만, 그나마 소용돌이에 빨려들어가지 않고, 셰나르의 부하들이 타고 있는 빠른 배에 붙잡히지 않아야 기대해볼 수 있는 일이었다. 고물 쪽에 있던 두 명의 선원들은 벌써 당했다. 그 불행한 친구들은 가슴에 화살을 맞고 강물에 떨어졌다.

세타우가 조심스럽게 진흙 달걀을 하나 들고 뱃머리 쪽으로 달려갔다. 신성문자로 뒤덮여 있는 그 달걀은 헤르모폴리스의 토트 대사원의 성상안치소 안에 보관되어 있던 세계알(연금술 등의 신비주의 독트린에 자주 등장하는 상징, 원초적 에너지가 집적되어 있는 형태로 여겨진다—역주)로서 세타우 같은 국가 마법사들만이, 무서운 힘을 가지고 있는 에너지 파(波)가 채워진 그 상징을 사용할 수 있었다.

세타우는 기분이 언짢았다. 그는 누비아에서 왕과 왕비에게 예상치 않은 위험이 닥칠 때, 이 부적을 사용할 작정이었다. 그런데 그런 무기를 사용할 수밖에 없다고 생각하니 화가 났다. 그러나 저 망할 소용돌이를 쳐부수지 않으면 안 된다.

세타우는 큰 몸짓으로 물 한가운데에 달걀을 집어던졌다. 물은 마치 끓는 것처럼 부글거리더니, 가운데가 나사 모양으로 파였다. 파도 하나가 뗏목을 덮쳐서 화로 여러 개를 꺼버리고 두 명의 용병을 쓸어갔다.

이제 왕의 배는 침몰할 위험도 화재의 위험도 없었다. 그러나 고물 쪽 상황이 악화되었다. 세나르의 용병들이 배에 갈고리를 던져 놓고, 밧줄을 타고 기어올라오기 시작했던 것이다. 흥분한 그들의 두목이 화살을 계속 쏘아대는 바람에 이집트 병사들은 끼어들 수가 없었다.

불화살 두 개가 돛에 날아와 꽂혀 불이 붙기 시작했다. 로투스가 달려가 불을 껐다. 적의 화살을 맞을 위험에 노출되어 있었지만, 람세스는 위치를 바꾸지 않고 계속해서 용병들을 죽였다. 고물 쪽에서 비명소리가 들려와 몸을 돌리자, 해적 한 명이 무장하고 있지 않은 선원의 머리 위로 도끼를 들어올리고 있는 모습이 보였다.

왕의 화살이 해적의 팔목에 가서 박혔다. 해적은 고통의 비명소리를 지르며 뒤로 나자빠졌다. 왕의 사자는 갑판 위로 기어오르는 데 성공한 다른 용병의 머리를 물어뜯었다.

한순간, 파라오의 눈이 해적 두목의 눈과 맞부딪쳤다. 극도로 흥분한 그 털북숭이 사내의 화살이 왕을 겨냥하고 있었다. 왕이 거의 알아차릴 수 없는 몸짓으로 살짝 왼쪽으로 비켜섰다. 흥분한 사내의 화살이 왕의 뺨을 스치고 지나갔다. 두목은 원통하다는 표정을 지으며 생존자들에게 후퇴명령을 내렸다.

꺼진 줄 알았던 불길이 다시 되살아났다. 불꽃이 순식간에 로투스의 옷에 옮겨 붙었다. 로투스가 서둘러 강물에 뛰어들었다. 그러나 로투스는 불운하게도 잦아들고 있던 소용돌이에 빨려들어갔다. 헤엄을 칠 수가 없었다. 로투스는 도움을 요청하기 위해 팔을 위로 들어올렸다. 하지만 물에서만 사는 병사들도 고개를 돌렸다. 저 소용돌이에서 빠져나올 방법이 없었던 것이다.

람세스가 강물에 뛰어들었다.

중앙선실에서 나온 네페르타리는 나일 강 물 속으로 사라지는 왕의 모습을 보았다.

30

시간이 흘러갔다.

왕의 배와 수행 선박들은 '태양의 도시'가 있는 지역의 강물에 닻을 내렸다. 왕과 로투스를 삼킨 강물은 이제 잔잔해졌다. 서너 명의 용병들이 도망치는 데 성공했지만, 네페르타리도 세타우도 그들의 운명에는 관심이 없었다. 왕의 사자처럼 그들도 람세스와 로투스가 사라진 장소를 노려보고 있었다.

왕비는 항해의 여주인이신 하토르 여신에게 향을 바쳤다. 그녀의 고요하고 위엄 있는 태도가 선원들의 마음을 감동시켰다. 그녀는 그런 자세로 실종자들을 찾아나선 대원들의 보고를 기다렸다. 어떤 사람들은 강물을 여기저기 살펴보았고, 어떤 사람들은 강가에서 자라고 있는 키 큰 풀밭을 좀더 잘 살펴보기 위해 예선도(曳船道)를 따라갔다. 강물은 왕과 로투스를 남쪽 멀리까지 실어가버린 모양이었다.

세타우는 왕비 곁에 머물러 있었다. 네페르타리가 작은 소리로 말했다.

—파라오께서는 돌아오실 거예요.

—폐하…… 강은 때로 무자비합니다.

—그이는 돌아와요. 그리고 로투스도 구해냈어요.

—폐하…….

—람세스는 아직 자기 일을 다 끝내지 못했어요. 자기 사업을 완수하지 못한 파라오는 죽을 수 없답니다.

세타우는 자기가 왕비의 비통한 확신을 꺾을 수 없다는 것을 알았다. 그러나 어쩔 수 없이 이 불가피한 현실을 받아들이지 않을 수 없을 때, 왕비는 어떻게 반응할까? 세타우는 자기 자신의 고통도 잊어버리고 네페르타리의 고통을 함께 나누었다. 그는 벌써 끔찍스러워하며 피-람세스에 돌아가 궁정에 람세스의 실종 사실을 알려야 할 일을 생각하고 있었다.

세나르와 그의 동료들은 힘센 물살에 떠밀려 북쪽 지방으로 상당한 거리를 항해한 뒤에야 겨우 한숨을 돌렸다. 그들은 배를 물 속에 가라앉히고, 산천초목이 푸르른 시골로 깊숙이 들어갔다. 그곳에서 그들은 자수정과 당나귀를 바꾸었다. 크레타인 용병 하나가 물었다.

—이제 어디로 가지요?

—너는 피-람세스로 가서 오피르에게 알려라.

—잘했다고 칭찬받지 못할 텐데요.

—자책할 거 하나도 없다.

—오피르는 실패하는 걸 싫어해요.

—그는 우리가 힘든 싸움을 하고 있다는 걸 알고 있다. 그리고 내가 수고를 아끼지 않았다는 것도 안다. 그에게 두 가지 좋은 소식을 전하라. 첫째, 내가 왕의 배 위에 세타우가 있는 걸 보았다는 것이다. 그러니까 카 왕자가 보호받지 못하고 있다는 말이지. 둘째, 내가 예정대로 누비아로 가서 거기서 람세스를 죽이겠다는 것이다.

크레타인이 말했다.

—전 나리를 따라가고 싶은데요. 소식을 전하는 일이라면 제 동료가 아주 잘할 겁니다. 저는 어떻게 싸우는지, 또 어떻게 사냥감을 모는지 압니다.

—알겠다.

세나르는 조금도 절망하지 않았다. 거친 행동이 그를 전쟁 괴수로 탈바꿈시켜놓았고, 너무나 오랫동안 억제되어왔던 분노가 드디어 자유롭게 드러날 수 있게 되었다. 얼마 안 되는 대원들과 기발한 전술로 위대한 람세스를 놀라게 만들지 않았는가? 거의 승리를 쟁취할 뻔하지 않았는가 말이다.

운명은 그의 끈기에 호의적인 대답을 하고야 말리라.

왕의 함대의 모든 선박 위에 정적이 감돌았다. 왕비의 고통스러운 명상을 방해할까 두려워 감히 누구도 말문을 열 엄두를 내지 못했다. 저녁이 다가오고 있었지만, 왕비는 파라오의 뱃머리에 꼼짝도 하지 않고 서 있었다.

세타우 역시 침묵을 지키고 있었다. 람세스의 그림자와 네페르타리를 이어주고 있는 마지막 희망을 간직하기 위해서였다. 그러나 마지막 남은 저 붉은 해가 지고 나면, 네페르타리도 끔찍한 현실을 받아들이는 수밖에 없으리라.

—난 알고 있어요.

네페르타리가 부드러운 목소리로 입을 열었기 때문에, 세타우는 깜짝 놀랐다.

—폐하…….

—왕은 저기 계세요. 하얀 궁전 지붕 위에요.

—폐하, 밤이 옵니다, 그리고…….

—잘 보세요.

세타우는 네페르타리가 손가락으로 가리키는 곳을 뚫어져라 바라보았다.

—아닙니다. 그저 환상일 뿐입니다.

—내 눈엔 그분이 보여요. 가까이 가봅시다.

세타우는 감히 왕비의 요구를 거절할 수 없었다. 그것이 설령 환상이라 해도 그 슬픔을 이해하는 세타우로서는 듣지 않을 수 없었다. 그렇게 의연하게 슬픔을 이기던 왕비도 순식간에 지아비를 잃고는 환상에 사로잡힐 만큼 나약한 여인이었던 것이다. 왕의 배는 닻을 올리고 '태양의 도시'를 향해 다가갔다. 이제 곧 어둠이 도시를 뒤덮으리라.

세타우는 낮게 한숨을 토하며, 아케나톤과 네페르티티가 살았던 하얀 궁전의 지붕을 바라보았다. 한순간, 그는 지붕 위에 어떤 사람 하나가 서 있는 것을 본 것 같다는 생각이 들었다. 그는 눈을 비비고 더 잘 바라보았다. 환영은 사라지지 않았다. 네페르타리가 되풀이해 말했다.

—람세스는 살아 계세요.

세타우가 선원들을 다그쳤다.

—배를 더 빨리 몰아라!

람세스의 실루엣이 다가왔다. 실루엣은 마지막 태양광선 속에서 시간이 갈수록 점점 더 커졌다.

세타우는 화를 참을 수가 없었다.

—왜 '두 개의 땅'의 주인께서는 모든 방법을 강구해서 자기가

살아 있다는 것을 알리고, 도움을 청하지 않으셨는가? 그런다고 위신이 손상되는 것도 아니지 않은가!

왕이 대답했다.

─그보다 더 신경 써야 할 일이 있었기 때문일세. 나와 로투스는 물 밑에서 헤엄쳤는데, 로투스가 그만 의식을 잃어버렸어. 그래서 난 그녀가 죽었다고 생각했네. 우린 버림받은 도시의 남쪽 끝에 있는 연안에 도착했지. 난 로투스가 깨어날 때까지 그녀에게 자기를 불어넣어주었네. 그리고 우린 도시 한가운데로 걸어왔어. 우리가 살아 있다는 것을 알리기 위해서 도시에서 가장 높은 곳을 찾았던 걸세. 나는 네페르타리의 정신이 우리를 한 발짝 한 발짝 따라오고 있다는 것을, 그리고 그녀가 옳은 방향을 바라보고 있다는 것을 알고 있었네.

네페르타리는 눈부시도록 고요했다. 그녀는 사자를 쓰다듬고 있는 왕의 오른팔을 꼭 잡고 있는 것으로 자신의 감동을 조용히 표현했다. 세타우가 낮은 소리로 말했다.

─난 세계알이 왕을 살려내지 못한 거라고 생각했네. 만일 왕이 사라져버렸다면, 내 명성도 빛이 바랬을 걸세.

왕비가 걱정스러워하며 물었다.

─로투스는 좀 어때요?

─진통제를 처방했습니다. 한 잠 푹 자고 나면, 이 재난을 잊어버릴 겁니다.

술 따르는 하인이 잔에 백포도주를 따랐다. 세타우가 말했다.

─정말 큰일날 뻔했어. 난 우리가 과연 문명국에 살고 있는지 의심스럽더라니까.

람세스가 세타우에게 물었다.

─싸우는 동안, 적들의 두목을 살펴보았나?

─내가 보기엔 이놈 저놈 다 똑같이 사나운 것 같더구만. 두목이

있다는 것조차 눈치채지 못했는걸.

─극도로 흥분해 있는 털보였네. 눈에 살기가 등등하더군. 잠깐 동안이었지만, 셰나르라는 느낌이 들었어.

─셰나르는 도형장으로 가는 길에 사막에서 죽었네. 전갈들도 결국엔 죽는다네.

─만일 그가 살아 있다면?

─그렇다면, 숨어서 파라오를 해칠 용병 특공대를 보낼 궁리나 하겠지.

─이 함정은 즉흥적으로 만들어진 게 아닐세. 거의 성공할 뻔했어.

─증오가 한 인간을 그렇게까지 망가뜨릴 수 있을까? 자신의 친동생을 죽이려 들고, 파라오의 신성한 존재를 공격하기 위해 무슨 짓이든 마다 않을 협객으로 변질시킬 만큼 말일세.

─그것이 셰나르에 관한 문제라면, 그는 방금 그 질문에 대한 답을 들려준 셈이지.

세타우의 얼굴이 어두워졌다.

─만일 그 괴물이 아직 살아 있다면, 우리는 지금처럼 수동적으로 대처해선 안 되네. 그에게 힘을 주고 있는 광기는 사막의 악마들이니까 말일세.

람세스가 자신의 판단을 이야기했다.

─이 테러는 우연히 저질러진 것이 아니야. 이곳에서 가장 가까운 도시들의 석수들을 가능한 한 빨리 소집해주게.

어떤 사람들은 토트의 도시 헤르모폴리스에서, 또 어떤 사람들은 아누비스의 도시 아시우트에서 왔다. 수십 명의 석수들이 막사촌에 자리를 잡았다. 그들은 도착한 지 몇 시간 뒤에 모였다. 그들은 람세스의 간결하고 단호한 연설을 들은 다음, 감독 두 사람의 지시를 받아 일을 시작했다.

파라오는 버림받은 도시의 궁전 앞에 서서 그의 요구를 명확하게 표현했다. 아톤 신에게 바쳐진 '태양의 도시'를 사라지게 해야 한다는 요지였다. 람세스의 선조들 중 한 사람이었던 호렘헵은 어떤 신전들을 허문 뒤, 그 신전의 돌들을 카르낙에 있는 탑문들의 보강재로 사용한 바 있다. 람세스는 죽은 도시의 궁전과 집들, 공방들, 부두들과 다른 건축물들을 일단 허물어버리고, 자신이 구상한 다른 도시를 세울 예정이었다. 돌들과 벽돌들은 다른 거주지들을 조성하는 데 다시 쓰이게 된다. 그러나 미라가 들어 있지 않은 무덤들은 건드리지 않을 생각이었다.

기반만 남기고 건물들이 다 철거될 때까지 왕의 배는 닻을 내리고 정박할 예정이었다. 이제 모랫바람이 불어와 그 기반들마저 다 덮어버리리라. 바람이 이제 사악한 힘들의 소굴이 되어버린 버림받은 도시를 공허 속으로 집어던져버리리라.

인부들이 철거된 자재들을 짐배로 실어날랐다. 그 자재들은 필요에 따라 인근 거주지들에 분배될 것이다. 고기와 기름, 맥주와 의복을 추가로 지급받은 인부들은 신이 나서 열심히 일에 매달렸다.

람세스와 네페르타리는 철거공사가 시작되기 전에 마지막으로 '태양의 도시'의 궁전을 방문했다. 바닥 장식재는 헤르모폴리스의 궁전에 다시 사용될 것이다.

람세스가 입을 열었다.

—아케나톤은 잘못 생각했던 거요. 그가 강요했던 종교는 독선적 교리와 불관용으로 귀결되고 말았소. 그는 이집트의 정신 자체를 배반했소. 불행하게도 모세는 똑같은 길을 따라가고 있다오.

네페르타리가 상기시켰다.

—아케나톤과 네페르티티는 왕과 왕비였어요. 그들은 우리의 법을 준수했고, 그들의 실험을 시간과 공간 안에 한정시킬 줄 아는

지혜를 가지고 있었지요. 그들은 경계를 설정해서 아톤 신의 숭배를 태양의 도시 안에 가두어놓았었지요.

—그러나 독이 퍼져나갔소…… 빛이 어둠으로 대체된 이 도시가 사라진다 해서 이 도시의 영향이 사라질 거라는 확신이 들지 않소. 어쨌든 이제는 이 도시가 산과 사막으로 되돌아가게 되었으니, 어떤 반란자도 다시는 이곳을 전진기지로 사용할 수는 없겠지.

마지막 석수가 완전히 무너져버린 도시를 떠났다. 이제 도시는 침묵과 망각 속에 묻혀 있다. 람세스는 아비도스를 향해 항해하라는 지시를 내렸다.

31

아비도스가 가까워오자, 람세스의 가슴이 아파왔다. 그는 선왕 세티가 이곳을 얼마나 사랑했는지, 오시리스 대사원 건축을 얼마나 중요하게 생각했는지 알고 있었다. 그는 그 동안 이곳에 와보지 않은 것이 후회스러웠다. 히타이트인들과 전쟁을 하고 이집트를 수호하느라 그의 정신과 몸이 모두 바빴던 것은 사실이었다. 그러나 사후 심판을 받을 때, 어떤 핑계를 대더라도 부활의 신에게 용서받을 수 없을 것 같았다.

세타우는 고개를 갸우뚱거렸다. 향수를 뿌리고, 눈처럼 흰 옷을 입은 삭발한 '순수사제'들과, 왕에게 바칠 선물을 들고 있는 농부들, 리라와 류트를 연주하는 여사제들이 왕을 영접하기 위하여 잔뜩 모여 있을 것이라고 생각했었다. 그런데 부두는 텅 비어 있었다.

세타우가 큰 소리로 말했다.

—이건 이상한데. 하선하지 않는 게 좋겠어.

람세스가 물었다.

—뭐가 두려워서 그러나?

—적들이 신전을 점령하고 새로운 함정을 파놓고 파라오를 기다리고 있는지도 모르지.

—여기, 아비도스의 신성한 땅에서 말인가?

—위험을 무릅쓸 필요는 없네. 우린 남쪽으로 계속 항해하고, 이곳엔 군대를 보내세.

—한 뼘 땅이라 한들 내 나라 안에 내가 들어갈 수 없는 땅이 있다는 것을 날더러 용납하라는 건가? 더욱이 아비도스에서 말야!

람세스는 세트 신의 천둥처럼 격하게 진노했다. 네페르타리마저도 그를 진정시킬 수 없을 정도였다.

함대는 부두에 정박했다. 파라오 자신이 전차 분대의 선두에 섰다. 전차들의 부품은 분해되어 배로 운반되어 왔는데, 그 부품들이 급하게 조립되었다.

부두에서 신전으로 이르는 길도 텅 비어 있었다. 이 신성한 도시는 마치 버려진 도시 같았다. 탑문 앞에는 석수들이 다듬다 만 흔적이 있는 석회암 덩어리들과 상자 안에 정리되어 있는 연장들이 뒹굴고 있었다. 신전 안마당의 타마리스 나무 그늘에는 아스완 채석장에서 온 화강암 덩어리들이 실려 있는 큰 나무썰매들이 놓여 있었다.

경악한 람세스는 신전에 이어져 있는 궁전으로 가보았다. 대문으로 들어가는 계단 위에 한 노인이 앉아 빵조각 위에 염소젖 치즈를 바르고 있었다. 군대가 나타나자 그의 식욕이 싹 달아나버렸다. 공포에 사로잡힌 그는 빵을 내던지고 도망치려 했다. 보병 하나가 뒤쫓아가서 그를 붙잡아 왕 앞에 데려왔다.

─노인장은 누구신가?

노인이 떨리는 목소리로 대답했다.

─소인은 궁전 세탁부입니다요.

─왜 일하지 않는가?

─그게 글쎄…… 일거리가 있어야죠. 다들 떠난 걸입쇼. 그러니까 다는 아니구, 거의 다 떠났습죠…… 저처럼 늙은 사제님들 몇 분만 신성한 호수 가까운 데에 남아 계십죠.

통치 초기에 람세스가 그렇게 강력하게 개입했는데도 불구하고, 신전은 아직도 완성되지 않았다. 왕과 병사들 몇 명은 탑문과 사무실, 공방, 도축장, 빵집, 그리고 맥주 양조장으로 이루어진 행정지역을 지나갔다. 어느 곳이나 텅 비어 있었다. 그들은 급한 걸음으로 평생 사제들이 살고 있는 지역을 향했다.

아카시아 나무 지팡이 끝에 손을 올려놓고 앉아 있던 삭발한 노인 하나가, 왕이 다가가자 자리에서 일어나려 애를 썼다.

─신의 시종이여, 너무 애쓰지 마시오.

─파라오시군요…… 사람들이 빛의 아들에 대해 제게 많은 이야기를 들려주었습니다. 파라오의 힘은 태양처럼 빛난다구요! 저는 앞을 잘 보지 못합니다. 그러나 제가 잘못 볼 리는 없습니다…… 죽기 전에 폐하를 뵈올 수 있어서 얼마나 행복한지 모르겠습니다. 아흔두 살의 나이에, 신들께서 제게 큰 기쁨을 베풀어주시는군요.

─이곳에 무슨 일이 일어난 겁니까?

─모두들 보름마다 한 번씩 있는 징용에 나갔습니다.

─징용이라니…… 누가 멋대로 그런 결정을 내렸습니까?

─인근 도시의 시장입니다…… 그는 신전에서 일하는 사람들이 너무 많고, 제사를 지내는 것보다는 운하를 보수하는 것이 더 유익한 일이라고 생각했던 거지요.

시장은 뺨이 통통하고 입술이 두툼한 낙천적인 사람이었다. 뚱뚱한 배 때문에 걷기가 힘들어, 그는 가마 의자만 타고 다녔다. 그러나 이번엔 장교 한 사람이 그를 전차에 태워 빠른 속도로 아비도스궁으로 데려왔다.

시장은 낑낑거리며 겨우 왕 앞에 부복했다. 왕은 사자발 모양의 다리가 달린 금칠한 나무 옥좌에 앉아 있었다.

―용서하십시오, 폐하. 폐하께서 왕림하셨다는 소식을 듣지 못했습니다. 알았더라면 성대한 연회를 마련했을 텐데, 저는…….

―아비도스에서 일하는 사람들을 징용한 장본인이 그대인가?

―예, 그렇습니다만…….

―그대는 그것이 엄중하게 금지되어 있다는 사실을 잊었는가?

―잊지 않았습니다, 폐하. 하오나 저는 그 모든 사람들이 할 일 없이 무위도식하는 것 같아서, 이 지역에 유익한 일거리를 저들에게 주는 것이 더 낫겠다고 생각했습니다.

―그대는 선왕께서 그들에게 맡기셨고, 나 자신도 인정했던 의무를 저버리게 하였다.

―그러나 제 생각에는…….

―파라오의 명령보다 그대의 생각이 더 중요한가? 그대는 중대한 잘못을 저질렀다. 그러한 잘못에 대한 처벌은 칙령으로 예고된 바 있다. 곤장 백 대와, 코와 귀를 잘리는 벌이다.

시장은 파랗게 질려서 빠른 소리로 중얼중얼 말했다.

―폐하, 있을 수 없는 일입니다. 비인간적인 처사입니다!

―그대는 그대가 잘못을 저지르고 있다는 사실을 알고, 어떤 벌을 받게 되는지도 알고 있었다. 그러니 재판할 필요도 없다.

법정에 가면 틀림없이 유죄판결을 받게 될 것이고, 어쩌면 더 무거운 벌을 받게 될지도 모른다는 것이 확실해지자, 시장은 하소연을 늘어놓기 시작했다.

─제가 잘못했습니다. 사실입니다. 그러나 제 개인적인 이익을 위해서 그랬던 건 아닙니다. 아비도스에서 일하는 사람들 덕분에 둑은 빨리 보수되었고, 운하 깊은 곳까지 청소할 수 있었습니다.

─그렇다면, 나는 그대에게 한 가지 다른 벌을 선택할 수 있는 여지를 주겠다. 그대와 그대의 관리들은 신전 건축이 끝날 때까지 신전 공사장에서 잡역부로 일하도록 하라.

오시리스 신전이 모든 사람의 얼굴을 환히 비추는 하늘의 지평선을 닮을 수 있도록, 모든 남녀 사제들은 그들의 제례 의무를 수행했다. 람세스는 아버지의 형상을 딴 황금 입상을 축성하고, 네페르타리와 함께 마아트의 규범에 봉헌 의례를 올렸다. 호박금으로 덮인 레바논 삼나무 문들, 은으로 덮인 바닥, 화강암 문턱, 가지각색의 부조들 덕택에 신전은 신들의 힘이 기꺼이 와서 머무시는 다른 세계가 되었다.

보물창고는 금, 은, 왕실 아마, 축제용 기름, 향, 포도주, 꿀, 몰약과 연고로 가득 찼다. 외양간에는 살진 황소, 암소와 튼튼한 송아지들이 함께 살게 되었고, 곳간은 일등품 알곡들로 가득 채워졌다. 신성문자로 쓰인 기록이 선언한 바대로, "파라오는 신을 위하여 모든 종자들의 수를 많게 하였다".

아비도스 궁의 접견실에 모인 지방 유지들 앞에서 연설하면서, 람세스는 선박들, 밭과 영지, 가축과 나귀, 그리고 기타 신전의 고유 재산은 어떤 핑계로도 빼앗아갈 수 없다는 법령을 포고했다. 오시리스 신전에 번영을 가져다주기 위하여 오시리스 영지에 관여하는 밭 감시인, 새 사냥꾼, 어부, 농부, 정원사, 포도 재배인, 사냥꾼과 기타 고용인들은 앞으로는 어떤 일이든 다른 장소에서 일하기 위해 징발될 수 없다.

왕명의 지침을 어기는 자는 누구나 실형을 받고, 일체의 공직생활에서 쫓겨나 몇 년간의 강제노동형에 처해지게 된다.

람세스의 독려를 받아, 일은 빠른 속도로 진척되었다. 사원 안에 모셔진 신들의 몸이 제례를 통하여 밝은 빛을 받고, 악이 쫓겨나고, 마아트가 신전의 품안에 깃들였다.

네페르타리는 행복한 나날을 보냈다. 아비도스에서 장기체류하게 되는 바람에 그녀에게 소녀 시절의 꿈을 실현시킬, 생각지도 않았던 기회가 생겼다. 신들의 한가운데에서 살며, 그들의 아름다움 앞에서 명상하고, 제사를 지냄으로써 그들의 비밀을 깨닫는 생활을 하는 것이 그녀의 어린 시절의 꿈이었다.

밤이 되어 성상안치소의 문을 닫을 시간이 다가왔을 때, 람세스는 그녀 곁에 없었다. 왕비는 그를 찾아다니다가 선조들의 회랑에 서 있는 그의 모습을 발견했다. 그곳에서 그는 제1왕조 때부터 그에 앞서 살았던 파라오들의 이름을 바라보고 있었다. 신성문자들의 힘에 의하여, 그들의 이름은 사람들의 기억 속에 영원히 남아 있을 것이다. 위대한 람세스의 이름도 그의 아버지의 이름 뒤에 새겨질 것이다.

왕은 큰 목소리로 자기 자신에게 질문을 던졌다.

— 어떻게 하면 이 특별한 분들에게 버금가는 사람이 될 수 있을까? 태만, 비겁함, 거짓말…… 어떤 파라오가 언젠가 이러한 악들을 사람들의 마음속에서 뿌리째 뽑아낼 수 있을까?

네페르타리가 대답했다.

— 어떤 파라오도 할 수 없어요. 그러나 파라오들은 모두 미리부터 질 수밖에 없는 이 싸움을 수행했고, 때로는 성공하기도 했지요.

— 아비도스의 신성한 땅이 귀하게 여겨지지도 않는데, 칙령을 포고할 필요가 있는 것일까?

— 그렇게 좌절하는 모습은 폐하답지 않아요.

―그래서 선조들께 여쭈어보러 온 거라오.

―선조들께서 폐하께 해줄 수 있는 충고는 단 한 가지뿐입니다. 계속하라. 시련으로부터 이익을 끌어내어 너의 힘을 키워라.

―이 신전에 있으니 참으로 좋구려. 이곳에는 평화가 군림하고 있소. 나는 속세에서도 평화가 군림하기를 원하지만, 내 힘이 미치지 않는구려.

―폐하를 그 유혹에서 빼어내는 것이 제 의무예요. 비록 저의 가장 소중한 바람과 반대되는 이야기지만 말예요.

람세스는 왕비를 품에 안았다.

―당신이 없으면, 나의 행동은 우스꽝스러운 허세에 불과할 것 같소. 보름 뒤에 오시리스 신비의식이 거행될 예정이오. 우린 그 의식에 참가하게 될 텐데, 당신에게 한 가지 제안할 것이 있소. 당신이 결정하도록 해요.

막대기로 무장한 괴한들이 큰 소리로 울부짖으며 행렬의 선두에 덤벼들었다. 자칼 신의 가면을 쓰고, '길 여는 자'의 역할을 하는 아비도스 사제는 오시리스의 배에 어둠의 존재들이 가까이 다가오지 못하도록 저주의 주문을 외면서 공격자들을 물리쳤다.

신비 입문자들이 길 여는 사제를 도와서 빛에 대항하여 반란을 일으킨 자들을 쫓아냈다.

행렬은 다시 새벽의 섬을 향해 출발했다. 섬에는 동생 세트에게 살해당한 오시리스로 화한 람세스가 사자머리 모양의 침대 위에 누워 쉬고 있다. 나일 강이 이 원초의 언덕을 둘러싸고 있었다. 이시스와 네프티스 자매가 사다리를 이용해서 언덕에 올라갔다.

섬은 한 덩어리의 거석(巨石) 기둥 열 개로 이루어진 웅장한 건물 한가운데에 있다. 그 열 개의 기둥이 떠받치고 있는 천장은 피라미드 시대의 건축가들의 이름에 어울리는 위용을 자랑한다. 오시리스 비밀사원 맨 끝에 위치한, 넓이 20평방미터에 길이가 6미터인 길쭉한 방에 신의 석관이 보관되어 있다.

네페르타리는 오시리스의 아내 이시스의 역할을 하고, 이제트는 네프티스의 역할을 했다. 네프티스라는 이름은 '신전의 여주인'이라는 뜻을 가지고 있다. 이시스의 자매인 네프티스는 오시리스를 죽음의 영역으로부터 벗어나게 하는 제의에서 이시스를 보좌하는 역할을 한다.

네페르타리는 람세스의 제안을 받아들였다. 피-람세스에 있던 이제트를 불러 제의에 참가시키는 것이 바람직하다는 생각이 들었기 때문이다. 서둘러 아비도스에 온 이제트는 신비의식에 참여하라는 네페르타리의 말을 듣고 감격의 눈물을 흘렸다.

두 여자가 무릎을 꿇고 앉았다. 네페르타리는 침대 머리맡에, 이제트는 침대 발치에 앉았다. 오른손에는 시원한 물이 들어 있는 물병을, 왼손에는 둥근 빵을 들고, 두 여자는 생명을 잃은 존재의 핏속에 새로운 기가 돌게 하기 위해서 길고 감동적인 연도(連禱)를 암송했다.

두 여자의 목소리는 하늘의 여신의 보호를 받아 똑같은 멜로디 안에서 하나로 합쳐졌다. 별들과 십분각들이 흩어져 있는 하늘의 여신의 거대한 육체가 부활의 침대 위에 있는 천장에 펼쳐져 있었다.

긴 밤이 지나갔다. 오시리스로 화한 람세스가 잠에서 깨어났다. 잠에서 깨어난 람세스는 그와 똑같은 신비를 경험한 그의 선조들이 한 말을 장엄하게 토했다.

"나에게 하늘의 빛이, 땅위의 창조의 힘이, 저승의 왕국에서 들려오는 목소리들의 공정함이, 별들의 머리 위로 여행할 수 있는 능력이 주어지이다. 나로 하여 밤의 배 안에서는 뱃머리의 밧줄을, 낮의 배 안에서는 고물의 밧줄을 잡을 수 있게 하소서."

32

우리테슈프는 잔뜩 화가 나 있었다.

뇌우의 신의 신전에서 다른 점술가에게 점을 쳐보았지만, 결과는 똑같았다. 예상이 비관적이므로 공격하지 말라는 예언이 나왔다. 병사들 대부분이 신전 점술가들을 굳게 믿고 있기 때문에, 우리테슈프는 그 예언을 무시할 수가 없었다. 어떤 점술가도 유리한 예언이 나올 수 있는 공격 날짜를 제시하지 못했다.

전의들은 무와탈리스의 건강상태를 호전시키지 못했다. 그러나 무와탈리스는 여전히 죽지 않고 있었다. 솔직히 말하면, 우리테슈프는 이 긴 임종이 마음에 들었다. 아무도 그에게 암살 혐의를 두지 않을 테니까 말이다. 의사들은 무와탈리스가 심장발작을 일으켰다는 사실을 확인했으며, 매일 대왕을 방문하는 아들의 헌신적인 태도를 칭송했다. 우리테슈프는 하투실이 대왕의 건강 따위는 안중에도 없다는 듯이 수도를 떠났다고 비난했다.

우리테슈프가 고결하고 당당한 하투실의 아내 푸투헤파와 마주쳤을 때, 그는 기회를 놓칠세라 빈정거리며 말했다.

―남편은 숨어 있는 거요?

―그이는 대왕의 명을 받아 임무 수행중이에요.

―아버님께 그런 얘기 못 들었는데.

―의사들 말을 듣자니까, 대왕께서는 이제 말 한마디 못 하신다면서요.

―제대로 알고 계시는구려.

―그런데도 총사령관께서는 대왕의 방을 막아놓으시고, 혼자서만 그 방에 드나드신다면서요.

―아버님은 안정이 필요하니까.

―우리는 모두 대왕께서 곧 모든 직분을 수행하실 수 있게 되기를 바라고 있습니다.

―물론이지요. 그러나 이런 상태가 계속된다고 생각해보시오……어떤 결정을 내려야만 할 겁니다.

―하투실이 없는 상황에서는 불가능해요.

―그를 궁으로 돌아오게 하시오.

―이건 명령입니까, 아니면 충고입니까?

―좋으실 대로 생각하시오, 푸투헤파.

푸투헤파는 몇몇 호위병만을 거느리고 한밤중에 수도를 떠났다. 그녀는 몇 번씩이나 우리테슈프가 미행을 붙이지 않았는지 확인했다.

하투실이 몸을 숨기고 있는 을씨년스러운 성채가 눈앞에 나타나자, 그녀는 몸을 떨었다. 혹시 주둔부대가 총사령관의 마음에 들기 위해 남편을 감옥에 집어넣은 건 아닐까? 그렇다면, 그녀의 삶도 남편의 삶과 마찬가지로 저 잿빛 벽 뒤에서 갑작스럽게 끝나버리고 말 것이다.

푸투헤파는 죽고 싶지 않았다. 그녀는 자기가 조국을 위해 봉사할 수 있다고 느꼈다. 그녀는 불타는 듯이 뜨거운 여름을 여러 해 만끽하고, 아나톨리아 고원의 거친 오솔길을 아직도 수없이 돌아다니고 싶었다. 그리고 무엇보다도, 하투실이 히타이트의 왕이 되는 것을 보고 싶었다. 아무리 작은 것이라도 우리테슈프를 누를 수 있는 기회가 있다면, 그 기회를 결코 놓치지 않고 꽉 움켜쥐리라.

요새의 병사들이 반갑게 맞이해주자, 그녀는 마음이 놓였다. 그녀는 곧 중앙 탑에 있는 성주의 처소로 안내되었다.

하투실이 그녀를 향해 달려왔다. 부부는 서로 끌어안았다.

─푸투헤파, 드디어 왔구려! 빠져나오는 데 성공했어…….

─우리테슈프가 벌써 수도에서 왕 노릇을 하고 있어요.

─여기에 있으면 우린 안전해요. 그의 불의와 난폭함을 겪었던 병사들이 너무 많거든.

푸투헤파는 벽난로 앞에 어떤 남자가 하나 앉아 있는 것을 알아차렸다. 그녀가 나지막한 목소리로 남편에게 물었다.

─누구예요?

─아샤요. 파라오의 외무대신이며 특사라오.

─아샤…… 아샤라면 저도 알지요. 만난 적이 있어요. 그런데 그 사람이 여기엔 웬일로?

─저 사람이 어쩌면 우리에겐 기회일지도 모르오.

─하지만…… 어떤 제안을 하는데요?

─평화요.

그때 하투실은 이상한 현상을 목격했다. 아내의 짙은 갈색 눈동자가 갑자기 밝아졌던 것이다. 마치 한줄기 빛이 안에서부터 눈동자를 환하게 비추는 것 같았다. 그녀가 놀란 목소리로 남편의 말을 되풀이했다.

— 이집트와의 평화라구요? 그게 불가능하다는 건 잘 아시잖아요!

— 우리의 이익을 위해서 이 생각지도 않았던 동지를 이용해야 되지 않겠소?

푸투헤파는 아샤가 있는 쪽으로 걸어갔다. 외교관이 자리에서 일어나 아름다운 히타이트 여인에게 인사했다. 푸투헤파가 아샤에게 말했다.

— 용서하세요. 진작 인사드렸어야 하는데, 이제야 인사드립니다.

— 괜찮습니다. 헤어졌던 아내와 남편이 다시 만나는 장면을 보고 기뻐하지 않을 사람이 누가 있겠습니까?

— 예전엔 실례가 많았습니다.

— 하투사에서 처음 만났을 때는 상황이 그랬지요. 오랜만에 뵙습니다.

— 하지만 여기 머무시는 건 아주 위험한 일입니다.

— 저는 수도로 갈 생각이었습니다. 하지만 부군께서 부인이 올 때까지 기다리라고 설득하셨지요.

— 그럼 대왕의 병환에 대해 이미 알고 계시겠군요.

— 그래도 그에게 말을 해보려 합니다.

— 소용 없습니다. 죽어가고 계시는걸요. 왕국은 벌써 우리테슈프의 손아귀에 들어가 있어요.

— 저는 평화를 제안하러 왔습니다. 저는 제가 원하는 결과를 얻게 될 겁니다.

— 우리테슈프의 유일한 목표가 이집트 정복이라는 걸 잊으셨나요? 저는 그의 고집을 싫어합니다만, 그러나 우리 제국의 응집력이 전쟁의 기반 위에 형성되었다는 사실을 알고 있습니다.

— 히타이트를 위협하고 있는 진짜 위험이 무엇인지 생각해보셨

습니까?

―람세스가 진두지휘하는 이집트 군이 총공격해 오는 것이지요!

―다른 가능성도 무시하지 마십시오. 아시리아의 세력이 걷잡을 수 없이 커지고 있다는 사실 말입니다.

하투실과 푸투헤파는 놀라움을 금치 못했다. 아샤의 정보력이 그들이 상상했던 것보다 더 놀라웠던 것이다.

―언젠가 아시리아는 당신들을 칠 것입니다. 두 개의 전선을 유지할 수 없는 히타이트는 두 개의 불구덩이 사이에 낀 형국이 됩니다. 히타이트 군이 이집트를 정복한다는 것은 실현가능성이 없는 이상론입니다. 과거의 경험을 거울 삼아, 우리는 이집트 보호령에 방어막을 쳐놓았습니다. 당신들로서는 그 방어막을 뚫기가 쉽지 않을 것입니다. 보호령이 저항하는 동안, 우리 군의 주력부대는 아주 신속하게 반격을 준비할 수 있을 거구요. 그리고 당신들은 카데슈에서의 큰 희생을 대가로 아시게 되지 않았습니까. 아몬 신께서 람세스를 보호하고 계시며, 그의 팔에 힘을 주시어 수천 명의 병사보다도 더 잘 싸우게 하신다는 것을 말입니다.

―그렇다면 귀하는 지금 우리에게 히타이트 제국의 몰락을 예고하러 오신 거로군요!

―그렇지 않습니다, 부인. 왜냐하면 오랜 맞수가 사라진다고 해서 이집트에 유리할 것이 없기 때문입니다. 우린 서로 잘 이해하기 시작하지 않았습니까? 평판과는 달리 람세스는 평화를 사랑하는 사람입니다. 왕비 네페르타리도 람세스가 평화의 길로 접어드는 걸 말리지 않을 겁니다.

―대비 투야는 어떻게 생각하고 있습니까?

―저와 똑같은 생각을 하고 계십니다. 즉 아시리아가 곧 두려운 위협을 가해올 거라고 생각하신다는 거죠. 히타이트인들이 제일 먼저 이 일과 관련될 것이고, 그 다음엔 이집트 차례가 되겠지요.

─아시리아를 저지하기 위한 동맹…… 그것이 귀하께서 우리에게 제안하시는 건가요?

─평화와 동맹입니다. 두 나라 백성을 침략으로부터 보호하기 위해섭니다. 따라서 히타이트의 다음 대왕은 대단히 중요한 결과를 가져올 결정을 내려야 할 겁니다.

─우리테슈프는 절대 람세스와의 전쟁을 포기하지 않을 거예요!

─하투실, 당신은 어떻게 대답하시겠습니까?

─푸투헤파와 나는 이제 아무 힘도 없소.

아샤가 재차 하투실을 다그쳤다.

─대답을 듣고 싶습니다.

하투실이 결연한 어조로 말했다.

─우리가 협상을 시작할 수도 있겠지요. 그러나 이 토론이 대체 무슨 의미가 있는 겁니까?

아샤가 빙그레 웃으며 대답했다.

─저는 실현가능성이 없는 것들에 흥미를 느낍니다. 지금 두 분에게 아무런 힘이 없다고 해도, 저는 이집트의 장래를 밝게 만들기 위해 두 분과 협상하고 싶습니다. 하투실께서 대왕이 되시면 우리의 대화는 엄청난 가치를 가지게 될 테니까 말입니다.

푸투헤파가 반박했다.

─그건 꿈일 뿐이에요.

─도망을 치시든지, 맞서 싸우셔야 합니다.

아름다운 히타이트 여인의 자존심이 불타올랐다.

─우린 도망치지 않아요.

─하투실과 부인은 가능한 한 많은 고위장교들의 신임을 얻으시거나 아니면 매수라도 하셔야 합니다. 히타이트 요새의 성주들이 두 분의 진영으로 넘어올 겁니다. 왜냐하면 그들이 방어적인 역할만을 수행하고 있다는 핑계 하에, 우리테슈프가 그들을 경멸하면서

승진을 막고 있기 때문입니다. 상인들은 거의 모두 두 분에게 호의적이니까, 그들을 통해서 소문을 퍼뜨리십시오. 히타이트 경제가 새로운 전쟁을 감당할 수 있는 형편이 못 되기 때문에, 이집트와 전쟁이 나면 히타이트는 도탄에 빠지게 될 거라고 말입니다. 조금씩 균열을 만들고 그걸 점점 더 넓혀서, 결국엔 우리테슈프가 혼란을 조장하는 자로서 왕이 될 능력이 없는 사람이라고 여겨지게 하십시오.

—그건 아주 오랜 시간이 필요한 일이에요.

—그런 대가를 치르고 나면 두 분은 성공하시게 되고, 또 평화를 얻게 되겠지요.

푸투헤파가 물었다.

—귀하께선 어떻게 행동하실 계획인가요?

—조금 위험하긴 하겠지만, 우리테슈프를 꾀어볼 생각입니다.

아샤는 멀리 하투사 성채를 바라보면서, 화려한 색깔과 깃발들로 장식되어 있는 히타이트의 수도를 즐겁게 상상해보았다. 성벽 위에서 춤을 추는 멋진 아가씨들도 있으리라. 그러나 산자락에 매달려 있는 요새처럼 생긴 음산한 도시가 눈앞에 나타나자, 그런 낭만적인 상상은 달아나버렸다.

이집트 외무대신은 종자와 신발 운반 담당 하인 두 사람만을 동행하고 있었다. 사절단의 다른 구성원들은 이집트로 돌아갔다. 아샤가 '낮은 도시'의 제1위병 초소에 인장을 제시하자, 위병은 크게 놀랐다.

—대왕께 내가 왔다고 알리시오.

—하지만…… 당신은 이집트인이 아닙니까!

—람세스 대왕의 특사요. 서두르시오. 부탁합시다.

아샤는 창으로 무장한 보병 일개 분대가 발맞추어 다가오는 것을 보고도 그다지 놀라지 않았다. 어떤 거칠게 생긴 녀석이 보병분대를 지휘하고 있었다. 생각할 줄 아는 것이라곤 명령에 대한 절대복종이 전부일 것 같은 녀석이었다.

—총사령관께서 대사님을 뵙고 싶어하십니다.

아샤는 우리테슈프에게 인사하고 자신을 밝혔다.

—람세스의 가장 명민한 대신께서 하투사에 납시다니…… 놀라운 일이올시다!

—대군(大軍)의 총수가 되셨다구요. 축하드립니다.

—이집트는 날 두려워해야 할 거요.

—이집트는 장군이 용맹스럽고 뛰어난 전사라는 걸 알고 있습니다. 그리고 우린 그것을 두려워하고 있지요. 그 때문에 제가 우리나라의 보호령에 안전유지 병력을 집결시켜놓았던 거지요.

—내가 박살낼 거요.

—저희 보호령은 습격에 대비하고 있습니다. 아무리 대단한 습격이라 해도 말입니다.

—수다는 그만 떱시다. 이렇게 온 이유가 뭐요?

—무와탈리스 대왕께서 병중이시라는 소문을 들었습니다.

—소문을 들은 걸로 만족하시오. 대왕의 건강은 국가기밀이외다.

—히타이트의 주인은 우리의 적이지요. 그러나 우리는 그의 위대함을 존경합니다. 그래서 이렇게 찾아온 것입니다.

—아샤, 당신이 여기 왔다는 건 무슨 의미요?

—무와탈리스 대왕의 병환을 치료하기 위한 약을 갖고 왔습니다.

33

이제 일곱 살이 된 소년은 아버지가 따랐던 계율을 자기도 따랐
다. 그의 아버지는 그 계율을 자기 아버지에게서 물려받았다. 즉 배
고픈 사람에게 물고기 한 마리를 주는 것보다는 낚시질을 가르쳐주
는 것이 더 낫다는 계율이었다. 아이는 자기가 얼마나 능숙하게 막
대기로 물을 쳐서 물고기를 그물에 몰아넣을 줄 아는지 친구에게
증명해 보이고 싶었다. 그만큼 배가 고픈 그의 친구가 키 큰 파피
루스 곁에 그물을 들고 서 있었다.

그런데 소년의 눈앞에 갑자기 배들이 나타났다.

북쪽에서 오는 함대였다. 선두에 서 있는 선박의 뱃머리에는 황
금빛 스핑크스가 앉아 있었다. 틀림없다! 파라오의 배다!

어린 어부는 물고기며 그물이며 다 내팽개치고 나일 강 속으로

잠수해 들어갔다. 아이는 파라오의 도착을 마을에 알리기 위해서 둑 쪽으로 헤엄쳐갔다.

'이제 며칠 동안 잔치가 벌어지겠네.'

카르낙 신전의 거대한 대열주의 홀이 위용을 자랑하고 있다. 중 앙 홀에 늘어서 있는 높이 25미터의 기둥 열두 개는 원초의 대양에 서 태어나는 창조의 힘을 나타낸다.

아몬 대사제 네부가 순금을 입힌 지팡이를 짚고 왕과 왕비를 만 나러 왔다. 관절염 때문에 고통스러웠지만, 어쨌든 허리를 굽혀 절 하는 데는 성공했다. 람세스는 그가 몸을 다시 일으키는 것을 도와 주었다.

─폐하, 다시 뵙게 되어 반갑습니다. 왕비님의 아름다움을 찬미 할 수 있게 된 것도 기쁘고요.

─네부 대사제, 격식을 차리시는 걸 보니 이제 나무랄 데 없는 궁정 인사가 되신 듯하오.

─그 분야라면 아무 희망도 없습니다, 폐하. 저는 앞으로도 방금 드린 말씀처럼 제 생각을 솔직하게 말씀드릴 생각입니다.

─건강은 좀 어떠시오?

─늙어가는 일에 순응해야겠지요. 신전 의사가 버드나무가 주성 분인 약을 조제해주었는데, 그 약 덕분에 그래도 아픈 게 덜하답니 다. 솔직하게 말씀드리면, 제 한 몸의 편안을 생각할 시간이 거의 없습니다…… 폐하께선 제게 너무 무거운 짐을 맡기셨습니다!

─결과를 보니, 내가 역시 선택을 잘했다는 생각이 드오.

대사제가 업무를 분담해주는 8만 명의 고용인들, 백만 두에 가까 운 가축, 백여 척에 이르는 짐배, 끊임없이 공사중인 150여 군데의 공사장, 엄청난 면적의 경작지, 여러 군데의 숲, 과수원, 포도원 등 이 아몬의 부유한 영지 카르낙의 재산목록이었다.

—폐하, 가장 힘든 것은 여러 분야에 종사하는 서기관들의 업무를 조화시키는 것이랍니다. 토지 담당, 곡물창고 담당, 경리 담당 서기관들과 또 그들의 동료들이 하는 서로 다른 일들…… 탁월한 권위로 통제하지 않으면, 이 작은 세계는 곧 혼돈으로 되돌아가버릴 겁니다. 사람들은 각자 제 이익을 챙길 생각만 하니까요.

—대사제님의 경영 감각은 놀랍소.

—저는 두 가지 덕밖에는 모릅니다. 복종하고 섬기는 것이지요. 나머지는 수다에 불과합니다. 그런데 제 나이에는 수다 떨 시간이 없답니다.

람세스와 네페르타리는 134개의 기둥들을 하나하나 살펴보며 경탄했다. 기둥 장식은 신들의 이름을 나타내는 것이었다. 파라오가 그 신들에게 제물을 바치는 모습이 끝없이 표현되어 있었다. 그 기둥들은 돌에 의하여 영원해진 나무 줄기들로서, 원초의 늪을 상징하는 바다와, 금빛 별이 반짝이는 푸른 빛으로 칠해진 천장을 이어 주고 있었다.

세티가 원했던 바와 같이 대열주가 늘어서 있는 카르낙의 거대한 홀은, 자신의 신비를 드러내면서도 숨어 있는 신의 영광을 영원히 나타내게 될 것이다.

네부가 물었다.

—이곳 테베에는 잠깐 들르신 건가요, 아니면 오래 체류하실 건가요?

람세스가 대답했다.

—이집트를 평화의 길로 인도해가기 위해, 나는 신들께서 기꺼이 머무실 신전들을 봉헌하고, 나와 네페르타리의 영원의 집을 완성함으로써 신들을 만족시켜드려야만 하오. 신들께서는 그분들이 우리의 심장에 놓아두신 생명을, 원하는 시간에 거두어가시지요. 이집트 백성들이 우리의 죽음 때문에 고통스러워하지 않도록, 우리는

신들 앞에 나아갈 준비를 해야 한다오.

람세스는 카르낙의 성상안치소의 비밀 안에서 신의 힘을 깨운 뒤, 살아 있는 그 힘을 경배했다.

─생명과 신들과 인간들을 잉태하시는 이여, 내 나라와 먼 땅들의 창조주시여, 푸르른 초원과 홍수를 만드시는 이여, 경배받으소서. 만물이 당신의 완전함으로 가득 찼나이다.

카르낙이 잠에서 깨어났다.

기름 램프의 빛이 햇빛으로 바뀌고, 제관들은 정화의 물병을 신성한 호숫물로 채우고, 작은 사당들을 향기롭게 만드는 향들을 새것으로 바꾸고, 제단 위에 꽃, 과일, 야채, 신선한 빵을 가져다놓았다. 봉헌물들을 들고 돌기 위한 행렬이 갖추어졌다. 봉헌물들은 모두 마아트에게 바쳐진다. 마아트 여신만이 생명의 여러 형태들을 부활시킨다. 태양이 뜰 때 대지를 촉촉이 적시는 여신의 이슬의 향기 덕분에 만물은 생기를 띠게 되는 것이다.

람세스는 네페르타리와 함께 양 옆에 스핑크스들이 도열해 있는 룩소르 신전으로 가는 길로 접어들었다.

어떤 남자 하나가 탑문 앞에 서서 왕과 왕비를 기다리고 있었다. 네모난 얼굴과 탄탄한 체격을 가진, 왕년에 왕실 마구간 감독이었던 사람이었다.

왕이 아내에게 옛날 이야기를 들려주었다.

─우린 서로 맞서 싸웠다오. 그에게 저항할 수 있었던 것이 여간 자랑스럽지 않았소. 그때 난 아직 애송이에 불과했었지.

우락부락한 바크헨은 군인으로서의 경력을 포기하고 난 후 많이 달라졌다. 카르낙의 제4예언자가 된 그는 왕과 왕비를 보고 눈물을 흘리며 감격했다. 파라오를 다시 만나게 된 것이 너무 기뻐서 그는 할 말을 잊었다. 그는 자신의 작품들이 대신 말하게 하는 게 더 낫겠다 싶었는지, 람세스에게 룩소르의 엄청난 현관을 보여주었다.
현관 앞에는 하늘을 향해 치솟은 두 개의 오벨리스크와 람세스의
모습을 조각한 몇 개의 거상들이 서 있었다. 아름다운 사암 위에는
카데슈 전투의 일화들과 이집트 왕의 승리를 말해주는 장면들이 조
각되어 있었다.

바크헨이 열정적인 음성으로 말했다.

—폐하, 건물이 완성되었습니다.

—그러나 일은 계속되어야 하네.

—저는 준비가 되어 있습니다.

왕과 왕비, 그리고 바크헨은 탑문 뒤쪽에 있는 큰 마당에 들어섰
다. 마당을 빙 에워싼 주랑의 기둥 사이사이에 람세스의 입상들이
세워져 있는 게 보였다. 그 입상들은 람세스가 나라를 다스리는 데
꼭 필요한 불멸의 힘인 그의 '카'를 지니고 있었다.

—바크헨, 석수들과 조각가들이 놀랍도록 일을 잘했군. 그러나
나는 조금도 휴식을 허락할 수 없다. 그들을 힘들고 위험하기까지
한 장소로 데려갈 생각이니까.

—폐하, 어떤 계획을 가지고 계신지 알 수 있겠습니까?

—누비아에 여러 개의 사원을 건축할 계획이다. 그 중 하나는 대
사원이다. 장인들을 불러모아 의견을 듣도록 하라. 나는 지원자들
만을 받아들일 생각이다.

왕이 몸소 설계한 람세스의 영원의 신전 라메세움은 웅장하게 솟
아 있었다. 그것은 서쪽 연안에서 가장 거대한 건물이었다. 탑문과
마당들, 그리고 작은 사원들을 건축하기 위해 화강암, 사암, 현무암
이 사용되었다. 금을 입힌 여러 개의 문들이 건물의 여러 구역들을
나누고 있으며, 벽돌담이 건물 전체를 둘러싸고 있었다.

밤이 내렸다. 세나르는 어둠을 틈타 텅 빈 창고 안으로 숨어드는

데 성공했다. 그는 오피르가 준 무기를 몸에 지니고 있었다. 그는 이 무기 덕택에 모든 것이 끝났으면 좋겠다고 생각했다. 신성한 공간에 들어가 일을 꾸밀 수 있도록, 그는 어둠이 좀더 두터워지기를 기다렸다.

그는 건축중인 궁전 담을 따라가다가 마당을 가로질렀다. 세티에게 바쳐진 사당 앞에서 그는 주춤거렸다.

세티, 그의 아버지…….

하지만 람세스를 파라오로 택함으로써 그를 배반한 아버지였다! 그 아버지는 폭군의 등극을 도와줌으로써 그를 능멸하고 쫓아냈다.

지금 그가 계획하고 있는 일을 저지르고 나면, 셰나르는 더이상 세티의 아들이랄 수 없었다. 하지만 무슨 상관이겠는가? 신비 입문자들이 주장하는 것과는 달리, 죽음의 장애를 극복한 사람은 아무도 없다. 공허는 세티를 집어삼켜버렸다. 람세스도 똑같이 공허에 집어삼켜질 것이다. 삶에는 단 하나의 의미밖에는 없다. 수단과 방법을 가리지 말고 가능한 한 많은 권력을 쟁취하여, 평범한 사람들과 쓸데없는 사람들을 짓밟으며, 쟁취한 권력을 구속받지 말고 행사하는 것이다.

그런데 수많은 멍청이들이 람세스를 신처럼 여기기 시작했단 말이다! 셰나르가 우상을 거꾸러뜨리고 나면, 새로운 체제를 향한 길이 열릴 것이다. 그 체제는 낡은 제의들을 폐기처분하고, 흥미를 가질 가치가 있는 두 가지 축에 따라서만 나라를 다스리게 될 것이다. 즉 영토확장과 경제발전이 그 두 축이다.

왕위에 오르는 즉시, 셰나르는 라메세움을 밀어버리고 람세스의 모든 형상들을 파괴할 생각이었다. 아직 완성되지 않았는데도, 영원의 신전은 이미 신비한 힘을 내뿜고 있어 셰나르 자신도 싸우는 것이 조금 힘겹게 느껴졌다. 신성문자들, 조각되거나 그림으로 그려진 장면들이 생생하게 살아 있었다. 그 글자들과 그림들이 돌 하

251

나하나 안에서 람세스의 현존과 힘을 확인시켜주고 있었다. 아니다, 이건 밤이 불러낸 환상에 불과해!

세나르는 그를 사로잡은 마비상태를 빠져나왔다. 그는 오피르가 일러준 대로 일을 처리하고 라메세움을 빠져나왔다.

영원의 신전이 형태를 갖추어갔다. 그것은 살아 있는 생명체처럼 자라났다. 그 신전에 힘입어 람세스의 통치가 모습을 갖추게 되는 것이다. 왕은 신전에 경의를 표했다. 앞으로 이곳에 와서 그의 생각과 행동에 자양을 주는 힘을 섭취하리라.

달인들과 조각가들과 화가들은 카르낙이나 룩소르에서처럼 훌륭하게 일했다. 지성소와 몇 개의 작은 사원과 그 부속실들, 기둥이 있는 작은 방 하나가 완성되었다. 세티에게 제사 드리기 위한 건물도 완성되었다. 신성한 영역에 속한 다른 부분들은 아직도 공사중이었다. 그 밖에 벽돌로 짓고 있는 창고들과 도서관, 그리고 사제들의 집들도 역시 공사중이었다.

람세스 즉위 2년에 심은 라메세움의 아카시아는 놀라울 정도로 빨리 자랐다. 몸체는 아직 가냘팠지만, 잎사귀는 벌써 부드러운 그늘을 드리워줄 만큼 무성했다.

왕과 왕비는 큰 마당을 가로질렀다. 석수들이 망치와 끌을 내려놓고, 존경과 감탄이 가득 찬 시선으로 그들을 바라보았다.

석수들의 책임자와 대화를 나누고, 람세스는 한 사람 한 사람에게 일하는 데 어려움은 없느냐고 물어보았다. 왕은 게벨 실실레의 채석장에서 보냈던, 열광에 가득 찬 시절을 잊지 않았다. 그때 그는 석수가 되겠다고 생각했었다. 왕은 장인들에게 일등품 포도주와 의복으로 특별 상여금을 지급하겠다고 약속했다.

왕과 왕비는 이제 세티의 사당을 향했다. 그런데 네페르타리가 갑자기 가슴에 손을 얹더니 꼼짝도 않고 서서 말했다.

―위험이…… 위험이 아주 가까운 곳에 있어요.

람세스가 놀라며 말했다.

―여기, 이 신전 안에 말이오?

왕이 말하자 불편한 분위기가 사라졌다. 왕과 왕비는 세티의 영혼이 영원히 공경받게 될 사당을 향해 다가갔다.

―람세스, 사당 문을 밀지 마세요. 위험이 문 뒤에 있어요. 제가 열게요.

네페르타리가 금칠한 나무문을 열었다.

문턱 위에 산산조각난 홍옥수 눈(眼)이 흩어져 있었다. 사당 깊숙한 곳에 놓인 세티의 입상 앞에는, 사막에 살고 있는 짐승 털로 만들어진 시뻘건 덩어리가 하나 놓여 있었다.

이시스의 힘을 가지고 있는 위대한 여사제인 왕비가 부서진 눈의 조각을 이어 맞추었다. 만일 왕이 이 모독당한 상징의 파편을 밟았더라면, 그의 몸은 마비되어버렸을 것이다. 왕비는 시뻘건 덩어리를 손으로 만지지 않고 치맛단에 싸서 바깥으로 가지고 나왔다. 불태우려는 것이다.

감히 이 사악한 눈을 사용하려 했던 자들은 어둠 속에서 나온 존재들이 틀림없다. 그들은 세티와 람세스를 이어주고 있는 끈을 끊어버리고, '두 개의 땅'의 주인에게서 선조의 초자연적인 가르침을 빼앗음으로써, 그를 단순한 폭군으로 타락시키려 했던 것이다.

람세스는 셰나르를 떠올렸다. 히타이트인들에게 매수된 마법사의 도움을 받아, 악의 길에서 이처럼 멀리까지 나아갈 수 있는 자는 달리 없었다. 셰나르가 아닌 그 누가, 그의 좁은 가슴이 간직하기엔 너무 큰 그 무엇을 이처럼 악착스럽게 파괴하려 하겠는가?

34

모세는 망설였다.

그는 신께서 그에게 맡기신 임무를 완수해야 한다. 그러나 그의 능력을 벗어나는 장애물이 그의 앞에 가로놓여 있었다. 이제 그는 더이상 환상을 품고 있지 않았다. 람세스는 양보하지 않을 것이다. 모세는 람세스를 잘 알고 있었다. 그는 가볍게 말할 사람이 아니다. 왕은 히브리인들을 이집트 민족에 통합된 일부로 생각하고 있는 것이다.

그러나 탈출에 대한 생각은 히브리인들 사이에 점점 더 넓게 퍼져나갔다. 선지자에게 반대하는 세력은 점점 더 약화되었다. 많은 사람들이 람세스와의 특별한 관계 덕분에, 모세가 쉽게 파라오의 허가를 얻어낼 수 있을 것이라고 생각했다. 지파 지도자들의 존재는 점차 희미해져갔다. 최근에 열린 장로회의에서, 아론이 똑같은 신앙과 똑같은 의지 안에서 한데 모인 히브리 민족의 대표자로 모세를 소개했을 때, 그의 말에 반론을 제기하는 사람은 아무도 없었다.

히브리인들 사이의 분열이 사라졌으므로, 이제 선지자가 정복해야 할 적은 단 하나밖에 없었다. 위대한 람세스였다.

아론이 다가와 말을 거는 바람에 모세의 명상이 흩어졌다.

—모세, 벽돌공 하나가 그대를 만나보기를 청하는군요.

—알아서 처리하십시오.

—그 사람은 그대한테만 얘기하겠다는 거요. 다른 사람하곤 얘기하지 않겠답니다.

—무슨 일 때문에 날 보잔답니까?

—그대가 옛날에 했던 약속 때문이라던데. 그대를 신뢰하고 있는 것 같더군요.

—데려오십시오.

흰 머리띠로 짧은 가발을 동여맨 남자였다. 머리띠 때문에 이마는 가려져 있고, 귀는 드러나 있었다. 검게 그을은 얼굴, 짧은 턱수염과 다듬지 않아서 삐죽삐죽한 콧수염을 가진 이 사람은 전혀 히브리인 벽돌공처럼 보이지 않았다.

그러나 그의 모습은 모세에게 미심쩍은 생각을 불러일으켰다. 어디서 본 듯한 얼굴이었다.

—나에게 무얼 원하시오?

—전에 우리 두 사람은 같은 이상을 가지고 있었지요.

—아니, 오피르 아니오!

—그래, 날세.

—많이 달라졌군요.

—람세스의 경찰이 날 찾고 있어서⋯⋯.

—경찰이 당신을 찾는 거야 당연한 일 아니오? 내가 잘못 알고 있는 게 아니라면, 당신은 히타이트의 첩자니까.

—내가 그들을 위해 일했던 건 사실일세. 그러나 내 조직은 사라졌고, 히타이트인들은 지금 이집트를 칠 형편이 못 된다네.

—그래서 당신은 나를 이용해서 람세스를 칠 목적으로 나에게 거짓말을 했던 거로군!

—그게 아닐세, 모세. 자네와 나는 하나뿐이시며 전능하신 신을 믿고 있네. 히브리인들과 접촉하면서 그 신은 그 어떤 신도 아닌 야훼, 바로 그분이시라는 확신을 가지게 되었네.

—그런 그럴듯한 말에 속아넘어갈 만큼 내가 어리석은 줄 아시오?

—자네가 나의 진심을 알아주지 않는다 해도, 나는 자네의 주장을 위해 봉사할 생각이네. 봉사할 만한 가치가 있는 유일한 주장이니까. 내가 기대하는 것은 전혀 개인적인 이익이 아니네. 내 영혼의 구원이라는 걸 알아주었으면 좋겠네.

모세의 마음이 흔들렸다.

—그럼 아톤에 대한 신앙은 포기한 거요?

—나는 아톤이 진정한 신의 예시에 불과했다는 걸 알게 되었네. 진리가 내게 모습을 나타내셨기 때문에, 난 나의 잘못된 생각들을 버렸다네.

—당신이 왕위에 오르게 하려 했던 젊은 여성은 어떻게 된 거요?

—그 여자는 갑자기 죽어버렸네. 나는 많이 고통스러웠어. 그런데 이집트 경찰은 내가 저지르지도 않은 끔찍한 범죄 혐의를 나에게 두고 있네. 그 비극 안에서 난 운명의 징조를 보았지. 이제 람세스에게 맞설 수 있는 사람은 자네 한 사람뿐일세. 그 때문에 나는 있는 힘을 다해 자네를 도우려는 것이야.

—오피르, 당신은 대체 무얼 원하는 거요?

—자네가 야훼에 대한 신앙을 전파하도록 돕는 거지. 그뿐일세.

—야훼께서 우리 민족의 탈출을 명하셨다는 걸 알고 있소?

—나는 그 웅대한 계획에 찬성일세. 그 계획이 람세스의 몰락과 이집트에서의 진정한 신앙의 도래를 동반한다면 더더욱 기쁠 걸세.

—당신은 여전히 히타이트 첩자가 아니오?

—난 이젠 히타이트인들과 전혀 접촉이 없네. 히타이트인들은 왕위계승 문제를 놓고 서로 싸우고 있지. 그들의 첩자 노릇을 했던 건 이제 과거의 일이야. 나의 미래와 희망은, 모세 자네일세.

—날 어떻게 돕겠다는 거요?

—람세스와 맞서 싸우는 일은 쉽지 않을 걸세. 나의 지하투쟁 경험이 자네에게 도움이 될 걸세.

—히브리 민족의 목적은 이집트에서 탈출하려는 것이지, 람세스에게 반기를 드는 것이 아니오.

—무슨 차이점이 있겠나? 람세스에게 자네의 태도는 반란을 책동하는 것으로밖에 보이지 않을 걸세. 그리고 그 반란을 철저히 진압하려 하겠지.

모세는 리비아인 마법사의 말이 옳다는 것을 내심 인정하지 않을 수 없었다.

—생각해봐야겠소, 오피르.

—모세, 자네는 지도자야. 한 가지 충고를 하게 해주게. 람세스가 없는 동안에는 아무것도 시도하지 말게. 람세스하고는 협상할 수 있을지 몰라. 하지만 투야 대비를 위시한 아메니나 세라마나, 람세스의 앞잡이들은 자네 민족에 대해 전혀 관용을 베풀지 않을 걸세. 공안질서를 유지하기 위해 그들은 무자비한 탄압을 명령할 걸세. 왕과 왕비의 여행기간을 이용해서 우리의 내부 결속력을 키우기로 하세. 망설이는 사람들을 설득하고, 피할 수 없는 전쟁을 준비하도록 하세.

모세는 오피르의 단호한 태도에 깊은 인상을 받았다. 마법사와 손을 잡겠다고 결심한 것은 아니지만, 그가 하는 말이 일리가 있다는 걸 부정할 수는 없었다.

테베 경찰대장은 셰나르와 그의 공범을 찾기 위해서 할 수 있는 일은 다 해보았다고 단언했다. 경찰이 수사에 .들어가기에 앞서, 람세스는 나일 강에서 활을 쏘아 그를 죽이려 했던 자객의 인상착의를 경찰에게 말해주었다. 그러나 공안당국의 수사는 아무 결과도 없었다.

네페르타리가 확신을 가지고 말했다.

─그는 테베를 떠났어요.

─당신도 나처럼 그가 살아 있다고 확신하고 있구려.

─저는 위험한 존재를, 어두운 힘을 느껴요. 이 존재는 셰나르나 마법사일까요? 아니면 그들을 맹종하는 무리 중의 한 사람일까요?

람세스가 말했다.

─그건 셰나르요. 내가 아버지의 보호를 받지 못하게 하려고 나와 아버지를 이어주고 있는 끈을 끊어놓으려 했던 거요.

─사악한 눈은 전혀 효력이 없을 거예요. 불에 태웠으니까 해코지를 할 수 없어요. 송진이 주성분인 접착제를 사용해서 부서진 눈을 원상태로 복구시켜놓았어요.. 알고 보니 피-람세스에 있는 세트 신전의 보물창고에서 훔쳐낸 것이더군요.

─그 붉은 눈은 사막에 사는 짐승 털로 만들어져 있었잖소. 그 짐승들은 세트의 피조물이오…… 셰나르는 세트 신의 엄청난 힘을 사용해서 나를 파괴하려는 의도를 가지고 있었던 거요.

─당신이 세트와 맺고 있는 관계를 과소평가했던 거지요.

─세트의 힘은 매일 재창조해야 하는 조화의 힘이지…… 조금이라도 부주의하면, 그 힘은 그 힘의 주인이 되었다고 생각하는 자를

258

파괴해버리니까.

─우리는 언제 대남부지방으로 떠나나요?

─우리의 무덤을 찾아보고 떠날 예정이오.

왕과 왕비는 테베의 산악지대의 가장 남쪽에 있는 계곡을 향해 떠났다. '재생의 장소' 그리고 '수련꽃들의 장소'라고 불리는 곳이었다. 이 '왕비들의 계곡'에서 람세스의 어머니인 대비 투야와 왕비 네페르타리가 영원히 쉬게 될 것이다. 인부들은 침묵의 여신이 살고 있는 산정의 보호를 받는 이곳에 그녀들의 무덤을 마련해놓았다.

뜨거운 태양이 짓누르듯 내리쬐는 이 사막에, 하토르 여신이 머문다. 별들을 반짝이게 하며 그녀를 섬기는 자들의 가슴을 춤추게 하는, 미소짓는 하늘의 여신이 군림하고 있는 것이다.

네페르타리는 자기 무덤 벽에서 하토르 여신의 모습을 발견했다. 여신은 영원히 젊은 모습으로 그려져 있을 왕비에게 부활의 힘을 불어넣는 자기치료사로 표현되어 있다. 왕비는 매의 거죽처럼 생긴 황금색 머리모양을 하고 있다. 왕비는 신의 어머니를 상징한다. 화가들은 '부드러운 사랑'의 아름다움을 믿을 수 없을 만큼 완벽한 형태로 옮겨놓는 데 성공했다.

─이 집이 마음에 드오, 네페르타리?

─너무 아름다워요…… 전 이렇게 아름다운 집에 들 자격이 없어요.

─이런 영원의 집은 전에도 없었고 또 앞으로도 없을 것이오. 당신의 사랑은 생명의 숨결이오. 당신은 신들과 사람들의 가슴속에 영원히 살아남게 될 것이오.

흰 외투에 감싸인 초록색 얼굴의 오시리스, 거대한 태양을 머리에 이고 있는 빛나는 라, 신성갑충의 머리를 한 변신의 원칙인 케프리, 진리처럼 가벼운 타조의 깃털을 그 유일한 상징으로 하는, 아름답고 섬세한 젊은 여인으로 표현되는 우주의 규범 마아트……

네페르타리에게 새 생명을 주기 위하여, 시간 속에서 그리고 시간을 넘어선 곳에서 신들의 힘이 한데 모였다. 아직은 비어 있지만, 이제 곧 생명의 집의 서기관이 『빛 속으로 나아가는 책』과 『문들의 책』의 신성문자들을 기둥에 써넣을 것이다. 그 신성문자들은 왕비가 저승으로 가는 아름다운 길을 안전하게 여행하게 하기 위한 것이다.

그것은 이미 죽음이 아니었다. 그것은 신비의 미소였다.

며칠 동안이나 네페르타리는 영원의 집에 살고 있는 신의 모습들을 살펴보았다. 이제 위대한 여행의 순간이 오면, 그녀는 이 집의 특별한 주인이 되는 것이다. 그녀는 자기 삶 저 너머에 있는 세계와 친숙해졌으며, 땅의 한가운데에서 하늘의 맛을 지니고 있는 침묵을 공유했다.

네페르타리가 '수련꽃들의 장소'를 떠날 결심을 하자, 람세스는 그녀를 '위대한 초원'이라 불리는 '왕들의 계곡'으로 데려갔다. 18 왕조 이후의 역대 파라오들이 쉬고 있는 곳이었다. 왕과 왕비는 람세스1세와 세티의 무덤 속에 오래 머물렀다. 모든 그림들이 걸작품이었다. 왕비는 기둥과 기둥 사이를 돌아다니며 기둥에 새겨진 그림과 신성문자들을 보았다. 기둥에는, 죽은 태양이 젊은 태양으로 다시 태어나는, 태양의 변모의 여러 국면들을 드러내는 『숨겨진 방의 책』이 새겨져 있었다. 태양의 변모는 파라오의 부활의 모델이다.

태양신 라, 라는 세계를 창조하고 그 세계를 보기 위해 자신의 눈과 눈의 신을 만들었다. 그때부터 라는 세계를 보게 되었지만, 그의 아름다운 눈엔 눈물이 고였다. 파라오의 마음이 이러하리라.

천천히 발길을 옮기던 네페르타리는 위대한 람세스의 영원의 집을 발견하고 감동했다. 화가들은 조그만 단지 속에 곱게 간 금속 색소들을 용해시켜놓았다. 그 물감을 사용해서 왕의 사후의 삶을 지켜주게 될 상징적 인물들을 생생한 모습으로 벽에 그리는 것이다. 물과 아카시아 진액에 섞어놓은 색소 분말은 화가들로 하여금 뛰어난 정확성을 가지고 그림을 그릴 수 있게 해주었다.

여덟 개의 기둥이 세워져 있는 '황금의 방'은 석관이 놓여질 방이었다. 그 방은 이제 거의 완성단계였다. 이제 죽음은 람세스를 맞을 준비를 갖추었다.

왕이 달인을 불러 지시했다.

―몇몇 선조들의 무덤처럼 바위 속으로 들어가는 복도를 하나 파고, 그곳에 다듬지 않은 돌을 하나 놓아두도록 하라. 그 돌은 그 어떤 인간도 알 수 없는 궁극적인 비밀을 나타내기 위한 것이다.

네페르타리와 람세스는 그들이 방금 결정적인 단계를 뛰어넘었다는 느낌이 들었다. 그들 자신의 죽음에 대한 인식이 그들의 사랑에 덧붙여졌던 것이다. 그 죽음은 종말이 아니라 눈뜸이었다.

35

세라마나는 참을성 있게 행동해야 했다.

메바가 투야 대비가 주최하는 연회에 참석하기 위해 집을 나간지 벌써 한 시간이 넘었다. 투야는 왕과 왕비가 없는 동안 왕실의 결속력을 유지하기 위해 연회를 열었다. 투야는 서신을 통해 람세스와 정기적으로 연락을 취하고 있었다. 투야는 아메니의 꼼꼼한 업무처리와 인정사정 봐주지 않고 질서를 유지하는 세라마나의 엄격한 태도에 만족했다. 히브리인 사회에서는 동요가 가라앉은 듯했다.

그러나 자신의 직감을 믿는 이 왕년의 해적은, 이 평온이 폭풍 전야의 고요라고 굳게 믿고 있었다. 모세는 자기 민족의 유력인사들과 대화를 나누는 것으로 만족하고 있다. 그러나 그는 이제 이론의 여지 없는 히브리인들의 대표자가 되었다. 더욱이, 람세스가 우정을 소중히 여긴다는 사실을 알고 있는 많은 이집트의 고위인사들이 모세의 비위를 맞추는 것이 좋다고 판단하고 있었다. 그들은 언젠가 모세가 중요한 지위에 등용될 것이라고, 그러면 지금 그가 주장하고 있는 그 모호한 이론 따위는 잊어버릴 것이라고 생각했다.

세라마나가 걱정하는 인사들의 제일 앞머리에 메바가 있었다. 세라마나는 이 외교관이 카의 붓을 훔쳐갔다고 확신하고 있었지만, 도대체 무슨 의도로 그랬는지는 알 길이 없었다. 세라마나는 외교관들을 싫어했지만, 메바는 특히 더했다. 너무 세속적이고, 너무 멋을 부리고, 지나치게 사근사근하다. 이런 유형의 호남들은 천성적으로 거짓말을 잘한다.

카의 붓이 메바의 집에 숨겨져 있다면? 그러면 세라마나는 그를 절도 혐의로 고발할 수 있을 것이고, 이 귀족 양반께서는 법정에서 자기가 한 행동의 이유를 설명해야 할 것이다.

메바의 정원사는 잠자리에 들었고, 하인들도 자기들 방으로 돌아갔다. 세라마나는 집 뒤쪽으로 기어올라가서 테라스로 들어갔다. 그는 고양이처럼 살금살금 걸어 다락방으로 올라가는 뚜껑문을 열었다. 다락을 통해 큰 방들이 있는 곳으로 쉽게 내려갈 수 있었다.

세라마나는 상당히 오랫동안 꼼꼼하게 수색했다.

―아무것도 없어.

면도도 못 한 얼굴로 세라마나가 퉁명스레 내뱉었다. 아메니가 그에게 환기시켰다.

―자네의 수색은 불법이야.

―성공했더라면, 그 메바라는 놈이 더이상 나쁜 짓을 못 하게 할 수 있었을 텐데.

―그 사람 뒤를 왜 그렇게 악착스레 캐고 다니나?

263

―위험인물이니까 그렇지.

―메바가 위험인물이라구? 출세밖에는 아무 관심도 없는 사람이야. 출세에만 신경 쓰느라 다른 일은 뒷전인 사람이라구.

세라마나는 양념이 진한 소스에 마른 생선을 찍어서 우적우적 씹어먹었다. 그가 생선을 한 입 가득 물고 말했다.

―자네 말이 맞는지도 모르지. 하지만 내 본능은 그놈이 나쁜 자식이라는 걸 확인시켜준다구. 나는 그자에게 계속 감시를 붙여놓고 싶어. 결국 무슨 실수든 저지르겠지.

―마음대로 하게. 하지만 서툰 짓은 하지 않는 게 좋아!

―모세에게도 역시 감시를 붙이는 게 좋을걸.

아메니가 환기시켰다.

―모세는 내 친구야. 그리고 람세스의 친구이기도 하다구.

―그 히브리인은 위험한 선동가야! 자네는 파라오를 섬기는 사람이지. 그런데 모세는 파라오를 상대로 반란을 일으킬 거라구.

―그렇게 멀리까지 가진 않을 거야.

―천만의 말씀! 난 부하들 중에서 그런 유형의 인간을 즉각 알아보곤 했지…… 그는 영락없는 선동가야. 하지만 파라오와 자네는 내 말을 들으려 하질 않아.

―우리는 모세를 잘 알고 있어. 그래서 자네처럼 비관적으로 생각하고 있지 않네.

―언젠가 두 사람은 눈이 멀었던 걸 후회하게 될 거야.

―이제 그만 가서 자게. 괜히 히브리인들 휘저어놓지 않도록 조심하게나. 우리가 할 일은 질서를 유지하는 일이지, 혼란의 씨앗을 뿌리는 일이 아니니까 말일세.

아샤의 숙소는 궁전 안에 마련되었다. 그는 거칠지만 그런 대로 먹을 만한 음식을 먹고, 중급 정도 되는 포도주를 마시고, 히타이트 금발여인의 매우 직업적인 애정을 즐겼다. 아샤에게 여자를 제공하겠다는 신통한 아이디어를 낸 사람은 시종이었다.

수줍은 구석이라곤 조금도 없는 그녀는 이집트 남자들이 훌륭한 애인이라는 소문을 직접 확인하고 싶어했다. 아샤는 협조적인 태도로 그녀의 실험에 응했다. 때로는 능동적으로, 때로는 수동적으로, 그러나 언제나 열정적으로.

시간을 보내는 데 이보다 더 유쾌한 방법이 있겠는가? 우리테슈프는 아샤의 태도에 놀라움을 금치 못했지만, 어쨌든 파라오의 외무대신이 자기를 찾아왔다는 사실 때문에 우쭐해 있었다. 그것은 람세스가 무와탈리스의 아들인 자신을 벌써 미래의 대왕으로 생각하고 있다는 것을 의미하는 것이 아니겠는가?

우리테슈프가 불쑥 방안으로 들어왔다. 마침 하얀 알몸의 금발여인이 아샤에게 대단히 열정적인 키스를 퍼붓고 있는 순간이었다. 우리테슈프가 멋적은 듯이 말했다.

─다시 오겠소.

아샤가 그에게 당부했다.

─가지 마십시오. 이 젊은 아가씨는 때로는 나라 일이 쾌락보다 더 중요하다는 걸 이해해줄 겁니다.

매력적인 히타이트 아가씨가 옷을 걸치고 아쉬운 표정으로 방을 나갔다. 아샤는 세련된 겉옷을 걸쳤다. 그가 우리테슈프에게 물었다.

─대왕께선 좀 어떠신가요?

─그저 그만하시외다.

─다시 한번 제안하지요. 대왕을 돌보아드리게 해주십시오.

─왜 불구대천의 원수를 돕겠다는 거요?

─거북한 질문이군요.

우리테슈프의 말투가 퉁명스러워졌다.

―어쨌든 내 질문에 대답해야 합니다. 그것도 당장!

―외교관들은 지나치게 직접적인 방법으로 비밀을 밝히는 걸 별로 좋아하지 않습니다. 제 임무의 인도주의적인 성격이 마음에 들지 않으십니까?

―난 솔직한 대답을 요구하는 거요.

아샤가 난처하다는 표정을 지었다.

―그러니까…… 람세스 폐하께서는 무와탈리스 대왕을 이해하시게 되었습니다. 그는 대왕을 높이 평가하게 되었고, 존경심마저 품고 계시지요. 대왕이 병환중이라는 소식을 듣고 매우 유감스러워하셨지요.

―날 놀리는 거요?

아샤는 그대로 밀고 나갔다.

―총사령관께서는 친아버지를 살해했다는 혐의를 받고 싶어하지 않으실 거라고 생각됩니다만.

우리테슈프는 화가 머리끝까지 났지만, 그 말을 반박하지는 않았다. 아샤는 유리해진 자기 입장을 밀어붙였다.

―우리는 히타이트 왕실에서 일어나고 있는 모든 일에 큰 관심을 가지고 있습니다. 우리가 알고 있는 바는 이렇습니다. 히타이트 군은 왕위계승이 조용하게 이루어지기를 바라고 있다, 그래서 대왕 자신이 계승자를 지명해주기를 바라고 있다고 말이죠. 그 때문에 저는 우리 이집트 의학을 사용해서 대왕의 건강을 되찾아드리려고 하는 겁니다.

우리테슈프는 그 요청을 받아들일 수 없었다. 대왕은 다시 말할 수 있게 되면 아들을 감옥에 처넣어버리고 왕국을 하투실에게 넘겨줄 것이다. 그가 아샤에게 물었다.

―어떻게 그렇게 자세히 알고 있는 거요?

―말씀드리기 곤란합니다.

―대답하시오.

―죄송합니다. 침묵을 지킬 수밖에 없습니다.

―아샤, 당신은 지금 이집트에 있는 게 아니오. 당신은 내 나라의 수도에 있는 거란 말요!

―공식적인 임무 수행중인 대사로서, 제가 두려워할 게 뭐가 있습니까?

―나는 군인이오. 외교관이 아니란 말요. 그리고 우리 두 나라는 지금 전쟁중이오.

―협박입니까?

―아샤, 난 참을성이 없는 사람이오. 빨리 말하시오.

―고문이라도 하실 생각입니까?

―필요하다면, 조금도 주저하지 않고 그렇게 할 생각이오.

아샤는 몸을 떨면서 양모 담요를 뒤집어썼다.

―이야기하면, 봐주시겠습니까?

―우린 계속 좋은 친구 사이로 남아 있을 수 있소.

아샤가 눈을 내리깐 채 말했다.

―그럼 솔직하게 말씀드리겠습니다. 나의 진짜 임무는 무와탈리스 대왕에게 휴전을 제안하는 것입니다.

―휴전이라구요! 얼마 동안 말입니까?

―가능한 한 오랫동안…….

우리테슈프는 뛸 듯이 기뻤다. 파라오의 군대가 숨이 턱에까지 찬 모양이군! 히타이트의 새로운 주인은 망할 놈의 신탁이 유리하게 바뀌는 대로 델타를 공격해야겠다고 생각했다.

아샤가 머뭇거리며 말을 이었다.

―그리고…….

―그리고?

―우리는 왕위계승 문제를 놓고 대왕께서 총사령관과 하투실 사

이에서 망설이고 있다는 것을 알고 있습니다.

—누가 당신에게 그런 정보를 주었소?

—총사령관께서 권력을 장악하시면 휴전에 동의하시겠습니까?

우리테슈프는 속으로 '이럴 땐 아버지가 잘 사용하는 술수를 써야지' 하고 생각했다.

—나는 군인이오. 하지만 휴전 때문에 히타이트가 약해지지만 않는다면, 휴전의 가능성도 배제하진 않겠소.

아샤는 한숨 놓았다는 표정을 지었다.

—총사령관께서 정치적 감각을 가지신 분이라고 언젠가 람세스 폐하에게 말씀드린 적이 있는데, 제 생각이 틀리지 않았군요. 총사령관께서 원하시면 우리 두 나라는 평화조약을 맺을 수 있습니다.

—평화라, 물론이오…… 그러나 당신은 내가 요구하는 대답을 하지 않았소. 누가 당신에게 정보를 준 거요?

—총사령관을 지지하는 체하는 히타이트 고위장교들이지요. 사실 그들은 하투실을 위해 총사령관을 배반하고 있습니다.

우리테슈프는 그 이야기를 듣고 번개에 얻어맞은 것처럼 놀랐다.

아샤가 계속 말을 이었다.

—하투실과 협상해서는, 평화도 휴전도 얻어낼 수가 없습니다. 그의 유일한 목표는 카데슈에서처럼 대규모 동맹군을 이끌고 이집트 군을 박살내는 것이니까요.

—아샤, 당신에게 정보를 제공한 놈들의 이름을 말하시오.

—그럼 우리는 하투실에 대항해서 손을 잡게 됩니까?

우리테슈프는 갑자기 전쟁이 임박했을 때처럼 근육이 긴장하는 듯한 느낌이었다. 자신의 호적수를 치워버리기 위해서 이집트인을 이용하다니, 얼마나 얄궂은 운명의 장난인가! 그러나 이런 기회를 놓칠 수는 없었다.

—아샤, 배반자들을 제거하도록 날 도와주시오. 그러면 당신은

휴전을 얻어낼 수 있소. 그리고 어쩌면 그보다 더 나은 것도 얻을 수 있을지 모르지.

―휴전보다 더 나은 것이라…… 더이상 망설이기가 어려운 제안 이군요.

외교관이 입을 열었다.

아샤가 이름을 댈 때마다, 우리테슈프의 가슴은 칼로 찔리는 것 같았다. 목록에는 우리테슈프를 가장 열성적으로 지지하는 장군들 몇 명의 이름도 들어 있었다. 전쟁 때 그의 곁에서 생사를 함께 하며 싸웠던 고위장교들의 이름마저 있었다. 우리테슈프를 이미 히타이트의 새로운 주인으로 생각하고 있다고 확신했던 사람들이었다.

얼굴이 납처럼 창백해진 우리테슈프는 무거운 발걸음으로 방문을 향해 다가갔다.

아샤가 걸어나가는 우리테슈프를 향해 말했다.

―참, 한 가지만 더. 제 젊은 여자친구에게 다시 와달라고 말씀 해주실 수 있겠습니까?

36

람세스는 바크헨과 함께 아스완의 화강암 채석장을 돌아보았다. 옛날에 아버지가 오벨리스크나 입상이 될 좋은 바위들을 고르시던 모습이 눈에 선했다. 열일곱 살 먹은 람세스는 완벽한 품질을 가진 화강암 맥을 찾는 선왕에게 이끌려 이 마술적인 공간을 발견하는 행운을 누렸다. 이제는 그가 그 탐색작업을 이끌어가야 한다. 그리고 아버지와 똑같은 투시능력을 가지고 있다는 것을 증명해 보여야 했다.

람세스는 세티가 사용하던 물 찾는 나뭇가지를 사용했다. 대지의 비밀스러운 흐름이 손에 느껴졌다. 인간이 살고 있는 세상은 '태초에' 에너지의 대양으로부터 솟아나온 하나의 분출에 불과하다. 신들께서 새로운 생명의 주기를 창조하실 때, 인간은 다시 그 에너지의 대양으로 돌아갈 것이다. 땅 밑에서도 공중에서처럼 끊임없이 변모가 이루어지고 있다. 날카로운 정신의 소유자는 그 변모의 반향을 식별해낸다.

겉으로 보기에 채석장은 닫혀 있는 적대적인 부동(不動)의 공간처럼 느껴진다. 일 년중 상당기간 동안 참을 수 없는 열기가 그곳을 지배한다. 그러나 대지의 배[腹]는 한없이 자애로워서, 비할 데 없이 찬란한 화강암을 그 표면 위에 꽃피운다. 그것은 무덤들에 영원한 생명을 주는, 부서지지 않는 자재가 된다.

람세스가 바크헨에게 명령을 내렸다.

—이곳을 파게. 그러면 라메세움에 세울 거대한 입상을 만들 거석을 발견하게 될 것일세. 장인들의 생각은 들어보았는가?

—너도 나도 모두 누비아로 떠나겠다고 자원했습니다. 그래서 아주 한정된 인원만을 선택할 수밖에 없었습니다. 폐하…… 이건 제가 평소에 하지 않던 일입니다만, 한 가지 청을 드려도 되는지요?

—말해보게.

—이 원정대에 저도 참가할 수 있겠습니까?

—안 되네. 내가 자네 청을 거절해야 할 충분한 이유가 있지. 자네는 카르낙의 제3예언자로 임명될 것이기 때문에 테베에 머물러 있어야 하네.

—전…… 전 승진을 원치 않습니다.

—알고 있네, 바크헨. 그러나 네부 대사제와 나는 자네 어깨 위에 더 무거운 짐을 올려놓아도 괜찮겠다는 판단을 내렸네. 대사제를 도와서 카르낙 영내의 부를 유지하고 내 영원의 신전 건축을 감독해주게. 자네가 도와주면, 네부 대사제는 일상적인 업무를 편안하게 처리할 수 있을 걸세.

바크헨은 가슴에 주먹을 올려놓고, 자기가 맡은 바 새로운 임무를 성실하게 수행하겠노라고 맹세했다.

강물의 수량이 불어나서, 왕과 왕비와 수행원, 그리고 석수들의 여행이 수월했다. 범람한 강물의 흐름은 힘찼다. 그러나 둑과 운하 그리고 밭들을 망가뜨릴 만큼 거세지는 않았다. 제1폭포 근방에서처럼 바위들이 여기저기 어지럽게 흩어져 있지는 않았지만, 요동치는 물결과 소용돌이는 항해를 위험에 빠뜨릴 만한 요인이었다. 특히 마지막 순간에야 눈에 띄는 갑작스러운 수면의 높이 차, 화물의 적재 균형을 잃게 만들어 배 전체를 전복시킬 수도 있는 거센 파도를 조심해야 한다. 선원들은 수로를 찾기 위해 세심한 주의를 기울였다. 수로만 뚫을 수 있다면, 왕의 함대는 별 위험 없이 절벽을 넘어갈 수 있을 것이다.

평소에는 사람들이 소란스럽게 굴어도 평온하고 무관심했던 사자가 조금 안절부절못하는 모습을 보였다. 거대한 사자는 고향 누비아에 빨리 가고 싶었던 것이다. 람세스는 풍성한 갈기를 쓰다듬으며 놈을 안정시켰다.

두 사람이 배 위에 올라와 왕의 접견을 청했다. 그 중 한 사람은 나일 강의 수위를 감시하는 서기관이었다. 그가 보고서를 왕에게 제출했다.

─폐하, 강물이 21팔꿈치길이와 세 뼘 1/3*에 달했습니다.

─아주 좋은 수치인 듯하구나.

─매우 만족스러운 수치입니다. 올해의 관개도 아무 문제 없을 듯합니다.

또 한 사람은 엘레판티네 경찰 책임자였다. 그의 보고는 상당히 불안한 내용이었다.

─폐하, 세관이 폐하께서 말씀해주신 인상착의와 일치하는 사람

---

* 약 11,275미터를 가리킨다.

이 지나갔다는 보고를 올렸습니다.

  ─왜 그자를 심문하지 않았나?

  ─초소 책임자가 부재중이었기 때문에, 아무도 책임을 지지 않으려 했답니다. 더군다나 아무런 범법사실도 없었기 때문에⋯⋯.

  람세스는 화를 겨우 눌러 참았다.

  ─다른 사항은?

  ─그 사람이 남쪽으로 가는 빠른 배를 빌렸다고 합니다. 자신을 상인이라고 신고했답니다.

  ─짐의 내용은?

  ─제2폭포 요새로 가져가는 육포 항아리들입니다.

  ─언제 떠났나?

  ─일 주일 전 입니다.

  ─요새 사령관들에게 그자의 인상착의를 전달하고, 요새 문 앞에 나타나면 체포하라는 명령을 내리게.

  처벌을 피하게 되어 한숨 놓은 경찰은 왕의 명령을 시행하기 위해 달려갔다.

  네페르타리가 말했다.

  ─셰나르가 우리보다 한 발 앞서 누비아에 들어간 거예요. 여행을 계속하는 것이 과연 현명한 일일까요?

  ─우리가 왜 도망자 한 사람을 무서워해야 한단 말이오?

  ─그가 무슨 짓을 저지를지 몰라요. 증오 때문에 눈이 멀어 분별력을 잃게 되지는 않을까요?

  ─셰나르 때문에 앞으로 나아가는 걸 포기할 순 없소. 네페르타리, 나는 그가 우리를 해칠 수 있다는 사실을 무시하는 건 아니오. 그러나 나는 두렵지 않소. 언젠가 형님과 내가 마주 설 날이 올 것이오. 그는 신들에게 벌을 받기 전에 그의 왕 앞에 머리를 숙이게 될 것이오.

세타우는 마음이 놓이지 않아 뱃머리에서 고물로 뛰어다니는가 하면, 배 이곳저곳을 돌아다녀보고, 수행 선박에 뛰어올라가 짐을 살펴보고, 밧줄을 점검하고, 돛을 만져보고, 키가 단단한지 시험해 보았다. 그는 배 타는 것을 별로 좋아하지 않는 데다가, 지나치게 자신만만한 선원들을 믿을 수 없었다. 다행히, 수운청이 암초가 없는 환히 트인 수로를 왕의 항해가 시작되기 전에 미리 정비해둔 상태였다. 수위가 높은 시기에도 항해가 가능한 수로였다. 그래도 세타우는 단단한 땅에 다시 발을 내려놓기 전까지는 진짜 안전하다는 느낌을 가질 수 없을 것 같았다.

세타우는 그에게 선실이 하나 배정되어 있는 왕의 배로 돌아와 잊어버린 건 없나 살펴보았다. 미약 단지, 고체와 액체약이 들어 있는 작은 병, 크기가 가지각색인 뱀들을 담는 바구니, 분쇄기, 반죽 그릇, 절구공이, 청동 면도기, 산화납과 구리줄밥, 붉은 흙, 의료용 진흙 등이 들어 있는 포대, 양파 자루, 습포, 꿀단지, 호리병박······ 부족한 것은 아무것도 없었다.

누비아의 옛 노래를 흥얼거리면서 로투스는 로인클로스와 겉옷들을 개켜서 나무궤짝 안에 집어넣었다. 날씨가 더워서 그녀는 벌거벗고 있었다. 고양이처럼 날렵한 그녀의 몸짓이 세타우를 매혹했다. 세타우가 로투스의 허리를 껴안으면서 말했다.

─배들은 단단한 것 같아.

─꼼꼼하게 조사해봤어요?

─난 진지한 사람이잖소?

─돛대들을 좀더 점검해봐요. 난 아직 정리할 게 남았어요.

─그건 그렇게 급한 게 아니잖아.

─난 어질러진 걸 참지 못한단 말예요.

세타우의 로인클로스가 선실 마룻바닥에 떨어졌다.

―사랑하는 남자를 이런 상태에 버려두다니, 당신 너무 잔인한 거 아냐?

세타우의 애무가 너무나 노골적으로 바뀌었으므로, 로투스는 그녀의 일을 꼼꼼하게 할 수가 없었다. 그녀가 달뜬 한숨을 토하며 말했다.

―당신은 내가 누비아를 다시 만나게 된 시간에 내 약점을 이용하고 있어요.

―사랑을 나누는 것말고 어떻게 더 좋은 방법으로 이 멋진 순간을 축하한단 말이오?

많은 사람들이 나와서 남쪽으로 떠나는 배를 배웅했다. 대담한 소년들 몇 명은 갈대 뗏목을 타고 배가 수로에 접어들 때까지 뒤쫓아가기도 했다. 사람들은 누구나 왕이 베풀어준 맥주가 흥청망청 흘러넘치는 야외잔치를 기억하고 있었다.

누비아 여행을 위하여 건조된 배들은 물 위에 떠 있는 저택 같았다. 그 배들은 견고하고 안락했다. 단 하나의 돛대에 많은 밧줄로 붙잡아맨 커다란 돛과 우현과 좌현에 하나씩의 키를 갖춘 배였다. 설비가 잘되어 있는 넓은 선실 문들은 바람이 잘 통하도록 설계되어 있었다.

폭포를 넘고 나서, 함대는 항해 리듬을 찾았다.

네페르타리는 캐롭 주스나 한잔 하자고 청할 생각으로 그들의 선실을 찾았다. 하지만 왕비는 문을 두드릴 수 없었다. 선실에서 새어나오는 세타우와 로투스의 숨소리가 점점 가파른 길을 오르고 있었다. 왕비는 재미있다는 표정으로 뱃머리에 가서 팔꿈치를 괴고 섰다. 옆에는 누비아의 공기를 호흡하며 콧구멍을 벌름거리는 사자가 서 있었다.

왕비는 자기에게 그토록 많은 행복을 베풀어주신 신들에게 감사했다. 그녀는 그 행복이 백성들 머리 위에서 빛나게 해야 할 의무를 느꼈다. 사람들의 눈에 띄지 않는 평온한 생애가 약속되어 있었던, 겸손하고 얌전한 류트 연주자인 그녀가 람세스 곁에서 놀라운 삶을 살아왔다.

매일 아침, 그녀는 람세스를 새로이 발견하였다. 그녀의 사랑은 그 어느 것으로도 결코 부술 수 없는 마법의 끈 같은 평온한 힘과 더불어 자라났다. 람세스가 농부였거나 단단한 돌 화병에 구멍을 뚫는 노동자였다 해도, 네페르타리는 그를 똑같은 열정으로 사랑했을 것이다. 그러나 운명이 왕과 왕비에게 맡긴 역할이 그녀에게 그 사랑의 기쁨을 이기적으로 누릴 수 없게 만들었다. 왕은 선조들이 그에게 맡긴, 그리고 그가 더욱더 아름답게 만들어 후손에게 물려주어야 할 이집트 문명에 대하여 끊임없이 생각하지 않으면 안 되었다.

파라오들은 신의 빛을 섬기는, 인간이 지니고 있는 빛의 사슬을 만들기 위해서, 이집트라는 나라를 이루어놓았다. 이집트는 범용함과 천박함과 허영심을 거부했던 사랑과 믿음과 의무의 존재들의 계승이었다.

처음 만나던 순간부터 네페르타리가 사랑하지 않을 수 없었던 부드러운 힘으로, 람세스가 네페르타리의 상반신을 감싸안았다. 그녀는 한순간에 그들이 함께 살아온, 기쁨과 시련이 뒤섞인 지난 몇 년간의 세월을 다시 체험할 수 있었다. 그들은 어떤 경우에도 두 사람이 하나의 존재라는 확신에 의해 시련을 뛰어넘을 수 있었다.

그녀는 알고 있었다. 그의 몸이 닿기만 해도 처음과 똑같은 열정이 그녀의 가슴에 불을 지펴, 사랑의 여신이 별들의 음악을 연주하는, 보이지 않는 세계의 길로 그들을 실어간다는 것을.

37

나일 강은 때로는 당당하고 힘차게 직선으로 달려가는가 하면, 때로는 유혹하는 듯한 곡선을 그리며 나른하게 흐느적댄다. 그럴 때 나일 강은 아이들의 웃음소리로 활기에 넘치는 마을을 조용히 쓰다듬으며 지나간다. 대남부지방의 나일 강은 그런 모습으로 활짝 피어난다. 나일 강은 지상으로 내려온 하늘의 강이다. 나일 강은 결코 하늘의 강이 지닌 장엄함을 잊지 않는다. 사막 같은 언덕들과 화강암으로 이루어진 섬 사이를 지나면서, 강은 여기저기 야자수들이 흩어져 있는 가느다란 초록띠들에 자양을 공급해준다. 왕관두루미, 따오기, 분홍색 홍학과 펠리컨들이 창공과 사막의 절대성에 매혹되어 있는 왕의 함대 위를 지나갔다.

왕의 배가 정박하고 있는 동안, 지역의 부족들이 왕의 막사 주변에 둘러서서 춤을 추었다. 람세스는 족장들과 이야기를 나누고, 세타우와 로투스는 그들의 불만과 요구사항을 받아 적었다. 지난 밤에 토인들은 불가에 모여 강물의 신비와 은혜로운 강의 범람을 경배하고, 이집트와 누비아의 남편인 위대한 람세스의 이름을 칭송했다.

네페르타리는 파라오의 명성이 점점 더 커지고 있으며, 어떤 이들은 그를 신과 같은 존재로 생각한다는 것을 알았다. 카데슈 전투 이후, 전쟁에 대한 이야기는 인구에 회자되었다. 그 이야기는 가장 오지에 있는 마을에까지 퍼졌다. 람세스와 네페르타리를 만나볼 수 있다는 것은 사람들에게 신의 은총처럼 여겨졌다. 아몬 신은 왕의 정신 속에 들어와 그의 팔에 힘을 주었으며, 하토르는 보석처럼 빛나는 사랑을 전파하기 위하여 왕비의 정신에 깃들여 있지 않은가?

북풍이 부드럽게 불었다. 왕의 배는 천천히 앞으로 나아갔다. 네페르타리와 람세스는 이 움직이지 않는 시간을 맛보면서, 거의 하루 종일 갑판 위 파라솔 아래에서 지냈다. 사자는 평온을 되찾고 갑판 위에서 잠들었다.

금빛 모래와 사막의 순수함은 저 세상의 메아리가 아닐까? 왕의 배가 하토르의 영역, 여신이 기적의 돌을 만들어내는 이 잊혀진 땅을 향해 나아갈수록, 네페르타리는 그녀 자신을 만물의 근원에 이어주는 중요한 의식이 완결되고 있다는 느낌을 받았다.

밤은 환희였다.

왕과 왕비의 선실에는 람세스가 가장 좋아하는 침대가 놓여 있었다. 삼베 실뭉치를 촘촘하게 얽어매어 만든 매트리스를 받침대 위에 고정시켜놓았다. ×자로 엇걸어 매어놓은 두 개의 가죽띠 덕분에 침대는 아주 탄력이 좋았다. 침대 받침대 밑바닥은 견고성을 생각하여 이중으로 만들어져 있었다. 발끼우개 위에는 파피루스, 수레국화, 만드라고라가 각각 이집트 북부와 남부를 상징하는 파피루스와 수련꽃 그림을 둘러싸고 있다. 잠자는 동안에도 파라오는 두 개의 땅의 매개자 역할을 하는 것이다.

밤은 환희였다. 누비아의 뜨거운 여름 밤에, 람세스의 사랑은 별이 총총한 하늘만큼이나 넓었기 때문이다.

셰나르는 떠나기 전에 오피르에게서 은덩어리들을 받아가지고 왔는데, 그것은 정말 엄청난 값어치가 있는 물건이었다. 그 물건 덕분에, 셰나르는 그의 요구가 터무니없고 위험한 것이긴 하지만, 평범한 생활을 벗어나고 싶어하는 누비아 어부들 50여 명을 매수할 수 있었다. 토인들 대부분은 전대미문의 구경거리를 만들고 싶어하는 괴짜 부자가 한때 엉뚱한 짓을 꾸미는 거라고 생각했다. 어쨌든 그들의 가족이 몇 년 동안이나 잘 먹고살 수 있는 재산을 주겠다니까.

셰나르는 누비아를 좋아하지 않았다. 햇빛과 더위를 싫어하는 그는 하루 종일 땀을 뻘뻘 흘렸다. 물을 많이 마시고 형편없는 음식만을 먹어야 했지만, 람세스를 제거할 수 있는 전략을 세워놓았다는 사실 때문에 기분이 좋았다.

어쨌든 이 끔찍한 누비아가 한 무리의 냉혹한 킬러들을 제공해준 것이다. 람세스의 병사들은 이들을 물리치지 못할 것이다. 훈련시키기 힘든 킬러들이었지만, 그 난폭함과 타고난 전투능력은 따를 자가 없었다.

이제 람세스의 배가 도착하는 것을 기다리기만 하면 되었다.

누비아 총독은 제2폭포 가까운 곳에 있는 부헨의 안락한 궁전에서 평온한 나날을 보냈다. 누비아인들이 반란을 일으키지 못하도록 철저하게 막고 있는 여러 개의 요새들이 제2폭포를 감시하고 있다. 과거에는 반란을 시도했던 족장들이 있었다. 이집트는 거대한 규모

의 요새를 구축함으로써 그러한 위험을 제거해버렸다. 요새의 주둔
군은 정기적으로 보급품을 배급받고 있으며, 상당한 급료를 받고
있었다.

누비아 총독은 '쿠슈 왕의 아들'이라 불리기도 한다. 쿠슈는 누
비아의 한 지방 이름이다. 총독이 신경 써야 할 중요한 일은 단 한
가지뿐이다. 금을 캐내어 테베와 멤피스와 피-람세스로 운반하는
일이 그것이다. 금 세공사들은 '신들의 살'이라 불리는 이 귀중한
금속을 신전의 문과 벽, 그리고 신상들을 장식하는 데 사용한다. 또
파라오가 여러 나라와 외교관계를 맺을 때 금을 사용하기도 한다.
그 나라들이 이집트에 호의적인 태도를 지켜주는 대가로 금을 지불
하는 것이다.

누비아 총독 자리는 이집트에서 멀리 떨어진 곳에서 오랫동안 지
내야 했지만, 사람들이 몹시 선망하는 자리였다. 총독은 고위관리
로서, 경험이 풍부한 군인들의 도움을 받으며 방대한 지역의 행정
을 맡게 된다. 그의 휘하의 군대에는 많은 원주민들이 포함되어 있
다. 이제는 원주민 부족들이 얌전해져서 반란을 걱정할 필요가 없
었으므로, 총독은 진수성찬과 음악과 시가 주는 기쁨에 흠뻑 빠져
있었다.

부인이 워낙 질투심이 강한 여자인지라, 사랑의 유희에 관한 한
전문가들인 젊은 누비아 여자들의 도발적인 자태를 감상할 수 없는
게 아쉽긴 했지만, 이혼이 두려워서 어쩔 수 없었다. 이집트의 결혼
제도는 아내에게 유리하게 되어 있다. 이혼하려면, 아내에게 엄청
난 액수의 위자료와 식량 보조금을 지불해야 했다. 그렇게 되면 이
명사는 사치스러운 생활을 누릴 수 없게 된다.

총독은 그의 평온한 생활을 뒤흔들어놓는 사건들은 질색이었다.
그런데 왕과 왕비의 도착을 알리는 공식 급전이 와 있다! 서류에는
여행 목적이 무엇인지, 또 도착 날짜가 정확히 언제인지 명시되어

있지 않았다. 또 한 장의 급전은 오래 전에 죽은 것으로 알려진 왕의 형 세나르의 체포를 명하고 있다. 지금은 외모가 전혀 달라졌을지도 모르는데 말이다! 총독은 배를 보내 왕을 마중해야 할지를 잠시 망설였다. 하지만 파라오가 아무런 위험도 겪고 있지 않으니까, 환영행사의 격이라든지, 왕과 왕비를 위한 연회 준비에 주의를 기울이는 것이 더 나을 것 같았다.

부헨 요새 사령관이 총독에게 일일보고를 올렸다.

─관내에 수상한 점은 없습니다만, 한 가지 이상한 일이 있었습니다.

─사령관, 난 사건은 질색이오!

─그러나 말씀은 드려야 하지 않겠습니까?

─좋도록…….

─어부 여러 명이 이틀 동안 마을을 비웠습니다. 마을에 돌아왔을 때에는 술에 취해 싸운 흔적이 있었습니다. 그들 중의 한 사람이 난투 도중에 죽었는데, 그의 오두막에서 조그만 은덩어리 하나가 발견되었습니다.

─그건 아주 비싼 물건 아닌가!

─물론입니다. 마을 사람들을 심문해보았지만 아무것도 알아내지 못했습니다. 아무도 그 은덩어리가 어디서 났는지 입을 열지 않습니다. 군대에 납품하는 물고기를 훔치기 위해서 누군가 어부들을 매수한 것이 아닌가 싶습니다.

조사를 시작했다가 아무 결과도 얻지 못하면 무능하다고 파라오에게 질책당할지도 모른다. 총독은 이 사건에 대해 파라오에게 입을 열지 않는 것이 좋겠다고 판단했다. 모르는 일로 하고, 아무 조처도 취하지 않는 것이 가장 나은 해결책이다.

바람이 거의 불지 않았다. 할 일이 없어진 선원들은 잠을 자거나

도박을 했다. 그들은 이 평온한 여행과 즐거운 정박이 아주 마음에 들었다. 선원들은 정박지에서 상냥한 누비아 여자들과 기분좋은 데이트를 했다.

후위 선박의 선장은 선원들이 빈둥거리는 것이 꼴보기 싫었다. 청소라도 하라고 막 명령을 내리려던 참이었다. 선체에 큰 충격이 가해지더니 배가 흔들렸다. 선원 몇 명이 갑판에 쿵 하고 나가자빠졌다.

— 암초입니다! 암초에 부딪쳤어요.

뱃머리에 서 있던 람세스는 선체가 삐걱거리는 소리를 들었다. 함대의 배들이 모두 돛을 내린 채, 강물 한가운데에 꼼짝도 못 하고 서버렸다. 이 지역 강폭은 대단히 좁다.

로투스가 가장 먼저 사태를 알아차렸다.

수십 개의 바위들이 진흙탕 물 밖으로 빼꼼히 솟아나와 있었다. 그러나 자세히 보니, 그 바위 표면에는 눈과 조그만 귀가 달려 있었다.

로투스가 람세스에게 말했다.

— 하마떼예요.

아름다운 누비아 여자 로투스가 돛대 꼭대기에 올라갔다. 그녀는 함대 전체가 함정에 빠졌다는 것을 알게 되었다. 그녀는 유연한 동작으로 돛대를 기어내려와 자기가 본 것을 사실대로 말했다.

— 폐하, 이렇게 많은 하마떼는 처음 보았어요! 우린 뒤로 물러날 수도 없고 앞으로 나갈 수도 없어요. 이상한 일이에요…… 꼭 누군가가 하마들을 이곳으로 몰아넣은 것만 같아요.

파라오는 위험을 알아차렸다. 다 자란 하마는 무게가 3톤 이상 나가는 데다가 무서운 무기를 가지고 있다. 길이가 수십 센티미터에 달하는 길고 누런 송곳니는 선체에 구멍을 뚫어놓을 수 있다. 성미가 아주 급한 이 강물의 영주들은 물 속에서 자유자재로 움직이며 놀랍도록 유연한 자세로 헤엄치다가, 화가 나면 거대한 아가리를 크게 벌리고 위협한다.

로투스가 지적했다.

—힘센 수놈들이 암컷을 차지하기 위한 싸움을 벌여야겠다고 결심하면, 놈들은 걸리적거리는 건 모두 박살을 내버리죠. 그러면 우리 배는 침몰하고 말 겁니다. 우리 중의 많은 사람들이 찢겨 죽거나 물에 빠져 죽을 거예요.

수십 개의 귀들이 팔딱팔딱 움직였고, 반쯤 감은 눈들이 열리고, 콧구멍들이 수면 위로 솟아올랐다. 하마들이 아가리를 벌리고 음산하게 그르렁대는 소리를 내자, 아카시아 나무 위에 앉아 있던 새들이 날아가버렸다. 수컷 하마들의 몸뚱이는 상처투성이였다. 격렬한 전투의 흔적이었다. 그들의 전투는 대부분 적이 죽어야만 끝난다.

놈들의 무시무시한 누런 어금니를 보고 선원들은 공포에 질렸다. 스무 마리 정도씩 떼지어 있는 무리의 맨 앞에서 거대한 몇 마리의 수놈들을 식별해낼 수 있었다. 하마떼가 흥분하기 시작했다. 놈들이 공격을 시작하면, 우선 아가리로 배의 키를 으스러뜨려서 배가 움직이지 못하게 하고, 몸뚱이를 배에 부딪쳐 침몰시킬 것이다. 물에 뛰어들어 헤엄치는 것도 가능성 없는 이야기였다. 어떻게 화가 잔뜩 나 있는 괴물들을 헤치고 강가에 다다를 수 있겠는가?

세타우가 제안했다.

—놈들을 작살로 쏘아 죽여야 해.

람세스가 고개를 저었다.

—숫자가 너무 많아. 몇 놈밖에는 죽이지 못할 거야. 그러면 딴 놈들 화만 돋우게 되지.

—아무것도 안 해보고 이대로 몰살당할 수는 없잖은가?

—내가 카데슈에서 바로 이런 상황에 처하지 않았었나? 나의 아버지이신 아몬께서는 바람의 신이시지. 그분께서 말씀하실 수 있도

록 우리 침묵하세.

람세스와 네페르타리가 봉헌의 예를 드리며 하늘을 향해 두 손을 들어올렸다. 손바닥을 하늘을 향해 펼친 자세였다. 거대한 사자는 네 다리로 버티고 서서 먼 곳을 바라보며 주인의 오른쪽에 당당하게 서 있었다.

침묵을 지키라는 명령이 함대의 선박들에게 전달되었다. 침묵이 함대 전체 위에 내려앉았다. 고요한 정적이 나일 강을 흘렀다. 하마들의 거친 숨소리만 들려왔다.

하마 몇 놈이 천천히 아가리를 다물었다. 약한 피부를 가진 나일 강의 영주들이 강렬한 햇빛을 피해 물 속으로 들어갔다. 이제 물 위에는 콧구멍과 귀만 남아 있다. 절반쯤 감은 눈은 잠들어 있는 것처럼 보였다.

영원히 끝나지 않을 것처럼 느껴지는 몇 분 동안, 움직이는 것은 아무것도 없었다.

북쪽에서 불어오는 미풍이 로투스의 뺨을 시원하게 스치고 지나갔다. 생명의 숨결이 그 부드러운 바람 속에서 모습을 드러냈다. 왕의 배가 천천히 앞으로 나아갔다. 곧 이어 다른 배들이 갑자기 얌전해진 하마들 사이를 지나갔다.

람세스의 배가 난파하는 광경을 지켜보려고 야자수 위에 올라가 있던 셰나르는 람세스가 이룬 또하나의 기적의 증인이 되었다. 기적이라구…… 아냐, 그냥 운이 좋았을 뿐이다. 삼복더위가 한창인데, 한낮에 어쩌다 기대하지도 않았던 바람이 분 것뿐이라구!

분노한 셰나르는 태양빛을 가득 머금은 대추야자를 손가락으로 눌러 으깨버렸다.

38

히브리인 벽돌공들은 더운 절기에는 일을 쉰다. 어떤 사람들은
그 기간을 이용해 한껏 쉬기도 하고, 부지런한 사람들은 큰 저택에
서 정원사 일을 하며 돈을 벌었다. 올해 과일 작황은 아주 좋은 것
같았다. 피-람세스의 유명한 사과는 연회석상에서 좋은 자리에 놓
이게 될 것이다.

아름다운 여자들은 덩굴식물들로 덮여 있는 정자 아래에서 잠을
자거나, 연못에서 수영했다. 젊은 남자들이 여자들의 환심을 사려
고 여러 가지 재주를 부리며 여자들 앞에서 헤엄쳤다. 노인들은 포
도나무 그늘에 앉아 땀을 식혔다. 사람들은 흥분한 하마떼를 마법
의 힘으로 복종시킨 람세스의 무훈에 대해 이야기를 나누었다. 사
람들의 입에 노래의 후렴이 되돌아왔다.

"피-람세스에 사는 것은 얼마나 기쁜 일인가. 궁전은 황금과 터키석으로 빛나고, 바람은 부드럽고, 새들은 연못 주위에서 놀고 있다네."

히브리인 벽돌공들도 그 노래를 흥얼거렸다.

탈출계획은 잊혀진 것처럼 보였다. 그러나 아메니는 자기 사무실로 들어오는 모세를 보고, 아름다운 평화가 흔들리는 것은 아닐까 하는 두려운 마음이 들었다.

─아메니, 자네는 조금도 쉬지 않는군.

─서류 하나를 처리하면 또다른 서류가 기다리고 있어서 말야. 람세스가 부재중이라 더 바쁘다네. 왕은 신속하게 결정을 내리는 능력을 가지고 있는데, 난 세세한 부분들에 마음이 쓰여서…….

─결혼할 생각은 없나?

─그런 끔찍한 얘기 하지 말게! 여자는 내가 일을 너무 많이 한다고 잔소리를 해대면서 혼란을 가져올 거야. 그러면 파라오를 올바로 섬길 수가 없을 걸세.

─파라오, 우리의 친구를…….

─모세, 아직도 그가 자네의 친구인가?

─그렇지 않다고 생각하나?

─자네 태도를 보면, 의심을 가질 수밖에 없지.

─히브리인들의 주장은 정당하네.

─탈출이라니, 그게 무슨 정신나간 생각인가!

─자네 민족이 포로로 잡혀 있다면, 자네는 그들을 해방시키고 싶다는 생각이 안 들겠나?

─포로로 잡혀 있다니, 그게 무슨 말인가? 이집트에 살고 있는 사람들은 누구나 자유롭네. 자네나 다른 사람들이나 모두 말일세!

─우리의 자유는 한 분뿐이신 진정한 신 야훼에 대한 우리의 신앙을 인정받는 것일세.

−난 행정을 담당하고 있어. 신학은 모르네.

−람세스가 언제 돌아오는지 애기해줄 수 있나?

−그가 언제 돌아올지 나도 모르네.

−알게 되면 나에게 알려주겠나?

아메니는 서판을 만지작거리며 모세에게 말했다.

−모세, 난 자네 계획에 찬성할 수 없네. 자네가 내 친구이기 때문에, 세라마나가 자네를 위험인물로 생각하고 있다는 것을 솔직하게 말하지 않을 수 없군. 혼란을 야기시키지 말게. 혼란이 야기되면, 세라마나는 단호하게 질서를 바로잡을 걸세. 자네는 그 때문에 고생하게 될 거야.

−야훼께서 나와 함께 계시니, 아무도 두렵지 않네.

−세라마나를 두려워하게. 자네가 공공질서를 어지럽히면, 그가 자넬 칠 걸세.

−아메니, 자넨 날 돕지 않을 생각인가?

−나의 종교는 이집트일세. 자기 나라를 배반하는 자는 어둠의 편을 드는 자일세.

−우리 두 사람 사이엔 이제 공통점이 하나도 없군.

−그게 누구 잘못이겠나?

아메니의 사무실을 나오면서, 모세는 마음이 어지러웠다. 참으로 우울한 나날이었다. 오피르의 말이 맞다. 람세스가 돌아오기를 기다려 그를 설득해보는 수밖에 없었다. 모세는 자신의 말[言]이 충분한 무기가 되었으면 좋겠다고 생각했다.

마법사 오피르는 히브리인 구역에 숙소를 정하고 실험실 정리를 끝냈다. 그는 이미 카 왕자의 붓을 가지고 흑마술 실험을 시작했지만, 전혀 성공하지 못했다. 붓은 마치 아무도 사용한 적이 없는 새 것처럼 움직이지도 않았고 떨지도 않았다.

카를 보호하고 있는 마법의 힘은 완벽한 효능을 발휘하고 있었다. 오피르가 혼란을 느낄 정도였다. 그는 과연 자신이 이 장벽을 넘어설 수 있는 충분한 능력을 가지고 있는지 의심스러웠다. 그를 도와줄 수 있는 사람이 한 사람 있었다. 외교관 메바였다.

몇 차례의 연락 끝에 모습을 나타낸 메바는 열정적인 구석도, 자신에 대한 확신도 없어 보였다. 그는 떨면서, 두건 달린 외투 속에 목을 집어넣고 있었다. 꼭 도망 다니는 사람 같았다.

오피르는 한심한 기색을 감추고, 그를 안심시키기 위해 말했다.

─메바, 밤이 되었잖소.

─그래도 내 얼굴을 알아볼 수 있을지 모르오. 여기 오는 건 내겐 굉장히 위험한 일입니다! 이런 식으로 만나는 건 피해야 하지 않겠습니까?

─어쩔 수 없었소.

메바는 이 히타이트 첩자와 손을 잡은 것이 후회스러웠지만, 사슬을 어떻게 끊어야 할지 알지 못했다.

─오피르, 나에게 알려주어야 할 일이라는 게 뭡니까?

─히타이트 제국 내에 아주 근본적인 변화가 일어날지도 모르오.

─어떤 변화입니까?

─우리에게 유리한 쪽으로 바뀔 것 같소. 정보는 가져왔소?

─아샤는 신중한 사람입니다. 아메니만이 외교 서신들의 내용을 알고 있지요. 그 중에서 중요한 내용을 간추려 람세스에게 전해줍니다. 서신들은 암호로 쓰여 있는데, 나는 해독하는 방법을 모릅니다. 지나치게 관심을 보이면 의심받게 될 겁니다.

─나는 그 서신들의 내용을 알고 싶소.

─위험이……

얼음장처럼 차가운 오피르의 시선이 메바의 말문을 막았다. 메바는 다른 핑계를 대보아야 아무 소용 없다는 것을 깨달았다.

─최선을 다하겠습니다.

─당신이 훔쳐낸 붓이 카의 것이 틀림없소?

─전혀 의심의 여지가 없습니다.

─람세스의 아들에게 마술장벽을 둘러준 사람이 세타우지요? 내 말이 맞습니까?

─그렇습니다.

─세타우는 람세스와 함께 누비아로 떠났소. 그러나 그의 마술장벽은 내가 생각했던 것보다 강력하오. 그가 정확하게 어떤 조치를 취한 겁니까?

─아마 부적들인 것 같습니다. 그러나 카에게 더이상 접근할 수가 없습니다.

─왜 그렇소?

─세라마나가 나를 의심하고 있기 때문입니다. 그는 내가 카의 붓을 훔쳤다고 생각하고 있습니다. 실수를 저지르면, 나를 감옥에 집어넣을 겁니다.

─냉정을 지키시오, 메바. 이집트에서 재판은 겉치레 아니오. 세라마나는 당신에게 불리한 증거를 아무것도 가지고 있지 않아요. 당신에겐 아무 위험도 없소.

─카도 나를 의심하고 있는 것이 틀림없다고 생각합니다.

─카 왕자가 속내이야기를 하는 사람이 있습니까?

메바는 잠시 눈을 굴리며 생각했다.

─아마 개인교사인 농무대신 네드젬에게는 할 겁니다.

─그에게 접근해서 물어보시오. 부적들이 어떤 것들인지 알아내야 하오.

─그건 너무 위험한 짓입니다.

─메바, 당신은 히타이트 제국을 위해 일하는 사람이오.

메바가 눈길을 떨구며 말했다.

―최선을 다하겠습니다, 약속하지요.

세라마나는 좀 전까지 순진하게 그러나 열정적으로 자기를 즐겁
게 해주던 스무 살짜리 리비아 여자의 암팡진 엉덩이를 한 대 철썩
때렸다. 그녀는 세라마나의 손이 잊을 수 없는 젖가슴과, 자극적인
넓적다리를 가지고 있었다. 그것은 훌륭한 남자라면 거절할 수 없
는 굉장한 유혹이었다. 그러나 왕년의 해적은 지금, 자기가 그 유혹
을 거절하는 범주에 속하는 남자라는 사실이 자랑스러웠다.

여자가 세라마나에게 속삭였다.

―나…… 또 하고 싶어.

―이제 그만 꺼져! 난 일해야 돼.

여자는 겁에 질려 더이상 조르지 않았다. 그녀는 채 풀리지 않은
욕망으로 팽팽히 긴장한 젖가슴을 추스르며 옷을 걸쳤다.

세라마나는 말에 올라 부하들이 교대근무를 하고 있는 위병 초소
로 달렸다. 평소 그들은 도박이나 뱀놀이를 하기도 하고, 봉급이나
승진에 대해 이야기를 나누기도 했다. 세라마나는 왕과 왕비가 궁
전에 없는 동안 위병들의 근무시간을 배로 늘렸다. 대비와 왕의 가
족들을 안전하게 보호하기 위해서였다.

초소 안에는 깊은 정적이 감돌고 있었다. 뭔가 일이 터졌다는 것
을 직감하고 세라마나가 물었다.

―몽땅 벙어리들이 되어버렸나?

초소 책임자가 어깨를 축 늘어뜨린 채 자리에서 일어났다.

―대장님, 저희는 명령을 준수했습니다.

―그런데?

―저희는 명령을 준수했습니다만, 히브리인 구역의 잠복 근무자
가 운이 없었습니다…… 메바가 그쪽 지역으로 갔는데, 그만 놓쳤
답니다.

─그럼 자고 있었단 얘기 아냐!

─그렇게 볼 수 있을 것 같습니다, 대장님.

─그런데 '명령을 준수했다'는 거야?

─오늘은 날씨가 너무 더워서…….

─그자에게 미행을 붙여서 바짝 뒤쫓으라고 했지? 특히 히브리인 구역으로 들어갈 땐 더 철저하게 감시하라고 했잖아. 그런데 일을 그르쳐?

─다음엔 이런 일이 없을 겁니다.

─또 이런 일을 저질렀다간 몽땅 해고시켜서 그리스의 섬이든 어디든 쫓아내겠다!

세라마나는 화가 머리끝까지 나서 발을 쾅쾅 구르며 위병 초소를 나갔다. 그는 메바가 히브리인 반체제 인사들과 상당한 관계를 맺고 있으며, 모세를 도울 용의가 있다는 것을 직관적으로 확신하고 있었다. 다른 많은 궁정 인사들도 메바만큼이나 멍청해서 모세라는 자가 얼마나 위험한 인물인지 전혀 깨닫지 못하고 있는 것이다.

오피르는 실험실 문을 닫았다. 그를 찾아온 아모스와 바두크에게, 흑마술 실험을 눈치채게 할 필요가 없었기 때문이다. 두 사람도 마법사처럼 히브리인들과 같은 복장을 하고 콧수염을 기르고 있다.

두 사람이 장악하고 있는 유목민들 덕분에, 오피르는 계속 히타이트의 수도 하투사와 연락을 취할 수 있었다. 그들은 보수를 넉넉하게 받고 있었으므로, 섣불리 배반하는 일은 없을 것이다. 아모스가 소식을 전했다.

─무와탈리스 대왕은 여전히 살아 있습니다. 그의 아들 우리테슈프가 그의 뒤를 잇게 될 것 같습니다.

─군인들은 전쟁을 계획하고 있소?

―가까운 시일 안에 전쟁을 일으킬 것 같진 않습니다.

―우리에게 무기가 지급된답디까?

―충분한 양이 지급될 겁니다. 그러나 무기수송에 문제가 있습니다. 이집트 당국이 눈치채지 않게 하려면, 소량으로 여러 차례 수송해야 할 것 같습니다. 시간이 많이 걸리겠지요. 그렇지만 실수를 저질러선 안 되니까요. 모세의 동의는 받아냈습니까?

―받아낼 거요. 파라오의 군대와 경찰과 맞서 무장투쟁을 결심한 히브리인들 집 지하실에 무기를 쌓아두도록 하시오.

―확실한 사람들의 명단을 만들어야 합니다.

―무기수송은 언제 시작됩니까?

―다음달부터 시작됩니다.

39

히타이트의 수도 보안을 책임지고 있는 장교는 우리테슈프의 가장 열렬한 지지자들 중 한 사람이었다. 다른 많은 군인들처럼 그도 무와탈리스 대왕이 빨리 죽어서 그의 아들이 권력을 장악하게 되기를 초조하게 기다렸다. 그러면 마침내 이집트 공격 명령이 떨어질 것이다.

그는 부하들이 도시의 전략거점에 제대로 배치되어 있다는 것을 직접 확인하고, 병영으로 돌아가 쉬기 위해서 귀로에 올랐다. 그는 휴식을 취할 자격이 있었다. 내일은 농땡이 부리는 놈들을 집중훈련시키고, 군기를 잡기 위해 몇 가지 근신조치를 내릴 계획이었다.

잿빛 성채들과 벽으로 둘러싸인 하투사는 을씨년스러웠다. 그러나 이제 앞으로 이집트와의 전쟁에서 승리를 거두면, 히타이트 군은 이집트의 풍요로운 벌판에서 잔치를 벌이고, 나일 강가에서 즐거운 시간을 보낼 수 있을 것이다.

장교는 침대에 걸터앉아 신발을 벗고, 쐐기풀과 식물이 주성분인 별로 비싸지 않은 연고를 발에 바르며 마사지했다. 막 잠이 쏟아지려고 하는 참에, 문이 벌컥 열렸다.

두 명의 병사가 칼을 빼어들더니 그를 위협하며 다가왔다.

―이게 무슨 짓이야? 여기서 나가!

―넌 독수리보다도 더 나쁜 놈이다. 감히 우리테슈프 대장님을 배반하다니!

―무슨 소릴 하는 거야?

―이게 네가 받을 보상이다!

도살장에서 백정이 소를 죽일 때처럼 '얍!' 하는 소리를 지르며, 두 명의 보병은 배신자의 뱃속에 칼을 찔러넣었다.

창백한 태양이 떠올랐다. 꼬박 밤을 새운 우리테슈프는 원기를 회복할 필요를 느꼈다. 그가 뜨거운 우유를 마시고 염소젖 치즈를 먹고 있을 때였다. 두 명의 처형자들이 그의 앞에 모습을 나타냈다.

―임무 완수했습니다.

―어려운 일은 없었나?

―전혀 없었습니다. 배반자들은 모두 창졸간에 당했으니까요.

―'사자의 문' 앞에 화형대를 세우고 시체들을 쌓아놓도록 하라. 내가 내일 장작더미에 직접 불을 붙여 시체들을 불태우겠다. 나를 등뒤에서 치려고 하는 자들이 어떤 꼴을 당하는지 모두들 알게 될 것이다.

아샤가 가르쳐준 배반자들은 이제 지상에서 사라졌다. 숙청은 신속하고 잔인하게 이루어졌다. 우리테슈프는 이제 자기 측근들 중에서 하투실에게 정보를 제공할 사람은 아무도 없다고 생각했다.

총사령관은 대왕의 침실을 향했다. 간호사 두 명이 대왕을 안락의자에 앉혀 '높은 도시'를 굽어보고 있는 궁전 테라스에 데려다놓았다.

무와탈리스의 시선은 한 곳에 고정되어 있고, 두 손은 팔걸이를 꽉 움켜쥐고 있었다.

―아버님, 말씀하실 수 있습니까?

무와탈리스의 입이 반쯤 열렸지만, 한마디 소리도 입 밖으로 새어나오지 못했다. 우리테슈프가 안심했다.

―제국은 조금도 걱정하실 필요가 없습니다. 제가 잘 지키고 있으니까요. 하투실은 지방에 숨어 있습니다. 이제 그는 아무것도 아닙니다. 저는 그를 제거해야 할 필요조차 느끼지 않습니다. 그 겁쟁이는 공포와 망각 속에서 썩어갈 겁니다.

무와탈리스의 눈 속에 증오의 눈빛이 어른거렸다.

―아버님께서는 저를 비난할 권리가 없습니다. 권력이 주어지지 않을 때는, 수단방법을 가리지 않고 그것을 빼앗아야 하지 않겠습니까?

우리테슈프가 칼집에서 단도를 꺼냈다.

―아버님, 병으로 고생하시는 것이 지겹지 않으십니까? 위대한 대왕은 통치의 예술만을 사랑하지요. 아버님이 지금 처한 상황으로 볼 때, 그 예술을 다시 실천할 희망이 남아 있습니까? 애를 좀 써보세요. 눈빛으로라도, 이 끔찍한 고문을 끝내달라고 나에게 애원해보란 말입니다.

우리테슈프가 그에게 다가갔다. 대왕은 눈을 감지 않았다.

―나의 행동을 승인해주십시오. 나의 행동을 승인하고 당연히 나에게 돌아오게 되어 있는 그 왕좌를 달란 말입니다.

무와탈리스는 있는 힘을 다해서 거부의사를 표현했다. 고정되어 있는 그의 시선이 그를 죽이려는 자에게 저항하고 있었다.

우리테슈프가 단도를 든 팔을 들어올리며 외쳤다.

─모든 신들의 이름에 걸고 말하건대, 왕의 자리를 내놓으시오!

그때 대왕이 사력을 다해서 손에 힘을 주자, 팔걸이 하나가 마치 익은 과일처럼 으스러져버렸다. 경악한 그의 아들이 단도를 떨어뜨렸다. 칼이 타일 바닥에 굴러떨어졌다.

야질리카야(뇌우의 신의 신전─역주) 사원은 히타이트 제국 북동쪽에 있는 언덕 중턱에 세워져 있다. 사원 안에서 사제들이 뇌우의 신의 입상을 깨끗이 닦아내었다. 신의 힘이 한결같이 머무르게 하기 위해서였다. 그리고 그들은 혼돈을 물리치고 악을 땅속에 가두기 위한 제사를 드렸다. 그들은 나라의 평형을 위협하는 어두운 힘들로 채워진 새끼 돼지에 일곱 개의 쇠못과, 일곱 개의 청동못, 그리고 일곱 개의 구리못을 박아넣어 죽였다.

제사가 끝나면 참례자들은 12신상 앞을 지나 돌로 만든 탁자 앞에 멈추어 서서, 그들의 정신으로부터 모든 장애를 쫓아내기 위해 독한 술을 한 잔 마신다. 그리고 그들은 바위 속에 파놓은 계단을 따라 바위 한가운데에 자리잡고 있는 사당에 들어가 기도를 드린다.

남자 사제 한 사람과 여자 사제 한 사람이 행렬에서 빠져나와 지하실에 있는 방으로 내려갔다. 기름 램프가 방을 비추고 있었다. 얼굴을 가리고 있던 두건을 벗자, 하투실과 푸투헤파의 얼굴이 드러났다. 푸투헤파가 하투실에게 고백했다.

─이 평화로운 순간이 나의 마음을 편안하게 만들어주는군요.

하투실이 아내의 말을 시인했다.

─이곳에 있으면 우린 안전하다오. 우리테슈프의 병사는 한 명도 이 신성한 장소에 들어올 수 없소. 안전을 기하기 위해 사원 주변에 망보는 사람들을 배치해두었소. 그래, 여행은 만족스러웠소?

—결과는 기대 이상이었어요. 많은 병사들이 우리가 생각하는 것만큼 우리테슈프에게 헌신적이지 않더군요. 서로 죽이지 않고도 큰 재산을 모을 수 있다는 생각에 매우 민감한 반응을 보였어요. 또 어떤 사람들은 아시리아가 장차 우리에게 위협이 될 거라는 사실을 인식하고 있고, 이집트를 상대로 미친 모험을 하는 대신, 우리의 방어체제를 강화해야 할 필요가 있다고 느끼고 있더군요.

하투실은 아내가 하는 말을 마치 신주(神酒)처럼 받아 마셨다.

—푸투헤파, 이건 꿈이오, 아니면 당신이 진정으로 희망을 가지고 온 것이오?

—아샤의 금이 기적을 일으켰어요. 아주 많은 사람들이 입을 열었답니다. 높은 지위에 있는 군인들은 우리테슈프의 교만과 잔인함 그리고 허영심을 증오하고 있어요. 그들은 그가 전쟁에 이길 거라고 떠들어대는 말도 믿지 않고, 그에게 람세스를 이길 수 있는 능력이 있다고 생각하지도 않아요. 그들은 또한 대왕에 대한 그의 태도도 용납하지 않고 있어요. 물론, 그가 대왕을 암살하려 시도한 바는 없지만, 공공연히 그가 죽기를 바라는 내색을 하고 다녔잖아요? 우리가 일을 잘 꾸미기만 하면, 우리테슈프의 통치는 얼마 가지 않을 거예요.

—형이 죽어가고 있는데, 난 형을 도울 수가 없구려…….

—우리가 무력을 사용하길 바라세요?

—푸투헤파, 그건 잘못이오. 무와탈리스의 운명은 봉인되었소.

아름다운 여사제가 경탄하는 표정으로 남편을 바라보았다.

—히타이트의 왕이 되기 위해서 당신의 감정을 희생시킬 용기가 있으세요?

—그럴 수밖에 없지 않소…… 그러나 나를 당신에게 이어주는 감정은 파괴될 수 없는 것이오.

—하투실, 우린 함께 싸우고 함께 이길 거예요. 상인들은 당신을

어떻게 맞아주던가요?

　─여전히 나를 신임하고 있소. 뿐만 아니라, 우리테슈프가 실수하는 바람에 우리에 대한 기대가 한층 더 두터워졌다오. 그들은 우리테슈프가 왕국을 망하게 할 거라고 생각하고 있소. 지방에서의 지지는 어느 정도 확보했지만, 수도에서는 아직 부족하오.

　─아샤는 아직도 많은 금을 가지고 있어요. 하투사로 가서 고위 장교들이 우리 쪽으로 넘어오도록 설득해볼게요.

　─그러다가 우리테슈프에게 발각되면 어쩌려구…….

　─하투사에 우리 친구들이 있잖아요. 그들이 우릴 지켜줄 거예요. 그리고 저는 여기저기 옮겨다니면서 사람들을 잠깐씩만 만날 거예요.

　─푸투헤파, 그건 너무 위험한 짓이오.

　─우리테슈프에게 숨쉴 틈을 주어선 안 돼요. 그리고 우리에겐 한시도 허비할 시간이 없어요.

히타이트 금발여인의 혀가 반쯤 졸고 있는 아샤의 등을 핥다가 그의 목덜미 쪽으로 올라왔다. 쾌락이 아주 달콤해졌을 때, 아샤는 혼몽에서 빠져나와 몸을 옆으로 돌리며, 가슴을 떨고 있는 여인의 몸을 끌어안았다. 그가 전대미문의 애무로 여인에게 답하려는 찰나에 우리테슈프가 그의 침실로 불쑥 들어왔다.

　─아샤! 당신은 연애질할 궁리만 하는구려!

　─총사령관의 도시에는 가슴 뛰게 하는 여자들이 너무 많아서 말입니다.

우리테슈프가 여자의 머리끄덩이를 잡아채더니 바깥에다 집어던졌다. 그 동안 아샤는 향수를 뿌리고 옷을 입었다. 우리테슈프가 큰 소리로 말했다.

　─난 아주 기분이 좋소이다.

그의 근육은 평소보다도 더 울퉁불퉁해 보였다. 길게 기른 머리카락과 적갈색 털로 뒤덮인 가슴, 그는 무자비한 전사의 모습이었다. 우리테슈프가 말했다.

—나의 적들은 깨끗이 청소되었소. 배반자는 단 한 놈도 살려두지 않았지. 이제 군대는 내가 손가락 하나만 까딱하고 눈만 한 번 꿈뻑해도 내 말에 복종할 거외다.

우리테슈프는 숙청을 시작하기 전에 많이 생각해보았다. 아샤가 진실을 말한 것이라면, 이것은 옴 오른 암양들을 제거하는 기회가 된다. 그가 거짓말을 했다손 치더라도, 앞으로 경쟁자가 될 수도 있는 야심가들을 없애버릴 기회였다. 히타이트의 왕위쟁탈전은 왕가에만 국한된 문제가 아니지 않는가. 이집트 대사의 정보에 따라 내린 결정이긴 하지만, 이 유혈작전은 결국 그에게 이로운 결과만을 가져다줄 것이었다.

—대왕을 치료해드리겠다는 제 제안은 여전히 받아들이지 않으시겠습니까?

—아샤, 대왕의 병은 불치병이오. 약을 가지고 쓸데없이 그를 괴롭혀봐야 상태가 좋아지지도 않을 뿐더러 고통만 늘어날지도 모릅니다.

—그가 통치할 수 없는 상태라면, 제국은 이대로 대왕 없이 지낼 건가요?

우리테슈프가 의기양양한 미소를 띠었다.

—고급장교들이 이제 곧 나를 대왕으로 추대할 거요.

—그럼 우린 장기간의 휴전조약을 맺겠군요. 그렇지 않습니까?

—왜, 믿어지지 않으시오?

—총사령관의 말씀을 믿겠습니다.

—그러나 중요한 장애물이 하나 남아 있소. 바로 대왕의 동생 하투실이오.

―그에게는 영향력이 없지 않습니까?

―그는 살아 있는 한 나를 해치려 할 거요! 상인들을 등에 업고 내게서 물질적 재원을 빼앗아가려는 음모를 꾸밀 거요. 그런데 군대에 좋은 장비를 갖추어주기 위해서는 물질적 재원이 반드시 필요하오.

―중간에 가로채실 수는 없습니까?

―하투실은 정말 뱀장어 같은 놈이라 숨는 기술 하나는 탁월하오.

아샤가 우리테슈프의 말을 인정했다.

―거참 난처하군요. 하지만 해결책이 한 가지 있습니다.

우리테슈프의 눈에 번쩍 불꽃이 일었다.

―어떤 해결책입니까?

―함정을 파놓는 겁니다.

―그럼…… 내가 그를 잡는 걸 도와주겠소?

―히타이트의 미래의 대왕에게 멋진 선물을 하고자 하는 이집트 대사가 해야 할 역할이 바로 그것 아니겠습니까?

40

네페르타리는 고요히 앉아 투시에 들어갔다. 람세스의 예감이 맞았다는 것을 알 수 있었다. 왕의 함대를 몰살시킬 무서운 전쟁을 준비하고 있던 하마 군단은 그곳에 우연히 있었던 것이 아니었다. 몰이꾼들과 어부들이 이 거대한 동물들이 한 곳에 모이도록 몰아넣었던 것이다.

람세스가 추측했다.

―셰나르요…… 그가 그들에게 시킨 짓이오. 그는 절대로 우리를 죽이려는 시도를 포기하지 않을 거요. 그것이 그가 살아가는 유일한 이유일 테니까. 네페르타리, 우리가 계속 여행하는 걸 받아들이겠소?

―파라오는 자기가 세운 계획을 쉽게 포기해선 안 되지요.

나일 강과 누비아의 풍경이 셰나르와 그의 증오를 잊게 해주었다. 기착지에서 로투스와 세타우는 멋진 코브라들을 잡았다. 그 중 한 마리는 검은 대가리에 붉은 줄무늬가 있는 놈이었다. 독을 많이 채취할 수 있을 것 같았다.

금빛 피부를 가진 매혹적인 누비아 여인은 더욱더 아름다워졌다. 질 좋은 야자주와 밤의 부드러운 열기 속에서 나누는 사랑의 기쁨이, 그들의 여행을 욕망의 축제로 바꾸어놓았다.

새벽 여명을 받아 야자수의 초록빛과 언덕의 황토빛이 다시 생생하게 되살아났다. 네페르타리는 수백 마리 새들이 노래로 인사하는 이 부활의 기쁨을 맛보았다. 그녀는 매일 아침 끈이 달린 전통적인 하얀 드레스를 입고, 하늘과 대지와 그 가운데 있는 세계의 신들에게 예배 드리고, 이집트 백성에게 삶을 베풀어주신 신들에 감사 드렸다.

상선 하나가 모래섬 위에 좌초해 있는 것이 보였다.

왕의 배가 그 근방에 멈추어 섰다. 버려진 배 위에는 생명의 흔적이라곤 아무것도 없었다.

람세스와 세타우, 그리고 선원 두 사람이 표류물을 좀더 자세히 조사해보기 위해 보트를 타고 다가갔다. 네페르타리가 왕을 만류하려 했지만, 그것이 셰나르의 배라고 확신한 왕은 그곳에서 단서를 발견하고 싶어했다.

갑판 위에는 아무것도 없었다. 선원 하나가 말했다.

─화물창을 보세요. 문이 닫혀 있는데요.

세타우의 도움을 받아 그가 나무빗장을 부쉈다.

특별히 물살이 센 지역도 아닌데, 왜 좌초한 걸까? 왜 선원들은 화물도 그대로 놓아두고 급하게 배를 버렸을까?

선원이 화물창 안으로 들어갔다.

끔찍한 비명소리가 새벽의 푸른 공기를 찢어놓았다. 세타우가 뒤로 물러섰다. 무서운 파충류들 앞에서도 두려움을 느끼지 않던 그가 그 자리에 꼼짝도 못 하고 얼어붙어버렸다.

뻥 뚫린 구멍을 통해서 화물창 안으로 들어온 악어 몇 마리가 선원의 다리를 물고 아귀아귀 집어삼키고 있는 중이었다. 선원은 이제 비명도 지르지 못하는 상태였다.

람세스가 그를 구하기 위해 달려가려 하자, 세타우가 제지했다.

─그러다 왕마저 죽어…… 이제 저 사람은 신들도 구할 수 없네.

지난번 함정만큼이나 잔인한 함정이었다. 세나르는 용감하기로 소문난 자기 동생이 어떻게 반응할지 미리 예상했던 것이다.

왕이 끓어오르는 분노를 안고 세타우와 다른 선원과 함께 물러섰다. 그들은 표류선박에서 모래톱 위로 뛰어내렸다.

그들이 선 모래톱과 보트 사이에 거대한 악어 한 마리가 버티고 있었다. 길이가 8미터를 넘고 무게는 1톤도 더 나갈 것 같았다. 악어는 일행을 노려보며 아가리를 벌리고 당장이라도 덤벼들 기세였다. 놈은 마치 바위 덩어리처럼 꼼짝도 하지 않았지만, 목표가 보이면 놀라울 정도로 민첩하게 움직일 수 있다. 신성문자로 악어라는 기호는, 사람들이 그것에 대항해서 미리 대비할 수 없는 갑작스러운 행동을 상징하지 않던가.

세타우가 주변을 돌아보았다. 일행은 또다른 악어들로 포위되어 있다. 도망칠 가능성은 전혀 없었다.

어떤 악어들은 아가리를 다물고 있었지만, 단도처럼 날카로운 이빨들이 아가리 밖으로 삐죽삐죽 튀어나와 있었다. 마치 이렇게 맛있는 먹이를 먹게 되어 기뻐 웃고 있는 것처럼 보이기도 했다.

왕의 배에서는 그들 일행이 처해 있는 상황이 보이지 않는다. 시간이 좀더 지나면 그들이 돌아오지 않는다는 사실을 걱정하겠지만, 때는 이미 늦은 다음일지도 모른다. 세타우가 웅얼거렸다.

─난 이렇게 죽고 싶진 않은데.

람세스가 천천히 단도를 빼어들었다. 싸워보지도 않고 죽을 수는 없다는 생각이었다. 괴물이 공격해오면, 놈의 배 밑으로 기어들어가 목을 찌를 계획이었다. 절망적인 싸움이었다. 셰나르는 모습을 나타낼 필요조차 없이 이 싸움에서 승리를 거두겠지.

괴물은 힘차게 2미터 정도 앞으로 전진하더니, 다시 그 자리에 멈추어 섰다. 선원이 무릎을 꿇고 앉아 손으로 두 눈을 가렸다. 람세스가 세타우에게 말했다.

─소리를 지르면서 한꺼번에 저놈에게 덤벼들자구. 어쩌면 배에서 우리 목소리를 알아들을지도 모르니까. 자네는 왼쪽에서 공격하게. 나는 오른쪽에서 공격할 테니까.

람세스가 해낸 이 마지막 생각은 네페르타리를 향한 것이었다. 그녀는 아주 가까이 있지만, 벌써 너무나 먼 곳에 있는 것처럼 느껴졌다. 왕은 머릿속을 비우고 기를 모았다. 그리고 거대한 악어를 노려보았다.

왕이 막 소리를 지르려는 순간, 강가를 따라 늘어서 있는 가시나무 덤불이 흔들리는 것이 보였다. 그리고 우레처럼 쩌렁쩌렁 울리는 소리가 들렸다. 악어들도 공포로 얼어붙을 만큼 힘찬 소리였다.

거대한 몸집에 걸맞는 우렁찬 울음소리였다. 코끼리 한 마리가 성큼성큼 물을 건너오더니 섬 위에 발을 올려놓았다. 코끼리가 코로 괴물의 꼬리를 잡아채더니 다른 악어떼 가운데로 집어던졌다. 악어들이 비틀거리면서 물 속으로 사라졌다. 람세스가 코끼리를 알아보고 큰 소리로 외쳤다.

─너로구나! 내 충성스러운 친구야!

어금니 하나가 적어도 80킬로그램은 나가는 거대한 코끼리였다. 놈이 코로 이집트 왕의 허리를 감아쥐더니 자기 머리 위에 올려놓았다. 놈은 거대한 귀를 연신 펄럭였다.

─오늘은 네가 내 목숨을 구해주는구나.

옛날에 코에 화살이 박혀서 고통스러워하고 있던 그 코끼리를 람세스와 세타우가 구해준 적이 있었다. 코끼리는 이제 당당한 수놈이 되었다. 두 눈이 영리하게 반짝였다.

람세스가 놈의 이마를 쓰다듬어주자, 코끼리가 다시 큰 소리로 울었다. 이번엔 기쁨의 울음소리였다.

농무대신 네드젬은 보고서에 마지막 손질을 했다. 강물의 범람이 만족스러워서 곡물창고는 가득 찰 것이고, '두 개의 땅'은 풍요롭게 살아갈 수 있을 것이다. 국고를 담당하고 있는 서기관들이 운영을 잘하면, 백성들에게 세금감면의 혜택도 줄 수 있을 것 같았다. 람세스가 수도로 돌아오면, 모든 고위 공직자들이 주의 깊고 비판적인 아메니의 감독 하에 맡은 바 임무를 열심히 수행했다는 것을 확인하게 되리라.

네드젬은 궁전 정원을 향해 잰 걸음을 옮겼다. 카 왕자가 누이동생 메리타몬과 함께 그곳에서 놀고 있을 터였다. 그러나 정원에는 류트를 켜고 있는 소녀만 있었다.

―카 왕자님께선 떠나셨습니까?

―오지 않았어요.

―이곳에서 만나뵙기로 했는데…….

네드젬은 도서관으로 향했다. 점심을 함께 먹고, 카는 도서관으로 갔다. 카는 피라미드 시대의 위대한 스승들이 쓴 『지혜의 서(書)』를 필사하고 싶다고 말했었다.

소년은 아직도 그곳에 있었다. 책상다리를 하고 앉아 무릎 위에 펼쳐놓은 파피루스에 아주 가는 붓으로 글씨를 쓰고 있었다.

―저런…… 아직도 여기 계시다니, 피곤하지 않으십니까?

―괜찮아요, 네드젬. 글이 너무 아름다워서 옮겨 쓰다보면 피곤이 달아나고 손이 부드러워져요.

―이제 그만…… 좀 쉬셔야 하지 않겠습니까.

―아니, 지금은 안 돼요. 사카라에 있는 우나스 피라미드를 건설한 달인이 쓴 기하학 개론을 공부하고 있어요.

―저녁식사는…….

―배고프지 않아요. 괜찮지요?

―좋습니다. 시간을 좀더 드리지요. 하지만…….

카가 자리에서 일어나더니 네드젬의 양쪽 뺨에 입을 맞추며 말을 막았다. 그리고는 다시 책상다리를 하고 앉아 읽고, 쓰고, 공부하는 일에 푹 빠져버렸다.

도서관을 나오면서 네드젬은 고개를 흔들었다. 그는 람세스의 맏아들이 가지고 있는 특별한 재능에 새삼 놀랐다. 앞날이 벌써 예견되는 비범한 소년이었다. 카의 지혜가 이렇게 계속 성장하면, 파라오는 그에 버금가는 계승자를 얻게 될 것이다.

―네드젬 나리, 우리나라의 농업은 잘되어갑니까?

누군가 말을 걸어오는 바람에 농무대신은 상념에서 빠져나왔다. 우아하게 차려입고 빙글빙글 웃고 있는 메바였다.

―잘되고 있지요. 아주 잘되고 있습니다.

―우리가 서로 대화를 나눈 지도 오래 되었군요. 제가 저녁식사에 초대하면 응해주시겠습니까?

―할 일이 너무 많아서 거절할 수밖에 없습니다.

―유감스럽군요.

―저 역시 그렇습니다. 그러나 나라 일이 웃고 즐기는 것보다 더 중요한 것 아니겠습니까?

―그거야 파라오를 섬기는 모든 사람들이 가지고 있는 확신이지요. 그 확신이 우리가 하는 모든 일에 힘을 주고 있지 않습니까?

―그러나 슬프게도 인간은 그저 인간일 뿐이지요. 사람들은 종종 자기 의무를 잊어버립니다.

메바는 하잘것없는 정원사 출신에 고지식하고 잘난 체하는 이 멋대가리 없는 친구를 싫어했다. 그러나 필요한 정보를 빼내기 위해서는 상냥하게 존경심을 표시하지 않으면 안 된다.

메바가 처해 있는 상황은 썩 신통치 않았다. 몇 번 시도해보았지만, 아샤의 암호 메시지를 해독할 수 없다는 결론에 이르렀다. 아메니는 어떤 실수도 저지르지 않았다. 이 일마저 실패한다면 오피르가 무슨 생각을 할지 모른다.

─제가 댁에 모셔다드리면 어떻겠습니까? 아주 얌전한 말 두 마리가 끄는 새 마차를 하나 장만했거든요.

네드젬이 퉁명스럽게 대답했다.

─전 걷는 게 더 좋습니다.

─카 왕자님을 만나보셨습니까?

카 왕자의 얘기가 나오자 농무대신의 얼굴이 환해졌다.

─그럼요, 만나뵈었지요.

─놀라운 소년이지요!

─놀랍다는 표현으론 부족하지요! 왕이 될 재목입니다.

메바가 진지한 표정으로 말했다.

─네드젬 나리, 나리 같은 분만이 왕자님을 나쁜 세력으로부터 보호하실 수 있습니다. 왕자님처럼 재능 있는 사람들은 어쩔 수 없이 질투와 선망을 불러일으키니까요.

─걱정 마십시오. 세타우가 왕자님에게 나쁜 눈의 세력이 미치지 못하게 조처해두었습니다.

─그가 모든 예방책을 다 강구했다고 확신하십니까?

─활기와 성숙을 보장해주는 파피루스 줄기 모양의 부적과, 완전한 눈이 그려진 손목띠, 이 정도면 나쁜 힘들을 물리치는 마술방벽으로 완벽하지 않습니까? 악의 힘들이 어디에서 오든 말입니다.

─정말 그렇겠군요.

네드젬이 덧붙여 말했다.

―그뿐만이 아닙니다. 카 왕자님은 매일 아몬 신전의 실험실에
새겨진 주문들의 힘을 흡수하고 있습니다. 제 말을 믿으십시오. 왕
자님은 잘 보호되고 있습니다.

―말씀을 들으니 마음이 놓이는군요. 언제든 시간 나실 때 제가
다시 저녁식사를 청해도 될지요?

―솔직하게 말씀드리면, 저는 사교모임을 별로 좋아하질 않습니
다.

―충분히 이해할 수 있습니다! 하지만 외교관 생활을 하다보면
불행히도 그런 모임들을 피할 수가 없답니다.

네드젬과 작별인사를 하고 돌아선 메바는 너무 기뻐서 미친 개처
럼 경중경중 뛰고 싶었다. 이만하면 오피르가 만족할 것 같았다.

41

아부 심벨 연안에 배가 정박하자, 코끼리의 큰 울음소리가 일행을 맞아주었다. 사막의 길을 따라 그곳에 도착한, 거대한 코끼리가 절벽에 서서 람세스를 지켜보고 있었다. 람세스는 금빛 모래로 이루어진 작은 만을 다시 만나 감개무량했다. 산이 흩어지기도 하고 한데 합쳐지기도 하는 곳, 람세스는 이 아름다운 장소를 발견했던 일, 로투스가 이곳에서 치료의 능력을 가진 여신의 돌을 찾아냈던 일을 떠올렸다.

아름다운 누비아 여인은 강물 속에 뛰어들고 싶은 욕망을 참을 수가 없었다. 그녀는 알몸으로 물 속에 뛰어들어 햇빛이 흘러넘치는 강둑을 향해 유연하게 헤엄쳤다. 몇 명의 선원들도 그녀를 따라 물 속으로 뛰어들었다. 험난한 여정 끝에 목적지에 도착한 것이 기뺐던 것이다.

항해자들의 지표 역할을 하는 돌출된 바위, 그 돌출부가 굽어보고 있는 그곳의 아름다움에 모두들 넋을 잃었다. 나일 강은 절벽을 따라가면서 매혹적인 곡선을 그려 보였다. 절벽은 두 개의 곶으로 나뉘어 있는데, 그 사이로 엷은 황갈색 모래밭이 펼쳐져 있다.

로투스의 몸은 은빛 물방울에 덮여 반짝였다. 로투스가 웃으면서 절벽을 기어올라갔다. 해독제가 잔뜩 스며들어 있는 영양가죽 옷을 입은 세타우가 그 뒤를 따랐다.

람세스가 네페르타리에게 물었다.

―이곳을 보니 어떤 생각이 드오?

―전 이곳에 하토르 여신이 계시다는 걸 느껴요. 바위들이 별을 닮아 있네요. 하늘의 금이 바위들을 빛나게 하는 거지요.

―북쪽에서는 사암 절벽이 급한 경사를 이루며 거의 수면 가까운 곳까지 떨어져 내려오지. 남쪽에서 산은 양 옆으로 갈라져서 가운데에 넓은 공간을 마련해놓았다오. 특히 두 개의 곶이 한 쌍을 이루고 있소. 난 이곳에 파라오와 왕비처럼 나누어놓을 수 없는 두 개의 사원을 세워 우리의 사랑을 기념할 생각이오. 당신의 이미지는 영원히 돌 속에 조각되어, 당신을 매일 새로 태어나게 하는 태양을 바라보게 될 거요.

왕비의 품격에 어울리는 행동은 아니었지만, 네페르타리는 람세스의 목에 부드럽게 두 팔을 두르고 열정적으로 입을 맞추었다.

누비아 총독은 뱃머리에서 두 눈을 비볐다. 분명히 아부 심벨이었다. 그는 자기가 환영을 보고 있다는 생각이 들었다.

수십 명의 석수들이 부지런히 움직이며 둑 위에 광대한 건축규모에 어울릴 공사장을 조성하고 있었다. 어떤 사람들은 나무 비계를 타고 올라가 사암 절벽을 다듬고 있었고, 또 어떤 사람들은 돌덩어리들을 자르고 있었다. 짐배가 필요한 연장들을 날라왔다. 분임조장들은 명확하게 업무를 분담한 소집단에 직공들을 배치시켰다.

공사 총감독은 람세스였다. 공사장 한가운데에 모형과 설계도면이 전시되어 있었다. 왕은 자기 의도가 정확하게 이해되었는지 확인하고, 건축가와 조각가들의 책임자와 대화를 나누며 잘못된 부분을 바로잡아주었다.

어떻게 해야 왕을 귀찮게 하지 않고 자기가 왔다는 것을 알릴 수 있을까? 누비아 총독은 파라오가 자기에게 눈길을 줄 때까지 기다리는 것이 신중한 처사라는 판단을 내렸다. 왕은 방해받는 걸 아주 싫어한다고 하지 않던가?

무엇인가 그의 발을 스쳤다. 부드럽고 차가운 것이었다…… 총독은 아래를 내려다보곤 그 자리에 얼어붙어버렸다.

길이가 1미터쯤 되는 붉은색과 검은색이 뒤섞인 뱀이었다. 뱀은 파도 치듯 모래 위를 기어가다가 총독의 발치에 멈추어 섰던 것이다. 조금만 움직여도 물릴 판이었다. 비명만 질러도 뱀을 자극해서 공격을 유발할 것 같았다.

그에게서 몇 발짝 떨어진 곳에 젖가슴을 드러낸 젊은 여자가 서 있었다. 짧은 통자루 치마를 입고 있었는데, 가벼운 바람이 그녀의 치마를 들어올려, 치마는 그녀의 매력을 감추기보다는 드러내고 있는 셈이었다.

무더운 날씨였지만, 총독의 피부에는 소름이 돋았다. 그가 기어들어가는 소리로 말했다.

—뱀이에요. 뱀…….

여자는 뱀을 보고도 전혀 놀라는 기색이 아니었다.

—왜 두려워하세요?

—여기 뱀이…… 뱀…….

—큰 소리로 말하세요. 안 들려요.

뱀이 천천히 그의 장딴지를 따라 기어올라왔다. 총독은 이제 말도 할 수 없었다. 그의 이마에서 흐르는 땀이 눈코를 가리지 않고 스며들었다. 그는 거의 혼절 직전이었다.

여자가 다가왔다.

─이놈이 당신을 귀찮게 하나요?

총독은 아무 말도 들리지 않았다. 로투스가 아무렇지도 않게 뱀을 붙잡아서 왼쪽 팔에 감았다. 그녀는 이상하다는 표정으로 총독을 바라보았다. 물컹물컹한 살이 쪄 꽤나 뒤룩뒤룩거리는 이 남자는 왜 내가 독을 빼어버린 뱀을 무서워하는 거지?

총독은 걸음아 날 살려라 하고 도망치다가 돌뿌리에 걸려 넘어졌다. 그는 왕이 있는 곳에서 그리 멀지 않은 곳에 큰 대자로 엎어졌다. 람세스는 이 위엄 있는 인물이 갑자기 달려와서 모래 속에 코를 박고 있는 모습을 신기하다는 듯이 바라보았다.

─총독, 경의를 표하는 방법치곤 좀 과한 것 아닌가?

─폐하, 용서하십시오. 하지만 뱀이…… 전 방금 죽음에서 도망쳐나왔습니다.

총독이 몸을 일으켰다. 람세스는 이해할 수 없다는 듯이 그를 바라보다가 고개를 돌리며 물었다.

─세나르는 체포했나?

─폐하, 제가 애를 많이 썼다는 사실을 믿어주시기 바랍니다. 폐하께서 만족하실 수 있도록 모든 조치를 취해놓았습니다.

─그대는 나의 질문에 대답하지 않았다.

─우리의 실패는 일시적인 것일 따름입니다. 제 부하들은 상 누비아와 하 누비아를 완벽하게 통제하고 있습니다. 혼란을 불러일으키는 놈들은 우리 경계망을 빠져나갈 수 없습니다.

─왜 이렇게 늦게 왔는가?

─지역 안보를 위해 어쩔 수 없는 일이 발생해서…….

−그대 생각엔 지역 안보가 왕과 왕비의 안전보다 더 중요한 모양이지?

총독의 얼굴이 새빨개졌다.

−그럴 리가 있습니까, 폐하! 제가 드리려 했던 말씀은 절대로 그런 게 아닙니다, 그리고······.

−날 따라오게.

총독은 파라오가 진노할까봐 걱정이 되었다. 그러나 람세스는 차분했다.

총독은 왕을 따라서 공사장 가장자리에 세워져 있는 커다란 막사들 중 하나에 들어갔다. 세타우가 의무실로 사용하고 있는 곳이었다. 세타우는 사암에 긁혀서 피부가 벗겨진 한 석수의 장딴지에 붕대 감는 일을 막 끝낸 참이었다. 왕이 세타우에게 물었다.

−세타우, 자네 누비아를 사랑하지?

−나에게 그 질문을 던지시는 게 꼭 필요한 일인가?

−보아하니 자네 아내도 누비아에 빠져 있는 것 같던데.

−이곳에서 그녀는 나를 지치게 하네. 힘이 두 배는 되는 것 같아. 사랑에 대한 욕망도 사그라들 줄 모르고 말야.

총독은 기겁을 하고 놀랐다. 어떻게 '두 개의 땅'의 주인에게 이런 식으로 얘기할 수 있을까?

−우리를 방문해서 이렇게 기쁨을 베풀어주는 이 높은 관리를 알고 있겠지?

세타우가 왕의 말을 되받아쳤다.

−난 관리들을 싫어하네. 특권이나 처먹고는 나중엔 그것 때문에 숨이 막혀 죽지.

−저런, 자네에겐 미안하게 됐네.

세타우가 어리둥절한 표정으로 왕을 쳐다보았다.

−무슨 얘길 하려고 그러시나?

─누비아는 방대한 지역일세. 누비아를 다스리는 건 힘든 일이지. 총독, 그대도 그렇게 생각하겠지. 그렇지 않은가?

─그럼요, 그렇구 말구요. 폐하!

─아름다운 쿠슈 지방 하나만 다스리는 데도 강력한 힘이 필요하지. 그대도 그렇게 생각할 거야. 그렇지, 총독?

─물론입니다, 폐하!

─나는 그대의 의견을 최대한 존중하는 의미에서, 나의 친구 세타우를 '쿠슈 왕의 아들'에 임명하고 그에게 이 지방의 경영을 맡길 생각일세.

세타우는 왕의 말이 자기하고는 아무 상관도 없는 일이라는 듯, 듣는 둥 마는 둥하며 옷가지들을 접고 있었다. 총독은 마치 조각가가 깜빡 잊고 생명의 숨결을 불어넣지 않은 조각처럼 서 있었다.

─폐하, 문제가 생길 겁니다. 저와 세타우의 관계가…….

─두 사람은 솔직하고 다정한 관계를 유지하게 될 걸세. 확신하네. 총독은 부헨 요새로 돌아가서 셰나르를 체포하는 데 전력을 다해주게.

총독은 무엇에 크게 언어맞은 표정으로 물러갔다.

세타우가 팔짱을 끼고 왕을 바라보며 말했다.

─람세스 폐하, 이건 농담이시겠지.

─이 지역엔 뱀이 아주 많아. 자네 부부는 이곳에서 독을 많이 채취할 수 있네. 로투스가 행복해할 걸세. 두 사람은 비할 데 없이 아름다운 이곳에서 살아가는 행운을 누리게 되는 거지. 세타우, 이곳의 작업을 지도하고 두 개의 아부 심벨 신전의 공사 진척 상황을 감독하기 위해 자네의 도움이 필요하네. 이 두 신전은 왕과 왕비의 이미지를 영원불멸한 것으로 만드는 역할을 하게 될 거야. 이곳, 누비아의 한가운데에서 우리 문명의 중요한 신비가 찬양받게 되는 거지. 그러나 내가 내린 결정이 마음에 들지 않는다면, 자네는 거절할

수 있네.

세타우가 못마땅하다는 듯 툴툴대더니 말했다.

─틀림없이 로투스하고 짰지…… 하지만 파라오의 의지에 누가 감히 맞설 수 있겠나?

왕은 제의의 마법을 통해 남쪽 지방의 적의 혼들을 북쪽으로, 북쪽 지방의 적의 혼들은 남쪽으로, 서쪽 지방의 맞수들의 혼은 동쪽으로, 동쪽 지방의 맞수들의 혼은 서쪽으로 옮겨놓았다.

네 방위를 뒤집어버렸기 때문에 신전이 세워질 장소는 이제 눈에 보이는 세계의 바깥에 위치하게 되었다. 아부 심벨은 인간 세계의 혼란으로부터 안전하게 지켜질 것이다. 왕비는 건물이 들어설 장소 주위에 외부의 침입으로부터 건물을 보호해주는 힘의 장(場)을 둘러놓았다.

거대한 신전 정문 앞에 세워질 작은 사당에서, 람세스는 그와 네페르타리를 이어주는 사랑을 마아트에게 바치고 왕과 왕비의 하나됨을 빛에 연결시키게 될 것이다. 앞으로 두 사람의 결혼은 아부 심벨에서 영원히 칭송될 것이다. 그 결혼으로 인하여, 이집트 백성의 자양의 근원이 되는, 신들의 힘이 한군데로 모여들게 되는 것이다.

람세스와 네페르타리가 지켜보는 가운데 왕의 신전과 왕비의 신전이 세워질 자리가 서서히 모습을 드러내기 시작했다. 장인들은 절벽 한가운데를 팠다. 그곳에 성상안치소를 만들기 위해서였다. 바위는 높이 35미터, 폭 38미터, 깊이 63미터의 규모로 파내어질 예정이었다.

람세스와 네페르타리의 이름이 아부 심벨의 바위에 새겨지자, 람세스는 출발준비를 하라는 명령을 내렸다.

세타우가 물었다.

─피-람세스로 돌아가시는 건가?

─아직은 아냐. 나는 사당들을 짓기 위해서 누비아의 여러 장소를 물색할 생각이네. 남신들과 여신들이 이 불의 나라에 거하시게 될 걸세. 자네가 신전을 짓는 사람들의 작업을 조화시켜주게나. 아부 심벨이, 평화를 공고히 하는 데 기여하게 될 성소들의 평화로운 군대에 둘러싸여, 한가운데에서 빛을 발하는 장소가 되었으면 하네. 이 사업을 완수하려면 수많은 세월이 걸리겠지만, 우린 시간을 정복할 수 있을 걸세.

왕의 배가 멀어져가는 것을 바라보며, 로투스는 감동한 모습으로 조용히 명상에 잠겨 있었다. 그녀는 뱃머리에 서 있는 람세스와 네페르타리의 모습을 절벽 꼭대기에서 경탄하며 바라보았다. 하얀 돛을 단 왕의 배는 누비아의 하늘처럼 푸른 물 위를 미끄러져갔다.

로투스는 전에 막연히 예감했던 것을 이제는 확실히 알게 되었다. 람세스가 위대한 파라오가 될 수 있었던 것은, 그가 네페르타리를 사랑하고, 그녀가 그를 사랑하기 때문이라는 것을.

아부 심벨의 여인 네페르타리가 하늘과 땅의 길을 열었던 것이다.

42

셰나르는 화가 나서 견딜 수 없었다.

도대체 그의 예상대로 된 것이 아무것도 없었다. 람세스를 제거하고 그의 원정대에 만회할 수 없는 상처를 입히려 했던 몇 차례의 시도가 모두 실패했다. 셰나르는 앞으로 나아갈 수밖에 없었다. 그는 이를 악물고 대남부지방을 향해 떠났다.

그는 마을에서 선원들을 협박해 배를 한 척 강탈했다. 마을 주민들이 어떻게 알았는지 그를 고발했다. 총독의 병사들이 셰나르의 배를 뒤쫓아왔다. 솜씨 좋은 누비아 선원들이 아니었다면, 셰나르는 그들에게 붙잡혔을지도 모른다. 신중을 기하기 위해 셰나르는 배를 버리고, 길을 찾아내기를 바라며 사막으로 들어섰다. 셰나르의 오른팔 역할을 하는 크레타인 용병은, 열기와 불타는 듯한 공기,

뱀, 사자, 그리고 다른 야수들의 끊임없는 위협에 대해 저주를 퍼부었다.

그러나 셰나르는 고집을 부렸다. 그는 아부 심벨을 공격해서 공사장을 파괴하도록 부족들을 선동하기 위해 이렘 지방으로 가고 싶어했다. 불안이 누비아 전역에 퍼지면, 파라오의 인기는 떨어지고 그의 적들이 동맹을 맺고 그를 칠 가능성도 있다.

셰나르의 지휘를 받는 전투분대는 금을 세광(洗鑛)하는 장소 근처에 도착했다. 그곳은 전문적인 인부들이 이집트 군대의 감시 하에 일하고 있는, 접근이 불가능한 지역이었다. 반란군들은 귀중한 금속을 이집트에 실어가지 못하게 하기 위해 이곳을 장악하기로 했다.

둔덕 꼭대기에 서서, 셰나르는 누비아인 인부들이 일하는 모습을 바라보았다. 인부들은 원석을 부수고 빻은 다음, 금을 흙과 분리시키기 위해 세척하는 작업을 한다. 사막 한복판에 있는 우물에서 길어올린 물이 저수지에 가득 차 있었다. 저수지의 물은 홈통을 타고 침전못으로 흘러들어간다. 졸졸 흐르는 물만으로도 흙덩어리와 금이 나뉜다. 그러나 순도 높은 금을 얻기 위해서는 몇 번씩 이 작업을 되풀이하는 것이 반드시 필요하다.

이집트 병사들은 숫자도 많았고 또 중무장을 하고 있었다. 특공대 병력만으로는 그들을 제거할 가능성이 전혀 없었다. 여러 부족의 전사들을 집결시키는 반란을 꾸미지 않으면 안 된다.

셰나르는 누비아인 길잡이의 정보에 따라, 이렘 지방의 한 부족의 추장을 만났다. 온몸이 상처로 뒤덮여 있는 키 큰 흑인이었다. 추장은 마을 한복판에 있는 널찍한 초가집에서 셰나르를 맞았다. 냉랭한 분위기였다.

─당신은 이집트인이오.

─그렇소. 그러나 나는 람세스를 증오하오.

318

─나는 내 나라를 억압하는 모든 파라오들을 증오하오. 누가 당신을 보냈소?

─이집트 북쪽에 살고 있는 람세스의 강력한 적들이 보냈소. 우리가 그들을 도와주면, 그들은 파라오를 쳐부수고 당신에게 당신의 땅을 되돌려줄 것이오.

─반란을 일으키면, 파라오의 병사들이 우리를 학살할 거요.

─당신의 부족만으로는 충분치 않소. 나도 그 점을 인정하오. 그 때문에 동맹을 맺는 것이 반드시 필요하오.

─동맹이라…… 그건 어렵소. 아주 어려워…… 사람들을 만나 오랫동안, 아주 오랫동안, 몇 달씩 협상해야 하오.

세나르는 참을성이 없는 사람이었다. 그러나 그는 화를 누르며, 기간이 얼마나 걸리든, 또 일이 얼마나 늦어지든 끈질기게 대처하겠다고 다짐했다. 협상하다보면 그렇게 늦어질 수밖에 없으니까 말이다. 세나르가 추장에게 물었다.

─날 도울 용의가 있는 거요?

─회담을 하려면 이웃 마을로 가야 하는데, 그곳은 멀리 떨어져 있고, 나는 내 마을에 머물러 있어야 하오.

크레타인 용병이 세나르에게 은덩어리 하나를 건네주었다. 세나르가 말했다.

─이 보물을 가지고 당신은 당신의 부족을 몇 달이나 먹여살릴 수 있소. 나는 날 도와주는 사람에게 이걸 줄 생각이오.

은덩어리를 보자, 추장은 얼이 빠졌다.

─내가 회담을 하겠다면, 그걸 나에게 줄 거요?

─성공하면 더 주겠소.

─하지만 시간이 많이 걸릴 텐데…… 아주 많이 걸릴 거요…….

─당장 내일 아침 해가 뜨면 시작하도록 합시다.

이제트는 피-람세스로 돌아와 람세스와 사랑을 나누던 갈대 오두막을 생각했다. 사랑의 고통이 견디기 어려워지면, 이제트는 화장도 하지 않고, 향수를 뿌리는 것도 잊고 낡은 옷을 입었다.

황황한 나날, 이제는 손이 가 닿을 수 없는 지난날의 추억이 그녀의 오늘을 황황한 우수로 물들였다. 네페르타리를 만나기 전의 불꽃 같은 람세스의 사랑을 기억한다는 것은 형벌이었다…… 그러나 람세스가 그녀에게 준 두 아들 카와 메렌프타, 왕과 네페르타리 사이에서 태어난 메리타몬에게 품고 있는 그녀의 사랑이 간간이 슬픔을 잊게 해주었다.

잘생기고 튼튼한 메렌프타는 벌써 꾀가 말짱했다. 사색적인 성격의 아름다운 소녀 메리타몬은 빼어난 음악적 재능을 가지고 있었고, 카는 위대한 학자가 될 소질을 보이고 있었다. 이 세 아이들이 그녀의 희망이었으며, 이제 그녀의 미래가 될 터였다.

이제트의 시종이 자수정과 홍옥수로 만든 네 줄짜리 목걸이와 은 귀걸이, 물을 들이고 금실로 수놓은 드레스 한 벌을 가져왔다. 람세스의 누이 돌렌테가 그 뒤를 따라왔다.

—이제트, 피곤해 보이는군요.

—일시적인 피곤이겠죠. 그런데…… 이 아름다운 물건들을 누구에게 주시려구요?

—이 보잘것없는 선물을 받아주시겠어요?

—너무 고맙습니다. 어떻게 감사를 드려야 할지 모르겠군요.

마음을 편하게 해주는 보호자의 역할을 하던 키 큰 갈색머리 여인은 이쯤에서 공격적인 태도로 전환해야겠다고 생각했다.

—이제트, 이렇게 살아가는 게 고역처럼 느껴지지 않아요?

—아니오, 전혀 그렇지 않아요. 위대한 람세스의 아이들을 기르는 행복을 누리고 있는걸요.

—왜 이렇게 숨어살아야 하는 운명에 만족하려 하세요?

─전 왕을 사랑하고, 그의 아이들을 사랑해요. 신들께서 제게 큰 행복을 베풀어주셨잖아요.

─신들이라구요…… 이제트, 신들은 환상이에요!

─무슨 말씀이세요?

─신은 한 분뿐이세요. 아케나톤이 섬겼던 분이지요. 모세와 히브리인들은 그분께 기도한답니다. 우리는 그분을 향해 걸어가야 해요.

─돌렌테, 형님은 형님의 길을 가세요. 그 길은 제가 가야 할 길은 아네요.

돌렌테는 신앙으로는 이제트를 설득할 수 없으리라는 것을 깨달았다. 그러기엔 이제트는 너무 경박하고 소심하다고 생각했다. 그러나 다른 영역이 남아 있었다. 그 부분을 공략하면, 성공할 수 있는 희망이 어느 정도 있는지도 모른다.

─내가 보기엔 이제트 당신이 후궁의 지위로 전락한 건 부당한 일인 것 같아요.

─전 그렇게 생각지 않아요, 돌렌테. 네페르타리는 저보다 더 아름답고 머리도 좋아요. 어떤 여자도 네페르타리에게 필적할 수 없어요.

─그건 틀린 생각이에요. 더군다나 그녀는 끔찍한 결점을 가지고 있어요.

─어떤 건데요?

─네페르타리는 람세스를 사랑하지 않아요.

─어떻게 감히 그런 짐작을…….

─이건 짐작이 아니라 사실이에요. 궁정 사람들의 이야기를 듣고, 그들의 비밀 얘기를 수집하는 게 제 취미라는 걸 모르진 않겠죠? 그래서 나는 네페르타리가 겉으로는 점잖은 체하면서, 속으로 음모를 꾸미는 여자라는 얘기를 확실하게 할 수 있는 거예요. 람세

스를 만나기 전에 그 여자가 어떤 여자였어요? 앞날이 빤한 별볼일 없는 여사제였잖아요. 할 줄 아는 거라곤 신전 안에서 신들이나 섬기는 게 고작인 평범한 연주자였단 말예요…… 그런데 람세스가 그녀를 눈여겨보았단 말이지요! 그러자 진짜 기적이 일어났지요. 세상이 뒤집힌 거라구요. 수줍은 아가씨가 야심만만한 미치광이가 되었으니까.

  —미안해요, 돌렌테. 하지만 저는 그런 얘기를 인정할 수 없어요.

  —왕과 왕비가 누비아로 여행을 떠난 진짜 이유가 뭔지 아세요? 네페르타리가 자기의 영광을 위해 거대한 신전을 지어 자기 이름을 영원하게 만들어달라고 요구했다니까요! 람세스가 그 요구를 들어준 거예요. 그래서 몇 년이나 공사를 해야 하는, 돈이 많이 드는 공사장을 연 거라구요. 네페르타리의 야심이 백일하에 드러난 거죠. 왕의 자리를 차지하고 혼자서 나라를 다스리는 게 그 여자의 야심이에요. 그 미친 생각을 막기 위해서라면, 어떤 방법을 사용해도 괜찮아요.

  —설마 이상한 생각을 하시는 건 아니겠죠?

  —다시 말씀드리죠. 어떤 방법이든 상관없어요. 람세스를 구할 수 있는 사람은 딱 한 사람뿐이에요. 바로 이제트, 당신이지요.

  이제트의 마음이 흔들렸다. 그녀는 돌렌테를 경계하고 있었다. 그러나 돌렌테가 하는 얘기는 엄청난 얘기가 아닌가? 네페르타리는 진실해 보이는데…… 하지만 권력을 휘두르다보면 억제할 수 없는 허영심이 생겨날지도 모른다. 그렇게 생각하자, 갑자기 람세스를 공경하는 사랑스러운 네페르타리의 이미지에 금이 갔다. 야심에 가득 차 음모를 꾸미는 여자에게 '두 개의 땅'의 주인을 유혹하는 것보다 더 멋진 방법이 있었겠는가?

  —돌렌테, 제게 어떤 충고를 해주시겠어요?

  —람세스는 잘못 생각한 거예요. 람세스와 결혼했어야 하는 사람

은 이제트 당신이에요. 벌써 궁정이 람세스의 후계자로 생각하고 있는 람세스의 맏아들 카를 낳은 사람도 당신이잖아요. 이제트, 당신이 왕과 이집트를 사랑하고 이집트의 행복을 바란다면, 해결책은 한 가지밖에 없어요. 네페르타리를 치워버리는 거죠.

이제트가 눈을 감았다.

—돌렌테, 그건 불가능한 일이에요!

—제가 도와드릴게요.

—그런 범죄는 정신과 영혼과 이름을 파멸시키는 끔찍한 행동이에요…… 왕비를 해친다는 건, 영원히 자기 자신을 저주하는 거라구요.

—누가 그걸 알겠어요? 네페르타리를 치겠다고 결정하면 어둠 속에서 움직여야 해요. 그리고 어떤 흔적도 남겨선 안 돼요.

—그것이 당신이 섬기는 신의 뜻인가요?

—네페르타리는 람세스의 마음을 더럽히고 그가 커다란 잘못을 저지르도록 유혹하는 타락한 여자예요. 당신과 나는 그 여자가 람세스를 해치지 못하도록 힘을 합쳐야 해요. 그렇게 하는 것이 왕에게 충성하는 길이지요.

—생각해보겠어요.

—이보다 더 당연한 일이 뭐가 있겠어요? 이제트, 나는 당신을 무척 존경합니다. 당신이 옳은 결정을 내리시리라는 걸 알아요. 어떤 결정을 내리든, 당신에 대한 내 애정은 변함이 없어요.

이제트가 희미하게 웃었다. 돌렌테는 그녀와 헤어지기 전에 양쪽 뺨에 입을 맞추었다.

이제트는 숨이 막혔다. 그녀는 궁전의 여러 정원들 중 하나에 면해 있는 창문으로 다가가 뜨거운 햇빛을 쬐었다. 그래도 혼란스러운 마음은 가시지 않았다.

그녀의 마음속에서 하늘에 숨어 계신 신들에게 바치는 기도가 솟아올랐다. 사람들의 운명을 결정하시고, 그들이 지상에 머무는 시간을 허락하시고, 그리고 그들이 죽는 시간을 결정하시는 힘들에 올리는 기도.

신들의 자리에 서서 네페르타리의 생명줄을 자를 권리가 나에게 있을까? 왕비가 람세스에게 해를 끼치고 있다는 이유 때문에?

그녀는 라이벌이다! 이제트는 처음으로 네페르타리를 라이벌로 생각하였다. 두 사람 사이의 무언의 협정이 깨어지고, 잠재적인 갈등이 너무 오랫동안 억제되어 있던 폭발력과 함께 솟아나왔다.

이제트는 람세스의 두 아들의 어머니이며, 그가 처음으로 사랑했던 여자이며, 그의 곁에서 나라를 다스렸어야 할 여자다. 이제트가 그때까지 질식시키려 애썼던 진실을 돌렌테가 알려준 것이다.

네페르타리를 치워버리면, 람세스는 마침내 그 사랑이 한때의 덧없는 춘풍에 지나지 않았다는 것을 깨닫게 되리라. 사악한 의도를 가진 그 여자 마법사에게서 해방되어 그는 이제트에게 돌아오리라.

그의 젊은 날의 정열에게로, 그가 한번도 사랑하기를 그치지 않았던 여인에게로.

43

마법사 오피르는 마음속 깊이 히브리인들을 경멸했다. 이 음산한 사내는 벽돌공들의 구역이 그에게 안전한 피난처를 제공하고 있다는 점에서만 히브리인의 존재 의의가 있다고, 냉소적으로 생각했다. 최대한의 안전을 누리기 위해서 자주 거처를 옮겨다녀야 하는 것이 흠이라면 흠이었다.

정교하게 꾸며낸 거짓 증언 때문에 세라마나는 리비아인 마법사가 이집트를 떠났다고 생각하게 되었다. 그는 오피르에 대한 집중 수사를 포기해버렸다. 밤에 일어나는 모든 사건을 책임지는 관례적인 순찰만이 유지되었을 뿐이다.

그러나 마법사는 기뻐하지 않았다. 오래 전부터 상황은 고착된 채 세월만 흘러갔다. 올해로 즉위 15년을 맞는 서른일곱 살의 람세스도, 그의 왕국도 대단한 건강을 과시하고 있다.

히타이트 제국으로부터는 이상하고 불안한 소식들이 들려왔다. 우리테슈프는 여전히 과격한 대(對)이집트 전을 떠들어대고 있지만, 전혀 아무런 공격도 시도하지 않았다. 더군다나 전쟁 경험이 풍부하고 대규모 공격을 물리칠 수 있는 이집트 군대가 남시리아와 가나안으로 형성되어 있는 방위지대를 철통같이 지키고 있었다. 펄펄 끓는 우리테슈프가 왜 이렇게 망설이고 있는 걸까? 베두인인들이 오피르에게 전해주는 짧은 메시지만으로는 그 이유를 알 수 없었다.

남쪽에서 일하고 있는 셰나르는 누비아 부족들을 선동하는 데 성공하지 못했다. 끝도 없이 회담은 진행되었지만, 구체적인 성과는 아무것도 없었다.

궁정에서는 돌렌테가 이제트를 설득하기 위해 계속 그녀와의 우정을 유지하고 있었지만, 이제트는 결심할 능력이 없는 여자처럼 보였다. 메바는 또 메바대로, 아샤가 아메니에게 보내는 암호문의 내용을 해독해내지 못하고 한심할 정도의 무능을 드러내고 있었다. 메바가 그런 대로 해낸 일이라곤, 카 왕자를 보호하고 있는 마술방벽에 대한 정보를 얻어낸 것이 고작이었다. 그러나 카 왕자는 조금도 흐트러짐 없이 공부에 열중하고 있어서, 오피르는 그의 생활에 전혀 균열을 낼 수 없었다.

많은 신전들의 토대를 닦아놓은 뒤, 람세스는 오랜 여행을 끝내고 수도로 돌아왔다. 네페르타리는 행복으로 빛났다. 전쟁의 위험이 여전히 도사리고 있었지만, 왕과 왕비는 대단한 인기를 누리고 있었다. 모두들 왕과 왕비가 나라를 지속적인 번영 안에 확고하게 뿌리내리게 했으며, 외부의 어떤 침략으로부터도 나라를 보호할 수 있을 거라고 생각했다.

오피르는 마음이 울적해졌다. 시간이 흘러감에 따라, 람세스를 무너뜨릴 수 있다는 희망이 점점 흐려졌다. 노련한 첩자로서, 임무의 성공 여부를 한번도 의심해본 적이 없던 그가 성과에 대해 의심하기 시작한 것이다. 그는 절망에 빠졌다.

그가 응접실 한구석의 어두컴컴한 곳에 앉아 있을 때, 어떤 사람이 그의 집에 들어왔다.

─이야기를 나누고 싶소.

─모세 아닌가.

─바쁘시오?

─아닐세, 생각 좀 하느라고.

─람세스가 돌아왔소. 당신이 나에게 충고했던 것처럼, 난 인내심을 가지고 그를 기다렸소.

모세의 단호한 어조가 오피르에게 새로운 자신감을 불어넣었다. 모세는 마침내 주도권을 잡기로 결심한 걸까?

선지자가 말을 이었다.

─장로회의를 소집했소. 장로들은 나를 파라오에게 보내는 대변인으로 선출했소.

─그러니까 탈출계획은 여전히 유효한 거로군.

─히브리 백성은 이집트를 탈출할 거요. 그것이 야훼의 뜻이기 때문이오. 당신 약속은 어떻게 됐소?

─우리의 베두인 족 친구들이 무기들을 전해주었네. 여기저기 지하실에 쌓여 있지.

─우리는 폭력을 사용하지 않을 거요. 그러나 박해당할 때를 대비해서 방어수단을 확보해두는 것도 좋겠지요.

─모세, 당신들은 박해당하게 될 걸세. 그렇게 될 거야! 한 민족 전체가 들고 일어나는 걸 람세스가 용납할 리가 없어.

─우리는 반란을 일으키려는 게 아니오. 우리는 이 나라를 떠나 우리에게 약속된 땅으로 가려는 거요.

오피르는 속으로 뛸 듯이 기뻤다. 드디어 기회가 왔다! 이제 모세가 움직이면, 우리테슈프가 군대를 이끌고 쳐들어오기에 적합한 기류가 조성될 것이다.

긴 머리를 틀어올려 보닛으로 감춘 여사제 푸투헤파는 야질리카야 사원의 12신상 맞은편에 있는 돌침대 위에 죽은 듯이 누워 있다.

그녀는 사흘 밤낮을 깊은 잠 속에 빠져들게 하는 위험한 음료를 마셨던 것이다. 운명의 힘들과 접촉하여 그들의 뜻을 알아내기 위해서는 이보다 더 확실한 방법이 없었다.

일반적인 신탁은 여전히 우리테슈프에게 불리한 것이었지만, 그것만 가지고는 하투실과 자신의 생명을 위험에 빠뜨릴 결단을 내릴 수 없었다. 과격하지만 위험한 방법을 사용해보기로 했던 것이다.

오랫동안 집중적으로 파고든 공작의 성과로, 상인계급 전체와 제법 많은 숫자의 군 인사들이 하투실에게 호의적인 태도를 보이기는 했다. 하지만 하투실과 푸투헤파는 그들의 미래에 대해 환상을 가지고 있는 건지도 모른다는 생각이 들었다. 이집트 대사 아샤가 제공한 금 덕분에, 많은 고위장교들이 이집트 공격 계획을 포기하고 국내의 방어능력과 국경지대의 군사력을 강화해야 한다는 그들의 주장에 동조하고 나섰다. 그러나 그 주장의 이면에 우리테슈프를 제거하기 위한 음모가 꾸며지고 있다는 사실을 알게 되면, 그들이 생각을 바꿀지도 모르는 일 아닌가?

우리테슈프의 권력 장악을 막으려면, 언제 끝날지 모르는 내전이 일어날 수도 있었다. 하투실은 상당한 지지세력을 확보하고도 수천의 인명이 희생될지도 모르는 이 모험에 뛰어들지 못하고 망설이고 있는 것이다.

푸투헤파는 징조를 예시하는 꿈을 꾸고 싶었다. 그 꿈은 강제적인 방법을 동원해 잠들어 있는 동안에만 나타난다. 때로는 꿈에 들었던 사람이 깨어나지 않는 수도 있고, 정신의 중요한 기능을 잃기도 한다. 위험한 시도였다. 하투실은 그 계획에 반대했다. 푸투헤파는 남편을 물고 늘어져 여러 차례 설득한 끝에 그의 허락을 얻어냈다.

그녀는 사흘 전부터 꼼짝도 않고 누워서 겨우 숨만 쉬고 있었다. 점술책에 의하면, 지금쯤은 눈을 뜨고 운명의 힘들이 그녀에게 가르쳐준 것을 계시해야 할 순간이었다.

하투실은 불안해서 자기 양털 망토자락을 꽉 움켜쥐었다.

시간이 흘러갔다.

─푸투헤파…… 일어나요! 제발 부탁이오.

그녀의 몸이 갑자기 경련을 일으켰다. 아니, 착각이었다…… 그녀는 움직이지 않았다. 아니, 분명히 움직였다. 푸투헤파가 눈을 뜨더니, 12신상이 조각되어 있는 바위를 뚫어져라 바라보았다.

그러더니 그녀의 입에서 느릿느릿하고 깊은 목소리가 새어나왔다. 하투실은 그 목소리의 주인이 누구인지 알 수 없었다. 아내의 목소리가 아니었다.

─뇌우의 신과 태양의 여신을 만났느니…… 두 분이 내게 말씀하셨으되, "나는 네 남편을 지지하노니, 나라 전체가 그의 뒤에 도열할 것인즉, 그의 적은 돼지우리의 돼지 꼴이 되리라."

부드러운 손길이었다. 너무나 부드러워서 그 손길은 아샤에게 꿀처럼, 봄 이슬처럼 느껴졌다. 그녀의 집요한 애무는 새로운 감각과 그를 온통 사로잡아버린 강렬한 쾌락을 불러일으켰다. 아샤의 다섯 번째 히타이트 연인은 앞서의 여인들처럼 훌륭했다. 하지만 범람하듯이 밀려드는 열정의 순간이 지나고 나자, 그는 이집트 여자들이, 나일 강가와 야자수 숲이 그리워지기 시작했다.

사랑은 히타이트 수도의 짓누르는 듯한 권태로운 분위기를 잊게 해주는 기분전환의 수단이었다. 상인계급의 중요한 대표자들이나 지위가 높은 몇몇 과묵한 군인들과 나누는 대화도 흥미로웠다.

공식적으로 아샤는, 히타이트의 새로운 주인이며 무와탈리스의 계승자인 우리테슈프와 장기간 회담하고 있는 중이었다. 무와탈리스의 임종은 끝날 줄 모르고 시간을 끌었지만, 힘은 많이 떨어져 있었다. 아샤는 우리테슈프가 준 비공식적인 임무도 하나 띠고 있었는데, 그것은 하투실을 추격해서 그의 은신처를 알아내는 일이었다. 비상경계령이 내려져 있는 전차부대와 기마부대, 보병부대 훈련을 끝내고 돌아오는 우리테슈프에게, 아샤는 정기적으로 자세한 보고를 했다.

우리테슈프의 병사들은 벌써 세 번씩이나 간발의 차이로 하투실 체포에 실패했다. 어둠 속에 숨어 있는 어떤 동지들이 마지막 순간에 하투실에게 알려주었던 것이다.

우리테슈프가 아샤의 침실에 들어왔을 때는, 아샤와 연인이 몇 차례 기분풀이를 끝낸 뒤였다.

전쟁영웅을 꿈꾸는 우리테슈프의 눈길은 냉혹했다. 한군데에 고정되어 있었다. 아샤가 향유를 손에 비벼 바르면서 말했다.

—좋은 소식이 있습니다.

우리테슈프가 정복자처럼 격정적인 목소리로 선언했다.

—나도 좋은 소식이 있소. 나의 아버지 무와탈리스가 방금 전에 죽었소. 이제 내가 히타이트의 유일한 주인이오.

—축하합니다…… 하지만 아직 하투실이 남아 있지요.

—그는 이제 더이상 나를 피할 수 없소. 내 왕국이 넓기는 하지만 말요. 참, 방금 좋은 소식이 있다고 하지 않았소?

—바로 하투실에 관한 소식입니다. 믿을 만한 정보원 덕택에 그가 어디 숨어 있는지 알아낸 것 같습니다. 하지만…….

―하지만 뭐요, 아샤?

―하투실이 잡히면, 이집트와 평화조약을 맺겠다고 약속해주시겠습니까?

―당신은 훌륭한 선택을 한 거요. 안심하시오. 이집트는 실망하지 않을 테니까. 그 배반자는 어디에 숨어 있소?

―야질리카야 사원에 숨어 있습니다.

우리테슈프는 열 명 정도의 정예분대를 직접 이끌고 떠났다. 감시병들이 지키고 있을지도 모르니까, 그들이 알아차리지 못하도록 정예 인원만을 동원했던 것이다. 병력을 대대적으로 풀어놓았다간, 경계심을 자극해서 하투실이 도망쳐버릴지도 모른다.

푸투헤파의 조종을 받는 사제들이 그들에게 피난처를 제공했다는 말이렷다. 우리테슈프는 그들에게 그들이 받아 마땅한 벌을 내려야겠다고 생각했다.

수도에서 가까운 곳에, 그렇게 찾기 쉬운 곳에 머물렀다니, 하투실은 실수를 저질렀다. 이번에야말로 도망치지 못할 거다. 우리테슈프는 하투실을 간단하게 처형해버릴까, 아니면 속임수 재판을 열까 하고 생각했다. 사전에 치밀하게 짜여진 재판이라 해도, 우리테슈프는 사법절차에 별 흥미를 느끼지 못했다. 단번에 목을 쳐버리는 것이다. 아쉬운 일이지만, 지위가 지위니만큼 하투실의 목을 직접 자르는 일은 포기할 수밖에 없었다. 그는 자기 부하 중 한 놈에게 그 즐거운 일을 맡길 생각이었다. 하투사에 돌아가는 대로 우리테슈프는 무와탈리스를 위한 성대한 장례식을 열 예정이었다. 그러고 나면 그의 사랑하는 아들이 이론의 여지 없는 계승자가 되는 것이다.

전쟁을 위한 만반의 준비를 갖춘 군대를 이끌고, 남시리아로 쳐들어가리라. 베두인 족과 제휴한 뒤 가나안을 점령하고, 그 다음엔 이집트 국경을 넘어 람세스라는 놈과 싸우리라. 아샤가 확언한 바와 같이 람세스가 평화를 믿고 있다면, 그자는 돌이킬 수 없는 실수를 저지르는 것이다.

나, 우리테슈프가 히타이트 제국의 주인이 된다! 그의 꿈이 실현되면, 하투실이 결성해놓은, 돈이 많이 드는 동맹관계에 의존할 필요조차 없다. 우리테슈프는 자기가 아시리아, 이집트, 누비아와 아시아 전체를 정복할 수 있을 만큼 충분히 강하다고 느꼈다. 그의 영광 앞에서 히타이트의 다른 왕들의 영광은 빛을 잃으리라.

정예분대는 여러 개의 작은 사원들이 서 있는 야질리카야의 신성한 바위를 향해 다가갔다. 사람들 말에 따르면, 그곳에 신위가 가장 높은 신인 뇌우의 신과 그의 아내가 살고 있다고 했다. 새로운 대왕 우리테슈프의 '테슈프'라는 이름은 사납고 무서운 이 뇌우의 신의 이름이었다. 그렇다, 우리테슈프 자신이 곧 신의 뇌우였다. 그의 폭우와 번개가 원수들의 머리에 내리꽂히리라.

사원 문간에 남자와 여자, 그리고 어린아이가 앉아 있었다. 하투실과 그의 아내 푸투헤파, 그리고 여덟 살 먹은 딸이었다. 이런, 이 정신나간 인간들이 새로운 대왕의 관용을 기대하고 항복하는 거로군.

우리테슈프는 기병들에게 정지명령을 내리고, 자기의 승리를 만끽했다. 아샤가 우리테슈프에게 마지막 적들을 제거할 수 있는 결정적인 기회를 제공해주었다. 이 저주받은 가족을 치워버리고, 이제는 쓸모없는 존재가 된 이집트 대사를 목졸라 죽이리라. 순진한 친구, 이 우리테슈프가 평화를 원한다고 믿다니! 바로 이 권력을 장악하기 위해 얼마나 오랫동안 시련을 겪으며 참아왔던가.

우리테슈프가 병사들에게 명령을 내렸다.

―저들을 죽여라!

활 시위가 당겨졌다. 우리테슈프의 가슴은 기쁨으로 터질 것만 같았다.

화살에 꿰뚫려 죽은 사악한 하투실과 건방진 푸투헤파, 불태워지는 그들의 시체…… 그보다 더 감미로운 광경이 어디 있겠는가?

그러나 병사들은 활을 쏘지 않았다. 우리테슈프가 흥분한 목소리로 재촉했다.

─죽이라니까!

그러자 병사들의 화살이 우리테슈프 쪽으로 돌려졌다.

배반이다…… 이놈들이 새로운 대왕인 나를 배반했다! 그래서 하투실과 그의 아내와 딸이 그토록 침착했던 것이로구나.

하투실이 앞으로 걸어왔다.

─우리테슈프, 너는 포로다. 항복하라. 그리고 재판을 받아라.

우리테슈프가 분노의 비명을 지르자, 그의 말이 앞발을 쳐들고 일어섰다. 활을 든 병사들이 놀라서 뒤로 물러섰다. 전쟁에 능숙한 무장답게 우리테슈프는 포위망을 뚫고 질풍처럼 수도 쪽으로 달아났다.

화살들이 수없이 그의 귀를 스치고 지나갔다. 그러나 어떤 화살도 그를 꿰뚫지는 못했다.

44

우리테슈프는 '높은 도시'의 '사자의 문' 앞을 지나 궁전이 있는
곳까지 말을 달렸다. 어찌나 말을 몰아댔던지, 말은 히타이트 대왕
이 즐겨 자기 왕국을 굽어보던 성채 꼭대기에 이르자 심장이 터져
죽어버렸다.

친위대장이 달려왔다.

─폐하, 무슨 일입니까?

─그 이집트놈 어디 있어?

─자기 방에 있는데요.

아샤는 이번에는 아름다운 히타이트 금발 아가씨와 사랑의 쾌락
에 몰두하고 있지 않았다. 단검을 옆에 차고 두터운 외투를 걸친
모습이었다.

우리테슈프가 분노를 터뜨렸다.

―함정이었소…… 함정이었다니까! 내 군대의 병사들이 나에게 반란을 일으켰단 말요.

아샤가 말했다.

―도망쳐야겠군요.

아샤의 말에 우리테슈프가 깜짝 놀랐다.

―뭐요? 도망을 치라구? 내 군대가 그 망할놈의 사원을 쓸어버리고 반란자들을 몽땅 죽여버릴 텐데!

―당신에겐 이제 군대가 없습니다.

우리테슈프가 어안이벙벙해서 아샤의 말을 되풀이했다.

―이제 군대가 없다구? 그게 대체 무슨 말이오?

―당신의 장군들은 신들께서 푸투헤파에게 내린 계시를 존중하고 있습니다. 그 때문에 그들이 하투실에게 충성의 맹세를 한 겁니다. 당신에겐 이제 친위대와 한두 개의 연대병력이 남아 있을 뿐입니다. 그들은 오래 버티지 못할 겁니다. 앞으로 당신은 하투실이 수도로 개선할 때까지 당신의 궁전에 갇혀 있게 될 것입니다.

―거짓말이야. 있을 수 없는 일이야…….

―우리테슈프, 현실을 받아들이시오. 하투실은 조금씩조금씩 왕국의 모든 힘을 장악해왔던 것이오.

―난 끝까지 싸우겠소.

―그건 자살행위요. 더 나은 방법이 하나 있소.

―말해보시오.

―당신은 히타이트 군을 완벽하게 알고 있지요? 실제 병력이 얼마인지, 군비는 어떤지, 어떤 방법으로 군 조직이 움직이는지, 약점은 뭔지…….

―물론이오. 그런데…….

―만일 지금 당장 떠난다면, 나는 당신이 히타이트 밖으로 빠져

나가게 해줄 수 있소.

—어디로 가란 말요?

—이집트로 가시오.

우리테슈프는 번개에 얻어맞은 것처럼 놀랐다.

—아샤, 지금 무슨 헛소릴 하는 거요?

—어떤 나라에서 당신이 하투실의 힘이 미치지 않는 곳에 안전하게 몸을 숨길 수 있겠습니까? 물론 무상으로 그 신변안전을 보장할수는 없습니다. 당신이 히타이트 군에 대해 알고 있는 모든 걸 람세스에게 털어놓아야 하는 겁니다.

—나에게 배반을 요구하는군.

—판단은 당신 자신이 내리는 거지요.

우리테슈프는 아샤를 죽이고 싶었다. 이 이집트놈이 나를 갖고놀았던 거다. 그러나 이 자는 살아남을 수 있는 유일한 가능성을제안하고 있다. 물론 불명예 속에서 살아남는 거지만. 그러나 어쨌든 살아남을 수 있다면…… 게다가 히타이트의 군사기밀을 폭로해서 하투실에게 해를 끼칠 수 있다면…… 훗날을 기약할 수도 있다.그는 아직 젊지 않은가.

—좋소. 받아들이겠소.

—그것이 합리적인 생각이오.

—아샤, 당신이 나를 데려가는 거요?

—아니오, 난 여기 머물겠소.

—상당히 위험할 텐데.

—내 임무는 아직 끝나지 않았소. 내가 평화를 찾으러 이곳에 왔다는 사실을 잊었소?

우리테슈프가 도망쳤다는 소식이 퍼지자, 그에게 끝까지 충성했던 병사들도 대왕으로 선포된 하투실의 진영에 가담했다. 새로운 대왕의 첫번째 임무는 그의 형 무와탈리스에게 경의를 표하는 것이었다. 웅장한 장례식이 거행되었다. 무와탈리스의 시신은 거대한 장작더미 위에서 화장되었다. 장례식이 끝난 뒤, 일 주일 간의 축제가 벌어졌다.

즉위식을 마감하는 연회에서, 아샤는 명예스러운 자리를 차지하고 있었다. 하투실 대왕의 왼쪽 자리였다.

—폐하, 오래도록 평화롭게 다스리시기를 바랍니다.

—우리테슈프가 종적을 감추었소…… 아샤, 당신은 정보수집의 천재니까, 그에 관해 뭘 좀 알고 있을 것 같기도 한데…….

—아무것도 모릅니다. 어쩌면 앞으로는 그에 대한 얘기를 전혀 듣지 못하실 수도 있지요.

—그렇지 않을 거요. 우리테슈프는 공격적이고 집요한 사람이오. 복수를 포기할 리가 없소.

—그렇다 하더라도 방법이 없질 않습니까.

—그와 같은 기질의 무사는 포기하지 않습니다.

—전 그렇게 생각지 않습니다.

—아샤, 이상하지요…… 어쩐지 당신이 그에 관해 뭔가 많이 알고 있다는 생각이 든단 말요.

—그건 그저 느낌일 뿐입니다, 폐하.

—우리테슈프가 나라 밖으로 나가도록 당신이 도와준 건 아니오?

—미래는 틀림없이 우리에게 놀라운 일들을 예비하고 있겠지요. 하지만 그건 제 책임이 아닙니다. 제 유일한 임무는 폐하를 설득해서 람세스 폐하와 평화협상을 맺게 하는 것 아닙니까?

—아샤, 당신은 아주 위험한 게임을 하고 있소. 내가 생각을 바꿔서 이집트와의 전쟁을 계속할 계획이라면 어쩌겠소?

—폐하께서는 아시리아의 위험을 무시하시기엔 국제정세를 너무 잘 알고 계시고, 쓸데없는 전쟁을 일으켜 백성을 파멸시키기엔 백

성의 행복에 너무 마음을 쓰고 계십니다.

―그것은 타당한 분석이오. 그러나 내가 그 분석을 나에게 가장 적합한 정치적 비전으로 받아들여야 하는 걸까? 나라를 통치하는 일에 관한 한, 진실은 거의 도움이 되질 않소. 전쟁에는 이런저런 반발을 잠재우고 새로운 도약의 힘을 제공하는 이점이 있기도 하지.

―수많은 사람들이 죽을 텐데, 상관없단 말씀이십니까?

―그걸 어떻게 피하겠소?

―평화를 구축함으로써 피할 수 있지요.

―아샤, 당신의 끈질긴 태도에 탄복하는 바이오.

―폐하, 저는 삶을 사랑합니다. 그런데 전쟁은 너무나 많은 기쁨들을 파괴하지요.

―당신은 이 세상이 마음에 들지 않겠구려.

―이집트는 마아트라는 놀라운 여신에 의해 다스려지고 있습니다. 여신께서는 모든 사람들, 심지어 파라오에게까지 우주의 규범을 존중하고, 땅위에서 정의가 살아갈 수 있게 하라고 요구하십니다. 그런 세상은 제 마음에 듭니다.

―전설 같은 얘기요. 전설은 아름답지. 그러나 그건 전설일 뿐이오.

―폐하, 그 생각은 잘못이십니다. 만일 폐하께서 이집트를 공격하겠다고 결심하신다면, 폐하께서는 마아트와 충돌하시게 될 겁니다. 그리고 만일 폐하께서 승리하신다면, 폐하께서는 비할 데 없는 문명을 파괴하시게 되는 겁니다.

―히타이트가 세계를 지배하게 된다면, 그게 무슨 상관이겠소?

―그건 불가능한 일입니다, 폐하. 아시리아가 강력한 국가가 되는 것을 막기에는 이미 너무 늦었습니다. 이집트와 손을 잡는 것만이 폐하의 영토를 보존하는 방법입니다.

―아샤, 내가 잘못 생각한 게 아니라면, 당신은 내 정치고문이 아니라 이집트 대사요……그런 데다가 당신은 계속해서 당신 나

라에 유리한 입장만 떠들어대고 있소!

—폐하, 그건 그저 겉보기에 그런 것뿐입니다. 비록 히타이트가 내 나라만큼 매력 있는 나라는 아니라 할지라도, 저는 히타이트를 좋아합니다. 그 때문에 히타이트가 혼돈 속으로 침몰하는 걸 보고 싶지 않은 겁니다.

—진심으로 하는 얘기요?

—외교관의 진심이라는 것이 언제나 의심스럽다는 건 인정합니다. 그러나 원컨대 저를 믿어주십시오. 람세스 폐하의 목적은 분명히 평화입니다.

—이집트 왕의 이름을 걸고, 맹세할 수 있소?

—조금도 주저하지 않고 할 수 있습니다. 제 목소리를 통해서 폐하께서는 이집트 왕의 말씀을 들으시는 겁니다.

—그러자면 두 사람이 깊은 신뢰로 맺어져 있어야 할 텐데…….

—저희 두 사람의 경우가 바로 그렇습니다.

—람세스는 운이 좋은 사람이군. 아주 운이 좋은 사람이오.

—그의 적수들은 모두 그렇게 주장합니다.

카는 매일 아몬 신전에 갔다. 그리고 적어도 한 시간 동안 실험실에 머물며 벽에 새겨진 글을 읽었다. 그렇게 5년, 그는 그 모든 글을 외우고 있었다. 시간이 쌓여감에 따라, 그는 점성술과 기하학, 상징을 읽는 방법, 다른 신성한 학문들을 연구하는 학자들을 만나게 되었다. 그들의 도움으로 카는 다양한 사상을 만나고, 지식의 길에서 한발 한발 앞으로 나아갔다.

어린 나이였지만, 카는 이제 곧 신전의 최고 신비에 입문할 예정이었다. 피-람세스의 궁정은 그 사실에 놀라움을 감추지 못했다. 왕의 맏아들은 틀림없이 가장 높은 종교 지도자가 될 것 같았다.

카는 목에 둘렀던 부적과 손목에 감고 있던 띠를 벗었다. 옷을 벗고 눈을 감은 채, 카는 신전의 지하실로 안내되었다. 그곳의 벽에 계시되어 있는 창조의 비밀 앞에서 명상하기 위해서였다. 수컷 개구리 네 마리와 암컷 뱀 네 마리가 세상을 만들어낸 원초의 쌍들을 구성하고 있다. 구불구불한 선들은 원초의 물을 환기시킨다. 그 안에 숨어 있던 대원칙이 깨어나 우주를 창조했던 것이다. 그 대원칙은 별들에게 생명을 주었던 천상의 황소로 표현되어 있다.

그러고 난 다음 젊은이는 기둥이 있는 방의 문간으로 안내되었다. 그곳에서 따오기 토트 신과 매 호루스 신의 가면을 쓰고 있는 두 명의 사제들이 그의 머리와 어깨에 맑은 물을 부었다. 두 명의 신들은 그에게 하얀색 로인클로스를 입히고, 기둥 위에 새겨진 신들에 경배하라 일렀다.

삭발한 사제 열 명이 카를 둘러쌌다. 젊은이는 아몬 신의 숨겨진 본성과, 세계알에 함축되어 있는 창조의 요소들, 중요한 신성문자의 의미, 제사 때 외우는 축문의 의미에 대해, 훈련된 서기관만이 실수 없이 대답할 수 있는 여러 가지 주제들에 대답해야 했다.

심문관들은 아무런 지적도 언급도 하지 않았다. 카는 조용한 사원 안에서 오랫동안 심사 결과를 기다렸다.

한밤중이 되자, 나이가 지긋한 사제 한 명이 그의 손을 잡고 신전의 지붕 위로 데려갔다. 사제는 그에게 일렀다. 앉아서 별이 총총한 하늘을 바라보라고. 하늘은 누트 여신의 몸이다. 그 몸만이 죽음을 생명으로 바꿀 수 있다.

카는 이제 규범을 보유한 자의 반열에 올라섰다. 카는 신전에서 지내게 될 빛나는 날들에 대해 생각했다. 그곳에서 지내면서 모든 제의들에 대해 알고 싶었다. 크나큰 감동에 가슴이 북받쳐, 그는 그가 제의를 시작하기 전에 벗어놓았던 액막이 손목띠와 부적을 다시 착용하는 것을 잊어버렸다.

45

세타우는 아부 심벨에서 지칠 줄 모르는 힘으로 사람들을 독려하면서 열정적으로 공사장 일을 돌보았다. 그는 비할 데 없이 훌륭한 신전을 왕과 왕비에게 선물하고 싶었다. 테베에서는 바크헨이 영원의 신전 건축을 진척시켰다. 터키석으로 만들어진 현관들을 가진 수도는 나날이 아름다워졌다.

파라오가 피-람세스로 돌아오자, 아메니는 왕의 집무실에 진을 치고 들어앉았다. 실수를 저지를까 두려워 그는 조금도 쉬지 않고 밤낮으로 일했다. 이집트 정치의 이 막후실력자는 거의 대머리에다 줄창 먹어대는데도 전보다 조금 더 말라 보였다. 그는 잠을 거의 자지 않았으며, 궁정에 전혀 모습을 나타내지 않으면서도 궁정에서 일어나는 일을 모두 알고 있었다. 그는 사람들이 그에게 둘러씌우려는 여러 가지 경칭들을 계속 거절했다. 등이 약하고, 뼈가 쑤신다고 투덜대면서도 아메니는 람세스와 상의해야 하는 기밀서류들을 직접 운반했다. 파피루스와 나무 서판들이 아무리 무거워도 아랑곳하지 않았다.

─아메니, 어려운 문제들이 있었나?

─극복할 수 없을 만큼 어려운 문제들은 없었습니다. 투야 대비께서 많이 도와주셨지요. 관리들이 성의 없이 행동하면 대비께서 엄격하게 나무라시곤 했지요. 우리 이집트는 번영하고 있어요. 그러나 긴장을 늦추어선 안 되겠지요. 운하 보수가 며칠 늦어진다든가, 가축 수를 잘못 헤아린다든가, 게으른 서기관들을 봐주면 이집트라는 건물 전체가 무너질 수도 있습니다.

─아샤에게서 온 최근 메시지는 어떤 내용인가?

아메니가 자랑스럽다는 듯이 상반신을 죽 펴고 말했다.

─난 오늘 우리 동창이 진짜 천재라고 자신 있게 말할 수 있습니다.

─히타이트에선 언제 돌아온다든가?

─그게 말입니다…… 아샤는 아직 히타이트 수도에 머물고 있어요.

람세스가 깜짝 놀랐다.

─하투실이 왕위에 오른 것으로 그의 임무는 끝났을 텐데…….

─그 임무를 연장할 수밖에 없게 되었어요. 아샤가 우리를 위해 굉장한 선물을 준비해두었지 뭡니까!

람세스는 아메니가 흥분하는 것을 보고, 아샤가 뭔가 근사한 일을 또하나 성공시켰다는 것을 알 수 있었다. 달리 말하면, 그가 극복하기 어려운 문제들을 뛰어넘어, 람세스와 함께 구상했던 계획 전체를 훌륭하게 성공시켰다는 말이다.

─폐하께서는 당신 집무실 문을 열고 특별한 손님 한 분을 맞아

들이게 해주시겠습니까?

람세스가 허락했다. 그는 유능한 외무대신 덕분에 누릴 수 있게 된 승리를 맛볼 마음의 준비를 했다.

세라마나가 머리를 길게 기르고 가슴이 적갈색 털로 뒤덮인 키 큰 근육질의 사내 한 명을 떠다밀면서 집무실 안으로 들어왔다. 세라마나의 행동에 화가 난 우리테슈프가 뒤로 돌아서서 주먹을 흔들었다.

— 히타이트의 합법적인 대왕을 이 따위로 취급하지 말아!

람세스가 끼어들었다.

— 그대에게 후의를 베풀어준 이 왕국 안에서 목소리를 높이지 마시오.

우리테슈프는 파라오를 마주 보려 했다. 그러나 몇 초 동안 그의 시선을 받아냈을 뿐이다. 히타이트 전사는 패배의 무게가 그를 잔인하게 짓누르는 것을 느꼈다. 그가 숙적이라 여겼던 람세스 앞에 이렇게 비천한 도망자가 되어 나타나다니…… 람세스의 힘은 그를 매혹하고 그를 지배했다.

— 폐하께 정치적 보호를 요청하는 바입니다. 저는 그 대가가 무엇인지 알고 있습니다. 히타이트 군의 강점과 약점에 대한 폐하의 모든 질문에 대답해드리겠습니다.

— 당장 시작합시다.

람세스가 요구했다. 모욕감으로 핏줄까지 타들어가는 것 같았지만, 우리테슈프는 허리를 굽혀 절했다.

궁전 과수원은 지금 한창이다. 석류나무와 노간주나무, 무화과나무와 향나무가 서로 아름다움을 다투고 있다. 이제트는 그곳에서 메렌프타를 데리고 산책하기를 즐겼다. 아홉 살배기 사내아이는 벌써 탄탄한 몸집을 뽐내고 있어서 그의 개인교사들을 깜짝 놀라게 만들었다.

람세스의 둘째아들은 노란 개와 놀기를 좋아했다. 개는 이제 나이가 꽤 들었는데도, 아이가 하자는 대로 놀아주었다. 그들은 함께 나비 뒤를 쫓아다녔다. 그러고 나면 개는 피곤을 풀기 위해 몸을 길게 뻗고 잠 속으로 빠져들었다. 누비아의 사자는 메렌프타가 쓰다듬어주는 대로 가만히 있었다. 사자는 처음에는 경계하는 듯했지만, 나중에는 믿고 마음을 놓았다.

이제트는 이 과수원이나 또 그 옆에 있는 정원에서 카와 메리타몬과 메렌프타가 아무 걱정 없이 뛰어놀던 때를 그리워했다. 그러나 그 시절은 벌써 멀게 느껴졌다. 지금 카는 신전에서 공부하고 있고, 높은 관리들이 벌써 청혼해오고 있는 매력적인 메리타몬은 종교음악을 공부하는 일에 몰두하고 있었다.

이제트는 필기도구를 들고 심각한 표정을 짓고 있던 작은 사내아이의 모습과, 자기에게 너무 큰 하프를 켜고 있던 귀여운 계집아이의 모습을 떠올려보았다. 이제 그애들은 자라서 이 과수원과 정원을 떠났다. 행복은 어제의 일이 되어버렸다. 다시는 다가갈 수 없는 행복.

이제트는 돌렌테가 찾아와서 몇 시간이고 네페르타리의 야심과 위선에 대해 떠들어대는 바람에 지쳐버렸다. 그 생각만 하면 머리가 돌아버릴 것 같았다. 돌렌테의 집요함에 지친 그녀는 행동하기로 결심했다.

푸른 수련꽃이 그려진 나지막한 단풍나무 탁자에 이제트는 캐롭 주스 두 잔을 놓아두었다. 이제트가 네페르타리에게 권하려고 준비한 컵에는 효과가 천천히 나타나는 독이 들어 있다. 4주나 5주 뒤에 왕비가 죽고 나면, 이제트를 의심할 사람은 아무도 없을 것이다. 이 눈에 보이지 않는 무기를 그녀에게 건네준 사람은 돌렌테였다. 그녀는 신의 정의가 네페르타리의 죽음에 책임을 질 것이라고 잘라 말했다.

해가 지기 조금 전, 왕비가 과수원으로 들어왔다. 그녀는 왕관을 벗고, 메렌프타와 이제트에게 입을 맞추었다. 그녀가 미소지으며 말했다.

－피곤한 하루였어요, 이제트.

－왕을 만나뵈었나요?

－불행히도 만나보지 못했지요. 아메니가 그를 붙잡고 놓아주질 않아요. 그리고 또 나는 나대로 산더미처럼 쌓여 있는 급한 문제들을 해결해야 하니까.

－공적인 생활의 소용돌이와 종교적인 의무 때문에 정신이 없으실 것 같아요.

－이제트, 그대가 생각하는 것보다 더 정신이 없어요. 누비아에서는 너무 행복했어요! 람세스와 나는 늘 함께 있었지요. 매순간이 감격스러웠소.

－하지만······.

이제트의 목소리가 떨고 있었다. 네페르타리가 당황했다.

－어디 아프오?

－아녜요, 하지만······ 전······.

이제트는 더이상 참을 수가 없었다. 그녀는 입술과 가슴을 태우는 질문을 네페르타리에게 던지고야 말았다.

－폐하, 폐하께선 진실로 람세스를 사랑하시나요?

네페르타리의 얼굴에 일순간 화난 표정이 떠올랐다. 그러나 곧 환한 미소가 그 표정을 지워버렸다.

－왜 그걸 의심하는 거지요?

－궁정에서 떠도는 소문이······.

－궁정 안에는 까치가 재잘대듯이 별의별 소문들이 다 떠돌지요. 아무도 그 소문을 잠재울 순 없어요. 그 소문의 유일한 목적이라는

게 남의 험담을 하고 중상모략하는 거지요. 그래, 그걸 지금까지 몰랐단 말인가요?

　─물론 알고 있었지요. 하지만……

　─하지만 내가 평민 출신으로서 위대한 람세스와 결혼했다는 얘기겠지요. 그래, 그게 바로 소문의 진원이에요. 어쩔 수 없는 일 아닌가요?

　네페르타리는 이제트의 눈을 똑바로 들여다보며 말했다.

　─난 람세스를 처음 만난 순간부터 그를 사랑해왔어요. 그러나 고백할 용기가 없었지요. 그 사랑이 점점 자라나 결혼에까지 이르게 되었고, 그 뒤에도 그 사랑은 점점 커져가기만 한다오. 우리의 죽음을 넘어서도 살아남을 거예요.

　─아부 심벨에 폐하의 영광을 위해서 신전을 지어달라고 강요하지 않으셨나요?

　─아니에요, 이제트. 바위에 왕과 왕비의 변함 없는 하나됨을 새겨두고 싶어하신 건 파라오 당신이셨어요. 그분이 아니면, 누가 그렇게 웅대한 계획을 세울 수 있을까요?

　이제트는 자리에서 일어나 컵을 놓아둔 나지막한 탁자를 향해 걸어갔다. 네페르타리가 기쁜 목소리로 말을 이었다.

　─람세스를 사랑하는 건 너무 커다란 특권이지요. 나는 온통 그에게 속해 있어요. 그는 나에게 모든 것이에요.

　이제트는 탁자에 무릎을 부딪쳤다. 컵 두 개가 엎질러져서, 주스가 풀밭으로 쏟아졌다.

　─저런, 이제트……

　─죄송합니다, 폐하. 감격해서 그래요. 경멸받아 마땅한 제 어리석은 의심일랑 잊어주세요.

　하투실 대왕은 궁전의 접견실에 걸려 있던 무기 장식들을 떼어내게 했다. 그는 지나치게 검소하다고 여겨지는 잿빛 벽을 기하학적 무늬가 있는 밝은 색깔의 태피스트리로 덮을 생각이었다.

하투실은 알록달록한 헝겊을 칭칭 감고, 은목걸이를 걸고, 왼쪽 팔목에 팔찌를 차고, 머리를 끈으로 묶고, 고인이 된 그의 형이 썼던 모자를 쓰고 있었다. 그는 외모에는 별 관심이 없었다. 그는 지금까지 한번도 시행된 적이 없는 엄격한 방법으로 나라 경제를 관리할 생각이었다.

상인계급의 대표자들이 나라 경제의 우선순위를 어디에 둘 것인가를 대왕과 상의하기 위해 줄지어 접견실을 드나들었다. 사제계급의 맨 윗자리에 앉아 있는 왕비 푸투헤파는 군대가 가지고 있는 영향력을 감소시키기 위해 이 대화에 참가해서 열심히 자기 의견을 피력했다. 상인들은 잃었던 자신들의 특권을 되찾게 되어 기쁘기는 했지만, 왕비의 이러한 태도에 어리둥절해했다. 히타이트는 아직 이집트와 전쟁중이지 않은가?

하투실은 전에 그가 사용해서 성공했던 개인면담 방식을 택했다. 그는 상인들뿐만 아니라 고위장교들과 무수하게 만나 개인적으로 대화를 나누었다. 그는 '평화'라는 말을 한번도 사용하지 않으면서, 휴전을 연장시킬 때 얻게 되는 이점에 대해 역설했다. 푸투헤파는 종교인들을 상대로 똑같은 전략을 사용했고, 아샤는 히타이트에 머물면서 두 강대국의 관계가 진전되었다는 생생한 증거를 과시했다. 이집트가 히타이트 공격을 포기했으니, 히타이트가 전쟁을 종식시키는 방향으로 나아가면서 주도권을 잡아야 하지 않겠는가?

그러나 환상으로 지어진 이 아름다운 세계를 파괴할 청천벽력 같은 사건이 터졌다.

하투실은 당장 아샤를 소환했다.

─내가 방금 내린 결정을 당신에게 알려주겠소. 이것을 람세스에게 전하시오.

―평화의 제안입니까, 폐하?

―아니오, 아샤. 전쟁을 계속하겠다는 거요.

아샤가 크게 놀랐다.

―왜 이렇게 급선회를 하시게 된 겁니까?

―우리테슈프가 이집트에 정치적 보호를 요청했고, 그것이 받아들여졌다는 것을 방금 알게 되었소.

―그 사실이 우리의 협상을 원점으로 돌려놓을 정도로 폐하께 충격적입니까?

―그가 히타이트를 빠져나가 이집트로 망명하도록 도와준 것은 바로 아샤 당신이오.

―그건 과거의 일이 아닙니까, 폐하?

―나는 우리테슈프의 머리를 원하오. 그 배신자는 사형선고를 받고 처형되어야 하오. 내 형님을 죽인 자가 히타이트에 돌아오지 않는 한, 어떤 평화협상에도 응하지 않겠소.

―그의 주거가 피-람세스로 한정되어 있는데, 그를 두려워할 이유가 있습니까?

―나는 그의 시체가 이곳, 내 수도의 장작더미 위에서 불태워지는 걸 보고 싶단 말요.

―람세스 폐하가 보호하기로 약속했던 사람을 본국으로 송환하는 데 찬성한다는 건 거의 기대하기 어려운 일입니다.

―당장 피-람세스로 떠나시오. 가서 당신의 왕을 설득해서 나에게 우리테슈프를 데려오시오. 그렇지 않으면 내가 군대를 이끌고 이집트로 쳐들어가 직접 배반자를 잡아오겠소.

46

5월의 뜨거운 폭염이 다가왔다. 추수의 계절이었다. 농부들은 낫으로 황금빛 밀이삭을 줄기에서 잘라내고, 밀짚은 그대로 두었다. 튼튼한 당나귀들은 지칠 줄 모르고 밀을 타작마당으로 실어날랐다. 일은 고되지만, 빵도 과일도 시원한 물도 모자라지 않았다. 또 농부들의 낮잠을 막는 감시인은 아무도 없었다.

바로 그런 절기를 택해 호메로스는 붓을 꺾기로 했다. 람세스가 그를 방문했을 때, 시인은 평소와 달리 달팽이 껍질로 만들어진 파이프에 샐비어 잎사귀를 넣어 피우고 있지 않았다. 그는 염천에도 불구하고 양털로 만든 겉옷을 입고, 레몬 나무 아래 놓인 침대에 누워 있었다. 머리에는 쿠션을 하나 베고 있었다.

─폐하…… 다시 뵙게 될 거라고는 생각지 못했습니다.

─무슨 일이십니까?

─늙어서 그런 것이지요. 몸도 마음도 다 지쳤답니다.

─왜 전의를 부르지 않으셨습니까?

─폐하, 저는 아픈 게 아닙니다. 죽음은 조화의 일부가 아닙니까? 제 고양이가 저를 떠났답니다. 저는 그놈을 다른 놈으로 바꿀 용기가 없습니다.

─호메로스 선생, 쓰셔야 할 작품들이 선생 곁에 남아 있지 않습니까?

─저는 『일리아드』와 『오디세이』에 저의 모든 것을 다 쏟아부었습니다. 이제 마지막 여행의 시간이 왔는데, 왜 저항하겠습니까?

─선생을 돌보아드리겠습니다.

─폐하, 나라를 다스리신 지 몇 년이 되셨지요?

─15년 되었습니다.

─폐하께선 숱한 사람들이 죽어가는 걸 본 늙은이에게 능숙한 거짓말을 하시기엔 아직 경험이 부족하십니다. 죽음은 내 핏속으로 스며들어와 내 피를 얼어붙게 만들고 있답니다. 어떤 의사도 죽음의 승리를 막을 수는 없지요. 그러나 더 중요한 것이 있습니다. 훨씬 더 중요한 것이 있어요. 히타이트인들과의 전쟁은 어떻게 되었습니까?

─아샤가 임무를 완수했지요. 두 나라의 적대관계에 종지부를 찍게 해줄 조약을 맺게 될 거라고 기대하고 있습니다.

─전쟁에 대하여 그토록 많은 글을 쓴 뒤에, 평화로운 이 땅을 떠난다는 것이 얼마나 행복한지 모르겠습니다…… 제 주인공들 중 한 사람이 이렇게 말한답니다. "태양의 광채가 대양으로 떨어진다. 그것이 기름진 땅속으로 스며들면, 어두운 밤이 온다. 패배자들이 열렬히 바라는 어두운 밤이." 지금은 제가 어둠을 동경하는 패배자랍니다.

─선생께 멋진 영원의 집을 지어드리겠습니다.

─아니오, 폐하…… 아닙니다. 저는 여전히 그리스인입니다. 그리고 제 민족에게 저 세상은 망각이며 고통일 따름입니다. 제 나이가 되면, 자기가 가지고 있던 신앙을 버리기엔 너무 늦지요. 그 미래가 폐하겐 별로 즐거워 보이지 않으실 테지만, 제가 준비하고 있는 건 그런 미래랍니다.

─우리나라의 현자들은, 위대한 작가들의 작품은 피라미드보다도 더 오래 살아남는다고 말씀하십니다.

호메로스가 미소지었다.

─폐하, 제게 마지막 은혜를 베풀어주시겠습니까? 제 오른손을 좀 잡아주십시오. 글을 쓰던 손이랍니다…… 폐하의 힘을 빌면 저 세상으로 좀더 쉽게 넘어갈 수 있을 것 같아 그럽니다.

시인은 람세스의 손을 잡고 레몬 나무를 바라보며 조용히 숨을 거두었다.

호메로스는 그가 사랑하던 레몬 나무 아래에 만들어진 작은 무덤 안에서 쉬고 있다. 그의 관 속에 『일리아드』와 『오디세이』의 필사본들과 카데슈 전투를 묘사한 파피루스 하나를 넣어두었다. 인류가 오래 기억할 위대한 작가의 장례식은, 그의 바람대로 조촐했다. 람세스와 네페르타리, 그리고 아메니만이 참석해서 슬픔을 나누었다.

왕이 집무실로 돌아왔을 때, 세라마나가 들어와 활동상황을 보고했다.

─폐하, 마법사 오피르의 흔적은 전혀 찾을 수가 없습니다. 아마도 이집트를 떠난 것 같습니다.

─히브리인들 사이에 숨어 있을 가능성은 없나?

─그가 외모를 바꾸었다면, 그리고 그들의 신임을 얻었다면, 그럴 가능성도 있지요.

―자네의 히브리인 정보원들은 뭐라고 말하나?

―모세가 히브리인들의 지도자로 인정받고 난 다음부터 그들은 입을 다물고 있습니다.

―그러니까 히브리인들이 무슨 일을 꾸미는지 자네는 모르고 있다는 말이군.

―그렇기도 하고 그렇지 않기도 합니다, 폐하.

―세라마나, 무슨 말인지 설명해보게.

―이건 모세와 이집트의 적들이 주도하는 반란의 문제일 수밖에 없다는 겁니다.

―모세가 나에게 개인 면담을 요청했네.

―응하지 마십시오, 폐하!

―무얼 두려워하나?

―폐하를 제거하려고 시도할지도 모릅니다.

―지나친 공포 아닌가?

―반란자는 무슨 짓이든지 할 수 있습니다.

―모세는 나의 죽마고우일세.

―폐하, 모세는 그 우정을 잊었습니다.

오월의 햇살이 람세스의 집무실에 흘러넘쳤다. 햇빛은 세 개의 아클라우스트라 창문을 통해 방안으로 들어왔다. 창문들 중 하나는 여러 대의 수레가 세워져 있는 안마당으로 면해 있다. 선왕 세티가 쓰던 때와 조금도 변함이 없는 집무실에서, 람세스는 세티의 입상을 자주 바라보았다.

모세가 들어왔다.

큰 키, 넓은 어깨, 숱 많은 머리카락, 무성한 수염, 갈색으로 그을린 얼굴. 히브리인은 강하고 성숙한 남자의 모습을 과시하고 있었다.

—앉게, 모세.

　—이대로 서 있겠네.

　—무얼 원하나?

　—난 이집트를 오래 떠나 있었지. 그래서 나의 사색도 그만큼 깊어졌네.

　—그 사색이 자넬 지혜로 이끌어주었나?

　—나는 이집트의 모든 지혜를 배웠네. 그러나 야훼의 뜻에 비하면 그건 아무것도 아닐세.

　—자네는 아직도 그 정신나간 계획을 포기하지 않은 거로군!

　—오히려 그 반대일세. 나는 그 동안 많은 히브리 백성을 설득했네. 그리고 이제 곧 모든 사람들이 나의 편이 될 걸세.

　—모세, 나는 선왕 세티의 말씀을 기억하고 있네. "파라오는 반란자도, 혼란을 선동하는 자도 용납해서는 안 된다. 그러지 않으면 마아트의 치세는 끝나고 혼란이 득세하게 된다. 혼란은 힘센 자나 힘없는 자 모두에게 불행을 가져다준다."

　—이집트가 고수하고 있는 법은 이제 히브리인들과는 아무 상관도 없네.

　—그들이 이 땅에 살고 있는 한, 그들은 그 법에 복종해야 하네.

　—람세스, 사흘 동안 사막으로 걸어가 그곳에서 야훼께 번제를 드리도록 허락해주게.

　—내가 전에도 설명했듯이, 안전상의 이유 때문에 부정적인 대답을 할 수밖에 없네.

　모세는 옹이 진 지팡이를 더욱더 꽉 움켜쥐었다.

　—나는 이 대답에 만족할 수 없네.

　—우정의 이름으로, 자네의 무례함을 잊도록 하지.

　—내가 '두 개의 땅'의 주인인 파라오에게 이야기하고 있다는 것을 알고 있네. 결례를 범할 생각은 추호도 없네. 그러나 야훼의 요

구는 변함없으시네. 그분이 요구하시는 바는 나의 목소리를 통하여 표현되고 있네.

—자네가 히브리인들을 부추겨서 반란을 일으키면, 나는 어쩔 수 없이 반란을 진압해야 하네. 결국 자네가 그렇게 만드는 걸세.

—나는 그것도 알고 있네. 그 때문에 야훼께서는 다른 방법을 사용하려 하시네. 그대가 계속해서 히브리인들이 요구하는 자유를 거부한다면, 신께서는 끔찍한 고통으로 이집트를 짓누르실 걸세.

—내가 그 말에 겁먹을 거라고 생각하나?

—이집트의 유력자들과 백성 앞에서 내 입장을 설명하겠네. 야훼의 무한한 힘이 그들을 설득하실 걸세.

—이집트는 자네를 전혀 무서워하지 않네. 모세.

네페르타리는 얼마나 아름다운지! 그녀가 멀리 계신 여신에게 새로운 사당을 바치는 제의를 집전할 때, 람세스는 감탄하는 마음으로 그녀를 바라보았다.

그녀는 부드러운 사랑이었다. 그녀의 목소리는 기쁨을 주었으며 쓸데없는 말은 한마디도 하지 않았다. 그녀는 궁전을 그녀의 향기와 우아함으로 가득 채웠으며, 선과 악을 분별할 줄 알았다. 그녀는 '두 개의 땅'의 사랑을 한 몸에 받는 왕비가 되었다. 여섯 줄짜리 금목걸이를 걸고, 두 개의 긴 깃털이 달린 관을 쓰고 있는 그녀의 모습은 젊음과 아름다움이 바래지 않는 여신들의 우주에 속해 있는 것처럼 보였다.

어머니 투야의 눈 속에서 람세스는 행복의 눈빛을 읽어냈다. 그것은 자신의 뒤를 이어 왕비가 된 네페르타리가 이집트에 합당한 여인이라는 것을 확인하는 행복이었다. 그녀는 조용히, 그러나 효과적으로 네페르타리를 도와줌으로써 네페르타리가 활짝 피어날 수 있도록, 그리고 모든 위대한 파라오들이 보여주었던 특별한 자질을 찾아낼 수 있게 해주었다.

제의가 끝난 뒤에 투야 대비를 위한 연회가 열렸다. 궁정 인사들이 다가와 저마다 찬사를 늘어놓았지만, 대비는 뻔한 이야기들을 한쪽 귀로 듣고 한쪽 귀로 흘려버렸다. 메바가 드디어 투야와 파라오 곁에 다가오는 데 성공했다. 함박웃음을 지으며 그는 대비를 칭송하는 말을 늘어놓았다. 람세스가 그의 말을 중단시켰다.

─나는 그대가 외무성에서 하고 있는 일이 충분치 않다고 생각하네. 아샤가 없는 동안에 우리 동맹국들과 더 많은 서신을 주고받아야 하는 것 아닌가.

─폐하, 우리 동맹국들이 폐하께 약속한 조공의 양과 질은 대단합니다! 안심하십시오. 제가 이집트의 지지를 아주 비싼 값으로 거래했으니까요. 많은 대사들이 폐하께 경의를 표하러 오기 위해 신임장을 달라고 간청하고 있습니다. 일찍이 이렇게 찬란한 명성을 누린 파라오는 없었습니다!

─나에게 알려줄 다른 소식은 없나?

─있습니다, 폐하. 외무대신이 피-람세스로 즉각 귀환하겠다고 방금 알려왔습니다. 대신의 귀환을 축하하기 위해 성대한 연회를 열 생각입니다.

─그 문서에 여행 이유는 밝혀져 있지 않던가?

─밝혀져 있지 않았습니다, 폐하.

왕과 대비가 메바에게서 멀어져갔다. 투야가 물었다.

─평화협상은 계속 진행중입니까, 람세스?

─아샤가 암호를 쓰지 않은 일반문으로 메바에게 소식을 전하고 히타이트를 갑자기 떠났다면, 그건 아마도 좋은 소식을 전하기 위해서는 아닌 것 같습니다.

47

우리테슈프와 십여 차례에 걸쳐 대화를 나눈 람세스는 히타이트 군이 즐겨 사용하는 전술, 군비, 강점과 약점 등 히타이트 군에 대한 모든 것을 알게 되었다. 이 좌절한 장수는 아주 열성적으로 협조해주었다. 그만큼 그는 하투실에게 해를 끼치고 싶은 마음이 컸던 것이다. 그가 제공한 정보의 대가로, 우리테슈프는 저택과 두 명의 시리아인 하인, 그가 금방 좋아하게 된 이집트의 음식, 경찰의 빈틈없는 경호의 혜택을 누리게 되었다.

람세스는 자기가 젊은이의 혈기로 대치해왔던 적이 얼마나 엄청나고 사나운 괴물인가를 깨닫게 되었다. 아몬과 세티의 보호가 아니었다면, 람세스의 신중하지 못한 태도는 이집트를 재난으로 몰아넣었을지도 모른다. 비록 약화되긴 했지만, 히타이트는 여전히 위협적인 군사대국이었다. 이집트와 히타이트가 비록 제한적이라 하더라도 동맹을 맺을 수만 있다면, 지역 내에 항구적인 평화를 가져올 수 있을 것 같았다. 어떤 민족도 그런 규모의 연합에 감히 도전하지는 못할 것이다.

람세스는 단풍나무 그늘에 앉아 네페르타리와 함께 그런 전망에 대해 이야기를 나누고 있었다. 그때 아메니가 헐떡거리며 달려와 아샤가 도착했다는 것을 알렸다.

오랜 외국생활에도 불구하고 이집트 외무대신은 변하지 않았다.

아샤가 왕과 왕비 앞에 고개를 숙여 절했다.

─왕과 왕비 폐하께서는 저를 용서해주시기 바랍니다. 그러나 샤워하고 마사지를 받고 향수를 뿌릴 시간이 없었습니다…… 감히 더러운 유목민 꼴을 하고 두 분 앞에 나타났습니다. 그러나 개인적인 안락을 위해 한시도 희생시킬 수 없을 만큼 중요한 메시지를 가져왔기 때문에…….

람세스가 빙긋이 웃으며 답했다.

─그러면 반가운 인사는 뒤로 미루도록 하지. 비록 자네의 귀국이 기억 속에 각인될 큰 기쁨 중의 하나를 우리에게 베풀어주기는 하지만 말일세.

─이런 꼴로 폐하를 껴안는다면 그건 불경죄를 저지르는 것이겠지요. 람세스 폐하, 이집트는 얼마나 아름다운지 모르겠습니다. 여행을 많이 하는 사람만이 이집트의 세련됨을 알아볼 수 있지요.

아메니가 반박했다.

─틀렸어. 여행은 정신을 왜곡시키네. 반면에, 자기 사무실을 떠나지 않고 창문을 통해서 계절이 바뀌는 걸 바라보면 이곳에 사는 행복을 맛볼 수 있네.

람세스가 서둘러 말했다.

─자, 이 논쟁도 뒤로 미루세. 아샤, 자네 혹시 히타이트에서 추

방당한 거 아닌가?

─아닙니다. 그러나 하투실 대왕은 그의 요구사항이 대사의 입으로부터 파라오의 귀로 직접 전달되어야 한다고 고집을 부렸지요.

─평화로 이르는 회담의 개시를 알려주려는 건가?

─그것이 제가 가장 바라는 바였는데…… 불행히도, 저는 최후통첩을 가져왔습니다.

─하투실도 우리테슈프만큼 호전적인 사람인 모양이군.

─하투실은 이집트와 평화조약을 맺는 것이 아시리아의 위협을 억제하는 길이라는 걸 인정하고 있습니다. 그런데 문제는 바로 우리테슈프입니다.

─자네의 작전은 눈부셨네! 그 덕에 나는 히타이트 군에 대해 모든 걸 알게 되었어.

─전시에는 매우 유용하겠지요. 인정합니다. 그러나 우리테슈프를 돌려주지 않으면 하투실은 전쟁을 계속하겠다는 겁니다.

─우리테슈프는 우리 손님이야.

─하투실은 그의 시체가 장작더미 위에서 불태워지는 걸 보고 싶어합니다.

─나는 무와탈리스의 아들에게 정치적 보호를 약속했어. 난 약속을 지키겠네. 그러지 않으면, 마아트는 더이상 이집트를 다스리지 않으실 거야. 거짓말과 비겁함이 판을 치겠지.

─저도 하투실에게 그렇게 말했지요. 하지만 그는 입장을 바꾸지 않았어요. 우리테슈프를 본국으로 송환하면 평화조약에 대해 생각해보겠지만, 그렇지 않으면 전쟁을 계속하겠다는 겁니다.

─내 입장도 변함이 없네. 이집트는 정치적 보호 약속을 저버리지 않을 거야. 우리테슈프는 송환되지 않을 걸세.

아샤는 등이 낮은 안락의자에 철퍼덕 주저앉았다.

─지난 몇 해 동안의 노력이 물거품이 되어버렸습니다. 이런 위

험을 무릅써야 하겠지요. 폐하의 말씀이 옳아요. 거짓말을 하는 것보다는 전쟁을 하는 것이 더 낫겠지요. 어쨌든 우리는 히타이트인들과 싸우기 위한 정보를 전보단 더 많이 가지고 있으니 말입니다.

네페르타리가 물었다.

─파라오께선 제가 참견하는 걸 허락해주실는지요?

왕비의 부드럽고 침착한 목소리가 왕과 대사와 서기관의 마음을 매혹했다.

─옛날에 여성들이 이집트를 점령군으로부터 구해냈던 적이 있지요. 외국과 평화조약을 맺은 것도 여성들이었어요. 투야 대비 역시 제가 따라야 할 본을 가르치심으로써, 그 같은 전통을 추종해오시지 않았던가요?

람세스가 물었다.

─당신의 제안은 어떤 것이오?

─푸투헤파 왕비에게 편지를 쓰겠어요. 제가 회담을 시작하자고 왕비를 설득할 수 있으면, 그녀가 대왕을 설득해서 좀더 타협적인 자세로 바뀌게 할 수 있지 않을까요?

아샤가 반박했다.

─우리테슈프라는 장애는 제거할 수 없습니다. 그러나 푸투헤파 왕비는 영리하고, 자신의 개인적인 이익보다는 히타이트의 위대함에 더 마음을 쓰는 사람이지요. 이집트 왕비가 그녀에게 의사를 전달한다면 모른 체하지는 않을 것입니다. 푸투헤파의 하투실에 대한 영향력이 상당한 만큼, 이런 방법은 어쩌면 유익한 결과를 만들어낼 수도 있지요. 그러나 쉬운 일은 아니라는 것을 왕비님께 말씀드려야겠군요.

네페르타리가 말했다.

─자리에서 일어나는 걸 용서하십시오. 하지만 무거운 짐이 저를 짓눌러서요……

아샤는 존경과 감탄이 뒤섞인 눈으로, 왕비가 바람처럼 빛처럼 멀어져가는 것을 바라보았다.

람세스가 대사에게 말했다.

—네페르타리가 균열을 만드는 데 성공하면, 자네는 히타이트로 돌아가게. 나는 우리테슈프를 송환하지 않겠네. 하지만 자네는 평화를 얻어내야 해.

—폐하께서는 지금 불가능한 것을 요구하십니다. 하긴 제가 그 때문에 폐하와 일하는 걸 그렇게 좋아하지만 말입니다.

왕이 아메니에게 말했다.

—세타우에게 긴급하게 와달라는 소식을 전했나?

—그렇습니다.

아샤가 불안한 어조로 아메니에게 물었다.

—무슨 일이 있는 건가?

아메니가 설명했다.

—모세가 스스로 유일신의 대리인이라고 주장하고 있네. 그 야훼라는 신이 히브리인들을 이집트 밖으로 데리고 나오라고 했다는 거야.

—히브리인 전부를 말인가?

—모세에게 이건 독립을 쟁취할 권리가 있는 민족 전체에 관계된 문제지.

—미쳤군!

—지금 모세와는 이치를 따져가며 얘기할 수 없어. 그는 협박까지 하고 있네.

—그래서 두려운가?

람세스가 단호하게 말했다.

—난 우리 친구 모세가 두려운 적이 되어버린 건 아닌지 걱정스럽네. 나는 모세를 과소평가해서는 안 된다는 걸 알게 되었지. 그래

서 세타우가 꼭 함께 있어야 하네.

아샤가 한탄하며 말했다.

―안타까운 일이군요. 모세는 강하고 올바른 인간이었는데…….

―그는 지금도 강하고 올바르네. 그러나 자기의 자질을 배타적인
진리에 바치고 있어.

―그 말씀은 절 두렵게 하는군요, 람세스. 그 전쟁은 히타이트인
들과의 전쟁보다 더 무서운 전쟁이 되지 않겠습니까?

―그 전쟁에서, 우리가 이기든지 지든지 하겠지.

세타우는 카의 연약한 어깨 위에 그의 넓적한 두 손을 올려놓았
다.

―대지에 살고 있는 모든 뱀들을 걸고 말하건대, 왕자님께선 이
제 정말 남자가 다 되셨습니다그려.

두 사람은 너무나 대조적이었다. 람세스의 맏아들 카는 얼굴빛이
창백하고 전체적인 인상이 허약해 보이는 젊은 서기관이었다. 세타
우는 탄탄하고 윤기 없는 피부에 근육은 울퉁불퉁하고 네모난 얼굴
에 면도도 제대로 하지 않은 모습이었다. 주머니가 잔뜩 달린 영양
가죽 옷을 입고 있는 그의 모습은 모험가나 금 캐는 광부처럼 보였
다.

그들을 보고 두 사람을 이어주는 우정을 상상할 수 있는 사람은
아무도 없을 것이다. 그러나 카는 세타우를 스승으로 여겼다. 세타
우가 카를 보이지 않는 세계에 대한 지식에 입문시켜주었던 것이
다. 세타우는 카가 신비의 중심에 이를 수 있는 능력을 가진 예외
적인 존재라고 인정했다.

세타우가 짐짓 걱정스럽다는 듯이 말했다.

―많은 세월이 흘렀습니다. 그 동안 왕자님께서 실수를 많이 저
지르신 건 아닌지 걱정스럽습니다.

카가 빙그레 웃었다.

─글쎄요…… 그래도 실망시켜드리지 않았으면 좋겠군요.

─왕자님, 승진하셨군요!

─신전에서 몇 가지 제의에 관련된 일을 하고 있어요. 사실이에요…… 하지만 선택의 여지가 없었는걸요. 그런데…… 그 일을 하는 게 무척 즐거워요.

─잘됐습니다! 하지만 말씀해주십시오…… 목에 걸어드린 부적도 안 보이고, 손목에 둘러드린 띠도 보이지 않는군요.

─신전에서 정화의식을 치를 때 벗어놓았는데, 그러고 난 다음에 찾아내지 못했어요. 선생님께서 돌아오셨으니까, 이젠 아무 위험도 없잖아요. 게다가 이제 저는 제의가 지닌 마술의 덕을 입고 있는걸요.

─그래도 부적을 몸에 지니고 계셔야지요.

─선생님께서도 부적을 지니고 계십니까?

─난 영양가죽 옷을 입고 있지 않습니까?

그때 과녁 한가운데에 화살이 날아와 박혔다. 두 사람이 깜짝 놀랐다. 두 사람은 사격장 입구에 서 있었던 것이다. 왕이 이곳을 약속장소로 지정했다.

─람세스 폐하는 여전히 솜씨가 좋으시군.

세타우가 왕의 활솜씨를 인정했다. 카는 아버지가 활을 내려놓는 모습을 보았다. 그 활은 카데슈 전투 때 람세스가 사용했던 것이었다. 그 활의 시위를 당길 수 있는 사람은 지금도 람세스밖에 없었다. 왕의 풍모는 더욱더 당당해진 것 같았다. 카는 자기의 아버지라고 하기엔 너무 멀리 떨어져 있는 파라오 앞에 꿇어 엎드렸다.

세타우가 왕에게 물었다.

─왜 이곳에 모이라고 하셨나?

─왜냐하면 이제 내가 어떤 전투를 해야 하는데, 카와 자네가 날

도와야 하기 때문일세. 과녁을 정확하게 조준해야 하는 전투야.

카가 솔직하게 대답했다.

—솜씨가 서투를까 두렵습니다.

—아들아, 그 생각은 잘못이다. 이건 정신과 마법으로 겨루는 싸움이다.

—저는 아몬 신전 사제단에 속해 있고, 또…….

—사제들이 만장일치로 너를 그들 공동체의 책임자로 선택했느니라.

—하지만 전 아직 스무 살도 되지 않았는걸요.

—나이가 무슨 상관이냐. 어쨌든 내가 그들의 제안을 물리쳤다.

카의 마음이 놓였다. 람세스가 말을 이었다.

—한 가지 나쁜 소식을 받았다. 멤피스의 프타 대사제가 얼마 전에 종적을 감추었다고 한다. 아들아, 나는 너를 그의 후임으로 선택했다.

—제가 프타 대사제가 된다구요…… 하지만, 그건…….

—이것이 나의 뜻이다. 모세가 명사들 앞에서 자기 입장을 설명하겠다고 하는데, 그때 너는 프타 대사제의 신분으로 참여하도록 해라.

세타우가 물었다.

—모세는 대체 뭘 하겠다는 거야?

—히브리인들이 사막으로 모험을 떠나도록 허락하지 않으면, 모세는 자기의 신이 이집트에 재앙을 내릴 거라고 협박하고 있네. 신임 프타 대사제와 이집트 최고 마법사가 그의 환상을 깨어버릴 수 있겠지?

48

모세는 아론을 대동하고 피-람세스 궁전 대접견실에 나타났다. 세라마나와 명예 근위대가 접견실을 감시하고 있었다. 모세가 지나가자, 세라마나가 분노에 가득 찬 시선을 던졌다. 그는 왕을 대신해서 이 반란자를 지하감옥에 처넣거나, 아니면 사막 한구석으로 쫓아버리고 싶었다. 왕년의 해적은 자기 본능을 믿고 있었다. 이 모세라는 자는 람세스를 해치겠다는 생각만 하고 있는 놈이다.

히브리 민족의 지도자와 대변인은 두 개의 기둥 사이로 나 있는 중앙 통로를 따라 걸으면서, 접견실이 꽉 차 있는 것을 확인하고 기분이 썩 좋은 표정이었다.

왕의 오른쪽에는 황금별들로 장식된 표범가죽을 입은 카가 서 있었다. 젊은 나이에 카는 높은 지위에 임명되었다. 카의 정신력과 지식의 빼어남을 익히 알고 있는 사제들은 아무도 이 결정에 이의를 제기하지 않았다. 신들의 메시지를 알아내어 그것을 신성문자로 옮겨 쓰는 것이 카가 해야 하는 일이었다.

모든 사람들이 그의 행동을 주시했다. 이집트 문명의 창조적 가치들이 구체적인 형태를 갖추게 된 황금기였던 피라미드 시대의 전통을 보존할 책임이 그에게 주어졌기 때문이다.

모세는 카가 프타 대사제에 임명된 것을 알고 의아해했다. 그런데 오늘 카를 가까이에서 살펴본 그는, 매우 결연하고 의젓한 젊은 이의 모습에 고개를 끄덕였다. 틀림없이 두려운 적수가 될 것 같았다.

파라오의 왼쪽에 서 있는 사람은 그가 잘 아는 남자였다. 뱀 조련사이자 자타가 공인하는 이집트 최고의 마법사 세타우. 구석진 곳에 앉아 벌써 토론회의 중요한 내용을 받아 쓰려고 준비하고 있는 아메니, 모세는 그들과 함께 했던 젊은 날들이 떠올라 잠시 눈을 감았다.

모세는 그 시절을 가슴속에서 몰아냈다. 그가 이집트의 위대함을 위하여 일했던 그 시절에 대해 더이상 생각하고 싶지 않았다. 야훼께서 그에게 소명을 맡기신 그날, 그의 과거는 죽었다. 이제 영영 사라져버린 시절에 대해 생각하며 감상에 젖을 권리가 그에겐 없었다.

모세와 아론은 파라오와 그의 고위관리들이 자리잡고 있는 단상으로 올라가는 계단 아래에 우뚝 멈추어 섰다. 아메니가 물었다.

ㅡ그대들은 어떤 주제에 대해 토론을 벌이고자 하는가?

모세가 대답했다.

ㅡ나는 토론할 생각이 없다. 다만 야훼의 뜻에 합당하게 내가 얻어야 할 바를 요구하는 것이다. 내가 나의 백성을 이끌고 이집트를 떠나도록 허락해주기를 바랄 뿐이다.

사람들이 웅성거렸다. 아메니가 말했다.

—공안상의 이유 때문에 그 요구는 거부되었다.

—그 거부는 야훼에 대한 모독이다.

—내가 아는 한, 야훼는 이집트를 다스리고 있지 않다.

—그러나 그분의 진노는 무서울 것이다. 신께서는 나를 보호하고 계시며, 당신의 힘을 보이시기 위하여 이적을 행하실 것이다.

—모세, 나는 그대를 잘 알고 있다. 우리는 친구였다. 학창 시절에 그대는 환상 따위로 살아가는 사람이 아니었다.

—아메니, 그대는 이집트의 서기관이며, 나는 히브리 백성의 지도자이다. 나에게 말씀하신 이는 야훼시다. 나는 그것을 증명해 보이겠다.

아론이 바닥에 지팡이를 던졌다. 모세가 그것을 뚫어져라 바라보았다. 지팡이의 옹이가 스물스물 움직였다. 지팡이가 물결처럼 파도 치더니 뱀으로 변했다.

겁을 집어먹은 인사들 몇 명이 뒤로 물러섰다. 뱀은 곧장 람세스를 향해 기어갔다. 람세스는 전혀 동요하지 않았다. 세타우가 앞으로 펄쩍 내달아 뱀꼬리를 잡아챘다.

세타우의 행동은 많은 사람들의 감탄을 자아냈다. 어떤 사람들은 뱀이 세타우의 손에서 다시 지팡이로 변하자, 와 하는 탄성을 지르기도 했다.

—오래 전에 메르-우르 하렘에서 자네에게 이 마술을 가르쳐주었던 사람은 바로 나였네. 파라오의 정치고문들과 이집트 궁정을 놀라게 하기 위해서는 이보다 훨씬 뛰어난 마술이 필요할 것일세.

모세와 세타우가 서로 노려보았다. 두 사람 사이에는 이제 어떤 우정도 남아 있지 않았다. 모세가 예언했다.

—다음주에 또다른 이적이 이집트 백성을 경악케 하리라!

네페르타리는 궁전에서 가장 가까운 곳에 있는 연못에서 수영하고 있었다. 타마리스 그늘에서 주위를 감시하던 노란 개가 꾸벅꾸벅 졸고 있었다. 연못 물은 돌 위에 붙여놓은 구리판과, 세균을 제거하는 식물들, 그리고 물 전체를 정기적으로 갈아주는 배수시설덕택에 언제나 깨끗했다. 더욱이 전문가 한 명이 구리염을 주성분으로 해서 만든 가루를 정기적으로 연못에 뿌렸다.

강이 범람할 시기가 다가오자, 짓누르는 듯한 무더위가 찾아왔다. 왕비는 하루의 접견을 시작하기 전에, 이 감미로운 순간을 즐겼다. 피로가 풀려 행복해진 육체가, 생각이 새처럼 가볍게 날아다니게 풀어놓아준다. 네페르타리는 자기와 접견할 사람들에게 해줄, 때로는 부드럽고 때로는 엄격한 말들을 생각했다. 접견인들은 저마다 자기의 요구사항이 다른 것들보다 더 긴급하다고 주장했다.

끈 달린 드레스를 입고, 젖가슴을 드러내고, 머리를 풀어헤친 이제트는 소리없이 연못을 향해 다가갔다. 사람들이 '아름다운 이제트'라고 부르는 그녀였건만, 네페르타리를 바라보고 있으면 자기의 외모가 평범하기 짝이 없다는 느낌이 들었다. 왕비의 몸짓은 비할데 없는 순수함을 가지고 있었고, 그녀의 태도 하나하나가 마치 완벽한 아름다움을, 한 여인의 몸 속에 그려넣을 줄 아는 천재 화가의 붓 끝에서 태어나는 것만 같았다.

여러 차례 망설인 끝에, 그리고 여전히 성화를 해대는 돌렌테와 마지막으로 대화를 나누고 난 후, 이제트는 단호하게 결심했다.

이번엔 정말로 행동에 옮길 생각이었다.

두려운 마음이 들면, 하기 싫은 마음과 타협하게 될까봐 그녀는 마음속에서 모든 두려움을 몰아내고 연못을 향해 한 발짝 더 내딛었다. 행동하는 거다…… 이제는 목표에서 돌아설 수 없었다.

네페르타리가 이제트를 돌아보았다.

—이제트, 이리 들어와서 우리 같이 수영해요!

—폐하, 기분이 좋질 않아요.

왕비는 연못 가장자리까지 유연하게 헤엄쳐가더니 돌계단을 통해서 연못에서 나왔다.

—무엇 때문에 고통스러워하는 거지요?

—모르겠어요.

—저런, 메렌프타 때문에 걱정이 돼서 그러시나?

—아닙니다, 메렌프타는 잘 자라고 있어요. 아이가 너무나 튼튼해서 매일 놀라고 있는걸요.

—여기 내 옆에 와서 따뜻한 타일 바닥에 누워봐요.

—용서하세요. 전 햇빛을 잘 견디지 못해요.

네페르타리의 몸은 그녀를 바라보는 사람의 마음을 매혹했다. 그몸은, 그 미소로 저승과 이승을 환히 밝혀주는 서녘의 여신을 닮아있었다. 두 팔을 몸 옆에 가지런히 놓고 눈을 감고 반듯이 누워 있는 그녀의 몸은 가까우면서도 다가갈 수 없는 것처럼 느껴졌다.

—이제트, 요즘 너무 우울해 보여요. 무슨 일이 있나요?

이제트의 마음속에 또다시 회의가 일었다. 자기가 내린 결심을 따라야 할까, 아니면 미친 여자라고 여겨질 각오를 하고 도망쳐야할까? 네페르타리는 그녀를 바라보고 있지 않았다. 너무나 좋은 기회다. 이 기회를 놓쳐서는 안 된다.

—폐하…… 폐하…… 저는…….

이제트는 네페르타리의 얼굴 가까운 곳에 무릎을 꿇고 앉았다. 왕비는 빛의 옷을 입고 가만히 누워 있었다.

—폐하, 저는 폐하를 죽이려고 했어요.

—이제트, 난 그 말 믿지 않아요.

—아닙니다, 정말이에요. 폐하께 그 사실을 고백하지 않으면 안 된다고 생각했어요…… 그 무게가 견딜 수 없이 절 짓눌렀어요. 이

제 폐하께선 그 사실을 알게 되셨어요.

왕비는 눈을 뜨고 몸을 일으키더니, 이제트의 손을 잡았다.

—이제트를 범죄자로 만들려고 했던 사람이 도대체 누구죠?

—전 폐하께서 파라오를 사랑하지 않는다고, 그리고 야심밖에는 가진 게 없는 여자라고 생각했어요. 전 어리석은 눈먼 여자였어요! 어떻게 제가 그런 끔찍한 중상모략에 귀를 기울일 수 있었을까요?

—이제트, 누구나 다 약해지는 순간은 있는 법이에요. 그런 때엔 악한 마음이 양심을 누르고 착한 마음을 죽여버리려고 하지요. 이제트는 그런 끔찍한 공격을 이겨냈잖아요. 그게 중요한 것 아닐까요?

—저 자신이 부끄러워요. 너무 부끄러워요…… 저를 법정에 세우시겠다면, 그렇게 하세요. 벌을 받겠어요.

—누가 나에 대한 거짓말을 했나요?

—폐하, 전 제 잘못을 고백하고 싶었을 뿐이에요. 밀고자 노릇은 하고 싶지 않아요.

—나를 해치려 한 그 사람은 람세스를 노린 거예요. 이제트가 왕을 사랑한다면, 나에게 진실을 털어놓지 않으면 안 돼요.

—폐하는…… 폐하는 제가 밉지 않으세요?

—이제트는 야심이 있는 사람도, 음모를 꾸미는 사람도 아니에요. 이제트는 자신의 실수를 인정할 수 있는 용기를 지니고 있어요. 난 이제트를 미워하지 않아요. 존경해요.

이제트는 울면서 마음속에 숨겨놓았던 말을 모두 털어놓았다.

모세는 나일 강가에 수천 명의 히브리인들을 모아놓았다. 수도의 여러 지역에서 그만큼 많은 숫자의 구경꾼들도 모여들었다. 소문에 의하면, 히브리인들이 섬기는 호전적인 신이 큰 이적을 행함으로써, 이집트의 모든 신들을 합쳐놓은 것보다도 더 권세 있는 신이라는 것을 증명할 예정이라는 것이었다. 어쩌면 파라오가 선지자의 요구를 들어주어야 할지도 모른다.

아메니와 세라마나는 반대했지만, 왕은 모세가 하는 대로 내버려 두었다. 람세스는 히브리인 시위대를 해산시키기 위해 군대와 경찰을 보내는 것은 과잉반응이라며, 세라마나의 의견을 일축했다. 모세도 히브리인들도 공공질서를 위반하지 않았다. 행상인들은 사람들이 개미떼처럼 모여드는 것을 보고 즐거워했다.

파라오는 궁전 테라스에 서서, 구경꾼들이 강둑에서 초조하게 기다리고 있는 광경을 바라보았다. 그러나 그의 머릿속은 오히려 방금 전에 네페르타리가 알려준 이야기로 가득 차 있었다.

─혹시라도 미심쩍은 부분이 남아 있는 건 아니오?

─그렇지 않아요, 람세스. 이제트는 솔직하게 다 털어놓았어요.

─이제트에게 엄한 벌을 내려야겠소.

─관용을 베풀어주세요. 이제트가 끔찍한 일을 저지를 뻔했던 것은 당신에 대한 사랑 때문이었으니까요. 그리고 이제트 덕분에 돌렌테가 범죄를 저지르는 것도 마다 않을 만큼 당신을 증오한다는 걸 알게 되었으니까요.

─나는 오래 전부터 돌렌테의 영혼을 갉아먹고 있는 악마들을 그녀가 이미 물리쳤을 거라고 기대했소. 그런데 내 생각이 틀렸소. 돌렌테는 절대로 달라지지 않을 것 같소.

─돌렌테를 고발하실 건가요?

─돌렌테는 혐의를 부인하고, 이제트가 모든 걸 꾸몄다고 그녀에게 뒤집어씌울 거요. 재판이 추문으로 끝나버릴 수도 있소.

─범죄의 주범에게 벌을 주지 않는다구요?

─그런 뜻이 아니오, 네페르타리. 돌렌테는 이제트를 이용했소. 우리도 돌렌테를 이용합시다.

강둑에서 사람들이 동요하며 비명을 질렀다.

모세가 나일 강에 지팡이를 던지자, 물이 불그스레한 빛을 띠었다. 선지자가 강물을 조금 떠서 땅에 뿌렸다.

—모두들 이 이적의 증인이 되어주시오! 야훼의 뜻에 의하여 나일 강물이 피로 변했소. 만일 그분의 요구를 들어주지 않는다면, 이 피는 이 나라의 모든 운하에 퍼져, 물고기들이 죽을 것이오. 이것이 이집트를 괴롭게 될 첫번째 재앙이오.

프타 대사제 카가 나서서 고약한 냄새가 나는 물을 떴다.

—모세, 그런 일은 일어나지 않을 것이오. 그대가 예언한 것은 강물이 범람할 때 생겨나는 적조현상에 지나지 않소. 며칠 동안 이 물은 식용으로 쓰일 수 없소. 그리고 어떤 물고기도 먹어서는 안 돼요. 이것이 이적이라면, 그 이적은 자연이 일으킨 것이며, 우리가 존중해야 하는 것은 자연의 법이오.

젊고 연약한 카가 거구의 사나이 모세 앞에서 전혀 두려워하지 않고 말했다. 모세는 지긋한 눈길로 람세스의 아들을 바라보며 말했다.

—아주 훌륭한 말이다. 그러나 내가 지팡이를 던지자 핏빛의 물이 생겨난 것은 어떻게 설명하겠느냐?

—당신에게 예언자의 자질이 있다는 사실을 누가 부정하겠소? 당신은 물의 변화를, 남쪽으로부터 올라오는 힘을, 그리고 적조현상이 나타나는 날짜를 느꼈던 거요. 당신은 이 나라를 나만큼 잘 알고 있으니, 모든 비밀을 꿰고 있는 거지요.

모세가 쩌렁쩌렁 울리는 목소리로 대답했다.

—지금까지 야훼께서는 경고를 보내시는 걸로 만족하셨다. 이집트가 계속 의심하므로, 야훼께서는 더욱더 고통스러운 재앙을 내리실 것이다.

49

아샤가 왕비에게 직접 편지를 가져갔다. 왕비는 곡물창고의 운영에 관해 람세스와 의논하고 있는 중이었다.

─폐하, 기다리시던 답장이 도착했습니다. 푸투헤파 왕비가 직접 작성한 서신입니다. 서신의 내용이 실망스럽지 않기를 바랍니다.

귀중한 헝겊으로 싸여 있는 서판에는 푸투헤파 왕비의 봉인이 찍혀 있었다.

─아샤, 우리에게 이 편지를 읽어주시겠어요? 두 가지 이유 때문에 부탁드리는 거예요. 한편으로는 외무대신께서 히타이트어를 완벽하게 구사하시기 때문이고, 다른 한편으로는 하투사에서 오는 정보가 외무대신과 연관이 있기 때문입니다.

위대한 람세스, 태양의 아내인 나의 자매 네페르타리 왕비에게

나의 자매는 어떻게 지내십니까? 가족은 건강하신지, 또 딸들은 아름답고 튼튼한지요? 히타이트에는 아름다운 계절이 왔답니다. 이집트에선 강의 범람이 좋을 것 같습니까?

나의 자매 네페르타리의 편지를 잘 받아보았습니다. 보내주신 편지를 아주 주의 깊게 읽었습니다. 하투실 대왕께서는 천한 우리테슈프가 피-람세스에 머물고 있다는 사실을 대단히 불쾌하게 여기고 계십니다. 우리테슈프는 악하고 폭력적이며 비겁한 사람입니다. 그는 당연히 본국으로 송환되어야 하며 하투사에 와서 재판받아야 합니다. 하투실 대왕께서는 이 점에 있어서 완강한 태도를 보이고 계십니다.

그러나 우리 두 나라 사이의 평화는 어느 정도의 희생을 치르더라도 꼭 이루어야 할 매우 중요한 이상이 아니겠습니까? 물론 우리테슈프의 문제에 관해서는 타협의 여지가 없습니다만. 그래서 대왕께서는 그의 본국송환을 요구하시는바, 이는 당연한 이치입니다. 그러나 저는 약속을 중시하시는 파라오의 올바름을 인정하셔야 한다고 대왕께 누차 간곡하게 말씀드렸습니다. 약속을 저버리는 왕을 우리가 어떻게 믿을 수 있겠습니까?

우리테슈프의 문제는 타협의 여지가 없지만, 일단 그 문제가 해결되었다고 가정하고, 휴전상태를 위한 조약의 절차를 밟지 못할 것도 없겠지요. 조약 비준서를 작성할 때까지는 많은 시간이 걸릴 것입니다. 그러므로 지금 회담을 시작하는 것이 현명하리라 생각합니다.

나의 자매 이집트 왕비께서도 저와 같은 생각이신지요? 만약 동의하신다면, 파라오의 신임을 받고 있는 고위 외교관을 가능한 한 빨리 우리나라에 파견해주셨으면 좋겠습니다. 저는 아샤의 이름을 제안하겠습니다.

나의 자매 네페르타리 왕비에게, 우정과 함께.

-우리는 이 제안을 물리칠 수밖에 없군.

람세스가 유감이라는 듯이 말했다. 아샤가 반대의견을 제시했다.

-왜 이 제안을 거절해야 합니까?

-이 제안은 복수욕을 만족시키기 위한 함정이기 때문이야. 하투실은 자네가 우리테슈프를 히타이트에서 탈출시킨 것을 용서하지 않을 걸세. 그곳에 가면 자네는 돌아오지 못할 거야.

-제 분석은 다릅니다. 네페르타리 왕비께서는 지난 서신에서 호소력 있는 논점을 제시하셨어요. 푸투헤파 왕비는 자신이 평화를 원한다는 것을 분명히 밝히고 있구요. 그녀가 하투실에게 미치는 영향력을 생각해보면, 이건 결정적인 일보입니다!

네페르타리가 자신의 판단을 이야기했다.

-아샤의 말이 맞아요. 푸투헤파 왕비는 제가 보낸 서신의 의미를 완벽하게 간파한 거예요. 우리테슈프에 대한 이야기는 접어두고, 평화조약을 체결하기 위한 협상에 들어가도록 해요. 내용뿐만 아니라 모양새도 갖추어야 해요.

람세스가 반박했다.

-우리테슈프는 유령이 아니란 말이오!

-제가 저의 입장과 푸투헤파 왕비의 입장을 더 분명하게 밝혀야 할까요? 하투실은 우리테슈프의 송환을 요구하고, 파라오는 거절하고 있어요. 두 사람이 완강하게 고집을 부리고 있는 동안 회담을 진행시키는 거예요. 그게 바로…… 사람들이 외교라고 부르는 것 아니던가요?

아샤가 덧붙여 말했다.

-전 푸투헤파를 믿고 있습니다, 람세스.

-왕비와 자네가 동맹을 맺고 나에게 대항하면, 내가 무슨 수로

버티겠나? 외교관을 하나 보내도록 하지. 하지만 자넨 안 돼.

　─안 됩니다. 푸투헤파는 제안이라고 말했지만, 그건 분명한 요구예요. 히타이트와 우리의 대화 상대자들에 대해 저만큼 잘 아는 사람이 또 누가 있겠습니까?

　─그렇게 엄청난 위험을 감수할 준비가 되어 있나, 아샤?

　─평화조약을 체결할 수 있는 기회를 비켜간다는 건 죄를 저지르는 것이나 마찬가지입니다. 우리는 이 일을 위해 모든 힘을 기울여야 해요…… 불가능한 것을 정복하는 것…… 이것이 바로 람세스 폐하의 통치철학 아닙니까?

　─자네가 그렇게 열변을 토하다니, 좀체로 없는 일인데…….

　─저는 쾌락과 즐거움을 사랑하지요. 그런데 전쟁은 즐거움에 적합하질 않아요.

　─아무 대가나 치르고 평화를 얻을 생각은 없네. 절대로 이집트가 손해를 보게 하진 않겠네.

　─저는 이런 종류의 어려움을 벌써 여러 차례 겪었습니다. 그러나 이런 어려움은 제 직업을 이루고 있는 일부분이지요. 히타이트에 제시할 만한 조약 초안을 작성하기 위해선 며칠 동안 쉬지 않고 일해야 할 겁니다. 일을 끝낸 뒤엔 좋아하는 여자친구 몇 명을 만나보고, 그러고 난 다음에 히타이트로 떠나겠습니다. 성공할 겁니다. 람세스가 성공을 요구하니까요!

　처음에 그놈은 펄쩍 뛰어올랐다. 그리고 놈은, 강가에 앉아 흡족한 표정으로 다시 식수로 돌아온 나일 강물을 바라보고 있는 세타우에게서 1미터쯤 떨어진 곳에 꼼짝도 않고 앉아 있었다.

　두번째 놈, 세번째 놈. 연두색 피부를 가진 놈들이 유연하게 팔짝팔짝 뛰어올랐다. 이집트를 풍요롭게 만들어주고, 파라오의 백성에게 식량을 약속해주기 위해서, 강물이 이집트의 대지에 남겨놓은 진흙에서 굉장한 개구리들이 튀어나왔다.

아론이 엄청난 인파의 선두에 서서 나일 강물 위로 모세의 지팡이를 뻗치고 힘찬 목소리로 말했다.

─파라오가 히브리 백성이 이집트 밖으로 나가지 못하게 하므로, 물을 피로 바꾸는 이적을 행하신 뒤에, 이제 야훼께서 압제자에게 두번째 재앙을 내리노라. 개구리들, 수천 마리의 개구리들, 수백만 마리의 개구리들이 공방이나 집이나 부자들의 침실을 막론하고 어디에서나 창궐하리라!

세타우는 자기 실험실을 향하여 침착하게 걸어갔다. 실험실에서는 로투스가 아부 심벨의 지맥에서 잡은 멋진 코브라들의 독을 이용하여 새로운 치료제를 만들고 있는 중이었다. 아부 심벨에서는 공사가 착착 진행되고 있다는 기쁜 소식이 전해져왔다. 뱀 조련사와 그의 아내는 람세스의 허락이 떨어지는 대로 곧 아부 심벨로 돌아갈 예정이었다.

세타우가 빙긋이 웃었다. 세타우도 카도, 아론과 그의 재앙을 상대로 싸움을 벌이고 싶은 생각이 없었다. 모세의 대리인은 어떤 이집트인도 무서워하지 않을 저주를 퍼붓기 전에, 자기 우두머리의 의견을 물어보는 것이 마땅했으리라.

이 절기에 개구리들의 숫자가 늘어나는 것은 전혀 비정상적인 일이 아니었다. 더군다나 이집트 사람들은 그것을 길조로 여겼다. 신성문자로 개구리라는 기호는 '10만'이라는 숫자를 나타낸다. 즉 거의 셀 수 없을 만큼 많은 수를 나타내는데, 강의 범람이 베풀어주는 풍요와 연관되어 있다.

초기 왕조의 사제들은 이 양서류의 변태를 보고, 그것으로부터 생명의 끊임없는 변모를 읽어냈다. 그래서 이집트 사람들의 의식 속에서, 개구리는 알의 상태로부터 올챙이가 되기까지 수많은 단계를 거친 후 태어나는 행복한 탄생의 상징이면서, 시간을 거쳐서 그리고 시간을 넘어서 살아남는 영원의 상징이었다.

다음날 카는 개구리 모양의 도자기 부적을 사람들에게 거저 나누어주라고 일렀다. 수도에 살고 있는 사람들은 예상치 않았던 선물을 받게 된 것이 기뻐서 람세스의 이름을 칭송했다. 그들은 아론과 히브리인들에게 고맙다는 마음마저 들 지경이었다. 그들이 소란을 피우는 바람에, 많은 평민들이 귀중한 물건을 소유하게 되었으니 말이다.

아샤는 왕과 왕비와 함께 치밀하게 구상한 조약 초안을 마지막으로 손질했다. 용어 한마디 한마디에 무게를 싣기 위해 한 달이 넘도록 집중적인 작업을 해야 했다. 네페르타리가 교정을 보아준 것이 큰 도움이 되었다. 이집트 외무대신이 짐작했던 대로, 람세스의 요구조건이 까다로워서 회담이 어려워질 것 같기도 했다. 그러나 람세스는 히타이트를 패배자로 취급하진 않았다. 오히려 이 협약으로 많은 이익을 얻을 수 있는 동반자로 취급했다. 푸투헤파가 진정으로 평화를 원한다면, 해볼 만한 게임이 될 것 같았다.

아메니가 호박색이 나는 훌륭한 파피루스를 가져왔다. 그 위에 람세스가 몸소 이집트의 제안을 써넣게 된다.

─남쪽 구역의 주민들이 불만을 토로해왔습니다. 모기떼가 득시글거린다는 겁니다.

─이 절기에는 위생수칙을 잘 지키지 않으면 모기떼가 극성을 부리지. 늪의 물을 빼는 걸 잊었나?

─아론의 주장에 따르면, 그것이 야훼가 이집트에 내리는 세번째 재앙이랍니다. 모세의 제자인 그가 지팡이를 가지고 땅바닥의 먼지를 두들겨서 모기로 만들었대요. 복수의 신이 어떤 조화를 부리는지 폐하께서 직접 보셨어야 합니다.

아샤가 말했다.

―우리 친구 모세가 여전히 고집을 부리는 모양이군.

람세스가 아메니에게 명령했다.

―당장 남쪽 구역에 소독반을 보내서, 사람들을 그 모세의 재앙으로부터 구해주게나.

아샤가 웃음을 터뜨렸다.

범람한 강물의 양이 풍성했다. 또 행복한 한 해가 약속되었다. 람세스는 아몬 신전에서 새벽제사를 지내고, 사자를 데리고 선창가로 산책을 나갔다. 산책 후에 하투실에게 보내는 편지를 한 장 쓸 생각이었다. 평화에 대한 그의 제안을 적은 서류와 함께 보낼 편지였다.

갑자기 모세의 지팡이가 바닥을 쳤다. 거대한 사자가 모세를 노려보았지만 으르렁대지는 않았다.

―람세스, 내 백성을 떠나게 해주게. 그들이 야훼께서 받고 싶어 하시는 예배를 드릴 수 있도록 말일세.

―우리 얘긴 이미 끝나지 않았나, 모세?

―이적과 재앙이 그대에게 야훼의 뜻을 드러내 보여주었네.

―그렇게 이상한 말을 떠들어대는 사람이 내 친구 맞는가?

―이제 친구는 없네. 나는 야훼의 전령일세. 그대는 믿음이 없는 파라오이고.

―어떻게 해야 자네의 눈을 뜨게 해줄 수 있을까?

―눈먼 건 그대야!

―모세, 자넨 자네의 길을 가게. 무슨 일이 생기든, 난 내 길을 가겠네.

―나에게 호의를 한 가지 베풀어주게. 내 히브리인 형제들의 가축을 좀 보아주게.

―무슨 특별한 일이 있나?

—가보면 알 걸세.

사자와 세라마나 그리고 친위대원들이 왕을 경호하기 위해 에워
쌌다. 모세는 미리 늪지대에 10킬로미터 정도의 길이로 히브리인들
의 가축떼를 모아놓았다. 짐승들 주위에는 등에들이 날아다니면서
쉴새없이 짐승들을 괴롭히고 있었다. 짐승들은 괴로워서 비명소리
를 질러댔다. 모세가 람세스에게 말했다.

—이것이 야훼께서 내리시는 네번째 재앙일세. 내가 이 짐승들을
사방으로 흩어놓기만 하면 등에들이 수도 여기저기에 침입해들어갈
걸세.

—신통치 않은 전략이군…… 짐승들을 이렇게 더러운 상태에 내
버려두고 고통스럽게 만드는 것이 반드시 필요한 일인가?

—우리는 야훼께 수양이나 암소와 같은, 이집트인들이 신성시하
는 동물들을 바쳐야만 하네. 우리가 이집트에서 예배를 올리면, 우
리는 농부들의 분노를 유발하게 될 걸세. 우리를 사막으로 떠나게
해주게. 그러지 않으면 등에들이 그대의 백성을 공격할 거야.

—세라마나와 병사들이 자네와 자네의 사제들, 그리고 병든 동물
들을 호위해서 사막으로 데려다줄 테니, 거기에서 번제를 드리게
나. 나머지 가축들은 소독한 뒤 방목장에 다시 풀어놓게. 번제가 끝
나면 피-람세스로 돌아오게.

—람세스, 이건 잠깐 동안의 휴식에 불과하네. 결국 그대는 히브
리인들이 이집트를 떠나도록 허락해줄 수밖에 없을 걸세.

50

오피르가 자기 견해를 피력했다.

―세게 쳐야 하네. 훨씬 더 세게 쳐야 해.

모세가 말했다.

―우리의 요구대로 사막에서 야훼께 번제를 드리는 데 성공하지 않았소? 람세스는 양보한 거요. 이제 더 양보하게 될 거요.

―그의 인내심이 한계에 다다른 건 아닐까?

―야훼께서 우리를 보호해주실 거요.

―모세, 내게 다른 생각이 있네. 이것은 파라오에게 아주 깊은 상처를 안겨줄 다섯번째 재앙이 될 거야.

―재앙을 결정하는 건 우리가 아니오, 오피르. 야훼께서 결정하시는 것이오.

─야훼를 도와드려야 하지 않겠나? 람세스는 고집이 센 폭군이야. 저 세상에서 오는 징조들만이 그에게 겁을 주어 뒤로 물러나게할 수 있을 거야. 자네를 돕게 해주게.

모세가 허락했다.

오피르는 선지자의 집을 나와 그의 공범인 아모스와 바두크를 만나러 갔다. 두 명의 베두인인들은 히브리인 구역에 있는 집들의 지하실에 계속 무기를 날라다 쌓아두었다. 그들은 북시리아로 가서히타이트의 지령을 받고 돌아와 있는 참이었다. 마법사는 새로운소식을 듣고 지침을 전달받고 싶어서 안달이 나 있었다.

대머리에 기름을 바른 아모스가 소식을 전해주었다.

─하투실 대왕이 진노하고 계십니다. 람세스가 우리테슈프의 본국송환을 거절하고 있기 때문에 전쟁을 다시 시작할 준비를 하고있습니다.

─근사하군! 대왕은 우리 조직에 무얼 바라고 있소?

─지령은 간단합니다. 이집트 안에서 히브리인들의 소요사태를계속 유지시키라는 겁니다. 나라 전체에 혼란을 조장해서 람세스를약화시키고 우리테슈프를 끌어내어 하투사로 데리고 오라십니다.아니면 그를 죽이든지요.

'뒤틀린 손가락'은 자기 소유의 한 뙈기 땅과, 저마다 아름답고우아하고 부드러운 스무 마리 정도 되는 암소떼를 사랑하는 농부였다. 나이가 제일 많은 암소는 성질이 까다로워서 아무나 옆에 다가오지 못하게 했다.

아침이 되면 장난꾸러기 암소 루키네가 혀로 그의 이마를 핥아서그를 깨웠다. '뒤틀린 손가락'은 그놈의 귀를 잡아보려고 하지만 손만 허공에 내저을 뿐이다. 그러다 결국에는 자리에서 일어나게 된다.

그날 아침, '뒤틀린 손가락'이 농장을 나섰을 때는 해가 벌써 중

천에 떠 있었다. 그는 고개를 갸우뚱했다. 루키네가 보이지 않았다.

―루키네야…… 루키네 어디 갔니?

두 눈을 비비고 난 다음에, '뒤틀린 손가락'은 자기 밭으로 걸어 들어갔다. 루키네가 옆으로 드러누워 있는 것이 보였다.

―루키네, 무슨 일이냐?

아름다운 암소는 혀를 빼물고, 눈은 흐릿하게 풀리고, 배는 부풀어오른 모습으로 죽어가고 있었다. 그곳에서 조금 떨어져 있는 곳에는 암소 두 마리가 벌써 죽어서 나자빠져 있었다.

공포에 사로잡힌 농부는 수의사의 도움을 청하기 위해 마을 광장으로 달려갔다. 똑같은 비극을 겪은 열 명 정도의 농민들이 그의 주위에 몰려들었다. '뒤틀린 손가락'이 소리를 질렀다.

―전염병이다! 당장 궁전에 알려야 한다!

자기 집 테라스에 서서 오피르는 한 무리의 농부들이 웅성웅성 모여드는 것을 보았다. 그들은 걱정스럽고 화가 난 모습이었다. 그들을 보면서 오피르는 자기가 내린 명령이 제대로 수행되었다는 것을 확인했다. 베두인 족의 족장 아모스와 바두크를 시켜서 암소 몇 마리를 독살시키라고 일렀는데, 그것이 대혼란을 야기시킨 것이다.

모세가 궁전으로 가는, 대로 한복판에 서서 군중들을 가로막고 말했다.

―그대들은 야훼가 이집트에 내리는 다섯번째 재앙의 희생자들이다! 그분의 손이 모든 가축들을 치실 것이다. 크고 작은 모든 짐승들이 걸릴 것이다! 히브리 백성들의 짐승들만이 화를 면하리라!

세라마나와 많은 병사들이 농부들을 밀어낼 준비를 하고 있었다. 그때 로투스가 검은 말을 타고 빠르게 달려왔다. 그녀는 시위대가 모여 있는 곳에서 아주 가까운 곳에 멈추어 섰다. 그녀가 침착한 목소리로 말했다.

―두려워하지 마세요…… 소들은 전염병 때문에 죽은 것이 아니

라, 독살된 겁니다. 나는 이미 젖소 두 마리의 목숨을 구했습니다. 수의사들의 도움을 받아 제가 아직 죽지 않은 소들을 치료해드리겠습니다.

그러자 혼란이 곧 희망으로 바뀌었다. 그리고 농무대신이 나타나 파라오께서 국비로 죽은 짐승들을 다른 놈들로 바꾸어주실 것이라고 말하자, 농부들은 평온을 되찾았다.

오피르와 그의 동지들에게는 계속해서 모세를 도와줄 수 있는 방법이 아직 많이 남아 있었다. 그들은 이번에는 모세에게 알리지 않고 일을 벌일 생각이었다.

선지자는 야훼의 명에 따라 오래된 마술비법을 사용했다. 그는 두 손으로 화덕의 그을음을 한 움큼 움켜쥐고 공중에 뿌렸다. 그것이 먼지가 되어 사람들과 짐승들에게 떨어져 그들의 몸을 종기로 뒤덮게 만들기 위해서였다. 이 여섯번째 재앙은 너무나 끔찍해서 파라오는 결국 항복하는 수밖에 없을 것이다.

오피르에게는 다른 속셈이 있었다. 왕이 겁을 집어먹게 만들려면 왕의 측근에게 위해를 가하는 것이 가장 좋은 방법이었다. 대머리 아모스는 이마를 반쯤 가리는 가발을 쓰면 감쪽같이 모습을 숨길 수 있었다. 그렇게 변장한 그는, 아메니와 그의 부하들의 식사를 담당하는 요리사에게 상한 음식을 팔아 넘겼다.

아메니가 매일 처리해야 하는 서류들을 들고 왔을 때, 람세스는 친구의 한쪽 뺨에 빨간 뾰루지가 하나 돋아 있는 것을 발견했다.

ㅡ자네 다쳤나?

ㅡ아닙니다, 하지만 이 뾰루지 때문에 좀 아프기 시작했어요.

ㅡ파리아마쿠를 부르겠네.

전의는 숨을 헐떡이며 달려왔다. 매력적인 소녀 하나가 그를 따라왔다.

─폐하, 어디 편찮으십니까?

─내가 병을 모르는 사람이라는 걸 잘 알지 않나. 내 개인비서를 진찰해주게.

파리아마쿠가 아메니의 주위를 한 바퀴 빙 돌았다. 그는 아메니의 팔을 만져보고, 맥박을 재고, 가슴에 귀를 가져다대었다.

─언뜻 보기에는 별 이상이 없는 듯한데…… 생각해봐야겠습니다.

소녀가 수줍은 목소리로 자기 생각을 말했다.

─위장장애 때문에 생겨난 궤양의 일종이에요. 단풍나무 열매를 자른 것하고, 아니스, 꿀, 테레빈유와 회향을 섞어서 내복약을 조제하고 외용약과 물약 처방을 해야 하지 않을까요?

파리아마쿠가 잘난 체하며 말했다.

─나쁘지 않은 생각이로구나…… 한번 해보자. 결과는 두고 보면 알겠지. 애야, 실험실에 가서 그 약을 조제해오렴.

소녀가 달달 떨면서 왕 앞에서 고개를 숙여 절한 뒤 방을 나갔다. 람세스가 의사에게 물었다.

─선생, 조수의 이름이 뭔가?

─폐하, 네페레트라고 합니다. 별로 관심을 기울일 만한 아이가 아닙니다. 신참입니다.

─벌써 아주 유능해 보이는데…….

─제가 가르쳐준 처방을 앵무새처럼 되풀이하는 것뿐입니다. 별로 장래가 촉망되지 않는 단순한 수련생일 뿐이지요.

오피르는 생각에 잠겼다.

대단치 않은 궤양성 전염병은 치료약으로 퇴치되었고, 람세스는 여전히 자기 입장을 고수하고 있었으며, 모세와 아론은 히브리인들을 통제하고 있었다. 돌발적인 소요사태가 발생하면 세라마나와 경찰이 무자비하게 진압할지도 모르기 때문이다.

설상가상으로, 돌렌테와의 연락이 두절되어버렸다. 그녀의 시도가 실패한 것이 틀림없다. 네페르타리는 잘살고 있었으며, 그녀의 건강을 갉아먹을 어떤 고통도 겪고 있지 않았다. 돌렌테는 자신의 입장이 위험에 빠져 있다는 것을 알고, 밤에도 히브리인 구역에 올 엄두를 내지 못했다. 오피르는 궁전의 사소한 비밀들에 대한 직접적인 정보들을 입수할 수 없었다.

이런 불리한 조건들에도 불구하고, 마법사는 히브리인들의 반항심을 계속 부추겼다. 모세와 아론 뒤에 포진한 소수파는 점점 더 두려운 첨병이 되어갔다.

우리테슈프를 나라 밖으로 끌어내는 것은 쉬운 일이 아니었다. 그의 주거지는 밤낮으로 세라마나의 부하들이 지키는 저택으로 한정되어 있었다. 우리테슈프는 성가시고 쓸모없는 인간이었다. 무분별한 위험을 무릅쓰는 대신, 그를 없애서 하루라도 빨리 하투실의 총애를 얻는 것이 상책일 듯싶었다. 새 대왕은 영리하고 술수에 능하며 무자비한 사람으로, 그의 형 무와탈리스에 못지않은 인물이었다.

오피르에게는 아직 사람들에게 의심받지 않는 동지가 한 사람 남아 있었다. 아무도 그가 반역죄를 저지를 것이라고는 생각하지 못할 인물, 외교관 메바였다. 신통치 않은 인물이었지만, 오피르가 우리테슈프를 제거하는 데 도움을 줄 수 있을지도 모른다.

아샤의 호위병력은 최소한으로 축소되었다. 이집트 외교의 최고 책임자는 자기가 히타이트 수도에서 환영받을 확률은 기껏해야 백분의 일 정도밖에는 되지 않는다고 생각했다. 새 대왕이 보기에 아샤는 우리테슈프가 벌을 받지 않도록 도와준 혐의가 있는 사람이었다. 하투실이 정치적인 사람이라기보다는, 사적인 원한에 더 사로잡혀 있는 사람일 수도 있다. 만일 증오심이 앞선다면 그는 아샤를 위시한 외교사절단 전원을 체포하고, 최악의 경우 처형할지도 모른다. 그러면 람세스는 설욕하기 위해서 어쩔 수 없이 공격을 개시해야 할 것이다.

푸투헤파가 평화를 위해 열심히 싸워줄 것처럼 보이기는 하지만 그녀가 얼마만큼이나 남편의 정책에 반대할 수 있을까? 히타이트 왕비는 불가능한 꿈 속에 고치를 틀고 들어앉지는 않을 것이다. 협상으로 가는 길이 험난하다는 것이 드러나면, 그녀 역시 전쟁을 지지할지 모른다.

아샤와 호위병들이 히타이트 수도 성문에 도착할 때까지, 계속 거센 바람이 불었다. 아나톨리아 고원 지방에서는 그런 바람이 자주 불었다. 성채가 지닌 난공불락의 분위기는 아샤가 전에 이곳을 방문했을 때보다도 더욱더 가슴을 무겁게 짓눌렀다.

아샤는 책임자급 병사에게 신임장을 제시하고, 비밀문 앞에서 오랫동안 기다렸다. 얼마 후, 하투사 성채로 들어가도 좋다는 허가가 내려졌다. 일행은 '사자의 문'을 통해 성안으로 들어갔다. 아샤가 기대했던 것과는 달리, 일행은 궁전으로 안내되지 않았다. 히타이트 영접사는 아샤 일행을 우중충한 색깔의 돌로 지어진 건물로 데려갔다. 방 하나가 아샤에게 배정되었다. 방안에 있는 유일한 창문은 쇠창살로 막혀 있었다.

전체적으로 쾌적한 분위기의 방이었지만, 그래도 어딘가 감옥처럼 보였다. 히타이트의 분위기와 한 판 겨루기 위해서는 노련한 솜씨뿐만 아니라, 운이, 많은 운이 따라주어야 했다. 아샤는 불안했다. 운명이 그에게 배정해준 운을 이미 다 써버린 것은 아닐까?

해가 지고 나서 조금 있다가, 투구를 쓰고 중무장한 군인 하나가 와서 자기를 따라오라고 일렀다. 그는 대왕의 궁전이 서 있는 성채로 가는 골목길로 접어들었다.

진실의 순간이 다가오고 있었다. 진실이라는 것이 외교에 존재한다면 말이다. 태피스트리로 장식되어 있는 접견실 벽난로에서 불이 타고 있었다. 푸투헤파가 따뜻한 불을 쬐고 있었다.

─이집트 대사께서는 이리 오셔서, 이 불 앞에 앉으세요. 밤 공기가 찰지도 모르니까요.

아샤는 예의를 지키기 위해 적당한 거리를 두고 의자에 앉았다. 품위 없게 생긴 의자였다. 왕비가 또렷한 목소리로 말했다.

─네페르타리 왕비의 서신을 읽고 많이 감탄했습니다. 빛나는 생각을 가지신 분이더군요. 필치도 호소력 있고, 또 목적도 올바르시구요.

─대왕께서 협상 개시에 찬성하신다는 말씀으로 이해해도 되겠습니까?

─대왕과 저는 구체적인 제안을 기다리고 있습니다.

─람세스 폐하와 네페르타리 왕비께서 함께 구상하시고, 파라오께서 몸소 작성하신 문서를 가지고 왔습니다. 이 문서가 양국 회담의 초안으로 쓰일 것입니다.

─저는 귀국에서 발의해주시기를 희망했던 겁니다. 물론, 히타이트도 요구사항이 있습니다.

─그것을 듣기 위해 제가 이곳에 온 것입니다. 합의에 도달해야 한다는 확고한 의지를 가지고 말이지요.

─말씀 속에 깃들여 있는 열정이, 이 불의 열기처럼 온화하게 느껴집니다. 영접이 소홀해서…… 걱정하셨지요?

─뭐랄까…… 부적절한 영접이라는 느낌이었습니다. 그렇지 않습니까?

─대왕께서 감기에 걸리셨답니다. 그래서 며칠 동안 누워 계시지요. 저는 또 저대로 너무 바빠서 어쩔 수 없이 대사님을 기다리시게 했어요. 내일부터는 대왕께서 회담에 응하실 수 있을 겁니다.

51

아직 날이 밝지 않은 시간이었다. 람세스는 미명의 새벽길을 걸어 아몬 신전을 향했다. 누군가 불쑥 나타나 람세스의 앞을 막아섰다. 모세였다. 왕은 방해자를 공격하려는 근위병의 팔을 붙들어 제지했다.

―파라오, 할 말이 있네.

―간단하게 말하게.

―지금까지 야훼께서 관용을 베푸셨다는 것을 모르겠나? 그분이 하시려고만 했다면, 그대와 그대의 백성을 멸망시키실 수도 있었네! 그분은 겨룰 자 없는 당신의 전능을 더욱 잘 나타내시기 위해 그대를 살려두신 걸세. 히브리인들이 이집트를 떠나도록 허락해주게. 그러지 않으면……

―그러지 않으면?

―일곱번째 재앙이 그대의 나라에 참을 수 없는 고통을 가져올 걸세. 엄청난 우박이 쏟아져서 많은 희생자들이 날 거야. 내가 하늘을 향해 지팡이를 흔들면 천둥이 치고 번개가 번쩍일 걸세.

―이 도시의 중요한 신전들 중의 하나가 우레의 주인이신 세트 신에게 바쳐진 것이라는 사실을 잊었나? 그분은 하늘의 분노이시네. 나는 제사를 통해 그 분노를 가라앉힐 수 있네.

―이번엔 그렇게 할 수 없을 걸세. 사람들과 짐승들이 죽게 되네.

―내 길에서 비켜서게.

그날 오후, 왕은 하늘을 관찰하고 별들의 운행을 연구해서 일기예보를 하는 '시간의 사제'들의 자문을 구했다. 사제들은 농작물 일부를 망가뜨릴 수도 있는 우박 성분을 포함한 큰비가 예상된다고 말했다.

악천후가 시작되자, 람세스는 세트 신전에 들어앉아 홀로 신을 대면하였다. 웅장한 신상의 붉은 두 눈이 숯불처럼 이글거렸다.

왕에게는 세트의 뜻과 구름의 분노를 거스를 힘이 없었다. 그러나 신의 정신과 하나가 될 수 있다면, 그 정신의 결과를 완화시키고 또 기간도 단축할 수 있을지 모른다. 세티는 아들에게 세트와 대화를 나누는 방법을 가르쳐주었다. 그 파괴의 힘으로부터 스스로를 지키면서, 세트의 무서운 힘에 물꼬를 틀 수 있는 방법.

세트 신과의 대결을 견디어내고, 눈에 보이지 않는 세트의 화염에 한 치의 땅도 내어주지 않기 위해서는 엄청난 힘이 필요했다. 람세스는 홀로 앉아 세트 신과 오랜 대화를 나누었다. 그의 온몸이 땀에 흠뻑 젖었다. 그의 시도는 승리의 월계관을 썼다.

메바는 두려움으로 떨었다. 짧은 가발을 쓰고 재단 솜씨가 엉망인 조잡한 외투를 입고 있었지만, 누가 자기를 알아볼까 무서웠다. 그렇지만 창고계원들이나 선원들이 목을 축이러 오는 이 부둣가의 맥주집에서 그를 알아볼 사람은 아무도 없었다.

턱석부리 대머리 아모스가 그의 맞은편에 앉았다.

—누가…… 누가 당신을 보냈소?

—마법사가 보냈소. 당신이 바로…….

—이름은 말하지 마시오. 그에게 이 서판을 전해주시오. 그가 흥미를 느낄 만한 정보가 들어 있소.

—마법사께서는 당신이 우리테슈프를 처리해주시기를 바랍니다.

—그렇지만…… 그가 살고 있는 집은 감시당하고 있소.

—명령은 단호합니다. 우리테슈프를 죽이시오. 그렇지 않으면 당신을 람세스에게 고발하겠소.

히브리인들의 마음속에 의심이 생겨나기 시작했다. 이집트에 일곱 개의 재앙이 이미 내려졌지만, 파라오는 여전히 완강했다. 장로회의가 열렸다. 모세는 여전히 의연한 모습으로 앉아 있었다.

—이제 어떻게 할 생각이오?

—여덟번째 재앙이 내릴 것이오. 너무나 끔찍한 재앙이어서, 이집트인들은 자기들이 신에게 버림받았다는 걸 알게 될 것이오.

—그 재앙은 어떤 거요?

—동쪽 하늘을 보시오. 그러면 알게 될 거요.

—우리는 마침내 이집트에서 탈출하게 됩니까?

—내가 오랫동안 그렇게 했듯이 참고 견디시오. 그리고 야훼를 믿으시오. 그가 우리를 약속의 땅으로 이끌어가실 거요.

네페르타리는 깜짝 놀라 일어났다. 한밤중이었다.

그녀 옆에 람세스가 평화롭게 잠들어 있었다. 왕비는 소리없이 침실을 빠져나와 테라스 쪽으로 몇 걸음 걸어갔다. 공기는 향기로 웠으며, 도시는 조용하고 평온했다. 그러나 왕비의 고뇌는 점점 더 커져가기만 했다. 그녀를 괴롭혔던 환상이 지워지지 않았다. 악몽 이 계속해서 그녀의 가슴을 짓눌렀다.

언제 일어났는지, 람세스가 그녀를 부드럽게 안아주었다.

─네페르타리, 나쁜 꿈을 꾸었소?

─그뿐이라면 좋겠어요…….

─뭐가 무섭소?

─왼쪽 방향에서 무서운 바람에 실려 위험이 다가오고 있어요…….

람세스가 왼쪽 방향을 바라보았다.

까만 어둠만이 일렁이고 있었다. 그는 마치 무엇이 보이는 것처럼 오랫동안 정신을 집중하고 어둠을 응시하였다. 왕의 정신은 하늘과 밤이 되었다. 왕은 바람이 태어나는 땅 끝으로 실려갔다.

그곳에서 람세스가 본 것은 너무나 끔찍한 것이었다. 그는 서둘러 옷을 입었다. 궁전의 행정담당관들을 깨우고, 아메니를 찾아오라고 사람을 보냈다.

수백만, 아니 수십억 마리의 메뚜기로 이루어진 구름이 거센 바람에 떠밀려 동쪽으로부터 다가오고 있었다. 메뚜기떼의 공격은 처음 있는 일은 아니었지만, 이번 경우는 그 규모가 두려울 정도로 엄청났다.

파라오의 명에 따라, 델타 지방의 농부들은 여러 군데에 불을 피우고 메뚜기들을 쫓아내기 위해 냄새를 피우는 물질들을 불 안에 던져넣었다. 어떤 밭들에는 거친 아마포로 만든 거대한 천막을 쳐놓았다.

모세가 재앙을 예언했다. 메뚜기들이 이집트의 모든 나무들을 먹어치우고 과일 한 알 남겨놓지 않을 거라며, 야훼의 분노를 전했다. 왕실 전령들이 그 소식을 각 지방에 전달하였다. 사람들은 람세스가 지시한 대로 지체 없이 대비책을 강구해놓았다.

손해는 크지 않았다. 사람들은 메뚜기가 파라오의 영혼이 취하는 여러 상징적 형태들 중의 하나라는 사실을 기억해냈다. 파라오의 영혼은 크게 껑충 뛰어 하늘에 닿기 위해 메뚜기의 모습을 취하는 것이다. 이집트에서 메뚜기는 이로운 곤충으로 여겨진다. 떼로 모여 있을 때만 두려운 곤충이 된다.

왕과 왕비는 수레를 타고 수도 주변을 돌아보고 메뚜기떼의 새로운 공격이 예상되는 몇 개의 마을에 멈추어 섰다. 람세스와 네페르타리는 재앙이 곧 사라질 것이라고 농부들을 안심시켰다.

왕비가 예감했던 대로 곧 동풍이 가라앉고 거센 돌풍이 불어왔다. 돌풍은 메뚜기 구름을 경작지에서 멀리 떨어져 있는 갈대 바다까지 몰아갔다.

의사 파리아마쿠가 메바에게 말했다.

─어디가 특별히 아프신 게 아닙니다, 메바. 하지만 며칠 휴식을 취하실 필요는 있겠군요.

─하지만 몸이 불편한데…….

─심장의 상태도 아주 좋고, 간의 기능도 좋습니다. 걱정하지 마십시오. 백 살까지는 사시겠습니다!

메바는 꾀병을 부렸던 것이다. 그는 파리아마쿠가 몇 주 동안 꼼짝 말고 집에 있으라는 처방을 내려주기를 기대했다. 그러면 그 동안에 오피르와 그의 공범들이 붙잡힐 수도 있지 않을까 하는 기대에서였다.

이 유치한 계획은 속절없이 끝나버렸다……. 어떻게 한다? 그들을 고발한다? 하지만 그건 결국 자기 자신을 고발하는 것이다! 하릴없이 임무를 수행할 수밖에 없었다. 그러나 세라마나와 그의 정예위병에 들키지 않고 어떻게 우리테슈프에게 접근한단 말인가?

결국 메바가 가지고 있는 최상의 무기는 외교술이었다. 메바는 궁전 복도에서 세라마나와 부딪칠 기회를 만들어 그에게 다가갔다.

ー아샤 대신에게서 방금 서신을 받았소. 우리테슈프를 심문해서 히타이트 행정에 대한 비밀을 알아내라는 명령이오. 우리테슈프가 나에게 털어놓는 이야기는 비밀에 부쳐야 하기 때문에, 은밀히 이 야기를 나누어야 하오. 그가 얘기한 내용을 파피루스에 적어서 봉 인한 뒤, 왕에게 전달할 예정이오.

세라마나가 곤란하다는 표정을 지었다.

ー시간이 얼마나 필요하십니까?

ー모르겠소.

ー급하십니까?

ー긴급임무요.

ー좋습니다…… 만나보도록 하십시오.

우리테슈프는 경계하는 태도로 외교관을 맞았다. 그러나 메바는 한껏 사근사근하고 열성적인 태도로 히타이트인의 비위를 맞췄다. 메바는 질문공세로 그를 압박하지 않았다. 이집트에 협조해준 데 치하하고, 결국 밝은 미래가 기다리고 있을 거라고 말하면서 그를 안심시켰다.

우리테슈프는 히타이트가 가장 빛나는 승리를 거둔 전투에서의 자기 무용담을 자랑하며, 몇 마디 농담을 던지기도 했다. 그는 완전 히 경계를 풀고, 느긋하게 대화를 즐겼다.

메바가 넌지시 물었다.

ー여기서 받고 계시는 대접에 대해선 만족하십니까?

ー숙소와 음식은 마음에 듭니다. 운동도 하고 있구요…… 하지 만 여자들이 없어요.

ー제가 어떻게 해볼 수 있을 것 같습니다만…….

―어떻게요?

―해가 지면 정원에 나가서 시원한 바람을 좀 쐬겠다고 요구하십시오. 비밀문 가까운 곳에 자그마한 타마리스 숲이 있는데, 그 숲에 여자를 하나 데려다놓겠습니다.

―우린 앞으로 좋은 친구가 될 것 같소.

―제가 바라 마지않는 일입니다.

날씨는 후텁지근해지고, 하늘은 어두워졌다. 세트 신이 또다시 힘을 과시하고 있었다. 바람 한 점 불지 않는 숨막히는 날씨는, 우리테슈프에게 정원에 산책을 나가겠다고 요구할 수 있는 좋은 기회였다. 두 명의 위병이 그를 데리고 나가 꽃더미들 사이로 돌아다니게 내버려두었다. 그가 안전하게 지내고 있는 황금빛 감옥을 도망쳐나가려고 시도할 이유가 없으니, 굳이 따라다니면서까지 감시할 이유는 없었다.

메바는 타마리스 나무 아래 몸을 숨기고, 덜덜 떨고 있었다. 그는 만드라고라 마약을 맞고 환각상태에서 담벼락을 기어올랐다. 그리고 우리테슈프를 공격할 준비를 하고 있었다.

우리테슈프가 그에게로 몸을 기울이면, 보병부대 장교에게서 훔친 단검으로 우리테슈프의 목을 찌를 계획이었다. 살해 무기는 시체 위에 놓아둘 생각이었다. 그러면 수많은 이집트인들의 생명을 앗아간 원수에게 복수하기 위해서, 복수심이 강한 군인집단이 음모를 꾸몄다는 혐의를 받게 될 것이다.

메바는 사람을 죽여본 적이 없었다. 살인죄를 저지르면 저주받게 된다는 것도 알고 있었다. 그러나 저승 심판관들 앞에서 자기가 조종당했다는 것을 설명하면 용서받을 수 있지 않을까. 지금은 단검과 우리테슈프의 목에 대해서만 생각해야 한다.

발걸음소리가 들려왔다.

느리고 조심스러운 발자국소리. 단도의 먹이가 다가왔다. 그가 멈추어 섰다. 고개를 숙이고 있다…… 지금이다.

메바는 공격하기 위해 팔을 쳐들었다. 그러나 정수리에 강한 충격이 가해졌다. 눈앞이 흐려지면서 그의 몸이 허공 속으로 푹 쓰러졌다.

세라마나가 메바의 저고리 깃을 움켜쥐고 들어올렸다.

—배반자, 못나고 어리석은 놈…… 이봐, 정신 차려.

그러나 메바의 몸뚱이는 꼼짝도 하지 않았다.

—이제 연극 작작해!

그의 머리가 목선과 이상한 각도를 이루고 있었다. 세라마나는 입맛을 쩝쩝 다셨다. 너무 세게 주먹을 휘둘렀던 것이다.

52

메바의 돌연한 죽음에 대해, 세라마나는 어쩔 수 없이 아메니의 철저한 심문을 받을 수밖에 없었다. 세라마나는 벌을 받게 될까 두려워 심기가 편칠 않았다. 서기관이 결론을 내렸다.

—서류는 명료하군. 자네는 메바가 거짓말을 했고, 우리테슈프를 살해할 의도를 가지고 있다고 의심했다, 자네는 메바를 현행범으로 체포하려 했는데, 그가 반항하는 바람에 자네의 목숨이 위태로워졌고 그래서 싸우다가 그를 죽이게 됐다, 이건가?

세라마나의 긴장이 풀어졌다.

—아주 잘 쓴 보고서군.

—비록 죽었지만, 메바는 재판에 회부될 거야. 그가 유죄라는 건 전혀 의심의 여지가 없네. 그의 이름은 모든 공식적인 서류에서 삭

제될 걸세. 그러나 한 가지 의문점이 남아 있어. 그는 누굴 위해서 일한 걸까?

—그가 나에게 주장한 바에 따르면, 아샤의 명령을 받아 움직이는 거라던데……

아메니가 붓 대롱을 질겅질겅 씹었다.

—람세스에게서 귀찮은 인물을 치워주기 위해 히타이트인을 제거하라는 명령을 내렸다…… 그러나 아샤가 그런 세속적인 겁쟁이에게 그런 일을 맡겼을 것 같지 않아. 그리고 무엇보다도 정치적 망명을 존중하려 애쓰고 있는 람세스 폐하의 뜻을 거스르면서까지 그 일을 시켰을까. 메바는 또 거짓말한 거야. 그가 우리나라에 자리잡고 있는 히타이트 간첩조직의 일원일 가능성은 없을까?

—히타이트 간첩조직은 우리테슈프에게 호의적인 입장 아니었나?

—지금은 하투실이 대왕이 되었어. 우리테슈프는 배반자에 불과해. 대왕의 불구대천의 원수를 죽임으로써 조직은 히타이트의 새 대왕의 총애를 받게 되는 거지.

세라마나는 그의 긴 콧수염을 쓰다듬었다.

—달리 말하면, 오피르와 세나르는 멀쩡하게 살아 있을 뿐만 아니라, 여전히 이집트에 자리잡고 있다는 얘기로군.

—세나르는 누비아로 사라졌고, 오피르는 몇 년 전부터 모습을 보이지 않고 있네.

세라마나가 주먹을 불끈 쥐었다.

—어쩌면 그 망할놈의 마법사는 우리 가까운 곳에 있는지도 몰라! 그가 리비아로 도망쳤다는 증언들은 내 경계심을 잠재우기 위한 거짓말이었어.

—오피르는 이미 그가 잡히지 않는 기술을 터득하고 있다는 걸 증명해 보이지 않았나?

―난 놈을 잡을 수 있어. 아메니, 난 할 수 있다구…….

―그럼 이번엔 놈을 생포해서 데려와보는 게 어떻겠나?

두터운 검은 구름이 사흘 내내 피-람세스의 하늘을 가리고 있었다. 이집트인들은 세트 신이 일으킨 혼란에, 병과 불행을 예고하는 여신 세크메트의 전령들이 위험을 덧붙였다고 생각했다.

이러한 최악의 상황을 막을 수 있는 사람은 단 한 사람뿐이었다. 왕비 네페르타리였다. 그녀는 파라오가 제물을 바침으로써 그 생명력을 유지시키는 영원한 규범, 마아트의 지상의 화신이었다. 이럴 때에는 각자 자기 자신을 들여다보고, 스스로의 올바르지 못한 부분을 가차없이 바로잡으려 애써야 한다. 네페르타리는 이집트 백성의 잘못과 불완전함을 인정하고, 테베에 있는 무트 신전에 가서 세크메트 여신상의 발 아래에 제물을 바쳤다. 어둠을 빛으로 바꾸기 위해서였다.

람세스는 모세의 접견을 허락했다. 모세는 수도를 덮고 있는 어둠이 야훼께서 이집트 백성에게 내리는 아홉번째 재앙이라고 주장했다.

―파라오, 그대는 이제 드디어 깨달았는가?

―자네는 자연현상을 자네 신이 일으킨 이적으로 해석하고 있네. 그건 현실에 대한 자네의 관점이겠지. 난 그걸 존중하네. 하지만 나는 자네가 종교의 이름으로 백성들 사이에 혼란의 씨앗을 뿌리는 건 용납할 수 없어. 이러한 태도는 마아트의 법칙에 어긋나는 것이며, 혼돈과 분란을 불러일으킬 뿐이네.

―야훼의 요구는 여전히 변함이 없으시네.

―모세, 자네 추종자들을 데리고 이집트를 떠나게. 어디든 자네가 원하는 곳에 가서 자네의 신에게 기도를 올리게나.

─야훼께서 원하시는 것은 그것이 아닐세. 히브리 민족 전체가 나와 함께 떠나야 하네.

─작은 놈이든 큰 놈이든 가축들은 여기 두고 가야 하네. 가축의 대부분은 자네 백성에게 대여된 것이기 때문에 그들의 소유가 아닐세. 이집트를 거부하는 자들은 이집트의 재산도 누릴 수 없네.

─우리의 가축은 우리와 함께 떠나네. 한 마리도 자네 땅에 남지 않을 걸세. 모든 가축이 야훼의 예배에 쓰이기 때문일세. 약속된 땅에 이를 때까지 번제를 드리기 위해 우리에겐 가축들이 필요하네.

─자네는 도둑처럼 행동할 셈인가?

─야훼만이 나를 심판하실 수 있네.

─도대체 어떤 믿음이 이렇게 지나친 태도를 정당화할 수 있단 말인가?

─그대는 이해할 수 없네. 야훼의 뜻에 복종하는 것으로 만족하게.

─역대 파라오들은 광신주의와 독선을 제압하는 데 성공했네. 그 두 가지는 사람의 마음을 갉아먹는 치명적인 독이지. 자네 역시 나처럼 어떤 사람들에 의하여 다른 사람들에게 강요되는, 절대적이고 결정적인 진리의 결과를 두려워하고 있지 않은가?

─야훼의 뜻을 따르게.

─모세, 이제 자네는 위협과 독설밖에는 내뱉을 줄 모르나? 우리를 깨달음의 길에 세워주었던 우리의 우정은 어떻게 된 건가?

─나는 미래에만 관심이 있네. 그리고 그 미래는 내 민족의 대탈출일세.

─모세, 이 궁전에서 나가게. 그리고 이제 더이상 내 눈앞에 나타나지 말게. 그러지 않으면 나는 자네를 반란자로 간주하겠네. 법정은 혼란의 선동자들에게 내리는 벌을 자네에게 선고할 걸세.

화가 나서 얼굴이 벌겋게 달아오른 모습으로 모세는 궁전 문을 나섰다. 궁정 인사 몇이 그에게 말을 걸어보려 했지만, 그는 그들에게 인사도 하지 않고 오피르가 기다리고 있는 히브리인 구역의 자기 처소로 돌아왔다.

마법사의 동지들이 메바의 시도가 실패했다는 것과 그가 죽었다는 것을 알려주었다. 그러나 메바가 작성한 마지막 보고서에는 흥미로운 내용이 쓰여 있었다. 카가 아몬 신전에서 의식을 거행할 때, 세타우가 만들어준 마법 부적들을 벗어버렸다는 것이었다. 물론 대사제의 직분이 그를 어둠의 힘들의 공격으로부터 안전하게 지켜주고 있다. 그러나 오피르는 이런 기회를 활용하지 않을 이유가 없다고 생각했다. 마법사가 모세에게 물었다.

—람세스가 물러섰나?

모세가 대답했다.

—그는 절대로 양보하지 않을 거요.

—람세스는 공포를 모르는 사람이야. 우리가 폭력에 호소하지 않는 한, 이 상황은 끝나지 않을 걸세.

—반란을 일으키잔 말이오?

—우리에겐 무기가 있네.

—히브리인들은 다 죽을 거요.

—누가 공개적으로 반란을 일으키자고 했나? 죽음을 이용해야 하네. 그것이 이집트에 내리는 열번째이자 마지막 재앙이 될 거야.

모세의 분노는 가라앉지 않았다. 격분한 그에게 오피르의 위협적인 목소리는 야훼의 음성처럼 느껴졌다.

—오피르, 당신 말이 맞소. 람세스가 히브리인들을 풀어주지 않을 수 없도록 아주 거세게 몰아쳐야 하오. 죽음의 밤의 자정에 야훼께서 이집트를 가로질러 가실 거요. 그러면 이집트의 맏이들이 죽을 거요.

오피르는 얼마나 이 순간을 기다려왔던가! 드디어 그는 파라오 때문에 겪었던 모든 패배들을 복수할 수 있게 되는 것이다.

─이 맏이들의 맨 앞에 람세스의 아들이자 장차 후계자가 될지도 모르는 카가 있지. 지금까지 그는 마법의 보호를 받고 있었네. 아무리 해도 그 보호막을 부술 수가 없었어. 하지만 지금은…….

모세가 분노에 찬 목소리로 말했다.

─야훼의 손은 그도 지나쳐가지 않을 것이오.

오피르가 제안했다.

─우리는 속마음을 감추어야 하네. 히브리인들을 예전처럼 이집트인들과 친하게 지내게 하게. 그렇게 해야 귀중한 물건들을 확보할 수 있으니까. 탈출을 준비하는 도중에 그 물건들이 필요해질 걸세.

모세가 예고했다.

─유월절 축제를 지내도록 합시다. 축제를 지내기 위해 죽인 짐승의 피를 히솝 다발에 적셔서 우리들의 집 문에 표시를 해두어야 하오. 죽음의 밤에, 죽음의 천사들이 그 표시가 있는 집은 지나쳐갈 것이오.

오피르는 자기 실험실로 달려갔다. 카에게서 훔쳐낸 붓을 사용하면, 이번에는 람세스의 아들을 마비시켜 허공 속으로 밀어버릴 수 있을지도 모른다.

정원에 생명력을 불어넣고 있는 빛과 어둠의 유희에 네페르타리는 더욱더 아름다웠다. 작은 수풀과 꽃 사이로 우아하게 돌아다니는, 신비하고 고결한 그녀는 행복해 보였다. 그러나 람세스는 그녀의 손에 입맞추면서 그녀가 힘들어하고 있다는 것을 알아차렸다. 네페르타리가 조그만 소리로 말했다.

─모세가 계속 우리를 위협하고 있어요.

―그는 내 친구였소. 나는 그가 사악한 영혼의 소유자라고 생각할 수가 없소.

―저 역시 그래요. 저는 그를 존경하고 있어요. 하지만 파괴적인 불이 그의 마음을 사로잡고 있어요. 그것이 저를 두렵게 해요.

세타우가 근심스러운 표정을 짓고 왕과 왕비에게 다가왔다.

―용서하시게. 난 직설적으로 얘기하는 습관이 있어서. 카 왕자가 아프시다네.

―많이 아픈가요?

네페르타리가 물었다.

―그런 것 같습니다, 폐하. 제가 처방한 약이 효험이 없는 것 같습니다.

―그 말은…….

―흑마술입니다. 틀림없습니다.

이시스의 딸이자 빼어난 여마법사인 왕비는 카의 침대맡으로 달려갔다. 이제트가 눈물에 젖은 얼굴로 카의 손을 잡고 있다가 일어섰다. 프타 대사제는 고통을 참으며 놀라운 위엄을 보여주었다. 지친 표정으로 나지막한 침대에 누워 있는 카의 얼굴은 까맣게 타들어갔다. 그는 헉헉 숨을 몰아쉬었다. 카가 네페르타리에게 말했다.

―팔에 힘이 하나도 없어요. 다리를 움직일 수가 없어요.

왕비가 젊은이의 관자놀이에 두 손을 올려놓으면서 약속했다.

―내 모든 기를 너에게 주마. 음산한 죽음에 맞서 함께 싸우자. 삶이 나에게 주었던 행복을 모두 네게 줄게. 넌 죽지 않을 거야.

히타이트의 수도에서는 협상이 아주 천천히 진행되었다. 하투실은 람세스가 작성한 협약문 초안의 조항 하나하나를 따지고 들었다. 그는 다른 문안을 제시하면서 아샤와 격렬한 논쟁을 벌였다. 그렇게 단어 하나하나를 재어보고 또 재어보면서 그들은 타협점을 찾아냈다. 푸투헤파가 어떤 점을 지적하면, 다른 논쟁이 벌어지곤 했다.

아샤는 대단한 인내력을 과시했다. 그는 자기가 중동 전체와 아시아의 행복이 달려 있는 평화의 수립에 참여하고 있다는 것을 인식하고 있었다. 하투실이 환기시켰다.

ー내가 우리테슈프의 송환을 요구하고 있다는 사실을 잊지 마시오.

아샤가 대답했다.

ー그것은 우리가 조약 전반에 대한 합의에 도달한 다음, 마지막에 해결할 문제입니다.

ー놀라운 낙관주의로군…… 히타이트 제국의 대왕이 당신을 전적으로 신임하고 있다고 확신하는 거요?

ー저를 신임하지 않는 그런 결점을 가지고 있다면, 그를 과연 제국의 대왕이라고 말할 수 있을까요?

ー저의를 숨기고 있다고 나를 몰아붙이면서, 당신은 회담을 이상한 방향으로 끌고 가는 건 아니오?

ー폐하께서는 틀림없이 저의를 가지고 계시고, 이집트보다는 히타이트에 유리한 회담 결과를 얻어내기 위해 애쓰고 계십니다…… 제 역할은 저울의 평형을 맞추는 것이지요.

ー어쩌면 실패할 수밖에 없는 미묘한 게임인지도 모르지.

ー세계의 미래…… 람세스 폐하께서 제게 맡기신 임무가 바로 그것입니다. 그리고 그것은 폐하의 손 안에 들어 있습니다.

ー친애하는 아샤, 나는 끈기 있고 명석하고 고집 센 사람이라오.

ー저도 그렇습니다, 폐하.

53

세라마나는 부하들이 배치되어 있는 초소를 떠나지 않았다. 가장 평판이 좋은 맥주집 아가씨와 가끔 즐기기는 했지만, 쾌락도 그의 근심을 덜어주지는 못했다. 적은 틀림없이 잘못을 저지를 것이다. 그 기회를 이용하기 위해선 경계를 게을리하지 말아야 한다.

세라마나는 카의 병 때문에 깊은 슬픔에 빠졌다. 그는 왕의 가족을 자기 가족처럼 생각했다. 그는 왕과 그의 측근들에 관계된 일이라면 물불을 가리지 않았다. 람세스의 적들을 제거하지 못하는 것이 화가 나서 발을 동동 굴렀다.

부하가 세라마나에게 다가와 보고했다.

—히브리인들 사이에 이상한 일이 생기고 있어요…….

—설명해봐.

—히브리인들 문에 뻘건 칠을 한 흔적이 있어요. 어쩐지 대장님께서 아시고 싶어할 것 같아서요.

—잘했다. 가서 무슨 핑계를 대든지 아브네를 데려와.

아브네는 평소 히브리인 동료들을 갈취해왔지만, 모세에게 유리한 증언을 하고 난 다음에는 이야기를 들을 만한 짓을 하지 않았다.

고개를 푹 숙인 아브네는 불편해하는 모습이 역력했다. 세라마나가 화가 난 목소리로 물었다.

—무슨 죄라도 저지른 모양이군?

—천만에요. 대장님! 저는 사제의 흰 옷처럼 깨끗하게 살아가고 있습니다.

—그럼 왜 덜덜 떨고 있는 거야?

—저는 가난한 벽돌공에 불과합니다. 그리고…….

—됐다, 아브네. 왜 네 집 문에다 뻘건 칠을 해놓은 거냐?

—그냥 우연히 그렇게 된 겁니다.

—수십 개의 다른 집 문에도 뻘건 칠이 되어 있는데, 그것도 우연히 그렇게 되었다는 거야? 날 바보 취급하는 거야?

거인이 뚝뚝 소리를 내며 손가락 마디를 꺾었다. 아브네가 흠칫 놀랐다.

—그건…… 그건 유행입니다!

—아, 그러셔…… 그럼 네놈의 코랑 귀를 자르는 게 내 유행이라면 어쩔테냐?

—그렇게 하실 권리가 없습니다. 법정이 대장님에게 유죄판결을 내릴 겁니다.

—불가항력의 경우지. 나는 카 왕자에게 흑마술을 걸고 있는 놈을 찾고 있거든. 난 네놈이 그 일에 연루되어 있다고 해도 별로 놀라지 않을 것 같은데.

법관들은 흑마술을 부리는 사람들에게 매우 가혹한 벌을 내렸다. 아브네는 무거운 벌을 받게 될지도 모른다.

—전 결백합니다.

—네가 과거에 한 짓으로 보아서, 그건 믿기 어려운 일인 것 같은데.

—대장님, 자꾸 이러지 마십시오. 제겐 가족과 아이들이 있습니다…….

—사실을 얘기해. 아니면 네놈을 고발하겠어.

자신의 안전과 모세의 안전 사이에서 아브네는 오래 망설이지 않았다. 아브네가 털어놓았다.

—모세는 이집트의 맏이들에게 저주를 내렸어요. 모세가 예언한 죽음의 밤이 오면 야훼가 그들을 죽일 겁니다. 그 끔찍한 비극이 히브리인들을 피해가게 하기 위해 그들의 집을 구별할 수 있는 표시가 필요했던 거죠.

—바다의 모든 괴물들에 걸고 말하건대, 그 모세라는 놈은 흉물이로군!

—대장님, 절 풀어주실 건가요?

—이 작은 뱀 같은 놈아, 풀어주면 네놈은 떠들고 돌아다닐 거 아냐. 감옥에 있는 편이 네놈에게도 안전해.

아브네는 오히려 만족한 표정으로 고개를 끄덕였다.

—감옥에서는 언제 나오게 되나요?

—그 죽음의 밤이라는 게 정확히 언제야?

—모릅니다. 하지만 얼마 남지 않았어요.

세라마나는 람세스에게 달려갔다. 람세스는 농무대신과의 대화가 끝나자마자 곧 그를 맞아들였다. 네드젬은 네페르타리의 마법으로 겨우 생명을 부지하고 있는 카의 병에 상심해서, 자기 직분을 수행하기가 힘들 지경이었다. 람세스는 아무리 개인적으로 비극적인 일을 당하더라도 국가와 이집트인 공동체의 일이 그 무엇보다 중요한 것이라고 말하며 그를 달랬다.

세라마나가 왕에게 아브네의 말을 보고했다. 왕이 세라마나의 보고를 듣고 말했다.

―그 위인은 거짓말을 하는 것일 거야. 모세는 그렇게 가증스러운 짓을 저지를 사람이 아닐세.

―아브네는 겁쟁이이고, 저를 무서워합니다. 그래서 제게 사실대로 털어놓은 겁니다.

―계속해서 죄를 저지르고도, 맏이들을 모두 죽이겠다고…… 온전한 사람의 머리에서는 그런 끔찍한 생각이 생겨날 수 없다. 모세의 생각일 리가 없어.

―살인자들이 그들의 계획을 실행하지 못하도록 공권력을 푸는 것이 좋겠습니다.

―지방 경찰들도 개입하도록 하게.

―폐하, 이런 말씀을 드리는 걸 용서해주시기 바랍니다. 하지만 모세를 체포해야 하지 않겠습니까?

―그는 아무런 불법행위도 저지른 바 없다. 법정이 그를 무죄석방할 거야. 다른 해결책을 강구해야 하네.

―폐하께 한 가지 전략을 말씀드리고 싶습니다. 끔찍하다고 생각하실지 모르지만, 좋은 결과를 가져올 수도 있습니다.

―아주 용의주도해졌군! 말하라.

―카 왕자님께서 앞으로 사흘밖에 못 사실 거라고 소문을 퍼뜨리는 겁니다.

그렇게 비극적인 미래를 입 밖에 내어 말하는 것을 듣는 것으로도 람세스는 몸을 떨었다.

―제 이야기를 듣고 폐하께서 충격받으실 거라고 생각했습니다. 그러나 그런 소문을 퍼뜨리면, 살인자들이 서둘러 행동하게 만들

수 있습니다. 저는 그들이 서두르는 것을 이용할 생각입니다.

왕은 잠시 생각해보더니 말했다.

―해보게, 세라마나.

돌렌테는 그녀의 아름다운 갈색머리를 너무 세게 잡아당겼다고 미용사의 뺨을 갈겼다.

―여기서 나가! 서투른 계집 같으니!

미용사가 울면서 나갔다. 발 화장사가 곧 들어왔다.

―굳은 살을 제거하고 발톱을 빨간색으로 칠해줘. 다치지 않게 조심하고.

발 화장사는 자기가 풍부한 경험을 가지고 있다고 자랑했다. 돌렌테가 그녀의 말을 인정하며 대답했다.

―넌 일을 제대로 하지. 보수를 넉넉하게 주마. 내 친구들에게도 소개해줄게.

―고맙습니다, 마님. 모두들 슬픔에 잠겨 있는데 마님께서 제게 기쁨을 주시는군요.

―슬픔에 잠겨 있다니, 그게 무슨 소리야?

―오늘 아침에 어떤 귀부인을 첫 손님으로 모셨는데, 그분이 끔찍한 소식을 알려주셨어요. 카 왕자님이 곧 죽게 된대요.

―뜬소문이겠지.

―슬프게도 아니랍니다! 전의에 말에 의하면, 왕자님은 사흘을 넘기지 못하실 거래요.

―빨리 끝내! 난 할 일이 있다.

급하다. 이거야말로 돌렌테가 안전수칙을 어기지 않으면 안 된다고 생각하는 유일한 경우다. 돌렌테는 화장도 하지 않고 평범한 가발을 쓰고 어깨 위에 갈색 망토를 걸쳤다. 아무도 그녀를 알아보지 못할 것이다.

돌렌테는 어중이떠중이들 사이에 섞여 들어갔다. 그녀는 히브리인 벽돌공들이 살고 있는 구역을 향해 거리를 가로질러 갔다. 물장수와 치즈장수 사이를 살짝 빠져나와, 골목길 한복판에서 인형을 가지고 놀고 있는 계집아이 두 명을 신경질적으로 밀치고, 느릿느릿 걷고 있는 노인과 부딪치기도 했다. 그녀는 짙은 초록색으로 칠해져 있는 작은 문을 다섯 번 두드렸다.

문이 삐걱거리며 열렸다. 벽돌공 하나가 물었다.

— 당신은 누구요?

— 마법사님의 친구입니다.

— 들어오시오.

벽돌공은 돌렌테 앞에 서서 지하실로 이어져 있는 계단을 내려갔다. 지하실에는 기름 램프가 켜져 있었다. 램프의 희미한 빛이 마법사 오피르의 불길한 얼굴을 비추었다. 맹금처럼 생긴 얼굴, 툭 불거져나온 광대뼈, 높은 코. 마법사의 신비한 모습에 돌렌테는 매혹되었다.

마법사는 카의 붓을 움켜쥐고 있었다. 붓에는 이상한 기호들이 잔뜩 쓰여 있었으며, 부분적으로 불타 있었다.

— 돌렌테, 무슨 급한 일이라도 생긴 거요?

— 카가 곧 죽게 된대요.

— 전의들이 왕자의 치료를 포기한 모양이군요.

— 파리아마쿠는 그가 곧 죽을 것이라고 생각하고 있어요.

— 그건 아주 좋은 소식이군요. 우리 계획을 조금 수정해야겠군요. 나에게 그 소식을 알려주길 잘했소.

죽음의 밤은 예상보다 더 일찍 다가오게 될 것 같았다. 람세스의 아들을 필두로 이집트의 모든 맏이들이 죽으면, 절망이 이집트를 강타하리라. 이집트 백성은 야훼의 권세와 진노에 놀라 람세스로부터 등을 돌릴 것이다. 대규모 반란이 일어날지도 모른다.

돌렌테는 마법사의 발 아래 몸을 던졌다.

─오피르님, 무슨 일이 일어날까요?

─람세스는 제거되고, 모세와 진정한 신께서 승리하실 것이오.

─우리의 꿈이 실현되는군요…….

─친애하는 돌렌테…… 꿈에 대해 말하지 말고 현실에 대해 말하시오. 당신이 굳건하게 신앙을 지킨 것은 옳은 일이었으니 말이오.

─어느 정도의 폭력은…… 피할 수가 없겠지요?

오피르는 돌렌테를 일으켜세우고, 그녀의 두 뺨에 손을 가져다대었다. 키 큰 갈색머리 여인은 거의 정신을 차리지 못했다.

─결정을 내리는 것은 모세요. 그리고 모세는 야훼로부터 영감을 받고 있소. 어떤 결과가 생겨나든 그의 명령에 대해 이러쿵저러쿵해선 안 됩니다.

그때 문이 벌컥 열리고, 숨을 죽인 듯한 외침소리가 들려오더니 계단을 빠르게 달려내려오는 발자국소리가 들렸다. 돌렌테가 놀라 돌아보는데, 사르디니아 거인이 지하실 안으로 불쑥 들어왔다!

세라마나는 마법사가 숨어 있는 곳까지 돌렌테를 미행했던 것이다. 그는 손등으로 돌렌테를 밀어젖히더니, 마법사를 박치기로 들이받았다. 오피르는 얼굴이 피범벅이 되어 쓰러지면서도 카의 붓을 꽉 움켜쥐고 놓지 않았다. 세라마나는 마법사의 팔을 발로 으깨어서 억지로 손가락을 펴게 했다.

─오피르…… 드디어 네놈을 잡았다!

54

세타우는 카의 방에 들어와서 흑마술 주문이 걸린 붓을 바닥에 집어던졌다. 그는 분노에 가득 차 붓이 산산이 부서질 때까지 마구 짓밟았다.

카에게 계속 자신의 기를 불어넣고 있던 네페르타리는 눈길로 세타우에게 고맙다는 표시를 했다.

—폐하, 저주가 풀렸습니다. 왕자님은 곧 회복될 겁니다.

네페르타리는 젊은이의 목에서 두 손을 떼었다. 그리고는 지쳐 쓰러졌다.

파리아마쿠는 강장제를 처방하고, 세타우는 왕비의 핏속에 사라진 힘을 다시 넣어줄 본격적인 치료에 착수했다. 그는 왕비의 상태에 대해 람세스에게 말했다.

—왕비 폐하는 육체적 한계를 넘어선 곳까지 가셨네.

—세타우, 사실대로 말해주게.

—네페르타리는 카에게 자신의 마법적인 힘을 넣어주느라 자신의 생명을 여러 해 잃어버렸어.

람세스는 왕비의 머리맡에 꼼짝도 않고 머물러 있었다. 그는 자신에게서 나오는 힘을 그녀에게 주려고 애썼다. 그 힘 위에 그의 왕국이 세워져 있었다. 그는 네페르타리가 길고 행복한 노년을 맞이할 수 있도록, 그리고 그녀의 아름다움으로 '두 개의 땅'을 빛낼 수 있도록 하기 위해 자기 자신을 희생할 준비가 되어 있었다.

아메니는 람세스가 다시 나라 일로 돌아가도록 설득하기 위해 갖은 애를 다 써야 했다. 왕비가 이제 어둠이 떠나갔다고 평온한 목소리로 얘기하는 것을 듣고 나서야 왕은 친구와의 대화를 받아들였다. 아메니가 왕에게 말했다.

—세라마나가 긴 보고서를 제출했습니다. 마법사 오피르를 체포했어요. 그는 간첩행위와 흑마술, 왕비와 왕자의 살해기도, 리타와 하녀의 살인혐의로 재판을 받게 될 겁니다. 그러나 단독범행이 아니에요. 모세도 오피르만큼 위험한 인물입니다. 오피르가 털어놓은 말에 따르면, 모세는 이집트의 모든 맏이들을 죽이려 한답니다. 세라마나가 아니었다면, 이 끔찍한 계획을 누가 막을 수 있었겠습니까? 얼마나 많은 희생자가 났겠습니까?

람세스는 그날 밤 테라스에 서서 오랫동안 하늘을 바라보았다. 모세를 생각했다. 어린 시절부터의 우정을 생각했고, 게벨 실실레에서의 긴 대화를 생각했다. 그와 모세가 세운 도시, 피-람세스의 하늘에 짙은 어둠이 깔려 있었다. 그의 가슴으로 수많은 시간들과 수많은 일들이 지나갔다.

가장 나이가 많은 사람으로부터 가장 젊은 사람에 이르기까지, 가장 노회한 사람으로부터 가장 순진한 사람에 이르기까지 모든 히브리인들은 크게 놀랐다. 아무도 파라오가 몸소 모습을 나타내리라곤 상상하지 못했던 것이다. 파라오는 세라마나 휘하의 분대를 이끌고 히브리인 구역으로 들어왔다. 거리는 텅 비어버렸다. 사람들은 덧창을 빠끔히 열어놓고 그 뒤에 숨어 왕을 지켜보았다.

람세스는 곧장 모세의 집을 향했다. 왕이 나타났다는 이야기를 들었던 터이므로, 모세는 손에 지팡이를 들고 문간에 서서 왕을 기다리고 있었다.

─우린 서로 만나서는 안 되는 사이 아니었던가.

─모세, 이것이 마지막 만남이 될 걸세. 믿어도 되네. 왜 죽음의 씨앗을 뿌리려 하나?

─나는 야훼께 복종하는 것뿐일세.

─자네의 신은 너무 잔인하군. 친구여, 나는 자네의 신앙을 존중하네. 그러나 그 신앙이 내가 선조들로부터 물려받은 이 땅에 갈등의 뿌리를 내리는 것은 거절하네. 모세, 이집트를 떠나게. 히브리인들을 데리고 떠나게. 다른 곳에 가서 자네들의 진리를 섬기게. 자네가 탈출을 요구했기 때문에 허락하는 것이 아니네. 내가 나가라고 명령하는 것일세.

붉은색과 검은색으로 된 긴 망토를 걸치고, 하투실 대왕은 성채에서 자기 도시를 내려다보고 있다. 아내 푸투헤파가 그의 팔을 부드럽게 잡고 있다.

─우리나라는 거칠지요. 하지만 그래도 아름답지 않아요? 왜 우리나라를 원한의 희생물로 삼으려 하세요?

대왕이 단호하게 잘라 말했다.

─우리테슈프는 벌을 받아야만 하오.

−벌써 벌을 받지 않았나요? 그 무자비한 전사가 불구대천의 나라에서 감시받으며 집안에 갇혀 지내는 걸 한번 생각해보세요. 우리테슈프의 자존심이 죽을 정도로 상처입지 않았겠어요?

−그렇게까지 양보해야 할 권리는 내게 없소.

−아시리아 때문에 우리는 지금의 입장을 오랫동안 고수할 수 없을 거예요. 아시리아 군은 점점 더 위험한 존재가 되어가고 있어요. 우리나라와 이집트 사이의 협상이 결렬되었다는 것을 알면 망설이지 않고 우리를 공격할 거예요.

−이 회담은 비밀회담이오.

−대왕이 그렇게 순진한 분이셨던가요? 파발꾼들이 수시로 히타이트와 이집트 사이를 오가고 있어요. 비밀이었던 것이 이젠 더이상 비밀이 아닌 거지요. 우리가 가능한 한 빨리 휴전상태에 대한 협약에 이르지 못하면, 아시리아인들은 우리를 잡아먹기 쉬운 먹이라고 생각할 거예요. 람세스가 팔짱을 끼고 우리가 망하는 걸 지켜볼 테니까요.

−히타이트인들은 스스로를 방어할 수 있소.

−하투실, 당신이 왕위에 오른 이후 우리 백성은 많이 바뀌었어요. 군인들마저도 평화를 원하고 있어요. 그리고 당신 자신도 다른 목적을 가지고 있는 건 아니잖아요?

−네페르타리가 당신에게 영향력을 행사한 거요?

−내 자매인 이집트의 왕비도 나와 같은 확신을 가지고 있지요. 네페르타리는 람세스를 설득해서 이제 히타이트인들과 싸우지 않겠다는 약속을 받아내는 데 성공했어요. 하지만 우리가 그녀의 희망에 대답할 수 있을까요?

−우리테슈프가…….

−우리테슈프의 문제는 과거의 일이에요. 이집트 여자와 결혼해서 파라오의 백성들 사이에 정착해 우리의 미래로부터 사라지게 하

세요!

  ─당신은 나에게 많은 걸 요구하는구려.

  ─그것이 왕비로서 제가 해야 할 일 아닌가요?

  ─내가 물러서면, 람세스는 그것이 내가 약해진 증거라고 생각할 거요.

  ─네페르타리도, 나도, 당신의 관대함을 그런 식으로 해석하진 않을 거예요.

  ─여자들이 국제정치를 이끌고 있는 것 같구려.

  푸투헤파가 대답했다.

  ─평화에 이를 수만 있다면, 그래선 안 된다는 법도 없잖아요?

  재판이 진행되는 동안, 마법사 오피르는 많은 말을 했다. 그는 자기가 이집트에 있는 히타이트 간첩조직의 우두머리였다는 사실과 카 왕자를 죽이려 했다는 사실을 자랑스럽게 떠들어댔다. 오피르가 리타와 하녀를 어떻게 죽였는지 얘기하는 것을 듣고, 배심원들은 그가 자신의 범행을 전혀 뉘우치지 않고 있으며, 또다시 서슴지 않고 사람을 죽일 것이라고 생각했다.

  돌렌테는 흐느껴 울었다. 오피르의 범행에 적극적으로 가담한 공범으로 고발당한 그녀는 혐의내용을 전혀 부정하지 않았다. 그녀는 그저 이집트 왕인 동생의 관대한 처분만을 호소할 뿐이었다. 그녀는 자기가 셰나르에게 나쁜 영향을 받아 옳은 길로부터 멀어졌다고 핑계를 댔다.

  배심원 토의는 오랜 시간을 끌지 않았다. 총리대신이 판결을 내렸다. 오피르에게는 사형이 언도되었다. 그는 사약을 마시고 스스로 목숨을 끊어야 한다. 돌렌테는 모든 공식적인 서류에서 이름이 지워지고, 남시리아로 영원히 추방되어 농부로 살아가야 한다. 그녀는 한 농장주에게 예속되어 강제노동을 하게 된다. 셰나르에게는 궐석재판으로 사형이 언도되었다. 그의 이름도 허공으로 사라질 것이다.

많이 지쳐 있었지만, 네페르타리는 그 사이에도 푸투헤파와 계속 서신을 주고받았다. 거대한 누비아 사자와, 많이 늙었지만 여전히 장난꾸러기인 노란 개는 왕비를 떠나지 않았다. 그들과 함께 있는 것이 왕비에게 조금은 힘이 된다는 것을 알고 있는 것 같았다. 해야 할 일을 끝내는 즉시 람세스는 아내 곁으로 돌아왔다. 그는 아내에게 피라미드 시대의 현자들의 글을 읽어주었다. 왕과 왕비는 크나큰 사랑이 그들을 이어주고 있다는 것을 더욱 분명히 깨달았다. 그 어떤 말로도 표현할 수 없는, 여름 하늘처럼 뜨겁고 나일 강 위로 저무는 태양처럼 부드러운 그들의 사랑을.

네페르타리는 람세스를 억지로 자기에게서 떼어놓았다. 왕이 국가라는 커다란 배를 올바른 방향으로 이끌어가고, 대신들과 고위관리들이 던지는 수많은 질문에 훌륭히 대답하게 하기 위해서였다. 이제트와 메리타몬, 그리고 건강을 되찾은 카 덕분에 왕비는 빠른 속도로 병에서 회복되어가고 있었다. 그녀는 벌써 놀라울 정도로 탄탄한 몸매를 가지고 있는 메렌프타와, 자신의 피곤함을 애써 감추고 있는 투야 대비의 방문을 받고 즐거워했다.

세타우와 로투스는, 아샤가 이집트로 돌아온 바로 그날, 아부 심벨을 향해 떠났다. 세타우 부부와 아샤는 잠깐 인사만 나누고 곧 다시 헤어졌다.

아샤는 왕과 왕비를 접견했다. 아샤가 네페르타리 앞에 꿇어 엎드렸다.

─왕비 폐하, 폐하의 지혜와 아름다움이 많이 그리웠습니다.

─좋은 소식을 가져오셨나요?

─아주 좋은 소식을 가져왔습니다.

람세스가 걱정스러운 목소리로 물었다.

−하투실이 조약에 서명할 것 같은가?

−이집트 왕비와 히타이트 왕비 덕분에 우리테슈프 건은 거의 해결되었습니다. 그가 이집트 사회에 자리잡고 이집트에 눌러 산다는 조건이지요. 그렇게 되면, 이제 협약을 체결하는 데 방해가 되는 건 없습니다.

네페르타리가 환하게 웃었다.

−우리가 아주 큰 승리를 거두었군요.

−푸투헤파 왕비의 지지가 가장 큰 힘이 되었습니다. 왕비 폐하께서 보내신 편지를 받고 감동하셨지요. 하투실 대왕이 즉위하고 난 이후에, 히타이트인들은 아시리아 군이 위험한 존재라는 것과, 과거에는 적이었던 이집트가 미래에는 가장 좋은 동맹국이 될 거라는 걸 알게 되었습니다.

네페르타리가 의견을 말했다.

−이 유리한 정세를 놓치지 않으려면 서둘러야겠군요.

−하투실 대왕이 제안하는 평화협약 초안을 여기 가지고 왔습니다. 주의해서 살펴보시지요. 왕비 폐하와 파라오의 승인을 얻는 즉시, 히타이트로 다시 떠나겠습니다.

왕과 왕비, 그리고 아샤는 검토에 착수했다. 람세스는 하투실이 자신의 제안 대부분 받아들인 것을 확인하고 저으기 놀랐다.

아샤는 왕의 뜻을 저버리지 않으면서 놀라운 성과를 올린 것이다. 투야 대비는 조약 초안을 조심스럽게 읽어본 뒤 승인했다.

−여기 무슨 일이 있나?

누비아 총독이 묻는 말이었다. 그는 노련한 마차꾼이 몰고 있는, 두 마리 말이 끄는 마차를 타고 피-람세스 궁전으로 가는 길이었다. 길은 시끄럽고 혼잡했다.

마차꾼이 대답했다.

—히브리인들이 이집트를 떠나고 있는 겁니다. 그들의 지도자 모세의 지휘 하에 이집트를 떠나 그들에게 약속된 땅으로 간답니다.

—파라오가 그런 미친 생각을 받아들였단 말인가?

—람세스는 이들이 공공질서를 어지럽혔기 때문에 추방하는 겁니다.

수도를 공식 방문중인 누비아 총독은 수천 명의 남자와 여자들, 그리고 아이들이 가축떼를 앞세우고 옷가지와 음식물을 잔뜩 실은 마차를 끌며 피-람세스를 떠나는 모습을 놀란 눈으로 지켜보았다. 노래를 부르는 사람들이 있는가 하면, 슬픈 표정을 짓고 있는 사람들도 있었다. 대부분의 사람들은 행복하게 살아왔던 땅을 떠나는 데 대해 절망하고 불안해했지만, 감히 모세에게 맞설 생각을 하지 못했다.

아메니는 누비아 총독을 맞아 람세스의 집무실로 안내했다. 왕이 총독에게 물었다.

—이 방문의 이유는 무엇인가?

—폐하, 가능한 한 빨리 알려드려야만 했습니다. 제가 책임지고 있는 지역에 비극적인 사건이 발생했습니다. 그래서 빠른 배를 타고 이렇게 달려왔습니다. 전혀 예상치 않았던 일이었습니다! 이런 일이 발생하리라고 상상도 못 했습니다…….

람세스가 엄한 목소리로 총독의 말을 중단시켰다.

—수다는 그만 떨고, 진실을 말하라.

누비아 총독이 침을 꿀꺽 삼킨 뒤 말을 이었다.

—폐하, 반란이 일어났습니다. 부족들이 연합해서 끔찍한 반란을 일으켰습니다.

55

세나르는 마침내 성공했다.

그는 몇 년의 세월을 두고, 추장들을 하나하나 만나 담판을 지었다. 동족들과 연합해 누비아에서 가장 큰 금 광산을 차지하라고 설득하기 위해, 그는 그들을 집요하게 물고 늘어졌다. 그들에게 은덩어리를 나누어주면서, 성공하면 후하게 보상하겠다고 약속했지만, 흑인 전사들은 위대한 람세스에게 도전한다는 것이 꺼림칙하게 느껴지는 모양이었다. 이집트 군대에 맞선다는 건 미친 짓이 아닐까? 세티 재위 초기부터 반란군들은 이집트 군에 무참히 패배하지 않았던가?

그렇게 여러 차례 실패하면서도 세나르는 고집을 버리지 않았다. 람세스를 제거할 수 있는 마지막 기회는 그를 함정으로 끌어들이는 것이다. 그러기 위해서는 파라오의 병사들과 맞서는 것을 두려워하지 않는, 전쟁 경험이 풍부한 전사들의 도움을 받아야만 한다.

세나르의 끈기가 보답을 받았다. 추장 하나가 승낙하자, 그 뒤를 따르는 추장들이 한 사람 두 사람 늘어나 그 수가 제법 많아졌다. 그러자 이번엔 반란을 주도할 인물을 선정하기 위해 또 한 차례 담판을 벌여야 했다.

토론은 급기야 싸움판으로 변해버렸고, 그 와중에 두 명의 추장과 크레타인 용병이 죽었다. 동맹은 세나르의 이름으로 이루어졌다. 그는 누비아인은 아니었지만, 람세스와 그의 군대를 가장 잘 아는 사람이었기 때문이다.

광산 인부들을 지키고 있는 이집트 병사들은, 창과 화살로 무장하고 밀려드는 흑인 전사들에게 별로 저항해보지도 못하고 무너졌다. 몇 시간 만에 흑인 전사들은 광산을 장악했고, 며칠 뒤에는 진압을 위해 부헨 요새에서 출동한 군대를 물리쳤다.

누비아 총독은 반란의 규모가 크다는 것을 파악했다. 람세스에게 보고하는 것 외에는 달리 해결방법이 없었다.

세나르는 람세스가 직접 와서 반란자들을 진압할 것이라는 것을 알고 있었다. 그것이 람세스의 치명적인 약점이었다. 그는 그 기회를 맞을 준비를 했다.

황폐한 언덕들, 화강암으로 된 작은 섬들, 밀고 들어오는 사막에 저항하는 좁은 초록색 띠, 홍학과 왕관두루미, 황새들이 날아다니는 절대적인 푸른색 하늘, 두 개의 줄기를 가진 야자수들…… 람세스는 아름다운 누비아를 사랑했다. 왕과 그의 군대는 커다란 걱정거리 때문에 어쩔 수 없이 대남부지방을 향해 가고 있다. 그래도 누비아의 매력은 매순간 람세스의 마음을 뒤흔들었다.

총독의 보고에 따르면, 반란을 일으킨 누비아 부족들이 가장 큰 황금 광산을 점령했다고 한다. 이 귀금속 생산이 중단된다면, 곧 큰 혼란이 일어날 것이다. 신전에서뿐만 아니라 국제외교에 이르기까지, 금이 매개되는 무수한 관계와 활동이 마비되는 것이다.

네페르타리를 두고 떠나야 하는 것이 가슴 아팠지만, 람세스는 반란군을 빨리 그리고 강력하게 진압해야만 했다. 왕비의 직관이 람세스의 확신을 뒷받침해주었기 때문에 더더욱 그럴 필요가 있었다. 왕은 이 반란의 주모자가 틀림없이 셰나르라고 생각하고 있었다.

그의 형은 사람들이 생각하는 것처럼 사막의 고독 속으로 사라진 것이 아니었다. 그는 혼란을 퍼뜨리기 위해 숨어서 갖은 짓을 다 해왔던 것이다. 금을 수중에 넣은 그는 이제 용병대를 조직해서 이집트의 성채를 공격하고, 파라오의 땅을 정복하려는 정신나간 모험에 뛰어들 것이다. 여러 차례 실패를 거듭하며 더욱더 지독해진 증오와 질투심은 셰나르로 하여금 한번 들어가면 빠져나올 수 없는 왕국으로 걸어 들어가게 만들었다. 그것은 바로 광기의 왕국이었다.

그와 람세스 사이에는 이제 어떤 애정의 끈도 남아 있지 않았다. 투야마저도 람세스가 자기 계획을 이야기했을 때, 반대하지 않았다. 그가 셰나르와 맞서는 것은 이번이 마지막이 될 것이다. 누구든 한 사람이 죽을 수밖에 없다.

여러 명의 '왕의 아들들'이 람세스 곁에 서 있었다. 그들은 용맹을 증명해 보이고 싶어서 안달이었다. 긴 가발을 쓰고, 소매가 풍성한 주름 잡힌 셔츠와 앞이 터진 치마를 입은 그들은 '길을 여는 자'인 자칼 신의 기장을 자랑스럽게 들고 있었다.

거대한 코끼리가 길을 막고 나서자, 가장 용감한 병사들도 줄행랑을 칠 준비부터 했다. 람세스는 살아 움직이는 산 같은 코끼리에게 다가갔다. 코끼리는 코로 왕을 들어올려 자기 머리 꼭대기에 올려놓았다. 거대한 두 귀가 즐겁다는 듯이 펄럭였다. 파라오가 신의 보호를 받고 있다는 사실을 어찌 의심할 수 있겠는가?

위풍당당한 갈기를 세운 사자가 코끼리 오른쪽에 서서 광산으로 가는 길을 따라 걸어갔다. 궁수들과 보병들은 파라오가 적의 진영을 기습할 것이 틀림없다고 생각했다. 그러나 람세스는 광산에서 꽤 멀찌감치 떨어진 곳에 야영지를 세우게 했다. 요리사들이 일을 시작했다. 병사들은 무기를 닦고 칼날을 갈고, 당나귀와 황소들에게 먹을 것을 주었다.

스무 살 먹은 '왕의 아들' 하나가 용기를 내어 왕에게 반대의견을 제시했다.

─폐하, 왜 기다리시는 겁니까? 몇 놈 안 되는 누비아인들은 우리 군대에 맞설 수 없습니다.

─너는 이 지방과 주민들을 잘 모른다. 누비아인들은 활을 아주 잘 쏘고, 싸울 때는 죽음도 두려워하지 않는다. 우리가 벌써 싸움에 이긴 것으로 생각했다간 많은 사람들이 죽게 된다.

─그것이 전쟁의 법칙 아닌가요?

─나의 법칙은 가능한 한 많은 사람들의 목숨을 지키는 것이다.

─하지만…… 누비아인들이 투항할 리는 없잖습니까?

─위협만으로는 투항하지 않겠지.

─폐하, 저 야만인들과 협상할 수는 없습니다.

─그들의 눈을 부시게 해야 한다. 무장한 팔이 아니라 광채가 승리를 가져다주는 것이다. 누비아인들은 복병을 매복시키고, 후위부대를 공격하고, 적을 뒤에서 치는 습관이 있다. 그러나 그들은 그럴 기회가 없을 것이다. 우리가 그들을 대경실색하게 만들 테니까.

셰나르는 람세스를 잘 알고 있었다. 그가 알고 있는 람세스는 불꽃의 사나이였다. 그는 자신의 용맹만을 믿고, 광산으로 오는 유일한 길을 따라 곧장 쳐들어올 것이다. 카데슈 전투에서 히타이트의 수만 군사를 무찌른 그가 누비아 반란군 따위에 긴 시간을 바치려 하진 않을 것이다.

세나르는 광산을 빙 둘러싸고 있는, 불타는 태양빛이 내리쬐는 언덕들과 바위들 뒤에 누비아 궁수들을 매복시켜두었다. 그들이 이집트 장교들을 죽이면 이집트 군은 뿔뿔이 흩어질 것이다. 세나르는 절망에 빠져 애원하는 람세스를 자기 손으로 직접 처단할 생각이었다.

이집트 병사는 한 명도 살아서 이 함정을 빠져나갈 수 없다.

세나르는 람세스의 머리를 뱃머리에 달고 엘레판티네로 개선하여 전열을 가다듬고, 테베와 멤피스 그리고 피-람세스를 차례차례 점령하리라. 백성은 그를 지지하게 될 것이고, 세나르는 드디어 왕이 되어 자신의 가치를 인정하지 않았던 모든 사람들에게 복수하리라.

세나르는 돌로 지어진 오두막집을 빠져나왔다. 금을 정련하는 작업을 관리하는 감독이 사용하던 장소였다. 그는 황금이 포함되어 있는 광석을 씻어내는 작업장 꼭대기로 기어올라갔다. 침전못으로 이르는, 경사가 완만한 평면을 따라 물을 흘려보내기만 하면 잡석으로부터 황금을 분리할 수 있었다. 흙덩어리는 중간에 남고, 더 무겁고 밀도가 높은 황금은 침전못 바닥으로 떨어졌다. 오랜 동안의 인내를 필요로 하는 지루한 작업이었다.

세나르는 자신의 삶에 대해 생각해보았다. 람세스의 마력을 넘어설 수 있게 될 때까지, 그를 정복하고 세나르 자신의 위대함을 확인할 수 있게 될 때까지, 얼마나 많은 세월이 필요했던가! 그것은 곧 빛나는 황금을 정련하는 시간이었던 것이다. 위대한 대왕 람세스를 넘어서는 위대한 세나르를 정련하기 위한 세월, 세계제국의 대왕을 낳기 위해 운명은 그렇게 많은 시련의 시간을 예비해둔 것이다. 승리의 순간이 다가오자, 그는 그 감미로움에 도취되었다.

복병 하나가 커다란 몸짓으로 신호를 보내자, 사방에서 비명소리가 솟아올라 침묵을 뒤흔들었다. 곱슬머리에 깃털을 꽂은 흑인 전사들이 이리저리 사방으로 뛰어다녔다.

―무슨 일이야? 소란 좀 그만 피우지 못해!

세나르는 자기가 서 있던 언덕에서 내려와 겁에 질려 우왕좌왕하고 있는 추장 한 사람을 붙잡았다.

―명령한다. 침착하라! 명령은 내가 내린다.

전사는 창 끝으로 주변을 둘러싸고 있는 언덕들과 바위들을 가리켰다.

―쫙 깔렸어요. 놈들이 사방에 쫙 깔렸단 말입니다!

세나르는 광장 한가운데까지 걸어가서 눈을 들어 그들을 보았다.

수천 명의 이집트 병사들이 광산을 에워싸고 있었다.

십여 명의 병사들이 가장 높은 언덕에 이동 닫집을 세우고, 그 아래에 옥좌를 가져다놓았다. 푸른 왕관을 쓴 람세스가 나타나 옥좌에 앉았다. 사자가 그의 발치에 엎드렸다.

즉위 20년째에 이르는 올해, 힘의 절정에 이른 42세의 왕에게서 광휘가 뿜어져나왔다. 누비아인들은 왕에게서 눈을 뗄 줄을 몰랐다. 용감한 누비아 전사들도 사람들이었다. 그들은 저 빛의 왕에게 덤벼드는 것이 자살행위라는 것을 알아차렸다. 세나르는 자기가 파놓은 함정에 자기가 빠진 꼴이 되어버렸다. 매복병들과 곳곳에 배치한 파수병들은 이미 파라오의 병사들에게 제거되었다. 모든 길이 막혔다. 반란자들이 도망칠 가능성은 전혀 없었다.

세나르가 울부짖으며 말했다.

―우리는 이길 것이다. 모두들 내 옆으로 모여라!

누비아의 추장들이 다시 정신을 차렸다. 그렇다, 싸워야 한다.

추장들 중의 한 사람이 고함을 지르며 창을 휘두르는 수십 명의 전사들을 이끌고, 왕이 앉아 있는 언덕을 향해 달려올라갔다.

비 오듯 쏟아지는 화살이 그들을 땅바닥에 눕혀버렸다. 가장 뛰어난 젊은 전사가 지그재그로 달리며 화살을 피해 거의 옥좌 발치에까지 이르렀다. 순간, 사자가 몸을 날려 공격자의 머리를 발톱으로 후려쳤다.

람세스는 왕홀을 손에 든 모습으로, 조금의 동요도 없이 앉아 있었다. 사자는 모래를 파헤치고 갈기를 흔들더니 다시 주인 발치로 돌아가 엎드렸다.

누비아 전사들이 그들의 창을 던져버리고 땅바닥에 꿇어 엎드렸다. 화가 난 세나르가 추장들의 옆구리를 발로 걷어찼다.

―일어나라! 일어나서 싸워! 람세스는 무적의 존재가 아니야!

아무도 복종하는 사람이 없었다. 세나르는 늙은 추장의 옆구리를 칼로 찔렀다. 추장은 잠시 격렬하게 경련하더니 곧 숨이 끊어졌다. 그가 단말마의 비명을 지르며 죽어가는 것을 본 그의 동료들이 동요하기 시작했다. 그들은 자리에서 일어나 증오에 가득 찬 눈길로 세나르를 바라보았다. 한 추장이 큰 소리로 말했다.

―당신은 우리를 배반했소. 배반했을 뿐만 아니라 우리에게 거짓말을 했소. 아무도 람세스를 이길 수 없소. 당신은 우리를 불행에 빠뜨렸소.

―싸우란 말야, 이 겁쟁이들아!

누비아인들이 모두 그에게 말했다.

―당신은 우리에게 거짓말을 했소!

세나르는 뒤로 물러서다가, 눈을 들어 람세스를 바라보았다. 눈이 부셔 그가 보이지 않았다. 강한 햇빛이 람세스를 에워싸고 도는 것 같았다. 그는 운명을 저주했다. 그는 칼을 꽉 움켜 쥐었다.

―나를 따르라. 람세스를 죽이자!

광기가 번뜩이는 눈으로 세나르는 칼을 높이 들고 언덕 꼭대기를 향해 달렸다. 그곳은 조금 전까지 그가 저수지와 황금을 제련하는 작업장을 내려다보았던 바로 그곳이었다. 그렇다, 그곳은 그의 자리였다. 람세스가 아니라, 셰나르 자신이 있어야 할 자리였다. 마땅히 주인인 자신이 찾아야 할 자리.

─내가 주인이다! 내가 이집트와 누비아의 유일한 주인이다. 나는…….

누비아 추장들이 쏜 열 개의 화살이 그의 머리와 목과 가슴에 동시에 날아와 박혔다. 셰나르는 눈을 홉뜬 채 경사면 위로 넘어졌다. 그의 몸은 흐르는 물로 정화되는 진흙투성이 잡석들에 뒤섞여 천천히 침전못을 향해 미끄러졌다.

56

히브리인들이 무사히 떠났다. 많은 이집트인들은 그런 정신나간 모험 때문에 히브리 친구들과 친척들을 잃게 되어 슬퍼했다.

히브리인들은 또 그들대로 수많은 위험이 도사리고 있는 사막을 고통스럽게 건너가야 한다는 것이 두려웠다. 얼마나 많은 적들과 맞서 싸워야 할까? 야훼의 신민들이 지나는 길에 얼마나 많은 민족과 부족들이 훼방을 놓을까?

세라마나는 분노했다.

람세스는 누비아로 떠나기 전에, 아메니와 세라마나에게 수도의 질서를 유지하는 책임을 맡겼다. 히브리인들이 혼란을 유발시키면, 그것이 아무리 사소한 것이라 하더라도 즉각 엄격하게 공권력을 동원하라는 명령이었다. 히브리인들의 출발이 조용히 진행되었기 때문에, 세라마나는 모세와 아론을 불러 심문할 수 없었다.

세라마나는, 파라오가 히브리인들의 두목을 살려보내는 것은 잘못이라고 여전히 확신하고 있었다. 우정이 아무리 깊은 것이라 해도, 파라오가 그렇게까지 관용을 베푸는 것을 그는 이해할 수 없었다. 이집트에서 멀리 떨어진 곳에 있어도, 모세는 여전히 람세스에게 해를 끼칠 수 있는 인물이었다.

세라마나는 신중을 기하기 위해 십여 명의 용병에게 히브리인들을 따라가라고 일렀다. 그리고 히브리인들의 이동상황에 대해 정기적으로 보고하라고 지시했다. 그는 선지자가 여기저기 우물이 있고, 이집트 군대가 지키고 있는 실레 쪽 길이 아니라, 갈대의 바다 쪽으로 가는 힘든 길을 택하자 깜짝 놀랐다. 그렇게 함으로써 모세는 뒤로 돌아가고 싶은 유혹을 아예 제거해버린 셈이었다.

아메니가 큰 소리로 세라마나를 불렀다.

─세라마나! 자넬 사방으로 찾아다녔어. 북쪽 길을 언제까지 그렇게 마냥 바라보고 있을 셈인가?

─그 모세라는 놈은 그토록 못된 짓을 저질러놓고도 멀쩡하게 떠나는군…… 난 공정하지 않은 처사를 싫어하네.

─오피르가 죽기 전에 흥미로운 정보를 주었네. 마치 전갈이 그렇게 하듯이, 자기 자신을 완전히 파괴하고 싶었던 모양이야. 두 명의 베두인 족장 아모스와 바두크가 히브리인들과 함께 떠났다네. 그들이 야훼의 신도들에게 무기를 제공했다더군. 탈출하는 동안에 전쟁을 일으킬 생각이었던 거지.

세라마나는 오른손으로 주먹을 쥐어 왼쪽 손바닥을 탁탁 두들겼다.

─우린 그 두 명의 악당들을 체포해야만 하네. 또 모세도 그들의 공범으로 체포해야 해.

─자네 말이 맞아.

－당장 50대 정도의 전차를 이끌고 떠나겠네. 그 잘난 놈들을 몽땅 잡아다가 감옥에 처넣겠어.

람세스는 네페르타리를 품에 안았다. 엷게 화장한 부드럽고 사랑스러운 그녀는 여신과 같은 향내를 풍겼다. 그녀는 어느 때보다 사랑스러웠다. 왕이 그녀에게 소식을 전해주었다.

－셰나르는 죽었고, 누비아인들의 반란은 진압되었소.

－이제 누비아는 평화를 되찾게 된 건가요?

－반란을 주도한 추장들은 역모죄로 처형되었고, 그들에게 괴롭힘을 당하던 마을은 그들의 죽음을 축하하기 위해 잔치를 벌였다오. 나는 도둑맞았던 금을 되찾아 일부는 아부 심벨에, 나머지는 카르낙에 넘겨주었소.

－아부 심벨 공사는 진전이 있었어요?

－세타우가 아주 활기차게 공사장을 이끌고 있다오.

왕비는 중요한 소식을 오랫동안 숨길 수 없었다.

－세라마나와 전차분대가 모세를 추격하고 있어요.

－무슨 이유 때문이오?

－히타이트인들에게 매수된 두 명의 베두인 사람들이 히브리인들 사이에 끼어 있기 때문이에요. 세라마나는 그 두 사람과 모세를 체포하려고 해요. 아메니는 이 추격대 파견에 반대하지 않았어요. 합법적인 조처니까요.

람세스는 고개를 저었다. 그는 모세를 잘 알고 있었다. 눈에 보이는 듯했다. 모세는 물러서지 않을 것이다. 지팡이로 바닥을 두들겨 길을 열며, 망설이는 자들을 다그쳐 앞으로 나아가게 하고, 야훼께서 밤에는 불기둥의 모습으로 낮에는 구름기둥의 모습으로 나타나시기를 간구하며, 고집스럽게 자기 민족을 이끌고 있을 모세. 어떤 장애 앞에서도 모세는 주저하지 않을 것이다. 어떤 적이 앞을 가로막아도 두려워하지 않을, 그런 사람이었다.

네페르타리가 덧붙여 말했다.

―방금 푸투헤파 왕비의 긴 편지를 받았어요. 왕비는 우리가 목표에 이를 수 있을 거라고 확신하고 있어요.

―멋진 소식이로군!

람세스는 아무 생각 없이 그렇게 말했을 뿐이다. 그의 정신은 다른 곳에 가 있었다.

―모세가 죽을까봐 걱정하시는군요. 그렇지요?

―난 그를 다시는 보고 싶지 않소.

―평화조약 건 말인데요. 한 가지 미묘한 문제가 남아 있어요.

―또 우리테슈프 이야기요?

―아뇨, 표현의 문제랍니다…… 하투실은 두 나라 사이에 전쟁 분위기가 조성된 것이 히타이트의 책임이라는 걸 인정하지 않으려 해요. 그리고 자신이 열등한 입장에서 파라오의 의지에 어쩔 수 없이 복종했다고 여겨지는 게 불만스럽대요.

―그게 사실 아닌가?

―조약의 문안은 공표될 예정이잖아요? 후손들이 그 조약을 읽을 거예요. 하투실은 체면을 잃고 싶지 않은 거죠.

―하투실이 양보해야 하오. 아니면 조약은 무효요!

―지나치다 싶은 말 몇 마디 때문에 평화를 포기해야 할까요?

―아무리 사소하다 해도, 말은 중요한 거요.

―그래도 '두 개의 땅'의 주인에게 새로운 문안 작성을 제안할 수는 없을까요?

―보아하니 하투실의 요구사항을 고려해서 새로 작성하라는 말인 듯한데…….

―전쟁과 학살 그리고 불행을 거부하는 두 나라 백성의 미래를 고려해서 새로 작성하시라는 거지요.

람세스는 네페르타리의 이마에 입을 맞추었다.

─왕비의 외교적 재치를 피할 수 있는 기회가 아직 내게 남아 있는 거요?

─전혀 없어 보이는데요.

람세스의 어깨에 머리를 기대며 네페르타리가 대답했다.

모세는 불같이 화를 냈고, 아론은 불평하는 사람들의 등덜미를 지팡이로 내리쳤다. 그들은 벌써 탈출에 진력이 나서, 먹고 싶은 대로 먹고 편안한 집에서 살았던 이집트로 돌아가고 싶어했다. 대부분의 히브리인들은 사막을 싫어했다. 별을 보며 노천에서 자는 일도, 천막을 치고 자는 데도 익숙해지지 않았다. 많은 사람들이 선지자가 그들에게 강요한 힘든 생활에 항의하기 시작했다.

모세는 큰 소리로 열의 없는 사람들과 겁 많은 사람들을 꾸짖었다. 그는 어떠한 함정에 빠지고 어떠한 시련을 겪더라도 야훼께 복종하며, 약속된 땅을 향해 나아가야 한다고 엄하게 명령했다. 길고 긴 행진이 다시 시작되었다. 히브리인들은 실레 너머의 축축한 늪지대를 걸었다. 진흙탕 속에 빠지는 사람들도 있었다. 수레가 엎어지는가 하면, 거머리들이 사람들과 짐승들을 물어뜯었다.

모세는 국경에서 멀리 떨어져 있지 않은 곳에서 휴식할 것을 명했다. 사르보니스 호수와 지중해에서 가까운 곳으로, 위험하다고 알려진 장소였다. 사막의 바람이 어마어마한 양의 모래를 흔들리는 수면 위에 쌓아놓아, 겉으로 보기에 땅처럼 보이는 가짜 땅을 만들어놓고 있기 때문이었다. 이른바 '갈대의 바다'라고 불리는 곳이었다.

이 황폐한 곳엔 사람들이 살지 않는다. 그곳에는 광풍이 살고 있었다. 바다와 하늘의 분노에 맡겨진 장소였다. 어부들조차 움직이는 모래에 걸려들게 될까봐 그곳에 가기를 꺼렸다.

머리가 헝클어진 여자가 모세의 발 아래 꿇어 엎드렸다.

─우리는 모두 여기서 죽을 거예요. 이 고독한 곳에서 말입니다!

─그렇지 않다.

─주위를 돌아보세요. 이곳이 약속의 땅입니까?

─물론 아니다.

─모세님, 우리는 더 멀리 나아갈 수 없습니다.

─갈 수 있다. 이제 며칠 후면 우리는 국경을 넘어 야훼께서 우리를 부르시는 곳으로 갈 것이다.

─어떻게 그토록 흔들림 없는 확신을 가지실 수 있습니까?

─왜냐하면 여인이여, 나는 그분이 살아 계심을 보았기 때문이며, 그분이 나에게 직접 말씀하셨기 때문이다. 이제 가서 자라. 우리는 아직도 많은 수고를 해야 한다.

깊이 감동한 여자는 모세의 말에 순종했다.

아론이 자신의 생각을 말했다.

─이 곳은 끔찍하오. 서둘러 다시 길을 떠나는 것이 좋겠소.

─푹 쉬어야 합니다. 내일 새벽이면 야훼께서 우리에게 길을 떠날 힘을 주실 것입니다.

─모세, 우리의 성공에 대해 한번도 의심을 품어본 적이 없소?

─한번도 없습니다, 아론.

세라마나가 이끄는 전차부대는 히브리인들을 추격하기 위해 전속력으로 달렸다. 람세스를 대리하는 '왕의 아들' 한 명이 전차부대에 동행했다. 왕년의 해적은 바닷바람을 쐬자, 콧구멍을 벌름거렸다. 그는 부하들에게 정지하라는 신호를 보냈다.

─이 장소에 대해 아는 사람 있나?

경험이 많은 전차병 하나가 말했다.

─귀신들이 출몰하는 곳입니다. 악마들을 건드리지 않는 것이 좋

겠습니다.

세라마나가 그의 말을 반박했다.

─히브리인들은 이 길을 택하지 않았나?

─미친 놈처럼 행동하든 말든 그야 저들 마음이지요…… 우린 돌아가는 게 좋겠습니다.

멀리에서 연기가 올라오는 것이 보였다. '왕의 아들'이 연기를 가리키며 말했다.

─히브리인들의 야영지가 여기서 멀지 않은 곳에 있습니다. 범인들을 체포합시다.

세라마나가 그에게 상기시켰다.

─야훼의 신도들은 무장하고 있어. 그리고 그들은 수가 많네.

─우리 병사들은 정예병력이고 전차까지 있으니 우리가 우세합니다. 멀리서 화살을 쏘면서 두 명의 베두인 두목과 모세를 넘겨달라고 요구합시다. 말을 듣지 않으면 공격하도록 하지요.

저으기 두려운 마음으로 전차부대는 습기 찬 땅을 향해 떠났다.

아론은 자다 말고 깜짝 놀라 일어났다. 모세는 벌써 일어나서 지팡이를 짚고 서 있었다.

─이 웅웅대는 소리는…….

─그렇습니다. 이집트인들의 전차 소리입니다.

─우리를 공격할 생각이로군!

─몸을 피할 시간적 여유가 있습니다.

두 명의 베두인 사람 아모스와 바두크는 갈대의 바다로 들어가기를 거절했다. 그러나 겁에 질린 히브리인들은 모세를 따라가기로 결정했다. 시커먼 암흑 속에서 어디가 물인지 모래펄인지 분간할 수 없었다. 그러나 모세는 어린 시절부터 그의 영혼을 태워왔던 불의 인도하심을 받아 확신에 찬 걸음걸이로 바다와 호수 사이로 나아갔다. 이제 그 불은 약속의 땅에 대한 갈망이 되었다.

이집트 전차부대는 사방으로 퍼져 진격하다가 결정적인 실수를 저질렀다. 어떤 전차들은 움직이는 모래에 처박혔고, 어떤 전차들은 눈에 보이지 않는 해수들이 사방으로 흐르는 늪에 빠져 사라졌다. '왕의 아들'이 탄 전차는 끈적끈적한 진흙에 빠져 꼼짝도 하지 못했다. 세라마나가 탄 전차는, 히브리인들과 헤어진 두 명의 베두인 족장들과 정면으로 부딪쳤다.

그때 강한 동풍이 불어와서 사막의 바람과 합류했다. 그러자 갈대를 인 늪과 끊임없이 출렁이는 모래펄이 한쪽으로 쏠리면서, 물이 마른 통로가 생겨났다. 히브리인들은 모세의 인도를 받으며 그 길을 따라 갈대의 바다를 건너갔다.

세라마나의 바퀴에 깔려 두 명의 첩자들이 죽었다. 그들이야 죽거나 말거나, 세라마나는 계속 전차를 달리다가 모래에 파묻혀버렸다. 전차들을 끌어내고, 다친 부하들을 불러 모으느라고 시간을 끌다보니, 바람의 방향이 바뀌었다. 습기를 가득 실은 광풍이 거센 파도를 일으키자, 파도가 다시 통로를 메워버렸다.

세라마나는 분노에 가득 찬 시선으로, 모세가 바다 너머 서 있는 것을 바라보았다.

57

투야 대비는 긴 여행을 떠날 준비를 하고 있었다. 빼어난 재능을 가진 젊은 여의사 네페레트가 정성을 다해 돌보았지만, 아무 소용도 없었다. 이제 곧 그녀는 행복한 미래가 보장되어 있는 이집트를 떠나, 세티를 만나러 가게 될 것이다.

이집트의 행복한 미래는 아직은 완전히 보장되어 있다고 할 수 없었다. 히타이트인들과의 평화조약이 해결해야 할 숙제로 남아 있었기 때문이다.

네페르타리가 투야의 정원으로 찾아갔을 때, 대비는 명상에 잠겨 있었다. 투야는 왕비가 감동하고 있다는 것을 알았다.

—어머니, 방금 푸투헤파 왕비로부터 이 편지를 받았습니다.

—네페르타리, 내 눈은 침침해서 잘 보이질 않는답니다. 좀 읽어

주시겠소?

왕비의 부드럽고 매혹적인 목소리가 투야의 마음을 기쁘게 했다.

나의 자매, 태양의 아내 네페르타리에게.

우리 두 나라를 위하여 모든 것이 잘되어가고 있습니다. 왕비
와 가족들이 건강하시기를 바랍니다. 내 딸은 아주 잘 지내고 있
고, 내 말들도 건강하답니다. 그대의 아이들과 말들, 그리고 위대
한 람세스의 사자도 그랬으면 합니다. 그대의 형제 하투실은 파
라오 앞에 엎드려 경의를 표합니다.

평화와 우애. 우리는 마땅히 이 말을 해야 합니다. 왜냐하면
이집트의 빛의 신과 히타이트의 뇌우의 신은 형제의 의를 맺으
려 하니까요.

이집트와 히타이트의 대사가 조약 문안을 가지고 피-람세스를
향해 떠났습니다. 파라오께서 우리의 공통된 결정을 영원히 승인
하실 수 있도록 말이지요.

남신들과 여신들께서 나의 자매 네페르타리를 지켜주시기를
바랍니다.

네페르타리와 투야는 서로 얼싸안고 기쁨의 눈물을 흘렸다.

세라마나는 자신이 람세스의 발 밑에서 으깨어지는 벌레만도 못
한 놈이라는 생각이 들었다. 그는 고개를 푹 수그리고 궁전에서 내
쫓길 각오를 하고 있었다. 그러나 그렇게 왕의 은총을 잃는다고 생
각하니 견딜 수가 없었다. 옛날에는 해적이었지만, 이제 그는 질서
를 유지하는 정의의 기사의 생활에 익숙해져 있었다. 람세스에 대
한 절대적인 충성심이 그의 삶에 의미를 부여하고, 그의 방황에 종
지부를 찍었다. 그가 노략질하려 했던 이집트가 그의 조국이 되었

다. 뱃사람이었던 그가 땅을 밟으며 살아가게 되었고, 다시 바다로 떠나고픈 욕망은 조금도 솟아오르지 않았다.

세라마나는 궁정과 신하들 앞에서 모욕을 겪지 않도록 배려해준 왕이 고마웠다. 왕은 집무실로 그를 따로 불렀던 것이다.

─폐하, 제가 실수를 저질렀습니다. 그곳이 어떤 곳인지 아는 사람이 아무도 없었고, 또…….

─두 명의 베두인 첩자들은 어떻게 되었나?

─제 전차 바퀴에 깔려 죽었습니다.

─모세가 폭풍우를 벗어났다는 게 확실한가?

─그와 히브리인들은 갈대의 바다를 건넜습니다.

─그들을 잊어버리도록 하자. 이미 국경을 넘어갔으니까.

─그렇지만…… 모세는 폐하를 배반하지 않았습니까!

─세라마나, 그는 그의 길을 가고 있는 거야. 이제 그가 '두 개의 땅'의 조화를 뒤흔들 위험은 없으니까, 자기 운명을 향해 걸어가도록 내버려두세. 그보다 자네에게 맡길 중요한 임무가 한 가지 있어.

세라마나는 자기 귀를 믿을 수가 없었다. 왕은 그의 실패를 용서한 것일까?

─전차부대 두 연대를 이끌고 국경으로 가서, 히타이트 대사를 영접하라. 그를 안전하게 호위하라.

─그건 임무잖습니까…… 그렇다면…….

─세계 평화를 위한 결정적인 임무다, 세라마나.

하투실은 양보했다. 그는 푸투헤파의 충고에 따라 명분은 이집트에 주고 실리를 취하기로 했다.

하투실은 정치인으로서 자신의 직관과 아내 푸투헤파의 충고, 그리고 이집트 대사 아샤의 권고를 귀 기울여 듣고 이집트와의 상호불가침 조약의 문안을 작성했다. 그는 람세스가 제시한 요구조건에 이의를 제기하지 않았다. 그는 두 명의 전령을 임명해서 조약 문안이 설형문자로 새겨진 은 서판을 파라오에게 가져가게 했다.

하투실은 하투사에 있는 태양의 여신 이슈타르의 신전에 조약의 내용을 공시하겠다고 약속했다. 단, 이집트의 왕도 '두 개의 땅'의 대사원들 중 한 곳에 그렇게 해야 한다는 단서를 달았다. 그러나 과연 람세스가 새로운 조항을 첨가하지 않고 문서 내용을 비준하려고 할지?

문서를 운반하는 대사 일행이 히타이트의 수도를 떠나 이집트 국경에 도착할 때까지 계속 긴장된 분위기가 이어졌다. 아샤는 하투실에게 더이상 요구할 수 없다는 것을 알고 있었다. 만약 람세스가 약간의 불만이라도 표시하는 날에는 조약 계획안은 사문서가 되고 말 것이다. 히타이트 병사들은 또 그들대로 불안한 마음을 숨기지 못했다. 평화의 전령들이 목적지에 다다르지 못하도록, 이집트와의 전쟁을 주장하는 과격파들의 도당이 그들을 공격할지도 모르기 때문이었다. 높은 고개나 협곡, 숲 등이 그들에게는 모두 함정처럼 보였다. 그러나 여행은 무사히 진행되었다.

세라마나와 이집트 전차부대가 시야에 들어오자, 아샤는 긴 안도의 한숨을 내쉬었다. 이제부터는 편하게 여행할 수 있을 것 같았다.

세라마나와 히타이트 전차부대의 고위장교는 차갑게 인사를 주고받았다. 세라마나는 마음 같아선 야만인들을 다 죽여버리고 싶은 심정이었다. 그러나 람세스에게 복종하고 자기 임무를 완수하지 않으면 안 된다.

히타이트 군의 전차들은 역사상 처음으로 델타 지방에 들어와 피-람세스로 가는 길을 밟았다. 아샤가 세라마나에게 물었다.

―누비아 반란은 어떻게 되었나?

세라마나가 불안하다는 듯이 되물었다.

―하투사에서 누비아 반란에 대한 얘기를 들으셨소?

―걱정하지 말게. 개인적으로 비밀스럽게 입수한 정보니까.

―람세스 폐하께서 평정하셨지요. 셰나르는 자신의 동맹군들에게 살해되었구요.

―북쪽 지방에도 남쪽 지방처럼 평화가 찾아왔으면 좋겠군! 히타이트 전령들이 제시하는 조약문을 람세스가 비준한다면, 자자손손 기억하게 될 새로운 번영의 시대가 열릴 텐데.

―폐하께서 거부하실 이유가 없지 않습니까?

―몇 가지 마음에 걸리는 점들이 있어…… 세라마나, 우리 낙관적으로 생각하세.

람세스 즉위 21년 되는 해의 겨울 절기 제21일, 아메니는 아샤와 두 명의 히타이트 외교관들을 피-람세스의 접견실로 안내했다. 히타이트인들은 접견실의 화려함에 놀라움을 금치 못했다. 칙칙한 무사들의 세계만을 보고 살아온 그들 앞에, 웅장함과 세련됨이 조화된 화사한 색채의 세계가 모습을 나타낸 것이다.

전령들이 은 서판을 파라오에게 전달했다. 아샤가 임시 선언문을 읽었다.

히타이트와 이집트의 남신들과 여신들 가운데 수많은 신들께서 히타이트의 대왕과 이집트의 파라오가 맺은 이 조약의 증인이 되어주시기를 바라노라. 태양과 달, 하늘과 땅, 산들과 강들, 바다, 바람과 구름의 신들이 증인이시도다.

이 수많은 신들께서 이 조약을 지키지 아니하는 자의 나라와 신민을 멸하시리라. 이 조약을 지키는 자에게는, 그가 그의 가족과 아이들과 신민들과 더불어 부유하고 행복하게 살아갈 수 있도록 이 수많은 신들께서 도와주시리라.*

네페르타리 왕비와 대비 투야가 지켜보는 가운데 람세스는 이 선언문을 승인했고, 아메니가 그것을 파피루스에 옮겨 썼다.

—하투실 대왕은 최근 몇 년간 저질러진 전쟁도발 행위에 대해 히타이트인들에게 책임이 있다는 것을 인정하는 거요?

대사 중의 한 사람이 대답했다.

—예, 그렇습니다, 폐하.

—대왕은 이 조약이 우리의 후손들에게도 적용된다는 것을 인정하고 있소?

—대왕 폐하께서는 이 협약이 평화와 우애를 이루어 우리의 아이들과 우리의 아이들의 아이들에 의해서도 지켜지기를 원하십니다.

—우리가 지켜야 할 국경은 어디어디요?

—오론테스 지방과 남시리아의 요새 방어선, 이집트령 비블로스와 아무르 지방을 갈라놓는 길은 히타이트 보호령으로 간주되며, 히타이트령 카데슈 남쪽을 지나가며 카데슈를 베카 평원의 북쪽 출구로부터 나누어놓는 길은 이집트의 영향 하에 놓여 있는 것으로 간주됩니다. 페니키아 항구들은 여전히 파라오의 통제를 받습니다. 이집트 외교관들과 상인들은 히타이트로 자유로이 왕래할 수 있습니다.

아샤는 숨을 죽였다.

람세스가 과연 카데슈 성을, 그리고 특히 아무르 지방을 영원히 포기하려 할까? 세티도 그의 아들도 이 유명한 성을 점령하는 데 성공하지 못했다. 람세스는 이 성채 발치에서 위대한 승리를 거둔 바 있다…… 그러니 카데슈가 히타이트에 속하는 것은 당연한 귀결처럼 보였다.

그러나 아무르 지방은…… 이집트는 이 지역을 고수하기 위해

---

* 히타이트와 이집트 고문서에 보관되어 있는 조약 원본을 그대로 옮긴 것이다.

수없이 싸웠다. 그 때문에 수많은 이집트 병사들이 죽어갔다. 아샤는 파라오가 양보하지 않을까봐 마음이 조마조마했다.

왕이 네페르타리를 바라보았다. 왕비의 눈빛 속에서 그는 대답을 읽어내었다. 위대한 람세스가 선언했다.

─받아들이겠소.

아메니는 계속해서 쓰고 있었다. 아샤는 가슴이 환희로 가득 차는 것을 느꼈다.

람세스가 물었다.

─나의 형제 하투실 대왕께서는 또 무엇을 원하시는 거요?

─최종적인 상호불가침 협정을 원하십니다. 그리고 이집트와 히타이트를 공격하는 어떤 세력에 대해서도 방어동맹을 맺기를 바라고 계십니다.

─아시리아를 말하는 거요?

─이집트나 히타이트의 영토를 차지하고자 하는 모든 민족을 말하는 것입니다.

─우리도 그 협정과 동맹을 맺기를 원하오. 그 협정과 동맹에 힘입어 양국은 부와 행복을 유지할 수 있을 것이오.

아메니는 단호한 손놀림으로 왕과 대사의 대화를 받아 적었다.

─폐하, 하투실 대왕께서는 왕실의 계승이 양국에서 제례와 전통에 의해 존중되고 보존되기를 바라고 계십니다.

─그야 말할 나위도 없는 일이오.

─마지막으로 대왕께서는 양국 도망자들의 상호 송환 문제를 해결하고자 하십니다.

아샤는 이 마지막 장애물을 두려워했다. 한 가지 사항이라도 논란의 여지를 남기면 협약 전체가 문제될 수 있다. 람세스가 단호하게 말했다.

─나는 본국으로 송환된 사람들이 인간적으로 대우받아야 한다

는 점을 강력하게 주장하는 바이오. 이집트든 히타이트든, 본국으로 송환된 다음에 그 사람들을 처벌하거나 욕되게 해서는 안 되며, 그들의 집을 고스란히 돌려주어야 하오. 그리고 우리테슈프는 이집트인으로 귀화하여 이집트에 자유롭게 머물 것이오.

이러한 조건을 수락하라는 하투실의 승인을 미리 받아두었던 터이므로, 두 명의 대사들은 파라오의 제안을 받아들였다.

이제 조약은 효력을 발생하게 되었다.

아메니가 조약의 최종 문안을 작성해서 왕실 서기관들에게 넘겨주면 그들이 그것을 일등품 파피루스에 옮겨 쓸 것이다. 람세스가 선언했다.

─나는 이 조약의 문안을 이집트의 여러 신전들 벽에 새겨놓게 하겠소. 특히 헬리오폴리스에 있는 라 신전과, 카르낙 신전 제9탑문 동쪽 날개의 남쪽 정문, 그리고 아부 심벨 대사원 정문의 남쪽 측면에 새겨질 것이오. 이처럼 북쪽으로부터 남쪽에 이르기까지, 델타에서 누비아에 이르기까지, 이집트인들은 신들이 지켜보시는 가운데 히타이트인들과 더불어 영원히 평화롭게 살아가리라는 것을 알게 될 것이오.

58

영빈관에 있는 숙소에 짐을 푼 히타이트 대사들은 이집트 수도를 뜨겁게 달군 모든 사람들의 기쁨을 함께 나누었다. 그들은 람세스가 대단한 인기를 누리고 있다는 것을 확인했다. 사람들은 어디에서나 람세스를 칭송하는 노래를 불렀다.

"그는 태양처럼 우리를 눈부시게 하네. 그는 물처럼 바람처럼 우리를 소생시키시네. 우리는 빵처럼, 아름다운 피륙처럼 그를 사랑하네. 그가 나라 전체의 아버지와 어머니이시며, 두 연안의 빛이시기 때문일세."

네페르타리는 하토르 신전에서 거행되는 제례에 히타이트인들을 초대했다. 그들은 매일 새로이 스스로를 창조하며, 모든 형태의 생명을 만들어내며, 사람들의 얼굴을 환히 비추고, 나무와 꽃들을 기뿜으로 떨게 하는 유일한 힘에게 바치는 기도를 들었다. 사람들의 눈이 하늘에 떠 있는 황금처럼 빛나는 태양 속에 숨겨진 원칙을 바라보았다. 그 행복한 순간, 새들이 날아올랐고 사람들의 발 아래에서는 평화의 길이 열렸다.

히타이트 대사들은 처음에는 놀라워하고 나중에는 기뻐했다. 그들은 연회에 초대받아 비둘기 스튜, 소금에 절인 콩팥 요리, 구운 쇠고기 넓적다리, 나일 강 농어, 구운 거위고기, 렌즈콩, 마늘과 단양파, 호박, 상치, 오이, 작은 완두콩, 살구, 무화과 설탕절임, 사과, 대추야자, 수박, 염소젖 치즈, 야구르트, 둥근 꿀과자, 신선한 빵, 부드러운 맥주, 적포도주와 백포도주를 맛보았다. 특별한 날이었으므로, 세티 즉위 4년째 되던 해의 제6일에 담근 특산품 포도주가 나왔다. 단지에는 사막의 주인인 아누비스의 상징이 새겨져 있었다. 히타이트 대사들은 음식의 풍성함과 질에 놀라고, 돌로 만들어진 아름다운 그릇들을 보고 감탄했다. 그들은 나중에는 람세스를 칭송하는 이집트 노래를 따라 부르며 사람들과 즐겁게 어울렸다.

그렇다, 정녕 평화가 찾아온 것이다.

수도는 드디어 잠이 들었다.

늦은 시간이었지만, 네페르타리는 손수 그녀의 자매 푸투헤파 왕비에게 장문의 편지를 썼다. 그녀는 편지에서, 왕비가 기울인 노력에 대해 감사한다고 말하고, 히타이트와 이집트가 누리고 있는 행복한 시간에 대해 말했다. 왕비가 편지에 봉인을 눌렀을 때, 람세스가 그녀의 어깨 위에 부드럽게 두 손을 올려놓았다.

─아직도 일하는 시간이 끝나지 않은 거요?

─일할 시간보다도 할 일이 더 많은걸요. 어쩔 수 없는 일이잖아요. 그리고 그런 것이 더 좋아요. 당신도 고위관리들에게 늘 그렇게 말씀하시잖아요. 왕비도 예외일 수 없지요.

네페르타리가 뿌린 축제용 향수가 람세스를 매혹했다. 신전의 향수 제조 달인은 적어도 열여섯 가지의 성분을 조합해서 향수를 만들었다. 향 갈대, 노간주나무 열매, 금작화, 테레빈유, 몰약, 그리고 여러 가지 방향제가 들어 있었다. 초록색 가루를 바른 네페르타리의 눈매는 더욱 우아해 보였고, 리비아 기름을 바른 가발은 그녀의 얼굴이 지닌 숭고한 아름다움을 더욱 돋보이게 해주었다.

람세스가 네페르타리의 가발을 벗기자, 그녀의 물결치는 긴 머리카락이 흘러내렸다.

— 난 행복하오. 백성의 행복을 위해 우리가 일을 잘해내지 않았소?

— 당신의 이름은 이제 영원히, 이 조약과 더불어 기억될 거예요. 당신이 이 평화를 이루어낸 거예요.

— 우리의 영광이야 무엇이 중요하겠소. 앞으로 하루하루의 삶과 제례가 올바르게 계속되는 일에 비한다면 말이오.

왕은 네페르타리가 입은 드레스의 어깨끈을 내리고, 그녀의 목에 입맞추었다.

— 내가 당신을 얼마나 사랑하는지, 어떻게 표현해야 할지 모르겠소.

네페르타리는 몸을 돌려 람세스의 입에 자기 입술을 포갰다.

— 아직도 연설시간이 다 안 끝난 거예요?

평화조약을 조인하고 난 후 히타이트로부터 온 첫번째 편지는 피-람세스 궁정에 비상한 호기심을 불러일으켰다. 혹시 하투실이 협약의 핵심 문제에 대해 재론하고 싶어하는 건 아닐까?

왕은 귀중한 나무 서판을 덮고 있는 헝겊 위에 있는 봉인을 뜯어내고 설형문자로 쓰여진 편지를 죽 훑어보았다.

그는 곧장 왕비에게 갔다. 네페르타리는 봄 축제를 위한 제례문의 검토를 끝낸 참이었다.

— 정말 이상한 편지가 왔소!

왕비가 불안한 표정으로 물었다.

—심각한 사건인가요?

—아니오. 일종의 원조 요청 같은 건데…… 이름을 밝힐 수 없는 왕녀 하나가 아프다는구려. 하투실 말로는 그녀가 악마에게 들린 것 같다는데, 히타이트 의사들이 그녀의 몸에서 그 악마를 내쫓을 수가 없다고 하오. 우리나라 치료사들의 수준이 높다는 것을 알고, 우리의 새로운 동맹자가 내게 부탁을 해왔소. 생명의 집의 치료사를 한 사람 보내서 그녀가 원하는 아기를 가질 수 있도록 그녀의 건강을 회복시켜달라는 거요.

—그건 아주 좋은 소식이군요. 우리 두 나라의 관계가 계속 강화될 것 같으니 말예요.

왕은 아샤에게 오라고 일렀다. 그는 아샤에게 하투실이 보낸 편지의 내용을 읽어주었다.

아샤가 큰 소리로 웃음을 터뜨렸다. 왕비가 놀라며 물었다.

—이 부탁이 그렇게 이상하게 느껴지세요?

—히타이트 대왕은 우리나라의 의학에 대해 정말로 무한한 믿음을 가지고 있는 모양이군요! 거의 기적과도 같은 일을 요구하고 있으니 말입니다.

—아샤는 우리나라의 과학을 과소평가하시는 것 같군요.

—물론 그렇지 않습니다. 하지만 아무리 히타이트의 왕녀라 해도 60살이 넘은 여자에게 어떻게 아이를 낳을 수 있게 하겠습니까?

그 소리를 듣고 람세스는 한바탕 껄껄 웃었다. 그리고 그의 형제 하투실에게 보내는 편지를 아메니에게 구술했다.

고통을 겪고 있다는 (특히 나이 때문에) 왕녀가 누군지 우리는 알고 있습니다. 그분이 잉태할 수 있게 해줄 약을 만들 수 있는 사람은 아무도 없습니다. 그러나 뇌우의 신과 태양의 신께서 그분에게 아기를 점지해주신다면 혹시 모르지요…… 그래서 뛰어난 마법사이자 유능한 의사이신 분을 한 분 보내드립니다.

람세스는 곧 치유의 능력을 가지고 있는 신 콘슈의 마법 신상(神像)을 하투사로 보냈다. 공간을 가로지르는 이 신은 초승달 모습으로 표현된다. 신이 아닌 그 누가 생리법칙을 바꿀 수 있겠는가?

카르낙 대사제 네부의 서신이 피-람세스에 도착하자, 왕은 테베로 궁정을 옮기기로 결정했다. 아메니는 평소처럼 일을 잘 진행시켰다. 아메니는 필요한 배들을 세내고, 여행이 가능한 한 쾌적하게 진행될 수 있도록 여러 지시들을 내렸다.

왕의 선박에는 왕이 사랑하는 사람들이 모두 승선해 있었다. 눈부시도록 아름다운 왕비 네페르타리, 오래 살아서 이집트와 히타이트 사이에 평화가 정착되는 것을 볼 수 있게 되어 너무나 기뻐하는 대비 투야, 지금 준비중인 대축제에 함께 참여할 수 있게 되어 감동한 이제트, 멤피스의 프타 대사제 카, 음악가 메리타몬과 늠름한 메렌프타, 왕이 행복한 왕국을 건설할 수 있도록 도와준 두 친구 아메니와 아샤, 충성스러운 신하 네드젬과 세라마나.

세타우와 로투스만이 빠져 있었다. 그들은 아부 심벨에서 와야 하기 때문에 테베에서 일행과 합류하기로 했다. 그리고 모세…… 이집트를 부정한 모세가 빠져 있었다.

카르낙 대사제가 몸소 부두에 나와 왕과 왕비를 환영했다. 네부는 이제 정말로 늙었다. 허리가 굽어서 지팡이를 꽉 쥐고 힘들게 발걸음을 옮겨놓았다. 목소리는 달달 떨렸고, 관절염 때문에 팔다리의 모양이 일그러져 있었다. 그러나 눈빛은 여전히 형형했으며, 권위를 유지하는 감각도 둔해지지 않았다.

왕과 대사제는 서로 얼싸안았다.

─폐하, 저는 약속을 지켰습니다. 바크헨과 그의 장인들의 작업 덕택에 폐하의 영원의 신전이 완성되었습니다. 신들께서는 당신들이 머무르실 그 웅장한 걸작품을 제 눈으로 볼 수 있는 행운을 제게 베풀어주셨습니다.

─네부 대사제, 나도 나의 약속을 지키겠소. 우리 함께 신전 지붕에 올라갑시다. 그곳에서 신전과 부속건물 그리고 궁전을 바라보도록 합시다.

정면이 카데슈 승전을 나타내는 장면으로 장식되어 있는 거대한 탑문, 오시리스로 화한 왕을 재현한 기둥들이 세워져 있는 넓은 제1마당, 추수제례 장면을 보여주는 제2탑문, 길이 31미터 둘레 41미터의 기둥들이 세워진 방, 매일 올리는 제사의 신비를 나타내는 성소, 파라오 제도의 영원성의 상징이 조각되어 있는 키 큰 나무……왕과 왕비는 기쁜 마음으로 온갖 경이들을 감탄하며 바라보았다.

영원의 신전 완공 기념 축제는 몇 주일이나 계속되었다. 이 축제의 절정은 제례를 통하여 왕의 아버지와 어머니에게 봉헌된 사당이 태어나는 순간이었다. 왕과 왕비가 기둥에 새겨진 영원한 신성문자들을 소리 내어 읽으면 그 사당은 생명을 얻게 되는 것이다.

파라오가 '아침의 집'에서 의관을 모두 정제했을 때, 아메니가 일그러진 얼굴로 모습을 나타냈다.

─대비께서…… 대비께서 부르십니다.

람세스는 투야의 처소로 달려갔다.

투야는 두 팔을 가지런히 몸에 붙이고 눈을 반쯤 감은 채 반듯이 누워 있었다. 왕은 무릎을 꿇고 앉아서 두 손에 입을 맞추었다.

─너무 피로하셔서 어머님께 봉헌된 사당의 축성식에 참가하실 수 없으신가요?

─피로해서 그런 것이 아니랍니다. 죽음이 다가오고 있어요.

―어머님, 우리 함께 죽음을 물리칩시다.

―람세스, 이제 내겐 힘이 없군요…… 내가 왜 죽음에 저항하겠습니까? 아버님을 만나러 갈 시간이 된 게지요. 그건 행복한 순간이랍니다.

―어머님께선 무정하게도 이집트를 버리시렵니까?

―왕과 왕비가 나라를 다스리고 있잖습니까. 그대들은 올바른 길을 따라가고 있어요. 다음번 강의 범람도 아주 좋을 것이고, 정의가 이 나라에서 존중되리라는 것을 난 알고 있어요. 그대와 네페르타리가 평화를 수립해 오래도록 지속될 수 있게 만들었으니, 그 덕에 나는 편히 떠날 수 있군요. 어린아이들이 뛰어놀고, 목동들이 피리 소리에 맞추어 노래를 흥얼거리는 동안 가축들이 들에서 돌아오고, 파라오의 한결같은 보호 아래 백성들이 서로 존경하는 나라는 얼마나 아름답습니까. 람세스, 이 행복을 지키세요. 이 행복을 지키고, 이 규범을 그대의 계승자에게 전해주세요.

엄청난 시련을 앞두고도 투야는 떨지 않았다. 그녀는 오연하고 당당했다. 그녀는 평온한 시선으로 영원을 뚫어져라 바라보았다.

―내 아들 람세스, 그대의 몸과 마음을 다하여 이집트를 사랑하세요. 어떤 인간적인 감정도 그 사랑을 앞지르지 않게 하세요. 아무리 힘겨운 시련이 닥쳐와도 파라오의 의무를 소홀히 해선 안 됩니다.

투야는 아들의 손을 꼭 쥐었다.

―이집트의 왕이여, 내가 제례의 밭에, 지극한 기쁨의 들에 다다를 수 있도록 빌어주세요. 내가 물과 빛으로 이루어진 이 경이로운 나라에 영원히 자리잡고, 우리의 조상님들과 그대의 아버님 세티와 더불어 빛을 발할 수 있도록 빌어주세요.

마치 저 세상처럼 깊은 숨을 한 번 몰아쉬더니, 투야의 목소리가 꺼졌다. 그녀의 얼굴에 온화한 미소가 감돌고 있었다.

　'왕비들의 계곡'은 아름답고 완벽한 장소였다. 투야의 영원의 집은 네페르타리의 영원의 집이 지어지고 있는 곳에서 아주 가까웠다. 왕비와 왕이 대비의 장례식을 이끌었다. 투야의 미라는 황금의 방에 안치될 것이다. 투야는 오시리스와 하토르로 변신하여, 그녀의 빛의 몸을 통하여 살아남을 것이다. 그녀의 몸은 하늘 저 깊은 곳으로부터 오는, 눈에 보이지 않는 힘으로부터 매일 새로운 생명을 얻게 될 것이다. 무덤 안에는 제구(祭具)들과 내장이 들어 있는 옹관, 귀한 피륙, 포도주 항아리, 기름과 연고를 넣은 단지, 물기를 제거한 음식, 여사제의 제복, 왕골 장신구, 목걸이와 보석, 은 신발과 금 신발, 그리고 투야가 서방정토의 아름다운 길들과 저 세상의 풍경 속으로 편안히 여행할 수 있게 해줄 보물들이 들어 있었다.

람세스는 기쁨과 슬픔을 똑같은 영혼의 힘으로 받아들이려고 애썼다. 그는 그토록 숙원했던 히타이트인들과의 화평을 이루어냈으며, 자신의 영원의 신전 라메세움을 완성했다. 그러나 그는 어머니 투야를 잃었다. 인간과 아들은 슬픔으로 무너졌지만, 그러나 파라오로서 그는 어머니의 말씀을 저버릴 수 없었다. 투야는 너무도 의연하여 죽음마저도 그녀에게 아무런 영향력을 행사하지 못한 것처럼 보였다. 그는 투야가 남긴 메시지를 존중하지 않으면 안 된다. 기쁨과 고통, 그 개인적인 감정보다도 이집트를 더 귀하게 여겨야 한다는 메시지를.

람세스는 네페르타리의 도움을 받아 자신의 직분이 명령하는 책무를 수행하지 않으면 안 되었다. 그는 투야가 살아 있을 때와 마찬가지로 국가라는 커다란 배의 키를 계속 잡고 있어야 하는 것이다. 이제 투야의 충고와 도움 없이 나라를 이끌어가는 방법을 익히지 않으면 안 된다. 이제는 네페르타리가 투야가 했던 역할을 떠맡아야 한다. 람세스는 아내가 용감한 여자라는 것을 알고 있었다. 그래도 의무의 무게는 결코 가벼운 것이 아니었다.

왕과 왕비는 매일 새벽제사를 드리고 난 뒤, 세티와 투야에게 봉헌된 라메세움 경내의 사당에서 명상에 잠겼다. 왕은 살아 있는 돌들, 그리고 언어에 의하여 생명을 얻는 신성문자들이 창조해내는 보이지 않는 현실의 힘을 온몸으로 흡수할 필요가 있었다. 람세스와 네페르타리는 선조들의 영혼과 교통함으로써 그들의 생각을 풍요롭게 만들어주는 비밀스러운 빛으로 가득 차게 되었다.

70일간의 상이 끝나자, 아메니는 람세스가 긴급한 국사를 처리하도록 해야 한다고 생각했다. 아메니는 업무능력이 뛰어난 서기관들과 함께 라메세움의 사무실에 자리를 잡고 피-람세스와 계속 연락을 취하면서 한순간도 허비하지 않고 서류들을 검토했다.

아메니가 왕에게 알렸다.

―강의 범람은 아주 만족스럽습니다. 왕국의 재산이 이처럼 풍부했던 적은 일찍이 없었어요. 식량 비축도 아무 문제 없이 잘 진행되고 있고, 장인조합들도 쉬지 않고 일하고 있어요. 물가도 안정되어 아무 걱정 없습니다.

―누비아의 금은?

―채취와 공급이 원활합니다.

―자넨 마치 천국 얘길 하고 있는 것 같군.

―그럴 리가요…… 다만 우리는 투야와 세티가 이루어놓은 나라에 버금가는 나라를 이루기 위해 애쓰고 있는 것뿐이지요.

―그런데 왜 자네 목소리에서 곤란해하는 것 같은 느낌이 들지?

―그러니까…… 아샤가 폐하께 드릴 말씀이 있다는데, 지금 때가 마땅하신지…….

―이런, 아샤가 자네에게도 외교적인 감각을 주입시킨 모양이군. 도서관으로 날 만나러 오라 이르게.

라메세움의 도서관은 헬리오폴리스에 있는 생명의 집의 도서관 못지않았다. 매일 파피루스들과 글씨를 써넣은 서판들이 도착했다. 왕이 몸소 분류작업을 독려했다. 제례와, 철학서적과 고문서들에 대한 지식 없이는 이집트를 잘 다스릴 수 없었다.

빛깔이 있는 천으로 가장자리를 댄 고급 아마 드레스를 입은 우아한 아샤가 도서관에 들어왔다. 그가 넋을 잃고 감탄했다.

―이곳에서 일할 수 있다면 그건 축복입니다.

―라메세움은 왕국의 중요한 장소들 중의 하나가 될 거야.『지혜의 서』에 대해 얘기하려고 찾아온 건가?

―그저 폐하를 만나뵙고 싶었을 뿐이지요.

―아샤, 난 잘 지내고 있네. 어머니의 죽음을 잊게 해줄 수 있는

것은 아무것도 없네. 아버님도 잊을 수 없어. 그러나 두 분은 훌륭한 삶을 사셨네. 나도 두 분의 길을 따르겠네. 히타이트인들이 무슨 문제를 일으키고 있나?

—아닙니다. 하투실은 양국이 맺은 조약이 아시리아를 움츠러들게 만들었기 때문에 더더욱 만족하고 있습니다. 이집트와 히타이트 사이의 평화협정을 아시리아 군인들이 알게 된 거지요. 일체의 공격 시도가 대대적이고 즉각적인 반격을 유도할 거라는 사실을 말입니다. 히타이트와의 교역이 여러 건 진행중입니다. 앞으로 오랫동안 두 나라가 평화롭게 지낼 수 있을 것이라고 확실히 말할 수 있습니다. 약속이란 화강암만큼이나 단단한 것 아닌가요?

—그렇다면 왜 나를 찾아온 건가?

—모세 때문입니다…… 그에 대한 이야기를 들어주시겠습니까?

—듣겠네.

—제 정보원들이 히브리인들의 동태를 계속 주시하고 있습니다.

—히브리인들은 지금 어디 있나?

—아직도 사막을 헤매고 있습니다. 항의하는 사람들의 수가 점점 더 늘어나고 있지만, 모세는 철권으로 자기 백성을 통치하고 있지요. 그는 계속해서 "야훼는 모든 것을 집어삼키는 불이시며 질투하시는 신이다"라고 얘기한다더군요.

—모세가 어디를 향해 가고 있는지 알고 있나?

—그가 얘기하는 약속의 땅이라는 것이 아마도 가나안 지방인 모양입니다. 그러나 그 지방을 장악하기가 쉽지 않을 거예요. 히브리인들은 벌써 마디안 사람들과 아무르 사람들을 상대로 전투를 벌였다는군요. 현재는 모압 지방을 점령하고 있어요. 그 지역 주민들은 히브리인들을 난폭한 약탈자라고 생각하면서 무서워하고 있습니다.

—모세는 용기를 잃지 않을 거야. 백 번이라도 전쟁을 해야 한다면 그는 그렇게 할 걸세. 나는 그가 네겝 산꼭대기에서 가나안 지

453

방을 내려다보았을 것이라고 확신하네. 그곳에서 잔칫날처럼 젖과 꿀이 흐르는 그 땅을 보았을 거야.

ㅡ히브리인들은 혼란의 씨앗을 뿌리고 있어요.

ㅡ아샤, 어떻게 하자는 건가?

ㅡ모세를 없애버리면 어떻겠습니까. 지도자를 잃어버리면 히브리인들은 이집트로 돌아올 겁니다. 폐하께서 그들에게 벌을 내리지 않겠다는 약속만 해주신다면 말입니다.

ㅡ아샤, 자네 머릿속에서 그런 계획일랑 쫓아버리게. 모세는 자기 운명의 길을 간 거야.

ㅡ친구로서 저는 폐하의 그 결정에 만족합니다만, 외교관으로서는 불만입니다. 저처럼 폐하 역시 모세가 자기 목표에 도달하리라는 것, 그리고 그가 약속의 땅에 도착하면, 중동의 균형이 흔들린다는 것을 알고 있습니다.

ㅡ모세가 자신의 종교 교리를 외국으로 전파하지만 않는다면, 우리가 서로 이해하지 못할 이유가 어디 있겠나? 우리 두 민족의 평화가 균형의 한 축이 되어줄 거야.

ㅡ폐하께서 제게 국제정치와 외교에 대해 훌륭한 가르침을 주시는군요.

ㅡ아샤, 그게 아닐세. 난 다만 희망의 길을 따라가려는 것뿐이야.

이제트의 마음속에 이제는 정열 대신 부드러운 애정이 가득 차 있었다. 람세스에게 두 아들을 낳아준 그녀는 여전히 왕을 사랑했지만, 그를 정복하겠다는 생각은 포기했다. 날이 갈수록 점점 더 아름다워지는 빛나는 네페르타리와 무슨 수로 싸운단 말인가? 세월과 나이의 선물에 힘입어 이제트는 평온해졌다. 그녀는 이제 삶이 베풀어주는 행복들을 맛보는 법을 배웠다. 그녀는 창조의 신비에 대해 카와 대화를 나누고, 이집트 사회의 운영원리에 대해 메렌프타의 이야기를 들었다. 메렌프타는 장차 지도적인 인물이 될 사람답게 열심히 이집트 사회에 대해 공부했다. 이제트는 궁전 정원에서 네페르타리와 이런저런 대화를 나누었고, 가능한 한 자주 람세스 곁에 있었다…… 이제트는 귀중한 보물들을 얻은 것이다.

왕비가 이제트에게 제안했다.

―자, 우리 배를 타고 한 바퀴 돌아봐요.

여름이었다. 홍수가 이집트를 거대한 호수로 바꾸어놓았다. 사람들은 한 마을에서 다른 마을로 가기 위해 배를 타고 다녔다. 작열하는 태양 빛을 받아 땅을 기름지게 만들어주는 물이 반짝였다. 수많은 새들이 하늘에서 춤을 추었다.

두 여인은 흰색 천막 아래 앉아 몸에 올리브 기름을 발랐다. 시원한 물 두 동이도 마련되어 있었다. 이제트가 말했다.

―카가 멤피스로 떠난대요.

―그래서 슬퍼요?

―카는 옛 건물들, 상징들 그리고 제례들에만 관심이 있어요. 아버지가 국가의 일을 맡기기 위해 가까이 부르신다면, 그애가 어떤 반응을 보일까요?

―높은 지식을 가지고 있으니, 적응할 수 있을 거예요.

―메렌프타에 대해서는 어떻게 생각하세요?

―그애는 자기 형과는 아주 다르지요. 하지만 젊은 나이에도 벌써 뛰어난 자질이 엿보여요.

―폐하의 따님 메리타몬은 아름다운 처녀로 자랐더군요.

―그애가 내 어린 시절의 꿈을 이루어주었어요. 신들을 위해 음악을 연주하면서 신전에서 살아가는 꿈 말예요.

―네페르타리, 백성들이 모두 폐하를 존경하고 있어요. 폐하께서 백성을 사랑하시는 만큼 백성도 폐하를 사랑하는 거지요.

―이제트, 당신은 정말 사람이 달라졌군요!

-전 제가 붙잡고 있던 걸 놓아버렸지요. 탐욕의 악마가 제 영혼으로부터 빠져나갔어요. 전 제 자신과 평화롭게 화해했답니다. 제가 폐하를 얼마나 존경하는지 폐하께서 아실 수 있다면 좋겠어요. 폐하의 성품, 폐하께서 이루어놓으신 일이며…….

-당신이 도와주면 대비께서 곁에 계시지 않아도 견디기가 덜 힘들 거예요. 이젠 아이들을 교육하는 일에서도 벗어났으니 내 곁에서 일해주겠어요?

-제겐 자격이 없어요.

-결정은 내가 하는 거예요.

-폐하…….

네페르타리는 이제트의 이마에 입을 맞추었다. 여름이었다. 그리고 이집트는 즐거움에 휩싸여 있었다.

라메세움의 궁전도 피-람세스의 궁전처럼 활기가 흘러넘쳤다. 왕이 희망했던 대로 그의 영원의 신전의 부속건물들은 카르낙과 함께 상 이집트의 중요한 경제 중심지로 부각되었다. 테베 서쪽 연안에 지어진 라메세움은 위대한 람세스의 치세가 웅혼했음을 만방에 알리게 되리라. 사람들은 그 치세의 규모에 벌써 놀라고 있었다.

아메니는 세타우가 서명한 서신을 받았다. 모든 일들이 완수되어가고 있다고 생각하자, 아메니의 가슴은 벅찬 감동으로 차올랐다. 그는 람세스를 찾으러 나섰다. 람세스는 왕궁 가까이 있는 연못에 있었다. 왕은 날씨가 좋은 계절에는 매일 하루에 삼십 분 정도 수영을 했다.

-누비아에서 온 편지입니다!

왕이 연못 가장자리로 헤엄쳐 나왔다. 아메니는 무릎을 꿇고 왕에게 파피루스를 내밀었다.

편지는 간략했다. 람세스가 기다리던 소식이었다.

60

 왕과 왕비의 뱃머리에는 금칠한 나무로 만든 하토르 여신의 두상
이 장식되어 있다. 여신은 두 개의 뿔 사이에 태양 원반을 이고 있
다. 하토르 여신은 별들의 왕녀이며 항해의 여주인이기도 하다. 여
신이 뱃머리에서 주의 깊게 지켜보고 있으니, 아부 심벨로 가는 여
행은 순조로울 것이다.
 아부 심벨 신전이 마침내 완성되었다. 아부 심벨의 두 신전은 람
세스와 네페르타리의 결합을 찬양하기 위해 지어졌다. 세타우가 보
낸 편지는 간단명료했다. 뱀 조련사는 허풍을 좋아하지 않았다.
 배 한가운데에는 기둥머리 장식이 된 두 개의 기둥 위에, 가운데
가 불룩한 지붕을 씌운 선실이 하나 있었다. 뒤쪽에 있는 기둥은
파피루스 모양이었고, 앞쪽에 있는 기둥은 연꽃 모양이었다. 문을

열어놓으면 통풍이 잘 되었다. 왕비는 꿈꾸는 듯한 모습으로 마치 맛있는 음식을 먹듯이 이 여행을 음미하고 있었다.

네페르타리는 무척 피곤했지만, 왕에게 걱정을 끼치지 않으려고 내색하지 않았다. 그녀는 자리에서 일어나, 고물 쪽에 네 개의 기둥을 세우고 쳐놓은 흰 천막 아래, 왕에게 다가갔다. 거대한 사자는 옆으로 누워서 자고 있었고, 늙은 개는 사자의 등에 꼭 붙어 있었다. 놈은 사자가 자기를 보호해준다는 것을 알고 깊은 잠에 빠져 있는 것이다. 한잠 푹 자고 나면 다시 기운을 차릴 것이다.

—아부 심벨이라니요…… 일찍이 왕비에게 이런 선물을 해준 왕이 있었던가요?

—네페르타리와 결혼할 수 있는 운을 가졌던 왕이 일찍이 있었던가?

—람세스…… 이건 너무 큰 행복이에요. 때로 저는 두려움을 느껴요.

—우리는 이 행복을 백성과 함께 나누어야 하오. 이집트 전체와, 또 자자손손 앞으로 우리의 뒤를 이을 백성과 함께 말이오. 그래서 나는 아부 심벨의 돌 위에 왕과 왕비의 모습을 영원히 남기려고 했던 것이오. 네페르타리, 아부 심벨의 돌에 새겨져 있는 것은, 그대도 나도 아니오. 그들은 왕과 왕비요. 우리는 그들을 일시적으로 지상에서 육화하고 있는 것에 불과하오.

네페르타리는 왕의 품안에 조그맣게 몸을 웅크렸다. 그리고 누비아를 바라보았다. 야생의 누비아는 찬란했다.

서쪽에서 나일 강의 둥근 곡선을 에워싸고 있는 사암 절벽이 나타났다. 그곳은 하토르 여신의 영역이었다. 예전에는 이곳에 두 개의 단구 사이로 황갈색 모래사장이 펼쳐져 있었다. 그 단구들이 건축가와 조각가의 손을 불러들였다. 그 손들이 이 사랑에 빠진 바위들을 두 개의 신전으로 탈바꿈시켰다.

신전은 바위 한가운데를 파내어 만들어졌는데, 앞쪽에 있는 정문이 그곳이 신전이라는 것을 알려주었다. 그 정문이 너무나 힘차고 아름다워서 왕비는 감탄을 금치 못했다. 남쪽에 있는 성소 앞에는 높이가 20미터에 달하는 네 개의 거대한 람세스 좌상이 버티고 있고, 북쪽 성소 앞에는 서서 걷고 있는 모양의 거대한 람세스 좌상들이 10미터 높이의 네페르타리 입상을 에워싸고 있다.

이제 아부 심벨은 단순히 선원들에게 지표 역할을 하는 장소가 아니었다. 그곳은 정신의 불이 빛나고 있는 장소로 바뀌었다. 그 불은 누비아 사막의 황금 속에서 변함없이 빛나고 있는 부동(不動)의 불이다.

세타우와 로투스가 둑 위에 서서 환영하는 손짓을 하자, 그들을 둘러싸고 있던 장인들이 그들을 따라 했다. 사자가 상륙하기 위해서 줄 사다리를 내려오자 사람들이 주춤 뒤로 물러섰다. 그러나 왕의 위풍당당한 모습에 사람들의 공포가 사라졌다. 사자는 왕의 오른쪽에 서고, 늙은 개는 왕의 왼쪽에 섰다.

람세스는 세타우가 이처럼 만족한 표정을 짓는 것을 처음 보았다. 왕이 친구를 얼싸안으면서 말했다.

―자네는 자신에 대해 자부심을 가질 만하이.

―치하받아야 할 사람들은 건축가들과 조각가들이지, 내가 아닐세. 나는 그들이 람세스 폐하에게 합당한 작품을 만들 수 있도록 격려했을 뿐이야.

―이 신전 안에 머물고 계신 신비한 힘들에 합당한 작품이란 뜻이겠지, 세타우.

네페르타리가 줄 사다리 아래쪽에서 발을 헛디뎠다. 로투스가 그녀를 붙잡았다. 로투스는 왕비의 몸이 불편하다는 것을 눈치챘다. 네페르타리가 단호한 어조로 말했다.

―계속 나아가세요. 난 괜찮아요.

―그렇지만 폐하…….

―로투스, 축성식 잔치를 망쳐선 안 돼요.

―제게 폐하의 피곤을 쫓아드릴 수 있는 약이 있습니다.

우락부락한 세타우는 네페르타리 앞에서 어떻게 행동해야 좋을지 몰랐다. 네페르타리의 아름다움이 그의 얼을 빼놓았기 때문이다. 그는 감동한 표정으로 허리를 굽혀 절했다.

―폐하…… 제가 드릴 말씀은…….

―세타우, 우리 아부 심벨의 탄생을 축하하도록 해요. 전 이 탄생의 제전이 잊을 수 없는 추억이 되었으면 좋겠어요.

두 개의 신전 신축을 축하하기 위해 누비아 부족 추장들이 모두 초대되었다. 그들이 가진 것 중에서 가장 아름다운 목걸이를 걸고 새 옷을 입은 그들은, 람세스와 네페르타리의 발에 입을 맞추고 승리의 노래를 불렀다. 그들의 노랫소리가 별이 총총한 하늘까지 올라갔다.

그날 밤, 강가의 모래보다도 더 많은 맛있는 음식이, 왕궁 정원의 꽃들보다도 더 많은 구운 쇠고기가, 이루 헤아릴 수도 없이 많은 빵과 과자가 나왔다. 포도주는 풍성한 강물처럼 흘러넘쳤고, 유향(乳香)과 향이 노천에 세워진 제대 위에서 태워졌다. 히타이드인들과의 평화가 멀리 북쪽에까지 정착되었듯이, 대남부지방에서도 오랫동안 평화가 군림할 것이다.

람세스가 세타우에게 말했다.

―이제 아부 심벨은 누비아의 정신적인 중심지가 되었고, 파라오와 왕비를 이어주는 사랑의 상징이 되었네. 친구여, 자네는 날짜를 정해놓고 정기적으로 추장들을 이곳으로 소환해서 이 땅을 거룩하게 만드는 제례에 참여하게 하게.

―달리 말하면, 폐하는 내가 누비아에 머무는 걸 허락한다는 뜻
이군…… 로투스가 나를 계속 사랑해주겠군.

 그 부드러운 9월 밤 이후에 일 주일 동안 제례와 잔치가 이어졌
다. 잔치가 열리는 동안, 초대객들은 대사원의 내부를 살펴보곤 경
탄해 마지않았다. 세 개의 홀로 이루어져 있는 방안에는 기둥이 여
덟 개 세워져 있었는데, 오시리스로 화한 높이 10미터에 이르는 왕
의 입상이 기둥마다 기대어 서 있었다. 사람들은 카데슈 전투 장면
과, 왕이 신들과 만나는 장면을 감탄하며 바라보았다. 신들이 그들
의 힘을 왕에게 더욱 잘 전해주기 위해 왕을 포옹하고 있는 장면이
었다.

 추분절 날, 람세스와 네페르타리는 단둘이 지극히 신성한 장소에
들어갔다. 태양이 떠오르자, 빛이 신전에 수직으로 들어와 성소의
안쪽 깊은 곳을 비추었다. 그곳에는 네 명의 신들이 돌 의자 위에
앉아 있다. 밝은 쪽에 앉은 라-호루스, 람세스의 카, 숨어 있는 신
아몬과 세계를 건축하는 프타가 그들이다. 프타는 춘분절과 추분절
을 빼면 어둠 속에 머물러 있다. 춘분절 아침과 추분절 아침에는
떠오르는 해의 햇살이 프타 신상을 스친다. 그러면 바위 깊은 저곳
으로부터 솟아오르는 말이 람세스의 귀에 들린다.

 "나는 그대의 형제가 되었노라. 나는 그대에게 영속성과 안정성
과 힘을 주노라. 우리는 기뻐하는 가슴 안에서 하나가 되었으니, 나
는 그대의 생각이 신들의 생각과 조화를 이루게 하노라. 나는 그대
를 선택하여 그대의 말에 힘과 권위를 부여하노라. 나는 그대를 생
명으로 양육하노니, 이는 그대가 다른 사람들을 살게 하기 위함이
라."

 왕과 왕비가 대사원에서 나오자, 이집트인들과 누비아인들이 기
쁨의 환호성을 질렀다. 이제 '태양이 네페르타리를 위해 뜨도다'라
는 이름을 가지고 있는, 왕비에게 봉헌된 제2신전을 축성해야 할

순간이 되었다.

왕비는 하토르 여신에게 꽃을 바쳤다. 별들의 여왕의 얼굴이 환히 밝아지게 하기 위해서였다. 생명의 집의 여주인인 세샤트 여신으로 분한 네페르타리가 람세스에게 말을 건넸다.

—그대는 이집트에 다시 활력과 용기를 주었노라. 그대는 이집트의 주인이니, 천상의 매로서, 그대의 백성 위에 날개를 펼쳤도다. 그대는 그대의 백성에게 천상의 금속으로 만든 벽과 같은 존재이니, 그 어떤 적대적인 힘도 그 벽을 넘지 못하리라.

왕이 대답했다.

—나는 네페르타리를 위하여, 누비아의 순수한 산을 파내어 영원히 살아남을 아름다운 사암으로 신전을 지었습니다.

왕비는 노란색 긴 드레스를 입고, 터키석 목걸이를 걸고 금빛 샌들을 신고 있었다. 푸른 가발을 쓰고 그 위에 길고 가느다란 두 개의 암소 뿔로 만들어진 왕관을 썼다. 두 개의 암소 뿔이 붙잡고 있는 태양에는 두 개의 긴 깃털이 꽂혀 있었다. 오른손에는 생명의 열쇠를 들고, 왼손에는 세계의 첫번째 아침에 솟아나온 연꽃을 상징하는, 끝부분이 둥글게 휘어진 홀을 들었다.

왕비의 신전 기둥 꼭대기에는 하토르 여신의 미소짓는 얼굴이 새겨져 있고, 벽에는 람세스와 네페르타리와 신들이 결합하는 장면이 새겨져 있었다.

왕비가 왕의 팔에 몸을 기댔다.

—네페르타리, 무슨 일이오?

—조금 피곤해요…….

—이 의식을 중단하길 원하오?

—아녜요. 저는 당신과 함께 이 신전 벽에 새겨진 장면들을 모두 바라보고, 벽에 쓰여 있는 글들을 전부 읽어보고, 모든 봉헌제사에 참여하고 싶어요…… 당신이 저를 위해 이 집을 지어주셨잖아요.

아내가 미소짓는 것을 보고 왕은 마음을 놓았다. 그는 왕비가 원하는 대로 했다. 그는 바위에서 빠져나온 하토르 여신의 화신인 천상의 황소가 모습을 나타내는 성상안치소에 이르기까지, 신전 구석구석을 돌아다니며 생명을 불어넣었다.

네페르타리는 오랫동안 신전의 여명 속에 머물러 있었다. 여신의 부드러움이 시시각각 그녀의 핏속으로 스며드는 냉기를 쫓아주기라도 할 것처럼…… 왕비가 왕에게 부탁했다.

— 대관식 장면을 다시 보고 싶어요.

이시스 여신과 하토르 여신이 거의 비현실적으로 느껴질 만큼 호리호리한 실루엣을 가진 왕비 양 옆에 서서 왕비의 왕관에 기를 불어넣고 있었다. 조각가는 한 여성이 신들의 우주 안에 들어가, 지상에 살고 있는 자신의 현실을 증언하는 그 순간을 칭송하기 위하여 그런 작품을 만들었던 것이다.

— 람세스, 날 안아줘요.

네페르타리의 몸은 얼음처럼 싸늘했다. 람세스는 깜짝 놀랐다.

— 람세스, 전 죽어요. 기운이 모두 빠져나갔어요. 하지만, 이곳, 제 신전에서, 당신 곁에서, 이렇게 당신 가까이에서…… 우리가 영원히 단 하나의 존재를 이룰 만큼 전 당신 가까이에 있어요.

— 네페르타리…… 네페르타리…….

왕은 말을 잇지 못하고, 왕비를 꼭 끌어안았다. 마치 그렇게 하면 왕비의 생명을 붙잡아볼 수 있기라도 한 것처럼. 왕비가 두려움 없이 가까운 사람들과 이집트 전체에 나누어주었던 그 생명을. 그들이 저주를 피할 수 있게 하기 위해서 아낌없이 나누어주었던 그녀의 생명을.

람세스는 아무 생각도, 아무 말도, 할 수 없었다. 그는 왕비의 고요하고 순수한 얼굴이 굳어지는 것을 바라보았다. 그녀의 고개가 천천히 꺾였다. 네페르타리는 죽음에 항거하지도 않았고, 죽음을 두려워하지도 않았다. 그녀의 숨이 조용히 꺼졌다.

람세스는 신랑이 신부를 안고 자기 집 문턱을 넘을 때처럼, 왕비를 팔에 안았다. 그는 네페르타리가 불멸의 별이 될 것이라는 것을, 그녀의 어머니이신 하늘이 그녀를 다시 태어나게 하리라는 것을, 그녀가 영원한 여행의 배를 타리라는 것을 알고 있었다. 그러나 그렇다 해도, 람세스의 가슴을 찢어놓고 있는 이 견딜 수 없는 고통이 사라지는 것은 아니었다.

람세스는 신전 문을 향해 걸었다. 넋이 빠져 멍한 눈길로, 그는 신전을 걸어나왔다.

금빛 나는 노란 색 늙은 개도, 사자의 두 발 사이에서 막 숨을 거둔 참이었다. 사자는 친구의 잠을 깨우려는 듯이, 친구의 머리를 부드럽게 핥고 있었다.

람세스는 너무나 고통스러워서 눈물도 나오지 않았다. 이 순간, 그의 힘과 위대함은 그에게 아무런 도움도 되지 못했다. 그는 그의 두 팔에서 잠든 그의 사랑을 내려다볼 뿐이었다. 그렇게 오래 그는 움직이지 않았다.

평온한 꿈을 거니는 듯이 감긴 눈과 그에게 사랑을 전하던 입, 그는 네페르타리의 얼굴에서 오래도록 눈을 떼지 못했다. 그의 가슴속에서 돌처럼 딱딱하게 맺혀 움직이지 않던 고통이 서서히 소용돌이 치며 목까지 치올랐다.

파라오는 그가 영원히 사랑할 여인의 숭고한 몸을, 태양을 향하여 들어올렸다. 태양이 그녀를 위해 빛나는, 아부 심벨의 여인 네페르타리의 몸을.

제5권 『제왕의 길』로 이어집니다

모세에 대한 두 가지 소문

소설 『람세스』를 읽고

이 윤 기

소설가·번역가

소설의 마술은, 육체의 죽음이 주기를 거절했던 새로운 생명을 람세스에게 베풀었다.

―『람세스』의 저자 크리스티앙 자크의 서문 중에서

흔히 서구 문화의 두 기둥은 그리스 중심의 헬레니즘과 이스라엘 중심의 헤브라이즘이라고들 한다. 헬레니즘과 헤브라이즘이 무엇인가? 잘 알려져 있다시피 헬레니즘은 고전 시대의 순수 그리스 인들의 별칭인 헬레네인들의 문화, 헤브라이즘은 이스라엘인들의 별칭인 히브리인 혹은 헤브라이인들의 문화를 일컫는다. 이 두 문화는 각각 신들의 아버지 제우스 신을 그 정점으로 하는 문화와 유일신 야훼를 그 정점으로 하는 문화이기도 하다.

그렇다면 이 두 문화는 각각 자연발생적으로 그 모습을 드러낸 뒤 나름의 독자적인 발전을 성취한 문화인가, 아니면 여기에 선행하는 어떤 어미그루[母本]의 뿌리가 있었던 것일까? 만일에 어떤 어미그루가 있었다고 한다면 그 어미그루의 정체를 추적하는 단서가 되는 것은 무엇일까?

고대의 종교가 그런 단서 중의 하나일 수 있다.

헬레니즘의 어미그루는 어떤 문화인가?

그리스 신화에는 흥미로운 대목이 나온다. 티탄 족(巨神族)에 속하는 튀폰이 공격해오자 올림포스의 신들이 각기 동물로 둔갑하고는 아이귑토스(이집트)로 도망쳐 숨어살았다는 대목이 그것이다. 이때 신들의 아버지 제우스는 암몬 양(羊)으로, 태양신 아폴론은 까마귀로, 주신(酒神) 디오뉘소스는 염소로, 아름다움의 여신 아프로디테는 물고기로, 전쟁신 아레스는 멧돼지로 둔갑했다는 것이다. 이 대목이 흥미로운 것은 아무래도 그리스 신화의 기자(記者)들이 이로써 그리스 신화와 이집트 신화의 친연성(親緣性)을 암시하고 있는 것으로 보이기 때문이다. 실제로 그리스 문화가, 국제 무역의 중개지역 노릇 하던 크레타를 통하여 이집트 문화를 받아들였다는 것은 역사적인 사실이다. 오늘날 우리가 알고 있는 우아한 그리스 양식의 미술이 꽃피기 이전 시대의 출토품 조상(彫像)은, 전문가가 아니더라도 이것을 승인할 수 있게 한다. 각기 그 직분이 분명하게 구분되어 있는 올림포스의 12신 체계는, 하늘의 신(누트), 태양의 신(라), 진리의 신(마아트), 지하의 신(민), 창조의 신(아몬), 생명의 신(프타) 등으로 그 직분이 엄연하게 구분되어 있는 이집트 신들의 체계를 받아들여 이를 세련되게 확대재생산한 것으로 보인다.

분석심리학자 카알 융의 편저서 『인간과 상징』은, 네 복음서 기자 중 세 사람이 각각 사자(마르코), 소(루가), 독수리(요한)로 그

466

려지는 것에 주목하는 것으로 시작된다. 이 세 마리의 동물은 바로 이집트의 신 호루스의 세 아들을 상징하는 동물이기도 하다.

그렇다면 헤브라이즘은 어떤가?

구약성서 『창세기』『출애굽기』『레위기』『민수기』『신명기』, 이 다섯 책(冊)은 모세 오경(五經)이라고 불린다. 이 중 『출애굽기』는 주로 히브리 백성을 이끌고 이집트에서 나와(出埃及) 가나안에 이르기까지의 모세 행적을 그린 책이다. 『출애굽기』가 다루고 있는 모세의 생애는 헤브라이즘이 이집트 문화에 가까이 닿아 있었음을 기정사실화한다.

모세와 관련된 것으로 우리가 잊을 수 없는 것은 미국의 영화감독 세실 B. 드밀이 영화 〈십계〉를 통하여 우리에게 보여준 생생한 영상이다. 『출애굽기』의 기록을 훼손하지 않는 선에서, 후대의 유태 역사가 필로스와 요세푸스 등의 기록을 토대로 모세의 출애굽 전과정을 조명한 이 영화는 그 충격적인 영상으로 또 한 번 헤브라이즘과 이집트 문화와의 관계를 기정사실화한다. 이 영화에서 벤허로 유명한 찰튼 헤스턴은 모세, 대머리 배우 율 브린너는 이집트왕 람세스2세, 영국에서 기사 작위를 받은 써 세드릭 하드위크는 파라오 세티, 앤 박스터는 네페르타리를 각각 연기한다. 『출애굽기』가 그린 밑그림에다 〈십계〉가 인상적인 색채로 덧칠을 한 셈인데, 이로써 모세는 우리의 뇌리에, 움직일 수 없는 감동적인 영상으로 자리잡는다. 모세는 파라오의 자리와, 파라오의 아내로 내정되어 있는 아름다운 여성 네페르타리도 마다하고, 노예살이하고 있던 히브리인들을 이끌고 고단한 '엑소더스(大脫出)'의 길로 들어선 히브리의 영웅, 헤브라이즘의 영웅이 되는 것이다.

모세는 과연 그런 사람이었는가?

이런 질문에 대해, 지금부터 약 60년 전에 아니라고 말한, 참으로 무모하게 보일 만큼 대담무쌍한 사람이 있다. 『꿈의 해석』으로 이름 높은, 정신분석학의 창시자 지그문트 프로이트가 바로 그 사람이다.

말과 글이라고 하는 것은 참으로 기묘한 것이다. 말과 글을 통해 그려진 것은, 설사 그것이 사실이 아니라고 하더라도 일단 유포되면 닦을 수도, 거두어들일 수도 없다. 바로 말과 글이 지닌, 이러한 마법과 같은 기능 때문에 말과 글의 약속인 철자(綴字)를 뜻하는 '스펠(spell)'이 '마법(spell)'과 동일한 철자로 이루어져 있는지도 모른다. 프로이트는 또 하나의 마법을 연출해낸다. 이렇게 연출해낸다.

프로이트는 『인간 모세와 유일신교』에서, 여러 가지 정황 증거를 들어가면서 모세는 이집트인이었고, 모세가 히브리인들에게 가르친 유일신교는 이집트의 종교였을 것이라고 주장한다. 유태인인 그가 그 자신의 말마따나 "카톨릭 교회의 눈치를 보아가면서" 그 논문을 쓴 것은 역사의 아이러니일 터인데, 그의 주장을 요약해보면 대략 이렇게 된다.

이집트 18왕조의 아메노피스 왕은 당시까지 이집트를 지배하고 있던 다신교(多神敎)를 금지시키는 한편 태양신 아톤만을 유일신으로 섬길 것을 강요한다. 그는 이렇게 하는 데 그치지 않고 자신의 이름을 '아케나톤', 즉 '아톤 신이 사랑하는 자'로 개명한 뒤 아몬 신의 성도(聖都)였던 수도 테베를 버리고 새로운 도시 '아케타톤(아톤의 지평선)'으로 천도(遷都)하는 종교 개혁까지 감행한다. 그러나 이 아톤 교는 다신교에 버릇 들어 있던 대중의 전폭적인 지지를 획득하지 못한다. 나라는, 국왕의 편애를 받던 아톤 교와 실지 회복을 노리는 아몬 교와의 갈등으로 무정부 상태에 빠진다. 이러한 상태는 호렘헵 장군이 18왕조를 쓰러뜨리고 19왕조를 세우기까지 계속된다.

프로이트는 일단 모세를, 몰락한 아톤 교를 재건하려는 이집트 인이라고 가정한다. 말하자면 이집트에서는 아톤 교의 재건이 불가 능하다는 것을 깨달은 그가 당시 '하비루'라고 불리던 히브리인들 을 이끌고 이집트를 탈출, 가나안에다 재건한 종교가 바로 야훼를 섬기는 유일신교라는 것이다. '주님'을 뜻하는 히브리어 '아도나 이'는 바로 이 '아톤'에서 온 것이며, 『출애굽기』에 나오는 "모세 는 입이 무거웠다"는 구절은 이집트인이어서 히브리어에 능숙하지 못했기 때문에 그랬을 것이라고 프로이트는 주장한다.

1930년대의 교황청의 시각으로 보면 프로이트의 논문 『인간 모 세와 유일신교』의 출판은 기절초풍할 사건이었을 것이다. 그러나 이 사건은 이어서 터진 히틀러의 발호와 프로이트 자신의 사망, 제 2차 세계대전의 발발로 큰 논쟁의 불씨는 되지 못했다.

이제 프로이트의 주장이 프랑스에서 거대한 로망의 꽃으로 피어 난다. 『람세스』가 그 꽃의 이름이다.

크리스티앙 자크의 소설 『람세스』는 『출애굽기』 및 〈십계〉가 전하는 모세 이야기보다는 프로이트의 주장 쪽을 향한 가파른 기울 기를 보인다. 프로이트의 주장과 아주 같은 것은 물론 아니다. 모세 가, 이집트의 파라오 람세스2세와 절친한 친구 사이이기는 하나 처 음부터 히브리인으로 설정되어 있다는 점이 프로이트의 주장과는 근본적으로 다르기는 하다. 그러나 이 책에 유일신교인 아톤 교를 편애하던 왕 아케나톤의 증손녀와, 그 증손녀를 통하여 18왕조와 아톤 교를 재건하려는 오피르가 등장하고 있는 것을 보면 크리스티 앙 자크는 분명히 프로이트의 주장을 소설 구성의 어미그루로 삼고 있음을 짐작하게 한다.

이 책의 줄거리를, 그러나 나는 여기에다 소개하지 않겠다. 요약도 하지 않겠다. 찬양도 비난도 삼가겠다. 다만 게으르게, 독자들이 텅 빈 마음으로 이 '종교의 새벽'을 맞아 하루를 꾸미기를 바랄 뿐이다.

그러나 한 대목을 귀띔하고 싶다는 유혹은 누를 길이 없다. 그것은 저 트로이 전쟁의 승리자인 스파르타 왕 메넬라오스가 귀향길에 이집트로 건너와 람세스 왕의 국빈으로 이집트에 머무는 대목이다. 아름다운 죄로 트로이 전쟁의 불씨가 되었던 저 그리스 땅의 경국지색(傾國之色) 헬레네, 눈이 어두운 대신 신들로부터 놀라온 지혜와 기억의 재능을 얻은 『일리아드』와 『오디세이』의 저자인 시인 호메로스가 람세스와 만나는 대목이다.

람세스의 이집트 문화, 장차 모세가 일구게 되는 헤브라이즘, 그리고 제우스의 딸 헬레네가 대표하는 헬레니즘의 동석(同席)을 목도하는 흥분을 무엇이라고 말해야 할지.

람세스2세는 기원전 1279년부터 1212년까지 67년 동안 재위한 역사적인 인물이다. 람세스가, 트로이 전쟁을 마무리짓고 돌아오는 메넬라오스와 만난다는 것은 트로이 전쟁이 그 직전에 끝났다는 뜻이다. 그렇다면 트로이 전쟁이 끝난 것은 기원전 1279년 무렵이었던 것이 된다. 우리는 기원전 8세기 인물로 알려진 호메로스가 기원전 1279년 전후에 이집트에 나타난 것을 어떻게 설명하겠느냐고 이 책의 저자에게, 크리스티앙 자크에게 묻고 싶어진다. 어쩌면 크리스티앙 자크는 이렇게 대답할지도 모른다.

"소설가의 특권이다. 이 특권을 바탕으로 누리는 무한한 자유, 이것은 소설가가 고독한 소이연이기도 하다."

옮긴이 **김정란**

시인이자 문학평론가이며 불문학자로서 전방위적 활동을 펼치고 있다. 한국외국어대 불어과를 졸업했으며 프랑스 그르노블 대학에서 이브 본푸아 연구로 문학박사학위를 받았고, 상지대학교 문화콘텐츠학과 교수로 재직했다. 지은 책으로 시집 『다시 시작하는 나비』 『매혹, 혹은 겹침』 『그 여자, 입구에서 가만히 뒤돌아보네』 『스.타.카.토. 내 영혼』 『용연향』, 문학평론집 『비어 있는 중심』 『영혼의 역사』 등이 있다. 『시간의 지배자』 『비교문학개요』 『생각의 거울』 『미셸 투르니에의 상상력을 자극하는 시간』 『아발론 연대기』 등을 우리말로 옮겼다.

문학동네 세계문학

람세스 제4권 아부 심벨의 여인

1판 1쇄 1997년 5월 8일 | 1판 54쇄 2022년 10월 25일

지은이 크리스티앙 자크 | 옮긴이 김정란

펴낸곳 (주)문학동네 | 펴낸이 김소영
출판등록 1993년 10월 22일 제2003-000045호
주소 10881 경기도 파주시 회동길 210
전자우편 editor@munhak.com | 대표전화 031) 955-8888 | 팩스 031) 955-8855
문의전화 031) 955-3578(마케팅) 031) 955-1917(편집)
문학동네카페 http://cafe.naver.com/mhdn
인스타그램 @munhakdongne | 트위터 @munhakdongne
북클럽문학동네 http://bookclubmunhak.com

ISBN 89-8281-051-X 03860
      89-8281-030-7 (세트)

잘못된 책은 구입하신 서점에서 교환해드립니다.
기타 교환 문의 031) 955-2661, 3580

www.munhak.com

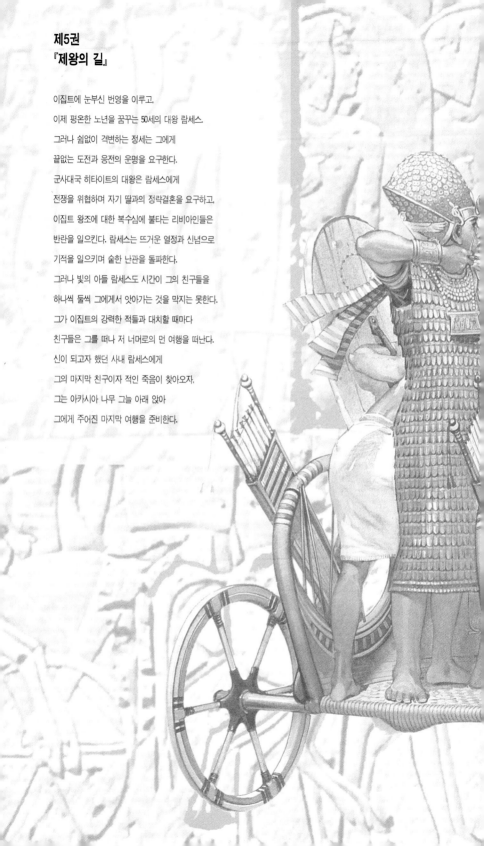

제5권
『제왕의 길』

이집트에 눈부신 번영을 이루고,

이제 평온한 노년을 꿈꾸는 50세의 대왕 람세스.

그러나 쉼없이 격변하는 정세는 그에게

끝없는 도전과 응전의 운명을 요구한다.

군사대국 히타이트의 대왕은 람세스에게

전쟁을 위협하며 자기 딸과의 정략결혼을 요구하고,

이집트 왕조에 대한 복수심에 불타는 리비아인들은

반란을 일으킨다. 람세스는 뜨거운 열정과 신념으로

기적을 일으키며 숱한 난관을 돌파한다.

그러나 빛의 아들 람세스도 시간이 그의 친구들을

하나씩 둘씩 그에게서 앗아가는 것을 막지는 못한다.

그가 이집트의 강력한 적들과 대치할 때마다

친구들은 그를 떠나 저 너머로의 먼 여행을 떠난다.

신이 되고자 했던 사내 람세스에게

그의 마지막 친구이자 적인 죽음이 찾아오자,

그는 아카시아 나무 그늘 아래 앉아

그에게 주어진 마지막 여행을 준비한다.